◎
망탈리테의 구속
혹은
1970년대 문학의 모태

박수현(朴修賢, Park, Soo-hyun)
고려대학교 서양사학과를 졸업하고 같은 학교 대학원 국어국문학과에서 석사・박사학위를 받았다. 2006년『동아일보』신춘문예 문학평론 부문에 당선해서 문단에 나왔다. 번역한 책으로『모범 소설』(2009)이, 지은 책으로『서가의 연인들』(2013)과『심연의 지도』(2013)가 있다. 현재 성신여자대학교에서 박사후 국내연수 중이며 고려대학교에서 학생들을 가르치고 있다.

망탈리테의 구속 혹은 1970년대 문학의 모태

초판인쇄 2014년 8월 17일 **초판발행** 2014년 8월 27일
지은이 박수현 **펴낸이** 박성모 **펴낸곳** 소명출판 **출판등록** 제13-522호
주소 서울시 서초구 서초중앙로6길 15(란빌딩 2층)
전화 02-585-7840 **팩스** 02-585-7848 **전자우편** somyong@korea.com **홈페이지** www.somyong.co.kr

값 33,000원　ⓒ 박수현, 2014
ISBN 979-11-85877-14-3　93810

망탈리테의 구속
혹은
1970년대 문학의 모태

◎ 박수현

The Chains of Mentalité or the Matrix for Literature in the 1970s

소명출판

책머리에

박사논문 「1970년대 한국소설과 망탈리테」를 수정하고 다듬어서 책으로 낸다. 학부 시절 아르놀트 하우저의 『문학과 예술의 사회사』를 읽고 적잖은 충격을 받았다. 문학과 예술의 주제뿐만 아니라 양식 또한 당대의 정치적·경제적·사회적 요인과 긴밀하게 연관된다는 통찰, 그리고 그 구체적인 양상에 대한 분석에 감탄을 거듭했다. 인문학이 이렇게 재미있을 수 있다니! 그런 식으로 문학사의 일단을 쓰고 싶다는 꿈을 품고 대학원에 진학했다. 입학 당시의 장한 꿈에 의리를 지키느라 박사논문 방향을 그렇게 잡긴 했지만 집필 과정 내내 통장의 잔고 부족을 알면서도 세계일주하겠다고 덤비는 마음과 흡사한, 설레지만 그보다는 훨씬 더 막막한 심경을 느껴야 했다. 결과물의 초라함 앞에서 부끄러움이야 더 말해 무엇하랴. 글을 세상에 내보낼 때마다 느끼는 참괴에는 아무래도 대범해지지 않지만, 시도라도 했기에 공부할 수 있었다는 점에 작은 의의를 둔다. 좌충우돌과 시행착오를 통해 얻은 배움에 자위할 뿐이다. 언제나 자랑스러움은 훗날을 기약할 수밖에 없다.

1970년대 저자들의 의식과 무의식을 지배한 거대한 정신적인 힘은 무엇인가. 작가의식의 형성에 영향을 미친 사회적이며 정신적인 요인은 무엇인가. 그들을 구속한 정신적 틀, 저자들이 탈피하려고 애썼어도 끝내 탈피하지 못했던, 감옥과도 같았던 틀은 무엇인가. 이 책은 이 질문들에 대한 답을 찾아가는 과정의 기록이다. 문학사의 통상적인 화두인 '저자들이 무엇을 꿈꾸고 상상했는가'가 이 책의 화두는 아니다. 이 책은 문학작품의 주제가 아니라 주제를 파생한 사회적 동력, 특히 정신적 분위기에 주목하여 문학사를 서술할 가능성을 타진했다. 이를 위해 한 시대의 집단적인 정신 현상 근저에 놓인 거대한 심성적 구조를 지칭하는 용어로 '망탈리테'라는 개념을 제안했고, 이를 이데올로기·태도·사유구조·감정구조·심층적 토대로 구체화했다. 1970년대 담론과 소설, 즉 계간지『문학과지성』·『창작과비평』·박정희 대통령의 담론과 박완서·이문구·김주영·방영웅·이병주·최인호의 소설을 연구대상으로 삼았다.

문단의 이데올로기로서 사회의 구조적 모순에 주목하라는 이데올로기와 민중문학의 이데올로기, 그리고 애국주의·영웅주의·대의명분주의 등 사회의 이데올로기, 문학인의 선지자적 자의식과 민중을 대상화하는 태도, 전유의 기제·목적 지향적 사유구조·진보적 시간관·변증법적 사유구조, 저항의 감정구조 등이 이 책에서 고찰한 1970년대의 망탈리테이다. 이러한 이데올로기, 태도, 사유구조의 근저에 흐르는 거대한 저류인 심층적 토대는 근대적 동일성으로 파악되는데, 근대적 동일성은 정치·경제적 구조의 단일성과 연동되었다. 여기에서 사회 현실에 경도된 리얼리즘이 억압적 사회체제에서 발흥하기 쉬운 문학양식이라는 점을 확인했다. 다소 민감한 텍스트를 선정한 까닭에 오해를 사기도 했지만, 가치 판단이나 비판을 최대한 지양하고 객관적이고 중립적으로 서술하려고 노력했다. 이 책의 관심사는 사실의 해석일 뿐 평가가 아니다. 사실 나는 글쓰기와 일상에서 가치 평가 혹은 시비 가리기를 그다지 좋아하지 않는다.

한때 학술적 글쓰기의 가치를 회의한 적이 있었다. 학술논문은 소설이나 대중서사에 비해 지나치게 자족적인 글인 것 같았다. 청춘을 앓았던 소설가의 꿈은 점점 희미해지지만, 소설에 품었던 꿈을 논문에서도 동일하게 꿀 수 있음을 언젠가 깨달았다. 둘 다 이야기이고, 창작이다. 무어라도 이야기하고 싶은 소통에의 소망과, 좀 더 재밌는 이야기를 멋지게 구사하고 싶은 이야기꾼의 숙명적인 꿈을 아로새긴 점에서 논문과 소설은 다르지 않다. 천의무봉(天衣無縫)이라 일컬어지는 소설이 거느리는 특유의 감동이 있거니와, 그 같은 감동을 주는 논문이 존재한다고 믿는다. 물론 나는 이러한 논문을 꿈꿀 수만 있을 뿐, 써 보지는 못했다. 꿈이라도 꿀 수 있음에 감사할 따름이다.

언젠가부터 텔레비전 드라마를 보면서 노(老)배우들에게서 시선을 떼지 못했다. 수려하고 휘황한 젊은 배우들에게는 예전만큼 관심이 가지 않았다. 경지를 넘어선 노배우들의 연기는 아름다움 이상의 감동을 전해주었다. 그것에는 형언할 수 없는 무언가가 있었다. 그들에게 감탄하고 경의를 표하게 되면서, 나이 듦에 대해 다시 생각할 수 있었다. 나이 듦이 단지 처량한 일만은 아니다. 나이 듦과 더불어 조용히 깊어져서 언젠가는 아름답고 감동적인 논문, 혹은 글을 쓰고 싶다는 소망을 감히 품어본다. 일분 전에 한 일을 망각하는 날이 오기 직전까지 공부하며 글 쓰고 싶다. 만일 이 소망이 실현된다면 지상에서 받을 수 있는 그 이상의 축복이 따로 없음을 안다.

부족함을 눈감아주시고 자유로운 공부와 글쓰기를 허락해주신 이남호 선생님, 투정부리지 않았음에도 고단함을 눈치 채시고 따뜻하게 격려해주신 윤석달 선생님께 감사를 드린다. 나를 형성한 것은 모교의 선생님들과 선배님들, 동학 여러분의 가르침과 질정이다. 잊지 않겠다. 지금까지 글을 놓지 않고 살 수 있게 배려하고 인내해준 가족에게 사랑을 전한다. 출판을 허락해주신 소명출판과 노고를 떠맡아주신 김하얀 선생님께도 각별한 감사를 드린다.

2014년 8월의 가장 무더운 날에
박수현

차례

제1장

서론

1. 문제 제기

문학사를 서술하는 방법은 단일하지 않다. 다양한 문학사 서술 방법 중에서 주제, 사조, 형식, 장르 등이 문학사가가 주목하는 핵심 요소일 것이다. 많은 경우 문학사가는 이 중 두 가지 이상의 요소를 병합하여 서술한다. 그런데 이들 중에서 문학사가의 눈길을 가장 강하게 사로잡는 요인은 주제라고 할 수 있다. 비록 어떤 문학사가가 취한 문학사의 형태가 주제사와는 거리가 먼 것이라고 할지라도 대체로 그 문학사 속에 주제에 관한 논급을 포함하게 마련이며, 많은 경우 주제에 가장 큰 비중을 둔다.[1] "원칙적으로 주제사로서의 문학사는 여러 가지 문학사의 형태들 가운데서

---

[1] 조남현, 「한국문학의 主題史 문제」, 『한국현대문학사상논구』, 서울대 출판부, 1999, 32~33쪽 참조.

가장 전통적인 것이며 동시에 가장 보편화된 것이다."[2] 가령 1970년대의 소설을 사적(史的)으로 논의하는 자리에서 보이는, 황석영이 주로 "근대화의 과정에서 소외된 사람들이 보여주는 어둠의 현실"[3]을 그려냈다는 서술, 최인호가 "도시의 일상적인 현실 속에서 겪게 되는 현대인의 소외를 상징적으로 묘사"[4]했다는 서술 등은 주제 중심 서술의 대표적 사례이다. 이런 진술은 내적으로 타당할 뿐만 아니라 독자들에게도 온당한 것으로 수용된다. 문학사에 관한 상식적인 기대에 부응하기 때문이다. 작품, 형식, 관계에 중심을 두고 서술하겠다는 원칙[5]을 표방한 소설사에서도 이문구의 작품들이 "황폐해진 농촌 현실의 실상을 생생하게 형상화함으로써" "사회의 구조적 모순과 근대화의 부정성·파행성을 폭로하고 비판"[6]한다는 서술, 황석영의 「삼포 가는 길」이 "농어촌의 해체와 농어민들의 유리 그리고 노동자화라는 6, 70년대 근대화의 핵심 양상을 구조화한 작품"[7]이라는 서술 등 주제에 주목하는 서술은 중요한 지면을 차지한다.[8]

이러한 문학사는 반드시 필요하다. 그러나 이 글은 다른 차원의 문학사의 가능성을 제기한다. 문학작품에 대한 구심적 접근이 주제론적 방법이라 할 수 있다. 그런데 무엇의 본성을 파악하기 위해서는 구심적 접근 못지않게 그 무엇의 기반을 탐사하는, 지질학적 작업도 긴요하다. 이런 질

---

2 위의 글, 32쪽. 조남현은 사조사(思潮史)로 알려진 백철의 『조선신문학사조사』도 주제 중심의 문학사라고 말하며, 사조사가 주제사의 한 형식이라고 논한다(같은 글, 41~42쪽 참조).

3 권영민, 『한국현대문학사』 2, 민음사, 2002, 268쪽.

4 위의 책, 273쪽.

5 김윤식·정호웅, 『한국소설사』, 문학동네, 2000, 8~10쪽 참조.

6 위의 책, 423~424쪽.

7 위의 책, 429쪽.

8 이 책의 서론은 졸고, 「문학 연구방법으로서 '망탈리테'에 관한 시론적 고찰」(『현대문학이론연구』 44호, 현대문학이론학회, 2011)의 내용을 수정·보완한 것이다.

문을 던질 수 있다. 가령 70년대 소설이 사회적 상상력으로 충일했다면, 그렇게 만든 힘은 무엇인가. 작가들이 산업화 과정에서 빚어진 사회적 모순을 주제로 소설을 썼다면, 그 주제로 그렇게 소설을 쓸 수밖에 없도록 유도한 근저의 동력은 무엇인가. 인간은 결코 독자적으로 어떤 사고와 행동을 취하지 않는다. 특정한 사고와 행동을 취하는 과정에서 개입하는 것은 그가 그때까지 들어 알고 있어서 체화한 어떤 사고 유형이다. 이 사고 유형은 대체로 자명한 것으로 수용된다. 문학이란 당연히 어떠해야 한다고 믿는 신념 체계, 나아가 사람이란 당연히 어떠해야 한다고 믿는 의심을 허하지 않는 신념 체계. 이들은 사람들이 사고와 행동을 선택할 때 지당한 전제로 수용된다. 그러나 많은 경우 사람들은 자신의 사고와 행동이 자발적인 것이라고 알 뿐 어떠한 외삽적인 힘이 자신을 지배하고 있다고 자각하지 못한다. 그러하기에 신념 체계가 수용되는 메커니즘은 거의 의식이라기보다 무의식의 영역에서 일어난다. 이 믿음 체계 혹은 지당한 전제는 그러나 시대마다 변천한다. 하지만 당대에는 종종 그 역사성이 인식되지 않는다. 문학사를 기술할 때 이 지점을 문제 삼을 수는 없을까. 이 글은 소설가와 평론가들의 언표 그 근저의 정신적 경향, 주제를 가능하게 한 힘, 그 경향과 힘을 파생시킨 당대의 정신적 분위기를 문제 삼자고 제안한다. 이 글은 이러한 정신적 경향 혹은 정신적 분위기를 포괄하는 말로 '망탈리테(Mentalité)'라는 개념을 제안하고, 이를 문학 연구방법론으로 사용할 가능성을 타진하면서 그 개념을 명료히 밝히고자 한다.

　　이러한 차원의 문학사의 가능성은 이 글에서 처음 제기한 것이 아니다.[9] 이남호는 "어떤 문학사조나 문학형식의 생성과 소멸은, 세계를 이해

9　일찍이 임화가 주목한 '토대'는 정치·경제 등 물질적 토대뿐만 아니라, "문화사 전반을 관류하는 '에스프리'의 역사"인 정신사 또한 의미한다. 임화는 문학사의 방법론으

하는 문학적 패러다임의 성립과 해체에 상관된다"[10]고 논한다. 또한 김인
환은 문학 자체의 자료와 성격을 숙고하는 문학연대사와 문학형식사 대
신에 사회 배경까지 포섭하여 문제를 해명하려는 문학사회사의 필요성
을 제기한다. 이때 사회사는 정치·경제 층위 보다는 "의식형태"와 "지각
형상"에 보다 주목한다. 여기에서 의식형태란 자본주의·사회주의·민족
주의 같은 이데올로기가 아니라 친일 논쟁·파시즘 논쟁·여성 문제·환
경 문제·노동 문제 등으로 구체화할 수 있는 소단위 관념유형이다.[11] 이
광호는 문학의 본질이 아닌 맥락을 살피고 문학의 생산 조건을 역사적 지
평 위에서 이해해야 한다는 전제 아래, "당대의 지배적인 언어 양식이나
문학적 가치 체계의 밑변을 이루는 문학적 인식의 구조", "텍스트의 언설
뒤에서" "작용하는 무의식적인 문제 제기 방식", "텍스트가 감추고 있는"
"인식틀"에 주목해야 한다고 역설한다.[12] 이들은 공통적으로 작품에 전경
화된 주제 이상의 것에 주목할 필요성을 논한다. 그들이 강조하는 것은

로 대상, 토대, 환경, 전통, 양식, 정신을 언급한다. 그에 따르면, 정신사가 "토대의 역
사의 정수"라면, 문학사는 "그것을 배경으로 한 각반(各般)의 일 영역"일 뿐이다(임화,
김외곤 편, 『임화전집』 2(문학사), 박이정, 2001, 374~376쪽 참조). 그러나 김윤식에
따르면 임화는 이러한 문제의식을 실제 문학사 서술에 적극적이고 포괄적으로 적용
하지 못했다. 임화는 다만 일본의 근대문학과 조선신문학의 비교에 관심과 노력을 보
였을 뿐이다(김윤식, 「한국문학연구수준」, 『한국문학의 근대성과 이데올로기 비판』,
서울대 출판부, 1990, 132쪽 참조). 일본의 근대문학에 주목한 연구방법은 단지 이식
문학론이라고 비판될 성질만은 아닌 듯하다. 일본 근대문학은 임화의 방법론 중 '환
경'에 속하는 것으로, 임화의 연구는 문학작품의 생산 조건을 주시했다는 점에서 이
글의 문제의식과 통하나, 그것을 체계적으로 확장하지 못했다는 한계를 남긴다.

10   이남호, 「리얼리즘의 정신과 새로운 소설적 징후들」, 『문학의 위족』 2(소설론), 민음
     사, 1990, 64쪽.

11   이러한 소단위 관념유형 또는 소단위 의식형태는 작가들을 분류·배치하는 기준의
     기능을 담당하는 벡터로서, 문학사는 의식형태와 문학의 지각형상들의 거리 효과
     를 포착하여 기술하여야 한다(김인환, 「한국문학의 사회사 문제」, 『기억의 계단』, 민
     음사, 2001, 22~23쪽 참조).

12   이광호, 「맥락과 징후」, 『위반의 시학』, 문학과지성사, 1994, 12~17쪽 참조.

작품의 주제를 가능케 한 동력, 그 전반을 관류하는 것, 사회적이되 정신적인 배경, 맥락과 생산 조건, 인식틀 등이다. 이들이 문학 연구방법에서 문제적으로 파악한 사안은 이 글의 관심사와 일치한다. 이 글은 이들의 문제의식에 깊이 공감하며, 그것을 확대·심화하려고 한다. 즉 예의 문제의식과 같은 자리에서 출발하여, 위에서 패러다임·의식형태·문학적 인식의 구조·인식틀이라고 일컬어진 그것을 포섭할 수 있는 방법론적 개념을 제안하고, 그 의미를 정교하게 밝히며, 방법론을 체계화하고, 그 방법론으로 한 시대의 문학적 풍경을 그려낼 수 있는 가능성을 타진하려고 한다. 이를 위해서 이 글은 망탈리테라는 개념을 제안한 것이다.

망탈리테란 말을 국문학 연구에 도입한 사례는 없지 않다. 그런데 국문학 연구에서 망탈리테는 집단적 감정과 동일시되는 경향을 보여준다. 가령 천정환은 1920~30년대의 소설의 수용자들의 망탈리테를 '감격'으로 규정[13]한다. 김석봉은 신소설의 수용자들의 망탈리테를 "'눈물'로 유별화 가능한 정서의 과잉 양상"[14]과 소박한 "상식 수준의 도덕적 순수성"[15]으로 본다. 이 연구들은 은연중에 망탈리테를 대중의 감정으로 제한하고 있다. 국내의 망탈리테 연구에서 망탈리테 개념이 집단적 감정에만 초점을 맞춘 채 협소하게 쓰이는 현상은 재고될 필요가 있다. 감정구조에만 주목한다면 할 수 있는 이야기는 극히 제한된다. 뿐만 아니라 인간의 심성은 감정으로만 구성되어 있지 않다. 가령 어떤 사안 앞에서 무의식적으로 특정한 태도를 취하는 집단적 경향[16]도 무시할 수 없는 망탈리테 중 하나이

---

13 천정환, 『근대의 책읽기』, 푸른역사, 2004, 405~413쪽 참조.
14 김석봉, 「신소설의 망탈리테 연구를 위한 시론」, 『한국학보』 29권 2호, 일지사, 2003, 79쪽.
15 위의 글, 86쪽.
16 '심적 태도'에 주목하여 망탈리테를 연구한 국내 사례로 서이자의 연구를 들 수 있다.

다. 그런데 태도를 취하는 그 과정에서 개입되는 것은 시대의 지배 이데 올로기, 정치 사상, 종교 사상 등 무수히 다양한 지적·의식적인 차원의 정신 작용이다. 그러므로 망탈리테는 정서적인 것 이외에도 지적인 것을 포괄해야 한다고 판단된다. 이 글은 망탈리테의 내포를 확장하기 위해서 이데올로기, 태도, 사유구조, 감정구조, 심층적 토대를 망탈리테의 주요인으로 설정하고 이의 타당성을 검증해 나가고자 한다. 더구나 이들 연구에서 망탈리테라는 개념어는 엄밀하고 상세한 규정 없이 쓰인다는 한계를 노출한다. 이에 이 글은 망탈리테라는 개념을 정교하게 규정하고, 특히 집단적 감정 이상으로 그 내포를 확장하기를 소망한다.

한편 근래의 국문학 연구 동향은 망탈리테라는 방법론을 도입하고 그 개념을 확정하는 작업의 긴요성을 확인시켜준다. 90년대 이후 지금까지 국문학계는 문화사 혹은 풍속사적 연구라는 새로운 연구 흐름을 맞이하였다.[17] 방대한 자료를 대상으로 삼는 그러한 연구는 국문학 연구의 지평을 확대했다. '문학의 자율성'과 텍스트중심주의의 교조(敎條)에 반대하

서이자는 디즈니와 미야자키 하야오의 애니메이션에 드러난 망탈리테를 비교하면서, 전자가 기계문명을 미화하는 한편 후자는 그것의 파괴적 속성에 대한 죄의식을 표출한다. 전자는 가부장적 가족 이데올로기의 신성함을 옹호하고, 후자는 그것을 비판한다. 전자는 전통적으로 경계 지워진 여성상을 제시하는 한편 후자에서 전통적인 성 역할의 경계는 모호해진다. 행복에 관한 망탈리테에서도 양자는 차이를 보인다. 행복은 노력하는 자만이 얻을 수 있고 불행은 이유 없이 찾아오지 않는다는 서구의 합리주의적 사고방식에 근거한 디즈니 식의 행복은 일본 만화에서 반박된다. 일본 만화에서 불행은 이해할 수 없는 것이다(서이자, 「문명, 가족, 사랑, 행복에 관한 망탈리테—디즈니와 미야자키 하야오 애니메이션의 서로 다른 두 세계」, 『미국학논집』 38권 2호, 한국아메리카학회, 2006 가을 참조).

17 90년대 이후의 문화사, 풍속사적 문학 연구 흐름에 대한 개관은 다음의 글을 참조할 것. 천정환, 「새로운 문학연구와 글쓰기를 위한 시론」, 『민족문학사연구』 26호, 민족문학사학회, 2004; 권보드래, 「"풍속사"와 문학의 질서」, 『현대소설연구』 27호, 한국현대소설학회, 2005; 천정환, 「'문화론적 연구'의 현실인식과 전망」, 『상허학보』 19호, 상허학회, 2007.

며,[18] 문학을 둘러싼 문화적 현실과 이데올로기 지형에 대한 검토를 중요시[19]하고, 작품의 사회문화적 맥락을 되살리는 데 효과적[20]인 예의 연구의 취지는 이 글의 문제의식과 상통한다.[21] 이러한 연구는 상당한 성과를 축적했지만 적지 않은 경우, 방대한 자료들을 구심적으로 집중시킬 연구방법론이 미약하거나 명료하게 개념화·세련화되지 못한 것으로 보인다. 이런 연구 경향의 포문을 연 연구자 중 한 사람인 권보드래의 "풍속사·문화사·일상사·미시사 등의 단어로 거론되는 성과가 이미 10년 가까운 역사를 축적해 왔다는 사실을 생각하면, 이들 성과가 이념적 자기 표현에 인색했다는 사실은 한편 낯설다"[22]는 토로는 이 글의 문제의식과 상통한다. 망탈리테에 주목하는 연구방법은 이러한 문화사적 문학 연구에 중요한 참조틀을 제공할 수 있을 것으로 기대된다. 또한 근래 들어 시대의 주요 담론 혹은 이데올로기와 문학작품의 영향 관계를 고구한 연구[23]도 상당히

---

18 천정환, 「새로운 문학연구와 글쓰기를 위한 시론」, 392~397쪽 참조.

19 천정환, 「'문화론적 연구'의 현실인식과 전망」, 17쪽 참조.

20 위의 글, 26쪽 참조.

21 다만 문화론적 연구 중 특히 '풍속'에 주목하는 경우, 자료를 발굴하고 나열하는 작업을 넘어서 중심적인 의미를 전경화했는지 의문의 여지를 남긴다.

22 권보드래, 앞의 글, 27쪽.

23 천정환과 권보드래는 이런 성향의 연구도 문화사적 연구의 일환으로 포섭하며 명명한다(천정환, 「새로운 문학연구와 글쓰기를 위한 시론」; 권보드래, 앞의 글 참조). 담론·이데올로기를 고찰하거나 그것과 문학작품의 영향 관계를 고구한 연구는 한 자리에 소집하기 어려울 정도로 무수히 많다. 그 중 일부만 거론해 보자면, 가령 1930년대 동양주의 담론에 주목한 연구로 다음과 같은 것들이 있다. 이상우, 「표상으로서의 망국사 이야기」, 『한국극예술연구』 25호, 한국극예술학회, 2007; 오태영, 「'향토'의 창안과 조선 문학의 탈지방성」, 『한국근대문학연구』 14호, 한국근대문학회, 2006. 국가주의에 주목한 글은 다음과 같다. 차혜영, 「국어 교과서와 지배 이데올로기」, 『상허학보』 15호, 상허학회, 2005; 최성실, 「한·일 대중문화(영화)에 나타난 국가주의 비판의 이중성」, 『아세아문화연구』 9호, 경원대 아시아문화연구소, 2005; 이경수, 「'국가'를 통해 본 김수영과 신동엽의 시」, 『한국근대문학연구』 6권 1호, 한국근대문학회, 2005; 강진호, 「국가주의 규율과 '국어' 교과서」, 『현대문학의 연구』 32호, 한국문학연구학회, 2007; 남원진, 「반공(反共)의 국민화, 반반공(反反共)의 회로」, 『국제어문』 40

그 성과를 축적하고 있다. 이들 연구에서 주목한 담론은 전통적인 문학사에 이미 기재된 비평적 논점이라기보다 사회적 차원의 것으로서, 이들 연구는 문학사 서술 영역의 확장에 기여했다고 판단된다. 또한 담론 자체보다 그것이 이데올로기로 전화해서 작품에 영향을 주는 기제에 주목한 연구방법은 이 글이 제안하려고 하는 망탈리테 연구방법과 일맥상통하는 바가 있다. 이런 연구의 경우 상당한 진척을 보이고 타당하게 논리를 전개해 나가지만, 그 연구방법을 지칭할 개념어를 마련하지 못하고 있다. 물론 방법론을 호명하지 않은 채 무의식적으로 설정된 방법론으로 연구를 다수 수행한 사실 자체에는 비판의 여지가 없고, 실제 그런 식으로 성공적으로 연구한 사례도 허다하다. 그렇다 하더라도 그 방법론을 호명하고 그것을 정교하게 개념화하는 작업은 필요하다. 망탈리테를 문학 연구방법으로 도입하고 그 개념을 정교화하는 작업은 상기한 담론·이데올로기와 문학작품의 영향 관계를 고구하는 일련의 연구들의 연구방법에 이름을 부여하고 방법론을 세련화하는 데 기여할 것이다. 그러나 이들 기존 연구들의 연구방법을 개념화, 정교화하기 위해서만 이 연구를 수행하는 것은 아니다. 그것은 이 글의 부차적 산물에 가깝다. 망탈리테 연구는 그 자체로 새로운 연구 분야를 개척할 수 있을 것으로 기대된다.

호, 국제어문학회, 2007.
근대 연애 담론에 주목한 글은 다음이 있다. 권보드래, 『연애의 시대』, 현실문화연구, 2004; 김지영, 「근대문학 형성기 '연애' 표상 연구」, 고려대 박사논문, 2004.

2. 이데올로기와 망탈리테

서두에서 언명한 의심을 허하지 않은 채 자명하게 수용되는 신념 체계, 무의식적으로 수용되는 신념 체계, 인간의 사고와 행동을 배후 조종하는 신념 체계, 이런 기술은 "이데올로기"라는 오래된 상투어를 연상하게 한다. 사실 이 글의 논의 대상은 일정 부분 이데올로기와 중첩된다. 망탈리테의 개념과 범위를 확정하기 위해서 우선 이데올로기의 개념과 성격을 알튀세르의 논의에 기대어 살펴본다.

이데올로기라는 말은 사유들이 발생한 연원과 연관된다. 알튀세르에 의하면, 이데올로기는 실재 조건에 대한 개인들의 상상적 관계를 표현한다. 종교적, 법적 이데올로기들은 환상을 만들어내지만 현실을 암시한다. 이데올로기는 구체적인 이데올로기 장치 속에 존재하며 이데올로기 장치는 관습에 의해 제한되는 구체적 실천들을 규정한다. 이데올로기에 의하지 않고 이데올로기 아래 있지 않은 실천이란 없다. 모든 이데올로기는 구체적 개인들을 주체로 구성하며, 호명한다. 사람은 이데올로기적 주체로서, 자연발생적으로 이데올로기 속에서 산다.[24] 알튀세르는 이 이데올로기를 유포하는 기구로서 이데올로기적 국가장치(AIE)를 제시한다. 그것은 억압적 국가장치[25]와 대비된다. 어떤 계급도 이데올로기적 국가장치

---

[24] 이데올로기는 전(全)역사적인 현실 속에서 그 구조와 기능들이 동일한 형태를 띠고 나타난다. 이데올로기는 그 부동의 형태 아래 모든 역사 속에서 어디서나 나타난다는 점에서 영원하다. 이상은 루이 알튀세르, 「이데올로기와 이데올로기적 국가장치」, 김동수 역, 『아미엥에서의 주장』, 솔, 1998, 102~120쪽 참조.

[25] 억압적 국가장치(AE)는 정부, 내각, 군대, 경찰, 재판소, 감옥 등으로 폭력에 의해 기능한다. 이데올로기적 국가장치(AIE)는 종교, 교육, 가족, 법률, 정치, 조합, 커뮤니케이션, 문화 등으로 이데올로기에 의해 기능한다. 하나의 (억압적) 국가장치가 존재하는 반면, 다수의 이데올로기적 국가장치들이 존재한다. 단일화된 (억압적) 국가장치가 완전히 공적인 영역에 속하는 반면, (외견상 흩어져있는) 이데올로기적 국가장치

들 위에 그리고 동시에 그 속에서 헤게모니를 행사하지 않고서는 국가권력을 유지할 수 없다. 전(前)자본주의 시대에 지배적 AIE가 교회라면, 자본주의적 사회에서 지배적인 AIE는 교육 AIE이다. 모든 AIE는 자본주의적 착취관계의 재생산이라는 동일한 결과에 기여한다. 정치적인 장치는 개인들을 정치적인 국가 이데올로기, 즉 간접적인 혹은 직접적인 '민주주의' 이데올로기에 종속시킴으로써 그렇게 한다. 커뮤니케이션 장치는 잡지, 라디오, 텔레비전 등을 통해 시민들에게 매일 일정량의 민족주의, 쇼비니즘, 자유주의, 도덕주의를 주입시킴으로써 그렇게 한다. 이 모든 다양한 주의들을 통합시키는 것은 지배계급의 이데올로기다. 각각의 집단들은 계급사회 속에서 그들의 역할에 적합한 이데올로기들을 제공받는다. 자본주의 사회의 생산관계들(착취자와 피착취자에 관한 관계들)이 재생산되는 것은, 지배계급 이데올로기의 집단적인 주입 속에서 가능하다.[26]

알튀세르의 논의에서 보듯, 인간은 이데올로기로 구성된다. 이데올로기는 사람들에게 자명하게 받아들여지고, 그들의 생각과 행동을 유도하는 근본적 사고방식이다. 시민의 윤리, 종교적 윤리, 민족주의, 국가에의 복종, 계급적 직위에 대한 복종 등 다양한 이데올로기들이 존재한다. 교회와 학교와 같은 이데올로기적 국가 장치가 이 이데올로기들을 사람들에게 주입한다. 이데올로기는 상상적 산물이나, 현실을 암시한다. 사람들

들의 대부분은 사적인 영역에서 유래한다(위의 책, 89~90쪽 참조. 강조-저자).

26 위의 책, 97~101쪽 참조. 노동력의 재생산은 그 자격의 재생산만이 아니라, 세워진 질서의 규칙들에 대한 복종의 재생산을, 즉 노동자들에게는 지배적 이데올로기에 대한 복종의 재생산을, 한편 착취와 억압의 대리자들에게는 지배 이데올로기를 잘 다루는 능력의 재생산을 요구한다. 사람들은 학교에서 기술과 지식들 외에, 지정된 직위에 따라 준수해야 하는 적합성의 규칙들 — 윤리의 규칙들, 공민적 그리고 전문적 의식의 규칙들, 명확히 말해서 노동의 사회 · 경제적 분할에 대한 존경의 규칙들, 그리고 결국 계급지배에 의해 세워진 질서의 규칙들 — 을 배우게 된다(같은 책, 79~80쪽 참조).

에게 자명하게 받아들여지는 믿음 체계, 그러나 사람들이 당시에는 그 자명성을 의심하기 어려웠던 믿음 체계, 교육과 문화 장치를 통해서도 유포되는 믿음 체계가 이데올로기라는 점에 이 글은 시각을 같이 한다. 바로 이러한 의미의 이데올로기가 이 글에서 명료히 하려는 망탈리테의 개념에 포섭된다. 또한 이데올로기가 반공주의, 사회주의 등 익히 알려져 온 거대 담론만을 칭하는 것은 아니다. 좀 더 세밀하고 다채로운 방식의 이데올로기가 존재한다. 이 글은 이러한 시각 또한 수용할 것이다.

그러나 이 글은 상기 이데올로기론에서 각종 이데올로기가 최종적으로 지배계급의 이데올로기에 통합된다는 언명은 수용하지 않으려 한다. 이데올로기가 지배계급의 지배 체제를 공고화하는 목적만 가지고 있다고 말하는 것은 문제를 지나치게 단순화한다. 물론 그런 지적이 타당한 지점도 분명히 있다. 그러나 이데올로기의 존재가 반드시 단일한 목적을 상정하는 것은 아니다. 가령 70년대의 이데올로기는 박정희 정권의 취약성을 은폐하려는 목적으로 유포된 측면이 있지만, 70년대의 모든 이데올로기의 최종 목적이 그것이지는 않다.

한편 한 시대의 문학적 산물을 산출하게 한 정신적 모태를 추적하는 과정에서 이데올로기만을 논할 수는 없다. 정신적 모태를 구성하는 요인은 이데올로기 이외에도 다양하다. 가령 문학인이 스스로에게 설정한 자아상, 문학인이 타자를 바라보는 방식 등은 어떤 특유한 태도를 누설한다. 이 태도 역시 그 집단에 공통된 것으로, 그 시대에 특유한 것으로 파악할 수 있으며 따라서 그 시대의 특질을 밝혀주는 주요한 인자라 할 수 있다. 또한 시대의 다양한 담론 근저에서 작동하는 사유구조 역시 한 시대의 정신적 모태를 추적하는 과정에서 주목을 요한다. 한편 그 시대 사람들이 막연하게 느꼈던 공통적인 기분이나 심정 역시 종종 거대한 공통분모를 형성하며, 이것은 문학의 기술(記述)을 추동하는 근본 동력이 되기도 한다. 마지막으로 모든 정신 활동의 근저에 잠복한 비교적 동일한 흐름, 모든 사유와 감정의 토대가 되는 심층적 저류(低流)가 또한 존재한다고 상정할 수 있다. 이렇게 이 글은 이데올로기와 더불어 시대에 특유한 집단적인 태도, 사유구조, 감정구조, 심층적 토대까지 논하고자 한다. 이를 위해 이데올로기보다 더 폭넓은 개념으로서 '망탈리테'를 제안한다. 이 글에서 망탈리테는 이데올로기, 집단적 태도, 사유구조, 감정구조, 심층적 토대 모두를 포함하는 개념이다.[27]

3. 망탈리테의 개념과 범위

망탈리테(Mentalité)[28]는 '아날학파'[29]로 알려진 역사학자들이 주로 사용

---

27 알튀세르의 '이데올로기'와 '망탈리테'의 상사성(相似性)과 영향 관계는 선행연구에서 지적된 바 있다. 고원에 의하면 망탈리테 역사가 조르주 뒤비는 알튀세르의 이론을 자신의 작업에 활용함으로써 망탈리테 역사 연구의 새로운 지평을 열었다(고원, 「아날과 마르크스주의」, 『프랑스사연구』 15호, 한국프랑스사학회, 2006, 159쪽 참조).

28 "망탈리테 개념의 집합적 성격은 현대 프랑스어 사전들에서 이 말의 '사회학적 용법'이 '일상적, 관례적 용법'과 별도로 들어지고 있음에도 충실히 반영되고 있다. 거기서의 사회학적 용례들을 정리해 보면 이 말의 의미가 다음과 같이 나타나고 있었다. ① 한 공동체에 특징적인 사고 및 정신 성향의 총체 ② 한 집합체의 사고를 특징지으면서 그 집합체의 성원 각자에서 공통되는 정신 습속 및 심층적 신앙의 총체 ③ 일정 사회를 특징 지우는 신앙, 사상, 성행의 총체 – 한 인간 집단의 습관적 사고방식 ④ 한 집단의 사회생활 및 종교 생활을 구성하는 풍습 및 관행의 총체. 이러한 사회학적 용법들을 검토해 볼 때, 망탈리테란 그 범위에 있어서는 "집합적 및 사회적 심리 상태의 공통적 내용"을 일컬으며, 그 내용에 있어서는 지각, 감성, 태도, 신념, 신앙, 사고방식, 감정, 심리 상태 등 지적, 감성적 차원을 두루 포괄하는 것이라고 말할 수 있어 보인다."(김영범, 「망탈리테사–심층사의 한 지평」, 『사회와역사』 31호, 한국사회사학회, 1991, 266~267쪽)

29 『아날』은 1929년 뤼시엥 페브르와 마르크 블로크가 공동 창간한 역사학 잡지(*Annales d'histoire économique et sociale*)이다. 이 잡지 제목은 '경제사회사연보'로 번역되기 때문에,

한 개념이다.[30] 자크 르 고프는 망탈리테 개념이 모호하긴 하지만, 그 부정확성이야말로 망탈리테사의 가장 강력한 장점이 될 수 있음을 시사한다.[31] 개념의 모호성이 다양한 연구 영역의 개척과 자유로운 사고의 개진을 가능하게 한다는 뜻일 터이다. 르 고프의 말대로 아날사가들 사이에서 망탈리테 개념은 다양하게 변주되어 왔으며 그 각각의 용례는 사가들 각자의 특유한 역사관과 역사기술 방법론을 반영한다. 보벨은 망탈리테사

아날학파는 '연보학파'라고 불기기도 한다. 1929년 창간사에서 페브르와 블로크는 역사학과 인접 학문 사이에 놓인 장벽을 없애고 상호 교류를 해야 한다고 주장한다. 1956년 페브르가 사망한 이후, 1968년까지 페르낭 브로델이 『아날』을 이끌어 갔으며, 그 후 자크 르 고프, 엠마뉘엘 르 롸 라뒤리, 마르크 페로가 편집위원회를 구성했다. 1981년 이후에는 앙드레 뷔르기에르, 자크 르벨, 뤼세트 발랑시, 베르나르 르프티 등이 편집에 참여하였다. 1994년 『아날』은 잡지의 이름을 『아날, 역사와 사회과학』(Annales Histoire, Sciences Sociales)으로 바꾸었다(김응종, 『아날학파의 역사세계』, 아르케, 2001, 19~22쪽 참조). 『아날』 창시자이자 제1세대 연구자인 페브르와 블로크는 역사학에 망탈리테 개념을 도입하고 그것을 분석의 유용한 도구로 활용한다. 그러나 그들 이후 망탈리테사는 역사 연구에서 한 동안 사라져갔다. 그들의 후계자, 아날 제2세대의 선도자 브로델은 망탈리테의 연구에 별다른 흥미를 보이지 않았고, 사회경제사에 더욱 주목하였다. 브로델이 1969년 『아날』의 편집위원회에서 물러난 이후, 70년대 망탈리테사가 화려하게 부활했다(고원, 앞의 글, 142쪽 참조). 그러나 변화의 조짐은 그 전부터 있었다. 망탈리테사가 역사학의 공식 영역에서 인정의 거점을 마련하기 시작한 것은 60년대의 조르주 뒤비와 로베르 망드루, 그리고 아날학파와 관계없이 독자적으로 작업한 필리프 아리에스 등의 연구성과 덕분이다. 70년대 중엽에 뒤비와 망드루는 페브르와 더불어 망탈리테사의 3대 이론가로 꼽혔고, 망드루와 아리에스는 망탈리테사의 초석을 놓았다고 평가되었다. 이밖에도 아날 내부에서 망탈리테사를 개척한 사람으로 엠마뉘엘 르 롸 라뒤리와 자크 르 고프를 들 수 있다.(아날 2세대와 3세대의 경계에 놓인 사람들) 한편 아날학파 외곽에서 망탈리테를 연구한 사가들로 조르주 르페브르, 필리프 아리에스, 노버트 엘리아스 등을 거론할 수 있다(김영범, 앞의 글, 282~300쪽 참조).

30 원래 '망탈리테'란 말이 학술적 의미로 사용된 것은 인류학에서였다. 레비 브륄은 1910년, 하층 사회에서의 망탈리테의 기능을 분석하였고 1922년에는 원시적 망탈리테에 관해 논하였다. 그는 감성적, 전(前) 논리적 행위에 따라 지배되는 문화적 기능을 파악하자는 의도로 이 용어를 사용하였다. 그 후 블롱델, 왈롱 등도 이 용어를 각각 심리학과 사회학에 도입하였다. 이들과 함께 스트라스부르 대학에 근무하였고 '토요일의 회합'이나 『아날』지를 통해 지적 교류를 나눈 페브르와 블로크가 이 용어를 역사학에 도입한 것은 자연스러운 일이었다(김응종, 『아날학파』, 민음사, 1991, 167쪽 참조).

31 김정자, 「'망탈리테'(mentalité)史의 可能性과 限界點」, 『서양사론』 31권 1호, 한국서양사학회, 1988, 50~51쪽 참조.

가들이 초기에는 대개 문화나 의식적 사고의 차원에서 망탈리테를 연구해 오다가 태도, 행동, 무의식적인 집단 표상에 대한 연구로 초점을 이동한다고 지적한다.[32] 그렇다 하더라도 다양한 망탈리테 개념 중에서 공통분모를 추출하고, 입장의 차이가 드러나는 지점에서는 이 글에서 사용할 망탈리테 개념을 선택하고 한정할 필요가 있다. 이에 몇몇 아날 사가들이 어떤 방식으로 망탈리테 개념을 사용하였는지 살펴봄으로써 망탈리테 개념을 보다 명징하게 밝히고자 한다.

망탈리테사의 선구자로 불리는 뤼시엥 페브르는 "각각의 시대는 심성적으로(mentalement) 자신의 우주를 만든다"[33]는 말로 역저 『16세기의 무신앙 문제』의 포문을 연다. 그에 따르면 모든 사유 혹은 사상은 한 시대의 분위기, 즉 한 시대가 자기 시대의 모든 관습, 모든 표현에 만들어준 삶의 제반 조건의 비밀스러운 활동에 의해 전반적으로 그 색조가 입혀진다. 이러한 한 시대가 찍어준 유형의 표식은 과거에도 없었고, 또 앞으로도 없을 그러한 것, 그 시대에 특유한 것이다.[34] "인간 발달의 각 시점에 있어서, 인간의 믿음은 그것에게 허용된 테두리를 벗어나지 못한다."[35] "사고에 대한 가혹한 속박, 무거운 족쇄: 아무도 여기에서 벗어나지 못하였다."[36] 여기에서 "한 시대가 자기 시대의 모든 관습, 모든 표현 등에 만들어준 삶의 제반 조건의 비밀스러운 활동", "한 시대가 찍어준 유형의 표식", "인간의 믿음에 허용된 테두리", "사고에 대한 가혹한 속박, 무거운 족쇄"라는 말이 바로 망탈리테를 지시한다. 페브르가 규정한 망탈리테의 개념은 이

---

32 위의 글, 50~51쪽 참조.
33 뤼시엥 페브르, 김응종 역, 『16세기의 무신앙 문제』, 문학과지성사, 1996, 4쪽.
34 위의 책, 10~11쪽 참조.
35 위의 책, 30쪽.
36 위의 책, 466~467쪽.

렇게 정리된다. 첫째, 어떤 시대의 거의 모든 정신 활동은 그 근저에 자리 잡은 거대한 심적 구조로부터 파생되거나 영향 받는다. 둘째, 그 거대한 심적 구조는 그 시대에 특유한 것이다. 셋째, 인간은 그 구조로부터 벗어나지 못하고 끝내 거기에 구속되고 만다.[37]

자크 르 고프는 『서양 중세 문명』의 서문에서 그가 "철학자들과 지식인들의 위대한 사상을 연구하기보다" "남녀 대중들의 심리적 반응과 행동, 이를테면 망탈리테를 연구하는 새로운 형태의 역사학에 중점을 두었다"[38]고 밝힌다. 여기에서 그는 망탈리테를 철학자와 지식인들의 위대한 사상과는 구별되는 "남녀 대중들의 심리적 반응"으로 규정하고 있다. 그는 또한 역사가 사회의 "감수성, 심리, 가치"에 관심을 가져야 한다는 역사관을 따른다고 밝힌다.[39] "사회란 그것을 이루는 인간들의 행동 못지않게 꿈을 통해서도 이해될 수 있으며, 물질적 실재 못지않게 상상적 세계(정신적 실재) 속에서 작동하기 때문이다."[40] 이때 간과할 수 없는 것이 지배 이데올로기의 역할이다. 가령 서양의 중세는 기독교라는 지배 이데올로기의 자장 안에 있었다.[41] 다른 곳에서 그는 망탈리테가 계급 경계선을 가로 질러 만인에게 공유되는 것이라고 논한다. 뒤비의 "봉사에 대한 봉건적 관념"과 "봉건성" 역시 중세의 망탈리테이며, 막스 베버의 "프로테스

---

37 이 세 번째 사실은 비록 인간에 대한 비관적 전망을 담고 있는 듯 보이지만, 페브르의 지적 입장을 보여준다. 그는 아날학파의 제1세대에 속하고 아날학파가 근본적으로 구조주의를 지향했으므로 이러한 구조주의적 역사관은 그에게 필연적인 것이다. 그러하기에 페브르에 따르면, 현재를 사는 우리가 과거의 한 작가를 잡아서, 그가 쓴 책의 이러이러한 구절이 우리의 독특한 지각 방식과 부합한다는 구실로, 오늘날 우리의 사유와 판단의 박스 속에 독단적으로 집어넣는다면, 죄악 중의 죄악, 그 무엇보다도 사면 받지 못할 죄악인 시대착오를 범하는 일이다(위의 책, 11쪽 참조).

38 자크 르 고프, 유희수 역, 『서양 중세 문명』, 문학과지성사, 2008, 6쪽.

39 위의 책, 6쪽 참조.

40 위의 책, 7쪽.

41 위의 책, 22~23쪽 참조.

탄트 윤리"도 역시 하나의 망탈리테이다.[42] 이 저서에서 눈길을 끄는 것은 저자 스스로 망탈리테사를 규정하는 언어들이다. 그는 망탈리테사를 "빠르지만 피상적인 사건들의 전개보다는 물질적이건 정신적이건 심층적 구조들의 전개가 더 중시되는 비교적 완만한 역사"[43]의 일부로 본다. 사건보다 심층적 구조에 더 주목하는 완만한 역사란 아날학파가 줄곧 주창해온 구조주의적 역사를 뜻한다.[44] 르 고프의 망탈리테 개념은 이렇게 정리된다. 첫째, 망탈리테는 천재적 엘리트의 독창적이고 위대한 사상이라기보다는 남녀 대중의 심리적 반응과 감수성과 가치관이다. 둘째, 사회를 이해하기 위해서 물질적 현실보다는 집단적 상상 세계의 분석이 긴요하다. 셋째, 망탈리테사는 피상적이고 개별적인 사건보다는 심층적 구조에 주목한다. 넷째, 망탈리테는 지배 이데올로기와 밀접한 연관을 맺는다.

조르주 르페브르는 1789년 무렵 집단적으로 형성된 혁명적 심성이 프랑스 혁명을 촉발했다고 논한다. 그에 따르면 역사적 사실의 "진정한 인과관계를 형성하는 것 그리고 좀 더 분명히 표현하자면 결과를 제대로 이해할 수 있게 만드는 것이 바로 집단심성"[45]이며 "사회사는 대립하는 각 계급들의 외적 양상들을 묘사하는 것에 그쳐서는 안 된다. 사회사는 각 계급의 심적 내용에 도달해야 한다. 이렇게 해야 정치사, 특히 혁명적 모임의 행동을 설명하는 데에 기여할 수 있다."[46] 여기에서 집단심성, 심적

---

[42] 김정자, 앞의 글, 51~52쪽 참조.
[43] 자크 르 고프, 앞의 책, 26쪽.
[44] 또한 망탈리테는 "아직까지도 유치한 단계에 있던 역사학에 집단심리학을 도입하려는 오래된 계획에 대한 어설픈 응답"이며, "그러면서도 이 같은 응답은 그리 인상주의적이라거나 주관적이지 않은 형태를 띠면서 정신적 구조에 그 자체의 유연함과 모호함을 유지시키고 있다"고 한다(위의 책, 34쪽 참조).
[45] 조르주 르페브르, 「혁명적 군중」, 최갑수 역, 『1789년의 대공포』, 까치, 2004, 280쪽.
[46] 위의 책, 280쪽.

내용, (혁명적) 심성은 모두 망탈리테를 가리킨다. 그가 논하는 망탈리테는 프랑스 혁명처럼 구체적이고 특수한 사건을 유발한 집단심성이다. 그의 개념은 위의 페브르와 르 고프의 개념에 비해서 단발적이고, 표층적이고, 쉽사리 간파 가능한 성질을 띤다. 그러니까 한 시대의 전체적 심적 풍토라기보다는 중대하고 특정한 사건과 인과관계를 형성하는 특유하고 단일한 심성, 즉 중대하지만 국지적인 사건의 이해에 기여하는 보조 개념 수준인 것이다.

여기에서 짚고 넘어가야 할 점이 있다. 그것은 국내의 망탈리테 연구의 동향과도 관련되어 제기되는 문제이다. 서두에서 말했듯 국내 국문학계의 망탈리테 연구에서 망탈리테는 감정구조와 동일시되는 경향[47]이 있다. 이들의 망탈리테 개념은 다소 아리에스의 그것과 상통하는 듯하다. 아리에스는 망탈리테사가들 중 무의식과 정서적인 측면에 보다 주목한 연구자이다.[48] 망탈리테가 감성적 차원을 포함하는 것은 분명하지만 과연 감성에만 국한되는가. 이 문제는 망탈리테 사가들 사이에서도 이견이 분분한 사안이다. 정신사를 계몽주의나 합리주의 등 굵직한 사상사적 사조로 분석하는 방법에 대한 반발은 대체로 망탈리테사가들 사이에서 공유된다. 하지만 '망탈리테가 순전히 감성적인 것만을 일컫는가 / 지적인 것도 포함하는가' 하는 문제 혹은 '무의식적인 것만을 일컫는가 / 의식적인 것도 포함하는가' 하는 문제 앞에서는 사가들마다 다른 의견을 내놓는다. 앞서 언급한 대로 보벨은 망탈리테사가들이 초기에는 대개 문화나 의

---

47 천정환, 앞의 책과 김석봉, 앞의 글 참조.
48 아리에스에게 망탈리테는 무의식적인 것, 인지되지 않는 것, 말로 표현되지 않으면서도 반복이나 관례로 인하여 일상적이게 된 것, 즉 사회적·문화적 현상의 밑바닥에 자리한 집단 무의식과 집합 기억과 같은 것을 의미한다. 다시 말해 망탈리테는 사람들이 세계를 느끼고, 살고, 행동하게 하는 도구이자 근원인 일상적인 '집합적 비의식' 같은 것이다(김영범, 앞의 글, 268쪽 참조).

식적 사고의 차원에서 망탈리테를 연구해 오다가 태도, 행동, 무의식적인 집단 표상에 대한 연구로 초점을 이동한다고 지적한 바 있다.[49]

국내의 망탈리테 연구에서 망탈리테 개념이 집단적 감정구조에만 초점을 맞춘 채 협소하게 쓰이는 현상은 재고될 필요가 있다. 서두에서도 논했듯, 인간의 심성은 감정으로만 구성되어 있지 않다. 어떤 집단적 감정구조는 각종 이데올로기가 각축하는 정신적 배경과 무관하지 않다. 감정구조를 파생시킨 연원에는 다양한 지적, 의식적 차원의 정신 작용이 존재한다. 또한 무의식적으로 표출되는 집단적인 태도도 망탈리테라 할 수 있는데, 그런 태도 역시 시대의 지배 이데올로기와 담론 등 지적·의식적인 차원의 정신 작용의 복합체로부터 비롯된 것이다. 이렇게 본다면 인간의 심성을 논할 때 무의식과 의식을 구별하는 것은 의미가 없을지도 모른다. 이런 맥락에서 이 글은 망탈리테의 개념에 지적인 것과 의식적인 것을 포괄하는 입장을 취할 것이다.

이 같은 이 글의 방향은 실상 망탈리테사가들이 가장 일반적으로 취한 입장이기도 하다. 망드루는 오랫동안 많은 아날사가들에게서 수용된 망탈리테 개념을 제안한다.[50] 그는 망탈리테를 "세계관" 개념과 흡사한 것으로 이해한다. 그에 따르면, 세계관은 지적 및 정서적, 또는 개념적 및 감각적 영역을 모두 포괄하는 것이다. 어떤 동질성을 지닌 집단이라면 자연계와 인간 세계, 사회관계들에 대한 나름대로의 표상을 만들거나 수용하고 있으므로 모든 집단은 세계관을 가진다고 한다.[51] 또한 이 글은 골드만의

---

49   김정자, 앞의 글, 50~51쪽 참조. 망탈리테사 초창기의 두 거장 페브르와 블로크에게서마저 이런 차이가 드러난다. 블로크는 정치적·종교적 표상들에서 떠나 점차 무의식적·감정적 구조, 그러나 사회적·물질적 현상과 밀접히 연결되는 정신적 현상에 주의를 집중시켜 간 반면, 페브르는 계속해서 정신적 세계의 모든 수준의 지적·심리적 현상을 총체적으로 통합시키려고 했다고 한다(같은 글, 54쪽 참조).
50   위의 글, 52쪽 참조.

세계관[52]의 개념 중 인간이 타인 혹은 세계와 관계 맺을 때 작동하는 일관된 관점, 생각하고 느끼는 방식의 총체라는 점을 망탈리테의 개념으로 수용한다. 역사성과 사회성과 집단성 등 세계관의 특질 역시 망탈리테의 성격으로 수용한다. 단 골드만과 달리 망탈리테를 이데올로기, 태도, 사유구조, 감정구조, 심층적 토대 등으로 세분하여 논하면서 구체화하고자 한다.

　망탈리테의 개념에 관한 또 하나의 논쟁점은 이데올로기와의 관련성 문제이다. 망탈리테는 이데올로기와 같은 것인가, 다른 것인가? 망탈리테는 이데올로기의 하위 개념인가, 상위 개념인가? 이 문제에 관해 보벨은 유의미한 시사점을 던져 준다. 보벨은 망탈리테를 이데올로기 개념보다 더 큰 범주로 파악함으로써 양 개념간의 화해를 시도한다.[53] 이데올로기가 정형화된 것이라면 망탈리테는 아직 정형화되지 않은 것, 무의식의 층에 깊이 침잠되어 있는 것을 포괄한다. 또한 망탈리테는 다소 지적이고

51　김영범, 앞의 글, 269쪽 참조. 망드루는 망탈리테 개념을 "다소간 개념화된 지적 표상들의 체계"라 할 수 있는 이데올로기 개념과 구별한다(같은 글, 269쪽 참조). 이 글은 망탈리테를 세계관과 비슷한 것으로 파악한 망드루의 관점은 수용하지만, 망탈리테를 이데올로기와 구분한 점은 수용하지 않는다. 이데올로기와 망탈리테와의 관련성은 다음 단락에서 논의한다.

52　이 책에서 사용하는 "망탈리테" 개념은 뤼시앙 골드만의 "세계관" 개념과 매우 흡사하다. "세계관"이란 "인간이 동시대의 인간과 세계에 대하여 맺는 관계에 있어서 일관되고 통일적인 관점"(뤼시앙 골드만, 박영신 외역, 『문학사회학 방법론』, 현상과인식, 1984, 161쪽)을 의미한다. "개인들의 사고는 좀처럼 일관되거나 통일적이지 않기 때문에, 세계관은 한 특정한 개인의 실제 사고와 대응하는 일은 별로 없다."(같은 책, 161쪽) "세계관들은 역사적이고 사회적인 사실들이다. 그것들은 생각하고 느끼고 행동하는 방식들의 총체성이며, 주어진 조건들 가운데 비슷한 경제적·사회적 상황 속에 처해져 있는 사람들에게 부과된다."(같은 책, 163쪽) 어떤 사회적 집단에게 부과되는 세계관들은 단번에 나타나는 것도 아니고 고립된 개인에 의해 생성되는 것도 아니다. 같은 방향을 향한, 수 세대에 걸친 노력이 세계관을 형성한다. 세계관들의 수는 다양한 사회 집단들이 처한 역사적 상황들의 수보다 훨씬 적다. 이로써 세계관의 유형학이 가능해진다. 그러나 이들 세계관들은 서로 다르거나 대립적이기까지 한 사회적·경제적 상황들을 표현할 수 있다(같은 책, 161~166쪽 참조).

53　김정자, 앞의 글, 52쪽 참조.

의식적인 이데올로기에 비해 장기 지속적인 기억, 회상, 형상들, 말하자면 심적 구조의 관성력과 깊은 관련을 갖는 개념이다. 이렇듯 이데올로기와 망탈리테가 구분되기는 하지만, 밀접한 관련을 맺고 있는 것도 사실이다.[54] 단적으로 망탈리테는 "일종의 이데올로기를 내포하고 있으나 이를 초월하는 개념"이다.[55] 이것은 바로 이 글이 취하는 관점이기도 하다. 이데올로기의 구성 과정은 지적이나 발현 과정은 반(反)지적이다. 고도의 지적 작업이 이데올로기를 구성하지만, 구성된 이데올로기는 대중에게 침투하여 개인의 판단 방식과 행동 방식을 무의식적으로 지배한다. 이때 이데올로기는 더 이상 의식적인 것도 지적인 것도 아니다. 이러한 복합적 차원을 지닌 이데올로기는 망탈리테에 포함되어야 할 뿐만 아니라, 망탈리테의 중요한 축을 이룬다고 생각된다. 그러나 전술했듯 이 글에서의 망탈리테는 이데올로기 말고도 다른 것들을 포함한다.

또 하나의 문제가 있다. 망탈리테는 과연 민중들의 심적 태도만을 지칭하는가? 아니면 망탈리테의 주체에는 지식인도 포함되는가? 망탈리테사가 '아래로부터의 역사' 서술방법의 일환으로 제안되었다는 언명[56] 그리고 앞에서 보았듯 자크 르 고프가 "남녀 대중의 심리적 반응"에 주목하였다는 언명은 복잡미묘한 성질을 띤다. 망탈리테사는 분명히 왕조사·정치사 중심의 역사 서술에 반대하는 구조사의 흐름의 연장선상에 있으며, 지성사·사상사 중심의 역사 서술에 반발한다. 이런 차원에서 보자면 망

---

54 두 개념의 관계를 다음의 두 가지 관점으로 볼 수 있다고 한다. 첫째, 망탈리테를 이데올로기의 심층 수준에 있는 것, 혹은 파편화된 이데올로기의 흔적으로 볼 수 있다. 둘째, 망탈리테를 내생적 본질로, 이데올로기를 외삽된 표피로 볼 수 있다. 이때 망탈리테는 아리에스의 '집단 무의식'의 개념에 가까워진다(김영범, 앞의 글, 326~327쪽 참조).

55 프랑수아 도스, 김복래 역, 『조각난 역사』, 푸른역사, 1998, 238쪽.

56 김정자, 앞의 글, 45~46쪽. 김영범 역시 '대중적-민중적인 것에 대한 강조'를 망탈리테 개념을 형성하는 중요한 요소로 본다(김영범, 앞의 글, 271쪽 참조).

탈리테사가 '아래로부터의 역사'라는 언명은 맞다. 그러나 과연 그 '아래'가 민중을 의미하는가? 이 문제에 관한 도스의 다음과 같은 진술은 주목에 값한다.

(엘리트문화와 민중문화의 분리는) 역사적인 실제에 적용되기 어렵다. 왜냐하면 역사가가 민중문화의 요소라고 기껏 발굴해낸 것도, 실제로는 그 기원이 학술문화에서 유래한 것이 압도적으로 많기 때문이다. 또한 어떤 문화를 민중과 동일시하는 것도 잘못이다. 왜냐하면 그러한 문화는 대개 지배층이 민중용(民衆用)으로 특별히 마련한 것이기 때문이다. 그 문화의 형태는 특수하고 물론 격도 훨씬 떨어진다. 이처럼 민중문화는 지배계층이 민중에게 제안하고 강요한 것이기 때문에, 사실상 그 기원이 서민층에게 있지 않다. 그러므로 이 두 문화를 마치 외재적인 실재로서 기능시키는 것은 실제로 타당하지 않다.

원래 '민중'이나 '엘리트'라는 개념은 훨씬 더 복잡한 현실을 내포하고 있기 때문에, 그러한 분리는 너무 단순한 생각이다. 그리하여 로베르 망드루나 조르주 뒤비는 이처럼 잘못된 공리에 입각한 새로운 체계주의를 경계하였다. (…중략…) 문화는 권력도구에 의해서 분비된 지배적인 이데올로기로 작용하며, 또 전 사회적 차원에서 문화가 점차로 유도해내는 일종의 견인력이나 동의에 의해 널리 전파된다. 그러므로 어떤 매개물이나 매개자 없이 사회 영역의 맨 밑으로부터 분출되는, 즉 민중적인 감수성에서 자발적으로 용솟음치는 문화는, 오늘날 역사가의 담론이 만들어낸 신화일 뿐이다. 실제로 많은 사가들이 이러한 도식을 사용하기를 주저한다.[57]

---

57   프랑수아 도스, 앞의 책, 244~245쪽.

공교롭게도 망탈리테사가들의 연구대상은 문자로 쓰인 텍스트들이다. 그 텍스트는 지식인에 의해 기술되었다. 도스의 지적대로 민중의 문화라고 하더라도 지배층에 의해 고안된 경우가 많다. 실제로 많은 망탈리테사가들은 사료를 지식인의 저작에서 구한다. 민중에 의해 쓰인 텍스트는 거의 찾기 어렵기 때문이다. 민중을 소재로 한 텍스트의 경우, 민중이 지식인에게 표상되는 양상과 지식인의 언어로 기술되는 양상을 분석하는 방법은 진정한 의미에서 민중의 망탈리테에 접근하지 못하며, 기껏 지식인 저자들의 망탈리테를 보여 줄 뿐이다. 진정한 의미의 민중의 망탈리테를 분석하려면 그들만의 언어로 쓰인 텍스트를 찾아야 할 것이다. 이 글은 이러한 한계를 솔직히 시인하고, 망탈리테의 주체를 지식인을 포함한 대중으로 설정한다. 하지만 망탈리테의 주체에 지식인을 포함한다고 해서 망탈리테사의 본연의 의미에서 벗어나지는 않는다. 이 글에서 일컫는 지식인은 종래 역사학에서의 예외적이고 독자적인 개인, 즉 제왕이나 천재가 아니기 때문이다. 그들은 집단적 심성과 의식을 공유하는 대중의 일부라는 뜻이다.

이상의 논의로부터 이 글이 수용한 관점을 정리하면 다음과 같다. 망탈리테는 한 시대의 집단적인 정신 현상 그 근저에 있는 거대한 심적 구조이다. 망탈리테는 사유와 감정의 표면적인 형상이 아니라 그 근본을 의미한다는 점에서 근본성을 띤다. 동시대인은 이러한 망탈리테에 구속되는 처지를 어지간해서는 피할 수 없다. 망탈리테는 시대인의 사고와 행동을 의식적·무의식적으로 지배한다. 이를 망탈리테의 중요한 속성으로서 구속성이라는 용어로 정리할 수 있다. 망탈리테는 시대에 특유하여 시대의 특질을 밝혀 줄 수 있다는 점에서 역사성을 띤다. 또한 한 개인에게 고유한 것이 아니라 집단적으로 공유된다는 점에서 집단성을 띤다. 이에 망탈리테를 "지속적인 일정 시기 동안 집단적으로 공유되는 정신적 풍토, 사람들의 사유와 감정의 저변에 존재하며 의식을 구속하는 심성적 구조"로 규정할 수 있다. 이는 근본성, 구속성, 집단성, 역사성 등 망탈리테의 속성을 고려한 규정이다. 망탈리테는 지적인 것과 정서적인 것을 포함할 뿐만 아니라, 의식적인 것과 무의식적인 것을 포괄한다. 그러나 이후 이 글에서 다룰 망탈리테는 보다 무의식에 가까운 것들이다. 망탈리테의 주체는 지식인과 민중 모두이다.

이 같은 규정은 아직 모호하다. 그래서 망탈리테의 개념을 보다 한정하고, 문학작품 연구에 적용할 수 있는 회로를 마련하기 위해, 이 글은 망탈리테를 이데올로기·태도·사유구조·감정구조·심층적 토대로 구체화한다. 앞에서 논했듯, 이 글은 사람들에게 자명하게 받아들여지고 그들의 생각과 행동을 유도하는 믿음 체계, 그러나 사람들이 당시에는 그 자명성을 의심하기 어려웠던 믿음 체계인 이데올로기를 망탈리테로 수용한다. 또한 인간이 타인 혹은 세계와 관계 맺을 때 작동하는 일관된 관점, 생각하고 느끼는 방식의 총체인 세계관의 개념 역시 수용한다. 이 세계관의 개념은 망탈리테 일반에도 적용되는 개념이지만, 특히 타인과 세계를 바라보고 인식하고 표상하는 방식을 '태도'라는 용어로 유별화하기로 한다. 푸코에 의하면, '태도'는 "그리스 사람들이 에토스라고 불렀던 것과 유사한 것"으로서, 동시대의 현실에 관련된 어떤 존재 양식, 선택하는 방식, 사유하고 느끼는 방식, 스스로에게 과업을 제시하는 방식을 뜻한다. 또한 태도는 태도의 주체가 어디에 속해 있는지 귀속 관계를 보여준다.[58] 이데

---

[58]　미셸 푸코, 장은수 역, 「계몽이란 무엇인가」, 김성기 편, 『모더니티란 무엇인가』, 민음사, 1999, 350쪽 참조. 태도는 특정 시대의 현실과 관련된다는 면에서 역사성을 띠며, 주체의 귀속 관계를 보여준다는 점에서 집단성을 띤다. 이런 측면에서 태도는 망탈리테의 한 요소로 거론될 만하다.

올로기와 태도는 문학작품의 주제와 확연히 구분되는 것으로서, 보다 무의식적인 것이고, 작품의 전면에서 표출되기보다 은닉된 상태로 드러난다. 한편 앞에서 망탈리테가 집단적 정신 현상 그 근저에 놓인 거대한 심성적 구조라 한 바 있다. 여기에서 정신 현상 혹은 심성을 사유와 감정으로 나누어서 그 각각의 구조를 고려할 수 있다. 이에 망탈리테의 일환으로 사유구조와 감정구조라는 개념이 도출된다. 사유구조란 다양한 사유의 근저에 놓인 유사한 근본 원리, 담론을 전개하도록 추동하는 힘, 지식인들이 사유를 구성할 때 작동하는 근본 동력, 무의식적으로 의존하는 사유의 습관 등이다. 사유구조 역시 저자가 의도적·표면적으로 표출하는 사상이 아니라 그것의 저변에 놓인 원리를 뜻하므로, 또한 무의식적으로 취하는 습관과 관련되므로 주제와 변별된다. 한 시대의 사상은 다수이지만, 사유구조는 극히 소수이다. 감정구조란 반복적으로 출현하는 감정, 집단적으로 공유되는 감정을 뜻한다. 이는 망탈리테의 요소 중 문학작품의 주제와 가장 근거리에 놓이지만, 반복성과 시대성으로 인해 주제와는 변별된다. 한편 시대의 모든 정신 활동의 근저에 면면하게 흐르는 거대한 저류(低流)가 존재한다고 상정할 수 있다. 이는 각종 이데올로기·태도·사유구조·감정구조가 공유하는 근본적 토대이다. 이를 심층적 토대로 일컫고자 한다. 심층적 토대는 비교적 단일하다.

4. 망탈리테 연구 사례와 연구방법

지금까지 문학 연구방법으로서 망탈리테의 개념을 명확하게 하고, 논자들이 언급한 망탈리테의 여러 성질 중 취할 것을 확정했다. 이제 구체적인 망탈리테 연구방법을 논하기 전에 먼저 망탈리테사가들의 실제 연구 사례를 일별해 보고자 한다. 일별 후에 연구 사례로부터 망탈리테 연구방법을 추출할 것이다. 그게 아니더라도 추상적으로 연구방법을 논의하는 것보다 실제의 구체적인 연구 사례를 보는 것이 그 자체로 연구방법에 많은 시사점을 제공할 것이다.

페브르는 라블레가 무신론자였다는 아벨 르프랑의 주장을 반박하기 위해서 16세기의 망탈리테가 우리의 그것과는 완전히 달랐음을 방대한 영역에 걸쳐서 증명해 나간다.[59] 당시의 어휘들, 구문들로부터 철학, 과학, 비학(秘學)까지 두루 분석하며 그들에게서 합리적 사고가 싹틀 수 없었음을 증명한다. 이러한 시대의 정신적 분위기 아래에서는 경신(輕信), 즉 쉽게 믿고 믿기를 원하는 망탈리테가 싹틀 수밖에 없었고, 무신앙이 가능하지 않았다. 기독교는 사람들이 숨쉬는 공기 그 자체였다.[60] 이러한 거대한 망탈리테를 논한 후, 페브르는 경신(輕信)의 망탈리테를 가능하게 한 세부적 망탈리테를 분석한다. 당시에 철학은 모순적이고 유동적인 의견들의 카오스에 불과했다. 의견을 굳건하게 해줄 토대인 '과학'이 없었기 때문이다. 교육 받지 못한 사람들에게, '전'과 '후'는 상호 배제하는 개념이 아니었다. 그들은 한 사람이 동시에 두 장소에 존재할 수 있다는 생각조차 익숙하게 수용했다. 세상의 나이에 대한 문제가 그들의 글에서 제기된 적도 없었다. 16세기의 논리학은 한편으로는 동일성의 원리와 모순의 원

---

59 아래 본문과 각주 60~62번에 요약한 페브르의 연구 사례는 뤼시엥 페브르, 앞의 책, 23~31 · 433~588쪽 참조.

60 16세기 사람들은 선택할 여지가 없었다. 거대한 망탈리테는 교회에 중심을 두고 있었다. 어머니 같은 주름 속에 웅크린 사람들은 자기들이 갇혀 있음을 느끼지도 못했다. 보편적인 장악력을 가지고 있는 종교에 대항해, 가장 현명하고 대담한 사람이라도, 철학에서도 과학에서도 진정한 디딤돌을 찾을 수 없었던 그러한 시대에 대해, 합리주의나 자유 비판 사상을 운운하는 것은 공상에 불과하다.

리에, 다른 한편으로는 제3자 배제의 원리에 토대를 두었다. 그래서 그들은 모든 토론에서 저절로 명백한 입장을 취했으며, 논증상의 중간 개념이 없었다.[61] 우리에게 당연하게 여겨지는 생각들, 가령 진리가 만인의 공동 재산이라는 생각, 진리의 일부를 소유한 사람은 만인에게 그것을 전달해야 한다는 생각을 그들은 가지고 있지 않았다. 마찬가지로 아는 것이 힘이란 생각, 과학이 기술과 결합해야 한다는 생각은 오늘날 자명한 것으로 수용되지만 16세기인들에게는 완전히 낯설었다. 그들의 정신적 구조, 망탈리테 자체가 우리의 것과 달랐다.[62]

블로크는 『봉건 사회』에서 중세인의 망탈리테를 이렇게 논한다. 인간의 생존이 불안했고 위생 상태가 열악했기에 중세인은 감정적으로 불안정했으며 신경과민적 흥분으로 자주 빠져들었다. 그들은 환각, 꿈, 징조에 병적으로 민감하였다. 그들은 미칠 듯한 슬픔이나 기쁨을 억제해야 한다는 강요를 받지 않았기에 쉽게 절망하고 격분하는 등 급격한 감정 변화를 일으켰다. 그들은 시간에 무관심하고 정확성을 지향하지 않았다. 일반인은 문어인 라틴어에 접근할 수 없었기에 생각을 근사치로밖에 표현 못했고, 이는 정신적 엄밀성이 결여되었음을 보여준다. 한편 지적인 세계는 성직자가 담당했다. 그들이 정책을 결정하고 표현하고 기록했기에 당시

---

61 두 개의 대립항 가운데 하나는 필연적으로 옳고, 다른 하나는 필연적으로 그른 것이었다. 결국 그들에게는 에라스무스처럼 섬세하고 유연한 뉘앙스를 지닌 사람보다 루터처럼 난폭하고 잔인한 성격을 가진 사람이 더 호감을 주었다.

62 그들은 지금보다 시각이 전해주는 정보를 중요하게 여기지 않았다. 16세기에는 '전망 좋은 주택'이라는 개념도 태어나지 않았다(이 개념은 낭만주의 시대에나 등장한다). 16세기 사람들은 '법칙'의 개념이나 '초자연적인 것'과 대비되는 '자연적인 것'에 대한 개념을 가지지 못했다. 그들은 생각하고 비판하고 판단하기보다는 느끼고 믿기에 여념이 없었다. 16세기 사람들의 무신앙을 우리의 무신앙과 비교할 수 있다고 가정하는 것은 시대착오적이다. 라블레를 20세기 자유사상가들의 우두머리에 놓는 행위는 완전한 광기이다.

문서는 냉정한 현실을 은폐한 위선적인 어구로 가득 차 있었다. 일반 영주들은 라틴어를 몰라서 기록과 기억에 어려움을 겪었고, 그들의 들쑥날쑥한 문서들은 일관성을 결여한 중세인의 망탈리테를 보여준다. 종교의 영향으로 중세인은 감각적 세계가 가면, 혹은 실체를 표현할 임무를 띤 징조에 불과하다는 사유구조 속에 있었다. 현상보다 현상에 대한 해석이 중시되었다. 역시 종교의 영향으로 종말이 가까웠으며 현재는 과도기일 뿐이라는 생각이 만연했다. 이는 전체적으로 어두운 분위기를 조성했고, 구원과 속죄에 대한 갈망·저 세상에 대한 집념·지옥에 대한 공포로 점철된 망탈리테를 낳았다.[63]

자크 르 고프는 『서양 중세 문명』에서 중세 문명의 본질을 두 가지로 파악한다. 첫째, 막강한 지배 이데올로기인 기독교가 핵심적인 역할을 수행했다. 둘째, 총체성과 전체에 대한 열망과 학문적·지적 분야에서 전체주의적 성향이 강했다.[64] 이러한 거대 망탈리테를 지적한 후, 그는 10세기에서 13세기 사이 중세의 망탈리테를 세부적으로 논한다. 중세에는 천국에 못 갈지도 모른다는 불안과 공포가 팽배했다. 성경에 최고 권위를 부여하는 습관은 어떤 권위에건 의존하는 심성을 파생했다.[65] 그들은 권위뿐만 아니라 기적에 의한 입증을 좋아했다. 현세는 신성한 숨은 세계를 보여주는 상징이라고 여기는 감수성이 팽배하였다. 감각적 구체의 배후에서 실재적인 추상을 찾아내고자 하고, 숨겨진 실재를 감각적으로 드러나게 하고자 하는 열망이 강하였다.[66] 또한 두 적들 사이의 대립을 통해

---

63 마르크 블로크, 한정숙 역, 『봉건 사회』 1, 한길사, 2006, 213~274쪽 참조.
64 자크 르 고프, 앞의 책, 35~36쪽 참조.
65 그리하여 저술은 다수가 인용으로 점철되어 있다. 지식은 인용이나 선문(選文)을 긁어모은 것이었다.
66 중세적 감수성은 기본적으로 색과 육체의 매력에 대한 취향으로 대별된다. 눈부신 색

사고하는 경향이 자주 드러났다. 즉 모든 도덕적 삶은 선과 악, 덕과 사악, 영혼과 육체 사이의 투쟁으로 채워졌다.[67]

위의 공시적 논의와 달리 아리에스는 통시적으로 논의를 펼친다. 그는 중세부터 20세기까지 서양인들이 죽음 앞에서 취했던 태도, 즉 죽음을 바라보는 방식을 네 단계로 구분하여 논한다. 첫째 단계는 12세기 이전 천 년 동안 펼쳐진 '길들여진 죽음'의 시기이다. 그들에게 죽음은 친숙하고 일상적인 것이었다. 이는 운명과 자연의 질서를 수용하는 망탈리테를 전제로 하고 있었다. 그래서 그들은 죽음 앞에서 과도한 감정을 표현하지 않았다. 죽음은 단순하고 소박하게 용인되었으며 무관심하게 표현되었다. 두 번째 단계는 11~12세기부터 16세기까지 '자신의 죽음'의 시기로, 이때 죽음이 개인화되었다. 널리 유포된 최후의 심판에 대한 사상, 즉 죽음의 순간 자신의 일생을 떠올리면서 심판을 받는다는 생각이 만연하면서, 죽음을 앞둔 이는 자신의 전기(傳記)를 인식하게 되었고, 자신의 죽음에 관한 개인적이고 내적인 감정에 빠져들었다. 세 번째 단계는 '타인의 죽음'의 시기이다. 18세기부터 인간은 죽음을 찬양하고 극화하면서 그것에서 감동을 얻는 경향을 보였다. 자기 자신의 죽음에 이전과 같은 관심을 보이지 않았고, 타인의 죽음을 낭만적이고 수사학적으로 치장하였다.

상에 대한 취향, '야만적' 취향. 빛은 고차원적 상징들로 구성된 가장 열렬한 동경의 대상이었다. 아름다움은 풍요로운 것, 화려한 것, 찬란한 것, 선한 것이었다. 아름다움이 성스러움의 필수적 속성이 될 정도로 육체적 아름다움에 높은 가치가 부여되었다. 중세인은 육체적 힘, 용기, 영웅적 행동을 숭배했다.

67 기만스러운 지상적 현실의 저편으로 숨은 진실을 찾으러 가는 것이 중세인들의 주요 관심사였다. 중세인들은 망각을 제공하거나 현실에서 도피시켜 주는 것들에 항시 의존했다. 최음제, 자극제, 사랑의 미약, 향수 등. 모든 이들에게 꿈은 생활의 중요 요인이었다. 예고적인 꿈, 계시적인 꿈, 선동적인 꿈 등 꿈은 정신 생활의 줄거리요, 자극제였다. 그들은 마술적 망탈리테를 지녔다. 이상 르 고프 연구의 요약과 각주 65~67번은 자크 르 고프, 앞의 책, 535~564쪽 참조.

타인에 대한 회한과 추억의 상념은 19세기와 20세기에 묘와 묘지에 대한 새로운 숭배를 불러 일으켰다. 20세기 중반부터 시작된 네 번째 시기는 '금지된 죽음'의 시대이다. 죽음은 수치스럽고 금기시된 대상이 되어가고 있었다.[68] 두드러진 슬픔의 표현은 비난거리로 인식되면서 사라져갔다. 화장(火葬)은 모든 것을 무(無)로 만들고, 죽은 자를 회상하면서 묘지를 순례하는 일을 배제한다.[69]

조르주 르페브르는 1789년 프랑스 혁명 당시 프랑스인의 망탈리테를 분석한다. 파리와 베르사유에서 공포를 일반화시켰던 주된 이념이 형성되었다. 이념의 내용은 이렇다. 특권계급이 외세를 끌어들이며 제3신분에게 복수할 것이다. 그들은 곡물의 매점매석을 통해 민중을 아사(餓死)시킬 것이다. 부랑자들을 이용하여 제3신분을 말살할 것이다. 이러한 이념은 허위서한과 구전을 통해서 프랑스 전 지역에 전달되었다. 오보가 만연하고 사실이 왜곡·과장되었으나, 소문은 급속히 퍼져나갔다. 이러한 소문은 농민반란으로 이어지고 대공포를 촉발했다. 영주들이 반란을 잔인하게 진압하리라는 공포심과 비적과 특권계급이 한패라는 신념이 두려움을 증폭해 갔다.[70]

위의 실제 망탈리테 사가들의 연구 사례를 일별하면서 망탈리테 연구 방법에 관해 두 가지 시사점을 얻을 수 있다. 첫째는 망탈리테의 심도(深度) 문제이고, 둘째는 연구 대상 시기의 공시성 / 통시성 문제이다.

우선 망탈리테의 심도 혹은 층위 문제를 고찰해 보자. 뒤비는 망탈리테

---

[68] 죽음의 장소부터 이동했다. 사람들은 더 이상 가족에게 둘러싸인 채 자신의 집에서 죽어가지 않았고, 병원에서 혼자 죽어갔다. 죽음의 지배자가 11~15세기에 죽는 사람 자신이었다면, 19~20세기에는 가족이었고, 20세기 중반에는 병원의 진료팀이었다.

[69] 위의 아리에스 연구 사례 요약과 각주 68번은 필리프 아리에스, 「죽음 앞에서의 태도」, 이종민 역, 『죽음의 역사』, 동문선, 2002, 19~86쪽 참조.

[70] 조르주 르페브르, 최갑수 역, 『1789년의 대공포』, 까치, 2004, 91~175쪽 참조.

를 세 개의 리듬으로 나누었다. 첫 번째는 아주 신속한 순간의 감정이나 순식간의 메아리 속에 퍼지는 풍문 등이고, 두 번째는 특수한 사회집단이 공유하는 신념의 전개, 세 번째는 보다 장기지속적인 것으로 변화에 완만하게 버티고 있는 심성적 토대, 문화유산, 그리고 단순히 사건의 차원을 넘어 보다 영속적으로 존재하는 신념 체계나 행동 모델 등이다.[71] 뒤비의 모델은 브로델의 '사건-콩종튀르-구조' 모델[72]을 참조한 것이다. 이 두 모델을 참조하여 망탈리테의 세 가지 차원을 상정할 수 있다. 첫째, 표피적·즉각적으로 간파되는 정신적 동향 혹은 유행. 이를 표층적 망탈리테라고 부를 수 있을 것이다. 둘째, 보다 심층적인 것으로 일정 기간 동안 집단적으로 공유되는 정신적 동향. 이를 중층적 망탈리테라고 칭할 수 있다. 셋째, 중층적 망탈리테보다 심층에 놓인 거대한 흐름 혹은 장기지속

---

[71] 프랑수아 도스, 앞의 책, 298쪽 참조. 아리에스는 자신의 방법이 망탈리테의 "더욱 은밀하고 은폐된 주동인, 즉 집단적 무의식"에 주목한 것이라면 보벨의 방법이 보다 "명확한 관념"에 기반한 것이라고 밝힌 적이 있다. 이 또한 망탈리테의 차원에 관한 시사점을 던져준다. 아리에스에 따르면, "심성 — 삶과 죽음에 대한 태도 — 을 불러일으키는 대편류(大偏流)는 생물학적이고 문화적인 경계에서 더욱 은밀하고 은폐된 주동인(主動因), 즉 '집단적 무의식'에 좌우된다. 그것은 자아의식과 상승하고 싶은 욕구, 또는 집단적 운명에 대한 감정, 사회성 등 기본적인 심리의 위력을 활성화한다." 그러나 보벨은 "'명확한 관념'으로 불리던 것들, 즉 종교적, 철학적, 윤리적, 정치적 이론들, 그리고 과학과 기술의 진보와 사회-경제 시스템의 진보에 대한 심리학적 효과에 대해서보다는 풍습에 더 많은 중요성을 부여하려는 경향이 있다."(필리프 아리에스, 「집단적 무의식과 명확한 관념」, 이종민 역, 앞의 책, 265~266쪽)

[72] 브로델은 망탈리테사가라기보다는 사회사였지만, 역사의 심층 구조에 주목한다는 점에서 망탈리테사가 뒤비와 동궤에 놓인다. 두 사람 모두 아날학파로 묶이는 것도 이 때문이다. 브로델의 모델은 다음과 같다. 브로델은 역사 연구와 서술에서 사건, 콩종튀르, 구조의 세 층위를 설정한다. 사건들 가운데 장기지속적으로 되풀이되는 사건들은 구조를 구성하고, 일정한 시간 계열에서 주기적으로 순환하는 사건들은 콩종튀르를 구성한다. 구조는 가장 밑바닥에 놓인 항상적인 것, 부동적인 것, 반복적인 것, 완만한 것, 영속적인 것을 뜻한다. 구조와 콩종튀르에 포함되지 않는 나머지 사건들은 먼지에 불과하다. 사람들은 구조와 콩종튀르의 토대 위에서 살고 있다(김응종, 『페르낭 브로델-지중해·물질문명과 자본주의』, 살림, 2006, 79~118쪽 참조).

적인 심층적 토대. 이를 심층적 망탈리테라고 일컬을 수 있다. 이 분류는 단순히 망탈리테의 심도에 따른 것이다.

위에서 가령 르페브르의 연구는 표층적 망탈리테에 주목했다고 보인다. 프랑스 혁명기에 특권계급이 음모를 꾸미며 복수할 것이라는 소문이 농민반란을 촉발했고, 나아가 대공포를 조장했다는 논의 속의 '공포'라는 망탈리테는 보다 즉각적이고 표피적으로 간파되는 차원의 것이다. 대부분의 논의는 중층적 망탈리테에 속한 것으로 보인다. 가령 논증상 중간 개념을 결여하여 명백히 이분법적 입장을 고수하기에 익숙한 16세기인들의 망탈리테(페브르), 전후 개념과 장소의 단일성 개념에 낯선 16세기인들의 망탈리테(페브르), 정신적 일관성과 엄밀성을 결여한 중세인들의 망탈리테(블로크), 공적 언명에서 현실을 은폐한 위선에 경도되는 망탈리테(블로크), 상징적 해석을 좋아하는 중세인들의 망탈리테(르 고프), 두 적들 사이의 대립을 통해 사고하는 망탈리테(르 고프) 등이 그것이다. 이 중층적 망탈리테는 표층적 망탈리테보다 심층적이지만 단일하지는 않다. 다양한 중층적 망탈리테의 목록을 작성할 수 있다. 심층적 망탈리테는 가장 오랫동안 지속되는 것으로서, 믿기를 원하는 16세기인들의 망탈리테(페브르), 기독교라는 지배 이데올로기와 총체성·전체에 대한 열망으로 규정되는 10~13세기인들의 망탈리테(르 고프) 등이 이에 속한다. 이 차원의 망탈리테는 중층적 망탈리테보다 심층에 있는 것, 모든 것의 근저에 흐르는 저류이며, 비교적 단일한 것으로 간파된다. 그러나 이것은 상식적인 차원의 진술에 머무를 수 있다.

상기 분류에 따르면 지금까지 문학 연구는 표층적 망탈리테에 주목해 왔다고 판단된다. 뚜렷하게 간파되는 소설과 평론의 주제들, 특히 일정 시기 동안 집단적으로 표출되는 주제들은 표층적 망탈리테에 속할 것이다. 앞으로의 문학 연구가 주목해야 할 것은 중층적, 심층적 망탈리테이다. 앞에서 강조한 이데올로기, 집단적 태도, 사유구조, 감정구조는 중층적 망탈리테에 속할 것이다. 특히 중층적 망탈리테 차원에서 앞으로의 풍성한 연구성과를 기대할 여지가 많다. 서양의 기독교적 세계관이나 우리나라의 유교적 가치관 등 아주 오랜 세월 지속된 정신의 저류 구조인 심층적 망탈리테는 근본적이지만, 상식적 차원의 진술에 그칠 우려 또한 지닌다. 본 연구는 앞서 규정한 심층적 토대를 심층적 망탈리테로 파악한다. 다음으로, 망탈리테 대상 시기의 공시성 / 통시성 문제를 거론할 수 있다. 아리에스를 제외하고는 대체로 공시적으로 망탈리테를 파악하였다. 통시적 망탈리테 비교나 공시적 망탈리테 분석이나 모두 연구할 가치를 지닌다. 연구 시기가 한정된 현대문학에서는 우선 공시적 방법을 택해야 할 것으로 보인다. 하지만 학제 간 연구에 의존하여 궁극적으로는 통시적 방법도 도입해야 할 것이다.

이상의 논의를 바탕으로 망탈리테를 문학 연구방법으로 도입할 수 있는 가능성을 시론(試論)격으로나마 타진해 보겠다. 이는 이 글의 본론에서 논의할 부분에 해당한다. 가령 70년대의 망탈리테에 대해, 오늘날의 망탈리테와 비교하여 다음과 같이 고찰할 수 있다. 70년대에는 문학이 사회의 구조적 모순을 파악하고 기술해야 한다는 이데올로기가 자명하게 수용되었으나, 오늘날은 그렇지 않다.[73] 인간의 심리나 인간사의 섭리에 주목하는 문학의 기능이 당대 폄하되었다는 사실은 지금의 시각에서 기이해 보이기도 한다. 70년대 문학인은 자신의 이미지를 지식인, 선각자, 교육

---

[73] 2000년대 소설의 탈역사적·탈정치적 성격에 주목한 연구로 다음의 글을 참조. 이광호, 「혼종적 글쓰기 혹은 무중력 공간의 탄생 − 2000년대 문학의 다른 이름들」, 『문학과사회』, 2005 여름.

자로 그렸으나 오늘날의 작가들은 대개 그렇지 않고, 심지어 스스로를 루저로 인식하기도 한다.[74] 70년대 문학인은 민중을 대상화하며 그들에게 시혜의식을 가지고 있었으나 오늘날 작가들은 대체로 자기 자신을 세계에 대한 개조 의지나 타인에 대한 계몽 의욕을 상실한 대중의 일부로 인식한다.[75] 70년대 저작은 오늘날과 달리 목적 지향적 사유구조와 진보적 시간관을 반복적으로 노출하며 다원성보다는 하나의 진리에 대한 집착을 더욱 강하게 드러내지만, 오늘날 총체성과 인과율적 이성과 진보의 사유는 부정의 대상이다.[76] 70년대는 근대적 사상의 자장에서 동일성의 망탈리테가 위력을 발휘했으나 오늘날에는 탈근대적 사상의 영향력 속에서 혼종성, 다양성의 망탈리테가 위세를 떨친다. 70년대에는 애국주의와

---

[74] 2000년대 소설에서 감지되는 루저의 감수성에 대해서는 다음의 글을 참조. 박진, 「환상, 루저(loser)들의 소심한 반란−김주희, 염승숙, 황정은의 소설」, 『자음과모음−인문편』, 2009 봄; 서영채, 「루저의 윤리−한창훈 서사의 원천과 의미에 대하여」, 『문학동네』, 2009 여름; 허윤진, 「출구 앞」, 『오늘의 문예비평』, 2010 봄; 복도훈, 「아무것도 '안' 하는, 아무것도 안 '하는' 문학−우기(雨期)에 읽는 소설들, 무위(無爲)의 주인공들」, 『문학동네』, 2010 가을.

[75] 무력한 주체의 등장을 2000년대 소설의 두드러진 현상으로 파악한 글로는 다음이 있다. 김영찬, 「2000년대 문학, 한국소설의 상상 지도」, 『문예중앙』, 2006 봄; 박진, 위의 글; 허윤진, 위의 글; 복도훈, 위의 글; 우찬제, 「내가 누구인지 말할 수 있는 자는 누구인가」, 『문학과사회』, 2008 여름.

[76] 2000년대 소설에서 총체성과 주체성이 지워지는 풍경에 주목한 글로 다음을 참조할 수 있다. 함돈균, 「인간이 지워지는 자리에서 솟아나는 소설들」, 『자음과모음』, 2009 봄. 또한 오늘날 소설에서 인과율과 선조적 이성이 해체되는 풍토에 주목한 글로 다음이 있다. 김형중, 「소설의 제국주의, 혹은 '미친, 새로운' 소설들에 대한 사례 보고」, 『문예중앙』, 2005 봄; 강유정, 「콜로노스 숲에서의 글쓰기, 눈먼 오이디푸스들의 소설」, 『세계의문학』, 2006 겨울; 우찬제, 「서사도단(敍事道斷)의 서사−조하형·최제훈 소설의 경우」, 『문학과사회』, 2009 봄; 강계숙·김형중·이수형, 「좌담−한국소설의 현재와 미래」, 『문학과사회』, 2009 봄.
또한 2000년대 소설의 반(反)−성장의 내러티브에 주목한 논의로 다음을 참조할 수 있다. 강계숙·김형중·이수형, 위의 글. 반(反)−성장의 내러티브는 진보의 사유를 부정하는 자리에서 발아한다. 목표와 수단으로 구조화된 사유를 거부하는 오늘날 소설의 인물들에 주목한 글로 복도훈, 앞의 글이 있다.

영웅주의와 대의명분주의가 자명한 것으로 수용되었으나, 오늘날 그것들은 회의의 대상이다. 70년대에는 숭고한 공동체에 대한 신념 또한 자명하게 수용되었으나 오늘날 소설에서 발견되는 개인들은 보다 단자적이며 심지어 자폐적이다.[77] 위와 같은 엄숙한 정신적 분위기 속에서 70년대의 청년들은 억압에 항거하고 자유를 꿈꾸었으나, 오늘날의 청년들은 대항할 그 무엇을 가지고 있지 못하여 비교적 순응적이다.[78] 위에서 도출한 목록은 주로 중층적 망탈리테에 속할 것이다. 단 근대적 동일성의 망탈리테만은 심층적 망탈리테로 지목할 수 있다. 시론(試論)격으로 소략하고 거칠게 상정한 위의 목록 말고도 앞으로 더 많은 중층적 망탈리테의 목록을 추가할 수 있을 것이다. 전술한바, 이른바 중층적 망탈리테에 주목한다면 앞으로 문학 연구는 보다 풍성해질 것으로 기대된다.

본론의 각 장에서 앞의 망탈리테에 관해 상세히 고찰할 것인데, 우선 위의 목록을 이데올로기·태도·사유구조·감정구조·심층적 토대로 구분하고, 이를 또 중층적 망탈리테와 심층적 망탈리테로 분류하여 정리하면 다음과 같다.

'중층적 망탈리테'

이데올로기 : 문학은 사회의 구조적 모순에 주목해야 한다.

문학은 역사의 주체인 민중을 주시해야 한다.

사람이라면 당연히 나라를 사랑해야 한다.

사람이라면 영웅을 꿈꾸어야 한다.

---

77 오늘날의 소설에 나타난 자폐적 특성에 주목한 연구로 다음 글을 참조. 정은경, 「뫼비우스의 띠는 어디에서 꼬이는가」, 『오늘의 문예비평』, 2010 봄.

78 오늘날 청년들의 수동성과 단자성에 대해서는 다음 글을 참조. 김사과·정다혜·한윤형·정소영, 「20대 얘기, 들어는 봤어?」, 『창작과비평』, 2010 봄.

모든 일에는 대의명분이 필요하다.

문학인의 태도와 자의식: 계몽 대상인 민중을 대상화하는 태도 / 지식인·선각자로서의 자의식

사유구조: 전유의 기제 / 목적 지향적 사유구조 / 진보적 시간관 / 변증법적 사유구조

감정구조: 거대한 엄숙주의에 지쳐서 저항하고 싶다.

'심층적 망탈리테'

심층적 토대 : 근대적 동일성

이 글은 이렇게 확정된 개념과 시각으로 70년대의 담론 즉 문학평론과 대통령의 연설문·저서를 통해 파악할 수 있는 망탈리테를 논하고, 그것이 소설과 어떻게 교호하고 조응하는지 살펴보려고 한다. 70년대의 망탈리테를 추출하기 위해 이 글은 다음과 같은 방법론을 차용할 것이다. 첫째, 반복[79]되는 것에 주목한다. 일회적인 사건은 사건에 불과하지만, 반복되는 사건은 구조를 형성한다. 반복적인 것에서 구조를 추출하는 작업은 아날학파 역사학자들에게서 일반적인 연구방법이다. 따라서 이 글은 다수의 담론에서 반복되는 논점들, 반복적으로 지당한 전제로 차용되는 신념들에 주목할 것이다. 이때 반복적으로 등장하는 상투어 역시 중요한 연

---

[79] "사건은 유일한 것이나 유일하다고 믿는 것이다. 잡보면의 일상사는 반복되고 또 반복되면서 일반성 혹은 구조가 된다. 그것은 사회의 각 층에 침투하여 영구히 반복되는 존재양식, 행동양식을 특징짓는다"(페르낭 브로델, 주경철 역, 『물질문명과 자본주의 1-1(일상생활의 구조)』상, 까치, 2002, 20쪽)는 언명에서 보듯, 브로델은 사건 중 반복적이고 영속적이고 부동적인 것에서 구조를 추출한다. 이와 비슷한 맥락에서 이 글은 다수의 담론에서 어떤 논점이 반복적이고 영속적이고 부동적으로 노출되면 그것을 망탈리테로 볼 수 있다고 판단한다.

구대상이 된다. 둘째, 집단적인 것에 주목한다. 망탈리테는 한 개인의 사유 체계가 아니라, 집단적으로 수용되었던 이데올로기·태도·사유구조·감정구조이다. 따라서 이 글은 단수의 작가 혹은 매체가 아니라 복수의 작가 혹은 매체 사이에 공유되었던 이데올로기·태도·사유구조·감정구조를 탐구하고자 한다. 원칙상으로 모든 작가와 모든 매체를 아울러야 하겠지만, 동어반복을 피하기 위해서 대표성을 띤 두 저자 이상으로만 한정할 것이다. 이때 서로 상반된 입장을 취했다고 알려진 두 집단 사이에서 공유되는 무엇은 특히 망탈리테 연구에서 좋은 자료가 된다. 입장의 차이에도 불구하고 공통적으로 딛고 선 지반이 바로 망탈리테이기 때문이다. 셋째, 명백하게 드러나는 것보다 미미하게 잠복한 것, 은닉된 것에 주목한다. 서두에서 논했듯 문학작품의 표층에 각인된 주제에 주목하는 방법을 넘어서는 것이 이 글의 목적이다. 따라서 작품의 주제와 무관하게 저자들이 무의식적으로 발언한 췌사, 언술 습관, 무의식적으로 의존한 창작 기법, 사유의 근본 전제, 사유를 구성하는 근본적 토대에 주목한다. 넷째, 오늘날과 다른 것들[80]에 주목한다. 위에서 소략하게 언급한 망탈리테의 목록은 우선 오늘날과 다른 점에 주목하여 작성한 것이다. 오늘날과 다른 점에 주목하는 것 역시 망탈리테 연구의 일반적인 방법이다. 여기에서 무엇이 70년대에만 존재하고 오늘날에는 완전히 부재한다는 식으로 완전무결한 차이점을 발견할 수 있는 것은 아니다. 아쉽지만, 이 글의 망탈리

---

[80] 오늘날의 망탈리테와 다른 것을 찾는 작업은 망탈리테 연구에서 중요한 방법 중 하나이다. 이 방법에 대한 아리에스의 논의에 의하면, 실제 망탈리테 연구들은 대개 두 개의 망탈리테 간의 차이에 대한 인식을 내장한다. 하나는 우리에게 잘 알려져 있고 우리가 준거로 삼는 망탈리테이고, 다른 하나는 우리의 것과 다른, 발견되어야만 하는 망탈리테이다. 발견한다는 것은 무엇보다도 차이를 이해하는 것이다. 아리에스에게 망탈리테는 "다른 쪽의 망탈리테, 지금은 존재하지 않는 망탈리테"인 것이다(김영범, 앞의 글, 300쪽 참조).

테는 '대체로'라는 전제를 함유한다. 단 하나의 예외도 없이 들어맞는 망탈리테를 찾는 것은 이 글의 목적이 아니다. 그렇게 예외 없이 모든 경우에 부합하는 망탈리테는 존재할 수 없다. 모든 경우에 참인 망탈리테를 상정하는 것 자체가 인문학의 근본 전제를 벗어난다. 그렇다 하더라도 '대체로' 다른 것들을 고찰하는 작업이 전혀 무의미하지는 않을 것이다.

다섯째, 벗어나려고 했으나 끝내 구속되고 만 것들에 주목한다. 작가 혹은 평론가가 어떤 이데올로기나 태도를 탈피하려고 했으나 결국 그것으로 귀착하고 만 경우들이 있다. 이때 그 이데올로기나 태도는 작가 혹은 평론가의 의식을 강력하게 구속했다고 할 수 있고, 이것은 망탈리테의 구속성을 증명하는 한 사례가 될 수 있다. 따라서 저자가 어떤 이데올로기나 태도를 벗어나려고 했던 현장을 면밀히 분석하고 결국 벗어나려고 했던 바로 그것에 포섭되는 장면을 포착하는 방법이 망탈리테 논의에 유용하다고 본 것이다.

이러한 망탈리테를 문학 연구의 장에서 논하는 이유는 그것이 창작 과정 전반을 주재하는 작가의식과 불가분의 관계에 놓인다는 판단 때문이다. 소설을 연구하면서, 작가의식의 연원 혹은 뿌리에 대해 궁금해 하지 않을 수 없다. 선택할 수 있는 많은 가능성 중에서 하필 이런 식으로 창작한 작가의식의 밑바닥에는 무엇이 있을까. 하필 이런 방향으로 창작하도록 작가를 이끈 동력은 작가에게 자생적인 것인가, 사회적으로 영향 받은 것인가. 이 글은 이 질문에 맞서 작가의 창작 과정에 사회적 힘이 침투한다고 상정한다. 사회적 힘이란 정치·경제적 영향력보다 집단정신적인 힘, 망탈리테이다.[81] 일단, 문제 삼을 수 있는 다양한 현상 중 유독 그것에

---

81   이후의 논의는 졸고, 「박완서의 장편소설과 비평 이데올로기」, 『한국문학이론과 비평』 50호, 한국문학이론과비평학회, 2011, 104~106쪽 참조.

주목하고, 생각할 수 있는 여러 방향 중 유독 그런 방향으로 생각하게 이끄는 것을 작가적 시각이라고 규정할 수 있다. 작가적 시각은 '무엇을 어떻게 쓸 것인가'라는 초보적인 작가적 고민 과정에서 결단을 이끌어내는 동력이 된다. 이 작가적 시각에 기반하여 작품 창작 과정 전반을 주재하는 정신을 작가의식이라고 규정해 본다. 이제 사유가 존재 구속적이고 사회구조가 개인의 시각구조에 영향을 미친다는 만하임의 명제[82]를 응용하여, 작가의식이 존재 구속적이고 작가적 시각구조가 사회구조로부터 영향을 받는다는 가설[83]을 상정해 본다. 이 글은 작가가 창작 동기를 느끼고 사유의 방향을 설정하고 글감을 포착하는 과정이 작가 개인적인 차원에서 일어나는 것이 아니라 사회적, 집단적으로 구속된다고 가정한다. 이는 어떤 작품이 당대의 사회 현실을 반영한다는 지당한 이야기의 반복이 아니다. 이 글의 목적은 작품에 반영된 사회 현실을 사후적으로 읽어 보려

[82] 만하임에 따르면, 사유와 지식을 발생하게 하는 의욕적인 힘이나 입장은 개인의 독자적 의지가 아니라 개인 배후 집단의 의지 연관성 안에서 연원한다. 개인의 사유작용이란 집단이 이미 갖춘 시각에 준거하여 거기에 참여할 뿐이다. 이러한 사정을 만하임은 사유와 지식의 존재 제약성이라 일컫는다. 이른바 천재적 착상이란 것도 배후에 개인에게 소여된 집단적·역사적 경험 상관성의 자취를 거느린다. 일명 '존재요인'이라는 특수한 이론 외적 요인이 특정 시점에서 그 시기에 고유한 사유를 발생시키거나 형성한다. 존재요인이란 인식상의 시각구조에 영향을 미치는데, 여기에서 시각구조란 누군가가 사물을 보고 무언가를 파악하는 양식, 나아가 그것을 사유 과정 속에서 하나의 사실관계로 구성하는 양식을 뜻한다. 역사적·사회적 과정은 거의 모든 지식의 영역에서 구성적 작용을 한다. 지식사회학은 사유의 개별 논점보다 그 사유를 발생하게 한 시각구조 혹은 사유의 기반을 문제 삼는다. 즉 지식사회학은 언표내용을 일정한 양식의 세계 해석과 이 해석을 낳게 한 존재상의 전제인 일정한 사회구조와 관련시킨다. 언표내용은 특수한 입장에 구속되어 있으므로 각기 항구적 진실성이 아닌 특수성을 띤다 (칼 만하임, 임석진 역, 『이데올로기와 유토피아』, 청아출판사, 2000, 343~391쪽 참조).

[83] 이 글은 만하임의 지식사회학의 틀을 완전히 수용하여 연구에 적용하려는 목적을 가지고 있지 않다. 이 글은 그의 지식사회학 모형의 구조만을 참조하여 유사하지만 다른 틀을 만들어내고자 한다. 그리하여 만하임의 모형에서의 사유를 작가의식으로, 존재를 당대의 망탈리테로 교체한다. 전반적인 발상은 유사하지만 만하임이 사회적 사실 전체를 문제 삼는 것에 반하여 이 책이 정신적인 풍토만을 고려하는 점은 다르다.

는 것이 아니고, 작가가 특정한 시각과 특정한 작가의식을 가지게 된 사회적 연원을 추적하자는 것이다. 이때 사회적 요인이란 정치·경제적인 물적 상황만을 지칭하지 않는다. 보다 중요한 것으로 당대의 정신적 분위기를 문제 삼을 수 있다. 정치적 사건에 관한 각계의 반응, 사회적 현상에 대한 논평들, 대중문화에 대한 리뷰들, 당대 널리 읽혔던 번역서와 그 주석들 등 당대의 정신적 분위기를 형성하는 요인은 무수히 많다. 작가의식은 당대의 정신적 분위기, 즉 망탈리테에 구속된다고 말할 수 있다. 즉 당대의 망탈리테는 작가가 창작 동기를 느끼고 사유의 방향을 설정하고 글감을 선택하는 작가적 시각에 침투하여 창작 과정 전반을 주재하는 작가의식의 형성에 관여한다. 이 글은 이를 '작가의식의 망탈리테 구속성'[84]이라는 말로 개념화하고, 박완서·이문구·김주영·방영웅·이병주·최인호의 소설을 대상으로 이 기제를 상세히 고찰하고자 한다.

---

[84] 이 말은 앞서 본 만하임의 '사유와 지식의 존재 제약성' 개념의 구조를 응용해서 도출한 것이다.

제2장

문단의 이데올로기

　서론에서 논했듯 이데올로기는 망탈리테를 구성하는 중핵적 요인이다. 70년대의 망탈리테를 고구하는 작업의 일환으로 이 장에서는 우선 문단의 이데올로기에 주목한다. 먼저 70년대 문단의 대표적인 이데올로기를 계간지 『문학과지성』(이하 『문지』)와 『창작과비평』(이하 『창비』)의 평문을 통해 고찰한다. 앞에서 이 글은 작가의식이 당대 망탈리테에 구속된다는 가설을 제기하였다. 작가의식에 틈입하는 이데올로기는 다양할 터이나, 특히 문단의 이데올로기는 간과할 수 없는 영향력을 행사한다. 이 가설을 검증하기 위해 작가의식이 당대 비평 이데올로기에 구속된 사례로 박완서의 소설을 분석하고자 한다.

　구체적 논의에 들어가기 전에 72년 『세대』에 발표된 최인호의 중편 「무서운 복수(復數)」의 한 장면은 주목에 값한다.[1] 이는 당대 문단의 비평 이데올로기가 사회적으로도 자명한 상식으로 수용되는 현장을 보여준다. 거의 자전적인 이 작품에서 작가의 분신인 작중인물 소설가 최준호는 어느 날 술자리에서 정외과 학생 김오진을 만난다. 김오진은 최준호의 작품을 두고 대뜸 "도대체 역사의식 같은 것이 없"[2]다며 비난한다. 늙으면서 천천히 역사의식을 배워가겠다는 최준호의 대답은 조소만을 살 뿐이다. 김오진은 최준호가 순수와 참여 중 어느 편이냐고 묻는데 최준호는 아무 편도 아니라고 대답한다. 이에 김오진은 최준호를 기회주의자로 매도한다. 문학을 전공하지 않은 대학생이 좋은 작품은 역사의식을 가져야 하며 작가는 순수와 참여 중 어느 한 편에 가담해야 한다고 확신하는 정경은 당대 문단의 이데올로기를 드러낼 뿐만 아니라 문단의 이데올로기가 사회적으로 자명한 상식으로 통용되고 있음을 보여준다. 문단의 이데올로기가 곧 사회적 이데올로기로도 작동하는 것이다. 김오진은 다음과 같이 최준호에게 충고한다.

당신네 글 쓰는 친구들은 사명이 있음을 잊어서는 안 돼요. 난 정말 그것을 꼭 최형에게 얘기해주고 싶어요. 당신네 붓들은 모두 사적인 얘기에 치우치고 있어요. 나이 먹은 축들은 옛날 대동강에 뱃놀이할 때가 좋았다고 쌍팔년도식 회고담이나 주절대거든요. 글은 모름지기 사회의 모순을 파헤치고 국민을 옳은 길로 각성 내지는 계몽을 시켜야 된다 말씀이야. 그렇다고 무조건 사회의 부정을 쓴다고 수작(秀作)은 아니에요. 사회의 부정을 쓰네 하면서도 대부분 조간신문을 보고 글을 쓰더군. 누가 복어알 먹고 죽었다 하면 단박 그것을 쓰거든. 복돌 어멈과 복돌 아범을 등장시켜 말이오. 그러면 신문에 대서특필, 현실을 예리하게 파헤친 수작(秀作). 수작(秀作) 좋아하네. 요컨대 무엇을 쓰느냐의 문제는

---

1 최인호의 「무서운 複數」에 관한 논의는 졸고, 「박완서의 장편소설과 비평 이데올로기」, 『한국문학이론과 비평』 50호, 한국문학이론과비평학회, 2011, 107~108쪽 참조.
2 최인호, 「무서운 複數」, 『잠자는 神話』, 예문관, 1974, 199쪽.

조간신문만 보면 수천 개라도 조달할 수 있지만 그 모순을 어떻게 보여주느냐의 문제에서는 영 젬병이거든. 그저 복어알 먹고 콱 죽고, 평화시장에서 전태일이 자살한 이야기만 쓰면 현실을 고발한 것으로 안단 말씀이야. 그런 것은 아주 일상적인 것밖에 안 돼요. 요는 그 일이 일어날 수밖에 없는 경위를 가장 적절한 사건으로 형상화시켜야 되거든요.[3]

김오진은 "글은 모름지기 사회의 모순을 파헤치고 국민을 옳은 길로 각성 내지는 계몽을 시켜야 된다"고 강력하게 주장한다. 또한 조간신문만 봐도 해결할 수 있는 무엇을 쓰느냐의 문제가 아니라, 그 모순을 어떻게 보여주느냐의 문제가 중요하다고 말한다. 즉 작가는 사회적 모순이 발생할 수밖에 없는 경위를 적절한 사건으로 형상화해야 한다는 것이다.

작가는 역사의식을 가져야 하며, 사회의 모순을 파헤치고 국민을 계몽하는 글을 써야 하며, 그 모순의 구조적 연원을 천착해야 하는데, 그것을 직설적으로 드러내기보다는 문학적으로 가공하고 형상화해야 한다는 김오진의 발언은 70년대 『문지』와 『창비』를 통해 각각 혹은 공통적으로 누차 주창되어온 비평적 논점과 일치한다. 여기에서 주목할 것은 두 계간지의 비평적 논점이 문학을 전공하지 않은 대학생에게 자명한 상식으로 수용된다는 점이다. 일반인에게도 자명한 상식으로 수용되는 비평적 논점이라면 그것은 당대의 주요한 이데올로기로 파악할 수 있다. 아래에서 70년대 주요한 비평 이데올로기를 형성한 매체인 『문지』와 『창비』의 논점을 살펴보고자 한다. 두 매체의 비평 이데올로기는 복수(複數)로 존재하지만, 이 글의 논점과 관련이 있는 것 위주로 논의를 제한한다.

3 　위의 글, 201~202쪽.

1. 사회의 구조적 모순이라는 상투어 혹은 이데올로기

70년대 문단에 막강한 영향력을 발휘한 매체로『문지』와『창비』를 거론하는 데 이의는 없을 것이다. 이 두 매체는 각종 이데올로기를 유포하였으나, 그 중 가장 근본적이고 널리 파급된 이데올로기는 '문학은 사회의 구조적 모순을 인식하고 묘사해야 한다'는 것이다. 이 이데올로기의 전파에『창비』가 수행한 역할에 관한 논의는 지금까지 누차 이루어져왔고, 거의 상식화되었으므로,[4] 이 절에서는 상기 이데올로기와의 관련성 문제에서 비교적 간과되어 온『문지』의 경우에 주목하고자 한다. 아래에서『문지』의 평문을 통해 예의 이데올로기의 형성 양상을 살펴보려고 한다.[5]

계간지『문지』는 70년 가을에 창간되어 10년간 통권 40호까지 발간하다가 80년 여름호를 끝으로 강제 폐간되었다. 김현, 김병익, 김치수 세 사람이 창간호 제작에 참여했으며, 6호(71년 겨울)부터는 김주연이 이에 가세하였고, 27호(77년 봄)부터 오생근, 김종철[6]이 기획과 편집에 참여했다. 초기에 일조각에서 발행되었던『문지』는 28호(77년 여름)부터 문학과지성사로 발행처를 옮겼다. 33호부터는 편집동인 중 김병익이 직접 발행인을 맡았다.『문지』가 80년 7월 말 41호를 준비하던 중 신군부에 의해서 강제 폐간된 이후,『문지』에서 활동했던 평론가 정과리, 시인 이성복, 소설가 이

---

4   가령 권영민은 문학사에서 70년대 민족문학 논의가 문학을 통해 사회 · 역사적 인식을 확대했다는 비평사적인 의미를 지닌다고 말한다. 이때 민족문학의 논의의 적극적인 주체로 염무웅, 백낙청, 신경림, 임헌영 등『창비』필진을 지목한다(권영민,『한국현대문학사』, 민음사, 1997, 220쪽 참조). 이렇듯『창비』필진이 민족문학 논의를 통해 사회 · 역사적 인식의 확대에 기여했다는 명제는 거의 상식화되었다고 볼 수 있다.

5   이 절은 졸고,「1970년대 계간지『文學과 知性』연구—비평의식의 심층구조를 중심으로」(『우리어문연구』33호, 우리어문학회, 2009)의 내용을 수정 · 보완하여 서술하였다.

6   김종철은 37호(1979 가을)부터 편집동인에서 탈퇴한다.

인성은 82년 5월부터 『우리 세대의 문학』이라는 비정기 간행물을 발간한다. 『우리 세대의 문학』은 5호부터 『우리 시대의 문학』으로 제호를 변경하며, 87년 6월까지 총 6집을 간행한다.[7] 80년대 후반 민주화 움직임과 더불어, 이들 잡지의 후신으로 88년 2월 『문학과사회』가 창간되어 지금에 이르고 있다.

『문지』에 관한 본격적이고 실증적인 연구는 아직 많지 않다. 『문지』에 관한 기존의 연구는 『창비』와의 대립구도 안에서 보는 경우[8]와 『창비』와의 연계선상에서 보는 경우[9]로 대별된다. 이 글은 후자의 관점과 동일한 입장을 취한다. 두 동인 활동은 문학이 "사회적 현실의 한 반영이며 동시에 사회적 현실을 넘어서기 위한 방법의 탐구"라는 생각을 확립한 점에서 동궤에 놓인다는 지적[10]에 이 글은 동의한다. 사회적 현실이란 두 집단의 공통 화두였던 것이다. 이는 사회의 구조적 모순에 주목하라는 이데올로기를 파생하는데, 아래에서 이런 이데올로기가 작동하는 장면을 『문지』의 평문을 통해 소상하게 고구하고자 한다.

망탈리테 연구의 성격상 반복적 · 집단적인 것에 주목하는 연구방법은

---

7 마지막 6호의 편집동인은 권오룡, 성민엽, 정과리, 진형준, 홍정선으로 이들은 새로 영입한 임우기와 함께 모두 계간 『문학과사회』의 창간 동인이 된다.

8 전상기, 「1960 · 70년대 한국문학비평 연구 – 『문학과 지성』 · 『창작과 비평』의 분화를 중심으로」, 성균관대 박사논문, 2003; 하상일, 「전후비평의 타자화와 폐쇄적 권력 지향성 – 1960~70년대 '문학과지성' 에콜을 중심으로」, 『한국문학논총』 36호, 한국문학회, 2004; 황국명, 「『문학과 지성』의 도식적 기술 체계 비판」, 『『문학과 지성』 비판』, 지평, 1987.

9 정과리, 「소집단 운동의 양상과 의미 – 70년대와 지금」, 『문학, 존재의 변증법』, 문학과지성사, 1985; 홍정선, 「70년대 비평의 정신과 80년대 비평의 전개 양상 – 『창작과 비평』과 『문학과지성』을 중심으로」, 『역사적 삶과 비평』, 문학과지성사, 1986.

10 정과리, 앞의 글, 48쪽 참조. 정과리는 그러나 이러한 유사점을 부각하면서도 양자의 차이를 놓치지 않는다. 차이가 있는 것은 사실이지만 이 글은 차이보다 공통된 근본 입장에 더욱 주목하기로 한다. 한편 홍정선은 초기에 두 집단이 유사한 노선을 걷다가 중기 이후 차이를 뚜렷하게 나타낸다고 논한다(홍정선, 앞의 글 참조).

필수적이다. 따라서 아래에서『문지』평문에 반복적, 집단적으로 나타나는 비평의식을 고찰할 것인데, 이를 위해『문지』1호부터 40호까지 발표된 문학평론을 대상으로 삼는다. 또한 이 글은 서문 격인「이번 호를 내면서」에 의지하지 않고, 실제 작품론을 대상으로 한다.『문지』동인들의 문학관이 실제 문학작품의 분석과 평가에서 어떤 식으로 적용되었고, 어떻게 방법론으로 전화했는지 확인하는 작업은 그 문학관이 이데올로기로 작동하고 있음을 보여 줄 것이다. 또한 이는『문지』의 문학관을 단선적으로 추출하는 작업의 한계성을 보완해 줄 것이다. 이러한 작업은 아직까지 소략한 연구에 그쳐 있는 연구 풍토에서 본격적인 연구가 시급히 요청된다는 문제의식에서 비롯된 것이기도 하다. 종간된 지 한 세대가 지난 오늘날, 이제『문지』는 보다 본격적인 고찰을 요하는 텍스트가 되었다.

이 글은 특히 편집동인들이 손수 집필한 문학평론과 재수록 소설에 관한 리뷰에 초점을 맞춘다. 아무래도 편집동인들이 저술한 문학평론이『문지』자체의 비평의식을 보다 직접적으로 밝혀줄 것이다. 편집동인이 아닌 평론가의 평문들은 간혹『문지』동인들의 비평의식에 반발하는 경우를 보이지만, 대부분은 놀라울 정도로 동인들의 비평의식과 유사한 관점을 견지한다. 한편『문지』는 특이하게도 시·소설 재수록 제도[11]를 시행하였는데, 재수록 작품에 관한 리뷰를 동시에 개제함으로써 재수록 작품에 대한 옹호 의지를 보다 공고하게 하였다. 재수록이라는 행위 자체가 문학관의 노출과 가치 평가의 산물이다. 그러므로 재수록 작품에 관한 평문이『문지』동인

---

11 김병익의 회고에 따르면, '작품의 재수록' 제도는 편집동인들이 가장 중요하게 여긴 기획이었다. 김현이 지난 석 달 동안 발표된 창작들에서 좋은 작품으로 판단되는 시와 소설들을 선정해서 리뷰를 가하자는 아이디어를 냈는데, 이는 재원 절약의 차원뿐만 아니라『문지』동인의 문학관을 표명할 수 있는 적절한 수단이 된다는 면에서 동인들에게 중대한 의미를 지녔다(김병익,「김현과 '문지'」,『열림과 일굼』, 문학과지성사, 1991 참조).

들이 중요하게 여기는 가치를 보다 명백히 드러낼 것으로 기대한 것이다.

이 글은 한두 편의 주요 평문에 드러나는 논점을 분석하는 방법보다는 다수의 평문에 반복적으로 드러나는 논점에 주목하는 방법을 취한다. 소수의 평문에 드러나는 논점은 다종다양하여 체계적으로 일반화되기 어렵고 그 자체로 한 시대의 비평의식의 근저에 놓인 망탈리테를 밝혀주는 데에 무리가 있기 때문이다. 다수의 평문에 반복적으로 드러나는 논점은 한편으로는 논자들의 평론 활동의 근본 전제 혹은 방법론이 되고, 또 한편 논자들의 사유구조를 이룬다고 파악해도 무리가 아닐 것이다. 특히 특정한 논점이 다수의 평문에 반복적으로 나타난다면, 더구나 그것이 의심이나 반성을 허하지 않고 자명한 것으로 동의되었다는 전제를 내포한다면, 그것은 단지 비평적 이념의 차원을 넘어서 이데올로기로 작동한다고 볼 수 있다.[12] 나아가 70년대의 10년 간 동일 매체에 발표된 문학평론들에서 반복되는 논점은 당대 문단의 이데올로기뿐만 아니라 망탈리테를 밝히는 데 중요한 실마리를 제공해 줄 것이다.[13]

---

[12] 10년 동안 간행된 계간지가 특정한 논점을 무수히 반복적으로 표출하면서 이데올로기나 사유구조 등 망탈리테를 노출할 수 있었던 이유는 『문지』 동인들이 자신들의 잡지의 정체성을 유지하고 고수하기 위해서 특별한 노력을 기울였기 때문이다. '폐쇄적 편집 태도' 혹은 '에콜화'라고 부정적으로 파악되기도 하는 이 태도는 그러나 그러했기 때문에 훗날의 이러한 연구를 가능하게 했는지도 모른다. 가령 권오룡은 『문지』의 전신인 『산문시대』, 『사계』, 『68문학』 등의 동인이 시인, 소설가, 평론가를 망라한 구성을 가진 반면, 『문지』의 동인이 평론가들로만 구성되었다는 점이 『문지』의 에콜화의 의지를 선명하게 드러낸다고 파악한다(권오룡, 앞의 글, 142쪽 참조). 한편 『문지』 동인들은 『문지』 5호(1971 가을)에서 김병익의 글에 대한 반론을 수록하겠다고 제의한 양동안의 청을 "한 잡지는 그 잡지가 독자들에게 전하고 싶은 것만을 전할 권리가 있다는 이유로" 거절한다(「편집자에게 보내는 글」, 『문지』 5호, 1971 가을, 481쪽). 이 대목도 『문지』 동인들의 정체성 수호 의지 혹은 에콜화의 의지를 노출한다. 홍정선 역시 70년대 비평이 에콜화로 특징지어진다면서, 비평의 에콜화는 "동질적 이념의 자기 확인과 구성원간의 상호 보완이라는 점에 있어서는 긍정적인 측면을 보여" 준다고 말한다(홍정선, 앞의 글, 15쪽). 이러한 70년대 비평의 에콜적 성격은 70년대 비평을 통한 망탈리테 연구를 가능하게 한다.

1) '사회의 구조적 모순의 인식'이라는 근본 전제

'사회의 구조적 모순에 관한 인식'이라는 명제는 『문지』 동인들의 평론에서 근본 전제로 수용된다. 실제로 이 전제가 드러나지 않는 평론을 찾기 힘들 정도이다.[14] 그것은 동인들이 자신들의 문학관을 직설적으로 토로한 평문에서나 실제로 작품을 분석하는 평문에서나 의심 없이 수용되는 지당한 전제로 상정된다. '사회의 구조적 모순의 인식'이라는 명제는 당대 문학인들이 은연중에 문학의 궁극적인 가치로 동의하는 자명한 믿음 체계, 즉 이데올로기로 보인다.[15]

---

13 이 글이 『문지』의 문학평론에서 반복되는 논점을 추출하는 데 중점을 둔만큼 과도한 텍스트 인용은 불가피했다. 하지만 이런 식으로 추출한 『문지』 동인들의 반복되는 논점 역시 몇 가지로 환원되기 어려울 정도로 다양하다. 순수 / 참여의 대립 구도 탈피 의지, 정신의 샤머니즘·패배주의·순응주의 비판, 도식적 구호주의 거부, 지성의 자유로움과 문학의 자율성 옹호, 리얼리즘과 민족주의에 대한 비판적 성찰, 문화의 대중화 현상과 대중소설에 대한 관심, 언어와 문학 양식에 대한 고찰, 물질에 대한 정신과 문화의 우월성 옹호, 산업화와 경직된 정치체제에 관한 비판적 성찰 등 반복되는 논점은 한 자리에서 논의되기에 버거울 정도로 많다. 따라서 이들 각각의 쟁점에 관한 분석은 후속 연구로 미루고, 이 글은 우선 반복되는 논점 중에서도 그 근간을 이루는 방법론과 근본 전제로 파악할 수 있는 사안에만 집중하기로 한다. 변증법적 사유구조는 『문지』 동인들이 문학작품을 분석하고 평가할 때와 그들만의 문학이론을 전개할 때 자주 기대는 방법론이라고 파악된다. 한편 사회의 구조적 모순을 인식해야 한다는 명제는 그들의 거의 모든 논의에서 문학의 가장 중요한 자질로 자명하게 인식되는 근본 전제이다. 이 근본 전제는 곧 이데올로기라고 할 수도 있다. 변증법적 사유구조에 대해서는 이 책의 5장에서 논하고, 이 장에서는 사회의 구조적 모순을 인식해야 한다는 이데올로기에만 주목한다.

14 언론인 출신이었던 김병익은 애초 권력 기관의 감시의 눈으로부터 비켜난 문학지를 통해서 진지하고 심각한 현실 비판의 언론 활동이 가능할 것으로 꿈꾸었기 때문에 김현의 『문지』 창간 제의를 흔쾌히 수락했다고 밝히고 있다. 여기에서 『문지』 동인 중 적어도 김병익에게만은 '현실 비판'이 가장 중요한 화두였음을 알 수 있다(김병익, 「자유와 성찰-'문학과지성'의 지적 지향」, 권오룡 외, 『문학과지성사 30년 1975~2005』, 문학과지성사, 2005, 130~131쪽 참조). 의심할 여지없이 '현실 비판'은 '사회의 구조적 모순의 인식'이라는 명제와 연결된다.

15 홍정선에 의하면 70년대 초중반에 황석영, 조해일, 조선작 등의 작품은 산업화 문제와

①개인적인 진실은 비역사적인 것, 다시 말하자면 초시간적인 것이 아니냐 하는 질문이 제기될 수 있겠지만, 상상력이 물질적인 것과 결합되어 있다는 것을 생각하면, 개인적인 진실이 역사와 긴밀한 관계를 갖고 형성되어 간다는 것을 쉽게 인정하게 될 것이다.[16]

②그렇다면 다시 한번 묻는 것이지만 한국에서는 어떤 형태의 記述이 가능한 것일까? 나로서는 한국의 현실의 기묘함을 그대로 정확히 파악하여, 그 實體를 作家의 상상력을 통해 재구성할 수밖에 없다고 생각한다. 한국현실의 기묘함을 '그대로' 파악한다! 그렇다. 한국현실의 모순은 근대화과정에서 들어나는 여러 착오로써 입증이 된다. 의회정치의 準痲痺狀態, 民主主義의 핵심적 儀式인 선거제도의 부패, 『五賊』의 날카로운 풍자를 '당한' 支配階級의 타락, 의식 있는 中間階級形成의 실패 …… 등의 현실적 착오를 표면화시킨 한국현실의 근본적 모순은 다음의 두 가지로 크게 분류될 수 있을 것이다. ㅡ한국사회의 폐쇄성과 한국적 이념의 不在. 한국사회의 폐쇄성은 한국적 정치 풍토 때문에 얻어진 것이다. 흔히 말하듯이 한국 근대화가 甲申政變에 의해 시작되지 않고, 甲午更張에 의해 시작되었다는 것은 한국의 근대화가 갖는 원죄이다. 그것은 한국의 근대화가 외국의 정치적 압력에 의해 시작되었음을 입증한다. (…중략…) 다시 말하자면 한국의 근대화는 한국의 식민지화와 병행된 작업이다.[17]

<hr />

소외된 계층에 주목했다는 점에서 『창비』와 『문지』 양측에서 공히 찬사를 받았다(홍정선, 앞의 글, 16~17쪽 참조). 이는 '사회의 구조적 모순의 파악'이라는 명제가 『문지』 뿐만 아니라 『창비』 측에서도 근본적인 강령으로 수용되었음을 시사한다. 이는 두 계간지가 비록 훗날 입장 차이를 보인다 하더라도 결국 '동일한 뿌리에서 자라난 두 가지' 라는 사실과 연관된다.

16   김현, 「한국소설의 가능성ㅡ리얼리즘론 별견」, 『문지』 1호, 1970 가을, 47쪽.
17   위의 글, 51~52쪽.

이상은 창간호에 실린 김현의 야심작 「한국소설의 가능성―리얼리즘론 별견」에서 뽑은 글이다. ①에서 김현은 개인적인 진실이 역사와 긴밀한 관계를 맺고 있다는 점을 강조한다. 그가 개인적인 진실 그 자체를 옹호하지 못하고 구태여 역사와의 관계를 역설한 점은 당대 문단에 만연한 문학과 역사와의 연관 짓기에의 강박관념을 노출한다. 이 강박관념 역시 70년대의 이데올로기로 파악 가능하다. 역사는 당대의 상투어 중 하나로서, 사회적 지평과 유사한 의미로 쓰였다. ②에서 김현은 문학작품이 한국 현실의 기묘함을 그대로 기술해야 한다고 논하면서, 한국 현실의 근본적 모순을 구체적으로 분석한다. 이때 현실의 기묘함을 기술하라는 명제가 당위적인 것으로 제시된다.

『문지』 동인들이 '사회의 구조적 모순을 인식해야 한다'는 명제를 지당한 전제로 수용한다는 사실은 실제 작품을 분석하고 평가하는 자리에서 보다 확연하게 드러난다. 가령 김치수는 농촌소설을 언급하면서 "농촌문학이 얼마만큼 현실의 모순의 저변 혹은 핵심에 접근해 있느냐 하는"[18] 문제가 본질적이라고 말하고, 또한 황석영의 「객지」를 분석하면서 "왜 그 많은 사람들이 고향을 버렸는가 하는 문제는 결국 우리 사회의 구조적 모순과 상통하게 된다. 그리고 이들이 구성하고 있는 간척지(干拓地) 공사장은 구조적 모순으로 가득 찬 한 사회의 축도라는 의미로 받아들여질 수 있을 것이다"[19]라고 언명하며, 채만식의 유고를 다루면서 채만식이 "두 계층의 이야기를 통해서 역사의 모순과 상황의 배반감을 지적하면서 식민지 시대의 구조적 모순을 제시하였"[20]고 "일제의 관료주의와 제국주

---

18 김치수, 「상황과 문체―농촌소설의 경우」, 『문지』 3호, 1971 봄, 76쪽.
19 김치수, 「한국소설은 어디에 와 있는가―최인호와 황석영을 중심으로」, 『문지』 9호, 1972 가을, 553쪽.
20 김치수, 「채만식의 유고」, 『문지』 10호, 1972 겨울, 785~786쪽.

의 잔재는 도처에서 여러 가지 방식으로 살아남아 있어서 이 사회의 구조적 모순으로 드러나고 있"[21]다고 논의한다. 한편 김병익은 "이청준(李淸俊)의 「소문의 벽(壁)」이나 조해일(趙海一)의 「아메리카」는 현실의 부조리(不條理)를 현상이나 사건으로서가 아니라 근원적인 구조와 보편적인 모순으로 확대시킴으로 해서 단순한 정치소설(政治小說)의 카테고리를 넘고 있"[22]다고 언명하며, "어떤 작가든 그 사회의 구조와 눈에 보이지 않는 억압의 힘에 의해 제약되기 마련"인데 "작가의 문학적 탐구는 그 구조와 억압력의 원천을 해명하고 극복하는 데 우선적인 목표를 갖는다"[23]고 논한다. 그는 또한 조세희의 근작들을 언급하면서 조세희가 "일련의 「난장이」 연작을 통해 '집'의 사회적 의미를 밝히고 그를 통해 이 현실의 구조적 모순의 정체를 보여 준"[24]다고 말한다.

오생근 역시 "작가의 창조적 욕망이란 그가 어떤 문학을 지향하든지 간에 결국 자기가 속한 사회 현실에 대한 반항과 부정정신(否定精神)에 의해서 형성된다"[25]고 갈파하고, 황석영에 관한 평문에서 "개인적인 구원 문제에 몰두해 있던 시절의 황수영(黃秀英)이 '이웃의 진실'을 깨닫고 한 시대의 보편적인 문제의 중요성을 의식한 황석영으로"[26] 변모했으며, "학교와 집안을 떠나, 객지(客地)에서 지내면서 그는 안일하지 않게 살려는 의지를 가다듬고 이 사회의 구조적 모순이 얼마나 심각한 것인지를 깊이 깨달

---

21   위의 글, 789쪽.
22   김병익, 「근작 정치소설의 이해」, 『문지』 19호, 1975 봄, 133~134쪽.
23   위의 글, 135쪽.
24   김병익, 「난장이, 혹은 소외집단의 언어 – 조세희의 근작들」, 『문지』 27호, 1977 봄, 176쪽.
25   오생근, 「소시민적 삶에 대한 비판 – 박태순의 근작을 중심으로」, 『문지』 30호, 1977 겨울, 1040쪽.
26   오생근, 「황석영, 혹은 존재의 삶」, 『문지』 33호, 1978 가을, 944쪽.

게 된다"[27]고 논한다. 김종철 역시 "문학의 주된 기능은 사람들의 삶을 가능하게 하고 또 제약하기도 하는 한 시대의 사회적 구조를 근원적으로 물어 보는 일이라고 하겠는데, 이것은 서정인의 문학적 노력에 있어서 핵심적인 사실이"[28]라고 논한다. 지금까지 살핀 바와 같이, 『문지』 동인들은 별다른 논증 과정 없이 문학작품이 사회의 구조적 모순을 인식해야 한다는 전제를 자명한 것으로 설정하고 실제 문학작품에 대한 논의를 전개한다. 앞서 논했듯 특정 비평가 집단이 반복적으로 표출하는 논점은 그 집단의 망탈리테를 파악하는 데 중요한 시사점을 던져준다. 확인한바 사회의 구조적 모순의 인식이라는 명제가 이토록 반복적으로 문학작품의 분석과 평가 시 자명한 것으로 수용된다는 사실은 예의 명제가 동인들의 이데올로기로 작동한다는 점을 시사한다. 『문지』 동인이라는 집단이 10년이라는 세월 동안 노출한 이러한 이데올로기는 넓게 보아 70년대 한국 사회의 망탈리테의 일부이다.

『문지』 동인들은 문학작품이 사회의 구조적 모순에 주목해야 한다는 명제를 자명한 전제로 삼고 이 전제를 기반으로 실제 문학작품을 분석하고 평가한다. '왜 문학이 사회의 구조적 모순을 인식해야 하는가'라는 질문은 그들에게 유효하지 않다. 문학이 사회의 구조적 모순을 인식해야 한다는 명제가 영구불변의 가치가 아니라 당대에 특유하게 통용되는 역사적 가치일지도 모른다는 의심 역시 그들은 허하지 않는다. 이에 그 전제는 곧 이데올로기가 된다. 다만 김현은 다음에서 70년대에 유독 문학의 사회성에 관한 문제가 대두되었음을 인지하고, 그 이유를 성찰한다. 그렇

---

27 위의 글, 947쪽.
28 김종철, 「순진성으로서의 인간―서정인 소설 속의 인물들」, 『문지』 26호, 1976 겨울, 979쪽.

지만 그 역시 문학의 사회성이 당대적인 가치에 불과하다고까지는 생각하지 않는 듯 보인다.

더구나 70년대의 일반적 상황은 정치적, 경제적 현실에 대한 직접적 언급을 거의 회피하게 하였고, 많은 수의 지식인들은 문학작품 속에서 그들이 하고자 하는 말의 근거를 찾았다. 정치학자·철학자·사회학자·심리학자들의 상당 수가 현실에서 자료를 구하기보다는 문학작품 속에서 분석의 대상을 찾았다. 자료 자체가 구하기 힘들었을 뿐만 아니라, 자료가 있다 해도 거기에 접근하는 것이 어려운 경우가 많았기 때문이었다. 그러한 정황이 다시 되풀이되기를 바라지 않는 것이 나의 태도이지만, 그러한 현실은 문학비평에 비상한 활력을 불어넣는다. 여러 계층의, 여러 분야의 독자들이 정치적 상황의 압력이 가혹하면 가혹할수록 문학비평에 더 많은 것을 요구해 왔다. 비평가에게 그것은 부담이며 동시에 즐거움이다. 부담이라는 것은 그 요구가 문학작품의 비문학적 독법을 강하게 요구하기 때문이고, 즐거움이라는 것은 문학비평가에게 주어진 기대가 그만큼 크기 때문이다. 정치가나 경제학자, 사회학자가 아니라, 바로 문학비평가에게, 정치 발전에 대해서 어떻게 생각하느냐, 근로자 문제에 대해서 어떻게 생각하느냐, 사회 복지의 실현을 위해 왜 문학가들은 싸우지 않느냐 따위의 질문을 물어오는 경우의 부담과 즐거움! 문학비평은 70년대 상황의 상징어이었던 것이다. 70년대 말의 비평이 문학과 사회, 문학과 정치의 문제에만 거의 매달린 것이나 문학비평에 지사적 태도, 순교자적 저항 등등의 어휘들이 대거 등장한 것은 그것 때문이다.[29]

---

29   김현, 「비평의 방법─70년대 비평에서 배운 것들」, 『문지』 39호, 1980 봄, 162~163쪽.

60년대부터 시작된 한국 사회의 산업화는 모든 문화적 힘의 중앙 집중과 함께 70년대의 한국 사회의 모습을 상당히 바꿨다. 한국 전쟁 이후부터 60년대 중반에 이르르는 동안의 사회의 변모는 거의 문제가 되지 않을 정도로 심한 사회적 변화를 한국 사회는 70년대에 겪었다. 그것은 정치적으로는 분단 문제, 정치 권력의 과다한 집중화, 경제적으로는 공해, 이농 현상, 도시 변두리의 근로자 문제, 부의 분배 문제, 신식민지화의 문제, 사회적으로는 대중 매체의 지나친 발달로 인한 대중화 현상, 익명화 현상 등등의 모순을 배태하였고, 그것의 압력은 사회를 전체적으로 보지 않을 수 없는─ 왜냐하면 문학은 삶의 구체적 모습을 보여 주어야 하기 때문이다─ 문학 속에 강하게 흡수되었다. 창작가들은 서서히 변화하였으나 어느 날 갑자기 괴물의 모습으로 나타난 현실에 놀라지 않을 수 없었고, 그것은 어떤 형태로든지 표현되지 않을 수 없었다. 표현의 자유가 그리 크지 않았기 때문에 그 표현은 대개 상징적으로 이루어지고 있었다. 창작가들의 그러한 작업이 비평가들의 글에 직접·간접적으로 압력을 주지 않을 수는 없었다.[30]

위의 김현의 글은 여러모로 시사적이다. 첫째, 김현은 70년대 문학비평이 사회적·정치적 문제에 깊이 연루된 사실을 인지한다. 그는 문학비평가가 정치와 사회의 당면 문제에 관해 발언할 것을 종용받는다고 토로한다. 둘째, 그 원인을 그는 70년대에 특유한 폐쇄적 정치적·사회적 정황에서 찾는다. 현실에서 자료를 입수하는 길이 차단된 인문·사회과학 학자들이 문학작품 속에서 분석의 대상을 찾은 사실이 문학비평을 사회의식에 경도되게 했다는 것이다. 셋째, 김현은 "한국 전쟁 이후부터 60년대 중반에 이르르는 동안의 사회의 변모는 거의 문제가 되지 않을 정도로 심한

---

30   위의 글, 168~169쪽.

사회적 변화를 한국 사회는 70년대에 겪었다"며 70년대를 전례가 없었던 과도기로 파악한다. 그는 급격한 사회 변화의 제 양상을 언급하면서, "갑자기 괴물의 모습으로 나타난 현실"에 대한 당혹감이 창작 의지를 촉진했다고 말한다. 그리하여 "문학가의 대사회적 태도는 어떤 것이어야 하느냐"는 질문은 "문학이란 무엇인가, 문학가는 왜 문학을 하는가"라는 질문 못지않게 긴요한 질문이 된다. 결론적으로 70년대 문학비평은 정치와 사회와의 연관성을 떠나서는 존재할 수 없었으며, 김현에 따르면 이는 당시 정치·사회의 폐쇄성과 유례없는 사회적 변화의 급진성으로 정리되는 70년대의 특수성에 기인한다.

　문학이 주된 인식 대상으로 '사회'를 설정하고 또한 문학의 대사회적 태도를 고민하는 이런 정황은 비교적 70년대에 특유한 것으로 보인다.[31] 가령 90년대 이래 오늘날 대부분 문학비평에게 정치적·사회적으로 중대한 발언을 요구하지 않고, 문학작품의 분석과 평가에서 '사회의 구조적 모순의 인식'이라는 명제는 더 이상 자명한 것으로 수용되지 않는다. 그 명제가 자명한 것으로 수용되도록 용인한 당대의 인식구조는 그러니까 70년대에 특유한 역사적인 것, 즉 70년대 한국 사회의 망탈리테라고 볼 수 있다. 물론 문학의 사회성에 주목하는 비평의식은 60년대나 80년대에도 존재했다. 그러나 이른바 순수문학을 표방하는 집단조차 문학의 사회성에 깊이 경도된 정경은 비교적 70년대에 특유한 것으로 보인다. 즉 70년대의 『문지』는 60년대나 80년대의 순수문학 집단에 비해 사회성을 더

31　권오룡은 위의 글 결미를 인용하면서 김현이 문학다운 문학과 비평다운 비평을 꿈꾸었지만, "그 일을 할 수 있는 시대는 『문지』의 생전에도, 김현의 생전에도 오지 않았다"고 말한다. 이는 당대의 사회적 상황이 문학다운 문학을 하지 못하도록 강요했음을, 다시 말해 당대 문학의 풍토가 사회적 이슈를 주된 화두로 삼을 수밖에 없도록 강요했음을 시사한다(권오룡, 앞의 글, 158~159쪽).

강하게 노출한다고 보인다. 또한 사회적 문제의 성찰이라는 대명제에 가려져서 다른 가치들이 문학평론에 전면화되지 못한 사실도 주목을 요한다. 가령 인간의 복잡다단한 심리나 인생에 관한 형이상학적 통찰 등 인문학 고유의 주제들은 평론의 방법론으로 차용되지도 못했고, 소설의 주제로서도 괄시를 받았다.

그러나 『문지』가 사회의 구조적 모순에 주목하라는 구호를 단일하고 단선적으로 부르짖었던 것은 아니다. 알려진 바대로, 언어와 인식 그리고 개인의 가치를 존중하는 『문지』 특유의 문학관이 존재한다. 그러나 이런 『문지』 특유의 문학관, 『창비』와 대립하는 문학관 역시 궁극은 '사회의 구조적 모순에 주목하라'는 이데올로기에 포섭된다. 아래에서 이를 확인하고자 한다.

2) 언어와 인식, 그리고 사회의 구조적 모순

사회의 구조적 모순의 인식이라는 거대 명제에 접근하는 방법론에서 『문지』 특유의 문학관이 노출된다. 『문지』 동인들은 언어-양식과 인식의 중요성을 역설한다. 이는 내용-주제와 실천을 중시한 『창비』의 문학관과 대립되는 지점이다. 그러나 이 논의는 후자에 대한 전자의 우위를 일방적으로 역설하는 차원이 아니라, 이 대립적 가치를 절충하고 통합하는 차원에서 전개된다.

우선 언어-양식에 주목하는 논의들을 살펴본다. 『문지』 동인들은 빈번하게 순수 / 참여 논쟁의 공소함을 비판하고 자신을 형식주의자라고 지목한 일부 논의를 반박하는 등 '순수 / 참여'의 대립구도를 극복하겠다는 의지를 피력하는데, 내용과 형식의 절충론 혹은 주제와 언어-양식의 절충론은 순수 / 참여 논쟁을 지양하기 위한 한 방법론이기도 하다.

① 문학작품이란 내용 + 형식이 아니라, 내용형식이다. 문학은 그럴듯한 내용에다가 그럴듯한 형식의 옷을 입히는 것이 아니라, 침전된 내용이라는 형식을 갖고 있을 따름이다. (…중략…) 좋은 작품은 좋은 내용을 좋은 형식 속에 가둔 것이 아니라, 형식 자체가 내용이 되고, 내용이 형식이 되는 변증법적인 관계 속에 있다.[32]

② 이때 윤리라고 하는 것은 그것이 작가의 주장으로 나타나야 하는 것이냐 아니면 소설의 보이지 않는 구조 속에 감추어져 있느냐에 따라서 소설 기법의 고대와 근대로 구분될 수 있는 것이다.[33]

③ 작가의 의도를 가능한 배제함으로써 오히려 강화될 수 있는 작품의 주제는 그것이 택하고 있는 洋式과 技法, 文體를 통해 육화된다. 하나의 테에마가 최상의 표현법을 얻기 위해서는 그 모두가, 소설을 구성하는 각종 요소가 유기적인 관계와 균형있는 밀도로 종합되어야 한다. 환원하면 우수한 문학은 문장의 형태, 視點의 선택, 플롯의 설정이 통합적인 긴장감을 갖고 主題의 표현으로 수렴된다. 따라서 그 主題가 당대의 현실을 투철히 탐구 반영하는 것이라면 문장 하나, 사소하게 생각되는 기법 하나가 그 시대의 문화적 성격의 핵심과 깊은 관련을 맺는다.[34]

---

32 김현, 「한국문학의 전개와 좌표(1)」, 『문지』 22호, 1975 겨울, 1087쪽.
33 김치수, 「흔들림과 망설임의 세계」, 『문지』 40호, 1980 여름, 479쪽.
34 김병익, 「과거의 언어와 미래의 언어-조해일의 근작들」, 『문지』 13호, 1973 가을, 581쪽.

①에서 김현은 내용과 형식이 불가분의 관계라고 역설한다. ②에서 김치수는 윤리가 작가의 주장의 형태로 표면적으로 나타나는 경우를 후진적 기법으로, 윤리가 보이지 않는 구조 속에 내포된 경우를 근대적 기법으로 파악한다. ③에서 김병익은 주제와 양식-기법-문체와의 조화를 강조한다. 이런 논의들은 모두 주제와 기법, 내용과 형식을 통합적으로 파악하는『문지』동인들의 문학관을 보여준다. 그러나『문지』동인들은 언어-양식 등 문학 본연의 가치를 강조하면서도 사회의 구조적 모순에 주목하라는 명령을 대전제로 삼는다.

실제 비평에서도 이러한 태도가 견지된다. 김병익은 조해일의 「임꺽정」과 「1998년」이 작가의 과잉된 의도를 거칠게 노출하고 적절한 표현법을 얻지 못한다고 비판하며, 「무쇠탈」은 작가의 의도가 현실의 상황의식 속에 적절히 용해되고 이야기의 구성과 묘사법이 적절하다는 점에서 고평한다.[35] 김병익은 또한 조선작의 「미술대회」와 「고압선」, 송영의 「계절」과 「미끼」, 최인호의 「타인의 방」, 황석영의 「삼포 가는 길」이나 「낙타누깔」, 조해일의 「뿔」과 「무쇠탈」을 고평한다. 이들이 실제 삶으로 진화한 사회 혹은 현실을 보여줄 뿐만 아니라 언어의 완벽성을 지닌다는 점이 고평의 이유이다.[36] 그는 "구체적인 것을 개념적인 것으로, 개인적인 것을 보편적인 것으로, 일상의 것을 상황의 것으로 비약시키는 힘은 완벽한 언어조형력에서 가능한 것이며 이것은 훌륭한 문학만이 얻을 수 있는 특이한 성과"[37]라고 말하면서 언어조형력의 중요성을 강조한다. 김병익은 문학의 중요한 가치로 치열성과 완벽성이라는 개념을 설정하고, "현실

35　위의 글, 581쪽 참조.
36　김병익, 「삶의 치열성과 언어의 완벽성 - 조선작의 경우」, 『문지』 16호, 1974 여름, 379쪽 참조.
37　위의 글, 379쪽.

에 대한 통찰, 동시대의 이웃사람 혹은 자기 자신에 대한 고통스런 감수성, 잘못된 삶의 형태와 사회구조에 대한 비판에서 치열함이 발산된다면 그 같은 통찰 감수성 비판이 소설이란 형식을 통해 상황(狀況)이란 언어적 현실로 발전 확대될 때 완벽성을 획득한다"[38]고 진술하면서 현실 파악과 언어 조탁의 통합적 가치를 역설한다. 여기에서 논자들은 언어와 양식의 가치를 부각하는 와중에 현실의 상황의식, "현실에 대한 통찰, 동시대의 이웃사람 혹은 자기 자신에 대한 고통스런 감수성, 잘못된 삶의 형태와 사회구조에 대한 비판" 등의 덕목을 문학의 근본적 가치로 전제한다. 이 덕목들은 사회의 구조적 모순에 주목하라는 명령의 변주된 형태이다. 논자들은 언어조형력의 가치를 역설하면서도 사회의 구조적 모순에 주목하라는 대전제의 끈을 놓지 않는다.

한편 '사회의 구조적 모순의 인식'이라는 거대 명제 앞에서, 『문지』동인들은 '인식'이라는 어사에 특별한 방점을 찍는다. 그들이 계간지 제호에 "지성"이라는 어사를 사용했다는 사실 자체가 이미 동인들이 상황에 대한 지적인 성찰의 가치에 경도되었다는 점을 노출한다. 동인들이 평문에서 어떻게 인식의 가치를 노정했는지 살펴보면 다음과 같다.

① 우리는 50년대 이후 4반세기에 걸친 6·25의 문학적 인식을 조략하게나마 검토해 보았다. 여기서 발견되는 것은 동란 직후의 피해의식에서 60년대의 내면화 과정을 거쳐 70년대 중반에 自己化로 그것이 점진적인 진화를 이루고 있다는 사실이다. 이 진화의 관점에는 다음 두 가지 내포가 스며 있음을 간과할 수 없다. 하나는 시간이 지나면서 6·25란 유례 없는 비극이 점차 객체화하고 그것의

---

38   위의 글, 373쪽.

진정한 의미를 탐구하기 시작한다는 것이다. 둘째는 이러한 진전이 수행될수록 오늘의 여러 부정적 현상들이 6·25와 그것의 현재적 상황인 분단 문제에 근원하고 있다는 사실을 부단히 발견하게 된다는 점이다. 이 두 가지는 아마 이율배반의 궤적이 될 것이다.[39]

② 우리의 精神史는 恨의 歷史였고 宿命과 輪廻에 대한 挑戰이 거의 없었다. 우리가 悲劇의 세계에 들어선다는 것은, 悲劇的 認識이 가능해졌다는 것은 우리가 우리 자신의 삶을 스스로 선택하여 도전한다는 近代的 意志를 소유하게 되었음을 뜻한다. (…중략…) 우리가 여기서 좀더 중요하게 탐구해야 할 것은 우리 민족이 수천년 지녀 온 恨의 정서, 恨의 美學을 悲劇의 認識, 悲劇의 文學으로 지양시킬 계기를 발견했다는 점이다. 『夜壺』의 갑례는 生의 意志를 찾아내며, 『長恨夢』의 金相培는 自己創造의 정신을 캐낸다. (…중략…) 이제 우리가 戰爭에서 悲劇의 힘을 正視하여 삶의 意志와 自己의 발견이란 적극적이고 주체적인 의식을 찾는다.[40]

①에서 김병익은 50년대 이후부터 70년대 중반에 이르기까지 6·25를 다룬 소설들을 논하면서, 분단이라는 상황에 대한 인식이 점차 심화되어 간다고 분석한다. 동란 직후의 피해의식에서 60년대의 내면화, 70년대의 자기화 과정을 거치면서 6·25의 진정한 의미가 객관적으로 인식된다는 것이다. 또한 70년대 당대의 문제적 상황 역시 6·25와 분단 문제에 연관된다는 인식이 분단 소설에서 점차 발전적으로 드러난다는 것이다. 이와 같이 김병익은 사회의 구조적 모순이라는 화두 앞에서 '인식'의 문제를

---

39   김병익, 「분단의식의 문학적 전개」, 『문지』 35호, 1979 봄, 96쪽.
40   김병익, 「한의 세계와 비극의 발견-『야호』와 『장한몽』」, 『문지』 7호, 1972 봄, 167~168쪽.

중요한 요인으로 삼는다. 그리하여 김병익은 홍성원의『남과 북』이 "6·25 인식에서 가장 탁월한 점은 대리전쟁(代理戰爭)을 자기 것으로 받아들일 때에만 그것의 비극적 운명이 극복된다는 작가의 결론"[41]이라면서, 인식의 중요성을 강조하는 것이다. ②에서 김병익은 인식을 수반하는 비극과 그것을 결여한 한을 구분하면서, 비극적 인식을 근대적 의지, 생의 의지, 자기창조의 정신, 자기의 발견 등과 연관 짓는다. 그에 따르면 "비극(悲劇)의 세계는 한(恨)의 세계와 분명히 다르"고, "한(恨)은 자기소멸(自己消滅)의 과정이며 비극(悲劇)은 자기확인(自己確認)의 행위다."[42] 이처럼 인식은 문학이 지녀야 할 필수불가결한 가치로 부상한다. 여기에서 인식의 대상이 6·25전쟁, 분단 문제, 70년대의 문제적 상황 등 사회적 현실로 설정된 사실은 주목을 요한다. 인식이라는 가치는 귀중하되, 인식의 대상은 사회적 현실이어야 했다.

인식뿐만 아니라 논리와 윤리관 또한 중요한 가치이다. 김치수는 이문구의 문학이 유머와 생명력을 논리적으로 조화시켜야 하고 도시화에 침윤된 농촌의 고민에 마땅한 윤리관을 부여해야 하는 과제를 안고 있다고 논하면서[43] 논리적 조화와 윤리관 성립의 중요성을 갈파한다. 그는 또한 "위대한 작가일수록 외롭고 고통스런 삶의 양식(樣式)에 대한 공감(共感)의 폭(幅)을 넓게 하고, 뛰어난 윤리관(倫理觀)-가치관(價値觀)에 대한 의식을 고취시킨다는 사실을 우리는 도스또예프스키나 카뮈에게서 찾아볼 수 있다"[44]고 말하면서 윤리관-가치관을 중요하게 여기는 그의 문학관을 드러낸다. 여기에서도 도시화에 침윤된 농촌의 고민, 고통스러운 삶의 양식

---

41 김병익,「분단의식의 문학적 전개」, 95쪽.
42 김병익,「한의 세계와 비극의 발견」, 167~168쪽.
43 김치수,「상황과 문체」, 67쪽 참조.
44 김치수,「관조자의 세계─이호철론」,『문지』2호, 1970 겨울, 352~353쪽.

등 사회적 현실을 지칭하는 문구는 누락되지 않는다. 논리와 윤리관 역시 간과할 수 없는 가치이되, 사회의 구조적 모순에 대한 인식과 병행해야만 하는 가치였다. 이상 보았듯 『문지』 동인들은 인식·논리·윤리관을 각별하게 부각하지만 그것의 대전제는 역시 사회의 구조적 모순에 주목해야 한다는 이데올로기이다.

3) 개인과 사회

문학작품은 사회의 구조적 모순에 주목해야 한다. 이 근원적인 전제에 따르는 각론으로서 언어와 인식의 문제뿐만 아니라 개인의 문제 역시 『문지』 동인들의 평문에 반복적으로 대두된다. 개인과 사회와의 치열한 교호 관계 안에서 사회의 구조적 모순을 인식해야 한다는 것이다. '개인과 사회'라는 문제는 『문지』 평론 전반에 걸쳐서 거의 매번 빠지지 않고 표출되는 화두이다. 이것은 사회의 구조적 모순을 인식하는 방법에 관한 직설적인 주장의 형태로 나타나기도 하지만, 때로는 개인과 사회라는 대립적 가치 사이에서 갈등하는 동인들의 고민을 노출하는 모습을 띠기도 한다. 또한 이것은 화두와 문학관의 차원을 넘어서서, 실제 문학작품을 분석하고 평가하는 도구가 된다.

　①그러므로 훌륭한 政治志向的 작가들에게는 정치나 정치과정이란 抽象的 존재에서 인간을 구출해야한다는 또 하나의 공통성이 나타난다. 이것은 『5月의 7日間』과 같은 美國의 政治스릴러나 정치적 행정적 부정을 소재로 한 暴露 소설과 정치 소설을 구별하는 가름이기도 하며 정치적 이데올로기를 보급 계몽시키

는 사회주의 리얼리즘으로부터 정치 소설을 구출하는 근거이기도 하다. 어느 시대, 어느 사회에서나 위대한 작가의 관심은 개인의 구원에 있었다. '이제 인간에 대해서 이야기하자'고 천상에서 地上으로 話題로 끌어내린 호머 이후 작가는 사회와 대중이란 보편적 抽象語보다 개인 하나의 구체적인 삶에 집착되었고 그것을 저해하는 것이라면 神이든 民族이든 대담하게 저주할 수 있었다.[45]

② 역사소설이 훌륭한 문학적 성과를 얻기 위해 취할 수 있는 가장 바람직한 형식은 인간과 사회가 시대와 함께 움직이는 이른바 大河小說이다. 톨스토이의 『전쟁과 평화』, 토마스 만의 『붓덴부르크―家』 혹은 박경리의 『土地』와 같은 소설들은 한 시대를 배경으로 역사와 허구가 긴밀한 상관관계를 맺으며 시대적 특성이 개인의 성격에 투영되고 인간이 사회의 움직임과 대결하는, 하나의 世界를 파노라마로 전시하는 總體小說(total novel)을 이룬다.[46]

③ 한 사람이 자신을 둘러싸고 있는 모든 狀況을 關係槪念으로 파악하게 될 때, 그는 자기와 관계된 狀況에 대해서 사유하고, 그 속에 존재하고 있는 자기 자신을 의식하게 된다. 이때 狀況의 不合理性에 대해서 본질적인 탐구를 하지 않고, 그리고 그것의 因果關係가 歷史의 風化作用에 의해 다방면에서 야기되고 있음을 간과했을 경우, 狀況의 어느 일면만을 개조하면 될 수 있는 것으로 생각하는 啓蒙主義 문학에 도달하게 되고, 風俗의 전체상을 드러나게 할 때 寫實主義 문학의 성공을 보여주게 되고, 狀況과 自我 사이의 和解할 길 없는 갈등을 발견하게 되었을 경우, 존재의 허무함과 歷史 속에서의 개인의 피해상황을 동시에 드러나게 하는 自我省察의 文學에 이르게 된다.[47]

45   김병익, 「정치와 소설―「어떤 파리」에 발단하여」, 『문지』 1호, 1970 가을, 27쪽.
46   김병익, 「과거의 언어와 미래의 언어」, 577쪽.

①에서 김병익은 정치와 소설의 관계를 논하면서, 추상적인 정치 스릴러나 폭로 소설이 개인의 구체적인 삶을 소거한 정치 현실에 관한 인식만을 내포하는 반면, 진정한 정치 소설은 개인의 구체적인 삶에 대한 관심을 견지한 채 정치 현실을 인식한다고 말한다. 정치 현실 혹은 사회적 상황과 개인을 상호 교호적, 통합적으로 인식해야 한다는 이러한 논지는 ②에서 보다 두드러진다. 김병익은 "시대적 특성이 개인의 성격에 투영되고 인간이 사회의 움직임과 대결하는" 대하소설을 역사소설의 가장 바람직한 형식이라고 파악한다. 이상에서, 김병익은 개인의 구체적 삶의 양태와 관련지으면서 역사적·사회적 현실을 성찰해야 하며, 훌륭한 소설에 묘파된 개인의 성격은 시대적 특성을 구현한다고 사유한다. ③에서 김치수는 상황과 자아의 관계를 소설을 분류하는 준거로 삼는다. 그만큼 '자아와 상황' 혹은 '개인과 사회'라는 대립항은 문학에 접근하는 중요한 방법론이 되고 있다. 김치수는 또한, 위대한 작가에게서 "삶이란 '나'라거나 '사회(社會)'라거나 하는 것의 어느 한 쪽에만 의미를 부여하는 것이 아니고, '나'로부터 '사회(社會)'로 흘러가는 끊임없는 의식(意識)의 확산(擴散)과 '사회(社會)'로부터 '나'에게로 '유입(流入)'되어오는 '질서(秩序)'의 '압력(壓力)' 속에서, 그것이 야기하는 모든 것을 포용(包容)하고, 그것이 야기하는 모든 것에 대해서 물음을 던지는 수용(受容)과 질문(質問)의 세계이다"[48]라고 진술함으로써, 개인과 사회의 통합적 파악의 중요성을 직설적으로 언명한다.

이러한 개인과 사회의 함수관계를 실제 작품 분석에 적용한 사례는 무수히 많다. 가령, 김현은 30년대 문학인들이 비로소 문학을 자기표현의

---

47   김치수, 「풍속의 변천」, 『문지』 1호, 1970 가을, 55쪽.
48   김치수, 「관조자의 세계」, 352~353쪽.

방법으로 이해하고, 개인과 사회의 함수관계를 그리기 시작했다고 고평한다.[49] 김병익은 박태순과 이청준이 모두 개인과 사회의 해후로 의식을 확장하는 데 성공했으며, 그 끝에서 개인이 사회로 말미암아 좌절하는 모습을 그린다고 분석한다.[50] 신상웅의 작품을 논하면서 김치수는 '나'와 상황의 긴장 관계 속에 존재하는 자아의 발견이 중요하며, 소설 「히포크라테스 흉상」이 모순된 상황의 고발만이 아니라 거기에 대응하는 '나'의 앓음까지 포함하는 점에서 보고서의 차원을 뛰어넘는 문학성을 획득한다고 긍정적으로 평가한다.[51] 또한 김치수는 최인호를 분석하는 자리에서 자기와 상황 사이에서 느끼는 갈등이 상황의 비극적 인식을 유발하며, 그것은 상황의 모순이 자기 존재에 대한 회의를 유도하기 때문이라고 논한다.[52] 이들 평문에서 상황은 사회를, 자아·나·자기는 개인을 지시한다. 앞의 경우에서 모두 개인과 사회라는 핵심어는 문학작품을 분석하는 중핵적인 도구가 된다.

다시 김주연은 이청준의 소설 「소문의 벽」이 시대의 집단 현실이 개인의 평화스러운 삶을 어떻게 압박하는지 집요하게 추적함으로써 가장 가열스러운 당대 정신의 원형을 보여주었으며, 『당신들의 천국』에서 그 인식이 보다 확대되어 사회 그 자체에 대한 폭넓은 인식에 이른다고 분석하면서[53] 개인과 사회의 문제를 작품 분석의 중요한 준거틀로 삼는다. 오생근은 박태순의 근작을 분석·평가하면서 개인적 태도가 사회와의 변증법

---

49 김현, 「식민지시대의 문학―염상섭과 채만식」, 『문지』 5호, 1971 가을, 572쪽 참조.
50 김병익, 「왜 글을 못쓰는가―이청준과 박태순의 경우」, 『문지』 5호, 1971 가을, 602~603쪽 참조.
51 김치수, 「상황과 개인―신상웅의 작품을 중심으로」, 『문지』 7호, 1972 봄, 173쪽 참조.
52 김치수, 「한국소설은 어디에 와 있는가」, 547쪽 참조.
53 김주연, 「사회와 인간―이청준『당신들의 천국』을 중심으로」, 『문지』 25호, 1976 가을, 700쪽 참조.

적 관계 속에서 새로운 차원으로 극복되지 않을 때, 그의 사회 비판적 인물들이 설득력을 얻지 못한다고 우려하면서, 「실금」을 이런 문제를 극복한 작품, 다시 말해 개인의 문제를 사회 문제와 통합하여 다룬 작품이라고 고평한다.[54] 오생근은 황석영 소설에 관한 논평에서 개인과 사회의 상호 관련성의 긴장이 약화된 점을 들어 「이웃 사람」, 「장사의 꿈」, 「가화」의 취약성을 부각한다.[55] 이처럼 『문지』의 평문에서 개인과 사회라는 대립적 범주는 사유의 주요한 틀로 등장하고, 개인과 사회 간의 긴장과 통합은 문학의 중대한 가치로 설정된다.

실로 개인과 사회에 관한 문제는 『문지』 동인들에게 중요한 화두이다. 『문지』 창간에 앞서 세대 논쟁의 발단이 된 69년 「새 시대 문학의 성립」[56]에서 김주연은 50년대 문학에서 60년대 문학을 변별하는 준거로 '개인의식'을 제시한다. 개인의식은 60년대 소설과 4·19세대 평론가들을 이전 세대와 구분 짓게 하는 근거였을 뿐만 아니라, 근대성의 표지로 파악된다. 가령 『한국문학사』에서도 김윤식과 더불어 김현은 근대성의 요체를 개인의식에서 찾는다.[57] 이렇듯 개인의식을 강조하는 태도는 『문지』 동인들에게 뿌리 깊은 비평의식 중 하나였는데, 앞서 논한 바대로 사회의 구조적 모순에 대한 인식 역시 본원적인 당위였으니, 개인과 사회라는 모순적으로 보이는 두 가치에 관한 고민이 그들의 글 전반에서 빈번하게 노출된다는 사실은 당연해 보인다. 이는 또한 개인의 가치를 부각하면서도 사회라는 거대 가치의 위력적인 장악력을 벗어나지 못한 70년대 비평의식을 보여주는 사례가 된다. 70년대 '사회'는 비평 이데올로기의 한가운

---

54 오생근, 「소시민적 삶에 대한 비판」, 1049쪽 참조.
55 오생근, 「황석영, 혹은 존재의 삶」, 951~952쪽 참조.
56 김주연, 「새 시대 문학의 성립」, 『상황과 인간』, 박우사, 1969.
57 권오룡, 앞의 글, 146~150쪽 참조.

데에 놓인 초월적인 기표이자 벗어나려고 해도 벗어날 수 없었던 가공할 만한 아버지였다.

　사회의 구조적 모순을 인식해야 한다는 당위적 명제는 『문지』 동인들의 평문에 반복적으로 등장한다. 그 명제는 그것에 관한 의심과 반성을 허하지 않은 채 자명한 것으로 수용된다. 이렇게 자명한 것으로 수용되는 전제는 『문지』 동인들의 비평의식의 기저에 놓인 이데올로기라고 파악되며, 『창비』에게서도 공유되면서 70년대 문단의 망탈리테를 형성한다고 보인다. 이 이데올로기는 비평가들이 문학작품을 분석하고 평가하는 과정에서 중요한 준거틀이 된다. 『문지』 동인들은 언어, 인식, 개인에 주목하는 『문지』 특유의 문학관을 논하면서도 '사회의 구조적 모순'이라는 상투어에 의존하는 끈을 놓지 못하였다. 이것은 60년대의 순수문학론자들과 다른 점이라고 보인다. 순수문학의 옹호자라고 알려진 비평 집단 중 70년대의 경우만은 전시대와 후시대에 비해 강한 사회성을 노출했다고 보인다. 한편 서론에서 망탈리테 연구방법의 일환으로 '끝내 그 구속을 벗어버리지 못한 것들'에 주목한다고 논한 바 있다. 이때 망탈리테는 그 시대 사람들의 의식세계를 구속하는 거대한 감옥과 같은 것이다. 『문지』 동인들의 경우는 이러한 맥락의 망탈리테를 노출한 사례가 될 수 있다. 『문지』 동인들은 언어, 인식, 개인 등 '사회'와 대척점에 놓인 가치들의 중요성을 파악하고, 그것에 주목하려고 했으나 끝내 '사회'라는 거대한 이데올로기의 장악력에서 벗어나지 못하였다. 그들은 독자적인 문학론을 개진하면서도, 특히 『창비』와 변별되는 문학론을 전개하면서도 결국 '사회의 구조적 모순에 주목하라'는 이데올로기에 포섭되고 만다. '사회의 구조적 모순에 주목하라'는 이데올로기는 당대 사람들이 그 구속을 벗어버리기가 몹시 힘든 망탈리테였던 것이다.

이러한 70년대 문단의 이데올로기가 문학사에 남긴 영향력은 지대하다. 우리 문학은 한동안 '리얼리즘 = 사회적 현실 모사'라는 공식을 지당한 전제로 수용해 왔다. 실상 관념적·심리적 현실을 모사할 수도 있는 리얼리즘을, '사회적 현실의 모사'라는 협소한 뜻으로만 인식해 왔던 것이다. 심지어 2000년대 소설의 환상-무중력 담론과 그 반론 사이에 일어난 논쟁에서, 양 진영 비평가들은 상반되는 논점에도 불구하고 모두 공통적으로 '현실=사회적 현실'이라는 명제를 의심을 불허하는 지당한 전제로 삼고 있었다.[58] '사회의 구조적 모순에 주목하라'는 이데올로기는 그것이 소설 창작의 현장에서 더 이상 유일하고 막강한 교조로 작동하지 않는 오늘날까지도, 이러한 인식상의 관습을 남긴 것이다. 그만큼 70년대에 만개한 그 이데올로기의 장악력은 거대했다.

2. 민중문학의 이데올로기와 '민중' 개념의 형성

민중문학의 이데올로기는 70년대 문단의 이데올로기 가운데 간과할 수 없는 위상을 지닌다. 특히 『창비』에 의해 반복적·집단적으로 유포된 이 이데올로기 역시 시대의 망탈리테로 파악할 수 있다. 이 절에서는 『창비』 필진이 『창비』에 발표한 전체 평문을 대상으로, 민중문학의 이데올

---

58 졸고, 「리얼리즘 소설은 사회적 현실만을 모사하는가」, 『문학·선』, 2008 봄 참조. 필자는 이 글에서 사회적 현실만이 리얼리즘 문학의 대상이라고 보는 오래된 선입관에 문제를 제기하고, 심리적·관념적 현실을 리얼리즘의 대상으로 수용해야 한다고 논했다. 이는 요즈음 유행하는 환상성과 무의미성을 옹호하자는 뜻이 아니다. 필자는 환상성이라는 형식적 특성이 도드라진 나머지 주제와 의미를 구현하지 않았다고 거론되는 작가들에게서 주제와 의미를 발견하자고 주장했다. 이때 주제와 의미는 뚜렷한 관념적 현실, 심리적 현실이었다.

로기가 형성된 과정을 고찰한다. 이는 '민중'이라는 개념이 형성된 과정을 고찰하는 작업과 동궤에 놓인다. 앞 절의 『문지』의 경우와 동일하게, 이데올로기 선언 격의 평문보다 구체적인 작품론에 더욱 주목하고자 한다.

'민중'이라는 말은 오랫동안 『창비』 필자들 사이에서 명료한 개념 규정 없이 쓰여 왔다. 백낙청이 '민중'이라는 말의 개념을 본격적으로 규정한 것은 78년의 일이다.

> 민중이란 정치·사회·문화적으로 특수한 위치에 있지 않는 그야말로 '보통 사람들'을 뭉뚱그려서 일컫는 말로서 그 말뜻 자체는 하등 애매할 것이 없다. 다만 특수인이 아닌 사람들을 통칭하는 말이다 보니, 그 사람들이 누구누구며 무얼 하는지는 그 낱말만으로는 밝혀지지 않는 것뿐이다. 그러므로 우리에게 필요한 것은 '민중'이 곧 '노동계급'이라는 말이 아니냐 하는 식의 다그침이 아니라, 주어진 시대와 장소에서 민중으로 총괄되는 사람들 가운데 노동자는 얼마나 되고 어떻게 살고 있는가, 농민이나 그 밖의 사람들은 또 얼마나 되며 어떤 성격을 띠었는가, 그들 각각의 역사적 기능은 무엇인가, 이런 문제들을 과학적으로 풀어나가는 일이다. 민중의 개념이 애매해 보이는 것은 이 작업이 제대로 안되었기 때문이며 민중이라는 말 자체에 결코 무슨 흠이 있는 것은 아니다.[59]

그의 규정에 따르면, 민중은 "정치·사회·문화적으로 특수한 위치에 있지 않는 그야말로 '보통 사람들'을 뭉뚱그려서 일컫는 말"이다. 민중은 보통 사람들을 통칭하는 말인 것이다. 다소 애매모호한 개념 규정이지만, 이는 본격적으로 '민중' 개념을 규정한 시도로서 의의를 가진다. 하지만

---

[59] 백낙청, 「인간해방과 민족문화운동」, 『창비』 50호, 1978 겨울, 17쪽.

개념의 사전적 정의가 탄생하기 전에, 먼저 사람들은 개념을 사용해 왔다. 『창비』 필자들은 자신들만의 개념을 '민중'에 투사한 채 '민중'이라는 말을 애용해 왔다. 그들이 '민중'이라는 말에 덧붙인 개념들은 위의 백낙청의 규정보다 더 많은 사실을 알려준다. '민중'이라는 말에 부착된 개념들을 살피는 작업, 곧 '민중' 개념의 형성 과정을 파악하는 작업은 곧 민중문학의 이데올로기가 형성된 과정을 고구하는 작업과 통한다. 아래에서 『창비』 필자들이 '민중'이라는 말에 부착한 개념들을 평문을 통해 고찰하고자 한다.

70년대 초반 『창비』 필자들은 '민중'이라는 어휘를 명확하게 정의하지 않은 채, 인접 어휘들과 혼용한다. 그러나 이들이 '민중'과 인접 어휘를 사용한 맥락을 보면 민중을 어떤 개념으로 상정하는지 유추할 수 있다. 다음에서 '민중'과 인접 어휘를 사용한 한 『창비』 필자의 평문을 보면서 '민중' 개념을 유추해 보겠다.

72년 발표된 다음 평문들에서 김병걸은 따라지, 서민, 농민, 일반대중, 서민대중, 일반서민 등의 어휘와 민중을 동일한 개념으로 상정하여 쓴다.

① 그는 오직 각성하고 증언하고 싸울 뿐이다. 무엇을 증언하며 무엇과 싸우는가? 나라에서 버림을 받은 따라지와 金權에 찍눌린 서민과 내 땅을 부당하게 빼앗긴 농민들을 증언하는 것이다. 인간정신이 非人間的 처사에 의해 부당하게 침해되는 사회현실과 조직체제의 齒車裝置에 대항하여 싸우는 것이다.[60]

② 허지만 이 세계의 번영은 사실상 일반대중의 꾸준한 노력에 의하여 구축

---

60   김병걸, 「김정한문학과 리얼리즘」, 『창비』 23호, 1972 봄, 96쪽.

되었던 것이다. 그들이야말로 역사가가 찬미하는 그 유명한 사람들에 의하여 세워진 정치적 헌법적 대구조물의 숨은 기둥인 것이다. 프랑스 부르봉王朝의 秕政, 그 앙샹·레짐의 철통 같은 地盤을 뒤엎은 시민혁명의 밑뿌리는 무엇이었으며, 영국의 중상주의적 식민정책에 반기를 들고 분기한 아메리카 독립혁명의 밑뿌리는 무엇이었던가? 아니 우리의 東學亂, 3·1의 민족항쟁, 4·19의거의 근간을 이룬 힘의 원천적 所在는 어디에 있었던가? 역사의 地脈을 형성하는 中軸은 눈에 띄지 않는 민중들의 힘의 총체적 집결에서 형성되는 것이다.[61]

③그러나 단 한가지 사실은 리얼리즘이 상류계급과 로망스와 고상한 장르에 얽매여 있던 문학을 서민대중의 생활세계로 끌어 내려왔다는 점이다. 그래서 플로베르는『일상적이며 바로 가까이 있는 것이 異國的이며 疏遠한 것만큼 문학의 題材로서 적절하다』고 말했고, 모파상도 또한『작가는 언제나 평범하고 일반적인 通則을 따라야 한다』고 말했다. 결국 리얼리즘은, 일반대중의 생활이 무엇보다 가장 진실하다고 한 벤덤主義(벤덤이 주장한 功利主義)의 假說을 받아들였고, 그것이 좋든 궂든 리얼리즘 운동에 투신한 대부분 작가들의 태도였다.[62]

김정한 문학을 논한 ①에서 김병걸은 민중과 인접 어휘들의 개념을 버림받은 존재, 금권에 찍눌린 존재, 내 땅을 부당히 빼앗긴 존재로 상정한다. 즉 그는 민중을 사회현실과 조직체계에 의해 부당하게 인권을 유린당한 존재로 보는 것이다. ②에서 김병걸은 역사를 변혁하는 주체라는 개념을 민중과 인접 어휘에 부여한다. 그에 따르면, 프랑스 혁명, 아메리카 독립혁명, 동학란, 3·1운동, 4·19의거를 성사시킨 힘의 원천은 곧 민중이

---

61 위의 글, 96~97쪽.
62 위의 글, 111쪽.

다. 민중은 "역사의 지맥을 형성하는 중축"인 것이다. ③에서 김병걸은 민중과 인접 개념을 리얼리즘 문학의 핵심적 인자로 상정한다. 서구의 리얼리즘 발흥기에 서민대중의 생활세계가 문학의 주목을 받기 시작한 사실을 주시하며, 리얼리즘 작가들은 민중의 생활이 무엇보다 가장 진실하다는 사상을 가진다고 논한다. 단적으로 리얼리즘 문학을 구성하는 핵심 요소는 민중이며, 그것은 민중의 생활이 가장 진실하기 때문이라는 것이다. 이 논지에 근거를 대기 위해 김병걸은 발자크도 일반서민과 농민 계급의 이익을 위해서 정열을 쏟았으며, 톨스토이도 도시보다 농촌을 강조하고 사회문제를 농민문제로 생각했다고 진술한다.[63]

이상에서 보듯 김병걸은 민중을 사회현실과 조직체계에 의해 부당하게 인권을 유린당한 존재, 역사를 변혁하는 주체, 리얼리즘 문학을 구성하는 핵심 요소, 가장 진실한 생활을 영위하는 사람들로 파악한다. 민중을 이런 식으로 파악하는 시각은 70년대 『창비』 평문들에서 반복적으로 돌출한다. 민중을 바라보는 시각은 민중이라는 말에 덮어씌우는 개념들을 선택하고 정립한다. 아래에서 민중을 바라보는 이 네 가지 방식을 각각 확인하고자 한다. 이것은 민중 개념과 민중문학 이데올로기의 형성 과정을 살펴보는 작업도 될 것이다.

네 가지 명제 중 앞의 두 명제, 즉 민중이 부당하게 인권을 유린당한 존재라는 명제와 민중이 역사를 변혁하는 주체라는 명제는 자주 인과관계로 연결된다. 즉 민중이 사회계급 중 가장 많이 수탈당했고, 가장 극심하게 소외받았다는 명제가 민중이 역사 변혁의 주체라는 명제의 타당성을 뒷받침한다. 단적으로 민중은 가장 많이 피해를 받았기 때문에 역사를 변

---

63   위의 글, 111쪽 참조.

혁할 가장 큰 힘을 지닌다는 것이다. 일단 민중이 수탈당한 존재라는 인식이 평문에서 어떻게 드러나는지 살펴보겠다.

① 오늘의 농촌현실은 곧 한국현실의 集約的 표현이라는 사실이 우리에게 많은 것을 시사해 준다. 농촌현실에 대한 본질적인 파악이 없이는 한국 현실에 대한 理解가 있을 수 없다는 얘기일 수도 있다. 가령, 오늘의 농촌은 도시에 대한 內國植民地의 위치를 감수하면서, 자본주의 경제체제의 구조적 모순에 따른 셰에레 현상의 深化로 외국자본의 압박이 轉嫁되어 이중식민지의 역할을 하고 있다. 역대 지도자가 重農政策을 표방, 안간힘을 다하는데도 농촌의 빈곤은 單純再生産에서 그치지 않고 擴大再生産됨으로써 농촌의 파괴를 가속화하고 있는 것이다. 농민은 전 역사를 통해서 단 한번도 市民으로서의 정당한 권리를 행사함이 없이 물리적 권력에 의한 통제 또는 이에 정치작용의 효율성이 가하여진 복합적인 조정에 의해서 정치권력의 도구화하여, 그들의 이익이나 역사와는 관계없이 굴욕적인 생존을 계속해 왔다. 그럼에도 불구하고 역사적 격동기에는 정치권력과의 逆函數 관계로 인해서 인명이나 재산에 있어 비참한 희생을 당해왔던 터이다.[64]

② 이미 여러 사람이 지적했듯이 식민지 또는 반(半)식민지의 농촌은 반드시 도회보다 뒤떨어진 의식의 현장만이 아니고 제국주의에 의해 왜곡된 개발의식으로부터 민족의 주체성과 삶의 건강성을 지키는 마지막 보루가 될 가능성을 떠맡는다. 그런 의미에서 후진국의 농촌이 자기 나라의 도시는 물론, 제국주의적 허위의식의 본거지인 이른바 선진국의 도회들보다 더 선진적이 될 가능성을 갖는데, 다만 이러한 가능성이 역사 속에 실현되기 위해서는 도시적 감수성과 의

---

64 신경림, 「농촌현실과 농민문학」, 『창비』 24호, 1972 여름, 270쪽.

식의 세례를 받을 만큼은 받아야 하는 것이다. 그리하여 농촌의 건강한 민족의 식·민중의식이 도시의 어느 곳에 나타나든가 제국주의시대의 가장 진보적이고 인간적인 의식이 되며, 이러한 의식에 입각한 제3세계의 민족문학이 곧 현단계 세계문학의 최선두에 서게 될 것은 당연한 일이다.[65]

①에서 신경림은 농촌이 도시에 대한 내국식민지, 이중식민지의 역할을 했다고 논한다. 외국 자본에 의한 식민지적 현실에 처한 한국 사회에서 도시는 다시 농촌을 식민지화하여 착취한다는 것이다. 그 과정에서 농민은 단 한 번도 시민으로서의 정당한 권리를 행사할 수 없었고, 권력의 통제에 의해 도구적으로 이용되어 왔으며, 자신들의 이익을 외면 받은 채 굴욕적인 생존을 계속했다고 논한다. 그럼에도 불구하고 역사적 격동기에 가장 먼저 희생당한 존재가 또 농민이다. 70년대 초반기에 민중과 농민이 『창비』 필자들 사이에서 동일 개념으로 쓰였음을 감안할 때, 농촌과 농민의 수탈상에 대한 인식은 곧 민중의 수탈상에 대한 인식이다. ②에서 백낙청은 이러한 농촌의 식민지 혹은 반(半)식민지적 현실을 인정하고, 이를 농민의 역사 변혁력에 대한 근거로 삼는다. 그에 따르면 농촌은 식민지적 현실에 처해 있기 때문에, 제국주의에 의해 왜곡된 의식으로부터 민족의 주체성과 삶의 건강성을 지키는 마지막 보루가 된다. 이런 의미에서 농민-민중은 가장 진보적이고 인간적인 의식을 가질 수 있다. 여기에서 민중이 가장 많이 피해를 받았기에 가장 진보적인 의식을 가질 수 있다는 논리가 선명하게 드러난다.

민중을 진보적인 의식을 가진 존재로 상정하는 의식은 민중을 역사 변

---

65   백낙청, 「민족문학의 현단계」, 『창비』 35호, 1975 봄, 55쪽.

혁의 주체로 보는 시각과 상통한다. 민중을 역사 변혁의 주체, 도덕적으로 우월한 주체로 보는 시각은 70년대『창비』필자들이 공유하는 입장이다. 이들은 민중의 역량을 선험적인 것, 자명한 것으로 상정한다. 민중은 현실에서 소외당했기 때문에 역사를 변혁하는 에너지를 보유할 수밖에 없으며, 그리하여 지배계급보다 더 적극적으로 역사 발전에 기여할 수 있다는 논지는 다음 평문에서 반복적으로 확인된다.

① 이들의 민중역량에 대한 과소평가는 마땅히 규탄되어야 한다. 그들은 민중은 우매하여 오로지 계도해야 할 것으로만 여겼지, 민중 속에 민족 독립 투쟁을 위한 굳세고 끈질긴 힘이 잠재해 있으리라고는 믿지 않았던 것이다.[66]

② 그것은 다름 아니라 민중세력의 지속적인 성장이다. 민중이 민족의 실체요 역사의 주인이라는 이론이 한갓 관념적인 주장이 아니고 역사의 필연적인 추세임을 우리는 깨닫게 되는 것이다. 따라서 오늘의 올바른 민족문학관은 이러한 민중사관에 기초하지 않아서는 안될 것이며, 그밖의 다른 어떤 문학관도 객관적인 역사적 사실과 배치되는 것이라고 감히 주장할 수 있을 것이다.[67]

①에서 신경림은 20년대 개화사상가들이 민중의 역량을 과소평가했다고 비판한다. 이 비판은, 민중이 민족 독립 투쟁을 위한 굳세고 끈질긴 힘을 가진 존재라는 전제가 자명한 것으로 수용되었기 때문에 가능할 수 있었다. ②에서 염무웅은 강화도 조약으로부터 당시까지 관통하는 하나의 경향

---

66   신경림, 「김광섭론」, 『창비』 37호, 1975 가을, 157쪽.
67   염무웅, 「식민지 문학관의 극복문제 – 민족문학관의 시론적 모색」, 『창비』 50호, 1978 겨울, 37쪽.

이 바로 민중세력의 지속적인 성장이라고 논한다. 그리고 이것을 민중이 역사의 주인이라는 주장을 뒷받침하는 근거로 활용한다. 그에 따르면 강화도 조약부터 1910년까지 외세 침탈 과정에서 봉건적 양반 세력은 외세 침탈을 위한 명분을 제공하는 역할에서 크게 벗어날 수 없었고, 그들의 역할은 민족의 중심적 위치에서 오래 전에 이탈한 것이었다. 따라서 3·1운동이후에는 민중이 민족운동의 유일한 주체가 되며, 봉건세력은 특권을 포기하고 민중과 합류하는 한에서만 민족적 이해와 일치될 수 있다는 것이다.[68]

『창비』 필자들은 민중이라는 말에 역사 변혁의 주체라는 개념을 부착한다. 이는 민중이 역사 변혁의 주체라는 이데올로기와 동궤에 놓인다. 이데올로기는 그것을 본질화하는 전략을 수반한다. 아래에서 『창비』 필자들이 상기 이데올로기를 자명화하기 위해 수행한 전략을 살펴본다.

① 1919년의 3·1운동에 있어서 한해 동안 검거된 총 1만 9천 5백여 명 가운데 직업별로 보아 농민이 1만 8백여 명(59%)이나 된다는 사실은 일제 식민지통치의 질곡을 누가 가장 혹독하게 겪었으며 이에 대한 저항의 주력부대가 누구였는지를 말해 주는 증거라 하겠다. 앞페이지의 표에 보이는 小作爭議의 추이는 이러한 반봉건적 식민지적 착취에 대한 농민의식의 각성이 놀랄 만큼 성장하고 있음을 보여준다.[69]

② 동시에 민족운동이 민중운동이어야 한다는 말은 민중이 역사의 주체로 인식된 현대의 상식에 비춰서도 당연한 이야기지만, 오늘의 민족문화운동에서는 더욱 절실한 명제이다. (…중략…) 이러한 상황에서 통일을 위한 진지한 노력은

---

68   위의 글, 42쪽 참조.
69   염무웅, 「8·15직후의 한국문학」, 『창비』 37호, 1975 가을, 138쪽.

분단체제의 온갖 특권과 기득권에서 소외된 사람들, 즉 민중에 의존하지 않을 수 없는 것이다. (…중략…) 그러나 따지고 보면 이 모든 것은 오늘날의 인간해방운동이 억눌리고 소외된 다수민중의 각성과 주체적 노력을 요구한다는 역사의 논리를 구현한 것에 지나지 않는다. 기독교에서는 이런 것을 하나님의 섭리라고도 하겠거니와, 여하튼 제삼세계 억눌린 민족들의 자기주장이 범세계적 인간해방운동의 핵심적 역할을 맡고 있듯이, 이들 민족 내부에서도 그러한 사명의 실천은 소외된 민중의 주체성 쟁취 과정에 의존하고 있는 것이다.[70]

③ 우리가 양심의 문제를 논하고 역사의 문제를 논할 때 어느 개개인의 고매한 이상이 아닌 다수 민중의 의식과 움직임을 중요시하는 뜻이 여기 있다. 문학작품에서, 고상한 '정신적 가치'들을 차라리 모독하는 듯한 서민적 생활감정의 표현을 높이 사 주는 것도 그 때문이다. (…중략…) 중요한 것은 인간의 참으로 인간다운 삶을 실현하는 원동력, 진정한 역사발전의 원동력을 궁극적으로는 어디서 찾느냐 하는 문제다. 사람이 사람으로서 타고난 순수한 마음에서 그것을 찾을 만큼 사람을 믿고 자기 스스로의 마음을 믿느냐가 문제인 것이다. (…중략…) 각성된 민중의식이란 바로 이렇게 理想은 없고 使命만이 남은 경지라고 표현해도 좋겠다. 우리가 강조하는 양심이란 것도 벌거벗은 본마음 그대로의 상태에서 민중과 한몸이 되고 만인과 형제처럼 결합되는 경지를 말한다.[71]

①에서 염무웅은 일제 식민지 치하에서 농민이 가장 혹독하게 질곡을 겪었고 이에 대한 저항의 주력부대가 되었다고 논한다. 이 주장에 대한 근거는 1919년 3·1운동 당시 검거된 이 중 59%가 농민이라는 사실이다.

---

70   백낙청, 「인간해방과 민족문화운동」, 16쪽.
71   백낙청, 「문학적인 것과 인간적인 것」, 『창비』 28호, 1973 여름, 445~446쪽.

운동에서 다수를 이루는 사람들이 곧 그 운동의 주체라고 말하는 것은 논리의 비약인 듯하다. 소수의 주도로 다수가 동원되었다고 보는 편이 타당한 경우가 보다 많을 것이다. 또한 소작쟁의가 늘어났다는 사실도 농민의식이 각성되었다는 논지에 대한 근거로 활용된다. 마찬가지로 소작쟁의가 양적으로 늘어난 현상이 곧 농민의식 각성의 근거가 되기에는 불충분한 것으로 보인다. ②에서 백낙청은 민중을 역사의 주체로 인식하는 것이 현대의 상식이라고 말한다. 자신의 주장을 상식이라고 단정 짓는 것은 실상은 이데올로기인 자기주장을 자연화, 본질화하는 전략이다. 또한 그는 인간해방운동이 민중의 각성과 노력을 요구한다는 논리를 "하나님의 섭리"라고 명명하며, 자신의 논리를 의심을 불허하는 자명한 것으로 만든다.[72] ③에서 백낙청은 민중의식을 양심의 문제와 직결시킨다. 양심이란 벌거벗은 본마음 그대로의 상태에서 민중과 한 몸이 되고 만인과 형제처럼 결합되는 경지라고 한다. 양심을 가진 인간이라면, 타고난 순수한 마음을 가진 인간이라면 어떠한 이상보다도 민중을 앞에 놓는 사상을 자명한 것으로 인정할 수밖에 없다고 한다. 인간이 참으로 인간다운 삶을 실현하는 원동력이 민중이기 때문이다. 이상에서 민중론은 역사와 상식과 양심을 전유하면서 이데올로기로 정련된다.

백낙청은 착한 사람이라면, 인간성을 지키려면 당연히 민중의 가치를 인정하고 민중문학에 참여해야 한다고 논한다. 이러한 태도는 민중과 민중문학의 가치를 인정하지 않는다면 비인간적이라는 전제를 함유하고 있

---

[72] 백낙청의 논의에서 또한 주목되는 것은 민중 역량이 활약할 영역이 점점 확대된다는 사실이다. 민중이 역사의 주체이기 때문에 자주평화통일을 위한 진지한 노력은 민중에 의존하지 않을 수 없다. 뿐만 아니라 민중의 주체성 쟁취는 인간해방운동의 성패를 가름하는 조건이 된다. 백낙청은 이것을 제삼세계의 억눌린 민족들이 범세계적 인간해방운동의 핵심적 역할을 맡고 있다는 사실과 동궤에 놓는다. 이처럼 민중 역량이 펼쳐질 무대는 무한히 확장된다.

다. 무엇을 하지 않는다면 비인간적이고 인간적이려면 당연히 그것을 해야 한다는 진술은 그 무엇을 이데올로기로 만드는 대표적인 전략이다. 이런 식으로 민중문학론은 이데올로기로서 강제력을 드높여 간다. 이렇게 이데올로기를 정련하는 전략은 특정한 사유구조와 연동되는데 이는 5장에서 상세히 논하기로 한다. 이렇게 『창비』 필자들은 민중의 역량을 증명하기 위해 현재의 입장에서 과거를 전유하며, 자신의 논지를 '상식' 혹은 '하나님의 섭리'라고 단정하고, 차마 부인할 수 없는 가치인 양심을 전유하며 그것을 자명화·본질화한다. 이런 식으로 논증된 민중의 역량은 자명한 것으로 수용되어, 현재를 이야기할 때에 의심을 불허(不許)하는 전제가 된다. 즉 민중의 역량에 대한 이론이 이데올로기로 작동하는 것이다.

민중을 이토록 자생적으로 위력적인 역량을 가진 존재, 역사를 변혁하는 주체로 상정하는 논자들이 민중을 문학의 중핵으로 설정하는 것은 자연스러운 추이이다. 민중에 대한 지대한 관심은 자연스럽게 민중문학론을 탄생시켰다. 훌륭한 문학은 민중을 주시해야 한다는 것이다. 신경림은 민중과 민중문학에 대한 엄격한 개념 정의를 시도하고 있지는 않다. 그러나 그는 논의를 전개하면서 "민중의 생활감정에 뿌리박은 문학, 민중의 사상을 결합하고 승화함에 기여하는 문학"[73]이라는 말을 반복적으로 사용한다. 이것이 바로 신경림이 암암리에 설정한 민중문학의 개념일 터이다. 이러한 민중문학의 개념은 루카치에게서 영향 받은 듯하다. 그는 "민족생활(民族生活)과의 생생한 관계를 유지하며, 대중 자신의 생활감정을 진보·발전시키는 것, 이것이야말로 문학의 위대한 사명이다(「리얼리즘論」)"라는 루카치의 말을 인용하며, 그것이 "우리 문학에 대해서도 매우 시사

---

[73]　신경림, 「문학과 민중」, 『창비』 27호, 1973 봄, 10쪽.

적인 말"이라고 진술한다.[74] 해방 후 한국문학의 특징을 "문학에 있어서의 민중(民衆)의 배제(排除), 문학에 대한 민중(民衆)의 외면(外面)"[75]으로 파악하는 신경림은 김수영과 신동엽의 시만은 고평한다. 김수영과 신동엽의 "건전한 시민으로서의 비평정신"[76]이 "민중의 생활감정에 뿌리박을 수 있는 문학을 위한 최소한의 터전"[77]을 이루기 때문이다. 여기에서 한 번 짚고 넘어가야 할 사항은 민중문학에서 비판정신의 위상이다.

위에서 필자는 문학으로부터의 민중 소외를 설명하면서, 비판적 세력의 不在, 리얼리스트의 추방을 들었는데, 이는 이러한 비판적 또는 리얼리즘적 입장이 민중의 생활 감정에 뿌리박은 문학, 민중의 감정 및 사상을 集約 昇華함에 기여하는 문학을 위해, 충분한 조건은 되지 못하더라도 필요한 조건이기는 하다고 생각하는 까닭이다.[78]

엄격한 의미에 있어 소시민은 민중의 한 구성요소가 될 수 있지만 소시민의식은 본질적으로 반민중적인 것인바, 그것은 소시민의식에는 참다운 비판정신이 결여돼 있는 까닭이다. 따라서 소시민의식에 바탕을 둔 리얼리스트일 경우, 현실적으로 그것은 소시민의 애환의 사실적 묘사로 끝나기가 첩경이다. 또한 농촌소설의 경우, 체제에 대한 철저한 비판적 안목이나 구체적 뒷받침 없이는 안이한 歸鄕小說이나 都市忌避小說의 한계에서 벗어나지 못할 것이다.[79]

---

74   위의 글, 7~8쪽.
75   위의 글, 5쪽.
76   위의 글, 19쪽.
77   위의 글, 19~20쪽.
78   위의 글, 6쪽.
79   위의 글, 17쪽.

위 평문들에서 신경림은 비판적 입장을 민중문학을 위한 필요조건으로 상정한다. 여기에서 비판적 세력은 리얼리스트와 동일 개념으로 취급된다. '리얼리즘 정신=비판정신'이라는 공식을 자명한 것으로 수용하는 것이다. 또한 신경림은 소시민과 민중을 구분한다. 그는 소시민이 민중의 한 구성요소임을 인정하지만, 소시민 의식은 비판정신을 결여하기에 반민중적인 것이라고 본다. 여기서의 비판정신이란 백낙청이 「시민문학론」에서 개진한 시민의식을 계승한 것이라고 보아 타당할 것이다.

앞서 양심이 민중문학론을 이데올로기로 정련하는 중핵이 된다고 논했거니와, 양심의 문제는 보다 상세한 고찰을 요한다. 민중문학론에서 양심은 간과할 수 없는 위상을 지닌다. 민중이 역사의 주체일 뿐만 아니라 문학의 주제가 되어야 한다는 명제는 양심의 문제, 인간 본연의 인간성을 수호하는 문제와 연관된다. 이에 양심에 관한 고찰은 또한 민중 개념을 살피는 데 유의미한 시사점을 제공한다. 백낙청은 다음 평문들에서, 양심과 사랑과 인간다움에 대해 이렇게 논한다.

① 더구나 우리가 민중과 더불어 역사에 기여하자는 것은 궁극적으로 누구나 형제 같은 사랑으로 뭉쳐서 살자는 것이요 다른 일체의 작업이 어디까지나 사랑의 실현을 위한 한 방편임을 기억할 때, 같은 방편이라도 관용과 온정의 행사는 훨씬 원래의 사명에 밀착된 것이며 민중의 체질에 맞는 것이라고 말할 수 있다.[80]

② 물론 이러한 '예술가적 양심' 자체가 하나의 위장된 이상주의일 수 있음은 부르조아시대의 예술에 올수록 흔한 일이니, 작품을 통한 직접적이고도 전인적

80   백낙청, 「문학적인 것과 인간적인 것」, 456~457쪽.

(全人的)인 현실인식만을 '양심'의 전부로 보는 태도는 각성된 민중의식의 그것과도 그대로 통한다고 하겠다. 민족문학이 요구하는 작가적 양심이 한편으로 민중현실을 정확히 그려내어 민중의식의 전진에 겸허하게 이바지하면서 다른 한편 예술 본연의 기능에도 똑같이 충실할 수 있는 근거도 여기 있다. 민족문학에서 한 작품의 반제국주의·반봉건주의적 민족의식과 민중의식의 수준 — 한마디로 그 정치의식·역사의식의 수준 — 이 작품의 예술적 효과, 즉 좁은 의미의 '작가적 양심'의 수준과 불가분의 관계에 있다고 말할 수 있는 것 역시 양심의 이러한 본질 자체에 힘입은 것이다.[81]

①에서 백낙청은 민중과 더불어 역사에 기여하자는 것은 누구나 형제 같은 사랑으로 뭉쳐 살자는 뜻을 내포하며, 사랑의 실현을 위한 한 방편이라고 논한다. 민중에 주목하는 태도를 사랑이라는 가치와 연관시키는 것이다. 여기에서 민중은 관용과 온정을 행사하는 존재로 상정된다. ②에서 백낙청은 민중의식과 양심을 보다 명료하게 연결한다. 양심이란 직접적이고도 전인적인 현실인식이다. 양심을 이렇게 파악하는 태도가 곧 각성된 민중의식이다. 작가적 양심은 한편으로 민중 현실을 정확히 그려내어 민중의식의 전진에 겸허하게 이바지하는 것이며, 이것은 바로 예술 본연의 기능에도 똑같이 충실하는 것이다. 백낙청은 민중의식을 반제국주의·반봉건주의적 민족의식, 정치의식, 역사의식과 동궤의 것으로 상정한다. 민중은 모든 종류의 참다운 의식으로 인도하는 시금석인 것이다. 이 민중의식의 수준이 작가적 양심의 수준과 불가분의 관계에 있다.

실제 비평에서도 백낙청은 양심과 민중의식을 작품 분석과 평가의 중

---

81   백낙청, 「민족문학의 현단계」, 49쪽.

요한 준거로 사용한다.

　　각성한 민중이 보여준 인간본연의 부르짖음이요 알몸 그대로의 드러남이다. 따라서 진정한 민족문학과 민족의식의 당면과업도, 4월 혁명 때처럼 학생데모가 있겠느냐느니 동학혁명에서와 같은 농민봉기가 바람직하냐느니 하는 식의 계산보다도 먼저 인간의 양심을 되찾고 이 벌거벗은 인간본연의 모습에 신뢰와 축복을 주는 일이다.[82]

위에서 백낙청은 신동엽의 「껍데기는 가라」를 논하면서, '4월의 알맹이'·'동학년의 아우성'이 각성한 민중의 인간 본연의 부르짖음이라고 평한다. 인간의 양심을 되찾고 벌거벗은 인간 본연의 모습에 신뢰와 축복을 주는 일이 "진정한 민족문학과 민족의식의 당면과업"이라는 것이다. 한편 백낙청은 "역사의 과업에 임한 민중의식"을 문학의 가치를 평가하는 준거로 삼는다. 그는 훌륭한 문학은 "그 내용·형식의 다양성에도 불구하고 항상, 역사의 과업에 임한 민중의식에 입각한 검증이 가능하다"[83]라고 단적으로 진술하기도 한다. 문학과 민중의식은 시너지 효과를 주고받는데, 각성된 민중의식은 문학을 훌륭하게 만들고, 그러한 문학은 다시 민중의식의 성장과 승리에 직접적으로 기여한다는 것이다. 이 사실이 문학에 종사하면서 인간적인 것을 구현하는 역사의 싸움에 한몫을 하고자 하는 이들에게 새로운 자신을 안겨준다는 것이다.[84]

82　위의 글, 45쪽.
83　백낙청, 「문학적인 것과 인간적인 것」, 459쪽.
84　위의 글, 459쪽 참조. 백낙청이 민중의식을 양심과 사랑의 자연스러운 발로라고 주장하는 이면에는 당대 사회에 다양한 이상 혹은 '이즘'이 범람하는 현상에 대한 비판적 의식이 깔려있다. 그는 당대 온갖 정보와 견해와 '이즘'의 범람이 우민정책의 가장 효율적인 도구가 된다고 본다. 민중을 몽매하게 만드는 작업이 기술적으로 세련되어서, 온

민중을 자생적으로 위력적인 역량을 가진 존재, 역사를 변혁하는 주체, 문학의 주제, 양심과 인간다운 것을 구현하는 주체, 관용과 온정을 행사하는 존재, 모든 종류의 참다운 의식으로 인도하는 시금석으로 상정하는 이데올로기는 다분히 민중을 이상화한다는 혐의를 낳는다.[85] 민중은 역사와 문학과 양심과 의식의 주체로 이상화되는 한편, 다른 식으로도 이상화된다.

① 그러나 민중 자신은 일부 민중주의자 내지 민중문학론자들보다 훨씬 관대하다고 보아야 한다. 이것은 물론 무슨 앙케트 같은 것으로써 입증될 수 있는 이야기는 아니다. 실재하는 민중의 의식은 특수층의 기존 문화에 현혹되어 필요 이상의 관용을 보일 수도 있고 이에 대한 당연한 반발로 玉石을 가리지 않고 태우려는 충동을 나타낼 수도 있다. 민중이 더 관대하다는 것은 그들이 그들의 현실적 욕구에서 출발하지 '일체의 난해한 예술은 반민중적이다'라는 단정이나 '민중을 위해 평이한 작품만 쓰련다'라는 이상주의에서 출발하는 것이 아니라는 뜻이며, 인간의 본마음에 담긴 어떤 넉넉함을 유지함으로써만 그들이 하나의 각성된 집단을 이루고 참으로 '인간적'인 것을 이룩하는 역사에 제대로 기여할 수 있다는 뜻이다. (…중략…) 그들의 백절불굴의 투지와 냉철한 두뇌가 민중 자체의 전투성에 기인하듯이 지식인·예술가에 대한 그들의 관용과 이해 역시 각성된 민중의식의 포용성을 반영하고 있는 것이다.[86]

갖 이상 혹은 이즘을 민중을 현혹시키는 도구로 사용한다는 것이다. 이러한 상황이 양심과 유리된 힘의 지배, 폭력의 지배를 용이하게 한다고 한다. 이런 상황에서 보다 강력한 이상의 투입은 폭력의 지배를 연장하는 꼴이 될 뿐이므로, 오로지 모든 이상에서 해방된 민중의식만이 반인간적 폭력의 지배를 극복할 수 있다(같은 글, 446쪽 참조).

[85] 그런데 이렇게 민중을 이상화하는 이데올로기는 민중을 계몽 대상으로 상정하는 태도와 병존한다. 민중에 대한 이런 분열적 태도는 3장의 1절에서 상세히 논의할 것이다.

[86] 백낙청, 「문학적인 것과 인간적인 것」, 456쪽.

②일제시대 같은 험한 세상을 민중들이 어떻게 살아왔는가를 한번 써볼 생
각입니다. 그들의 지혜와 용기를 오늘에 되새겨 보는 것도 눈앞의 현실문제 못
지 않게 중요할 것 같아요.[87]

①에서 백낙청은 민중문학의 난해성 문제를 마주하여, 민중의식의 포
용성 개념을 들어 그 문제를 풀려고 한다. 즉 민중은 관대하기 때문에 난
해한 예술도 포용할 수 있다는 것이다. 여기에서 민중은 인간의 본마음에
담긴 어떤 넉넉함을 가진 존재, 참으로 인간적인 것을 이룩하는 역사에
기여하는 존재, 지식인과 예술가에 대한 관용과 이해를 가진 존재로 이상
화된다. ②의 민중문학에 관한 좌담에서 송기숙은 민중을 험한 세상을 극
복하는 지혜와 용기를 가진 존재로 선험적으로 규정한다. 그는 일제시대
를 살아온 민중의 지혜와 용기에 대해 소설을 쓰겠다고 포부를 밝힌다.
여기에서 송기숙은 일제시대 민중의 실상을 있는 그대로 고찰하겠다고
하지 않고, '지혜와 용기를 가진 민중상'을 선험적으로 전제하고 있다. 이
는 현재의 이데올로기로 과거의 사실을 덮어씌우는 의식의 발로로 보인
다. 이런 식으로 민중은 다방면으로 이상화된다.

『창비』 필자들은 애초에 '민중'이라는 용어를 확정하지 않고, 인접 어
휘들과 혼용했다. 그러나 애초부터 『창비』 필자들은 사회현실과 조직체
계에 의해 부당하게 인권을 유린당한 존재, 역사를 변혁하는 주체, 리얼
리즘 문학을 구성하는 핵심 요소, 가장 진실한 생활을 영위하는 사람들이
라는 개념을 민중과 인접한 어휘에 부여했다. 민중을 이런 식으로 파악하
는 시각은 70년대 『창비』 평문들에서 반복적으로 돌출한다. 민중에 부착

---

87 김춘복·송기숙·신경림·홍영표·염무웅, 「좌담─농촌소설과 농민생활」, 『창비』
    46호, 1977 겨울, 35쪽.

된 개념을 일별하면 민중문학의 이데올로기가 형성된 과정을 볼 수 있다. 위에서 민중을 자생적으로 위력적인 역량을 가진 존재, 역사를 변혁하는 주체, 문학의 주제, 양심과 인간다운 것을 구현하는 주체, 관용과 온정을 행사하는 존재, 모든 종류의 참다운 의식으로 인도하는 시금석, 태생적으로 윤리적인 존재로 상정하는 이데올로기가 형성되었음을 보았다. 즉 민중은 역사와 문학과 윤리와 의식과 양심의 주체로 호명된다. 또한 민중은 역사·문학·윤리·의식·양심의 문제를 논할 때 가장 중심적인 자리에서 논의의 주축을 형성한다. 민중을 이렇게 의미화하는 이데올로기가 곧 민중문학론의 중핵이다. 민중문학의 핵심 요소는 또한 비판 정신·양심·민중의식이다. 이데올로기는 그것을 자명화하는 전략을 수반하기 마련이다. 위에서 보듯 『창비』 필진은 역사·상식·양심을 전유하면서 이데올로기의 강제력을 드높인다. 이 기제는 5장에서 보다 상세히 고찰할 것이다.

3. 작가의식의 망탈리테 구속성

이 책의 서론에서 작가의식이 당대의 망탈리테에 구속된다는 가설을 제기하였다. 이 절에서는 그 사례로 박완서의 장편소설과 70년대 비평 이데올로기와의 영향 관계를 고찰하려고 한다.[88] 이 글의 목적은 작품에 반영된 사회 현실을 사후적으로 읽어 보려는 것이 아니고, 작가가 특정한 시각과 특정한 작가의식을 갖게 된 사회적 연원을 추적하자는 것이다. 이때 사회적 요인이란 정치·경제적인 물적 상황보다는 당대의 망탈리테를 가리킨

---

[88] 3절은 졸고, 「박완서의 장편소설과 비평 이데올로기」의 내용을 수정·보완한 것이다.

다. 당대의 망탈리테는 작가의식에 침투하여 창작 동기를 유발하는 등 시초부터 영향력을 미칠 뿐 아니라, 소재와 주제와 구성 방식을 선택하는 작가적 시각의 향방을 결정하는 근원적인 동력으로 작용하기도 한다.

문학평론이 유포한 비평 이데올로기는 당대의 주요한 망탈리테를 형성한다. 이 글은 작가의식이 당대 비평 이데올로기에 어느 정도 구속된다는 가설을 제기한다. 이를 박완서의 소설을 통해 고구하고자 한다. 원칙적으로 비평이란 문학작품 이후에 출현하는 것이다. 그러나 이 글은 그역도 가능하다는 점에 착안한다. 즉 비평 이데올로기는 작가가 영감을 떠올리고 작품을 구상하는 과정에 영향을 미친다고 상정한다. 70년대 특수한 한국적 상황에서 비평이 작품의 창작을 선도하는 이른바 지도비평적인 면모를 많이 보이는 점[89]을 감안할 때 이 가설은 어느 정도 설득력을 획득한다. 그리하여 이 절에서는 박완서의 작가의식이 당대 비평 이데올로기, 특히 1절에서 논한 '사회의 구조적 모순을 주목하라'는 이데올로기와 2절에서 논한 민중문학의 이데올로기에 구속된 양상을 고구해 본다.

사회의 구조적 모순을 전면화한 70년대 작가는 무수히 많다. 그러한 규

---

[89] 가령 70년대 비평가 백낙청의 다음 글은 이 시대 문학비평이 지도비평적 면모를 강하게 지니고 있음을 보여주는 한 사례이다. 다음 글에서 백낙청은 문학이 참다운 시민의식과 민중의식에 성장과 승리에 직접적으로 기여하며 또한 문학이 인간 역사의 발전에 기여할 수 있으리라고 말한다. "문학이 이처럼 참다운 시민의식·민중의식의 각성에 힘입을 뿐 아니라 그러한 의식의 성장과 승리에 직접적으로 기여한다는 사실은 문학에 종사하면서 인간적인 것을 구현하는 역사의 싸움에도 한몫을 하고자 하는 이들에게 새로운 자신을 안겨다 준다. 그리고 역사 발전에 기여한다는 것이 온갖 희생을 요구하는 힘든 작업이긴 하지만, 우리가 소중히 여기고 또 소중히 여겨 마땅한 여러 가지, 문학의 즐거움이라든가 인정의 따스함이라든가 우리 자신에게 주어진 목숨의 고귀함이라든가, 이런 어느 것과도 본질적으로 위배되지 않는다는 안도감도 가져다 준다. 그런데 참다운 평안함이란 타고난 良心과 良知 그대로 사는 데서만 얻을 수 있는 것이니만큼, 이런 안도감 자체가 우리의 삶에 그 본연의 빛남을 다소나마 더해주고 인간역사의 발전에 얼마간 보탬이 될 수 있으리라는 희망을 필자는 감히 품어 보는 터이다."(백낙청, 「문학적인 것과 인간적인 것」, 459쪽)

칙을 따랐기에 문단에서 고평받고 문학사의 중심적인 자리에 기재된 작품들도 무수히 많다. 그러한 작품들에서 사회의 구조적 모순이 형상화된 양상을 고찰하는 것은 너무나 단선적인 작업이기에, 논의의 의미가 없다고 보인다. 이런 맥락에서 이 글은 박완서의 『도시(都市)의 흉년』(이하 『흉년』)과 『살아있는 날의 시작』(이하 『시작』)에 주목하고자 한다. 앞서 70년대 『문지』와 『창비』의 평문을 고찰할 때, 평자들이 박완서를 적극적으로 조명한 사실을 발견할 수 없었다. 또한 두 작품 모두 발표 당시 비평계의 집중적인 주목을 받지 않았고, 비평계보다는 독자의 주목을 더욱 받았다 할 수 있다. 특히 『흉년』은 통속소설로 치부되기도 하였다. 비교적 평단의 바깥에서, 순수소설과 대중소설의 아슬아슬한 경계에 자리했던 작품에서조차 비평 이데올로기가 영향을 미친 사실은 작가의식이 이데올로기에 구속된다는 가설에 보다 더 좋은 근거가 되리라고 판단된다. 문단의 중심적인 자리에서 문단의 이데올로기가 작동함은 당연해 보이지만, 주변적인 자리에조차 이데올로기가 영향력을 행사한다는 사실은 이데올로기의 방대한 파급력을 더 잘 보여 줄 수 있을 것이다.

또한 이 글은 문단의 이데올로기를 직접적으로 수용하여 주제로 전면화하는 명백한 장면보다 작가의식이 역동하는 과정에서 예의 이데올로기가 은밀하게 작동하는 경로에 주목하고자 한다. 그런 의미에서 『흉년』과 『시작』은 적절한 텍스트가 된다. 『흉년』은 『문학사상』에 75년 12월부터 79년 7월까지, 『시작』은 『동아일보』에 79년 10월 2일부터 80년 5월 30일까지 연재되었다. 박완서는 『흉년』의 연재를 마치고 3개월 후 『시작』의 연재를 개시했으니, 두 소설이 거의 연속적으로 창작되었다고 보아도 무리가 없을 것이다. 뿐만 아니라 두 소설은 중산층 가장의 외도라는 공통적인 모티프를 차용한다. 주요하게 등장하는 모티프가 공통적이고 창작 시점이 연속적이라는 점은 두 소설을 연장선상에 놓고 비교하는 작업의 적실성을 확인시켜주며, 문단의 이데올로기가 작가의식에 은밀하게 작동하는 과정을 살피는 데 좋은 조건을 형성한다.[90]

박완서 소설에서 당대 망탈리테 구속성 문제를 고구할 때, 명백히 드러나는 주제에 주목하는 방법은 적절하지 않다. 그 방법에 기반한 논의는 기존의 주제 중심적 문학 연구방법을 답습할 위험을 내포하기 때문이다. 그래서 이 글은 전면화된 주제가 아니라 보다 은닉된 것, 미미한 것, 작지만 반복되는 목소리에 주목하고자 한다. 이는 서론에서 논한 연구방법을 따르는 것이기도 하다. 연속적으로 창작되고 중요한 모티프를 공통적으로 차용하는 두 작품 사이에 드러나는 작가의식의 미묘한 차이, 그리고 눈에 띄지 않게 잠복한 채 반복적·공통적으로 제시되는 내용소는 작가의식을 추동하는 기반에 관해 중대한 힌트를 줄 것이다.

박완서에 관한 기존의 연구는 크게 전쟁 체험의 영향,[91] 여성의 정체성

---

90 박완서는 70년 『여성동아』 장편소설 공모에 『나목』이 당선되어 문단에 나온다. 70년대에 그는 『휘청거리는 오후』(1977), 『목마른 계절』(1978), 『도시의 흉년』(1977~1979), 『욕망의 응달』(1979), 『살아있는 날의 시작』(1980) 등 여섯 편의 장편소설을 발표한다. 이 중 당대를 시대적 배경으로 한 소설은 『휘청거리는 오후』, 『욕망의 응달』, 『도시의 흉년』, 『살아있는 날의 시작』, 네 편이다. 추리소설적 면모를 가진 『욕망의 응달』을 제외한 세 편은 모두 당대 도시 중산층의 허위의식을 주요 모티프로 삼고 물신화된 세태를 비판적으로 묘사했다는 점에서 동궤에 놓인다. 『도시의 흉년』 제1부와 제2부는 77년에, 제3부는 79년에 각각 문학사상출판부에서 발간되었다. 『살아있는 날의 시작』은 80년에 전예원에서 출간되었지만, 그 이전 『동아일보』에 79년 10월 2일부터 80년 5월 30일까지 연재되었다. 소설의 집필 시점도 70년대에서부터 시작하고, 작가의식이 활발하게 움직이는 시점은 집필 이전이라는 점을 감안하여, 이 소설을 박완서의 70년대 이데올로기 수용 양상을 고구하는 자료로 삼았다.

91 임규찬, 「박완서와 6·25 체험」, 『박완서 문학 길 찾기』, 세계사, 2000; 조미숙, 「박완서 소설의 전쟁 진술 방식 차이점 연구」, 『한국문예비평연구』 24호, 한국현대문예비평학회, 2007; 이은하, 「박완서 소설에 나타난 전쟁체험과 글쓰기에 대한 고찰」, 『한국문예비평연구』 18호, 한국현대문예비평학회, 2005; 정호웅, 「상처의 두 가지 치유 방식」, 『작가세계』, 1991 봄; 이선미, 『박완서 소설 연구』, 깊은샘, 2004.

과 성 문제,[92] 모녀 관계와 가부장적 이데올로기 등 가족 문제,[93] 근대 체험과 근대성 인식[94]에 주목하는 방향으로 이루어졌다.[95] 최근에는 박완서 소설의 노년 문제에 주목한 고찰[96]과 정신분석학적 고찰[97] 등으로 연구 지평이 확대되고 있다. 박완서 작품의 본색을 명료하게 밝히는 이들 연구

---

92   배경열, 「여성의 정체성 찾기」, 『한국학논집』 34호, 계명대 한국학연구소, 2007; 우한용, 「여성소설에서 에코 페미니즘의 한 가능성」, 『한국어와문화』 1호, 숙명여대 한국어문화연구소, 2007; 최성실, 「전쟁소설에 나타난 식민주체의 이중성」, 『여성문학연구』 10호, 한국여성문학학회, 2003; 한혜선, 「박완서의 두 겹의 글쓰기」, 『한국문학이론과 비평』 20호, 한국문학이론과비평학회, 2003; 이정희, 「생활세계의 식민화와 나르시시즘적 '신여성'」, 『한국의 민속과 문화』 4호, 경희대 민속학연구소, 2001; 이인숙, 「박완서 단편에 나타난 여성의 '성'」, 『국제어문』 22호, 국제어문학회, 2000; 임옥희, 「이야기꾼 박완서의 삶의 지평 넓히기」, 『박완서 문학 길 찾기』, 세계사, 2000; 박혜란, 「'여자다움'의 껍질벗기」, 『작가세계』, 1991 봄; 이정희, 『오정희·박완서 소설의 두 가지 풍경』, 청동거울, 2003; 나병철, 「박완서 소설에 나타난 여성적 사랑의 의미」, 『현대문학이론연구』 43호, 현대문학이론학회, 2010.

93   김은하, 「애증 속의 공생, 우울증적 모녀관계─박완서의 『나목』론」, 『여성과사회』 15호, 한국여성연구소, 2004; 김복순, 「'말걸기'와 어머니─딸의 플롯」, 『현대문학의연구』 20호, 한국문학연구학회, 2003; 정미숙, 「박완서의 『그해 겨울은 따뜻했네』의 가족과 젠더 연구」, 『현대문학이론연구』 29호, 현대문학이론학회, 2006; 정은희, 「박완서의 『그해 겨울은 따뜻했네』에 나타난 가족 안의 타자성에 대하여」, 『전농어문연구』 18호, 서울시립대 국어국문학과, 2006; 조회경, 「박완서의 자전적 소설에 나타난 '존재론적 모험'의 양상」, 『우리문학연구』 31호, 우리문학회, 2010; 김은경, 「박완서 소설에 나타난 가부장제 이데올로기 비판 양상」, 『국어국문학』 155호, 국어국문학회, 2010.

94   이동하, 「근대화의 문제와 소설적 진실」, 『작가세계』, 1991 봄; 정미숙, 「탈주의 서사」, 『국어국문학』 35호, 국어국문학회, 1998; 이화진, 「박완서 소설의 대중성과 서사전략」, 『반교어문연구』 22호, 반교어문학회, 2007; 송명희·박영혜, 「박완서의 자전적 근대체험과 토포필리아」, 『한국문학이론과 비평』 20호, 한국문학이론과비평학회, 2003.

95   그러나 각 논문이 상기한 주제들 중 하나만을 다루는 것은 아니다. 그 중 두 가지 혹은 세 가지를 결합한 경우도 많다. 앞의 목록은 비교적 더 무게가 실린 주제를 기준으로 분류한 것임을 밝힌다.

96   정미숙·유제분, 「박완서 노년소설의 젠더시학」, 『한국문학논총』 54호, 한국문학회, 2010; 전흥남, 「박완서 노년소설의 시학과 문학적 함의(2)」, 『국어문학』 49호, 국어문학회, 2010.

97   김영택·신현순, 「박완서 소설의 정신분석학적 고찰」, 『어문연구』 63호, 어문연구학회, 2010; 정문권, 「불안의 극복을 통한 자아 인식 연구」, 『한국문예비평연구』 31호, 한국현대문예비평학회, 2010.

의 성과는 충분히 인정할 만하다. 그런데 작품에 명백히 드러나는 주제보다 그 주제를 가능하게 하는 동력, 혹은 작가의식에 개입한 사회적 힘에 주목한 연구는 아직 부족한 실정이다. 이 글은 작가의식이 사회적 영향력의 자장 안에서 형성된 것이라는 가정 하에, 박완서의 장편소설에서 창작 당시의 비평 이데올로기 수용 양상에 주목하려고 한다.

1) 외도의 형상화 방식의 차이, 그 미세한 변화의 의미

『홍년』과 『시작』은 공통적으로 중산층 가장의 외도를 주요 모티프로 삼는다. 그런데 이 외도의 양상과 의미가 두 소설에서 각각 다르게 나타난다. 작가가 연속적으로 창작한 두 소설에서 외도의 양상과 의미를 다르게 형상화한 이유를 이 글은 고구하고자 한다. 창작 과정에서 작동하는 작가의식이 미묘하게 변화한 사실은 당대 비평 이데올로기 수용 양상을 고찰하는 데 중요한 시사점을 제공해 줄 것이다. 아래에서 『홍년』과 『시작』에서 외도가 형상화되는 방식을 구체적으로 비교해 보겠다.

차이점을 논하기 전에 유사점을 살피는 작업은 두 작품을 동일선상에서 비교하는 작업의 타당성을 보여줄 것이다. 우선 『홍년』과 『시작』에서 지대풍과 정인철은 유사한 원인으로 외도에 빠져 든다. 그들은 모두 자신보다 잘난 아내에 대한 외포감 때문에 외도를 자행한다. 『홍년』의 지대풍은 아내가 재산을 모아 갈 때마다 의기소침해지며 성적인 능력도 상실한다. "나 아니면 못 사는 여자, 나만을 의지하는 여자, 나를 편하게 해주고 남자답게 해 주는 여자가 필요"[98]하다는 지대풍에게 아내는 자신이 없어도 혼자서 잘 살 것 같기에 소박맞아 마땅하다. 한편 외도 상대인 절름발이 여자는 "나를 편하게 해주고 존경해 받들어주고, 무엇보다도 그 여자하고 있으면 난 남자다"[99] 워지기에 지대풍은 그녀에게 빠져든다. 한편 『시작』에서 인철은 지방대학의 전임강사로 학계에서 더 잘 출세하지 못한 사실에 열등감을 느낀다. 그의 열등감은 잘난 아내 청희 때문에 더 고통스러운 것이 된다. 인철은 청희가 독립적으로 사회적 입지를 굳혀가는 모습에 열등감을 느끼고 그 열등감은 바가지 한 번 안 긁고 매사에 져 주는 청희의 태도 때문에 더욱 공고해진다. 더구나 지성적인 청희는 인철의 허위를 꿰뚫고 있다. 이때 황홀하게 인철을 바라봐 준 여자가 콩쥐이다. "따지지 않고 남자를 무조건 숭배하고 남자를 으스대게 만들고, 기를 펴게 하는 게 여자가 남자에게 줄 수 있는 최고의 것"[100]이라고 생각하는 인철에게 자신을 무조건적으로 존경하는 콩쥐는 매력을 발산하지만, 청희는 그렇지 못하다. 두 소설 모두에서 외도하는 남자는 잘난 아내를 불만스러워 하며, 의기소침한 심기를 외도를 통해 일전하려고 하고, 여성에게서 무조건적인 존경과 숭배를 기대하는 것으로 설정된다. 이 같은 유사점은 두 소설의 창작 시기가 연속적이라는 점과 더불어, 두 소설을 연속선상에서 비교하는 작업의 타당성을 입증한다.

이상의 유사점에도 불구하고 두 소설에서 외도를 형상화하는 방식은 몇 가지 점에서 뚜렷하게 다르다. 특히 외도 상대 여자를 형상화하는 방식과 외도의 원인·결과에 대한 시각에서 두 소설은 뚜렷하게 다른 지형을 보여준다. 우선 두 소설에서 외도 상대 여자를 형상화하는 방식을 비

---

98 박완서, 『都市의 흉년』 1부, 문학사상출판부, 1979, 193쪽. 이하 이 책에서 인용 시 각주에 제목의 약어(『흉년』)와 부수, 쪽수만을 표기하기로 한다. 이 책에서 사용한 『都市의 흉년』의 판본은 문학사상출판부에서 총 3부로 79년에 간행한 것이다.

99 『흉년』 1부, 193쪽.

100 박완서, 『살아있는 날의 시작』, 전예원, 1980, 194쪽. 이하 이 책에서 인용 시 주석에 제목의 약어(『시작』)와 쪽수만을 표기하기로 한다.

교해 본다. 성격, 내면 심리, 이름, 본처에게 미친 영향력 등에서 작가는 두 소설의 여자를 다르게 형상화한다.

『흉년』의 절름발이 여자는 그저 간교하고 음흉한 성격으로 묘사된다. 욕심 없는 척하면서 뒤로는 본처의 재산을 빼돌리도록 지대풍을 부추기고, 지대풍의 마음을 붙잡아 두기 위해 전략적으로 본처를 위하는 척 위선을 떤다. 작가는 능숙한 필치로 그 모습을 다분히 가증스럽게 그리는 데 여념이 없다. "이 여잔 오로지 자기의 불구를 죽자구나 탐구해서 남김없이 개척하고, 충분히 활용하고 있다. 불구라는 약점을 함정삼아 사람을 사로잡고, 다시 그걸 채찍삼아 학대한다"[101]라는 묘사대로, 절름발이 여자는 자신의 불구를 지대풍의 사랑과 연민과 재산을 얻어내는 수단으로 지략적으로 활용한다.[102] 그녀는 때로는 자신과 아들의 존재를 본처에게 알리겠다고 눈물로 호소하고 때로는 자신의 처지를 눈물로 비관하는 방식으로 수차례 지대풍에게 재산을 얻어낸다. 여기에서 작가는 그녀를 단지 간교하고 가증스러운 첩의 형상으로만 설정한다. 작가는 절름발이 여자의 내심을 전혀 묘사하지 않는다. 심지어 절름발이 여자는 끝내 이름도 부여받지 못한다.

반면에 『시작』에서 외도의 상대는 옥희라는 이름뿐만 아니라 콩쥐라는 별명까지 가진다. 작가는 그녀의 처지를 보다 상세하게 서술하고, 내면 심리도 친절하게 묘사한다. 가령 콩쥐는 인철의 전화 목소리를 듣고 "그리움과 원망과 미움이 한꺼번에 지글지글 끓어오르는"[103] 감정을 느끼기도 하

---

101 『흉년』 2부, 181~182쪽.
102 그녀는 "자신의 불구를 약점으로 삼는 대신 무기삼아 휘두를 수 있는 것처럼, 그의 자식도 서자라는 불리한 조건을 얼마든지 처세에 유리하게 휘두를 수 있게 교육시킬 수 있"(위의 책, 184쪽)는 지략적이고 간특한 여자로 묘사된다.
103 『시작』, 294쪽.

고, 인철의 아내에게 타오르는 질투와 증오를 느끼기도 한다.[104] 『흉년』에서 절름발이 여자의 심리가 전혀 드러나지 않았던 점에 비추어 보면 이는 상당한 차이이다. 나아가 작가는 콩쥐를 부당한 처지에 놓인 여자로서 주인공 청희와 동격으로까지 격상시킨다. 청희는 남편과 불륜을 저지른 콩쥐를 증오하고 질투하는 대신 박해받는 여자로서 동지애를 느낀다. 어머니의 집을 콩쥐에게 주는 청희의 행동은 이를 보여준다. 청희는 콩쥐에게 분노하기는커녕 "거두어 입히고 먹인 게 결과적으로 남편의 그런 흑심에 제물을 바치기 위함이었으니 나야말로 얼마나 가증스러운 공모자일까?"[105]라며 자책한다. 이 역시 『흉년』에서 복실이 남편의 외도 사실을 알고 분노와 충격에 쓰러져서 불구가 되어 버린 사정과 대조적이다. 『흉년』의 절름발이 여자는 본처 복실에게 분노의 대상일 뿐이지만, 『시작』의 콩쥐는 본처 청희에게 연민의 대상이자 자책의 원인이 된다. 한편 작가는 그녀를 "여러 남매를 다 공부시킬 능력이 없는 집안에서 누이는 마땅히 오라비를 위해 희생해야 된다는 도덕"[106]의 희생자로 형상화한다.[107] 작가는 "콩쥐야말로 우리 사회의 미풍양속의 전형적인 의붓딸"[108]이라고 진술

---

104 또한 이 소설은 다음과 같이 콩쥐의 심리 묘사에 일정 지면을 할애한다. 다음은 동네 허름한 주점의 작부들을 바라보는 콩쥐의 소회이다. "콩쥐는 그 처량한 여자들에 대해 연민과 따뜻한 친화감마저 느끼고 있었다. 아무나 붙들고 통사정을 듣고 싶었다. 외로움이 뚝뚝 떠는 푸진한 살집을 끌어안고 등을 토닥거려 주고 싶었다."(위의 책, 299쪽) 콩쥐가 작부들에게 연민과 친화감을 느끼는 이유는 동병상련의 감정 때문이다. 콩쥐는 인철에게 버림받은 자신 역시 작부들처럼 될 수밖에 없으리라고 생각한 것이다. 여기에서 작가는 콩쥐의 심경을 묘사하기 위해 '작부들'이라는 상관물까지 끌어들인다. 콩쥐의 심경을 직설적으로 몇 마디 묘사하는 데 그치지 않고 상관물까지 도입할 정도로 상당한 노고를 바치는 것이다.

105 위의 책, 331쪽.

106 위의 책, 330쪽.

107 콩쥐는 어려운 집안 형편 때문에 국민학교만 졸업하고 미장원에 취직하여 오빠 둘과 남동생의 학비를 댄다. 그녀는 번 돈을 모두 어머니에게 바치는데, 남자 형제들은 그 돈으로 공부하기는커녕 유흥에 탕진할 뿐이다.

하며, 사회의 미풍양속의 희생양으로서 청희와 콩쥐를 동궤에 놓는다.

이렇게 두 소설에서 외도 상대 여자가 형상화되는 방식이 다르다.『흥년』의 절름발이 여자가 이름도 얻지 못한 채 심리가 묘사되는 권리도 못 누리고 다만 간교하고 가증스러운 첩의 표상으로만 복무하는 데 반해, 『시작』의 콩쥐는 이름과 별명을 얻고 있을 뿐만 아니라 내심도 상당히 구체적으로 묘사되는 특권을 누린다. 또한『흥년』의 절름발이 여자는 본처에게 분노와 충격을 안겨주며 결국 본처를 파멸케 하는 존재이지만,『시작』의 콩쥐는 본처에게 연민과 자책을 불러일으키며 본처를 각성에 이르게 하는 역할을 한다. 더욱이 콩쥐는 수난 받는 여자로서 주인공 청희와 동격의 지위를 갖는다. 여기에서『흥년』의 절름발이 여자는 사적으로 분노하는 본처의 시선에 포획된 존재이다. 그녀가 내면이 부재한 채 부도덕한 성품으로 형상화된 것은 그녀를 보는 시각이 본처라는 개인적 입장에 위치하기 때문이다. 한편『시작』의 콩쥐는 보편적인 여성의 수난에 주목하는 사회적 시선에 포획된 존재로, 나쁜 여자라기보다 사회적 약자라는 정체성을 얻는다.『흥년』에서 절름발이 여자의 도덕적 결함은 본처의 개인적인 비극을 부각하며, 그녀의 미미한 존재성은 외도의 의미를 개인적 비극의 차원으로 한정짓는다. 즉 절름발이 여자의 형상화 방식은 외도를 개인적 차원의 비극으로 파악하는 작가의식과 연동된다. 한편『시작』에서 작가가 콩쥐라는 인물의 형상을 자상하게 창조하고 수난 받는 여자로서 청희와 동격에 놓은 사실은 외도를 사회적 의미망에 위치 지으려는 의도를 내포한다. 다음에서 볼 외도의 원인과 결과, 외도의 의미에서 두 소설이 보여주는 뚜렷한 차이는 이 점을 더욱 확실하게 밝혀준다.

---

108 『시작』, 330~331쪽.

『흉년』에서 지대풍의 외도는 가정의 몰락을 초래한다. 이 외도의 결과로 초래된 비극은 다분히 개인적인 차원의 것이다. 비극의 연원 또한 지대풍과 절름발이 첩의 도덕적 결함이라는 개인적 차원에 머무른다. 작가는 절름발이 첩의 부도덕성뿐만 아니라 지대풍의 부도덕성까지 상세하게 제시한다. 그는 절름발이 첩에게 재산을 가져다주기 위해서 상식적으로 납득할 수 없는 음모를 꾸민다. 세무 사찰 연극을 꾸며 아내에게 거액을 얻어가고, 첩의 오빠들을 아내의 사업체 요직에 앉혀놓고 사업한다는 구실로 또한 거액을 갈취하고, 첩의 오빠를 아내의 운전기사로 취직시켜 아내와의 불륜을 유도하고, 마지막으로 딸에게 근친상간의 누명을 씌워 집에서 쫓아낸다. 이처럼 이 소설에서 비극의 원인과 결과는 모두 사회적 차원이 아니라 개인적 차원에서만 발생한다.

하지만 『시작』에서 외도는 사회적 의미로 확산된다. 소설 초반에서부터 결혼생활과 여자 노릇에 회의하던 청희에게 남편의 외도는 여성의 부당한 지위를 각성하는 계기가 된다. 여기에서 여성의 부당한 지위가 얼마나 뿌리 깊은 사회적 연원을 가지고 있으며 얼마나 견고하게 구조적인가 하는 문제가 중요한 화두로 떠오른다.

> 그 여자에겐 인철의 잘못 중 단순한 외도라는 공공연히 드러난 부분보다는 드러나지 않은 부분이 훨씬 중요했다. 드러난 부분은 용서도 할 수 있고 못 본 체도 할 수 있었지만 그 드러나지 않은 부분은 그렇게 호락호락하지 않았다. 그 드러나지 않은 부분 속엔 인철의 잘못도 그 여자의 잘못도 아닌 부부(夫婦)라는 관계의 본질적인 잘못이 있었다. 그 잘못은 뿌리깊고도 완강했고 미풍양속이란 견고한 갑주(甲冑)로 무장되어 있었다. 그 여자가 아내의 자리를 걸고 부닥쳐봤댔자 부서질 건 그의 잘못이 아니라 자신의 아내의 자리라는 걸 그 여자는 알고 있었다.[109]

인철의 외도 사실을 알아차린 청희는 『흉년』의 복실처럼 충격을 받고 쓰러지지 않는다. 대신 그녀는 "부부라는 관계의 본질적인 잘못"이 뿌리 깊고 완강함을 인식하고 "미풍양속이란 견고한 갑주"를 발견한다. 그녀는 "미풍양속이라는 여자들만의 고가(古家)"110에서 나갈 것을 결심하고, "여자가 조상 대대로 써내려오는 동안 거의 육화(肉化)된" "부덕(婦德)이란 탈(假面)"111을 벗어버리려고 한다. 이렇게 남편의 외도는 『흉년』에서 개인적 비극의 원인이 되지만, 『시작』에서는 사회적 의미망을 형성하는 중핵이 된다. 남편의 외도를 계기로 청희는 미풍양속이라는 미명 하에 여성들이 얼마나 구조적으로 뿌리 깊게 억압당해 왔는지 인식하게 된다. 위에서 "공공연히 드러난 부분보다는 드러나지 않은 부분"이 중요하다는 진술은 외도의 현상적 측면뿐만 아니라 그것에 내포된 사회적 함의까지 천착하려는 작가의 의도를 내포한다. "미풍양속이란 견고한 갑주"라는 표현에서 작가는 미풍양속을 뿌리 깊은 사회적 모순을 조장하는 동인으로 지목한다. 또한 "여자가 조상 대대로 써내려오는 동안 거의 육화(肉化)된" "부덕(婦德)이란 탈(假面)"112이라는 진술 역시 부덕을 사회 구조적으로 형성된 이데올로기로 파악하는 작가의 인식을 드러낸다. 이상에서 남성의 외도를 사회의 구조적 모순이라는 넓은 의미의 장에서 다루려는 작가의 의도가 간파된다. 모순의 원인을 지목하고 그 깊은 뿌리를 인식한다는 점에서 작가가 모순을 고찰하는 태도는 단순 제시의 차원을 넘어선 구조적 차원의 것이다. 외도의 형상화 방식에서 『흉년』과 결정적으로 다른 점이 바로 이것이다.

---

109 위의 책, 377~378쪽.
110 위의 책, 383쪽.
111 위의 책, 383쪽.
112 위의 책, 383쪽.

과연 박완서는 『시작』에서 여성의 처지를 사회 구조적으로 다각도로 탐색한다. 원래 박완서의 소설은 대개 사회 비판 의식을 충실히 내포하고 있었다. 하지만 '세태소설가'라는 별칭도 무리가 아닐 만큼, 많은 경우 그의 사회 비판 의식은 표면적이었다. 하지만 『시작』에서 여성의 수난을 바라보는 박완서의 시선은 다분히 '구조적'이다. 그는 단순히 여성이 수난 당하는 현장을 묘사하는 데 그치는 것이 아니라, 그것이 어떻게 구조화된 모순인지 중층적으로 밝힌다. 앞에서 콩쥐라는 인물을 청희와 동격으로 설정한 작가의식도 여성의 불합리한 위치를 중층적, 즉 구조적으로 보이기 위한 의도를 내포한다. 작가는 청희에게 여성 지위의 모순성을 중층적으로 체험하게 함으로써, 여성의 수난이 단지 개인적 차원의 문제가 아니라 뿌리 깊은 사회적 연원을 가진 문제이며 특히 그 문제는 여러 층으로 구조화된 것임을 보여주려고 의도한다. 이때 사회적 모순의 구조적 제시는 연원 지목하기, 형성과정 추적하기, 그 파급력의 방대함을 보이기 등의 방법으로 이루어진다.

작가는 사회적 모순을 구조적으로 제시하기 위해 앞서 본바 그 연원을 지목할 뿐만 아니라 그 형성과정 역시 추적한다. 『시작』은 여자가 어떻게 여자로 길들여지는지 그 형성과정에 대한 천착을 드러낸다. 청희는 갓 시집 와서 "아무리 공부 많이 하고 잘 났어도 여자는 여자니라'라는 준엄한 선고"[113]를 시어머니로부터 듣는다. 그녀는 시집오기 전에 알았던 모든 것을 부정하고 시어머니의 방식을 따라야 했다. 시어머니는 시시때때로 아들이 며느리 위에 군림하도록 아들을 세뇌한다.[114] 청희가 조금이라도 자신의

---

113 위의 책, 79쪽.
114 시어머니는 늘 "아범아 계집을 그렇게 길들여 어쩔 셈이야. 쏘곤쏘곤……. 계집한테 쥐어지내기 시작하면 끝장이야. 쏘곤쏘곤……. 나는 너같이 계집한테 꼼짝 못 하는 자식 낳은 적 없어. 쏘곤쏘곤……"(위의 책, 153쪽)이라고 속삭이며 아들을 세뇌한다.

뜻을 내세우려고 할 때마다 반복적으로 떨어지는 인철의 선고, "매력 없어"라는 한 마디는 청희의 기를 꺾는 주문과도 같다. 그 와중에 청희 역시 "차차 그들 모자가 손발이 잘 맞는 공모자가 되어 내쫓으려는 자기 속에 있는 자기 나름의 것을 마치 못된 악령(惡靈)처럼 인식하기에 이르"러서 "푸닥거릿군한테 맡겨진 병자처럼 스스로를 억제하기에 전념을 다했다."[115] 여자인 시어머니조차도 며느리를 이런 식으로 길들인다. 문제는 그런 길들임에 청희 스스로 동조했다는 사실이다. 이런 식으로 작가는 여성의 부당한 지위를 정당화하는 이데올로기와 그에 대한 여성 자신의 순응이 어떻게 형성되는지 그 뿌리를 탐색한다. 작가는 부당한 지위를 감내할 수밖에 없도록 여자를 길들이는 사회적 기제를 천착하는 것이다. 문제가 형성된 과정을 추적하는 것은 그 문제를 구조적으로 인식하는 태도라고 할 수 있다. 작가는 단지 여성의 부당한 지위를 고발하는 데 그치지 않고, 그것이 형성된 연원과 과정을 천착하는 다분히 구조적인 정신을 보여준다.

모순을 단순하게 제시하는 차원을 넘어서 구조적으로 탐색하는 작가의식은 반복적으로 드러난다. 작가는 모순을 구현하는 범주가 '만인'에 이른다는 점을 반복 제시함으로써, 그 모순의 뿌리 깊은 구조를 밝힌다. 청희는 폐암을 앓는 친정어머니를 모시고자 하는데, 친정어머니는 "딸네서 죽는 게 차마 못당할 욕(辱)이요, 최후의 박복(薄福)이라는 역사 깊은 고정관념"[116]을 가지고 있기에 딸의 뜻에 저항한다. 더구나 친정어머니를 모시는 상황은 인철에게 모든 비행에 대한 핑계거리를 제공한다. 그는 밤늦게 술주정을 부리면서도, 청희를 어이없게 구박하면서도, 결정적으로 외도하면서도 장모를 핑계 삼아 스스로를 정당화한다. 놀라운 것은 주변

---

115 위의 책, 80쪽.
116 위의 책, 239쪽.

사람들조차 병든 장모를 모셨다는 이유로 인철의 외도를 수긍한다는 점이다. 똥오줌 수발하며 노망 든 시어머니를 모셨던 청희가 친정어머니를 모시는 일이 죄악으로 치부된다는 설정과 그 사안에 친정어머니를 포함한 만인이 의심 없이 동의한다는 설정은 여성의 부당한 위치라는 모순이 사회적으로 뿌리가 깊다는 사실을 형상화하려는 작가의 의도를 내포한다. 모순의 사회적 뿌리를 드러내려는 의도는 모순을 구조적인 것으로 인식하는 작가의식과 상통한다. 이혼을 결심한 청희에게 보이는 주변 사람들의 반응은 여성의 부당한 지위를 자명하게 여기는 사회의 인식이 만인에게 공유되는 것임을 보여준다.[117] "모든 부부가 한결같이 남편은 난봉꾼이요, 아내는 현모양처라는 획일적인 궁합"[118]을 가졌다는 진술은 남녀관계에 대한 고정관념의 파급력이 만인에게 미친다는 점을 부각하면서, 그것이 구조화된 모순이라는 점을 전면화하는 작가의식을 드러낸다.

　『흉년』과 『시작』은 거의 연속적으로 창작된 장편소설이다. 상기한 바대로 두 소설은 유사한 면모도 다수 가진다. 하지만 외도를 형상화하는 방식에서 다양한 차이점을 보여준다. 외도 상대 여자의 형상화 방식, 외도의 원인과 결과, 외도의 의미 측면에서 드러나는 두 소설 간의 차이는 단적으로 '개인적 차원'과 '사회적 차원'이라는 말로 요약될 수 있다. 이렇게 외도가 형상화된 지형의 변화 이면에는 말할 것도 없이 변모한 작가의식

117　한편 아들은 청희에게 부덕을 지키라고 충고한다. 그는 부덕이란 이름으로 용서할 수 없는 잘못은 없다고 생각한다. 아버지의 외도는 얼마든지 있을 수 있는 일이므로, 그것을 용서하지 못하는 엄마 쪽에 잘못이 있다는 말이다. 어머니의 고통을 가장 잘 이해하고 연민해야 마땅할 아들의 눈을 가려 버릴 정도로, 부덕 이데올로기는 뿌리 깊은 것이었다(위의 책, 362~364쪽 참조). 시댁 어른 역시 외도를 저지른 인철보다 외도를 용서하지 못하는 청희를 비난한다. 친정어머니를 병구완했다는 사실이 여기에서도 인철의 외도를 정당화한다(위의 책, 375쪽 참조). 이처럼 여성의 부당한 지위를 자명하게 수용하는 의식이 만인에게 퍼져 있음을 작가는 애써 보인다.
118　위의 책, 376쪽.

이 작동한다. 이제 이 작가의식의 변모에 대해 논해 볼 때이다. 박완서는 왜 굳이 외도를 개인적 차원에서 형상화하던 방식을 버리고 사회적 차원에서 구조적, 중층적으로 탐구하였는가. 유사한 모티프로 소설을 연속적으로 쓸 때 그것을 다르게 취급하는 방법은 많다. 가령 등장인물의 심층심리를 더 파고들 수도 있고, 사실주의적 작법을 버리고 환상적인 기법을 차용할 수도 있고, 서사를 파괴할 수도 있다. 박완서는 그 많은 '다른 방법' 중에서 왜 하필 '사회의 구조적 모순'을 밝히는 쪽으로 창작의 방향을 설정했을까. 무수한 창작방법 중에서 유독 그 방법을 선택하게 한 것이 작가의식이라면, 이렇게 유사한 소재를 다루는 작가의식은 독자적이고 자생적으로 변모했는가. 아니면 변모 과정에 개입한 무엇이 있는가. 이 글은 이 작가의식의 변모에 당대 비평 이데올로기가 개입하였다고 상정한다. 1절에서 논했듯이 사회의 구조적 모순을 파악해야 한다는 명제는 비평계에서 자명한 것으로 수용되었다. 이러한 비평 이데올로기가 작가가 세계에서 화두를 발견하고 화두와 관련하여 특정한 사유를 전개하고 그것을 소설에 용해하는 과정, 즉 작가의식의 전개 과정에 침투한 것이다.

박완서가 당대 비평 이데올로기에 둔감하지 않았다는 사실은 사적인 회고담에서 추측할 수 있다. 70년 등단 이래 박완서는 「세모」, 「어떤 나들이」, 「세상에서 제일 무거운 틀니」, 「지렁이 울음소리」 등의 단편을 발표한다. 이 중 73년 『신동아』에 실렸던 「지렁이 울음 소리」가 『문지』에 재수록되었다. 당시의 정황을 박완서의 딸 호원숙은 다음과 같이 회상한다.

그 당시에는 『문학과지성』에 작품이 실린다는 건 큰 의미가 있었다. 『문학과지성』과 『창작과비평』은 계간지로서 문학을 하는 사람들에게는 교과서 같은 권위를 가지고 있었다. 어머니도 나도 모두 기뻐했다. 그 뒤 여러 평가와 많은 문학상을 받았지만 처음으로 인정받았을 때의 기쁨만 못했던 것 같다. 어머니는 드디어 여성 잡지 출신의 주부 작가의 수준을 넘어서 제대로 된 비평가의 관심권 안에 들게 되었다.[119]

박완서는 자신의 소설이 『문지』에 재수록된 사건에 크게 기뻐했다고 한다. 그래서 『문지』의 비평 이데올로기를 그대로 수용했다고 판단하는 것은 지나치게 단순한 추측이라 온당하지 않을 것이다. 그러나 그는 어떤 식으로든 『문지』를 의식하고는 있었을 것이다. 굳이 그가 『문지』를 의식하지 않았더라도 문학이 사회의 구조적 모순을 파악해야 한다는 명제는 당대 문학인들뿐만 아니라 일반인들에게도 자명한 것으로 수용되었기 때문에, 그것에의 감염에 저항하기는 힘들었을 것으로 보인다. 설사 박완서가 비평문을 전혀 읽지 않았다 하더라도 신문 기사나 작가 혹은 독자와의 대화나 가령 최인호의 「무서운 복수(複數)」와 같은 소설에 접하는 일을 아예 피할 수는 없었을 터이므로, 작가의식은 예의 이데올로기에 자연스럽게 구속되었을 것이다.

한편 『시작』이 연재될 때, 호원숙은 그 소설을 보고 "여자와 남자 사이의 억압 관계를 깊이 있게 파헤치려는 의도로 이를 악물고 시작한 느낌을 받았다. 그 의도는 들어맞아 그 소설이 여성학 계통의 교과서처럼 되었다"[120]고 진술한다. 여기에서 "깊이 있게 파헤치려는 의도"라는 문구가 주목을 요한다. "깊이 있게 파헤침"은 '사회적 모순을 구조적으로 파헤침'으로 번역된다. "의도"를 가지고 "이를 악물고 시작한 느낌"을 주었다는 사실은 작가가 자연스럽게 흘러나오는 대로 창작했다기보다 목표를 설정하고 그것에

---

119 호원숙, 「행복한 예술가의 초상」, 박완서 외, 『박완서 문학앨범』, 웅진출판, 1992, 47쪽.
120 위의 글, 55쪽.

도달하기 위한 의도를 강하게 지녔다는 뜻을 내포한다. 그러니까 『시작』에 사회적 모순이 구조적으로 탐색된 현상은 우연의 소산도 아니고, 자생적인 것도 아니다. 그것은 작가의 치밀한 계산과 '작정한' 의도의 산물이다. 이런 계산과 의도를 형성한 것이 바로 70년대의 비평 이데올로기이다.

2) 가난을 이야기하는 작지만 반복되는 목소리

박완서의 장편소설 속 인물들은 대개 중산층이다. 그런데 그의 소설에는 종종 가난한 사람들에 대한 인식이 표출되며, 가난한 사람들을 대하는 방식에 대한 인물의 갈등이 드물지 않게 나타난다. 『흉년』과 『시작』에서 이것은 결코 전면화된 주제로 대두되지 않지만 반복적으로 등장한다.

『흉년』의 부잣집 딸 수연은 가난한 순정에게 막연한 호감을 느끼며 가난한 사람을 도와주어야 한다는 의식도 가지고 있다. 그러나 그녀는 그 의식에 종종 스스로 회의한다. 어느 날 수연은 노점상을 벌인 노파가 단속반에게 무참하게 수모를 당하는 장면을 목격한다. 그때 충격을 받은 수연과는 대조적으로 순정은 섬뜩하리만치 무표정한 표정을 짓는다. 수연은 그런 순정의 표정에서 가난에 호의적인 자신의 의식이 허위가 아닌지 반성하게 된다. 가난한 사람들이 당하는 수모에 호들갑을 떠는 것 자체가 가난에 무지하며 그것에 외부적 위치에 서있다는 뜻을 내포하기 때문이다. 여기에서 작가는 가난의 바깥에서 가난을 충격적인 무엇으로 상정하는, 그리고 가난을 화제로 삼는 태도를 문제시한다. 무엇의 외부에서 그것을 충격적인 화제로 삼는 행위는 그것을 스펙터클로 전유할 가능성을 내포하기 때문이다.

-너는 분명히 사람을 사귈 때 돈이나 지위를 의식하고 거기 아부하며 시작되는 사귐을 경멸할 거다. 그렇다면 가난을 의식하고 거기 아부하며 사귀는 사귐은 존경받을 거라고 생각하니? 천만에, 그거야말로 경멸받아 마땅한 거야. 이 바보야. 그건 자비를 베풀고 있다는 치사한 우월감과 자기도취 때문에 더 경멸받아야 마땅하다고.

나는 그 날 장터의 난장판을 부자연스러운 오만과 무감동으로 지켜보던 순정이의 정서적인 박약성만이 극명하게 부각된 프로필을 떠올릴 때마다 이런 가시 돋친 야유의 소리를 듣는 것처럼 느꼈다.[121]

수연의 상상 속에서 순정은 "가난을 의식하고 거기 아부하며 사귀는 사귐" 역시 "자비를 베풀고 있다는 치사한 우월감과 자기도취"의 발로로서 경멸 받아 마땅하다고 야유한다. 이는 수연의 자기비판 의식에 다름 아니다. 수연의 자기비판 의식은 작가의식을 반영한다. 작가는 가난한 자의 가난을 의식하고 그것을 도와주려는 사유의 어두운 이면, 즉 나르시시즘의 충족을 위해 가난을 동원할 가능성을 인식하고 있다. 한편『시작』에서 청희는 가난한 소녀들에게 직업 교육을 시키려는 취지로 미용학원을 시작할 정도로 가난한 이들을 도와주려는 의지를 강하게 가진 인물이다. 그녀는 미용실을 그만 둔 콩쥐를 끈기 있게 찾아다니며 직장으로 복귀하도록 설득하고, 콩쥐를 자기 집에서 기거하게 하는 등 호의를 베푼다. 그러나 때때로 그녀는 자신의 태도를 위선이라고 느낀다. 그녀는 종종 "자신의 위선 뿐 아니라 가난한 사람과 착한 마음을 무턱대고 동질시하려는 자신의 상투적인 사고방식도 참을 수가 없"[122]어 한다. 여기에서 작가는

---

121   『홍년』2부, 7쪽.
122   『시작』, 128쪽.

가난과 선(善)을 동일시하는 사고방식을 비판한다.

가난을 미화하는 의식에 대한 작가의 비판적 시선은 다음에서 더욱 신랄하다.

> 가난뱅이가 가난이라는 것에 대해 긍지나 사명감 같은 걸 갖고 있으리라고 믿는 것처럼 가난에 대한 큰 오해는 없거들랑. 한번도 가난이라는 것에 찌들어보지 않은 팔자 좋은 족속이 할 만한 아니꼬운 오해지만 말야. 아뭏든 진짜 가난뱅이하곤 상관도 없는 일이야. 진짜 가난뱅이는 허구헌날 가난에 넌더리를 내야 하고, 혹시 바늘구멍만한 출구(出口)라도 어디 없나 해서 눈에 핏발이 서 있어야 하고, 온갖 상상력을 동원해서 부자들의 생활을 꾸며놓고 거기 침을 흘려야 돼. 부자들이 시들하게 지천으로 누리는 일상이 가난뱅이에겐 정열과 목숨까지 바쳐도 아깝지 않은 꿈이요 이상이야. 그 꿈 빼면 헌 누더기만도 못한 게 진짜 가난뱅이야.[123]

> 성미영은 나에게 그런 일을 시키는 것만 갖고는 밥값이 아까운지 내가 아이들을 사랑하지 않는 것만 종종 비난했다. 아이들이 못되먹은 건 그녀도 인정했지만 그게 어째 아이들 죄냐는 거였다. 가난이 그애들의 죄가 아니란 건 나도 알고 있었다. 그러나 성미영의 생각처럼 전적으로 우리 사회의 죄라고도 생각 안 했다. (…중략…) 가난해서 자신을 학교공부도 제대로 못 시키고 공장일이나 막벌이를 시키면서 야학이나마 다닌다면 기특해하진 못하나마, 야학까지 찾아와 끌어내고 선생 앞에서 마구 쥐어박고 욕하는 부모도 있었다. 그런 인간들의 가난이 사회의 죄라면, 그런 인간들이 자식을 못갖도록 미리 단종수술을 못시킨 죄밖에 더 있겠느냐고 나는 성미영한테 대들었다.[124]

---

[123] 『흉년』 3부, 19~20쪽.
[124] 위의 책, 283~284쪽.

진짜 가난뱅이는 가난에 넌더리를 내고 가난의 탈출구를 핏발 어린 눈으로 찾으며 부자들의 생활을 부러워할 뿐이라는 순정의 진술은 가난한 이를 미화하는 환상을 조소한다. 가난이 사회적 죄라는 통념도 수연은 부정한다. 가난의 원인을 막연히 사회적 죄로 돌리는 발상은 문제를 단순화할 위험을 가지기 때문이다. 뿐만 아니라 수연이 야학에서 만난 아이 강대식의 난처한 행동은 가난이 단지 사회의 죄인지, 그리고 가난하다는 이유로 그 부도덕성마저 면죄 받을 수 있는지 의심하게 한다. 수연은 강대식에게 책상으로 머리를 맞을 뻔하고 밤마다 목숨의 위협을 받으며 실제로 커다란 부상을 입기도 한다.

이상에서 작가가 대항적으로 맞서는 사유는 가난한 이가 선량하며 긍지를 갖고 있다는 고정관념과 가난한 이를 도와야 한다는 당위, 그리고 가난이 사회적 죄라는 믿음이다. 이 고정관념, 당위, 믿음은 당대를 풍미한 민중문학론과 닮아 있다. 역사의 주체인 민중은 선량하고 아름다우며, 민중의 고통은 사회적으로 구조화된 악이고, 민중의 처지를 개선하는 것이 당대의 과제이며, 문학작품도 이것을 지상과제로 설정해야 한다는 주장이 민중문학의 이데올로기이다. 위에서 보듯 박완서는 이 이데올로기에 대항적 사유를 펼친다. 한편 『시작』에서 청희는 옥희의 뜻과 상관없이 그녀를 "어떤 일의 시작으로 삼으려 했"[125]다는 점에서 스스로 비판한다. 청희는 자신의 행위를, 인철이 옥희를 작은 위안으로 대상화한 것에 버금가는 부도덕한 것으로 인식한다. 청희는 옥희를 옥희 자체로 이해하고 위하지 못하고 자신의 도덕적 허영을 만족시키는 수단으로 이용·동원했다고 자책하는 것이다. 당대 민중문학론은 민중을 대상화하며 동원·소비

---

[125] 『시작』, 371쪽.

한다는 비판에서 자유롭지 못한 면모를 지닌다. 민중문학론에 소모되는 민중 속엔 진짜 민중이 없다.[126] 이렇게 민중을 대상화하며 소비할 위험을 지닌 민중문학론의 맹점을 박완서는 겨냥하는 것으로 보인다.

그러나 박완서의 대항적 사유는 민중문학론의 이데올로기를 무턱대고 거부하는 것이 아니라 그것의 맹목성과 단순성의 재고를 요청하는 차원에서 이루어진다. 그리고 대항적 사유는 많은 경우 가난한 이를 위하는 뜻의 위선적 면모를 자아비판하는 형태로 펼쳐진다. 이는 의지 자체의 부정이 아니라 더 염결한 의지를 향한 고민으로 해석해야 온당할 것이다. 작가의식이 민중문학의 이데올로기를 무턱대고 부정하는 것이 아니라 회의하고 고민하는 것이란 점은 차후 수연의 행보에서 드러난다. 위에서 가난이 사회의 죄라는 생각을 조소하며 목숨의 위협까지 받았던 수연은 그럼에도 불구하고 야학 교사로 남겠다는 의욕을 강하게 느낀다. 가난에 대해 호의적일 수도 냉소적일 수도 없는 난감한 심리의 소유자인 수연은 당대 민중문학의 이데올로기에 대해 단순하게 호응할 수도 거부할 수도 없는 작가의식을 반영한 인물로 보인다.[127]

이 글은 박완서가 소리 높여 민중문학론에 대항적 사유를 전개한다고 말하려는 것이 아니다. 그는 그렇게 주제를 전면화시켜 목소리를 높이는 선동가형과는 거리가 멀다. 그리고 박완서의 가난에 대한 사유가 눈에 도 드라지게 배치된 것도 아니다. 그것은 잘 보이지 않는 곳에서 반복적으로 출현한다. 그런데 이 지점에서, 어떤 형태가 되었건 가난에 대한 사유가

---

126 심지어 그들이 옹호한 민중문학은 실제 민중에겐 외면당하기 십상이었다. 이러한 사정은 3장과 5장에서 보다 상세히 고찰한다.
127 이 지점에서 『문지』 측의 또 다른 이데올로기, 즉 손쉬운 해답 대신 고통스러운 질문을 던지며 갈등하고 방황하는 태도를 요청하는 이데올로기의 감염력이 감지된다. 『문지』의 이런 비평의식은 5장에서 사유구조로 분류하여 논한다.

소설에 반복적으로 등장하는 모습이 당대에 특유한 역사적 현상이 아닌가 하는 질문은 요긴하다. 가령 2000년대 소설에서 가난을 대하는 중산층의 자세를 이렇게 본격적으로 고민하는 내용은 찾아보기 힘들다. 가난이 풍경으로 처리되지 않고 반복되는 고민의 형태로 등장한 사실은 소설이라면 당연히 그래야 할 보편적인 현상이 아니라 그때 그 시절이었기 때문에 가능한 현상이다. 그때 그 시절에 특유한 이데올로기가 작가의식에 침투하여, 작가는 은연중에 당대 이데올로기에 관해 사유를 전개하게 되고, 이것이 자연스레 소설에 노출될 수밖에 없었을 것이다. 민중문학론이 당대를 풍미하지 않았더라면 박완서가 굳이 이런 내용들을 소설에 투입할 수 없었을 것이다. 작가는 대항적으로든 순응적으로든 이데올로기에 반응한다. 위에서 확인한 가난에 대한 사유는 박완서가 당대 비평 이데올로기에 대항적으로 구속된 사례로 보인다.

다음의 자전적 진술은 박완서가 당대 비평 이데올로기에 구속되는 처지에서 자유롭지 못했다는 사실을 역설적으로 확인시켜준다.

요새는 작가도 인기인 취급을 당하는 것까지는 참겠는데, 당신은 도대체 참여파요, 순수파요 하는 식의 질문에는 슬픔마저 느끼게 된다. 왜 이렇게 작가를 꼭 어떤 틀 속에 넣고 바라보려는지 알 수 없다. (…중략…) 나는 참여도 좋아하고, 순수도 좋아하고, 심지어는 참여하고 순수하고 싸우는 것을 구경하는 것도 좋아한다. 그러나 나더러 참여냐 순수냐 그 어느 편에 속하느냐고 물으면 아무 것도 알 수가 없어지면서 다만 슬픔을 느낄 뿐이다.[128]

---

128   박완서, 「작가의 슬픔」, 『여자와 남자가 있는 풍경』, 한길사, 1978, 82~83쪽. 김경연, 「개성 1931−서울 1991」, 『작가세계』, 1991 봄, 33쪽에서 재인용.

박완서는 참여와 순수 중 어느 편에 속한다고 말하기 싫다고 진술한다. 그러나 이 진술은 역설적으로 그 질문이 상당 부분 그의 의식을 잠식하고 있음을 보여준다. 의식하지 않는다면 편들기 싫다는 판단이 발생할 수 없다. 또한 위에서 순수냐 참여냐 하는 질문이 얼마나 당대를 활보했는지 확인할 수 있다. 그리고 참여와 순수와 그들의 싸움 모두를 좋아한다는 박완서의 진술은 당대 이데올로기에 그가 무지하지 않았다는 사실을 충분히 입증한다. 그는 어떤 식으로든 사회의 구조적 모순에 주목하라는 이데올로기나 민중문학의 이데올로기에 접했을 터이고, 이들에 순응적 혹은 대항적으로 사유를 전개할 수밖에 없었을 것이며, 이 사유를 소설에 노출하지 않을래야 않을 수 없었을 것이다.[129]

이 지점에서 박완서 소설에 관한 당대 평론을 살펴보는 작업은 유의미하다. 비평가들[130]은 대개 박완서의 작품이 중산층의 허위의식과 근대화·

---

129 91년 봄『작가세계』가 마련한 박완서 특집에 인터뷰 기사를 기고한 조선희는 인터뷰 며칠 뒤 박완서가 민족문학작가회의 총회에서 지난해에 이어 다시 부회장에 선출되었으나 그 총회에 작가 본인은 불참하였다고 진술한다. 이어 다음과 같은 박완서의 진술을 회고한다. "어쩌면 내 삶에 뚜렷하게 일관돼온 것은 어떤 개인주의적 성향일지도 모른다. 내 자신이 단체에 생리가 맞지 않다고 생각하는 것은 아마도 내 의식의 밑바닥에 깔린 정치 허무주의와 관련이 있을 것이다. 그렇다고 작가회의 이념에 반대한다거나 그 일원인 것이 싫다는 것은 아니다. 단지 내가 뭔지 지도적인 위치에 있다는 것은 불편하다. 내겐 남을 이끌 재주가 전혀 없기 때문이다. 70년대 아주 암울했던 시대에는 내가 직접 찾아가서 자유실천문인협의회의 회원이 됐었다. 그때는 자실의 일원이라는 것만으로도 위안이 되고 긍지가 됐던 시절이었다."(조선희, 「바스러지는 것들에 대한 연민」,『작가세계』, 1991 봄, 52쪽) 이는 현실 참여에 대한 박완서의 의식이 결코 단순할 수 없음을 알려주는 대목이다.

130 오생근, 「한국대중문학의 전개」,『문지』, 1977 가을; 이동렬, 「삭막한 삶의 형상화」,『문지』, 1979 여름; 김주연, 「순응과 탈출」,『문지』, 1973 겨울; 원윤수, 「꿈과 좌절」,『문지』, 1976 여름; 백낙청, 「사회비평 이상의 것」,『창비』, 1979 봄; 김교선, 「호소력의 문제」,『창비』, 1976 여름; 유종호, 「고단한 세월 속의 젊음과 중년」,『창비』, 1977 가을; 염무웅, 「사회적 허위에 대한 인생론적 고발」,『세계의문학』, 1977 여름; 김영무, 「박완서의 소설세계」,『세계의문학』, 1977 겨울; 김우종, 「한국인의 유산과 그 미망」,『세계의문학』, 1978 봄; 이광훈, 「소시민적 삶과 일상의 덫」,『현대문학』, 1980.2.

산업화된 사회의 부정적 현실을 비판하고 세속적 삶과 순응주의에 반발한다는 분석에 입장을 같이 한다. 비판으로는 박완서 소설이 현실 파악에 있어 지나치게 감정적이기에 사회 비판 안목이 감정적 원한으로 오해될 소지가 있다는 논의[131]와 작가의식이 지나치게 절망적이고 냉소적이며 작중인물이 도식화될 우려가 있다는 논의[132] 등이 눈에 띈다. 백낙청은 역사의식과 인물의 각성을 강조하는 그의 문학관대로, 박완서 소설에서 이른바 '잘 사는 나날'의 역사적 성격과 전형성에 대한 천착과 인물의 각성이 미비하다며 아쉬움을 표한다.[133] 박완서 소설에 대한 비판 중 주목할 대목은 다음과 같다.

①허위와 기만을 각 개인들의 인간성에서 연유하는 것으로 보느냐 그렇지 않으면 사회구조의 본질적 속성에서 연유하는 것으로 보느냐 하는 것은 지극히 중대한 차이이다. 이 사회에 가득 차 있는 물질주의적, 이기주의적, 출세주의적 사고방식을 개인들의 인간성의 차원에서 공격하는 것은 무력하고 설득력이 없다. 어떤 사고방식이란 그것을 낳을 만한 사회적 현실의 필연적 소산이기 때문에 사회구조의 차원에서 그것을 논의하지 않는다면 마치 뿌리를 건드리지 않고서 잎사귀만 잘라내려는 것처럼 헛수고에 그칠 따름이다.[134]

②작가는 달콤한 향기 뒤에 감쪽같이 숨겨진 고통과 불행을 가차 없이 폭로하는 데서 커다란 성과를 거두고 있다. 그것은 곧 소시민적 행복의 허위를 예리하게 간파할 줄 아는 작가의식의 성과이다. 그러나 박완서 씨는 그 허위의 사회

---

131   오생근, 「한국대중문학의 전개」 참조.
132   원윤수, 앞의 글 참조.
133   백낙청, 「사회비평 이상의 것」 참조.
134   염무웅, 「사회적 허위에 대한 인생론적 고발」, 211쪽.

적 근거를 제시하는 데까지 나아가지는 못하고 있다. 작가는 소시민적 행복의 허위를 그 자체로서는 보았으되 소시민적 한계를 넘어서는 넓은 지평 속에서 그것을 보지는 못하였다.[135]

③ 그러나 소박하고 작은 자유의 소중함에 대한 깨달음은 자유가 무엇인가에 대한 진정한 깨우침의 시발점에 지나지 않는다. (⋯중략⋯) 진정으로 빛나는 자유는 "간장종지처럼 소박하고 작은 자유"와 본질적으로 다른 것이 아니라, 바로 그러한 자유가 「체험기」의 주인공만한 재산이나 사회적 지위조차 없는 수많은 사람들에게도 골고루 주어지는 상태인 것이다.[136]

①과 ②에서 염무웅은 박완서의 『휘청거리는 오후』를 분석하면서, 소설에서 다뤄진 허위와 기만이 사회적 현실의 필연적 소산이기에 개인의 인간성 차원이 아니라 사회구조 차원에서 논의되어야 한다고 말한다. 또한 그는 박완서가 허위의 사회적 근거를 제시하는 데까지 나아가지 못하고, 소시민적 한계를 넘어서는 넓은 지평 속에서 문제를 파악하지 못하였다고 비판한다. ③에서 백낙청은 『배반의 여름』을 논하면서, 인물의 자유에 대한 각성이 미비하다고 아쉬워하는데 그것은 인물의 자유에 대한 각성이 사회적·경제적 약자들까지 고려한 것은 아니기 때문이다. 이상의 논평에서 '사회구조적 차원'에서 작가의식을 전개해야 한다는 당위는 논의의 대전제로 기능한다. 한편 염무웅과 백낙청은 같은 방식으로 글을 맺는다. 그들은 박완서 소설에서 기층 서민에 대한 묘사와 인식이 드러난 부분을 인용하며, 이를 고무적인 현상이라고 치하하면서 글을 마무리한다. 여

---

135   위의 글, 213~214쪽.
136   백낙청, 「사회비평 이상의 것」, 351쪽.

기에서 염무웅과 백낙청이 박완서 소설을 비판하거나 치하하기 위해 동원한 기준은 사회의 구조적 모순을 파악해야 한다는 이데올로기와 기층 서민을 문학의 소재로 삼아야 한다는 이데올로기이다. 이들은 이 글에서 작가가 수용한 당대의 비평 이데올로기라고 상정한 바로 그것과 일치한다.

이런 사실 역시 박완서가 당대 비평 이데올로기를 긍정적으로든 부정적으로든 수용했고, 그것에 의식적·무의식적으로 구속되었다는 이 글의 논점을 입증한다. 하지만 작가의 당대 비평 이데올로기 수용이 평론가들의 논평이라는 직접적인 경로를 통해 이루어졌다고 말하는 것은 문제를 지나치게 단순화한다. 특정 평론의 특정 논점보다는 당대에 만연한 비평 이데올로기에 작가의식이 구속되었다고 보는 것이 보다 온당하다. 염무웅과 백낙청의 비판도 독자적이고 자생적인 것이라기보다는 당대에 만연한 비평 이데올로기에 감염된 것이라고 보이기 때문이다.

이 절에서는 70년대 비평 이데올로기가 박완서의 작가의식을 구속한 양상을 고찰해 보았다. 이를 위해 이 글은 작품에 뚜렷하게 전면화된 주제보다 은닉된 채 미미하게 드러나는 요인에 주목했다. 연속적인 시기에 창작되고 유사한 모티프를 가진 두 장편소설이 보여주는 미묘한 차이, 그리고 두드러지게 대두되지는 않지만 미미하게나마 반복적으로 표출되는 내용소 등은 작가의식의 이데올로기 수용 양상을 보여주는 보다 좋은 근거가 된다. 박완서의 장편소설 『휴년』과 『시작』은 각각 외도를 형상화하는 방식에서 미세한 차이를 보인다. 외도 상대 여인의 형상화 방식, 외도의 원인과 결과, 외도의 의미 측면에서 드러나는 이 차이는 단적으로 '개인적 차원'과 '사회적 차원'의 차이로 요약될 수 있다. 『시작』에서 작가는 외도를 사회적 지평에서 다루며, 이는 여성의 부당한 지위에 대한 사회적 차원의 천착으로 이어지는데, 그 천착은 다분히 구조적으로 수행된다. 이런 변모를 초래한 작가의식은 『문지』와 『창비』에서 공히 유포한 '사회의 구조적 모순에 주목하라'는 비평 이데올로기에 감염된 것으로 판단된다. 한편 두 소설에서 가난에 대한 복잡미묘한 분열적 사유가 미미하지만 반복적으로 드러난다. 역사의 주체인 민중은 선량하고 아름다우며, 민중의 고통은 사회의 책임이고, 문학은 민중의 처지를 개선하는 데 이바지해야 한다는 생각에 대한 대항적 사유가 박완서 소설에 드러난다. 이는 당대 『창비』측의 민중문학론이 유포한 비평 이데올로기에 대항적으로 형성된 것으로, 이 또한 비평 이데올로기에 작가의식이 구속된 사례로 볼 수 있다. 그런데 박완서는 민중문학의 이데올로기에 대한 반발로 일관하지 않고 다분히 분열적인 태도를 보인다.

문학인의 태도와 자의식

집단적 태도는 한 시대의 망탈리테를 형성하는 중요한 요소이다. 서론에서 논했듯 태도란 세계와 타자를 인식하고 표상하는 방식이다. 태도는 세계와 타자를 대면할 때 취하는 특정한 시각과 불가분의 관계에 놓인다. 또한 타자를 바라보는 방식은 자아를 바라보는 방식인 자의식과 밀접히 연관된다. 적지 않은 경우 자의식의 성격이 타자에 대한 태도를 결정할 수 있다. 그러므로 태도에 관한 논의는 자의식에 관한 논의와 나란히 놓인다. 태도는 저자들이 표면적으로 말하고자 의도한 주제와 다르며, 때로는 의도와 상반된 양상을 노출하기도 한다. 주제가 의식적인 것이라면 태도는 보다 무의식적인 것이다. 태도는 명백하게 드러난 것보다는 미미하게 잠복되어 있는 것, 은닉된 것이다. 따라서 저작의 주제보다는 췌사, 무의식적으로 설정한 전제, 언술 방식, 창작 기법 등이 태도를 연구하기 위해 주목해야 할 것들이다. 이러한 태도 역시 집단적으로 공유되고 오늘날과 다른 것이라면 과거의 망탈리테로 파악 가능하다. 이 장에서는 70년대의 문학인이 집단적으로 취했던 태도를 고구하고자 한다. 전술했듯 태도와 자의식은 연동되기에, 문학인의 태도에 관한 논의는 자연스럽게 그들의 자의식에 관한 고찰을 수반할 것이다. 이 글은 특히 이른바 민중문학을 주창하였던 평론가들과 소설가들이 집단적으로 취했던 태도에 주목하려고 한다. 이를 『창비』 필진의 평문과 이문구, 방영웅, 김주영의 소설을 통해 살펴보고자 한다.

70년대 『창비』 필진에 의해 주도된 민중문학론에 대한 연구는 그 개관적 연구부터, 비판적 고찰까지 다양한 스펙트럼을 보여준다. "민중문학론은 다양하다"[1]는 연구자의 말은 민중문학론과 그에 대한 비판 담론이 한동안 논단의 중심적 위치를 차지하며 한 자리에 소집하기 어려울 만큼 수많은 언설들을 낳았음을 짐작케 한다. 민중문학론만큼 다양한 민중문학론에 대한 비판 담론을 한 자리에서 일목요연하게 정리하기는 힘들지만, 주목되는 논점을 대강 추려보면 다음과 같다. 민중문학이 소재주의와 지방주의에 불과하거나[2] 추상적이며 경직된 이데올로기로 변질될 위험을 지닌다[3]는 당대의 비판으로부터, 민중의 개념과 실체가 모호하다는 비판,[4] 민중문학론의 논리구조가 정점·하부로 위계화되어 외려 그들이 타개하려고 하는 지배계급의 논리구조를 닮은 사실에 대한 비판,[5] 민중문학

---

1   정과리, 「민중문학론의 인식 구조」, 『문학과사회』 1호, 1988 봄, 72쪽.
2   김치수, 「농촌소설 별견」, 김현 외, 『현대한국문학의 이론』, 민음사, 1978.
3   김주연, 「민족문학론의 당위와 한계」, 『문지』 35호, 1979 봄.
4   김현, 「시와 톨스토이주의」, 『상상력과 인간』, 일지사, 1973; 성민엽, 「민중문학의 논리」, 성민엽 편, 『민중문학론』, 문학과지성사, 1984; 전영태, 「민중문학론에 대한 몇 가지 의문」, 『한국문학』, 1985.2; 정과리, 앞의 글; 황종연, 「민주화 이후의 정치와 문학」, 『문학동네』, 2004 겨울.
5   정과리, 위의 글.

개념을 선험적·절대적인 것으로 파악하는 태도에 대한 비판,[6] 지식인 중심성에 대한 비판,[7] 전체주의적 시각으로 민중을 전유할 가능성에 대한 비판,[8] 실상 구성적이고 혼종적인 민중 개념을 단일화한 사실과 억압-저항의 단순 이분법적 구조의 문제점을 지적하는 최근의 비판[9]까지 다양한 비판이 존재한다.

이 중 이 글이 우선 주목하는 것은 80년대 이른바 민중적 민족문학론자들 사이에서 제기된 비판이다. 채광석, 황광수, 이재현, 김도연, 김명인 등 이른바 민중적 민족문학론자들이라고 불렸던 이들은 실상 백낙청, 염무웅, 김병걸, 신경림 등 『창비』 필진의 후예들이었다.[10] 이들은 선배 진보

---

6 성민엽, 앞의 글; 정과리, 앞의 글.

7 이재현, 「문학의 노동화와 노동의 문학화」, 『실천문학』 4호, 1983 겨울; 채광석, 「설자리, 갈 길」, 성민엽 편, 앞의 책; 채광석, 「제3세계 속의 리얼리즘」, 성민엽 편, 같은 책; 김도연, 「장르 확산을 위하여」, 성민엽 편, 같은 책; 이재현, 「민중문학운동의 과제」, 김병걸·채광석 편, 『민족, 민중 그리고 문학』, 지양사, 1985; 채광석, 「민족문학과 민중문학」, 김병걸·채광석 편, 같은 책; 백원담, 「인간 해방의 정서와 의지의 형상화」, 김병걸·채광석 편, 같은 책; 황광수, 「노동문제의 소설적 표현」, 백낙청·염무웅 편, 『한국문학의 현단계』 4, 창작과비평사, 1985; 김명인, 「지식인 문학의 위기와 새로운 민족 문학의 구상」, 정한용 편, 『민족문학 주체 논쟁』, 청하, 1989.

8 김철, 「민족-민중문학과 파시즘」, 『'국민'이라는 노예』, 삼인, 2005; 황종연, 앞의 글.

9 강정구, 「1970~90년대 민족문학론의 근대성 비판」, 『국제어문』 38호, 국제어문학회, 2006; 강정구, 「진보적 민족문학론의 민중시관(民衆詩觀) 재고」, 『국제어문』 40호, 국제어문학회, 2007; 강정구, 「진보적 민족문학론에서 민중 개념의 형성 과정 연구」, 『비교문화연구』 11호, 경희대 비교문화연구소, 2007; 강정구, 「진보적 민족문학론의 민중 개념 형성론 보론」, 『세계문학비교연구』 27호, 한국세계문학비교학회, 2009; 강정구, 「1970년대 민중-민족문학의 저항성 재고(再考)」, 『국제어문』 46호, 국제어문학회, 2009.

10 고형진은 이들의 비평논리가 "근본적으로 70년대에 정립된 백낙청의 '민족문학론'에 그 뿌리가 닿아 있다"고 논한다. 고형진은 이들이 80년대에 들어 새로이 등장한 노동자문학을 이론적으로 체계화하기 위한 고뇌에서 출발한다는 점에서 일단 그 치열성을 인정하면서도 다음과 같이 한계점을 논구한다. 그에 따르면 이들은 '민중의식'을 신비화된 절대적 영역으로 고착시키면서, 점차로 경직화된 민중이론으로 빠져들어 갔다. 당대의 사회현실을 매우 직선적으로 파악하는 우를 범하였고, 작품론의 부재라는 치명적인 결함을 안고 있다(고형진, 「화려하고 풍성한 '비평의 시대'」, 김윤식 외, 『한국현대문학사』, 현대문학, 1994, 543~545쪽 참조).

적 문학평론가들의 업적을 인정하면서도, 그들의 지식인 중심성과 허약한 실천성을 주로 공격한다. 이재현은 "지식인에 의한 노동문학의 역량은 70년대 현실의 중압감을 '문학적 장치'로 형상화해 내기에는 미흡"하며, 지식인-문학가는 "결국 바라보는 입장에 머물게"되었다고 논한다.[11] 이재현은 지식인-문학가의 "바라보는 입장"을 비판하는데, 이는 민중의 바깥에서 민중을 단지 소재로 삼는 문학가의 태도를 문제 삼는 것이다. 문학가는 민중 자신이 아니라서 민중에 외부인적 위치에 서는 것이 불가피하다는 점이 비판의 핵심이다. 이재현은 또한 당대 문학운동이 "현실 생활의 역사적 운동"의 전방에 서 있지도 못하며 문학자는 결정적인 투사도 못 된다고 비판한다.[12] 여기에서 이재현이 민중문학의 지식인 중심성을 비판한 이유가 드러난다. 지식인 중심의 민중문학은 실천력이 취약하기에 비판받아 마땅한 것이다. "적어도 이 시점에서 문학운동의 주체는 불행히도 민중이 아니며, 잠정적 주체인 문학인은 민중문학의 이념을 효과적으로 실현시키고 있지는 않다"[13]는 것이 이재현의 주장의 핵심이자, 70년대 민중문학론에 대한 80년대의 비판론의 핵심이다. 채광석은 "작가가 민중으로의 존재 전이를 철저히 이루지 못하는 한, 중간 계층 독자를 기반으로 하는 소시민 문학으로 전락할 위험이 상존하고 있"으며 "지식인의 이른바 민중문학은 밑으로부터 솟아오르는 민중 자신의 거칠지만 건강한 문학과 끊임없이 만나는 실천적·문학적 과정에 의해 참다운 '민중의 문학'으로 나갈 수 있"다고 논한다.[14] 그는 작가가 민중으로의 존재 전이를 이뤄야 할 정도로 지식인 근성과 민중-외부인적 위치를 벗어버려야

---

11   이재현, 「문학의 노동화와 노동의 문학화」, 218쪽.
12   이재현, 「민중문학운동의 과제」, 270쪽 참조.
13   위의 글, 270쪽.
14   채광석, 「제3세계 속의 리얼리즘」, 141쪽.

함을 역설한다.[15] 이들은 70년대의 민중문학론의 주체가 지식인이라는 점을 비판하는데, 지식인이라는 위치가 왜 문제적인지 상세하게 고구하지는 않는다. 또한 80년대의 비판에서 특이한 것은 70년대 민중문학론이 운동과 실천 문제에서 강력한 투쟁성을 갖추지 못한다는 사실을 비판의 중핵으로 삼는다는 점이다.[16]

채광석, 이재현, 황광수, 백원담, 백진기, 김도연 등에 의해 면면히 이어진 70년대 민족문학의 지식인 중심성 비판은 민족문학 주체 논쟁[17]을 낳

---

15 이런 논의와 더불어 문학 판에서는 민중 스스로 자신의 이야기를 구술하는 서사에 대한 관심이 일었고, 따라서 노동자의 수기와 일기를 문학의 장르로 인정해야 한다는 목소리가 드높아졌다. 뿐만 아니라, 르포와 전단 등도 문학의 한 장르로 포섭해야 한다는 주장이 힘을 얻었다(김도연, 앞의 글 참조). 고명철도 70년대 농민문학론이 농촌과 농민의 객관 현실에 대한 지식인의 선민의식의 범주를 크게 벗어나지 않았다는 점과 농민이 지식인의 시선에 의해 객체로 인식되었다는 점을 지적한다. 하지만 그 역시 그것이 왜 문제적인지, 그리고 그 양상이 어떻게 전개되는지 소상하게 고구하지 않는다(고명철, 『논쟁, 비평의 응전』, 보고사, 2006, 256~264쪽 참조).

16 민중적 민족문학론자들은 70년대의 '자유실천문인협의회'를 중심으로 한 활동도 긍정적으로 평가하지만은 않는다. 김도연은 '자실'을 중심으로 한 활동이 문학에 운동 개념을 도입한 공로를 일차적으로 인정하면서도, 그것이 기본적으로 전문 문인에 의한 문단 차원의 명망가 운동에 머물렀음을 한계로 지적한다. 70년대 문학 운동이 과학적 방법론에 입각했다기보다 선언문·성명서 차원의 소박한 수준을 벗어나지 못하였다는 것이다. 전문 문인들에 의한 운동은 그들의 사회적 지위로 인하여 참다운 대중 노선을 실천하는 데 오히려 장애가 되었다고 한다(김도연, 앞의 글, 107쪽 참조).

17 지식인-문학가가 그 악전고투에도 불구하고, 관조자의 위치에서 벗어나기 어려웠다는 지적은 '민중문학의 주체가 누구인가'라는 화두로 이어진다. 다른 말로 '민족 문학은 누가 어떻게 해 나가야 하는가'라는 이 화두는 80년대 후반, 이른바 '민족문학 주체 논쟁'을 탄생시킨다. 이것은 역사 변혁의 주체인 노동자 계급이 민족 문학의 주체가 되어야 한다는 '민중적 민족문학' 진영과, 모든 계급이 주체이므로 결국 주체란 있을 수 없다는 '다원주의적 민족 문학' 진영 사이의 논쟁이다. 87년 여름 무크지 『전환기의 민족문학』에 실린 「지식인 문학의 위기와 새로운 민족문학의 구상」에서 김명인은 소시민계급의 몰락과 소시민계급에 속한 지식인 문학의 위기를 지적하고, 사회 변혁의 주체인 민중이 민족문학의 주체로 서야 한다고 주장했다. 이에 70년대 민족문학론의 대부인 백낙청을 정점으로 한 기성의 민족문학론과, 김명인, 백진기 등 젊은 비평가 그룹의 민중적 민족문학론, 정과리·홍정선·성민엽 등 『문학과사회』 동인들의 '다원주의' 민족문학론 등이 삼각의 구도를 형성했다(조선희, 「민족문학 주체 논쟁」, 정한용 편, 앞의 책, 359~363쪽 참조).

는다. 민족문학 주체 논쟁을 촉발시킨 문제의 글에서 김명인은 "민중의 전면적 대두를 객관적인 사실로는 인정하며, 개인적으로 나름대로의 성실성을 가지고 민중 현실의 여러 문제를 '다루는' 경우"를 비판적으로 바라본다. 그는 지식인이 민중의 생활 바깥에서 민중을 문학의 소재로 삼는 행위를 경계한 것이다. 그러나 그는 이 판단을 민중을 대상화하는 태도의 문제점에 대한 고구로 심도 있게 진척시키지 못하고 그 대상화 양상을 구체적으로 고찰하지도 않는다. 계속하여 그는 "관찰자적 성실성이나 민중에 대한 관념적 애정이 아무리 심도 있다고 해도, 민중적 실천과의 구체적 매개 없이 이루어지는 지식인의 문학적 실천은 늘 '비운동적이고 자의적인 민중 지향'으로 떨어지기"[18] 쉽다고 논한다. 김명인은 다른 민중적 민족문학론자들과 동궤에서, 실천과 운동을 강조한다.[19]

70년대 민중문학가들이 민중 그 자신이 아니라 지식인이었기 때문에 한계를 지닌다는 이들의 논점에 이 글은 동의한다. 민중을 주시하고 문학의 소재로 삼는 주체가 지식인이라는 점은 그 자체로 난감한 문제를 형성한다. 이것은 지식인이 우월자적 위치에서 민중을 계몽의 대상으로 보는

18 　김명인, 앞의 글, 158쪽.
19 　김명인은 70년대 문학 운동의 실천적 취약성에 대해서 비판의 칼날을 겨눈다. 김도연과 마찬가지로 그는 70년대 반체제적 문학 운동의 구심점이었던 '자유실천문인협의회'에 대해서도 호의적이지 않다. 가령 김명인은 "우리 문학사에서 문학 운동이란 말이 수사학적 차원을 넘어 즉각적인 사회적 실천과 관련되어 쓰여진 것은 70년대 '자유실천문인협의회'의 결성을 즈음해서 정도였을 것"이라며 '자실'의 선도적 공로를 인정한다. 하지만 그는 '자실' 중심의 운동이 "'문학으로서' 하는 운동이라기 보다는 '문학인들이' 하는 운동", 즉 소시민계급 주도의 반독재 민주화 운동에 개인 혹은 개인 연합 차원에서 방어적·반사적으로 참여했던 지식인 운동에 불과했다고 비판한다. 한편 '문학으로서' 하는 문학 운동의 경우 이론과 슬로건은 존재했지만, 그것을 구현하는 과정에서 전적으로 지식인 작가들의 개인적 창작에 의존함으로써 '운동'은 그저 하나의 상투적 명분에 불과했을 뿐, 내적으로 집단성·조직성·지속성 등 운동으로서의 최소 요건 중 어느 하나도 갖추지 못했다고 비판한다(위의 글, 160쪽 참조).

태도와 민중을 지식인의 필요에 의해 대상으로 전유할 가능성 등 본질적인 문제를 내포한다. 문제는 지식인의 타자적 위치 그 자체인 것이다. 80년대의 비판론도 이런 인식을 공유한다고 보인다. 하지만 이들은 민중 그 자신이 아닌 지식인의 위치가 왜 문제적인지, 그 이유를 소상하게 밝히지 않았다. 단순한 위치 지정이 그 위치의 문제점을 밝히지는 못한다. 즉 단지 '민중이 아니라'는 이유는 지식인 중심의 민중문학의 문제점을 해명하기에 충분하지 않다는 것이다. 그들은 70년대 민중문학론자보다 더욱 운동과 실천을 중요시했고, 사회 개혁을 위해서 문학을 목적론적으로 이용하려는 성향을 보다 강하게 띠었는데, 그들의 70년대 민중문학의 지식인 중심성 비판은 이런 실천성 강화를 위한 전술적인 차원에서 이뤄진 측면이 강하다. 즉 보다 확실하게 노동자 편에서 운동에 참여하기 위해서 문학의 주체를 지식인에서 민중 자신으로 교체해야 한다는 것이다. 이때 이들의 관심은 지식인 주체 문학이 지닌 한계점의 소상한 양상에 대한 탐구보다 실천성 강화와 그 전술 보강에 보다 많이 쏠려 있었으므로, 선언의 강도에 비해서 선언의 정합성에 대한 논증은 부족한 편이라고 생각된다. 이에 이 글은 지식인이 민중을 소재로 소설을 쓰는 일이 왜 문제적인지, 그 이유를 소상하게 논구하고자 한다. 이를 2절에서 이문구, 김주영, 방영웅의 소설을 중심으로 본격적으로 고찰한다.

또한 간과하지 말아야 할 것은 이러한 지식인 주체 민중문학의 문제점을 70년대 논자들이 이미 인식하고 있었다는 사실이다. 이에 이 글은 우선 지식인 위주 민중문학론의 맹점에 대한 70년대 논자들 스스로의 의식과 그 한계를 극복하려는 노력에 주목하려고 한다. 70년대 민중문학론에 대한 80년대의 비판론은 70년대 민중문학론을 평면적이고 정태적으로 파악하는 우를 범하는 것으로 보인다. 여기에서 70년대의 민중문학론에 대해서, 그것이 진정 민중의 입장에 선 논의였는지, 민중을 대상화한 지식인 위주의 담론이었는지 평면적으로 재단하기 이전에 먼저 그 민중문학론자들의 고민과 자가당착이 전개되는 과정을 역동적으로 파악할 필요가 있다. 민중문학론은 정태적인 사물이 아니라 그 안에서 자성과 우려, 그럼에도 불구하고 끈질긴 정당화의 기제가 뒤엉켜 꿈틀거렸던 동태적인 현장이기 때문이다. 70년대 민중문학론 내부에 자생했던 경계의 목소리, 그리고도 극복할 수 없었던 한계, 이 둘 사이에서 부침하던 논리들의 파상(波狀)을 역동적으로 파악하는 작업이 보다 긴요하다. 즉 그들의 이상과 현실의 결절 지점, 그들이 내세웠던 이데올로기가 분열되는 지점이 보다 주목을 요하는 사안이다. 80년대의 비판론은 바로 이 점을 간과하고 있었다. 이에 우선 1절에서 70년대 민중문학론자들이 그들 이데올로기의 맹점을 보완하기 위해 펼친 노력과 그럼에도 불구하고 극복할 수 없었던 한계점에 대해 논구하고자 한다. 이는 서론에서 언급한 연구방법인 '벗어버리려고 했으나 그 구속을 끝내 벗지 못한 것들'에 주목하려는 취지 또한 지닌다.

1. 민중을 대상화하는 태도의 경계와 그 구속

서론에서 논한바, 무엇을 경계하려고 했으나 끝내 그 구속을 벗어버리지 못한 것은 망탈리테로 볼 수 있다. 『창비』 필진의 평론은 이에 대한 좋은 사례가 된다. 아래에서 『창비』 필진이 특정한 태도를 지양하려 했으나 끝내 지양하지 못하고 그 안에 갇히고 마는, 역동적인 고투의 현장을 살펴보려고 한다. 이를 위해 이 글은 백낙청, 염무웅, 신경림, 김병걸, 구중서 등 『창비』의 주요 필진이 『창비』에 발표한 평문들을 대상으로 삼는다. 지금까지 논자들의 이데올로기 선언문 격인 대표작들만 논의의 중심이 되었던 연구 동향에서 탈피하기 위해 그들이 실제 작품을 두고 분석과 평가를 수행한 글들을 더욱 소상하게 분석하고자 한다. 이는 실제 작품론들이 민중문학의 실체에 대한 그들의 고민을 더 잘 보여 줄 수 있으리라는 판단 때문이다. 또한 이 글은 망탈리테 연구의 속성상 명백히 드러나는 논점보다 은닉된 상태로 드러나는 의식구조에 더 주목하려고 한다. 즉 뚜렷하게 전경화된 논점보다 은연중에 내뱉는 췌사, 무의식적으로 설정한 전제 등에 더욱 주목하고자 한다. 논자들이 실제 작품에 대해 비판하거나 상찬할 때 동원하는 준거는 논자들의 은닉된 의식구조를 잘 보여준다. 이에 이 글은 구체적인 작가론과 작품론에 더 주목하려고 판단한 것이다.

1) 지식인 주체 민중문학의 문제점 인식

70년대의 벽두부터 염무웅은 지식인이 민중을 바라볼 때 빠지기 쉬운 함정에 대해 논구한다. 그는 농민을 계몽 대상으로 보는 태도, 농민이 순박하고 인정 많다고 선험적으로 상정하는 감상적 낭만주의, 농촌을 심적 위안처로 상정하는 태도를 모두 비판한다. 김치수는 농촌소설의 소재주의를 비판하며 "농촌을 감상적인 동기에서나 향수적인 동기에서 계몽의 대상으로 삼거나 도피의 대상으로 삼는 태도"[20]의 문제점을 지적하였거니와, 이 문제에 대해서는 실상 『창비』 필진 역시 인식하고 있었다.

---

20   김치수, 앞의 글, 119쪽.

①이 달콤한 구원의 목소리는 그러나 애초부터 흙에서 나서 흙과 함께 사는 사람들에게 진정한 헌신의 발언으로서 의미가 있는 것이라기보다, 설익은 교양과 이기적 욕망 사이에서 그리고 그의 사회적 존재와 의식 사이에서 심한 갈등을 느끼는 식민지 지식인의 심리적 自己救助로서 더 큰 의미가 있는 것이라 아니할 수 없다. 농민의 눈으로 보는 것과 농민을 가르쳐 주겠다는 사람의 눈으로 보는 것 사이에는 뛰어넘을 수 없는 근본적 차이가 있으며, 이 차이는 李光洙식의 어떠한 교양주의와 복음주의로써도 결코 보상되지 않는다.[21]

②우리 新文學史에 있어서 농촌을 충실하게 소재로 삼은 문학이면서 근대적 세련을 겪은 문학의 수준에 처음으로 가까워진 것은 金裕貞의 여러 단편과 金東里의 「山火」「洞口 앞길」「찔레꽃」 등이 아닌가 한다. 이 작품들에 이르러 우리는 비로소 농민적 삶을 다루었으되 농민이란 순박하고 인정 많다는 감상적 낭만주의가 극복된 문학을, 농촌의 가난과 모순을 증언하되 농민이란 무지몽매하다는 전제 없이 성립 안 되는 先知者的 복음주의를 벗어난 문학을 발견하는 것이다. 여기 묘사된 농촌은 도시에서 교육받은 사람이 돌아가서 무엇인가 가르치고 위해 줄 만한 곳도 아니요 도시생활의 복잡성과 非情에 지친 사람이 捲土重來의 새 기회를 기다리며 당분간 신경의 피로를 달랠 만한 곳도 아니다.[22]

①에서 염무웅은 이광수의 「흙」에 드러난 구원자적 태도가 농민에 대한 진정한 헌신이 아니라 식민지 지식인의 자기구조의 의미를 띤다고 논한다. 농민의 눈으로 보는 것과 농민을 가르쳐 주겠다는 사람의 눈으로 보는 것은 근본적 차이를 노정한다. 그러면서 그는 이광수식의 교양주의

---

21 염무웅, 「농촌 현실과 오늘의 문학」, 『창비』 18호, 1970 가을, 479쪽.
22 위의 글, 480쪽.

와 복음주의를 비판한다. ②에서 염무웅은 김유정의 단편들과 김동리의 몇몇 단편들을 감상적 낭만주의와 선지자적 복음주의를 극복한 문학으로 파악한다. 즉 그는 감상적 낭만주의와 선지자적 복음주의를 민중문학이 경계해야 할 함정으로 전제하는 것이다.

염무웅의 이 평문이 주목을 요하는 이유는 지식인 주체의 민중문학이 빠지기 쉬운 함정을 조목조목 열거했기 때문이다. 그가 언급한 함정을 다음과 같이 요약할 수 있다. 첫째, 이광수 식의 선지자적 복음주의. 이것은 농민이란 무지몽매하다는 전제를 함유하기에 문제적이다. 둘째, 농민이란 순박하고 인정 많다는 감상적 낭만주의. 이는 농민을 선험적으로 이상화한다. 셋째, 농촌과 농민을 도시의 지식인이 돌아가서 신경의 피로를 달랠 만한 심적 위안처로 상정하는 태도. 이때 농민은 그 자신의 존재를 주장하지 못하고 지식인의 자기구조의 수단으로서 전유된다.

염무웅이 경계한 이 세 가지 함정은 이후 신경림의 평문에서도 간파된다. 신경림은 이기영의 「고향」, 한설야의 「탑」, 김유정의 「동백꽃」, 김동리의 「산화」·「바위」, 현덕의 「남생이」, 김남천의 「생일전날」을 뛰어난 작품이라 평하며, 그 이유를 이렇게 설명한다.

이들에 이르러 비로소 한국농촌은, 사랑과 立身에 좌절당한 식민지의 지식인이 갈등과 失意를 안고 돌아가 안주하는 곳이 아닌, 그러한 농촌으로 파악되고 있고, 비로소 한국농민은 터무니없이 순진하고 어리석기만 해서 지식인이면 덮어놓고 이들을 계몽 선도해야 하는 그러한 대상으로서만이 아닌 농민으로 그려지고 있다. 이들 작품 속에는 식민지 농촌이면 어디서나 볼 수 있는 가난으로 인한 비극이 센티멘털리즘이라는 프리즘을 통해서가 아니라 곧바로 그 모습을 드러내고 있고, 李光洙나 沈薰의 이른바 계몽―글자나 몇 자 가르치고 농사기술이나 지도하는(그 목적하는 바는 다르지만 日帝 主導의 農村振興運動의 主內容도 文盲타파와 농사기술의 지도로 되어 있었다) 그 계몽을 가지고서는 어떠한 해결도 얻을 수 없는 농촌현실이 있다.[23]

신경림이 상기한 작품들을 고평하는 이유는 그들이 농촌을 갈등과 실의에 빠진 지식인이 돌아가 안주할 곳으로 보지 않았고, 농민들을 순진하고 어리석기만 해서 지식인의 계몽·선도를 받아야 하는 존재로 상정하지 않았기 때문이다. 이를 바꾸어 말하면 신경림 역시 염무웅과 같이 농촌을 지식인의 심적 위안처로 보는 태도, 농민을 순진하고 어리석게 보는 태도, 지식인의 계몽적 태도를 모두 경계한다. 과거의 문학에 대한 이러한 지적은 곧 현재의 문학에 대한 경계이다. 즉 『창비』 필진은 지식인 주체의 민중문학이 민중을 무지몽매하게 보면서 계몽하려는 태도, 민중을 순박하고 인정 많은 존재로 이상화하는 태도, 민중을 심적 위안처로 바라보는 태도를 모두 경계해야 한다고 당시에 이미 의식하고 있었다. 70년대를 통틀어 『창비』 필자들은 민중문학이 빠지기 쉬운 이러한 세 가지 난항을 줄기차게 의식하며, 반복적으로 경계한다. 하지만 경계가 곧 위험 파기를 뜻하지는 않는다. 실상 그들은 민중문학이 피해가야 할 맹점을 인식하고 비판했지만 궁극적으로 그 맹점 안에 갇히고 만다. 이 역동적 과정에 바로 이 글은 주목하려고 한다. 다음에서 이 화두에 대한 『창비』 필자들의 고투의 현장을 항목별로 살펴본다.

---

[23] 신경림, 「농촌현실과 농민문학」, 『창비』 24호, 1972 여름, 280쪽.

2) 인정주의와 토속주의의 경계와 그 구속

우선 민중을 심적 위안처로 보는 태도를 경계하는 대목을 본다. 신경림은 황순원 소설 「필묵장수」에 대해 "봉건적 생산관계에서 탈피하려는 농민들의 처절한 몸부림과 이를 저지하려는 자들의 피맺힌 싸움터로서의 농촌이 어느새" "따스하고 포근한 '마음의 고향'으로 바뀌었다"[24]고 비판한다. 그는 황순원이 농촌을 봉건지주와 농민의 싸움터가 아니라 심적 위안처로 보는 태도를 비판한 것이다. 농촌을 심적 위안처로 보는 태도는 농민-민중을 심적 위안처로 보는 태도와 통하며, 그것은 곧 민중이란 인정 많은 존재라는 전제를 내포한다. 실상 민중을 인정이 넘치는 존재로 상정하는 태도는 70년대 『창비』 필진이 비판·극복하려 했으나 끝내 그 구속을 벗어버리지 못한 일종의 심성구조, 망탈리테이다.

민중의 인정을 부각하는 태도와 더불어 토속 취미도 문제가 된다. 토속 취미도 민중을 풍경의 한 요인으로 치부하며 심적 위안처로 보는 태도와 상통하기 때문이다. 민중문학의 인정주의와 토속 취미에 관한 문제는 신경림과 백낙청 사이에 의견 대립을 일으킨다. 신경림이 먼저 인정주의와 토속 취미를 비판하고, 이를 백낙청이 재비판하고 이후 신경림이 의견 수정을 보이는 역동적인 광경이 연출된다.

먼저 신경림이 김동리 소설의 인정주의와 토착성을 비판한다. 그는 김동리의 소설 「형제」, 「귀환장정」에 대해 이렇게 논한다.

여기 등장하는 인물들은 사회와의 관계 속에서 통찰되는 것이 아니라, 사회

제3장 문학인의 태도와 자의식 135

와 인간과의 관계에 있어서의 막연한 인간성, 또는 인정의 優位를 演繹하기 위해서 등장할 뿐이다. 體制에 대한 애매한 인정주의의 우위, 集團에 대한 감상주의적인 개인의 우위, 이러한 그의 입장은 더욱 발전하여 마침내 新人間主義 혹은 제3휴머니즘이라는 문학이론의 성립을 보게 된다. (…중략…) 토속적 또는 신비주의적 취향은 비록 그 자체가 아무리 민족감정과 친숙한 것이라 하더라도, 민족감정의 발전·승화를 저해한다는 점에서 결코 민족문학을 위해서 보탬이 될 수 없는 까닭이다.[25]

신경림은 김동리 소설이 사회와 체제의 문제보다 인정(人情)에 더 주목하는 현상을 비판한다. 인정은 사회와 체제의 문제점을 은닉해 버리므로 위험한 것이다. 이것은 또한 김동리가 보수적인 신인간주의 또는 제3휴머니즘으로 발전해 나가게 하는 한 효시가 된다고 한다. 인정주의와 더불어 김동리의 토속 취미도 비판의 여지를 낳는다. 토속 취미는 민족감정의 발전·승화를 저해한다는 점에서 반동적 성격을 띠는 것이다. 신경림은 그 전에도 하근찬, 박경수 소설의 토속 취미를 비판적으로 바라본 적이 있었다.[26]

하지만 이러한 신경림의 인정주의·토속 취미 비판은 『창비』 다음 호에서 백낙청에 의해 재고된다. 백낙청은 신경림의 김동리 비판을 언급하면서 이렇게 덧붙인다.

---

25 신경림, 「문학과 민중」, 『창비』 27호, 1973 봄, 7쪽.

26 "전후의 정신적 방황과 팽배된 니힐리즘은 이들 농촌에 깊은 관심을 가진 농촌 태생의 작가들까지도 침윤함으로써 탁류에서 벗어날 수 없게 했으며, 가령 그들이 농촌현실에 입각한 농촌문학을 주장했을 경우, 그것은 누구의 눈에도 문학적 地方主義, 토속 취미 이상의 것으로 받아들여지지는 않았을 것이었다."(신경림, 「농촌현실과 농민문학」, 285쪽) 여기에서 신경림은 작품의 아쉬운 점을 지적할 때 '토속 취미'라는 언사를 사용한다. 그는 '토속 취미'를 부정적 의미로 쓰는 것이다.

그런데 인정을 빼놓고서는 참으로 인간적인 것도 민중적인 것도 있을 수 없다는 데서 문제는 복잡해지는 것이다. 더욱이, 앞서도 보았듯이 우리에게서 '인간주의'라는 낱말은 애매한 인정주의를 정당화하는 일면이 있는 것만이 아니라 몰인정하고 반민족적인 西歐追從 사상 및 정책의 도구가 되는 면도 지니고 있다. 이러한 역사적 상황에서는 우리 한국 생활 전래의 온정과 의리, 아무런 이념도 체계도 갖추지 못한 서민들의 소박한 인정, 이런 것들이 결코 양보할 수 없는 우리 삶의 일부임이 한층 명백해진다.[27]

백낙청은 그와 『창비』 필진의 화두인 인간적인 것과 민중적인 것을 논할 때 인정이란 폐기하기에는 너무나 중요한 요소라고 고백한다. 한국 전래의 온정, 의리, 서민들의 소박한 인정은 그에게는 간과할 수 없는 미덕인 것이다. 그러면서 그는 인정주의의 양가성을 갈파한다. 누가 어떤 목적으로 인정주의를 전유하느냐에 따라 인정주의의 가치가 달라진다는 것이다. 그는 압제자·착취자가 민중을 지배하기 위해서 인정주의를 일종의 미끼로 사용할 위험을 경계한다. 이때의 인정주의는 마약처럼 민중의 혼을 취하게 하여 지배층의 오류에 순응하게 하는 것이다. 하지만 이른바 착한 사람들, 즉 "참으로 인간적인 것을 실현하기 위해 슬기롭고 힘차게 싸우는 사람들"은 인정의 본모습을 지켜낼 수 있다고 한다. 그러면서 그는 김정한의 소설 「인간단지」, 「축생도」, 「수라도」, 「산거족」과 김수영 시 「미역국」에 "전투적 민중의식과 일체를 이루는 진짜 인정"이 드러난다고 분석한다.[28] 민중의 인정을 도드라지게 내세우는 창작방법에 대한 백낙청의 상찬은 계속된다. 그는 방영웅에 대해, "이렇게 뿌리뽑힌 삶,

---

27   백낙청, 「문학적인 것과 인간적인 것」, 『창비』 28호, 1973 여름, 457쪽.
28   위의 글, 458쪽 참조.

허공중에 뜬 삶을 다루면서 이 작가 자신이 그가 그리는 시골사람들의 착한 심성과 평범한 삶에의 신뢰감을 온전히 간직할 때 「방구리댁」(1969), 「말감고 김(金)서방」(1971), 「오막살이」(1973) 등의 담담하고도 인정스러운 이야기를 낳는다"[29]고 논한다. 시골 사람들의 착한 심성과 인정스러운 이야기란 백낙청에게 유기할 수 없는 문학의 절대 미덕이 되는 것이다.

인정뿐만 아니라 토속성에 대해서도 백낙청은 그 가치를 열렬히 지지한다.

> 근대화의 이름으로 민족문화에 대한 외부로부터의 용훼가 차라리 내면화되어가는 현실에서 토속성이란 민족적 저항의 최후의 거점이 될 수 있는 것이다. 언어면에서도 모국어의 황폐화가 교육기관·언론기관 자체에 의해 조직적으로 진행되는 경우, 표준어는 얌체의 언어가 되고 방송국의 아나운서와 성우들은 일종의 '방송국 사투리'를 전파하게 되며 결국 우리말다운 우리말은 방언을 주축으로 하는 토속어에 한정되는 경향마저 생긴다. 현단계 한국소설의 가장 실감있는 부분 가운데 큰 몫이 사투리를 쓴 대화라는 사실은 여기서 연유하는 것이며 그것은 곧 토속성이 지닌 보다 큰 역사적 가능성의 일면을 보여 주는 것이다.[30]

토속성은 서구적 근대화로 인한 민족 혼의 훼손에 저항할 수 있는 최후의 보루가 된다. 이런 맥락에서 방언의 가치를 주목하는 일이 정당화된다. 방언은 근대화의 용훼에 민족적으로 저항하는 역사적 가능성을 지닌 토속성을 실현하는 한 사례가 되는 것이다. 백낙청은 그러나 인정주의를 긍정하면서도 그것이 압제자의 지배에 이용될 위험을 경고하는 유보 사

---

29   백낙청, 「민족문학의 현단계」, 『창비』 35호, 1975 봄, 59쪽.
30   위의 글, 61~62쪽.

항을 두었듯이, 그리고 그의 어법이 늘상 그렇듯이, 토속성이 "외세의 침입을 막기는커녕 이국정취(異國情趣)에 목마른 과잉개발사회의 관광객과 어용지식인들을 끌어들이는 수단으로 전락하여 외세의 작용을 제도화시키고 민족문화를 더욱 황폐화시키는 데 이바지"[31]할 위험을 경고한다. 향토를 이국정취를 돋구는 수단으로 삼으며 풍경화·관광지화하는 정신적 메커니즘은 식민제국이 식민지를 대할 때 취하는 잘 알려진 태도이다.[32] 70년대 백낙청은 토속성이 식민 지배에 협조하는 방식으로 전유될 위험을 알고 있었다. 그러나 실제 그의 비평적 실천에서, 또는 작가들의 작품 창작에서 그 위험이 극복되었는가 하는 문제는 재고를 요하는 사안이다. 이 점이 바로 이 글의 문제의식이기도 하다.

백낙청이 토속성의 식민지적 전유를 경계했다고 해서, 토속성에 대한 그의 지지를 철회하거나 약화시킨 것은 결코 아니다. 그는 계속 토속성에 대한 논의를 전개하면서, 김유정이 두드러진 토속적 체취를 건강한 민족의식·민중의식으로 키워 나갔다고 상찬한다. 백낙청은 동시대 작가 김정한, 이문구, 방영웅 소설의 토속성도 역시 긍정적으로 평가한다. 언제나 이면을 동시에 서술하는 그의 어법대로, 방영웅의 소승불교 취미, 이문구의 민중과의 연대의식 이탈 가능성을 우려하는 백낙청은 천승세에게만은 전폭적인 지지를 보낸다. 천승세는 "토속적 체취를 남달리 건강하게 간직하고 있"으며 그것은 곧 그가 "우리 사회의 본질적 모순을 가장 투철하게 의식하고 있"는 작가 가운데 한 사람이라는 말과 같다는 백낙청의 진술에서 천승세에 대한 지지를 읽을 수 있다. 하지만 이 진술은 또한 백

---

31 위의 글, 62쪽.
32 최근에 이와 같은 관점을 부각하는 연구들이 상당수 제출되었다. 가령 신형기, 「이효석과 식민지 근대」, 『국사의 신화를 넘어서』, 휴머니스트, 2004; 오태영, 「'향토'의 창안과 조선 문학의 탈지방성」, 『한국근대문학연구』 14호, 한국근대문학회, 2006 등 참조.

낙청이 토속성을 사회의 본질적 모순을 의식하는 투철성을 가늠하는 지표로 사용한다는 사실도 누설한다. 강한 토속성의 체취가 사회 모순에 대한 투철한 인식을 보여주는 증표가 된다는 사실에서, 백낙청이 토속성을 절대적인 심급에 위치시킴을 알 수 있다.[33] 여기에서 천승세의 소설이 과연 이문구, 방영웅의 소설보다 수려한 방식으로 토속성을 부각했는지 의문의 여지를 낳는다. 어쨌든 백낙청은 토속성의 맹점을 경계하면서도 토속성의 절대 우위를 긍정하는 태도에서 자유로울 수 없었다.

이렇게 백낙청이 인정과 토속성을 상찬하는 논의를 펼치고 나서 두 계절이 지난 후에, 애초에 인정과 토속성에 대해 비판적 시선을 보냈던 신경림은 김광섭의 시를 논하는 자리에서 주목할 만한 비평정신의 변화를 보여준다. 한 마디로 그는 '우애'와 '사랑'으로 이름을 바꾼 '인정'을 긍정한다. 비록 명칭이 바뀌었을지언정 인정과 우애·사랑이 내포하는 의미의 차이는 없어 보인다. 즉 신경림은 보다 긍정적이고 보편적인 뉘앙스를 풍기는 '우애'와 '사랑'이라는 말로 '인정'을 봉합해 버리면서, 은근슬쩍 지난날의 인정주의 비판을 철회한다.

　① 이웃 또는 서민과의 일체감은 그의 시의 한 바탕을 이룬다. 그리고 다시 서민과의 일체감의 바탕이 되는 것은 友愛라고도 할 수 있는 이웃에 대한 깊고 겸허한 사랑이다.[34]

　② 이 시에서도 우리가 느끼는 것은 이웃에 대한 따뜻한 友愛와 겨레에 대한 폭넓은 사랑이다. 한구절 한구절을 뜯어놓고 볼 때 매우 산문적이고 상식적인데, 전

33　백낙청, 「민족문학의 현단계」, 62~63쪽 참조.
34　신경림, 「김광섭론」, 『창비』 37호, 1975 가을, 161쪽.

체적으로 조화를 이루어 「山」은 마침내 啓示的 의미까지를 지니게 되는 것이다. 여기서 다시 돌이켜보게 되는데, 그의 초기시에 있어서도 바탕을 이루어 온 것은 이 따슷한 우애 또는 폭넓은 사랑이었던 것 같다. 이것이 민중과의 위화감에 따른 관념성으로 인해서 제대로 드러나지를 못했을 뿐이었다. 중기의 길고 지루한 방황과 죽음 직전에까지 이른 깊은 병 이후 그는 비로소 민중 또는 서민과의 일체감을 회복하였다. 이제 민족시인이라는 명예는 그에게 명실상부한 것이 되었다.[35]

①은 김광섭의 시 「서울 크리스마스」, 「겨울날」, 「우정(友情)」, 「병(病)」에 대한 신경림의 논평이다. 그는 김광섭이 서민과의 일체감을 시에 표출했다는 이유로 상찬한다. 서민과의 일체감을 가능하게 한 정신적 자질이 바로 우애, 즉 이웃에 대한 깊고 겸허한 사랑이다. ②에서 신경림은 김광섭의 시 「산(山)」을 논하면서 이웃에 대한 "따슷한" 우애와 겨레에 대한 폭넓은 사랑의 가치를 고평한다. 그러면서 그가 애초에 비판적으로 바라봤던 김광섭의 초기시에서도 제대로 드러나지 못했을 뿐 "따슷한" 우애와 폭넓은 사랑이 존재했다고 말한다. 여기에서 주목할 것은 '우애와 사랑= 서민과의 일체감'이 민족시인이라는 명예를 담보하는 필요충분조건이 된다는 사실이다. 이는 우애와 사랑을 절대적인 심급에 놓는 비평의식을 노출한다. 우애와 사랑이 인정과 얼마나 다른지, 김광섭의 이른바 우애와 사랑이 과연 민중을 대상화하는 태도에서 얼마나 자유로운지 의문의 여지가 많다.[36] 결국 신경림도 백낙청과 마찬가지로 인정주의의 맹점을 감

---

35 위의 글, 164쪽.
36 임헌영은 『창비』를 회상하는 자리에서 "경무대 출신 김광섭"을 내세우는 『창비』의 편집 태도에 울적한 심사를 느꼈다고 소회를 밝힌다. 그는 이 시기에 "『창비』가 인문사회과학과 문학비평과 창작품을 조화시킬 수 없었던 때였던 것 같다"며 『창비』가 그들이 내세운 문학이론에 부응하는 작품을 찾아내지 못했다고 비판한다(임헌영, 「진보적 학술문화운동의 산실, 『창작과비평』」, 『역사비평』 39호, 역사문제연구소, 1997 참조).

지하기는 했으되, 결국 그것을 절대적 심급에 놓고 마는 망탈리테의 구속에서 자유로울 수 없었다.

이상에서 논한, 민중을 심적 위안처로 보는 태도나 인정 많은 존재로 보는 태도나 모두 민중을 대상화하는 태도의 소산이다. 이 태도는 민중의 바깥에서 민중의 실상을 외면한 채 민중이란 이상적인 존재라는 선입관을 무책임하게 투영하여 실상보다 선입관만을 반복적으로 발설한다는 점에서 민중을 대상화한다. 또한 민중은 침묵을 요구 받은 채 타의에 의해 자기 정체성을 고정적으로 규정당하면서 대상으로 소외된다. 한편 심적 위안처로 상정된 민중은 타의에 의해 동원되고 소모되는 면에서 대상으로 소외된다. 이때 민중을 대상화하는 태도는 그것을 열등한 존재로 보는 전제를 함유한다. 이 전제는 지식인이 무지몽매한 민중을 각성시켜 줘야 한다는 당위와 쉽게 연결된다. 이러한 지식인의 우월자적 자의식, 계몽적 태도는 지식인이 위계화의 잣대를 휘두른 후 민중을 열등한 자리에 위치시킨 결과이다. 앞서 논한 민중문학이 경계하고자 했던 여러 가지 맹점들은 결국 지식인의 우월자적 자의식 문제로 귀착된다. 따라서『창비』평문들에서 지식인의 우월자적 자의식을 경계하는 대목을 자주 발견할 수 있는 것은 우연이 아니다.

3) 지식인의 계몽적 태도의 경계와 그 구속

『창비』필진은 평문 곳곳에서, 지식인의 우월자적 자의식과 계몽적 태도를 경계한다. 그들은 지식인이 민중의 위나 옆에 서서는 안 된다는 믿음을 견지한다. 위에 선 태도란 민중을 지도·선도하는 자세를, 옆에 선 태도란 민중을 무책임하게, 때로는 낭만적으로 방관하는 자세를 뜻한다. 김정한 소설을 상찬하는 김병걸의 다음 글은 『창비』 필자들이 지식인의 위치가 내포하는 문제성을 인식하고 있었음을 보여준다.

> 그의 농촌문학은 남들처럼 평면적 측면적 圓形이 아니라는 점에 그 健全性이 있다. 그는 측면적 관찰자가 아니다. 그는 또한 春園의 「흙」처럼 농촌현실을 下向的으로 파악하지 않는다. 그런 하향적 계몽사상의 문학이 농촌현실을 개선하는 데 보탬을 주긴커녕, 어떤 의미에선 도리어 농촌을 모독하는 도시적 인텔리의 센티멘털리즘이라는 것을 金廷漢씨는 잘 알고 있다. 그런가 하면 李孝石의 「메밀꽃 필 무렵」식인 牧歌的 농촌도 그는 단호히 거부한다. 「모래톱 이야기」의 '갈밭새 영감'의 말처럼 그것은 『우리 농삿군이나 뱃놈들의 이바구는 통 안 씨는』 『썩어빠진 글』인지도 모른다. 沈薰의 「常綠樹」와 같은 농토에의 애정, 그 봉사적 정신 세계도 오늘의 농촌현실에 먹혀 들어갈 리가 없다. 아니 먹혀 들어가지 않는다는 것이 아니라, 그런 學窓時節的인 낭만적 봉사를 수없이 되풀이해도, 농촌현실은 조금도 개선되지 않는 실정을 지금의 농민들이 너무나 잘 알고 있는 것이다. 그리고 李無影의 「農民」, 「흙의 奴隷」도 그 이전과 동시대의 다른 작가들의 작품보다 한층 깊게 농촌문제에 밀착해 있지만, 역시 철저하게 動的인 차원으로 승화시키지 못한 여러 가지 결함을 내포하고 있는 것 같다.[37]

김병걸은 김정한이 농민에 대한 측면적 관찰자의 위치에서 탈피했으며, 이광수처럼 하향적으로 농촌을 파악하지도 않았다고 고평한다. 위에서 주로 문제되는 것은 작가의 '하향적' 시선이다. 하향적 계몽사상은 인

---

37 김병걸, 「김정한 문학과 리얼리즘」, 『창비』 23호, 1972 봄, 102쪽.

텔리의 센티멘털리즘과 다를 바가 없다. 이효석이 농촌을 목가적으로 바라본 것이나 심훈이 농토에 애정을 갖고 봉사정신을 가졌던 것이나 그 이면에 낭만주의가 깔려 있다는 점에서 비본질적이긴 마찬가지이다. 여기에서 김병걸이 지식인의 농촌에 대한 감상적·낭만적 태도의 연원으로 지식인의 하향적 시선을 지목하는 점은 주목에 값한다. 농촌현실을 하향적으로 파악한다는 말은 지식인이 스스로를 농민보다 우월한 위치에 놓는다는 뜻이다. 신경림도 이른바 농민 위에 선 작가를 비판적으로 바라본다. 그는 이무영을 "농민보다 한 단계 높은 곳에 서 있"는 작가로 규정하며, 그의 작품에 드러나는 농민에 대한 무한한 연민도 도시인 또는 지식인 혹은 농촌 기생층의 그것일 뿐이라서 바람직하지 못하다고 지적한다.[38] 여기에서도 연민 혹은 인정주의는 작가의 우월자적 자의식과 밀접한 연관을 가진 것으로 상정된다.[39] 이렇게 『창비』 필진은 우월자적 자의식으로 농민을 열등한 존재로 보는 지식인의 태도를 지속적으로 경계한다.

이상에서 민중을 심적 위안처, 인정 많은 존재, 계몽의 대상으로 보는 태도는 결국 민중을 대상으로 치부하는 태도이다. '대상'이라는 말을 비록 쓰지는 않았지만, 70년대 『창비』 필진도 이 문제를 의식하고 있었다.

---

[38] 신경림, 「문학과 민중」, 12쪽 참조.

[39] 김병걸과 신경림의 평문에서는 주로 민중 위에 스스로를 위치시킨 이광수, 이효석, 심훈, 이무영이 비판되었으나 다음 글에서 신경림은 민중 밖에 선 작가 채만식을 비판한다. "그는 언제나 민중 밖에 서 있었다. 민중 밖에 서서 민중에게 돌을 던지는 자들을 향해 소리를 질러 보았자 그것이 직접 돌을 맞는 민중의 소리처럼 아프고 절실할 리 없었다. 결국 그로서는 해학과 야유가 택할 수 있었던 최선의 길이었다. 인텔리 작가로서의 그의 한계는 여기에 있었다."(위의 글, 11쪽) 신경림에 따르면, 채만식은 항상 민중 밖에 서 있었기에, 그의 현실 비판과 항의는 절실하지도 위력적이지도 않다. 즉 채만식은 민중의 현실에 깊게 개입하지 않고 일정한 거리를 유지한 채 민중을 관찰하고 묘사하는 데 그쳤기에, 적극적으로 현실을 비판할 수도 변혁할 수도 없었다. 그의 해학과 야유는 민중과의 거리 두기의 필연적 산물이며, 현실 대응 방법으로서 무력함을 노출할 뿐이다.

그들은 '민중의 대상화'란 말 대신에 '민중과의 위화감'이라는 용어를 쓰면서 이 문제와 대결하려고 한다. 민중과의 위화감에 대한 해결책은 '민중과의 일체감'이다. 한 마디로 민중과의 위화감을 지양하고 민중과의 일체감을 획득해야 한다는 것이다.

①이러한 위화감을 극복하지 못한 채 문학에 있어 현실이 차지하는 중요성을 인정할 경우, 우리는 두 개의 길을 가정할 수 있다. 첫째는 불쌍한 민중을 깨우치고 사람다운 삶을 영위하도록 이끌어야겠다는, 이른바 복음주의적 입장이다. 이 경우, 약간의 위선이나 자기기만은 부득이하다. 李光洙나 沈薰이 택한 길이 이 길이었다고 추측된다. 또 하나는, 어차피 민중은 우매하니까 이들의 이해를 기대하지 않는다는 전제 아래, 민중을 의식함이 없이 자기나름대로 인식한 현실을 자기나름대로 형상화하는 입장이다. 이 경우, 자기 자신에게 정직해야 한다는 도덕적 근거가 내세워지고 있지만, 아무래도 예술이라는 추상명사에 대한 偏愛의 인상이 짙다. 金珖燮씨는 이 길을 택했다. 이 두 길이 모두 민중과의 일체감의 결여를 어떻게도 해결하지 못하고 있음은 다시 말할 것도 없다.[40]

②애당초 식민지적 현실에, 많은 다른 시인들처럼 무관심할 수 없었던 이 시인이 기왕에 그 중요성을 절감하는 바에야 좀더 그 인식이 철저해서 민중과의 일체감의 회복이 가능하게끔 의식상의 극복이 있었던들, 그의 시의 관념성은 어떻게든 해결될 수 있었으리라고 생각되는 것이다.[41]

①에서 신경림은 작가가 민중과의 위화감을 극복하지 못했을 때 빠지

---

40   신경림, 「김광섭론」, 158쪽.
41   위의 글, 159쪽.

는 두 가지 함정을 언급한다. 첫째는 이광수나 심훈 식의 선지자적 복음주의, 즉 계몽주의적 태도이다. 두 번째 함정은 민중의 우매성을 전제한 채 민중과의 거리를 기정사실화하고 자기만의 예술세계에 빠지는 태도이다. 이 두 가지 모두 바람직하지 못한 것으로 진단된다. ②에서 신경림은 김광섭이 일제 치하에서 현실 인식과 의식 각성을 이루지 못했음을, 그래서 민중과의 일체감의 회복에 다다르지 못했음을 아쉬워한다. 여기에서 민중과의 일체감은 모든 가치의 상위에 있는 지고의 가치로 상정된다. 이상의 평문에서 신경림이 민중을 대상화하는 문제, 즉 민중과의 위화감 문제를 예민하게 의식했음을 알 수 있다.

이렇게 70년대 『창비』 필진은 민중을 하향적으로 바라보는 태도와 작가의 계몽적 태도의 문제점을 잘 인식하고 있었다. 그러나 과연 70년대의 평론가와 소설가들은 민중을 열등한 존재로 설정하는 태도에서 자유로웠는가? 문제를 의식하는 것과 문제를 극복하는 것은 엄연히 다른 이야기이다. 『창비』 필진은 민중을 열등한 존재로 인식하는 문학인의 태도를 충분히 경계했기에, 민중을 계몽해야 한다는 의식을 직설적으로 표출하지 않는다. 그러나 목소리를 드높여 외치지 않아도 은밀하게, 은닉된 상태로 누설하는 것이 있다. 다음 글에서 문학–지식인의 계몽적 태도는 은닉된 상태로, 은연중에 노출된다.

① 찰가난을 반추하는 서민을 자기의 문학적 肉身으로 지켜주며, 좌절의 중첩을 뚫고 나아가는 불굴의 의지를 보여주며, 내일의 약소보다도 오늘의 誠實을 확인하기 위하여 현실과 부조리에 맞서는 決意의 지속, 이것이 金廷漢씨의 문학적 자세이다.[42]

② 혹은 정치권력은 이 빈곤에 허덕이는 농민들을 단 한번이나마 참다운 市民으로 생각해 본 일이 있는가? 단 한번이라도 이들로 하여금 진정한 市民意識(정치의식)을 갖게끔 啓發하고자 한 일이 있는가?[43]

③ 民衆意識을 말하는 것은 사실상 빈곤과 무지에 시달리고 있는 민중의 의식 상태를 부당히 미화하려고 하거나, 그들의 의식이 선각적인 개인들에 의해 계발되어야 한다는 현실의 과제를 등한시하려는 것이 아니며, 또 어떤 결정론적인 사관에 입각하여 다수인의 경제적 욕구의 충족과정이 인간역사의 모든 현상을 낱낱이 좌우한다고 주장하려는 것도 아니다.[44]

①에서 김병걸은 김정한이 "서민을 자기의 문학적 육신으로 지켜"준다고 진술한다. 누가 누군가를 지켜준다는 발상은 지켜주는 이가 지킴을 받는 이보다 우월한 힘을 가졌다는 전제를 내포한다. 김병걸은 앞서 살폈듯 문학-지식인의 우월한 자의식을 줄곧 경계해 왔음에도 불구하고, 결국 문학-지식인의 우월성을 자명한 전제로 상정하는 태도를 은연중에 드러낸 셈이다. ②에서 신경림은 정치권력이 농민들을 진정한 정치의식을 갖도록 계발하지 않았음을 비판한다. 여기에서 신경림은 자신도 모르는 사이에 농민을 계발당해야 할 대상으로 설정한다. 그 역시 지식인의 계몽적 태도를 줄곧 경계해 왔지만, 농민을 몽매한 존재로 바라보는 태도에서 자유로울 수 없었다. ③에서 백낙청은 보다 솔직하게 토로한다. 그에 의하면 빈곤과 무지에 시달리는 농민의 의식 상태를 미화하는 태도도 문제적

---

42 김병걸, 「김정한문학과 리얼리즘」, 101~102쪽.
43 신경림, 「농촌현실과 농민문학」, 279쪽.
44 백낙청, 「문학적인 것과 인간적인 것」, 456쪽.

이다. 급기야 그는 농민의 "의식이 선각적인 개인들에 의해 계발되어야 한다는" 당위를 "현실의 과제"로 인정한다.

① 민중이 잘 알 수 없는 '난해한' 문학 가운데도 이렇게 근본적으로는 민중 편에 서 있으면서 직접적으로 민중 모두의 것이 될 수는 없는 숙명을 지닌 작품들이 있다. 이들은 세월이 흐르고 민중의 지식수준이 높아지면서 더 널리 이해될 수는 있고, 그런 점에서 민중이 깨면 깰수록 더 버림 받을 대부분의 난해작품들과는 다르지만, 결국 민중 전원의 일상적인 양식이 되기보다는 주로 문학에 특별한 관심을 가진 이들에게 애독되고, 나머지 사람들로부터는, 복잡하고 험난한 시대에 받은 상처를 지닌 채 그래도 민중의 편에 서서 시대가 요구하던 탐구를 하고 기여를 했던 한 戰友의 기념비로서 보존되고 존중되기에 이르는 것이다.[45]

② 따라서 '이상주의'는 흔히 민중의 몽매성과 현실주의 앞에서 오만해지는 데 반해, 진정한 '양심'은 실제로 몽매한 민중을 계몽하러 나선 순간에도 그들에 대한 겸허한 애정과 연대의식으로써 스스로를 드러내는 것이다.[46]

③ 千勝世씨의 건강한 토속적 체취와 동포애 역시 부단한 자기수련과 정진을 통해서만 민족문학이 요구하는 각성된 민중의식을 계발하며 또 이 계발된 민중의식에 귀일할 수 있을 것이다.[47]

백낙청은 민중이 몽매하다고 소리 높여 주장하지 않는다. 민중의 몽매

---

45 위의 글, 456쪽.
46 백낙청, 「민족문학의 현단계」, 49쪽.
47 위의 글, 66쪽.

성에 대한 그의 인식은 다른 문제를 논의하는 동안 그의 어투나 췌사에서 은닉된 상태로 노출된다. ①에서 문학의 난해성을 논하는 가운데, ②에서 이상주의와 양심의 차이를 논하는 가운데 백낙청은 은연중에 민중을 낮은 지식 수준을 가진, 몽매한 자로 상정하는 은닉된 의식 세계를 노출한다. ③에서 백낙청은 천승세의 「낙월도」와 「황구의 비명」의 토속적 체취와 동포애를 논하는 가운데, "각성된 민중의식을 계발"해야 한다며, 계몽적 태도를 노출한다. 그는 민중의식의 계발 정도를 토속성의 성패를 가름하는 잣대로 상정한다. 이처럼 백낙청은 민중의식의 계발을 절대적 심급에 놓으며, 이는 민중은 계발당해야 하는 존재, 즉 몽매한 존재라는 전제를 내포한다.

구중서 역시 설교와 열띤 웅변을 "리얼리즘의 소설이 가장 경계해야 할 것" 중의 하나로 상정한다. 이러한 요소들은 "선입견의 군더더기이기 때문이다."[48] 이는 작가의 계몽적 태도를 경계하는 것으로 해석된다. 그러나 같은 평문에서 그는 하근찬의 소설 「삼각의 집」의 결말이 독자에게 이데올로기적 요인과 가슴의 열기를 스스로 시동하게 하는 효과를 낳는다며, 그 의의를 인정한다. 독자를 수동인이 아닌 능동인이 되도록 이끈 기교를 상찬할 만하다는 것이다.[49] 여기에서 작가가 독자의 능동적 각성을 이끌었다는 것은 곧 계몽적 역할을 잘 수행했다는 뜻이다. 구중서는 한 편의 글에서 계몽적 웅변과 설교를 경계하면서도 바로 뒤이어 결국 작가의 계몽적 역할을 상찬하는 망탈리테에 갇히고 만다.

---

[48] 구중서, 「한국 리얼리즘 문학의 형성」, 『창비』 17호, 1970 여름, 351쪽.

[49] "그리하여 소설 속에서는 코와 목구멍의 충동으로 끝나고 있지만 독자에게 가서는 머리의 이데올로기적 요인과 가슴의 熱氣가 스스로 始動하게 해 주는 결과가 된다고 할 수 있다. 「三角의 집」이 독자에게 스스로의 始動을 주는 强度에 있어서는 충분치 못한 점이 있다 하더라도 독자가 受動人이 되지 않고 能動人이 되도록 해준 기교는 리얼리즘의 객관성에 합치하는 방법으로 평가될 수 있다."(위의 글, 351쪽)

4) 민중관의 분열과 지식인의 자의식

이상에서 보았듯 많은 경우에『창비』필진은 지식인의 계몽적 태도를 경계하면서도 그것에 구속되고 만다. 바꾸어 말하면 그들이 민중을 바라보는 방식, 즉 민중관은 다분히 분열적이다. 이러한 분열성은 민중을 이상적인 존재인 동시에 계몽의 대상으로 상정하는 그 자가당착에 이미 내재한다고 할 수 있다. 흥미로운 것은 이러한 분열성이 민중문학론자의 민중관에서 뿐만 아니라 민중 자신의 자의식에서도 나타난다는 사실이다. 77년에『창비』는 이른바 농민소설을 쓴 작가 김춘복과 송기숙, 농민문학론을 전개해 온 신경림과 염무웅, 그리고 독자인 실제 농민 홍영표를 초청하여 좌담회를 마련한다. 이때 염무웅은 다음과 같은 발언에서 민중에 대한 분열적 태도를 단적으로 드러낸다.

> 한편으로는 송선생님 말씀처럼 농민의 의식을 깨우치는 일은 회피하고, 다른 한편 1972년에는 임원들의 해임권까지 중앙에서 갖도록 해놓았으니, 농민들이 자율적 · 창의적으로 참여할 수 있는 길은 더욱 좁아진 셈이 아니겠어요? 도대체 현재 농민들의 의식수준이 낮다고 보는 그 사고방식 자체가 농민천시사상의 또 하나의 발현에 불과합니다.[50]

염무웅은 농협 문제를 논하면서, 정책 결정 담당자들이 농민의 의식을 깨우치는 일을 회피한다고 비난한다. 이것은 농민을 의식 깨우침을 받아야 하는 존재, 즉 몽매한 존재로 상정하는 전제를 내포한다. 그러나 바로

---

50   김춘복 · 송기숙 · 신경림 · 홍영표 · 염무웅, 「좌담 – 농촌소설과 농민생활」,『창비』 46호, 1977 겨울, 25쪽.

직후에 농민들의 의식수준이 낮다고 보는 사고방식을 농민천시사상이라며 비판한다. 즉 그는 농민들의 의식수준이 높다는 전제를 자명한 것으로 수용하는 것이다. 서로 상반되는 사유가 이토록 중단 없이 연속적으로 전개되는 현상은 당시 민중에 대한 의식의 분열성을 잘 보여준다.

『창비』 필진은 민중을 이상화하는 태도를 지니고 있었다. 그러나 이율배반적으로 그들은 민중을 몽매하여 계몽을 받아야 하는 존재로도 상정했다. 여기에서 그들의 민중관의 분열성이 드러난다. 흥미로운 것은 이 딜레마가 민중 본인의 자의식에서도 드러난다는 점이다. 위의 좌담에서 농민인 홍영표의 말은 자신도 모르게 분열적 자의식을 노출하기 때문에 주목을 요한다.

① 모든 문제가 농민 자신들의 자발적인 참여, 그리고 그들의 의사가 전적으로 반영될 수 있는 상황에서 결정될 때 진정한 개선이나 해결이 가능하다 이 말입니다. 너희들보다는 우리가 아는 게 많으니까 우리가 해결해 주겠다는 생각으로 임한다면 아무리 좋은 아이디어를 가지고 나와봐야 의미없다고 우리는 보는 것입니다.[51]

② 농촌문학이 괄시를 받는다는 얘기가 앞서 나왔었는데, 그 중요한 원인이 이런 데 있을 겁니다. 농촌소설 작가들이 현장과 유리된 상태에서 문학활동을 하다 보니까 농촌을 전원화(田園化)한 작품을 쓰게 되고 그 전원화된 이면의 농민의식을 본질적으로 다루지는 못한 경우가 많았던 것 같습니다.[52]

---

51 위의 글, 30쪽.
52 위의 글, 38쪽.

③ 아무튼 말이 주권재민이니 국민의 주인이니 하지마는, 지금 농민들 의식이 농민 내지 민중이 자기가 주인이라는 것을 자각하지 못하고 누가 앞에서 이끌어주기를 바라는 상태에 있는데, 이것을 올바로 깨우쳐줄 수 있는 작품을 앞으로 써 주시면 현장에서 일하는 저희들에게도 도움이 되고 이 나라를 위해서도 바람직한 일이 되지 않겠는가 생각합니다.[53]

④ 아까 지도자상에 대한 얘기가 나왔읍니다만, 우리가 하도 이런 상황에 오래 젖어서 살다가 보니까 농민들이 지도자 아닌 지배자를 지도자로 인식하고 있는 형편입니다. 무슨 말인가 하면, 예를 들어서 관(官)과 아주 밀착된 상태에서 어떤 사업이나 융자를 가져오는 과정에서 무엇을 어떻게 착복하고 처리하든지 간에 그런 것을 잘 가져오는 사람, 또 법에 저촉되는 어떤 사건에 부딪쳤을 때 중간에 나서서 그것을 잘 해결해 주는 사람, 이런 종류의 사람을 훌륭한 지도자로 보는 경향이 많아요.[54]

①과 ②에서 홍영표는 지식인이 우월자적 자의식으로 농민을 계몽하는 태도와 농촌과 유리된 입장에서 농촌을 전원으로 바라보는 태도를 비판한다. 그러면서 홍영표는 ③에서 민중이 스스로 주인임을 자각하지 못한 채 누가 앞에서 끌어주기를 바라는 처지라는 사실을 시인하며, 지식인에게 민중의 의식을 각성시켜 주기를 당부한다. 여기에서 홍영표는 민중을 계몽 대상으로 상정하는 의식에 대해 분열적인 태도를 노출한다. 또한 ③과 ④의 발언은 염무웅의 앞선 발언,[55] 즉 국민이 주권을 소유하며 민중

---

53   위의 글, 27쪽.
54   위의 글, 28쪽.
55   염무웅은 "주권재민(主權在民)이 제대로 확립돼 있다면 관리가 국민들의 눈치를 보아야"(위의 글, 20쪽)한다고 말한다. 이는 국민이 권력을 가진다는 사상을 자명한 것으

은 충분히 높은 의식을 가지고 있다며 민중을 이상화한 발언에 대한 농민 자신으로서의 솔직한 반발로 보인다. ④에서 그는 문학-지식인이 민중을 이상화하는 태도[56]에 반발하여 농민의 현실이 무엇인지 폭로한다. 농민은 문학-지식인이 상정하듯 의식을 각성시켜 주는 사람을 지도자로 인정하는 것이 아니라, 모순된 현실에 야합하여 실제로 이득을 가져다주는 사람을 지도자로 받아들인다는 것이다.

홍영표의 발언은 두 가지 차원에서 주목을 요한다. 첫째, 그는 농민을 이상화하는 지식인의 태도에 제동을 걸었다. 둘째, 민중으로서 자의식의 분열성이 홍영표의 발언에 고스란히 노출된다. 홍영표는 지식인의 계몽적 태도를 비판하면서도 농민이 계몽 받아야 할 처지라는 사실을 부인하지 않는다. 이렇게 민중을 바라보는 분열적인 태도는 지식인에게서 뿐만 아니라 민중 자신에게서도 나타난다. 여기에서 어쩌면 홍영표는 지식인의 계몽적 태도와 농민을 이상화하는 태도 모두를 거절했는지도 모른다.

지식인의 민중관과 민중의 자의식의 분열성을 은연중에 노출한 이 좌담의 궁극은 결국 계몽적 태도의 강조로 귀결된다. 우선 송기숙은 "농민들의 의식을 깨우치는 일과 관계있는 것은 농협 직원들이 의식적으로 회피한다는 사실"[57]에 충격을 받았다고 고백한다. 이 진술은 농민들이 의식의 깨우

로 수용한 발언이다. 또한 그는 "도대체 현재 농민들의 의식수준이 낮다고 보는 그 사고방식 자체가 농민천시사상의 또 하나의 발현"(같은 글, 25쪽)이라고 말한다. 이는 농민들의 의식수준이 높다는 전제를 내포한다. 염무웅의 두 발언 모두 농민을 이상화한다는 점에서 동일한 맥락에 위치한다.

56 가령 송기숙은 이렇게 말한다. "우선 우리 농민들이 민중으로서의 의식이 형성되어 구체적인 지배계층과 어떤 투쟁관계를 형성했다고 한다면, 그것이 동학(東學)에서부터 일단 뿌리를 잡아 가지고 그 다음에 3·1운동으로 넘어오는 결로 평가할 수 있지 않겠어요? 그러기 때문에 저는 6·25도 그 맥락에서 봤어요."(위의 글, 9~10쪽) 여기에서 송기숙은 민중이 의식을 형성해서 지배층과 투쟁을 벌였고, 동학과 3·1운동도 민중의식 형성의 결과물이라고 논하며, 다분히 민중을 이상화한다.

57 위의 글, 25쪽.

침을 받아야 하는 몽매한 존재라는 무의식적 전제를 노출한다. 좌담을 마무리하면서 그는 "제반 농촌문제들을 작가가 선도적인 입장에서 거시적 안목으로 파헤쳐, 농민들에게 용기를 불어넣고 옳은 방향을 제시하며 허무나 패배의식을 극복할 수 있도록 다루어야겠다고 새삼 다짐"[58]한다. 그는 작가의 "선도적인 입장"을 강조하며, "농민들에게 용기를 불어넣고 옳은 방향을 제시하"겠다고 진술하는데, 이것이 지식인의 계몽적 태도를 노출함은 더 말할 나위가 없다. 송기숙 역시 좌담 전반에 걸쳐 지식인의 계몽적 태도를 누차 경계했음에도 결말에서는 결국 그것의 한계에 구속된다.

70년대 평단에서 간과할 수 없는 것이 '작가의 책임'론이다. 이는 90년대 이후 최근까지 논단에서 '작가의 책임'을 운운하는 평문을 찾기 힘든 것과 대조되는 현상이다. 작가의 책임을 논한다는 사실 자체가 작가를 민중보다 우월한 위치에 놓는 태도를 전제한다. 『창비』 필진은 지식인의 우월성과 민중 계몽의 당위를 소리 높여 주장하지 않았지만, 가령 작가의 책임과 사명을 논하면서 은연중에 우월한 지식인으로서의 자의식[59]을 노출한다.

①그의 문학이 폭넓은 다양성을 결하고 그래서 천편일률적이며 偏向的이라 싶을 정도로 抗拒一路인 것은, 그만큼 그가 이 어두운 시대에 있어서 작가에게 주어진 최대의 사명이 무엇인가를, 즉 무엇이 휴머니즘이며 무엇이 진정 인간을 위한 正義인가를 骨髓로부터 깨닫고 있기 때문이다. 그는 시대의 이념과 그 이념의 요청에 대하여 우리 문단의 누구보다도 훌륭히 대답한 작가이다.[60]

---

58 위의 글, 35쪽.
59 이 글은 『창비』 필진 자신이 우월하다고 의식하는 대목이 아니라 작가의 우월성에 대한 의식을 은연중에 드러내는 부분에 주목했다. 그러나 작가와 평론가 모두 문학-지식인으로 묶인다는 점에서, 작가의 우월성에 대한 자명한 믿음을 지식인의 자의식으로 통칭하기로 한다.
60 김병걸, 「김정한문학과 리얼리즘」, 112쪽.

②(김정한 소설은) 진보적 엘리트의 역사의식을, 志士의 분노를, 작가의 책임을-이 모든 것을, 농촌을 무대로 해서 동시에 말해주고 있다.[61]

③작가가 관조적인 입장에서 초연하게 관찰한 바를 묘사하고 가치판단을 독자에게 맡긴다는 것은 무책임한 일이다. 작가의 의식은 객체를 지배하고 自己化해야 한다. 예술적 창조는 報告 또는 단순한 反映이 아니라, 지식(알고자 하는 것)의 특수한 형식인 까닭에 작가는 리얼리티의 작용과 그것에 대응하는 의식의 반작용, 즉 그 상호작용을 判事的인 입장에서 운용해야 한다. 다시 말하면 예술가에게는 외부적 리얼리티의 작용에 대한 그의 의식의 반작용을 시대의 보편적인 이념과 일치되도록 운용하는 작업이 절대적으로 요청된다. 작품이 지니는 궁극의 美學은 표현의 기교, 심미적 묘사에 있지 않고 작품의 심층에 놓인 모랄의 감동에 내재한다.[62]

①에서 김병걸은 김정한이 작가의 사명을 잘 깨닫고 시대적 이념의 요청에 훌륭하게 부응했다고 논한다. 이 사명은 휴머니즘, 인간을 위한 정의와 밀접히 연관되는 것이다. ②에서 신경림은 김정한 소설이 진보적 엘리트의 역사의식, 지사의 분노, 작가의 책임을 이야기한다고 고평한다. 왜 엘리트가 역사의식을 가져야 하고 지사가 분노해야 하며 작가가 책임을 져야 하는지 논증하지 않았지만, 이 진단이 소설을 상찬하는 결정적 근거가 될 수 있었던 이유는 그것이 당대 자명한 진리로 수용되었기 때문이다. 여기서 또한 주목해야 할 것은 작가의 책임이 진보적 역사의식과 지사적 분노와 등가로 인식된다는 사실이다. 가령 재미나 감동, 인간 내

---

61   신경림, 「농촌현실과 농민문학」, 286쪽.
62   김병걸, 「20년대의 리얼리즘문학 비판」, 『창비』 32호, 1974 여름, 325~326쪽.

면에 대한 통찰이나 인생사 섭리에 관한 깨달음 등 다른 가치에 주목하는 일이 작가의 책임으로 등재되지 않았다는 사실은 흥미롭다. 또한 신경림은 앞서 보았듯 작가의 계몽적 태도를 누차 경계해 왔지만, 여기에서 작가를 엘리트·지사와 동궤에 놓음으로써, 작가를 우월한 존재로 상정하는 태도에 포섭된다.

작가의 책임을 운운하는 사실 자체가 작가를 우월한 존재로 상정하는 태도를 내포한다. 책임이란 우월한 존재에게 요청되는 자질이다. ③에서 김병걸은 "관조적인 입장에서 초연하게 관찰한 바를 묘사하고 가치판단을 독자에게 맡긴다"는 식의 작가적 태도를 무책임한 것으로 비난하며, 그런 태도는 기계적 모사론과 고착적 리얼리즘에 귀착할 뿐이라고 비판한다. 작가는 판사적인 입장에서, 외부적 리얼리티에 대한 의식의 반작용을 시대의 보편적인 이념과 일치하도록 운용해야 한다. 이럴 때 작품의 심층에 모랄이 탄생하고, 그것이 감동의 근원과 휴매니즘의 원천이 된다. 김병걸은 작가가 가치 판단을 하고 시대적 이념에 부응하는 작가의식을 갖추는 것이 사명이라고 본다. 작가에게 이렇게 거창한 사명을 부과하는 정신 이면에 깔린 의식구조는 작가의 우월성을 자명한 것으로 믿는 태도이다. 지식인의 우월성에 대한 자의식은 민중을 열등한 존재로 보는 태도와 쉽게 연동된다. 김병걸 역시 작가의 선지자적 자의식과 계몽적 태도를 경계하는 진술을 누차 반복했지만, 결국 그것에 구속되고 마는 것이다.

지식인 주체 민중문학의 문제점을 70년대 『창비』 필진은 충분히 의식했으며 평문에서 이 한계를 극복하기 위해 부단히 노력을 기울였다. 이 글은 지식인 주체 민중문학의 한계라는 간과할 수 없는 당면 문제와 대결하기 위해 『창비』 필자들이 벌인 고투의 현장을 보다 역동적으로 파악하고자 했으며, 이를 백낙청, 신경림, 염무웅, 김병걸, 구중서가 『창비』에 발표한 평문들을 통해 고구하였다. 특히 이 글은 논의의 상당 부분을 필자들의 은닉된 의식 세계를 간파하는 작업에 기대었으므로, 이데올로기 선언 격의 평문보다 실제 작품을 비판하고 상찬하는 작품론에 더 주목하였다. 『창비』 필자들은 지식인 주체의 민중문학이 민중 외부인적 위치에서 민중을 인정스러운 존재로 보며 심적 위안처로 전유할 위험을 간파했으나 결국 민중을 인정스러운 존재로 규정하는 태도에 갇히고 만다. 그들은 민중을 몽매한 존재로 상정하는 지식인의 계몽적 태도를 줄기차게 경계했으나 결국 그 태도에 구속되고 만다. 이는 민중관의 분열성을 노출하는데, 분열은 민중을 이상적인 존재인 동시에 계몽을 필요로 하는 존재로 설정하는 태도 자체에 이미 내재되어 있었다. 이런 민중관의 분열성은 민중 자신의 자의식의 분열성으로도 전이되어 나타난다. 한계를 극복하려는 갖은 노력에도 불구하고 70년대의 민중문학론은 끝내 민중을 대상화하며 지식인의 계몽적 태도를 노출하는 근본적인 태도의 구속에서 벗어나지 못한 것으로 보인다. 이렇게 벗어나려고 했으나 그 구속을 벗어버리지 못한 태도는 그 시대의 망탈리테를 형성한다고 볼 수 있다.

2. 민중 표상과 작가의 태도

앞 절에서 평론가들의 태도를 고찰하였다면, 이 절에서는 소설가들의 태도를 고구한다. 전술했듯 태도란 타자와 세계를 인식하고 표상하는 방식이다. 따라서 작가의 태도를 고찰할 때, 그가 소설에서 무엇을 어떻게 표상했는지 고구하는 것은 유효적절한 회로가 된다. 표상 방식은 특정한 태도에서 비롯된 것이기 때문에 태도의 성격을 그 안에 각인할 수밖에 없다. 다음에서 민중에 대한 소설가들의 태도를 고찰하기 위해 이른바 민중 소설에 나타난 민중 표상을 집중적으로 고구하려고 한다. 민중 표상이 정형을 이루고 그 정형이 반복된다는 점에 착안하여, 이것이 민중을 대상화하는 태도를 근저에 내장함을 논의하려고 한다.

앞서 보았듯 80년대 일부 논자들은 지식인 주체의 문학이 소시민 근성과 취약한 실천성을 드러낸다는 점을 들어 그것을 비판했다.[63] 그러나 문학의 주체가 지식인이라는 사실의 문제점은 보다 상세한 고찰을 요하는 사안이다. 민중을 소재로 한 작품에서 문제적인 것은 지식인 소설가가 표상[64]하는 주체의 위치에 서서 타자인 민중을 대상화[65]한다는 점이다. 바

---

63 이 절에서 이문구 소설에 대한 논의는 졸고, 「이문구 소설의 민중 표상 연구」(『어문학』 111호, 한국어문학회, 2011)의 내용을 수정·보완한 것이다.

64 하이데거에 따르면, 표상은 존재자를 인간의 계산을 통해 측정된 '대상'으로 정복하는 활동이다. 또한 들뢰즈에 따르면, 표상은 서로 차이를 지닌 잡다한 것들을 다시 거머쥐어서 '동일한 하나'의 지평에 귀속된 것으로 나타나게 하는 활동이다. 주체와 다른 자(타자)가 오로지 주체의 표상 활동의 매개를 거쳐 주체의 지평 위에 종속되는 한에서만 존립할 수 있다는 것이 표상적 사유의 문제점이다. 근대적 주체는 타자를 표상하면서 그를 자기 제국의 식민지로 만든다. 표상적 사유에서 주체는 타자의 환원불능의 고유성을 무시하고 타자를 전체성 속에서 파악한다(서동욱, 『차이와 타자』, 문학과지성사, 2008, 7~17·140쪽 참조). 이처럼 표상은 타자를 대상화하여 동일성으로 환원시키는, 주체의 제국주의적 폭력의 일환이라고도 말할 수 있다. 또한 표상은 주체의 욕망이 개입되고 대상이 조작될 가능성을 담지한다. 사이드의 말대로 있는 그대로의 묘사로서의 표상이 아닌 조작으로서의 표상이 실상 흔한 것이다(에드워드 사이드, 박홍규 역, 『오리엔탈리즘』, 교보문고, 1999, 47~48쪽 참조). 표상은 때로 진실이 아니다(같은 책, 48쪽 참조). "본래 이해할 수 없을 정도로 산만한 어떤 거대한 실체를 표상함으로써 이 실체를 인간이 파악할 수 있는 가시적인 것으로 만"(같은 책, 118쪽)드는 행위가 표상이라고 할 때, 표상의 결과는 본래의 불가해한 거대한 실체 자체가 아니라 표상하는 자에 의해 왜곡되고 조작된 이미지인 것이다.

65 그리스 시대 이래로 서양 철학은 '나'의 의식에 매개됨으로써만 비로소 '나'의 지평에 출현하는 타자, 결국 '나'의 생각의 양태에 불과한 타자, 타자라고 부를 수조차 없는 '나'의 표상에 불과한 타자 외에는 알지 못했다. 주체는 세계 안의 대상을 소유하기 위해서 대상을 동일자의 동일성에 통합한다. 사르트르에 따르면 의식 각각은 상대방을 늘 대상으로 만들고자 하는 본성을 지닌다. 즉 의식은 타자의 타자성의 뇌관을 제거하고 타자를 하나의 대상으로 동일자에 귀속시키고자 투쟁한다. 이것이 곧 타자의 대

라보고 표상하는 자는 그 시선과 언어에 포획된 존재에 비해 우월한 권력을 누린다. 시선과 언어를 가진 위치 자체가 대상에 대한 우월함을 보증한다. 누군가에 의해 표상 대상이 되는 존재는 침묵을 요구받을 뿐만 아니라, 자신의 이미지의 왜곡까지도 감수해야 한다. 표상 과정에서 주체는 타자를 전유하며, 주체가 원하는 방식대로 타자를 비틀고 변형한다. 남는 것은 주체가 원하고 본 진실일 뿐, 타자의 진실은 소거되고 만다. 이런 전유 방식 중 대표적인 것이 정형화이다.

표상행위의 폭력성은 표상 주체가 타자를 정형의 틀에 가둘 때 극명하게 드러난다. 무궁무진한 자질을 가진, 천지사방으로 꿈틀거리는 타자를 몇 가지의 정형 안으로 가둘 때, 가두어지고 남은 나머지의 광활한 진실은 사상된다. 남는 것은 정형의 틀 안에서 박제된, 고정된 이미지뿐이다. 이른바 민중소설에서의 민중도 이런 정형화의 폭력에서 자유롭지 못했다고 말할 수 있다. 파농은 "검둥이는 어떤 특정한 방식으로만 재현되어야 한다는 믿음" 때문에 "흑인들은 모두 동일한 전형"[66]으로 작품에 등장한다고 지적한다. 하지만 여기서 흑인만이 문제가 아니다. 흑인이라는 말을 70년대의 소설에 나타난 '민중'이라는 말로 교체해도 사정이 다르지 않다. 이런 식으로 정형화된 이미지는 박제화되고 그 결과 타자는 선입견

상화이며, 이는 타자와의 관계를 외적 관계로만 이해한 데서 비롯한 것이다. 그런데 레비나스와 사르트르에 의하면 우리가 표상으로 세울 수 있는 세계 내의 대상과 반대되는 의미로, 타자는 "대상화 불능의 타자성"을 가지며, "'하나의 환원 불가능한 우연성'에 속하는 '형이상학적 존재'", "나의 힘이 어떻게 한정해 볼 수 없는, 세계에 대한 초월적인 자"이다. 한 마디로 대상이 경험의 장 안에 있다면, 타자는 경험의 장 밖의 존재, 즉 외재적인 존재이다(서동욱, 앞의 책, 172~210쪽 참조). 이 글에서 '대상화'와 '타자'의 의미는 대략 이 관점의 연장선상에 있다. 단 '타자'에 대해서는, 위의 사르트르나 레비나스의 논의에서 초월적 · 형이상학적 의미보다 '대상화 불가능성' · '동일성으로 환원 불가능성'의 의미만을 취하기로 한다.

66　프란츠 파농, 이석호 역, 『검은 피부, 하얀 가면』, 인간사랑, 1998, 44쪽.

에 포획된 존재로 전락한다.[67] 남는 것은 "한 무더기의 전형화"[68]이다. 민중이란 본래 어떠한 존재라고 규정하며 그 속성과 자질을 몇 가지의 정형으로 나누어 그 틀 안에 귀속시키는 행위는 있는 그대로의 광활한 실체를 사상하고 생명력 없는 굳은 틀 안에 민중을 가둔다. 규정과 표상은 폭력적 전유의 시작이다. 규정하고 표상하는 자의 인식의 틀 안으로 타자를 끌어오는 것이기 때문이다. 그리하여 민중은 "동일하고, 불변이고, 획일적이며, 근본적으로 특수한 객체"[69]로 고정되고, 민중상은 "발전, 변화, 인간적 운동의 가능성 그 자체를 부정당하"며, "궁극적으로 고정화되어" "바람직하지 못한 불변성과 동일시된다"[70]고 해도 과언이 아니다.[71]

이때 표상 주체와 대상 사이에는 무엇이 개입하는가? 사이드에 의하면, 새로운 것에 맞설 때 정신은 위협을 느끼며 방어 태세를 갖춘다. 위협을 완화하기 위해서 낯선 것에 친숙한 것을 부착하는데, 이렇게 하여 낯선 것을 일종의 친숙한 원형이나 그 복사물 가운데 어느 하나로 나누어 스스로에게 적응시킴으로써 그 중압을 경감시킨다.[72] 이런 식으로 표상 주체는 타자를 익숙한 정형의 틀 안에 가둔다. 이것이 바로 정형화가 이루어지는 기제이다. 이때 유의할 점은 이런 정형화가 충분히 위협적인 타자를 대면했을 때 일말의 공포심과 함께 유발되는 정신적인 반응이라는 것이

---

67 위의 책, 45쪽 참조.
68 위의 책, 164쪽.
69 에드워드 사이드, 앞의 책, 169쪽.
70 위의 책, 339쪽.
71 호미 바바에 의하면 정형화는 차이들의 소용돌이를 폐쇄적 원환으로 환원시키는 것이다(호미 바바, 나병철 역, 『문화의 위치』, 소명출판, 2002, 150쪽 참조). 어떤 대상을 정형화하는 것은 고착성의 주요한 담론적 전략이고, 고착성은 식민지 담론이 타자성을 구성하는 과정에서 중요한 요소가 된다(같은 책, 145~146쪽 참조). 이렇게 정형화는 타자를 대상화하는 대표적인 방식이다.
72 에드워드 사이드, 앞의 책, 106쪽 참조.

다. 한 마디로 정형화는 친숙한 존재가 아니라 이질적인 타자를 표상하는 방식이며, 이때 개입하는 것은 은밀한 층위에서의 거리감과 이물감 혹은 공포이다.[73] 그렇기 때문에 누군가가 무엇을 정형화해서 표상했다는 사실 자체가 표상 주체와 타자와의 거리가 소원함을, 즉 주체가 타자를 대상으로 소외시킴을 증빙한다고도 할 수 있다.

정형화가 성공하려면, 연쇄적인 다른 정형화들이 지속적으로 반복되어야 한다.[74] 사이드도 동양에 대해 말하는 "텍스트 상호간에 자주 참조되고 있다는 사실"을 지적하며, 동양에 대한 이야기가 "결국, 저작과 저자를 인용하는 시스템"[75]이라고 논한다. 사이드는 동양을 이야기할 때 "동양에 대한 학식에 의존하는 태도"[76]를 지적했지만, 사정은 "동양"의 자리에 '민중'이라는 말을 넣어도 다르지 않다. 70년대 소설에 나타난 민중상은 기존 소설에 구현된 민중상과 기존 평론에서 선험적으로 규정한 민중상을 답습한다는 혐의에서 아무래도 자유롭지 못하다. 작가들은 민중의 실체를 있는 그대로 파헤치기보다 몇 가지 정형적인 카테고리 안에 민중상을 가두는데, 그 정형화된 카테고리는 텍스트에서 텍스트로 전수, 전파된 것이다.

이문구, 김주영, 방영웅 등 70년대 작가의 소설들에서 민중상은 어느 정도 정형을 이루고 그 정형은 반복적으로 출현한다. 민중은 어떠한 존재라는 선험적 의식이 민중상을 정형적으로 규정한다. 이러한 민중상은 텍스트에서 텍스트로 유포된 민중상의 선례를 추수하며 반복적으로 등장한

---

[73] 민중 표상 과정에서 주체와 타자 사이에 박애와 친밀감이 개입한다는 세간의 속설에도 불구하고, 이 글은 실상 거리감과 공포감이 민중과 소설가 사이에 존재한다고 상정한다.

[74] 호미 바바, 앞의 책, 166쪽 참조.

[75] 에드워드 사이드, 앞의 책, 51쪽.

[76] 위의 책, 152쪽.

다. 정형을 정형으로 더욱 고착시키는 반복은 두 가지 차원에서 이루어진다. 한 작가의 소설 안에서 고정된 표상이 반복적으로 출현하는 경우와 여러 작가의 소설에서 동일한 표상이 반복적으로 등장하는 경우이다. 우선이 글은 이문구 소설에서 정형화된 민중 표상이 어떻게 반복적으로 나타나는지 고구하고, 이러한 정형화된 민중 표상이 김주영, 방영웅 소설에서도 동일하게 출현하는 양상을 고찰한다. 이때 민중 표상에 대한 연구는 민중을 바라보고 인식하는 작가들의 태도에 관한 논의와 동궤에 놓인다.

본격적인 학술논의의 장에서 김주영,[77] 방영웅[78]에 관한 논의는 아직

---

77 2001년 발간한 전집의 「작가의 말」에서 김주영은 "문단에서 꽤 긴 세월을 휘돌아다니면서 그 동안 쓴 내 소설들을 가만히 돌아보긴대, 그 안에 변함없이 등장하는 것은 밑바닥 인생살이들이다. 그 시대 배경이 먼 고려 때이건 바로 현대이건 간에 이 땅 위에서 자기 삶을 온전히 버티어 냄으로써 역사를 짊어지고 가는 이들은, 남들이 가장 하잘것없다는 민초들이었음을 내 소설은 되풀이하여 이야기하고 있다. 그들의 소박한 사랑과 지칠 줄 모르는 삶의 의지를 나는 글 쓰는 동안 주인공으로 살게 할 수밖에 없었으며, 그들에게서 느껴지는 견고한 힘이 내 글에 언제나 힘을 실어주었다. 그래서 언제나 가장 밑바닥에서부터 쓰기 시작하는 글이 되게 하여 주었다. 민초들의 삶과 더불어 가는 풍자와 해학의 정신은 내 입심이란 것에 숨을 불어넣어 주었다"(김주영, 『도둑견습』, 문이당, 2001, 4쪽)고 쓴다. 위에서처럼 김주영은 민중소설가로서의 자의식을 강하게 느끼며 민중에 대한 진한 애정을 토로한다. 이러한 노작가의 내심에 충분히 경의를 표하지만, 아쉽게도 이 글은 이러한 민중에 대한 애정이 학습된 것, 당대 망탈리테에 감염된 것이라는 의견을 제시한다.

78 이 글에서 방영웅에 주목하는 이유는 70년대 『창비』의 평론가들이 그들의 야심작들에서 방영웅을 긍정적으로 거론하였기 때문이다. 신경림은 방영웅이 "민중으로부터 사랑을 받을 수 있는 요소, 민중으로부터 사랑을 받아 마땅한 요소를 천래적으로 몸에 지닌 작가", "민중 속에 있는 작가요 민중을 떠나서는 살 수 없는 작가"이며, "그의 소설 곳곳에서 散見되는 집약된 민중의 의지, 민중의 호소"가 나타난다고 상찬한다. (신경림, 「문학과 민중」, 22~23쪽) 또한 백낙청도 "이렇게 뿌리뽑힌 삶, 허공중에 뜬 삶을 다루면서 이 작가 자신이 그가 그리는 시골사람들의 착한 심성과 평범한 삶에의 신뢰감을 온전히 간직할 때 「방구리댁」(1969) 「말감고 金서방」(1971) 「오막살이」(1973) 등의 담담하고도 인정스러운 이야기를 낳는다"(백낙청, 「민족문학의 현단계」, 59쪽)며 방영웅을 긍정적으로 평가한다. 백낙청은 67년에 방영웅의 『분례기』를 『창비』에 전재하면서 그에 대해 상찬을 쏟아낸 적이 있다. 그는 『창비』의 "2년 반의 가장 뜻깊은 수확으로 方榮雄 씨의 장편소설 「糞禮記」를 든다"며 노골적으로 상찬하고, "「糞禮記」를 하나의 문단적 내지 사회적 잇슈로 삼자고 먼저 나선 것은 필자 자신이

미미한 편이다. 따라서 아래에서 이문구에 관한 연구사를 집중적으로 개괄한다. 이문구에 관한 연구사가 주목을 요하는 이유는 또한 그가 다른 민중소설가들에 비해서 평단에서 특별히 우월한 위치를 점하고 있기 때문이다. 이러한 사정은 뒤에 상세히 논의하고, 일단 이문구에 관한 일반적인 연구물부터 개관한다. 이문구에 관한 기존의 연구는 크게 형식미학적 측면에 주목한 경우와 내용적 측면에 주목한 경우로 대별할 수 있다. 형식미학적 측면에 주목한 경우로 구술성과 만연체, 풍부한 방언의 사용으로 정리되는 이문구의 문체적 특성,[79] 전(傳)과 판소리 등 전통 양식의 수용 양상,[80] 연작소설의 장르적 특성,[81] 서술 특성[82]을 고찰한 연구가 있다. 내용적 측면에 주목한 경우로 우선 근대적 산업화의 부작용에 관한 인식[83]이 드러나는 양상에 주목한 연구가 다수를 이룬다. 이런 시각은 이

었던 것도 같다"고 고백한다(백낙청, 「『創作과 批評』 2년 반」, 『창비』 10호, 1968 여름, 368~369쪽). 김현이 비평가적 입지를 확보하기 위해 김승옥을 내세웠듯, 백낙청이 『창비』를 궤도에 올리기 위해 방영웅을 앞세웠다고도 보인다. 70년대 말 이후 방영웅에 대한 논의는 찾아보기 힘들어졌지만, 어쨌든 방영웅은 민중문학론자들이 민중문학론을 정립하는 과정에서 주요한 근거로 삼았던 작가였다. 이런 방영웅의 위상의 특이성 때문에 이 글은 방영웅의 소설을 연구대상에 포함한다.

79 김상태, 「이문구 소설의 문체」, 『작가세계』, 1992 겨울; 전정구, 「이문구 소설의 문체 연구」, 『현대문학이론연구』 9호, 현대문학이론학회, 1998; 최용석, 「이문구 소설 문체의 형성 요인 및 그 특징 고찰」, 『현대소설연구』 21호, 한국현대소설학회, 2004; 한영목, 「이문구 소설어와 충남 방언」, 『우리말글』 35호, 우리말글학회, 2005; 송희복, 「청감(聽感)의 시학, 생동하는 토착어의 힘」, 『새국어교육』 77호, 한국국어교육학회, 2007.

80 구자황, 「이문구 소설 연구―구술적 서사전통과 변용을 중심으로」, 성균관대 박사논문, 2001; 구자황, 「이문구 소설의 구술적 서사전통 연구」, 『상허학보』 8호, 상허학회, 2002; 이청, 「이문구 소설의 전통 양식 수용 양상」, 『판소리연구』 28호, 판소리학회, 2009; 장영우, 「전(傳)과 소설의 관련 양상」, 『한국문학연구』 38호, 동국대 한국문학연구소, 2010.

81 김재영, 「연작소설의 장르적 특성 연구」, 『현대문학의 연구』 26호, 한국문학연구학회, 2005.

82 유승현, 「이문구 소설의 서술 특성 연구」, 『우리어문연구』 27호, 우리어문학회, 2006; 김인경, 「1970년대 연작소설에 나타난 서사 전략의 '양가성' 연구」, 『인문연구』 59호, 영남대 인문과학연구소, 2010.

문구 소설의 전인적 인간관과 반근대적 세계에 대한 향수에 주목하는 시각과 더불어 이문구 소설의 근대성과 탈식민성을 고찰한 연구[84]로 확장된다. 농민소설에만 관심이 치우친 학계의 풍토에 반발하며 이문구 소설의 도시와 도시 하위주체의 성격을 고찰[85]한 연구도 있다. 내용적 측면에 주목한 최근의 연구로 민중문학론, 새마을운동 담론 등 당대 담론과 이문구 소설과의 영향관계를 고구한 경우,[86] 이문구 소설의 근간을 이루는 사상으로 유교 정신을 지목하고 이와의 관련성을 탐색한 경우,[87] 공간의 성격 또는 공간에 대한 애착에 주목한 경우[88], 생태학적 특성에 주목한 경우[89] 등을 볼 수 있다.[90]

[83] 이남호, 「달라지는 농촌의 속모습」, 『한심한 영혼아』, 민음사, 1986; 황종연, 「도시화·산업화 시대의 방외인」, 『작가세계』, 1992 겨울; 진영복, 「인정(人情)의 세계에서 인정(認定)의 세계로」, 『현대문학의연구』 9호, 한국문학연구학회, 1997; 홍경표, 「이문구의 『우리 동네』 연작품 연구」, 『현대소설연구』 20호, 한국현대소설학회, 2003; 심지현, 「1970년대 소설의 현실 인식 연구」, 『현대소설연구』 28호, 한국현대소설학회, 2005; 송명희, 「이문구의 「해벽(海壁)」에 나타난 근대화 프로젝트와 탈식민주의」, 『한국문학이론과 비평』 12호, 한국문학이론과비평학회, 2008.

[84] 고인환, 「이문구 소설에 나타난 근대성과 탈식민성 연구」, 경희대 박사논문, 2003.

[85] 오창은, 「1960년대 도시 하위주체의 저항적 성격에 관한 연구」, 『상허학보』 12호, 상허학회, 2004; 오창은, 「1960년대 도시문화와 폐허 이미지」, 『한민족문화연구』 29호, 한민족문화학회, 2009.

[86] 박재범, 「1970년대 농민문학론과 농민소설의 소통 양상 연구」, 『현대소설연구』 31호, 한국현대소설학회, 2006; 정홍섭, 「1970년대 초 농촌 근대화 담론과 그 소설적 굴절」, 『민족문학사연구』 42호, 민족문학사학회 민족문학사연구소, 2010.

[87] 강찬모, 「김지하와 이문구 문학의 인문정신 연구」, 『새국어교육』 74호, 한국국어교육학회, 2006; 강찬모, 「이문구와 이문열 소설의 유교의 휴머니즘 연구」, 『비평문학』 30호, 한국비평문학회, 2008.

[88] 신재은, 「'토포필리아'로서의 글쓰기」, 『한국문학이론과 비평』 20호, 한국문학이론과비평학회, 2003; 김정아, 「이문구 소설의 토포필리아」, 『한국문학이론과 비평』 20호, 한국문학이론과비평학회, 2003; 정문권·이내관, 「이문구 소설의 공간 연구」, 『한국언어문학』 74호, 한국언어문학회, 2010.

[89] 서혜지, 「이문구의 『내 몸은 너무 오래 서 있거나 걸어왔다』의 생태학적 담론」, 『문예시학』 15호, 문예시학회, 2004; 이승준, 「한국 현대소설에 나타나는 '나무' 연구」, 『문학과 환경』 4호, 문학과환경학회, 2005; 신철하, 「한국 현대문학의 생태학적 고찰」, 『상

이문구가 문학사에 "농민들의 삶의 고통을 가장 폭넓게 다루고 있는 작가"[91]라고 기재된 사실을 고려할 때, 이문구 소설의 본령인 농민, 나아가 민중이 '어떻게 표상되었는가'라는 문제는 본격적인 고찰을 요구하는 사안이다. 그러나 아직까지 이문구 소설의 민중 표상에 대한 본격적인 연구는 발견하기 힘들다. 기존 연구들에서 민중 표상에 대한 고찰이 부분적이거나 소략하게 나타나기는 하지만, 전체상에 대한 연구는 아직 부족한 실정이다.[92] 이에 이 글은 이문구 소설의 민중 표상에 대해 본격적으로 고구하려고 한다. 전술했듯 민중 표상은 작가가 민중을 바라보는 방식을 누설하기 때문에, 민중 표상을 살피는 작업은 곧 작가의 태도를 고구하는 작업과 연동된다.

우선 지금까지의 연구에서 이문구 소설의 인물, 특히 민중에 대한 논급을 살펴본다. 초기 연구에서 김종철은 이문구 소설에 나타난 인물의 자질을 '인정'과 '악착' 두 가지로 대별한다. 그는 전통적 가치를 지닌 공동체 속에서 넘쳐흐르는 인정을 구현한 인물들이 절실한 감동을 준다며 이들을 긍정적으로 평가하고, 끈질긴 생명력을 가졌으나 도덕적으로 훼손된 악착스런 인물들을 부정적으로 바라본다.[93] 그는 텍스트에 '이미' 조형된 인물상을 두고 그 긍정성과 부정성을 논하지만, 조형 과정에서 그 형상이

허학보』 16호, 상허학회, 2006.

90　적지 않은 수의 연구들이 위의 구분 항목들 중 두 가지 이상의 주제를 아우르고 있다. 위의 구분은 연구자들이 보다 더 주목하고 강조한 주제에 따른 것임을 밝힌다.

91　권영민, 『한국현대문학사』, 민음사, 1997, 305~306쪽.

92　간혹 보이는 민중상에 대한 연구도 긍정적인 면을 부각하는 쪽으로 치우쳐 있다. 이 글은 지금까지의 긍정적 평가 일색의 연구 분위기에서 탈피하여 논의의 확장과 다양한 시각의 확보를 위해 비판적인 관점을 보태려고 한다.

93　김종철, 「작가의 진실성과 문학적 감동」, 김윤수·백낙청·염무웅 편, 『한국문학의 현단계』 1, 창작과비평사, 1982, 104~111쪽 참조. 이 같은 관점은 대개의 이문구 연구들이 공유하는 것이다. 가령 진영복, 앞의 글; 구자황, 앞의 글; 이청, 앞의 글; 장영우, 앞의 글 등이 그 사례이다.

조작되었을 가능성을 간과한다. 작가에 의해 그려진 결과물만을 보고 오호와 시비를 가린다기보다 작가가 인물을 조형하는 과정과 그에 틈입한 태도에 더욱 주목하는 시각은 아직 그에게서 보이지 않는다. 비록 그는 이문구의 반상(班常)적 질서에 대한 집착을 경계하지만 인물을 인정스럽게 혹은 악착스럽게 표상하는 방식 자체에 근본적인 문제를 제기하지 않는다. 고인환은 이문구 소설의 민중이 서구적 근대를 모방하는 동시에 토착적 삶의 방식을 체현하며 서구 중심의 근대에 저항하는, 모방과 저항을 동시에 실천하는 양가적·다성적 주체라고 논한다.[94] 그는 이문구의 민중을 일면적으로 규정하는 시각을 극복하고 양면적 존재로 파악하는 심도 높은 통찰을 보이지만, 이른바 모방하고 저항하는 주체라는 형상 자체가 작가에 의한 표상의 산물, 다시 말해 작가의 선입관과 이데올로기가 개입된 이미지일 수도 있다는 사실을 간과한다. 그는 작가가 민중을 전유했을 가능성을 놓치고 있는 것이다. 오창은은 이문구의 도시 민중이 생존의 극한 상황에 내몰렸기에 삶에 대한 강인한 의지를 지닐 수 있으며, 저항의 가능성까지도 지닌다고 논한다.[95] 그도 이문구 소설에서 인물이 구현된 결과, 즉 이미 그 자질과 성격이 어떠하다고 굳어진 이미지를 놓고 그 성격을 논하는 비평적 시각의 연장선상에 있으며, 그 구현 과정에 틈입한 작가의 태도를 문제 삼지 않는다. 이상 이문구 소설의 인물을 논하는 경우, 논자들은 텍스트에 이미 구현된 인물상을 자명한 것으로 가정하고 그 구현 과정에 개입될 수 있는 왜곡과 조작의 가능성을 놓치고 있다는 공통점을 보인다. 이미 구현된 인물상에 대해서도 긍정적 평가가 대세를 이루며, 비판적 시각이 나타날 때에도, 그 화살은 이미 구현된 인물상의 도덕

---

94   고인환, 앞의 글, 50~55쪽 참조.
95   오창은, 「1960년대 도시 하위주체의 저항적 성격에 관한 연구」, 89~93쪽 참조.

성 여부를 겨냥할 뿐, 인물을 그렇게 구현한 작가는 겨누지 않는다. 또한 이문구가 민중을 소재로 삼았다는 사실 자체에 대해서는 긍정적 평가가 대종을 이룬다. 이 글은 이에 의문을 제기한다. 이문구 소설에 구현된 민중상은 과연 사실 자체에 부합하는 투명한 실체인가? 소설의 인물 표상이 기본적으로 작가의 조작의 산물이라는 사실은 당연하거니와, 그렇다면 드러난 인물의 성격보다는 그 조작 과정에 개입된 것에 더욱 주목해야 하지 않는가? 이때 개입된 것이 작가의 태도를 누설한다면, 그것은 무엇을 의미하는가?

이문구 소설이 민중을 소재로 삼았다는 점에 대한 상찬은 70년대의 평단에서부터 발견된다. 실상 그가 소설가로서 입신할 수 있었던 이유가 바로 민중을 소재로 삼았다는 점이었다. 70년대의 민족-민중문학론자들 중 대표주자인 신경림과 백낙청이 그들의 야심작이자 지금까지 민중문학론의 교과서적 평론으로 수용되는 글에서 모두 이문구를 상찬했다는 사실은 주목에 값한다. 신경림은 73년 봄 『창비』에 발표한 「문학과 민중」에서 이문구가 "「암소」 그 밖의 단편과 장편 『장한몽(長恨夢)』 등에서 가장 밑바닥 사람, 가장 못사는 사람을 내세워 우리가 지금 살아가고 있는 시대가 어떠한 시대인가를 다시 한번 생각게 해"주며, "절박하고 비참한 현실을 오히려 유모러스하고 유들유들하게 다루어 살아간다는 그 자체가 인간에 대한 본질적인 신뢰요 역사에 대한 무한한 낙관이라는 것을 다짐함으로써, 자칫 주저앉기 쉬운 우리에게 새로운 용기와 자신을 불어넣는다"[96]고 논한다. 그는 이문구 소설에 묘파된 민중이 시대에 대한 자각을 가능케 하며, 이문구의 창작 자세가 인간에 대한 신뢰, 역사에 대한 낙관

---

[96]   신경림, 「문학과 민중」, 24쪽.

을 유발한다면서 이문구를 고평한다. 백낙청 역시 『창비』 75년 봄호에 발표한 야심작 「민족문학의 현단계」에서 이문구가 "농촌을 다루건 변두리를 다루건 실재하는 생활현실의 인식에 굳건히 의지하고 선 작가"라며, "당대 생활에 관한 이 작가의 폭넓고 정확한 지식은 그보다 훨씬 나이 많은 작가로서도 따를 이가 드물 것이"며, 특히 『장한몽(長恨夢)』이 "변두리의 밑바닥인생을 본격적으로 다룬 소설"이자 사실적 묘사의 풍요성, 천대받는 인간들에 대한 공감, 현실의 이면에 숨겨진 민족분열로 인한 비극의 인식 등의 미덕을 갖추고 있다며 그것을 고평[97]한다. 무엇보다 이문구는 "가장 밑바닥 사람"·"가장 못사는 사람"·"변두리의 밑바닥 인생"·"천대받는 인간들"을 묘파했다는 점에서 상찬 받는데, 두말할 나위 없이 상기 수사들은 이른바 '민중'을 지칭한다. 이렇게 이문구는 민중소설가로 호명되며, 민중소설가이기에 주목받고 문단에서 우월적 위치를 점하기에 이른다. 실재하는 생활 현실의 사실적 묘사, 인간에 대한 신뢰, 역사에 대한 낙관, 분단의 비극에 대한 인식, 천대받는 인간에 대한 공감 등 당대 민중문학의 슬로건들이 이문구 소설의 미덕을 상찬하는 자리에 동원되었다는 사실도 간과해서는 안 된다. 민중문학론의 이데올로그들은 그들의 이데올로기적 자장 내에서 설정한 최고 가치를 이문구 소설에 부여하는 강도 높은 찬사를 보낸 것이다.

　70년대에 이문구의 소설이 민중을 묘파했다는 점에서 상찬할 만하다는 사실에 별다른 이견은 제출되지 않았다.[98] 그런데 앞서 보았듯 80년대

97　백낙청, 「민족문학의 현단계」, 59쪽 참조.
98　신경림은 상기 글에서 "그의 文體는 서민 특유의 가락과 호흡을 가지고 있어 그것 자체로서도 값진 것이기는 하나, 그의 작품을 민중과 따로 떼어서 생각할 수가 없는 한, 단순한 민중이 받아들이기 어려울 만큼의 복잡한 스타일이 반드시 그에게 있어 불가피한 것인가는 한번쯤 생각해 볼 문제"(신경림, 「문학과 민중」, 24쪽)라며 이문구 소설 문체의 난해성을 꼬집는다. 하지만 이런 비판이 이문구의 민중소설가로서의 가치

들어 70년대 민중문학론에 대한 반성의 목소리가 진보적인 소장 평론가들 사이에서 일어나면서, 상황은 미묘해진다. 80년대의 비판론자들은 이른바 민중소설 각각에 대해서도 지식인의 소시민 의식이 드러난다거나, 적극적 투쟁 의지가 미흡하다거나, 형식적 세련이 부르주아 근성에 야합한다는 이유로 비판한다. 70년대 민중문학에서 주목의 대상이 된 황석영, 김지하, 조세희, 윤흥길 등도 비판의 화살을 피해갈 수 없었다. 흥미로운 점은 70년대 『창비』측에 의해 상찬 받았던 많은 민중문학인들이 비판받는 마당에 이문구는 비판을 모면했다는 사실이다. 80년대의 이른바 민중적 민족문학론자들은 조세희와 윤흥길을 보다 분명하게 비판하고, 황석영에 대해서는 찬반의 분열적 시선을 노출한다. 채광석은 70년대의 조세희나 윤흥길의 작품이 상당한 성과를 낳기는 했지만 실천적 운동성의 뼈대가 미흡한 채 현장성에 함몰될 경우 민중생활의 고통을 현상적으로 나열하는 데 그침으로써 낮은 차원의 소재주의적 보고문학으로 떨어졌다고 비판하면서, 황석영의 『객지』·이문구의 『우리 동네』만은 빼어난 성취라고 상찬한다.[99] 여기에서 채광석은 실천적 운동성의 여부를 가치 판단의 주요 준거로 사용하고 있다. 그는 조세희와 윤흥길을 비판하고 황석영을 상찬했으나, 이재현은 황석영마저 비록 소극적인 방식으로나마 비

를 부정하는 것은 아니다. 백낙청은 이문구 소설이 문체의 힘에 지나치게 의존하며, 억압의 됨됨이를 지엽적으로 관찰하는 데 그치고, 해학적 처리로 문제의 핵심을 흐린다고 비판한다(백낙청, 「사회 비평 이상의 것」, 『창비』51호, 1979 봄 참조). 김인환은 이문구 소설이 끈덕지고 대지에 밀착된 호흡으로 노동문제를 형상화하는 데에 이르지 못했다고 지적한다(김인환, 「소설의 변증법」, 『문지』35호, 1979 봄 참조). 이들은 지엽적으로 이문구 소설의 문제점을 지적하지만, 민중을 표상했다는 사실 자체에 따르는 문제점을 고찰하지는 않는다.

99 채광석, 「민족문학과 민중문학」, 94~95쪽 참조. 채광석은 또한 『우리 동네』가 "작가가 농촌생활에 직접 뛰어드는 실천을 감행했기에 작가의 인식이 『난장이』 쪽보다는 튼튼했던 만큼 그 성과 또한 더 튼실할 수 있었던 것이"(같은 글, 96쪽)라며 이문구와 조세희를 직접 비교하면서 이문구 소설의 우월성을 노골적으로 주장한다.

판한다. 이재현은 70년대 민중문학의 빛나는 성과로 알려진 황석영의 「객지」를 대체로 호의적으로 보면서도, 결말 부분에 노출된 작가의 패배 주의와 비폭력 옹호 태도를 비판한다.[100] 70년대 민중문학의 대표격이라 할 수 있는 황석영, 조세희, 윤흥길을 날카롭게 비판한 이재현마저 이문 구에 대해서는 호의적이다. 이재현은 윤흥길이나 조세희의 연작소설들 보다 『우리 동네』가 더 훌륭하다고 단언하면서, 그 이유를 "이야기적인 판소리적 성격"에서 찾고 있다.[101] 황광수는 황석영을 보다 분명하게 비 판한다. 그는 황석영의 「객지」가 당면 문제를 해결하기 위한 작가적 노력 이나 독자에 대한 설득을 결여했고 조직적 대응보다 한 개인의 자기 결단 으로 마무리지어 전망 부재를 드러낸다며 비판한다.[102] 황석영을 신랄하 게 비판한 황광수조차 이문구를 비판하지 않는다.[103]

---

100 이재현은 또한 윤흥길의 「아홉 켤레의 구두로 남은 사나이」 등의 소설에서 소시민이 도시 빈민의 수난과 고통에 대해 단지 창백한 지식인으로 남아 있을 뿐이라며, 그 소 시민적 한계를 비판한다. 조세희의 『난장이가 쏘아올린 작은 공』에 대해서도 그는 작 가의 현실 인식이 얕고, 반사실주의적 기법이 지배층의 문학적 감수성과 야합하며, 작 품의 소비 행위로 인한 감정의 배설 행위가 본격적인 자각과 행동을 방해한다고 비판 한다(이재현, 「문학의 노동화와 노동의 문학화」, 199~211쪽 참조). 김도연도 조세희 의 문학이 "냉정하고 관조적인 태도를 고수함으로써 당시 노동 현장의 뜨거운 열기를 수용하는 지식인 문체의 한계성이 드러난 단적인 사례"(김도연, 「장르 확산을 위하여」, 119쪽)라고 말하며 조세희의 관찰자적 태도를 비판한다.

101 그는 다른 소설들의 상대적 실패와 견주어 이문구 소설이 구현한 농촌의 소상품 생 산 양식과 이야기로서의 판소리적 성격 사이의 정합성이 크다는 점을 성공 요인이라 고 본다(이재현, 앞의 글, 212~215쪽 참조).

102 황광수, 「노동문제의 소설적 표현」, 84~100쪽 참조. 황광수는 조세희를 이렇게 비판 한다. 조세희의 『난장이가 쏘아올린 작은 공』은 객관적 현실에 전형성을 부여하지 못 했고, 인식 내용에 결함을 드러내며 위축·왜곡된 현실 인식을 보여준다. 사용자 측의 '사랑의 회복'을 통해 문제를 해결할 수 있다는 판단은 안이하며, 형식의 현란함이 현 실에 대한 장벽 노릇을 한다는 것이다(같은 글, 84~100쪽 참조).

103 이문구와 황석영에 대한 일반적인 평가는 "『장한몽』을 비롯한 부랑자 계층의 소설은 「객지」에 이르러 절정에 이르게 되는데, 그 밖의 많은 이농(離農) 소설이나 빈민층 소 재 소설이 가공적 요소가 강한 사실과는 달리 이문구·황석영 두 작가는 체험을 바탕 삼았다는 점에서 부랑자 문학의 완결성에까지 접근할 수 있었다"(임헌영, 「노동문학

이상에서 보듯 70년대 민중문학에 대해 비판의 칼날을 겨눴던 80년대의 민중적 민족문학론자들조차도 많은 경우 이문구만은 그 가치를 인정한다. 이는 당시 이문구의 문단적 지위[104]가 영향을 미친 결과인 듯도 하지만, 어쨌든 이문구의 민중소설가로서의 가치와 위상은 80년대에도 난공불락으로 보인다. 물론 이 글 역시 이문구의 문학적 수월성(秀越性)을 인정한다. 그렇지만 이제는 이문구 소설 가치의 전면적 부정이 아니더라도, 비판적 각도의 고찰 역시 논의의 장을 풍성하고 다양하게 만들기 위해서 그 의의를 인정해야 할 때가 아닌가 싶다. 하지만 여기에서 비판적 고찰은 작품 자체의 가치 평가와 상관없이 수행된다. 이 글은 작품을 평가 절하하겠다는 의도를 지니지 않고, 단지 이문구의 태도를 비판적으로 논구하여 그것을 시대의 망탈리테로 볼 가능성을 타진하고자 한다. 망탈리테란 시대인이 어쩔 수 없이 구속된 무엇이다. 사람이 동시대의 망탈리테에 구속된 것은 당연한 일이기에 그것은 '현 시점에서' 비판적 고찰의 대상이 될 수는 있으나 '무시간적인' 비난의 대상이 될 수 없다.

앞서 80년대 민중적 민족문학론의 개관에서 흥미로운 것은 그들이 70년

의 새 방향」, 김병걸 · 채광석 편, 『민족, 민중 그리고 문학』, 지양사, 1985, 175쪽)는 임헌영의 지적과 동일선상에 있을 것이다.

[104] 이문구는 74년 11월 18일 '자유실천문인협의회'를 발족하고 자신이 실무간사를 맡았다. 시인 고은이 대표간사였으며, 사무실은 이문구의 직장인 한국문학사 편집실이었다. 이 협의회는 유신 선포 이래 구속된 문인(김지하, 이호철)의 석방을 요구하고 '표현의 자유와 시민의 자유'를 구현하기 위해 조직된 단체로서 훗날 '민족작가회의'의 모체가 된다. 이런 경력으로 인해서인지 79년 이문구는 무크지 『실천문학』을 창간하는 데 주역을 맡았고 초대 편집위원이 되었다. 그는 『월간문학』, 『한국문학』에 이어 세 번째로 문학저널을 창간하는 데 주역이 된 셈이다. 그는 도서출판 실천문학사 발행인으로 84년부터 88년까지 4년간 역임했고, 민족작가회의(초대회장 소설가 김정한) 창립에 핵심 실무진으로 개입했다. 그는 민족작가회의의 정관을 만들고 창립총회 때는 사회를 맡기도 했다(송희복, 「남의 하늘에 붙어 산 삶의 뜻」, 『작가세계』, 1992 겨울, 31 · 36쪽 참조).

대의 민중문학이 지식인 본위의 것이라고 지적은 하지만, 단지 주체가 지식인이라 소시민 근성과 취약한 실천성을 노출한다는 단편적인 사항만을 논지에 대한 근거로 삼는다는 점이다. 그들은 민중을 소재로 삼는 태도가 어떻게 구조화된 것인지 심층적으로 고구하지 않으며, 민중의 (왜곡된) 표상 방식과 양상이 구체적으로 어떻게 전개되는지 상세하게 고찰하지 않는다. 이에 이 글은 이문구·김주영·방영웅의 소설에서 민중이 표상되는 방식을 구체적으로 고찰하고 나아가 그것의 의미를 소상하게 고구하려고 한다.[105] 이는 민중소설가들의 집단적 태도를 고찰하는 작업이기도 하다. 이 장의 서두에서 논했듯, 타자를 바라보고 인식하고 표상하는 방식이 곧 태도이기 때문이다. 이 문제를 체계적·구조적으로 논구하기 위해서 이 절의 서두에서 본 '정형화'와 '반복'이라는 개념을 논의의 주축으로 삼는다.[106]

1) 야만과 우매

이문구·김주영·방영웅은 자주 민중을 야만적으로 표상한다. 앞서 사이드의 언급에서도 보았듯이, 낯선 것을 대할 때 정신은 압박감을 줄이기

---

105 이문구 소설 중 70년대에 발표된 소설에만 주목했으며, 그 텍스트 역시 70년대 판본으로 선정했다. 선정된 텍스트는 다음과 같다. 이문구,『海壁』, 창작과비평사, 1974; 이문구,『冠村隨筆』, 문학과지성사, 1977; 이문구,『으악새 우는 사연』, 한진출판사, 1978; 이문구,『長恨夢』, 경미문화사, 1979.『長恨夢』을 제외하고는 초판본을 텍스트로 삼았다.
106 민중소설에 대한 기존의 비판 중 '인물의 도식성'에 대한 비판은 이 글의 문제의식과 상통하는 듯 보이지만 실상은 다르다. 이 도식성 비판은 주로 민중문학의 이데올로기를 충실히 수행한 소설 속 인물들, 즉 수탈당하고 역사 변혁의 주체로 서는 민중상을 겨냥한다. 이 글에서 정형은 민중문학의 이데올로기의 틈새에서 저도 모르게 비집고 나온 인물상들에게서 발견할 수 있다. 작가가 의도하지 않았으나 자기도 모르게 민중 표상을 정형의 틀에 가두며, 그 정형은 다소 부정적인 함의를 가진다는 것이 이 글의 시각이다. 따라서 이는 기존 민중소설 인물의 도식성 비판 담론과 차별화된다.

위해서 그 낯선 것을 정형의 틀 안에 가두는데, 이 압박감의 요체는 낯설고 이질적인 것이 유발하는 공포이다. 이질적인 것을 맞닥뜨렸을 때 공포를 느낀 주체는 종종 그것에 자신의 공포를 투사하여 야만적인 이미지를 부여한다. 사람은 자신이 몸담은 세계의 뿌리를 교란하는 요소를 품은 존재에게 공포를 느끼며, 공포의 대상에게 모든 종류의 위악적 특징과 악마적 속성을 투사한다는 파농의 통찰[107]은 이 경우에도 적확히 적용된다. 요약하자면 낯선 것에 대한 공포가 타자를 야만적으로 표상하게 하고, 이는 타자를 정형화하는 행위의 일환이다. 이때 타자를 야만적으로 정형화하는 행위의 근저에는 낯선 것에 대한 사랑과 이해가 아니라 공포로 대별되는 위화감이 존재한다. 이렇게 볼 때 타자에 대한 야만적인 정형화 자체가 타자를 소외시키는 의식을 내포한다.

이문구 소설에서 야만스러운 민중의 표상은 반복적으로 나타나는데, 이 반복으로 인해 민중은 야만스러운 표상으로 정형화되고 고착된다.

① 그렇지만 아무리 그렇더라도 길내 참아 내진 못할 것 같았다. 미치고 환장할 일이었으니까. 뚝셍이댁은 곁에 능애를 두고도 태연하였고 그러기는 신아불이도 마찬가지였다. 능애의 잠이 깊지 않다는 걸 번연히 알면서도 그들의 정사는 밤마다 난장판을 이루곤 하던 것이다. 능애가 무거워져만 가는 배를 주체 못하면서도 윤만이를 밝히곤 한 것은 순전 그때문이었던 것이다. 어머니가 신아불이와 벌이는 질탕한 분위기를 이겨내진 도저히 못하겠었으니까. 윤만이 능애더러 나이에 비해 숫컷을 너무 바친다고 나무라더라도 할 수 없는 일이던 거였다.[108]

107 프란츠 파농, 앞의 책, 192쪽 참조.
108 이문구, 「秋夜長」, 『海壁』, 창작과비평사, 1974, 138쪽.

②장가의 그 눈빛은 윤만이가 그럴 때의 그 눈빛보다도 훨씬 짙어 보였던 것이다. 어미와 딸을 한꺼번에 소유해보고 싶어 그러던 장가를 생각하던 능애는 소름이 끼쳐졌고 으스스한 진저리가 쳐지곤 했다.[109]

비교적 초기작이랄 수 있는, 72년 발표된 「추야장(秋夜長)」의 한 대목이다. ①에서 어머니는 딸과 함께 자는 방에서 밤마다 정부와 난장의 정사를 벌인다. 딸이 깊게 자지 않는다는 사실을 번연히 알면서도 그렇다. 결혼도 하기 전에 임신한 나이 어린 딸은 어머니와 그 정부의 밤마다의 정사를 견디지 못해서 유난히 남자를 밝히게 되었다. 뿐만 아니라 ②에서 어머니의 이전 정부였던 장가는 어미와 딸을 한꺼번에 소유하고 싶어서 능애를 호시탐탐 노린다. 이 소설에서 이문구는 민중을 딸 앞에서 정사를 벌이는 어미, 어린 나이에 호색에 빠진 소녀, 어미와 딸을 동시에 취하고자 하는 사내 등으로 야만적이고 미개한 존재로 형상화한다. 또한 작가는 민중을 상식선을 넘어선 성적 방종 이외에도, 지탄 받아야 마땅할 비윤리적인 행위를 거리낌 없이 자행하는 존재로도 형상화한다. 가령 도둑질이 그 대표적인 사례이다. 윤만은 능애와 살기 위해서 소금 가마니를 거리낌 없이 훔쳐낸다. 여기에서 성적 방종과 도둑질은 야만의 표지이다.[110]

『장한몽』은 야만적인 민중상의 집합소이다. 이 소설의 민중은 강간과 살인, 사기와 도둑질을 아무렇지도 않게 자행하는 존재들로 표상된다. 민

---

109 위의 글, 145쪽.
110 파농은 "흑인과 관련된 모든 것은 생식기 층위에서 발생"한다고 말한다. 그에 따르면 백인들은 흑인을 엄청난 성적 정력을 가진 존재로 상정하는 환상 속에 빠져 있다. "정글 속에서 자유나 만끽하고 있을 그들에게 그 외의 무엇을 기대하겠는가?"라는 생각으로 백인은 흑인에게 야성의 표지와 더불어 엄청난 성적 정력의 표지를 부착한다(프란츠 파농, 앞의 책, 194~195쪽 참조). 이는 이문구가 민중을 야성적인 동시에 성적으로 방종한 존재로 표상하는 양상과 다르지 않다.

중의 야만스러움은 상식선을 넘는다. 아들의 간질을 고치기 위해 찾아온 어머니의 부탁으로 상필은 해골에 고인 물을 팔아넘기려고 하는데, 실상 그것을 찾을 수 없자 간장을 탄 쌀뜨물을 해골물이라 속여 판다. 인부들 대부분은 발굴된 유골 대여섯 구에서 뼈 몇 토막씩만 추려서 새로운 유골 한 구를 캐낸 것으로 꾸며 가욋돈을 타낸다. 싸움에서 크게 다친 마길식을 병원으로 운반하는 소임을 맡은 삼득은 그 와중에서도 상배가 준 돈의 일부를 훔쳐낸다. 상필은 동료 인부를 규합하여 쟁의를 일으키려고 하는데, 쟁의의 동기와 진행 과정도 이상적인 것과는 거리가 멀다. 그는 몹시 이기적이고 말초적인 이유에서 쟁의를 일으키고, 쟁의에서 오고간 말들도 치졸하기 짝이 없다.

    ① 네에미, 하고 홍은 속으로 욕을 퍼대었다. 일이 뜻밖으로 잘돼간다 싶자 속이 상해 그러지 않고는 못 견디겠던 것이다. 그는 상배의 봉변을 기다린 거였고, 인부들 앞에서 개떡이 되어 기죽는 꼴을 원했던 것이다. 궁지에 몰려 발명 한마디 못한 채 멱살을 잡히든가 뺨이 올라붙든가 했어야 속이 후련하겠던 것이다. 무슨 원한이 있어 그런 건 아니었다. 그저 노사간이라는 관계, 밀착될 수 있으면서도 거리감이 느껴지던 지난날들의 분위기가 못마땅하여 그런 거였다.[111]

    ② "도대체가 주운 물건을 도로 내놓으라니 말이나 되는 소립니까. 담뱃값이나 만들어 보자고 한 짓인데, 그것도 약점이 된다면 우린 정말 헛비럭질하는 것이나 다름없다 이겁니다."

    "암만."

---

111 이문구, 『長恨夢』, 246쪽.

구본칠이 얼른 맞장구를 쳤다. 상배는 기가 막혔지만 할말이 있었다.

"무슨 얘기요? 습득물을 임의 처리하겠다, 장물 취득을 하겠다, 이거요?"

상배가 다듬어진 음성으로 말하자,

"장물 취득은 뭐고 임의처분은 뭡니까. 왕릉도 아니고 정승 판서 무덤도 아닌데 금덩이가 나오겠소, 구슬이 나오겠소?"

"뭐가 나오든……"

"나와 봤자 금니빨 한두 갠데, 일하다 묻히는 수도 있고 하니, 없어지더라도 허물치 마시라 이겁니다."

상필이 말을 놓자 뒤를 이어 뜻밖에 순평이가 끼어 들었다.

"맞습니다. 이씨 아저씨 말씀이 옳아요. 그게 뭐 돈이 됩니까 밥이 됩니까, 그냥 두기가 아까와서 집어 넣는 거죠."

"그래요?"

"그런 건 모른 척하셔야 돼요."[112]

①에서 홍은 대의명분이나 각성된 민중의식에서가 아니라 사용자에 대한 막연한 반감과 증오에서 쟁의에 동조할 결심을 굳힌다. 이 반감과 증오는 상배가 상전이라는 이유 하나만으로 생긴 것이다. ②에서 쟁의 중에 노동자들이 사용자에게 들이대는 요구 조건이란 기껏 도둑질을 눈감아달라는 말이다. 그들은 발굴한 유골에서 취득한 금이빨, 은십자가 등을 훔치는 일을 용인해달라고 말한다. 요구 조건치고는 아무래도 치졸하다. 『장한몽』의 민중상에 대해 평자들은 그 비도덕성을 부정적인 시각으로 보기도 하고,[113] 그 저항적 성격을 긍정적으로 보기도 했지만,[114] 문제는

---

112   위의 책, 255쪽.
113   가령 김종철, 앞의 글.

이미 표상된 인물들의 도덕성 여부를 판정하는 일이 아니다. 문제는 민중을 이렇게 야만적으로 표상한 이문구의 태도다. 그가 자신의 성장 과정에서 체득한 것과 너무나도 이질적인 공사판의 인부를 보았을 때 내심 공포를 느꼈고 이 때문에 민중을 야만적으로 표상했을 것이라는 짐작이 과히 틀리지는 않을 것이다.[115] 이때 민중에 대한 공포와 야만적 표상 행위는 모두 민중을 대상화하며 소외시키는 태도를 내포한다.

민중은 야만일 뿐만 아니라 우매하게도 표상된다. 「낚시터 큰애기」[116]에서 이제는 도시인들의 낚시터가 되어 버린 장천 저수지 부근에 사는 처녀들은 도시 남자들의 노리개감이 된다. 윤희와 순실은 불량한 도시 남자들을 만나 몸을 버리고 몹쓸 병을 얻거나 신세를 망친다. 금자는 이 사실을 알면서도 도시 남자에 대한 연정을 불태운다. 자신이 택한 남자만은 불량한 남자가 아니라고, 자신만은 도시 남자를 통한 어리석은 신분 상승 욕망에서 자유롭다고 믿는다. 이 믿음으로 인해 금자는 우매함의 표지를 획득한다. 금자가 윤희와 순실의 전적(前績)과 다른 길을 가리라고 보장하는 것은 아무 것도 없다. 금자는 자신의 욕망이 순정으로 포장되었을 뿐 도시 남자를 통한 신분 상승 욕망에 불과하다는 점을 인식하지 못하고, 남자의 본색도 꿰뚫어보지 못하며, 궁극적으로 자신을 파멸에 이르게 할

---

114 가령 오창은, 앞의 글.

115 상배는 부패가 진행되지 않은 송장의 살을 발라내기 위해 따로 사람을 고용하자는 마길식의 말에 이렇게 반응한다. "차마 그러랄 수가 …… 하고 상배는 되새겨보려 했다. 산 사람 살과 뼈를 다루는 데엔 과거의 백정 이력까지 들춰 필요가 없을 거였다. (…중략…) 상배는 마가의 주장이 탐탁하기만 한 것은 아니었다. 관 속의 것을 꺼내어 뜯고 발겨야 하는 마가 말마따나 「송장 백정」이란 딱지를 붙여야 한다는 것이 걸리는 점이었다. 그런 딱지를 붙여 주고도 일꾼을 일꾼답게 부리기 수월할 수 있을까. 자신이 서지 않았다. 겁이 나던 것이다."(이문구, 『長恨夢』, 61쪽) 상배는 자신의 상식과 너무나 다른 마길식의 말에 겁이 난다고 고백한다. 여기에서 이질적인 것에 대한 공포가 드러난다. 상배가 작가의 분신이라는 사실에 여러 논자들은 동의한다.

116 이 소설은 『으악새 우는 사연』(한진출판사, 1978)에 수록되었다.

위험에 무지하다는 점에서 우매하다. 작가는 이렇게 민중을 자신의 처지와 상황에 대한 통찰력과 판단력이 부재한 존재로 표상함으로써 민중을 '우매함'이라는 정형에 가둔다.

민중의 우매함을 표상하는 방식 중 중요한 것이 희화화이다. 희화화된 대상을 보고 웃을 때 독자가 그 대상의 현명함에 경의를 표하는 경우란 없다. 웃음은 희화화된 대상의 우매함을 겨냥한다. 『우리 동네』 연작에는 특히 희화화된 민중이 많이 등장한다. 그 중 자주 등장하는 유형이 '제 꾀에 제가 속아 넘어가는 자승자박형'이다. 「우리 동네 정씨」의 정승화는 동창들에게 밥과 술을 수차례 사며 김형각의 선거 유세를 돕는다. 당선된 김형각의 위세를 업고 두 동생을 취직시키고 경운기 한 대를 장만하려는 이해타산에서 비롯된 일이었다. 그러나 김형각은 상대 후보에게 돈을 받고 출마를 포기하며, 정씨의 경비 요청을 일언지하에 거절한다. 정씨는 빚더미에 앉게 된다. 작가는 "정이 김형각이의 일에 섣불리 말려든 것은 그 자신의 허황한 욕심과 어리석은 잔꾀탓이"[117]라며 냉정하고도 직설적으로 정씨의 우매함을 꼬집는다. 정이 욕심과 잔꾀로 그 자신의 손해를 자초하는 일은 반복된다. 정씨는 학생 봉사대에게 모내기를 맡길 심산으로 모내기도 미뤄왔고, 봉사 나온 학생들의 입치레로 저렴하게 국수를 말아낼 궁리를 하고 있었다. 그의 욕심과 잔꾀가 드러난 대목이다. 하지만 정작 학생들의 수가 생각보다 많았고, 학생들이 데모를 벌이는 바람에 정씨는 진땀을 뺀다. 결국 빚까지 얻어서 짜장면 예순 그릇을 주문했지만, 학생들은 이미 "모춤을 풀어 팽개치고 심었던 모까지 반나마 짓밟고 갔다"[118]는 것이었다. 여기서도 정씨는 모내기를 학생들에게 떠넘기고 그들의 입치레 예산

117　이문구, 「우리 동네 정씨」, 『으악새 우는 사연』, 한진출판사, 1978, 223쪽.
118　위의 글, 234쪽.

을 아끼려고 욕심과 잔꾀를 부리다가 도리어 손해를 보고 만다. 욕심과 잔꾀를 부리다가 도리어 망하고 마는 자승자박형의 인간상은 민중의 정형 중 대표적인 사례이다. 이것은 다른 작가의 소설, 특히 김주영의 소설에서도 반복되는데, 이것이 우매한 민중상을 부각하는 것은 물론이다.

순평은 입을 다물었다. 더 할 말도 없고 우려먹을 만한 밑천도 없었다. 그래서 그는 곧 잠바 안 호주머니에서 그 은십자가를 꺼냈다. 무덤 속의 유골 갈빗대 틈에서 주운, 시커멓게 죽은 은십자가였으나 스텐레스 빛깔로 말짱하게 되살아나 있었다.

초순은 계속 순평의 동작을 거들떠보지도 않고 있었다.

"이걸 미스 유한테 드리겠어요……."

순평은 마치 죽기로 각오라도 한 양 있는 기운을 다 내어 말하며 초순이 턱밑에 십자가를 내밀었다.

"나한테요? 왜 이러시는 거죠?"

초순은 한껏 긴장된 눈빛으로 순평의 시선을 노려보며 뒤로 좀 물러앉는다.

"나도 잘 모릅니다. 그냥 드리고 싶어요."

"예배당도 안 다니고, 난 필요 없어요."

그녀는 한 방석 더 물러앉으며 고개를 파리 쫓듯 내저었다. 순평은 다시 한번 눈앞이 캄캄해졌으나 이왕 일이 이에 이르른 이상 그대로 밀고 나갈 뿐이라 단정했다. 그는 침착하고 조심스럽게 새로 말했다.

"들여다보면 내 마음이 비치죠, 고독의 때가 끼어 있을 땐 그렇지 않았지만 이젠 깨끗하게 닦였습니다. 받으세요, 내 성의니까."

"난 고독하지 않아서 필요 없다니까요."

그녀는 일부러 싸늘하게 말할 따름이었고, 시선은 먼산에 가 박혀 있었다.[119]

『장한몽』의 이 장면에서 작가는 순평을 희화화한다. 순평은 무덤 속에서 훔쳐낸 은십자가를 사랑의 증표로서 초순에게 선물하려고 한다. 유골과 함께 썩어갔던 은십자가를 사랑의 증표로 생각하는 발상 자체도 희극적이지만, 이러한 순평의 호의가 일언지하에 거절당하는 상황이나 고백할 때 순평의 어투도 희극적이다. 인물을 희화화하는 표상 방식은 그를 우매한 존재로 보는 태도를 내포한다. 위의 상황이 유발하는 웃음의 표적과 전제는 순평의 우매함이다. 여기서도 작가는 희화화라는 회로를 거쳐서 민중을 우매한 존재로 정형화한다. 민중을 우매한 존재로 정형화하는 표상 방식은 민중을 열등한 존재로 보는 태도를 내포한다. 즉 여기에서 작가는 민중을 내려다보는 위치에서 민중의 열등함을 꼬집고 있는 것이다. 민중을 야만화하면서 소외시키는 것과 똑같이, 이런 태도 역시 민중을 대상으로 소외시킨다.

앞서 민중 표상은 텍스트에서 텍스트로 전수, 유포된 혐의가 짙다고 말한 바 있다. 작가들은 있는 그대로의 민중의 실체를 형상화한 것이 아니고, 다른 작가의 소설이나 평론들에서 이미 보고 들어 알고 있는 선험적인 이미지를 설정하고 그 이미지를 투영한 민중 표상을 제작한다고 보인다. 이를 뒷받침하기 위해, 이문구 소설에서 본 민중 표상 방식이 다른 작가의 소설에서도 동일하게 나타나는 양상을 고구한다. 아래에서 김주영, 방영웅의 소설에서 '야만과 우매'로 정형화된 민중 표상이 등장하는 양상을 본다.

더운 때라서 어머니와 의붓 아버지와 나는 보통 풀기가 깔깔한 홑이불을 함

---

119 이문구, 『長恨夢』, 493쪽.

께 덮고 자는 게 예사였는데, 그놈의 풀멕인 홑이불 한쪽 귀퉁이가 내 목덜미를 쉴새없이 문지르고 있어 결국 내 모가지가 쓰려오게 되고 그래서 잠이 깨어보면, 싸가지없는 어머니가 의붓 아버지 가슴 위로 올라가서 맷돌치기를 하고 있기 십상이었습니다. 나는 처음에, 달밤의 유난 체조라는 게 바로 저런거로구나 싶어 두 사람의 동작을 실눈으로 뜨고 누워 바라보고 있었지요. 물론 어스름 달빛이 열린 채로인 문을 통하여 방안으로 밀려들고 있었기 때문에 의붓아버지의 가슴 위에서 껍쭉대는 어머니의 윤곽이 뚜렷이 드러나 보였습니다. 그들은 내가 실눈을 뜨며 보고 있는 것을 아는지 모르는지 키들키들 웃음을 쥐어짜면서 체조를 열심히 씨루어대는 것이었습니다. 그들은 같은 동작을 열심히 되풀이 하면서 징글맞은 쾌감이 배어있는 웃음을 토해냈습니다. 모든 힘과 열기를 오직 그 과정의 일에만 집중시켜 탕진하고 있었습니다.[120]

김주영의 「도둑 견습」에서 어머니와 의붓아버지는 위에서처럼 어린 "나"를 옆에 두고 방사를 치른다. 그들의 이러한 행각도 야만적이지만, 소년 "나" 역시 야만적이긴 마찬가지이다. 위에서 "나"는 어머니를 "싸가지 없"다고 지칭한다. 또한 어머니는 방사 중에 의붓아버지에게 좋냐고 물어보는데, 의붓아버지가 대답을 하지 않자, "나"는 이렇게 말한다. "이새캬, 기분 좋다고 칵 뱉아뿌러. 내 모가지 작살내고 말텨?"[121] 의붓아버지가 대답을 하지 않고 이대로 방사를 오래 끌면, 그들을 구경하는 "나"의 목이 성하지 않을 터이니 빨리 대답하고 방사를 끝내라는 이야기이다. "나"는 어머니를 "싸가지 없"다고 지칭할 뿐 아니라, 의붓아버지를 "이새캬"라고 부르는 야만을 구현한다. 또한 그들이 마이크로버스에서 살 수 있었던 이

---

120 김주영, 「도둑 견습」, 『女子를 찾습니다』, 한진출판사, 1975, 147~148쪽.
121 위의 글, 148쪽.

유는 죽은 친아버지가 최씨에게 어머니와 한 번 같이 자는 것을 허락했기 때문이었다. 여기에서 작가는 친아버지나 최씨 역시 야만적으로 표상한다. 또한 앞에서 보았듯, 흑인을 어마어마한 성적 에너지를 가진 존재로 정형화하는 서구의 문필가들처럼, 김주영은 의붓아버지를 "일구(一九)문짜리 왕자표 흑고무신"[122]만한 성기를 가진 사람으로 표상한다. 김주영은 이 소설에서 "나"와 어머니, 의붓아버지, 죽은 친아버지 모두 야만스럽게 표상한다. 이는 이문구가 민중을 야만스럽게 표상한 것과 같은 맥락이다. 김주영은 민중을 '야만'의 틀에 가두며 정형화한다.

이문구 소설에서 야만스러운 민중의 표상이 성적 방종과 도둑질로 고착화되었던 것처럼, 김주영 소설의 민중도 성적으로 방종할 뿐 아니라, 도둑질도 서슴없이 저지른다. 「도둑 견습」에서 의붓아버지는 표면적으로는 고물장수이지만, 실상은 도둑이다. 그는 "나"를 데리고 다니면서 도둑질하는 동안 망을 보게 한다. 그는 "대국도둑놈"을 낳고 싶은 꿈을 가지고 있다. 의붓아버지가 몸져눕자, "나"는 의붓아버지 대신 도둑질을 저지르고, 쇠꼬쟁이를 무기로 사람들을 위협하며 원하는 것을 얻어낸다. 이상 김주영 소설의 민중은 성적 방종과 도둑질로 야만의 표지를 획득한다.

이봐, 이 순정 덩어리야. 지렁이 갈비 뜯는 소리 고만하고 싸게 앉아버려, 썩은 폼 밤새워 잡을테여?

된통스럽게 쏘아부치는 한 여자의 말에 은주는, 종아리 맞은 암탉처럼 울음을 뚝 그치고 앉아버렸던 것이었다. 나는 방금 말한 여자를 뚫어질 듯 쏘아보았다.

야, 이 몸도 왕년엔 순정 때문에 눈물 한 번 짭짤하게 흘렸다아.

---

122 위의 글, 153쪽.

지독한 곰보딱지인 그녀는 이렇게 너스레를 떨며 담배 한 개피를 꺼내 척 꼬나 물었다.

니년에게도 죽고 못사는 골빈 수캐가 있었드랬니?

어언니? 사람괄시 단숨에 하지말어, 그땐 나도 개×지가 아니었다우.

식구통 닫아 둬. 쌕 웃는다 얘.

웃는 건 언니 자유지만서두, 언니하는 말씀이 내 가다찌가 틀려먹었다 이건데에, 당장 여기서 날 보구 있는 저 바지씨 한 번 꼬셔보일까? 볼테?

이 화냥년아, 의리 부도내지말고 그만두시지. 임자있는 몸 같으니께.

그녀들은 내가 쏘아보는 것에도 전연 괘념치않아 했을 뿐아니라 오히려 이쪽이 무안해서 돌아서도록 온갖 잡소리를 주저없이 토해 뱉고 있었다. 나는 낯짝에 주눅을 잔뜩 이겨발라 가지고 슬그머니 돌아서는 수 밖에 없었다.[123]

김주영의 「즉심대기소(卽審待機所)」에서 "나"는 풍기문란 죄로 애인 은주와 하룻밤 즉심대기소 신세를 지게 된다. 위는 그때 만난 직업여성들이 나누는 대화이다. 직업여성들은 양갓집 규수인데다 대학생인 은주를 "순정 덩어리"라고 지칭하며 놀린다. 그녀들은 담배를 아무렇지도 않게 피우며, "골빈 수캐"·"개×지"·"식구통"·"가다찌" 등 비속어를 마구 남발한다. "나"의 표현대로 그녀들은 "온갖 잡소리를 주저없이 토해 뱉고 있었"던 것이다. 이 역시 민중이 야만스럽게 표상된 사례이다.

방영웅의 작품집 『살아가는 이야기』의 표제작 「살아가는 이야기」는 이문구의 『장한몽』이 그렇듯, 야만적인 민중상의 집합소이다. 연분이는 꺽다리와 살기 위해서 주인집에서 돈과 금반지를 훔쳐 도망나온다. 그런

---

[123] 김주영, 「卽審待機所」, 『女子를 찾습니다』, 한진출판사, 1975, 64~65쪽.

데 껍다리네 집으로 들어 온 첫날 밤, 연분이는 을순과 껍다리의 관계를 추궁하다가 껍다리에게 얻어맞아서 유산한다. 껍다리의 누나 간난이는 동네 부동산업자 장영감의 첩 노릇을 하는데, 껍다리는 그것을 빌미로 장영감에게 자주 돈을 뜯어낸다. 뿐만 아니라 껍다리는 누나의 방에 외간 남자를 들여보내기도 한다. 유산한 연분이가 병원에 입원해 있는 동안, 껍다리는 또 다른 남자 성칠이를 누나의 방에 들여보내고, 자신은 을순과 동침한다. 누나 간난이는 제 뜻이 아닌 채로 성칠과 하룻밤을 보냈지만, 분노하기는커녕 즐거워하며, 다음 날 홀가분하게 작부 노릇을 하러 떠난다. 간난이를 잃은 장영감은 영이엄마를 찾아가서 받을 빚 대신에 몸을 요구한다. 영이엄마는 원래 몸을 팔 수 있는 여자들을 부러워했던지라 장영감의 요구를 흔쾌히 받아들인다. 이 소설에서 작가는 민중에 야만의 표지를 부착한다. 앞의 두 작가의 경우와 마찬가지로 특히 성적 방종과 도둑질이 야만의 표지를 고착화한다. 방영웅의 소설에서는 야만스러운 민중도 인정스러운 민중도 정물(靜物)처럼 형상화되었는데, 이것은 민중과의 원격 거리에서 민중을 대상화하는 태도의 귀결이라고 보인다.

　여기에서 아이들이 보는 가운데 정사를 벌이거나, 벌이려고 하거나, 벌이다가 들키는 장면이 민중소설에서 반복적으로 출현하는 점은 주목을 요한다. 앞의 이문구의 「추야장」이나 김주영의 「도둑 견습」에서도 그러했고, 앞으로 볼 방영웅의 「살아가는 이야기」나 「모녀(母女)」에서도 그러하다.

　　① 장영감은 자고 있는 아이들을 휘 둘러본다. 제일 큰 계집애가 열 살 그 아래로 다섯 살짜리 아이까지 있다. 그는 아이들을 둘러본 다음 제 자신이 누울 자리가 있는지 그것을 살핀다. 장영감이 누울 자리는 없다. 단칸방에 살림살이를

들여 놓고 다섯 식구가 살기에는 것도 빠듯하다. 그러나 장영감은 허리에 손을 넣더니 바지를 홀렁 벗고 있다.[124]

②"어이구 요년아, 니가 이밤중에 웬일여. 속상해 죽겠네."

엄마는 징징 우는 소리를 하며 대강 옷을 입는 모양이었다. 그리고 불을 켜고 문을 열었다. 공숙이는 여전히 울어가며 방으로 들어갔다. 벌거벗은 채 이불로 아랫도리를 가리고 있던 사내는 뻘건 눈으로 공숙이를 노려보고 있었다. 대강 옷을 입은 줄 알았는데 엄마도 벌거벗은 채였다. 엄마는 벌거벗은 채로 딸의 머리채를 움켜쥐더니 방바닥에 동댕이를 쳤다.

"이년아, 널보구 누가 올라오라구 했어. 니 애비랑 있지 뭐 빨아먹으러 왔어, 이 망할 년아."

공숙이는 방바닥에 나둥그러져서 울기 시작했다. 엄마는 그래도 분이 풀리지 않는지 주먹으로 딸의 잔등을 후려쳤다. 그러면서 악다구니를 썼다.[125]

①의 「살아가는 이야기」에서 장영감은 영이엄마네 아이들이 자는 방에서 정사를 벌이자고 옷을 벗는다. 야만스러운 행각이 아닐 수 없다. ②에서 「모녀」의 어머니는 젊은 남자랑 정사를 벌이다가 딸에게 들켰는데도, 딸을 때리고 악다구니를 쓴다. 어머니는 야만의 표지로 정형화·고착화된 민중의 사례이다. 어머니는 소원대로 명동에 진출하게 되었는데, 나이가 많아 사내를 유혹하기 어렵게 되자, 울면서 이렇게 말한다. "어서 니가 에미 원수 좀 갚아줘. 어서어서 커서, 에미는 다 시들어진 꽃이여."[126]

---

124 방영웅, 「살아가는 이야기」, 『살아가는 이야기』, 창작과비평사, 1974, 105쪽.
125 방영웅, 「母女」, 위의 책, 22쪽.
126 위의 글, 26쪽.

어머니는 딸에게 작부 노릇을 권하며 많은 남자를 유혹하기를 당부하는 것이다. 그것이 어머니에게는 원수를 갚는 노릇이다. 이 소설에서도 방영웅은 민중을 야만이라는 표지로 정형화·고착화한다. 이문구, 김주영, 방영웅의 소설에서 자식이 보는 앞에서 정사를 벌이는 민중은 하나의 서사 관습으로 고착화되어 반복적으로 등장한다. 이러한 반복은 민중을 야만이라는 정형에 가둠으로써 대상화할 뿐 아니라, 이런 장면이 서사관습으로 고착화된 현상은 민중의 현실을 하나의 구경거리 혹은 흥미거리로 삼는 작가의 태도를 내포한다.

앞서 이문구가 '제 꾀에 제가 넘어간 자승자박형의 민중 표상'으로 민중을 희화화하면서 우매함이라는 정형에 가둔다고 논한 바 있다. '제 꾀에 제가 넘어간 자승자박형의 민중 표상'은 김주영의 소설에 무수히 많이 등장한다. 「방문객」의 용수도 그 사례이다. 추현리 마을에 어마어마한 부자로 짐작되는 사내가 방문하고, 그 사내에게 하룻밤 방을 내어준 집의 아들이 서울의 큰 회사에 취직한다. 그 사내에게 조금이라도 도움을 준 사람은 모두 생각하지도 못한 큰 보상을 받는다. 소문이 퍼지자 마을 사람들은 그 사내의 일이라면 앞다투어 거들고 싶어 한다. 용수 역시 그 중 하나이다. 용수는 높은 경쟁률을 뚫고 기어이 몰이꾼으로 발탁을 받는 데 성공한다. 용수는 사냥에서 "거의 생명을 걸었지 않았나 싶게 보였을 만큼 헌신적"[127]으로 활약한다.[128] 용수는 사내에게 충성을 바쳐서 사내가 자신을 서울로 불러주기를 기대한 것이다. 사내에 대한 충성과 헌신의 이

---

127   김주영, 「방문객」, 『즐거운 우리집』, 수상사 출판부, 1978, 169쪽.
128   김주영은 용수의 활약상을 이렇게 묘사한다. "사정거리(射程距離) 안쪽을 아무 거리낌 없이 드나들었는가 하면 이 한겨울 얼음장을 깨고 사내의 일행을 업어서 개울을 건네주는 일에까지 마지막으로 잡은 노루를 혼자서 뒤쫓아 거의 한나절을 뛰어다닌 일까지를 용수가 도맡아 해냈다는 것이다. 그럴 동안 용수는 거의 미친 사람같아 보였고 충혈된 두 눈이 시종일관 불안과 기대로 가득차 있더라는 것이었다."(위의 글, 169쪽)

면에는 자신의 출세를 도모하는 잔꾀가 도사리고 있었다. 그러나 용수가 몰이꾼 노릇을 너무나 잘했기 때문에, 사내는 용수를 매년 몰이꾼으로 쓰고 싶어서 용수에게 아무 곳으로도 옮기지 말고 추현리 마을에 눌러 살라고 당부하며 떠난다. 서울 가서 출세하고픈 욕심에 몰이꾼 노릇에 목숨을 걸었던 용수는 바로 그 잔꾀 때문에 서울로 떠나지 못한다. 자기 꾀에 자기가 구속된 것이다.

「무동타기」에서 박지발 역시 제 꾀에 제가 넘어가는 자승자박형의 인물군 중의 한 사람이다. 막곡동 일대에 미군 부대가 주둔하리라는 소문이 돌자 박지발은 꾀를 낸다. 미군이 주둔하면 동네 물을 흐릴 것이라고 장담하면서, 자신이 "막곡동정화추진위원회"를 맡아 위협을 미연에 방지하겠다고 마을 사람들을 설득한다. 마을 사람들은 박지발의 기지와 책임감을 칭찬하며 사무실 한 채를 마련해 준다. 그러나 박지발의 속셈은 희생과 봉사 정신과는 거리가 먼 것이었다. 그는 우선 공짜로 기거할 집을 얻고, 미군 부대에서 흘러나오는 도깨비 물건들을 암거래할 수 있는 전진기지를 만들며, 그게 안 되더라도 만약 그 집에 철거령이라도 내린다면 보상금을 받고 서울로 도망가기 위해 그런 잔꾀를 낸 것이었다. 그러나 결국 미군 부대가 들어선다는 곳에 들어선 것은 예배당이었다. 박지발이 구박해 마지않았던 아내는 독실한 기독교인이 되어 "신들린 년처럼 죽기 아니면 까무라치기로 예배당을 뻔질나게 출입"[129]하며 이제 그에게 자기주장을 내세운다. 잔꾀 덕으로 박지발이 잃은 것은 고분고분했던 아내요, 얻은 것은 아무것도 없었다. 만일 박지발이 잔꾀를 내지 않았던들 아내는 예전 그대로 순종적인 여인으로 남아 있을 터였다. 여기에서도 박지발은

129　김주영, 「무등타기」, 『여름사냥』, 영풍문화사, 1976, 50쪽.

제 꾀에 제가 넘어가는 자승자박형의 민중 표상을 구현한다.

「이장동화(貳章童話)」의 한심이는 작부 생활에 지쳐서 부잣집에 식모로 들어간다. "기왕에 버린 몸일 바엔 좀 듬직하게 나이들고 돈많은 영감이라도 물고 늘어질 수밖에 없다"[130]고 생각했기 때문이다. 식모로 들어간 이유 자체가 잔꾀 때문이었다. 계획대로 그 집엔 나이 들고 돈 많은 도상태 사장이 살고 있었다. 한심이는 도상태의 첩이 되어 팔자를 고쳐보려는 계획 아래, "열내어 도 사장의 서재랑 거처방을 티 하나 없이 정돈해 주고, 발 씻으라고 내밀면 밀감 껍질 만지작거리듯 보드라운 손길로 따뜻한 물 끼얹어 씻었다. 젖무덤을 그의 목덜미에 대고 이죽거리며 무릎까지 씻어 주어 볼따구니에 미열이 오르도록 하여도 보았고, 허벅지까지 치마 걷어 붙이고 방 훔쳐 그의 시선이 똑바로 박히게도 하였다."[131] 그녀는 언젠가 도 사장이 자기 방을 침범하리라 믿어 의심치 않았다. 그녀의 계산대로 어느 날 어떤 남자가 한심이의 방에 침입하여 그녀를 겁탈한다. 그러나 그 남자는 한심이가 기대한바, 도 사장이 아니라 도 사장의 고등학생 아들 상철이었다. 여기에서 한심이는 꾀를 부리다가 오히려 자기 인생을 복잡하게 만들어 버린다. 그녀는 제 꾀에 제가 넘어간 자승자박형의 민중 표상 중 하나이다.

「비행기 타기」의 시골 면장 최억돌은 자신의 승진과 영달을 위해서 비행장 공사를 자진해서 떠맡는다. 마을 사람들을 부역에 동원하고 그 공을 자기가 가로채겠다는 잔꾀를 부린 것이다. 공사 준공 보고가 끝나자, 비행기가 처음으로 막곡동 비행장에 착륙한다. 바로 그 날 작전장교는 군수에게 비행장의 여건이 좋지 않아 폐쇄해야겠다는 결정을 전달한다. 군수

---

130 김주영, 「貳章童話」, 위의 책, 191쪽.
131 위의 글, 196쪽.

는 이러한 사실을 공사 중반부터 비공식적으로 알고 있었지만, 공사를 중단시키지 않았다. 군수는 비행장으로 터를 닦은 땅을 불하받아 과수원으로 만들려고 작정했기 때문이었다. 여기에서도 최억돌은 제 꾀에 제가 속아 넘어가는 자승자박형의 민중상을 구현한다.[132] 이렇게 김주영의 소설에서 자승자박형의 인물은 하나의 서사관습을 이루어 반복적으로 출현한다. 자승자박형의 인물들은 우매함이라는 정형을 구현한다. 김주영이 반복적으로 민중을 우매함이라는 정형에 가두는 표상 방식은 민중을 대상화하는 태도를 내포한다.

자승자박형의 인물군은 독자의 웃음을 유발한다. 앞의 용수, 박지발, 한심이, 최억돌 모두 자승자박형이면서 한편 희화화된 민중 표상이다. 다음에서 자승자박형 인물의 희극스러움은 선명히 드러난다. 다음은 비행장 폐쇄 결정도 모르고 비행기를 타 보며 좋아하는 최억돌의 심경이다.

이 비행기의 고도와 속도처럼 자기의 출세도 이번 일을 기점으로 가속되리라는 자신감에 충만되어 있었다. 그는 가슴에 심호흡을 넣고 휘파람이라도 불어 보고 싶은 심정이었다. 모든 것은 시방 자기의 발 아래로 신음하며 지나가고 있지 않느냐고 그는 자신에 자꾸 확인시키고 있었다. 군수쯤이야 그야말로 새발

---

132 조그만 회사의 회사원이기에 민중이라기보다 소시민에 가까운 「馬軍寓話」의 마사석 군 역시 자승자박형의 계보를 잇는다. 그는 출세하기 위해 온갖 지략과 꾀를 동원한다. 우선 오상철 과장에게 잘 보이기 위해서 갖은 아부를 마다하지 않는데, 실상은 오 과장의 약점을 캐내어 그를 몰락시키고 그 자리에 자기가 앉고 싶은 내심을 품고 있다. 어느 날 마군은 오 과장의 약점을 발견한다. 오상철이 회사의 제품을 거래명부에 올라 있지 않은 상점에 몰래 빼돌리는 사실을 알아내고, 이를 사장에게 일러바친다. 그러나 마군은 승진할 것이라는 기대와는 달리 회사에서 쫓겨나고 만다. 오 과장의 비리는 사장의 지시에 의한 것이었기 때문이다. 문제의 상점은 사장의 첩의 소유로, 첩을 도와주고자 사장이 회사의 물품을 빼돌렸다는 것이다. 송별금을 전해주면서 오 과장이 남긴 말은 이렇다. "너무 깊숙이 개입을 하셨더군요."(김주영, 「馬軍寓話」, 『女子를 찾습니다』, 한진출판사, 1975, 18쪽)

의 피이고 싶었다. 자기가 비행장 공사를 자진해서 떠맡은 건 백번 잘한 짓이라고 그는 믿었다. 사람 평생, 역시 시야는 멀고 넓게 잡아야 할 것이라고 생각을 도사렸다.

비행기는 어느 새 기수를 돌려잡았는지 사람들이 옹기중기 모여선 비행장 바로 위에까지 와 있었다. 좁은 땅바닥에 제비떼같이 도열한 아래의 군중들을 보자 한없이 측은한 생각이 들었다.

"땅강아지같이 불쌍한 사람들!"

그는 자기도 모르는 사이에 이렇게 가만히 중얼거렸다.[133]

위에서 최억돌은 출세할 것이라는 기대에 충만해 있다. 군수도 하찮게 보이고 마을 사람들은 한없이 측은하게 보인다. 그런데 바로 이 순간 작전장교는 군수에게 비행장 폐쇄 결정을 전달하고 있었다. 그런 줄도 모르고 자만심에 가득 차서 비행기 아래로 보이는 사람들을 하찮게 여긴 나머지 "땅강아지같이 불쌍한 사람들"이라고 중얼거리는 최억돌은 그야말로 희화된 인물이다. 이문구가 민중을 희화화하면서 대상화했듯 김주영 역시 민중을 희화화하며 대상화한다. 「비행기 타기」의 최억돌뿐 아니라, 「이장동화」의 황만돌과 한심이, 「무등타기」의 박지발, 「방문객」의 용수 모두 궁극에 희화화되기는 마찬가지이다. 이문구의 경우와 마찬가지로, 민중을 희화화하는 표상 방식은 민중의 열등함을 꼬집고 웃음거리로 삼는 태도를 내포한다. 여기에서 작가는 민중의 우매함과 열등함을 위에서 내려다보는 우월한 위치에 서 있다.

이상 살펴보았듯, 세 작가는 민중을 야만과 우매의 표상이라는 정형에

---

133 김주영, 「비행기 타기」, 『여름사냥』, 영풍문화사, 1976, 72~73쪽.

가두고, 정형을 반복적으로 출현시킨다. 한 작가의 소설 안에서의 정형의 반복도 정형을 더욱 고착화시키기에 문제적이지만, 여러 작가의 소설에서 정형이 반복된다는 사실은 더욱 문제적이다. 이런 현상은 작가들이 텍스트에서 텍스트로 유포된 선험적인 민중상을 답습한다는 이 글의 가설에 근거를 제공한다. 민중을 야만과 우매라는 정형에 가두어 표상하는 방식 자체가 민중을 대상화하는 태도를 누설한다. 게다가 그런 표상 방식은 민중에게 공포를 느끼거나 민중을 구경거리로 삼거나 민중의 열등함을 비웃는 태도를 내포한 것이기에 더욱 민중을 대상으로 소외시킨다.

2) 인정으로 봉합된 야만

많은 민중소설에서 특기할 점은 야만적으로 표상된 민중이 시간이 흐른 후 인정 많은 인물로 둔갑한다는 사실이다. '애초에 야만적이었던 민중도 알고 보니 인정과 양심을 가졌더라'는 식의 서사구조가 눈에 띄게 자주 출현한다. 야만을 인정과 양심으로 봉합하는 이 표상 방식은 이문구뿐만 아니라 이른바 70년대 민중소설 전반에 걸쳐 유행처럼 되풀이 나타나는 일종의 관습이 된다. 이때 야만적인 민중에게 도덕적 착색을 수행해야 한다는 의식은 강박적으로까지 보인다. 이것은 당대의 이데올로기, 즉 민중을 이상적인 존재로 보는 이데올로기가 초자아의 명령으로 작용한 결과라고 보인다. 즉자적 차원에서 민중은 야만적으로 인식된다. 하지만 그것에 민중을 이상적으로 표상해야 한다는 당위가 개입한다. 그리하여 민중은 애초에 야만적이다가 나중에 이상적인 혼종적인 존재로 표상되는 것이다.[134] 야만과 인정은 서로 배타적인 것 같지만, 두 자질 모두 민중을 정형화하는 과정에서 부착된 고착적 표지라는 점에서는 같다. 민중을 야만적으로 표상하거나 그것을 인정으로 봉합하거나 모두 민중을 대상으로 보는 태도의 일환이기에 문제적이다.

야만적이고 미개하게 형상화된 민중은 시간이 흐른 후에 '그래도 양심과 인정을 가진 존재'로 귀결된다. 앞서 언급한 이문구의 「추야장」에서 능애는 아이 아버지인 윤만의 가난을 견딜 수 없어서 몰래 그를 떠나면서도 축복하기를 잊지 않는다.

> 부지런하고 고지식하기로 일러온 그에게 가난의 죄를 몽땅 뒤집어씌운 건 좀 미안하기도 했다. 그러나 윤만이도 한갓 남의 염전 머슴으로서만 썩수 있는 자기에게서 떠난 사실을 한(恨)으로 삼는다거나 저주와 증오만 할 것 같진 않았다. 저도 사내라면 이해할 수 있으리라 싶은 거였다. 먼 훗날에 가서라도 복을 받게 될 사람이 있다면 윤만이 또한 그 축에서 빠지진 않을 거였다. 있으면 있는 대로, 없을 건 없은 채로 하늘에서 탄 분수를 지키며 제 양심껏 텁텁하게 살아갈 사람이니까.[135]

자신과 살기 위해 도둑질도 서슴지 않았던 윤만을 떠나는 능애의 행동은 윤만의 입장에서 볼 때 배신행위이다. 윤리적으로 정당하지 않은 행위를 저지르면서도 능애는 위에서처럼 윤만이 자신을 이해할 것이라고 합리화하며 그에게 미안한 마음을 갖는다. 여기에서 '미안한 마음'으로 인

---

134 호미 바바는 "흑인은 야만인(식인종)인 동시에 또한 가장 순종적이고 고상한 하인(음식을 나르는 사람)인 것이다. 그는 걷잡을 수 없는 성적 욕망을 드러내고 있지만 또한 어린아이처럼 천진스럽다. 그는 신비스럽고 원시적이고 단순하면서도 가장 세속적이고 능숙한 거짓말쟁이이자 사회적 힘의 조종자이다"(호미 바바, 앞의 책, 174쪽)라고 진술한다. 이때 "흑인"이라는 말을 '민중'으로 대체해도 이 진술은 정합성을 가진다.
135 이문구, 「秋夜長」, 150쪽.

해 능애는 다소간 도덕적으로 회복된다. 능애는 또한 윤만이 분수껏 양심 껏 사는 사람이기에 복을 받으리라고 축수하며 떠난다. 이 장면에서 이문 구는 능애의 비도덕적 배신행위에, 다소 작위적으로 보일 정도의 도덕적 착색을 감행한다. 야만을 그리면서 야만 그대로를 모사함에서 그치지 않 고, 반드시 거기에 도덕적 착색을 가미하고야 마는 이 점이 바로 문제적 이다. 그것이 바로 70년대 민중소설가들이 반복적으로 취하는 태도이기 도 하다. '야만적이지만 나중에 알고 보니 양심과 인정이 있더라'는 식으 로 표상된 민중은 한 무더기의 정형을 이루어, 이문구의 다른 소설들뿐 아니라 김주영, 방영웅 등 다른 작가들의 소설에서도 반복적으로 출현한 다. 우선 이문구의 다른 소설 『장한몽』에서 '야만적이지만 알고 보니 양 심과 인정을 지닌 민중'이 표상되는 양상을 본다.

> 구가 그 이름 없는 유골을 가마니로나마 이슬을 가려 주기로 한 것은 황의 뼈 다귀로 가정을 해서 한 짓이었는데, 그 동기는 오직 한 가지뿐이었다. (…중략…) 단지, 그 유골을 황의 것으로 가정하고 보니 비록 하잘것 없는 감상(感傷)이라 해 도 여전히 측은하기 짝이 없던 것이다. 그것은 단순한 동정이었는데, 그것은 황 이 죽으면서도 용서받지 못하고 죽은 게 아닌가 하는 동정이었다. (…중략…) 구 는 오늘까지 아직 한 번도 황을 마음으로 용서한 적이 없음을 깨달았고, 그것만 은 불찰이라는 느낌이었다. (…중략…) 자기는 법이 아니었고, 황에 대한 처리 방 법 또한 일시적인 감정과 흥분의 소치였음을 늦었으나마 깨달았던 것이다.[136]

구본칠은 6·25전쟁 와중에 부모의 원수 황승로를 구덩이 속에 거꾸로

---

136   이문구, 『長恨夢』, 194~195쪽.

처박아 산 채로 죽인다. 그는 줄곧 황승로에 대한 죄책감을 느끼지 않고
살아 왔다. 황승로는 "죽을 죄를 진 짐승"이고 "빨갱이두 악질 빨갱이 늠
을 위치기 사람으로 보겄나"[137] 싶기 때문이었다. 애초에 구본칠은 사람
을 비참하게 죽이고도 오랜 세월 죄책감을 느끼지 못하는 야만적인 존재
로 형상화되었다. 하지만 소설적 현재의 그는 이장 공사장에서 발견한 비
운의 시신을, 손해를 감수하고 밤늦게 따로 가마니로 덮어준다. 황승로를
연상케 하는 그 시신에 연민을 느꼈기 때문이었다. 급기야 그는 황을 용
서하지 못했음을 반성하고 자신의 행위에 죄책감을 느끼게 된다. 애초에
야만적이었던 구본칠은 시간의 흐름과 더불어 양심과 인정을 회복하는
존재로 표상되는 것이다.

①아무리 먹고 살자는 노릇이고, 개같이 벌어 정승같이 쓴다더라도, 이처럼
죽은 사람의 썩은 두개골에서 머리카락을 잘라다 팔아먹는 인간이라면 다시 없
겠기에 그랬다. 그러나 순평이 자신은 변명할 말이 없지도 않았다. 이런 짓으로
의식주 해결에 도움을 얻고자 한 게 아니었다. 또 무슨 저축 따위로 축재를 한다
거나 하는 그도 아니었다. 돈이 아쉬워하는 것은 사실이지만 그 돈의 용처
만은 깨끗한 것이었다. 초순이의 생일 선물―그 생일 선물을 하는 데에 한푼이라
도 보태어 써야겠기에 밤 도와 나섰던 것이다.[138]

②별의별 위조품이 판을 치고 있는 세상이지만, 반공사상만큼은 위조를 해
선 안 된다는 반성의 덕택이었다고 말했다. 그처럼 두려운 일도 없으리라 싶다
고 그는 말하고 있었다.

---

137   위의 책, 49쪽.
138   위의 책, 198쪽.

"승공사상 위조범이란 게 뭡니까. 위조를 할 수 있다면 용공분자거나 회색적인 인간이겠지요……. 그 생각을 하니 아찔합니다."[139]

①에서 순평은 밤늦게 사람들의 눈을 피해 해골들의 머리카락을 잘라낸다. 머리카락을 팔아서 짝사랑하는 초순의 생일선물을 마련하기 위해서이다. 여기에서 순평은 애초에 시신의 머리카락을 절단하고 매매하는 야만을 구현하지만, 그 야만은 이후에 사랑하는 여인을 위한 순정의 발로로 귀결된다. 이로써 순평은 '야만스럽지만 알고 보면 인정스러운 민중'의 계보를 잇는다. 한편 ②에서 반공·방첩 전단을 이용해서 사기행각을 벌이던 박영감은 "반공사상만큼은 위조를 해선 안 된다는 반성의 덕택"으로 사기행각을 그만 둔다. 여기에서 반공사상의 허구성 여부를 운운하기 전에 반공사상이 박영감에게 윤리적인 심급으로 작용한다는 사실을 눈여겨봐야 한다. 박영감에게 반공사상은 양심과 비양심을 가르는 잣대가 된다. 적어도 박영감에게 양심이란 반공 이데올로기를 위배하지 않는 것이다. 여기에서 민중은 서민의 돈을 갈취하는 비윤리적 사기행각을 일삼는 야만적인 존재이다가, 자신의 양심에 충실한 존재로 전화된다.

「녹수청산(綠水靑山)」의 대복은 '야만적이지만 알고 보면 인정스러운 민중'의 대표적인 사례이다. 동네에서 내놓은 망나니 대복은 도둑질을 일삼다가 징역도 살았다. 그의 악행 중 절정은 강간 미수였다. 그는 육이오 전쟁 당시 순심이를 겁탈하려다가 붙들린다. 사람들은 대복이 순심을 진심으로 연모한 것이 아니라 단지 동물적인 욕구에서 그러했을 것이라고 짐작한다. 세상이 바뀌어 풀려나온 대복은 자신을 고발한 순심이네에 대한

---

139   위의 책, 292~293쪽.

복수심을 불태운다. 그러다가 어느 날 대복이 순심이네 집에 머슴으로 들어가는데, 사람들은 이것도 곱게 보지 않았다. "본디가 흉물이므로 한집에 살면서 언제 어떻게 무슨 패악스런 짓을 저지를지 모"[140]른다는 것이 동네 사람들의 중론이었다. 그런데 결말 부분, 대복의 진심이 밝혀진다. 대복은 원래 순심에게 복수할 생각이었으나, 그녀의 얼굴을 보자 정을 끊을 수 없어 그녀를 숨겨주고 그녀의 부모를 위해 머슴 노릇을 해주었다는 것이다. 여기에서 대복에 관한 두 가지 사실이 부정된다. 독자는 그가 순심을 연모하지도 않으면서 동물적인 충동에서 겁탈하려고 했을 것이라고 짐작하다가, 결말 부분 그의 연정이 깊고 진실했다는 사실을 깨닫게 된다. 야만스런 대복이 인정스런 대복으로 전화되는 순간이다. 또한 대복을 순심에 대한 저주를 일삼는 야만스런 인간으로 인식했던 독자의 기존 관념은 순심을 숨겨주고 그 가족을 헌신적으로 도와 온 대복의 인정으로 인해 전복된다. 이렇게 작가는 대복을 한껏 야만스럽게 표상했다가, 결말에 섬광처럼 '그토록 못된 놈도 알고 보니 인정이 있었더라'는 식으로 봉합하는 장치를 설정한다. 또한 작가는 애초에 대복을 경계했던 순심도 시간이 흐름에 따라 대복을 진심으로 좋아하게 되었다고도 설정한다. 애초에 강제 겁탈, 고발과 처벌로 아름답지 못했던 관계가 결말에 이르자 진실한 애정으로 둔갑하는 것이다. 이 또한 야만이 인정으로 전화한 사례라고 볼 수 있다.

　이문구뿐만 아니라 70년대의 다른 민중소설가들에서, 야만을 인정으로 봉합해야 한다는 의식에 긴박된 사례는 무수히 볼 수 있다. 이는 민중을 이상적 존재로 상정하는 당대 이데올로기에 감염된 결과로 보이는데,

---

140　이문구, 「綠水靑山」, 『冠村隨筆』, 문학과지성사, 1977, 163쪽.

이것의 문제점은 다음 항에서 고구해 보겠다. 그 전에 김주영과 방영웅의 소설에서 '야만스럽지만 알고 보니 인정스러운 민중 표상'이 반복적으로 드러나는 양상을 고찰한다.

앞서 보았듯 김주영의 「도둑 견습」의 의붓아버지는 성적 방종과 도둑질로 야만을 구현하였다. 그런데 소설의 결말 부분에서 작가는 그런 의붓아버지의 인정을 부각한다. 역시 야만을 인정으로 봉합한 사례이다. 최씨는 어머니와 한 번 더 자기 위해서 마이크로버스에서 "나"의 가족들을 쫓아내겠다고 위협한다. 그러나 친아버지와는 달리 의붓아버지는 어머니를 최씨에게 내어주지 않았다. 그 때문에 가족은 마이크로버스를 잃게 된다.

> 그러나 나는 실망하지 않았습니다. 우리 세 식구가 기거할 집이 헐리는 것을 감수하면서까지 어머니를 음흉한 최가 놈에게 넘겨주지 않았던 아버지는 아무래도 거인(巨人)으로 보였기 때문입니다. 아버지는 기어코 어머니로 하여금 자신이 바라던 대국도둑놈을 낳게 할 심산임에 틀림없었습니다. 나는 그런 아버지를 두었다는 사실에 감동하였고 또한 자랑스러웠지요. 까짓것 그런 집 정도야 이 세상 어느 모퉁이엔들 또 없겠습니까. 나는 그때, 주머니에 쑤셔넣었던 쇠꼬챙이를 꺼내서 저쪽 하늘 멀리 멀리로 던져 버렸습니다. 적어도 대국도둑놈을 낳게 할 거인의 아들이 이따위 거추장스럽고 비겁한 것쯤은 가지지 않아도 최가 하나쯤은 거뜬하게 때려누일 수 있다는 자신이 불끈 솟아 올랐기 때문이지요.[141]

소설의 서두에서 의붓아버지를 "이새캬"라고 부르고, 오랫동안 그에게 적대적이었던 "나"는 의붓아버지가 어머니를 지켰다는 이유로, 비록 거

---

141 김주영, 「도둑 견습」, 175쪽.

처할 곳을 잃었지만, 아버지를 "거인"으로 보며 "그런 아버지를 두었다는 사실에 감동"하고, "또한 자랑스러"워 한다. 이렇게 의붓아버지를 사랑하고 신뢰하게 된 것을 계기로, "나"는 쇠꼬챙이를 멀리 던져 버린다. 의붓아버지의 의로운 행동은 "나"의 성장의 계기가 된 것이다. 적대적이었던 의붓아들의 환심을 일거에 사고, 그를 결정적인 성장으로 이끌 정도로, 의붓아버지의 의로움은 대단한 것이었다. 이 소설에서 김주영은 민중을 야만스럽게 표상하다가 결국 결말 부분 서둘러 야만을 의로움으로 봉합해 버린다. 이는 이문구 소설에서 '야만스러운 줄 알았으나 알고 보니 인정스러운 민중'의 표상이 일련의 계열체를 이루고 등장한 것과 같은 맥락이다.

한편 앞서 「즉심대기소」에서 김주영이 직업여성들을 야만스럽게 표상하였음을 보았다. 그러나 서사를 진행시키며 그는 역시나 그녀들의 야만을 인정으로 봉합한다.

그러나 은주가 앉은 자리는 그 중 한짝져서 바위 틈에 붙어있는 부엉이 집처럼 여간 살펴서는 보이지 않는 구석자리였으므로 그녀들의 배려가 영 농담은 아닌 것 같았다. 말하자면, 그녀들은 은주를 숨겨주고 있는 것 같았다. 중년의 사내가 그들이 은주를 비호하려는 태도에 픽 웃고 있었다. 나 역시 그러하였다. 적어도 그녀들에게 있어서 여대생인 은주가 자기들 편이란 사실을 확인시켜준 그 순경에게 감사하고 있으리라고 생각했다. 그들은 분명 양가집 아가씨며 곱살한 은주가 냄새 투성이며 상처 투성이인 자기들 옆에 단 하룻밤일 망정 곁에 있어 준다는 사실에 너무나 흥분하고 있으리란 내 짐작이었다.[142]

---

142 김주영, 「卽審待機所」, 72~73쪽.

직업여성들은 은주를 거친 언사로 놀렸던 행동과 다르게, 실상은 은주를 보호해주고 싶어 한다. "갈보 아니면 대폿집 작부, 역전 빌붙이들, 죠바 새끼들, 막걸리 배달꾼, 이런 따위의 문교부 혜택이라면 젓가락으로 찍어서라도 맛못본 순말자들"[143]로 붐비는 비좁은 방에서 앉을 자리를 찾지 못한 은주에게 자리를 마련해 주기 위해 언니 격인 직업여성은 동료 직업여성과 싸움까지 벌인다. 그들 중 한 여자는 자기들의 자리 중 맨 구석 자리에 은주를 낚꿔채다 앉힌다. 그런데 그 자리는 위에서처럼 사람들의 시선을 차단하는 좋은 자리였다. 온갖 험한 사람들이 득실대는 즉심대기소의 분위기에서, 너무나 이질적인 은주는 사람들의 시선 때문에 몇 배로 고단하였다. 그런 은주의 상황을 이해하고, 직업여성들은 시선을 차단하는 곳에 은주의 자리를 마련해 줌으로써, 은주를 "비호하려"고 했던 것이다. 나중에 직업여성들은 "은주의 옷매무새를 고쳐주"[144]기도 하며, 결말 부분 은주를 데리고 도망감으로써 그들의 인정을 완성한다. 여기에서도 애초에 야만을 구현했던 직업여성들은 궁극으로 인정을 구현한다. 이들 역시 '야만스러운 줄 알았으나 알고 보니 인정스러운 민중'의 계보에 속한다.

방영웅의 소설 「올겨울」의 영달 역시 '야만적인 줄 알았으나 알고 보니 인정스러운 인물'의 계보에 속한다. 영달은 원래 망나니로, 그가 나타나면 주변 사람들은 긴장한다. 영달은 김씨와 술을 마시다가 몰래 빠져나와 김씨의 자전거와 비싼 연장들을 훔쳐 달아난다. 김씨 역시 가난하긴 마찬가지이기에 영달을 찾아나선다. 우여곡절 끝에 찾아낸 영달은 벙어리와 결혼해서 살고 있었고, 장인의 생일잔치를 마련해 주느라고 도둑질을 한 것이었다. 이 소설에서 영달은 애초에 가난한 사람들의 물건을 훔치고 그

---

143   위의 글, 63쪽.
144   위의 글, 81쪽.

들에게 사기를 치는 야만을 구현했으나, 결말 부분에서는 더 가난한 아내와 장인을 지극히 사랑하는 인정스러운 인물로 둔갑한다. 야만을 인정으로 봉합하는 창작 방식은 70년대에 거의 서사관습으로 굳어진 듯하다. 이것은 텍스트에서 텍스트로 전수·전파되어 하나의 정전처럼 굳어진 서사관습으로 보인다. 이러한 민중 표상 방식은 민중을 이상적인 존재로 상정하는 당대의 이데올로기에 긴박된 작가의식을 내포한다.

3) 이상화의 함의

앞서 보았듯 이문구·김주영·방영웅은 민중을 야만스럽게 표상하다가도 인정스러운 표상으로 봉합해 버린다. 실상 인정스러운 민중의 표상 또는 양심을 수호하는 민중의 표상은 그들의 소설에서 흔하게 발견된다. 이러한 반복 역시 민중을 '이상적인 존재'라는 정형의 틀 안에 가둔다. 이상화는 타자를 풍경으로 바라보는 태도와 다르지 않다. 낯선 곳을 여행할 때 여행자는 풍경을 찬미하고 미화하지만 그곳에서 악전고투하는 생명들의 꿈틀거림을 보지 못한다. 찬탄과 미화는 타자에 대한 원격 거리를 전제했을 때 가능한 반응이며, 타자에 대한 무지(無知)와 타자와 주체의 무연(無緣)함을 내포한다. 따라서 그것은 타자를 대상으로 소외시키는 태도와 다르지 않다.[145] 이 글은 민중소설에서 미화된 민중이 심적 위안처나

---

145 또한 이것은 "동양을 단지 서양을 위한 구경거리"(에드워드 사이드, 앞의 책, 187쪽)로 보는 태도와 같은 맥락에 놓인다. 백인들이 흑인들을 대할 때 종종 "이 거대한 마천루의 도시에서 우리의 삶이 지치고 노곤해질 때 우리가 순진하고 순수하며 꾸밈없는 우리 아이에게로 되돌아가듯 언젠가는 너희에게로 되돌아가게 될 것이라"(프란츠 파농, 앞의 책, 166쪽)고 생각한다고 파농은 고발한다. 그가 비판하는 것은 백인이 흑인을 순수하고 순진한 심적 위안처로 이상화하는 태도, 흑인을 여행지의 풍경으로 바

풍경의 자리에서 얼마나 멀리 떨어져 있는지 재고할 필요를 제기한다. '민중이 이렇게 아름다우니 우리 지식인은 희망을 가져도 되지 않겠는가' 라는 반응을 작가가 유도했다면 그것은 지식인의 자기 확신을 위해 민중을 동원·소비하며 궁극적으로 심적 위안처로 삼는 태도이다.

다음에서 이문구 소설의 민중이 인정 많은 존재, 어려운 환경에서도 꿋꿋하게 양심을 지키는 존재로 이상화되는 양상을 살펴보겠다.

> 그런 중에도 옹점이는 조금 달랐다. 그네들이 살아온 이야기, 살아가는 이야기를 들어 보면 불쌍하기 그지없다던 거였다. 굶다 못해 이불솜을 빼다 팔아 겨울에도 홑이불을 덮는다든가, 변변한 옷가지는 죄 팔아먹어 주제꼴이 그처럼 비렁뱅이 꼴이라는 거였다. 그렇다면서 전재민만 오면 어머니를 졸라 무엇이든 한 가지는 갈아 주도록 꾀하던 것이다. 그녀는 특히 그녀만 보면,
>
> "옥상, 오꼬시 사 먹소."
>
> 하며 들어붙던 절름발이 늙은이를 가장 측은하게 여기고 있었다. 일본에서 건너오다 처자를 놓쳐 홀로된 늙은이라는 거였다.
>
> "그 옥상만 보면 지 애비가 모집 나갔다 나오면서 고상했다던 생각이 나서 딱해 못 견디겠유."
>
> 옹점이가 어머니한테 하던 말이다.[146]

위에서 「행운유수(行雲流水)」의 옹점이는 인정스러운 인물로 표상된다. 옹점이는 동네 가난한 사람들을 깊이 동정하며 도와주고자 애쓰는 인물이다. 또한 앞 장에서 본 '야만스럽지만 알고 보니 인정스런 인물' 군들도

라보는 태도이다.

[146] 이문구, 「行雲流水」, 『冠村隨筆』, 문학과지성사, 1977, 100~101쪽.

궁극적으로 인정스러운 인물의 계보에 속한다고 할 수 있다. 인정스러움 이외에 의로움도 민중을 이상화하기 위해 부착한 표지이다.

> 그는 농민들의 회계를 도모한다는 허울 밑에, 한갓지고 취미 많은 사람들의 오락을 도와 동짓달부터 이듬해 3월 그믐까지, 공기총을 반년 가까이나 풀어주는 관청의 처사도 여간 마뜩찮아 하지 않았고, 자연보호를 강조한다고 장날마다 애매한 학생들만 동원하여 시가행진이나 시키는 짓도 얼른 고쳐야 할 겉치레라고 믿어왔다. 진실로 사람이 자연을 보호함으로써 자연으로 하여금 사람을 보호하도록 꾀하려면, 참새 한 마리라도 하찮게 다루지 않아야 옳다는 것이 그의 주장이었다. 그렇잖아도 원수 같은 게 많은 농민들이므로 참새한테까지 추수를 빼앗긴다면 짝없이 억울한 일이었다. 그는 그러나, 참새도 자연에 맡겨 다스림이 바른 태도라고 믿었다. 사람이 매 새매 수리 부엉이 올빼미 따위를 보호해 주면, 그것들은 타고난 성질로 참새를 정리하게 되어 참새의 피해도 저절로 덜어질 일이던 것이다.[147]

「우리 동네 최씨」에서 최빈곤층인 최씨는 정부의 사냥 허가 정책을 반대하며, 새떼들을 보호해야 한다고 생각한다. 쌀알을 먹어 치우는 참새조차도 사냥보다 자연의 섭리에 따라 다스려야 한다고 믿는다. 여기에서 최빈곤층인 최씨는 남다른 생태 보존 의식을 가진, 자연에 인간적인 폭력을 가하는 것을 경계하고 자연의 섭리에 따르는 상생의 지혜를 가진, 이상화된 민중으로 표상된다. 최씨는 또한 노동쟁의에 휘말려 피신 온 명순을 이해하고 동정하는 포용력을 지녔다. 최씨의 의로움은 연이어진다. 거친

---

147 이문구, 「우리 동네 최씨」, 『으악새 우는 사연』, 한진출판사, 1978, 156쪽.

세상 속에서 살려면 마음을 단단히 먹어야 하는데, 그 연습의 일환으로 공장의 소요에도 관여치 말고 자기 일만 열심히 하라는 딸 애인의 말에 대한 최씨의 반응은 이렇다. "세상 인심이 거칠어갈수록 옳게, 바른대루 살 생각은 워디 두구, 니가 그러니게 나두 그러마—그늠 생사람 굿힐 늠일세 그려."[148] 최씨는 노동자의 열악한 처지와 쟁의의 타당성을 이해하는 각성된 의식의 소유자, 영악하고 악착스럽게 살아야 한다는 상식에 반발하는 의로움을 지닌 인물로 표상되는 것이다. 최빈곤층에 놓인 민중조차 이런 의로움을 지녔다는 사실을 보여주는 것이 작가의 의도겠지만, 이는 민중을 덮어놓고 이상화하는 표상 방식의 일환이 아닌가 싶다.

「우리 동네 리씨」의 리씨는 "나는 내 양심 내 정신으루, 내 줏대 내 나름으루 살자는 사람"이며 "아무리 농토백이루 살어두 헐 말은 허메 살" 터라는 뜻을 다지며 문패를 "이낙천"에서 "리낙천"으로 갈아 단다. 그러나 어느 날 밀주 단속 나온 공무원들에게 거짓말로 위기를 모면한 후, 그날 하루 줄곧 "남과 다를 것 없는 짓만 골라"[149]했음을 깨닫는다. 그는 스스로 부끄러워하며 문패를 그 전대로 다시 고치리라 작정한다. "그것은 자기의 떳떳치 못한 행위에 대해 스스로 사과하고 과오를 반성하기 위한 조치였다."[150]

"서울서는 아파트루 몰려댕기는 투기자금만 일천억 원이 웃돈다는디, 우리게는 사채 빼구 조합 빚만 이천만 원이 넘는답디다. 그래두 입때껏 그냥 살었으니…… 꿍—."

리는 하던 말을 매듭짓지 못하고 밖으로 나왔다. 깜뭇 하고 있던 일이 불현듯

---

148 위의 글, 193쪽.
149 이문구, 「우리 동네 리씨」, 『으악새 우는 사연』, 한진출판사, 1978, 139쪽.
150 위의 글, 139쪽.

들솟으면서, 받자하지도 않을 소리나 속절없이 늘어놓느니 보다, 어서 문패부터 새로 해야 행세가 바를 것 같던 것이다.[151]

리씨는 볍씨를 개량하라는 농촌지도소 강사의 연설에 조리 있게 반박한다. 청중들은 모처럼 속 시원한 소리 들어본다는 듯 리씨를 응원한다. 그러나 리씨는 입바른 소리를 즐겨 하던 평소의 습관과 다르게, 하던 말을 중간에 자르고 그 자리를 떠난다. 그는 남들 앞에서 줏대 있는 말, 이치에 닿는 말을 하기에는 스스로 양심에 꺼려진다고 느낀 것이다. 남들과 달리 살리라는 신념을 배반한 행동을 했다고 자각했기 때문이다. 입바른 소리를 남들에게 늘어놓기보다 자신의 과오를 반성해야 "행세가 바를 것 같"다고 느끼는 점에서, 그는 양심적이다. 이 소설에서 작가는 리씨를 남들에게 옳은 길을 설파하기 이전에 자기 자신의 과오를 반성할 줄 아는, 남의 눈의 들보보다 자기 눈의 티끌을 더 먼저 꾸짖는 양심적인 민중으로 형상화한다. 이것이 민중을 이상화하는 표상 방식의 일환임은 물론이다.

이문구 소설에서 이상화된 민중은 종종 이상화된 토속과 연관된다.

갈 길이 바다로 정해지자 걸음새에도 힘이 괴는 것 같았다. 그는 어서 가서 속죄라도 하고픈 심경이 된 거였다. 바다—몰아쳐와 자폭하듯 부서지는 파도에게, 그 위에서만이 제 세상인 물개들에게, 날뛰는 새우며 기어가는 게새끼들과 뻘이나 모래 속에 숨어 바다를 숨쉬는 조개와 고동새끼들에게도 사과를 하리라고 거듭 다짐했던 것이다.[152]

---

151 위의 글, 144쪽.
152 이문구, 「海壁」, 『海壁』, 창작과비평사, 1974, 185쪽.

「해벽(海壁)」의 조등만은 사포곶이 간척된다는 소식에, 그 속에 사는 생물들에게 속죄하고픈 심경을 느낀다. 자연의 미물까지도 경외하는 그는 이상적으로 표상된 민중이다. 이 소설에서 이문구는 민중뿐만 아니라 민중의 생활터전인 '바다'까지도 이상화한다. 민중을 이상화하는 표상 방식이 토속을 이상화하는 표상 방식과 연결되는 지점이다. 문제는 민중의 생활터전을 이상화하는 작가의식이 사회적으로 훈련 받은 결과라는 점이다. 민중의 생활터전인 바다 혹은 농토를 덮어놓고 신성시하는 태도는 이문구 소설과 다른 민중소설에서 반복되는, 자명한 전제와도 같다. 이는 민중의 생활터전을 풍경으로 바라보는 태도와 다르지 않다. 다음에서도 민중의 생활터전은 이상화·풍경화된다.

①비 때 비 주구 눈 때 눈을 주는 하늘두 우리를 안쇅이구, 쌀 때 쌀을 주구 보리 때 보리를 주는 땅두 우리를 안쇅여유. 그런디 하물며 사람것들이 우리를 쇅여? 항차 우리에게 뭔가를 보태주려구 뛰어댕긴다는 것들이 우리를 쇅여?[153]

②내가 헐라는 말은 저기여. 벨 게 아니라, 하늘을 쳐다 보구 땅만 믿구 사는 우리찌리는 여전히 경우가 있구, 인사가 있구, 이웃두 있구, 우정두 있구, 이런 것 저런 것 다 분별이 있는디, 직업이 사람을 상대루 허는 직업은 우리가 마소나 들풀이나 돌멩이 같은 다른 저기들과 다름읎이 뵈는 모양여. 우리가 있음으루 해서 각기 직업두 생긴겐디, 그 직업을 한번 붙잡았다 허면 우선 인심부터 내삐리구 저기허더란 말여. 직업을 권세루 알기루 말헐 것 같으면 하늘을 입구 흙을 먹는 우리네 위에 올러 슬 것이 없을 텐디두…….[154]

---

153   이문구, 「으악새 우는 사연」, 『으악새 우는 사연』, 한진출판사, 1978, 56쪽.
154   위의 글, 60쪽.

위는 이악스러운 황씨를 혼내는 자리에서 김씨가 한 말이다. 김씨는 농촌과 농민을 이상화한다. ①에서 농민의 생업과 밀접히 연관된 하늘과 땅은 우주적 윤리를 구현하는 이상화된 존재로 '자명하게' 상정된다. 이 자명한 사실에 의문을 허하기란 불가능하다. 또한 농민은 하늘과 땅의 우주적 섭리에 따라 순행하는 자연의 일부로 이상화된다. ②에서 농민은 하늘과 땅을 믿고 살기에 경우 바르고 예의와 인정을 아는 존재로 이상화된다. 이것은 농민을 하늘과 땅과 동궤에 놓음으로써 우주적 존재, 훼손되지 않은 인간성을 지닌 존재로 이상화하는 표상 방식의 일환이다.

김주영과 방영웅의 소설 역시 민중을 이상적인 존재로 표상해야 한다는 당위에 긴박된 작가의식을 드러낸다.

그때 저 쪽 여자들 틈새에서 가만한 노래소리가 들려 왔다.

푸른 하늘 은하수 하얀 쪽배엔, 계수나무 한 나무 토끼 한 마리, 돛대도 아니 달고 삿대도 없이 가기도 잘도 간다 서쪽 나라로-.

앳된 여자의 노래소리는 느릿느릿 퍼져 나갔고, 그리고 그 여운이 방 안 가득히 차올랐다. 여자의 목소리는 이상하게도 물젖은 상추 잎사귀처럼 푸릇푸릇 생기로 차 있었고 바닷물에서 금방 건져 올린 미역타래처럼 탄력이 있었다.

은하수를 건너서 구름 나라 지나서 어디로 가나, 멀리서 반짝반짝 비치는 것, 샛별이 등대란다 길을 찾아라-.

그녀의 나직한 노래소리는 이렇게 그치고 있었다. 그것은 매우 신선한 귀띔이었고, 그리고 마력적인 감흥을 우리 모두에게 안겨주는 것이었다. 너무 오랜만에 만난 고향 친구끼리 말을 잃어 버리듯이 나는 그 곰보딱지 여자를 오래도록 바라보고 있었다.[155]

김주영의 「즉심대기소」에서 처참한 하룻밤을 보내는 동안 "나"는 위에서처럼 한 직업여성의 노랫소리를 듣게 된다. "이상하게도 물젖은 상추 잎사귀처럼 푸릇푸릇 생기로 차 있었고 바닷물에서 금방 건져 올린 미역타래처럼 탄력이 있"는 목소리로 부르는 그녀의 노래는 급기야 "마력적인 감흥"을 안겨준다. 이렇게 아름다운 노래는 앞에서 막말을 지껄이고 자기들끼리 추악한 싸움을 벌였던 모습과 대조적이다. 위의 장면에서 김주영은 무엇을 이상화할 때 작가들이 흔히 동원하는 수법을 차용한다고 보인다. 깊은 밤 들려오는 마력적인 노랫소리란 그 노래를 부르는 사람을 미화하기 위해 흔히 사용되어 온 고전적인 모티프인 것이다. 그 모티프로 직업여성을 미화했다는 사실은, 민중을 이상화하려는 작가의 의지를 이면에 품고 있다. 이렇게 민중을 이상화하는 표상 방식은 자생적인 것이 아니라, 당대 비평 이데올로기와 서사관습에서 영향 받은 것이라고 보인다. 즉 이는 작가의식의 망탈리테 구속성을 보여주는 사례 중 하나인 것이다.

　직업여성들을 덮어놓고 이상화하는 방식은 김주영에게 하나의 관습과도 같다. 「도둑 견습」에서도 "빠걸이나 작부"는 인정의 대명사로 표상된다. "나"는 시내버스에서 노래를 부르며 앵벌이를 하는데 그때 가장 "나"에게 호의적인 사람들이 "빠걸이나 작부"이다. "요는 그 차중에 집으로 돌아가는 빠걸이나 작부들이 몇 사람이나 타고 있느냐가 더 문제입니다. 그들이야말로 눈물에 약하거든요. 결국은 한 차에 일이백 원은 쥐고 내리기 마련입니다."[156] 이상에서 예를 들었듯 김주영은 "빠걸이나 작부"를 눈물에 약하고 인정 넘치는 인물로 표상한다. 이 역시 민중을 이상화하는 관습을 따른 것으로, 궁극적으로 민중을 대상화한다.

155　김주영, 「卽審待機所」, 76~77쪽.
156　김주영, 「도둑 견습」, 163쪽.

방영웅의 소설 「오막살이」와 「말감고 김(金)서방」의 인물들은 하나같이 선량하고 인정스럽다. 「오막살이」의 화자는 몸을 팔면서 생계를 이어가는데, 어느 날 역전 대합실에서 춘삼을 만나 집으로 데려온다. 춘삼은 삼개월의 형무소 생활 끝에 송장과 다름없이 건강을 버린 상태였다. 화자는 춘삼을 지극정성으로 간호하여 제 몸을 되찾게 만들어 주었다. 그런데 화자의 아버지 천서방은 춘삼에게 돈벌이를 하라고 강권한다. 장인의 강권을 옳다고 여긴 춘삼은 돈을 벌러 서울로 떠나기로 한다. 여기에서 작가는 춘삼과 화자의 선량함을 유난스럽게 부각한다. 화자는 춘삼이 다시 안 올지도 모른다는 불안에 떨지만 다른 남자의 아이까지 낳은 자신이 춘삼의 발목을 잡으면 안 된다고 생각해서 불평하지 않고 그를 떠나보낸다. 춘삼이 떠나는 날 아침 천서방은 춘삼의 머리를 정성껏 깎아주며, 화자는 색다른 찬을 많이 올린 밥상을 차려준다. 춘삼은 서울에 가봐야 떠돌이 신세일 것이 자명하고 그 동안 화자와 든 정이 깊어 떠나기가 싫지만 더 이상 돈벌이 못하는 채로 빌붙으면 폐를 끼친다는 생각에 억지로 떠난다. 화자와 춘삼은 모두 착하기 때문에 이별을 맞이하게 된다. 화자가 그악스러웠다면 춘삼을 붙잡았을 테고, 춘삼이 뻔뻔했더라면 떠나지 않았을 터이다.

「말감고 김서방」에서도 등장인물들은 모두 티 없이 착하다. 김서방은 아들이 월남전에서 전사한 이후 어린 며느리, 손자와 함께 살아왔다. 며느리를 데려가려고 친정어머니가 찾아온다. 가난한 김서방은 며느리와 손자가 떠나면 혈혈단신 외로운 처지가 된다. 떠나보내기 싫지만 김서방은 며느리의 행복을 위해 두 사람을 떠나보내기로 한다. 며느리도 착하긴 마찬가지이다. 떠나는 날 며느리는 김서방에게 진수성찬을 차려주고, 술잔을 기울여 주며 훌쩍훌쩍 운다. 김서방은 "내 걱정은 말어. 나는 장벌토배기니께 식사야 이집 저집을 돌아다니며 한술씩 얻어먹을 수가 있다. 밥을 주지 않으면 내가 손수 져 먹구"[157]라고 말하면서 울먹이는 며느리를 달랜다. 이 소설들에서 등장인물들은 모두 인정스럽고 선량하게 표상된다. 작가가 앞의 「살아가는 이야기」에서 인물들을 덮어놓고 야만스럽게 표상한 것이나 이 소설들에서 덮어놓고 선량하게 표상한 것이나 실상 동궤에 놓인다. 두 경우 모두 민중은 생생한 제 나름의 생명력을 가졌다기보다 정물(靜物)처럼 고착화된다. 야만스럽게 혹은 인정스럽게 고착화되는 것이다. 그렇게 정형으로 고착화하는 표상 방식은 민중을 멀리서 대상화하는 작가의 태도를 내포한다.

이런 식으로 이상화된 민중의 표상은 많은 소설에서 반복적으로 출현한다. 이 표상은 거의 자명한 것, 상식적인 것으로 굳어졌다고 해도 과언이 아닐 것이다. 그런데 이것이 바로 민중을 풍경으로 바라보는 행위, 혹은 관념 속의 선험적 이미지를 무책임하게 투영하는 행위와 과연 얼마나 다른지 의문의 여지를 남긴다. 위에서 보듯 민중이 이상적이라는 사실을 전경화하려는 작가의 의도는 다소 강박적으로까지 보인다. 이상적인 민중을 묘파함으로써 전망을 제시해야 한다는 주장이 70년대 민중문학론자들이 유포한 이데올로기이긴 하지만, 그 전망이 지식인의 자기 확신을 위한 것이라면, 민중을 이상적인 존재로 표상하는 방식은 민중을 심적 위안처로 전유하는 태도와 다르지 않다. 이때 민중은 지식인의 자기 확신을 위해 동원되고 소비된다. 그렇다면 민중을 이상적인 존재로 표상하는 방식은 결국 민중을 대상화하는 태도를 내포한다고 보인다.

---

157   방영웅, 「말감고 金서방」, 『살아가는 이야기』, 창작과비평사, 1974, 123쪽.

4) 헌신적인 민중과 나르시시즘

민중을 인정스러운 존재, 양심적인 존재로 이상화하는 표상 방식은 그러나 종종 작가의 나르시시즘과 중첩된다. 이문구와 김주영의 소설에서 인정 많은 민중, 의로운 민중이란 기실 화자에게 충성하는 민중과 동의어임이 종종 발견된다. 언제나 흑인이 하인으로 정형화되었다고 파농은 말하지만,[158] 특히 70년대 이문구 소설에 표상되는 민중의 경우도 비슷한 양상을 보인다. 이문구 소설에서 이상화된 민중의 미덕은 드물지 않게, 알고 보면 화자(와 그의 가족)에 대한 충성과 헌신이다.[159]

『관촌수필(冠村隨筆)』은 충성스럽고 헌신적인 민중 표상의 집합소라 할 만하다. 앞서 보았듯 옹점이는 줄곧 인정 많은 인물로 표상되었다. 그러나 인정스럽기에 아름다운 옹점이의 성품은 대개 "나"에게 베푼 친절과 봉사로부터 형성된다. 그녀는 노상 "나"와 잘 놀아 주고 괴롭힘을 당해도

158 　파농은 언제나 흑인이 비굴하게 알랑거리고 히죽거리며 변함없이 "아, 잘 먹었다"고 말하는 하인으로 정형화되었다고 논한다(프란츠 파농, 앞의 책, 221쪽 참조).

159 　김만수는 『관촌수필』의 옹점이와 대복이의 "충직성이 감히 개의 충직성에 비견될 만하다"(김만수, 「전래적 농촌에 대한 회고적 시각」, 『작가세계』, 1992 겨울, 78쪽)고 말한다. 그는 여기에서 옹점이와 대복이의 미덕이 하인의 그것이라는 통찰까지는 이르렀으나, 실상 그것을 문제 삼아 이문구의 인물 형상화 방식의 문제점을 비판하는 단계까지 나아가지는 못한다. 그는 "이러한 충직성은 인간에 대한 변함없는 신실함으로 이어"(같은 글, 79쪽)진다고 논하며 "충직한 봉사와 사랑의 미덕을 지닌 인간형"(같은 글, 79쪽)을 궁극적으로 긍정적으로 평하면서 애초의 비판적 시각을 서둘러 봉합해 버린다. 김정아 역시 『관촌수필』의 에고센트리즘은 정도가 심하다고 논한다. 그에 따르면, 사람에 대한 이문구의 가치 판단은 이문구와의 접촉 거리에 거의 완벽히 비례한다. 이문구에게 특히 중요한 의미를 지니는 사람들은 등을 내어준 사람들이다. 이런 에고센트리즘은 유아독존의 고양된 형태가 아니라 자신의 존재의 취약성에 대한 인식과 결합된다는 차원에서 이해될 만도 하지만, 성년의 이문구가 그런 에고센트리즘의 감각을 거의 그대로 기억해 낸다는 것은 매우 드물고도 특이한 양상이다. 이런 식으로 김정아는 이문구의 에고센트리즘을 비판적으로 바라보다가 봉합하기를 반복하면서 결국은 이문구가 겪어야 했던 역사의 폭압에 대한 방어기제로서 에고센트리즘이 불가결했을 것이라며 봉합하는 결론을 내린다(김정아, 앞의 글, 87~88쪽 참조).

"나"를 감싸주며, "나"와 함께 아파하는 인물로 형상화된다. 옹점이의 인정은 대체로 "나"에게 보인 헌신과 충성에 그 기원을 두고 있는 것이다. 옹점이뿐만 아니라 대복과 복산의 경우에도 마찬가지이다.

①내가 멜빵 달린 반바지에 단추 붙어 있을 새 없던 생모시 반소매를 걸치고, 무릎에 넘어진 생채기 아물 날 없이 졸래졸래 따라다니면서 갖은 포달 다 부리며 성가시게 굴어대도, 대복이는 매양 제 막내동생이라도 달래듯 고분고분 받아 주었던 건데, (…중략…) 아, 대복이 뒤만 따라다니면 모든 것을 맘대로 해도 겁날 게 없었던 시절의 이 그리움─먹고 살다 주워들은 문자지만 '실락원의 별'이란 말이 그처럼 실감날 수가 없었다. 길에서 비 만나면 제 옷 벗어 내게 덮씌워 주었고, 밤마실 이슬 길에 달이 거울 같아도 제가 좋아 나를 업고 오며 가지 않았던가.[160]

②그와 어울린 것은 그를 따라다니면 무엇이든 생기는 것이 있기 때문이었다. 그도 대복이처럼 팽이를 깎고 제기와 연을 만들었으며, 물총을 넘겨주기도 하고 구슬치기해서 딴 구슬과 딱지를 나누어 주기도 했다. 양철조각을 오림질하여 여러 가지 장난감도 만들어 주었고, 길바닥에서 주운 무슨 장식 떨어진 것, 녹슨 나사, 자전거 체인 토막, 엽전 따위도 꿍쳐 두지 않고 모두 내게 넘겨주던 것이다. 그러나 복산이가 내게 넘겨주는 것 중에서 가장 재미있게 가지고 놀 수 있던 장난감은 돼지오줌보였다만. 유천만이가 돼지를 잡으면 돼지오줌보는 자연 복산이 차지였다. 그는 그것을 물로 씻고 밀대나 보리 홰기로 바람을 넣어 공을 만들었으며, 손벌린 아이가 많아도 정해 놓고 나를 주곤 했다.[161]

160　이문구, 「綠水靑山」, 123쪽.
161　이문구, 「關山芻丁」, 『冠村隨筆』, 문학과지성사, 1977, 279~280쪽.

대복이는 인간 말종이라는 세간의 평에도 불구하고 줄곧 "나"에게는 인간미가 훈훈한 존재로 수용된다. 그러나 ①에서 대복이의 인정스러움의 정체가 밝혀진다. 대복이는 "내"가 갖은 포달을 다 부려도 항상 "막내동생" 달래듯 친절하게 대해주었고, 완벽에 가까운 보살핌을 제공했던 것이다. 여기에서 표상된 인정스러운 대복은 실상 충직한 하인의 형상과 다르지 않다. 한편 복산은 "없이 사는 집의 놓아먹이는 아이 같지가 않"게 "어른을 어려워하고 어린아이를 고루 겸애하"는, "일찍부터 속이 들고 기특한 데가 많"은 아이로 묘파된다.[162] 그러나 "나"는 그런 점 때문에 복산이를 좋아한 것이 아니라 ②에서 보듯 복산이 "내"게 무엇이든 주기 때문에 좋아한다. 여러 가지 복산의 미덕 중 "내"가 가장 높이 사는 것이 바로 충성심이다.

복산의 경우처럼 민중이 "나"에게 헌신할 때, 가장 아름답게 표상된다는 사실은 민중을 이상화하는 표상 방식의 저변에 무엇이 깔려 있는지 시사한다. 민중을 자신의 아래에 놓고, 자신에게 봉사·헌신하는 존재로 상정하는 위계화의식에서 이문구는 자유로울 수 없었다. 민중의 갖가지 미덕 중 화자에 대한 헌신과 봉사심을 가장 윗길에 놓은 표상 방식, 그리고 그러한 민중의 내면에 들끓었을 고뇌를 소거하고 헌신과 봉사만을 전면화한 표상 방식은 문제적이다. 여기에서 민중은 그 자신의 내면을 지닌 존재로 현현하는 것이 아니라 "나"에게 감미로운 판타지를 제공해 주기 위해 각색되고 동원된다.

미덕의 거의 전부가 "나"(와 그 가족)에게 바친 헌신으로 구성된 인물이 바로 「공산토월(空山吐月)」의 석공이다. 석공은 자신의 결혼식 날 "내" 아버지가 노래와 춤으로 신명나게 놀아 '준' 일에 감사하며, 이후 늘 "내" 집안에

---

162   위의 글, 279쪽.

헌신한다. 아버지가 연행 조사를 받게 되면 석공도 경찰서로 끌려가서 취조와 고문을 당한다. 아버지의 사업에 무관했음에도 불구하고 아버지를 경외한다는 소문 때문에 고초를 당한 것이다. 고초를 당한 후 석공은 스스로 어머니를 찾아와서 아버지를 위해하는 말은 한 마디도 하지 않았다고 해명하곤 한다. 결국 석공은 검속되어 5년 징역형을 선고받는다. 애초에 공산주의 사상과 관련 없었던 석공은 순전히 "내" 아버지에 대한 흠모 때문에 오랫동안 고초를 겪게 된 것이다. 석공은 이후로도 몰락한 "내" 집안에 헌신적으로 충성한다. 어머니가 앓아눕자 석공은 매일 병문안을 오고, 좋다는 약을 구해오고, 용하다는 의원을 찾아 밤길·새벽비를 가리지 않고 뛰었으며, 어머니의 수의도 손수 입혔고, 유택 역시 손수 이루었다. 석공은 심지어 죽음을 앞두고도 "잘들 사는 걸 보구 죽으야 옳을 턴디, 이대루 죽어서 미안허네……. 부디 잘들 살어……."[163]라며 "내" 집안을 걱정한다.

  석공은 아버지와 그 집안을 원망해도 마땅하련만 죽는 날까지 변함없는 충성심을 보여준다. 억울하게 고초를 당한 석공의 마음속에 일었을 다분히 인간적인 원망과 고뇌를 작가는 전적으로 외면한다. 이는 석공의 실상이라기보다 작가의 욕망이 투영된, 작가에 의해 왜곡된 표상에 가깝다. 죽으면서까지 자신과 가족보다는 "나"를 걱정하는 석공은 지나치게 이상화되었으면서도 왜곡된 표상이 아닐 수 없다. 이는 그런 식으로 자신에게 헌신하는 존재를 꿈꾸는 작가의 은밀한 욕망이 투사된 결과일 수도 있다. 특히 『관촌수필』에서 과거를 회상하는 행위 자체가 작가의 나르시시즘적 소망을 충족하기 위한 것이라는 혐의에서 자유로울 수 없다. 작가가 나르시시즘적 판타지를 충족하기 위해 석공과 기타 헌신적인 민중들을

---

163 이문구, 「空山吐月」, 『冠村隨筆』, 문학과지성사, 1977, 245쪽.

동원하고 소비한다고 해도 과언이 아닌 것으로 보인다. 여기에서 석공의 성격이 실제와 일치하는가 여부와 작가가 얼마나 각색했는지 그 정도는 중요하지 않다. 어쨌든 작가가 석공을 원망이라고는 모르는 채 헌신하기만 하는 인물로 바라보고 표상한 그 태도가 문제적이다. 이런 시각과 태도 자체가, 사실 여부와 상관없이 민중은 자기네에게 헌신하는 존재(혹은 헌신하기를 바라는 존재)라는 고정된 혹은 왜곡된 선입관이 작가의 내면에 존재함을 입증한다. 한편 석공의 충성심은 화자의 아버지가 결혼식 날 잘 놀아준 일에서 비롯되었다. 이를 바꾸어 말하면 아버지는 단지 잘 놀아주기만 해도 누군가의 헌신을 살 만한 대단한 존재라는 말이 된다. 이에 작가의 나르시시즘과 헌신적인 민중 표상이 연관된다.[164] 이러한 사정은 김주영의 소설에서도 동일하다.

「익는 산머루」에서 김주영은 헌신적인 민중을 표상한다. 순덕은 "나"에게 헌신적이다. 순덕은 종종 "나"에게 산머루를 따다 안긴다. 순덕은 간혹 "나"에게 잔소리를 하는데 "나"는 그것도 싫지 않다. 잔소리가 심하면 심할수록 순덕이가 따다 안기는 산머루의 양은 많아지기 때문이다. 즉 "그녀는 산머루를 많이 따낼 수 있는 가능성이 있을 때만 내게 많은 잔소리를 퍼붓곤 했"[165]다. 순덕은 위기 때마다 "나"를 품에 꼭 껴안거나, "내 머리통을 자신의 치맛자락으로 폭 싸안"[166]는 모습으로 유별화된다. 어린 "나"를 안고, 감싸주고, 보호해주는 헌신이 순덕에게 부착된 자질인 것이다. 순덕이의 헌신은 아버지의 생일을 맞아 극단적으로 발휘된다. 어머니가 피난살림에 아버지 생일상을 차릴 음식이 하나도 없음을 한탄하자, 순

---

164 결혼식 날의 에피소드는 또한 석공을 자기네의 조그마한 친절에도 감격하여 평생의 충성을 결심하는 존재, 즉 하인으로 상정하는 작가의 전제를 보여준다.
165 김주영, 「익는 산머루」, 『즐거운 우리집』, 수상사 출판부, 1978, 92쪽.
166 위의 글, 104쪽.

덕은 자진해서 옛집에 가서 닭을 잡아오겠노라고 한다. 옛집에 닭은 없었고, 웬 사내 하나가 순덕을 위협할 뿐이었다. 순덕은 닭을 반드시 잡아가야 한다는 의무감에 사로잡혀서, 또는 닭을 가져가지 못할 경우 내려질 꾸지람이 무서워서, 사내에게 몸을 허락하고 닭을 얻어낸다. 그 닭으로 "나"의 가족은 포식을 하는데, 식사 도중 "내"가 사실을 밝힌다. 순덕이가 웬 남자랑 자고 나서 닭을 얻어왔다고 "내"가 말하자, 어머니는 순덕에게 매질을 가하고 그녀를 쫓아낸다. 순덕은 주인집에 충성하려는 마음 하나로 몸까지 버려가며 닭을 얻어왔는데, 주인집은 그러한 순덕의 마음을 헤아리지 못하고 화냥질을 했다는 이유 하나만으로 순덕을 쫓아낸 것이다.

　　골목밖으로 나를 끌고 나간 그녀는 제법 커다란 보자기 하나를 내게 안겨주었다. 난 그것이 무엇인가를 금방 알아차렸다. 그녀는 집을 쫓겨난 그길로 산머루를 따러갔던 모양이었다. 밤이슬을 맞으며 새벽까지 그녀는 산머루를 따모은 것이었다. 보자기를 받아쥐자 그녀는 나를 덜렁 들어서 등뒤에 업었다.
　　"요 양탕구야. 내가 없으면 누가 니한테 산머루 한 웅큼이라도 따다 바치겠노. 그 에미에 그 자식이지. 글쎄 요 자발없는 사내야, 하룻밤만 참았드래도 아저씨 닭다리 하나는 온전하게 묵었을게 아이가, 너네 아버지가 얼마나 불쌍하냐, 피난중에 먹들 못해서 피골이 상접한 걸 니도 눈까리가 있으면 보면 알제. 내가 그 놈이 좋아서 그 짓을 했는 줄 아나? 닭을 잡아준다니까 내가 그 놈의 말을 듣지 않을 수가 없는기라."
　　그녀는 어쩌면 울고 있었는지도 몰랐다. 한 손을 코언저리로 가져가서 콧물을 팽 풀어서 담장에다 닦았다. 그녀는 무거워지는 나를 다시 한번 추스러 업었다.
　　"니가 아모리 자발없어도 하룻밤 정도는 참아줄 줄 알았다. 닭고기가 소화돼서 똥된 다음에사 내가 몰매를 맞고 쫓겨나도 무슨 원한이 있겠노. 그것도 아저씨 생일날 아이가. 아저씨한테 면목이 없구나."

그녀는 다시 돌아서서 집으로 향했다. 그리고 골목어귀에서 나를 내려 놓았다.[167]

위에서처럼 순덕은 쫓겨난 그날 바로 산으로 가서 산머루를 따 모아 "나"를 찾아온다. 순덕은 고자질을 해서 자신을 쫓겨나게 만든 "나"를 원 망해도 마땅하련만 원망은커녕 "나"에게 산머루를 선물하기 위해서 밤이 슬을 맞으며 새벽까지 산길을 헤맨 것이다. 우는 와중에서도 순덕은 아버 지를 걱정한다. 아버지가 닭고기를 다 먹은 다음에 자신이 쫓겨났더라면 원이 없었을 터인데, 그러지 못해서 아버지한테 면목이 없다는 것이다. 순덕은 충정에도 불구하고 "나"의 집에서 모진 처우를 받고 쫓겨났다. 그 럼에도 순덕은 원망하지 않고 "나"와 아버지에 대한 헌신의 정을 끝까지 보여준다. 이문구 소설 「공산토월」의 석공이 "나"의 아버지 때문에 모진 고생을 했어도 끝까지 "나"의 집안에 충성과 헌신을 잊지 않았던 모습과 같은 맥락이다. 작가는 억울한 민중의 내면에 들끓었을 고뇌를 외면하고 충성과 헌신이라는 표상만을 남긴다. 이런 헌신적인 민중 표상은 작가의 판타지가 투사된 표상에 가깝다.[168] 이문구와 마찬가지로 김주영 역시 자 신의 나르시시즘적인 판타지를 충족하기 위해서 민중을 동원하고 소비 하는 것으로 보인다.

---

167 위의 글, 118~119쪽.
168 특히 김주영 소설에 '남성에게 맞고도 그를 원망하지 않고 그에게 헌신하는 여성'들이 자주 등장하는데, 이는 김주영의 내면에 어떤 특정한 판타지가 존재함을 암시한다.

5) 화자의 위치

특히 이문구의 소설에서 나르시시즘은 민중을 표상하는 자리에서 은밀하게 드러날 뿐만 아니라 화자 자신과 육친을 이야기할 때에 노골적으로 드러난다. 그것은 주로 화자와 그 육친에 대한 미화로 나타난다. 흥미로운 것은 화자를 왜소화하거나 희화할 때도 그 근저에 나르시시즘을 깔고 있다는 사실이다.

①상배도 핑계가 좋아 그런 일은 그 이상 알아도 못 본 척, 두말 않기로 했다. 무엇보다도 말하는 자기 입이 부끄럽고 지저분해지겠어 그런 거였다.[169]

②희찬은 그녀가 못 알아들을 만해지면 내게 말했다. 담뱃집 말대로 명실이 배가 부른 게 사실이라면 필경 수찬이의 것이기가 십중팔구다, 그러나 읍내 어떤 녀석의 씨일지도 모른다, 만약 수찬이 애라면 다다 떼어 버리는 게 좋다, 그래야 한다, 이따 수찬이 보거든 말 좀 해 줘라, 아직 아이를 낳아 기르기는 너무 이르다, 그런 일은 형편이 펴진 뒤에 해도 늦지 않다, 그런 뜻을 강조해 가며 수찬이한테 한마디 해 달라는 거였다. 나는 안 들은 것으로 쳤다. 손윗사람으로서의 통속적인 희찬이 말을 모두 옳다고 하기가 싫었던 것이다.[170]

앞서 보았듯,『장한몽』에서 인부들은 쟁의 중에 상배에게 무덤 속 부장물들을 훔치는 일을 눈감아 달라고 요구한다. 이에 상배는 말로는 그 행위를 금지하지만 내심으로 모르는 척하기로 한다. ①에서 보듯 말하는 자

---

169 이문구,『長恨夢』, 256~257쪽.
170 이문구,「月谷後夜」,『冠村隨筆』, 문학과지성사, 1977, 370쪽.

기 입이 부끄러워서 아예 왈가왈부를 하지 않기로 한 것이다. 여기에서 상배는 치졸한 일의 근처에도 가고 싶어 하지 않는 군자형으로 형상화된다. 「월곡후야(月谷後夜)」의 한 대목인 ②에서 희찬은 동생의 애를 떼어버리라는 충고를 대신 해 달라고 "나"에게 부탁한다. "나"는 희찬의 말을 안 들은 것으로 친다. 치사한 일에 가담하고 싶지 않아서이다. 여기에서도 화자는 의로운 선비형으로 형상화된다.

이문구는 화자를 군자 혹은 선비로서 의롭게 형상화할 뿐 아니라 인정 스럽게도 형상화한다. 『관촌수필』의 어린 "나"는 대체로 사람들이 모두 싫어하는 인물에게도 애정을 느끼는 인물로 표상된다. "나"는 인간 말종 으로 낙인찍힌 대복이, 마을 사람에게 무시 받는 유천만과 그의 아들 복 산이를 모두 좋아한다고 진술한다. 대체로 그들을 좋아했다는 진술은 그 들이 타인들에게 멸시를 받았다는 진술과 나란히 놓인다.[171] 작가는 그들 이 타인의 멸시를 받았다는 점을 부각함으로써 그럼에도 불구하고 그들 을 좋아하는 화자의 인정스러움을 더욱 강조하는 것이다.

별수 없이, 나는 쌍례아배와 복산아배가 움직이면 움직인 대로, 옮겨 가면 옮 겨진 자리까지 뒤를 졸래졸래 따라다니며 지켜보는 수뿐임을 알았다. 그네들이 석공을 밧줄처럼 여물고 단단한 기계새끼줄로 옭아 들보에 매달거나, 부러진 도

---

171 가령 도둑질을 일삼고도 잡혀가지 않는 대복에 대해 마을 사람들은 대복이 앞에서 잔 소리는 안 했지만 "다만 대복이는 용케 잡혀 가지도 않더라는, 치안 당국자에 대한 불만 이나 남 몰래 뇌작거렸을 따름이다. 어쩌면 나 한 사람 외엔 대개가 그런 불만을 끓였으 리라 싶다"(이문구, 「綠水靑山」, 146쪽)고 한다. 복산 아버지 유천만에 대해서는, "언제 나 늘 그 타령이던 사람이었지만 그러나 나는 그가 추접스런 사내로만 여겨지지는 않 았다. 대복이나 옹점이가 척진 듯이 징그러워했으면 나도 덩달아 그렇게 여겼어야 마 땅하련만, 복산아버지를 보는 눈만은 그네들과 등진 셈이나 다름없던 것이다."(이문 구, 「關山芻丁」, 266쪽) 이렇듯 사람들이 인간적 결손을 지닌 그들을 싫어했다는 진술 과 그럼에도 불구하고 화자는 그들을 좋아했다는 진술이 병립된다.

리깨자루와 솔개비도막으로 석공을 때린다면 나 혼자라도 덤벼들어 말려 보리라고 결심했던 것이다. 나는 정말 그럴 작정이었다. 내 생각에도 내가 중간에 뛰어들어 석공을 가로막고 나선다면, 내가 어느 어르신네 손자란 것만 안다더라도, 쥐어박거나 떼밀어내지 못하게 될뿐더러, 그네들이 져 주고 말 것 같았던 것이다. 나는 마음을 단단히 다져먹고 그들만 줄곧 감시하고 있었으며, 어딜 가는가 싶어 따라가 보면 뒷간이라든가 한데 오줌독이곤 했지만, 몽둥이와 새끼타래를 놓지 않는 한 그네들에 대한 경계는 게을리할 수가 없었다.[172]

석공의 결혼식 날 쌍례아배와 복산아배는 풍속대로 석공을 혼내주려고 일을 꾸민다. 그들의 낌새를 알아차린 어린 "나"는 그들로부터 석공을 보호하려고 노심초사하며 그들의 일거수일투족을 쫓는다. 이처럼 "나"는 인정 많은 존재로 형상화된다. 자기 자신을 투영한 인물을 인정 많은 존재로 묘사하는 작가의식의 기저에 나르시시즘이 깔려있다고 상정할 만하다. 나르시시즘은 화자의 가족에게로 확장된다. 이문구 소설은 두드러지게 아버지, 어머니를 미화한다.

①그 어름에 우리들이 말하는 누구란 길게 설명할 것도 없이 아버지에게 포섭된 조직원 및 어디선가 무시로 오던 연락원들을 뜻한다. 그들은 지하조직 총책이었던 아버지를 자기네 친부모보다도 더 짙은 피를 나눈 것으로 믿었고, 그 믿는 보람과 자부심으로써 아버지에 대한 백명백종(百命百從), 그리고 목숨도 돌보지 않는 사람들이라고 나는 듣고 있었다.[173]

---

172 이문구, 「空山吐月」, 206쪽.
173 이문구, 「行雲流水」, 86쪽.

②나는 느닷없이 어렸을 적, 대문앞에 서서 바가지에 얻어가던 어린 거지와 추녀밑에서 먹고 가던 늙은 비렁뱅이가 어릿거릴 적마다, 아무 말없이 밥을 차려내다 주게 하던 어머니 얼굴이 불 켜듯 떠오르고, 그것이 무슨 적선이나 보시가 아닌데도, 반드시 소반에 받쳐서 내다주도록 신칙하던 그 음성이 다시금 귓결에 맴돌고 있음을 들었다.[174]

①에서 아버지는 많은 사람에게 신뢰를 얻는 존재로 표상된다. 아버지를 믿는 보람과 자부심이 아버지에 대한 추종자들의 헌신을 유발한다. 추종자들은 아버지의 백 가지 명을 따르고 복종하기 위해 목숨도 돌보지 않을 정도로 헌신한다. 이때 앞서 본대로 헌신적인 민중상이 나르시시즘과 연관됨을 확인할 수 있다. ②에서 어머니는 비렁뱅이에게도 소반에 받쳐 밥을 차려내 줄 정도로 인정스럽고 훌륭한 성품을 지닌 인물로 표상된다. 또한 옹점의 혼담이 오고갈 때 "신랑 될 사람이나 부모 될 사람은 우리집 내력을 잘 알고 있었고, 강릉댁에서 자란 몸이면 어련할까 보냐고 선도 볼 필요 없다면서 크게 좋아했다"[175]는 진술은 어머니가 마을에 솜씨 좋고 경우 바르다고 소문난 인물이라는 점을 부각하려는 화자의 의도를 노출한다. 이렇듯 육친을 미화하는 표상 방식은 작가의 나르시시스트적 태도를 노출한다고 보인다.

『관촌수필』에 미화된 화자가 등장한다면, 『장한몽』의 초점화자는 미화된 한편 민중에게 공포를 느끼고 민중을 냉정하게 관찰한다.

①차마 그러랄 수가…… 하고 상배는 되새겨보려 했다. 산 사람 살과 뼈를 다

---

174   이문구, 「空山吐月」, 184쪽.
175   이문구, 「行雲流水」, 114쪽.

루는 데엔 과거의 백정 이력까지 들출 필요가 없을 거였다. (…중략…) 상배는 마가의 주장이 탐탁하기만 한 것은 아니었다. 관 속의 것을 꺼내어 뜯고 발겨야 하는 마가 말마따나「송장 백정」이란 딱지를 붙여야 한다는 것이 걸리는 점이었다. 그런 딱지를 붙여 주고도 일꾼을 일꾼답게 부리기 수월할 수 있을까. 자신이 서지 않았다. 겁이 나던 것이다.[176]

　②이래저래 마가란 자는 부려먹을 일에나 부려먹고 곧 버려야 할, 몰랐을 때보다 알고 난 뒤가 더 불행스러울, 그런 흔한 인간 중의 하나가 아니겠느냐 싶었다. 상배는 그런 종류의 인간이 이런 데서는 어느 대목에 이르러 실력과 특기를 발휘할는지 하는 흥미와 함께 한눈팔지 말고 관찰해야 될 것임을 무척 유념하고 있다.[177]

상배는 이장공사장에서 덜 부패한 송장의 살을 발라내기 위해 사람을 따로 고용해야 한다는 마길식의 말을 듣고 ①처럼 반응한다. 상배는 자신이 형성해 온 가치관과 너무나 이질적인 민중의 현실을 보고 겁을 집어먹는다. 지식인인 상배가 작가 자신을 투영한 인물이라는 점은 잘 알려진 바이다. 여기에서 작가 자신이 투영된 초점화자는 민중을 낯설고 이질적인 것으로 느껴 공포를 느끼는 인물로 표상된다. 여기에서 초점화자와 민중과의 거리는 상당히 멀다. ②에서 상배는 마길식을 이용하고 버려야 할 인물로 폄하하면서도, 그 인간 됨됨이를 "흥미와 함께 한눈팔지 말고 관찰해야 될 것임을 무척 유념"한다. 여기에서 화자는 냉정한 관찰자의 위치를 고수한다. 냉정한 관찰이란 타자에 대한 개입을 전제하지 않는, 타

176　이문구,『長恨夢』, 61쪽.
177　위의 책, 29쪽.

자와 상당히 멀리 떨어진 위치에서 가능한 것이다. 또한 이것은 타자를 풍경으로 보는 태도와 다르지 않다.

타자를 바라보고 표상하는 주체가 선정하는 위치는 중요하다. 위치 자체가 표상하는 자의 서사적 태도, 텍스트 속에 반복적으로 나타나는 이미지와 테마, 모티브의 종류를 이미 내포하기 때문이다.[178] 이문구의 소설에서 노출되는 화자의 표상은 위에서 보듯 상당히 자기중심적이고 자아도취적인 모습이다. 이러한 화자의 표상을 근거로, 이문구 소설의 화자의 위치가 민중과 소원한 거리에 있다고 볼 수 있다.『장한몽』에서 민중에게 낯선 이질감과 공포를 느끼는 초점화자는 민중을 멀리서 냉정하게 관찰하는 위치에 서 있다.『관촌수필』의 미화된 화자는 나르시시즘에 함몰되어 민중을 저 위에서 굽어보는 위치에 서 있다. 이런 화자의 문제적인 위치 자체가 이미 민중을 대상으로 소외시키는 태도를 마련하고 있다. 아니 그러한 위치를 선정할 때 이미 민중을 대상화하는 태도가 작동하고 있었다고 보아야 보다 정확할 것이다.

한편 김주영 소설의 작가는 대체로 민중의 위에 서 있다. 앞서 보았듯 김주영의 소설은 자주 민중을 희화화한다. 인물을 희화화하는 작가는 그 희화화된 대상보다 우월한 위치에 자리하게 마련이다. 민중의 위에서 민중의 열등함을 꼬집어 웃음거리로 삼는 것이다. 방영웅 소설에서 작가는 민중과 멀리 떨어져 있다. 방영웅 소설의 민중은 야만적이거나 인정스럽거나 두 경우 모두 정물(靜物)처럼 보인다. 파스텔톤의 민중 풍경은 민중의 속에 침투하지 않고 민중을 바깥에서 바라보거나 상상한 작가적 태도의

---

178 이 말은 사이드의 다음 진술을 참조한 것이다. 사이드에 따르면, 동양에 관해 무엇인가를 쓰는 사람들은 동양과 대치되는 장소에 자신의 위치를 선정하며, 이러한 위치 선정에는 저자의 서사적 태도, 텍스트 속에 반복적으로 나타나는 이미지와 테마, 모티브의 종류가 이미 포함되어 있다(에드워드 사이드, 앞의 책, 46쪽 참조).

귀결이다. 이처럼 민중의 위에 있는 작가, 민중과 먼 바깥에 자리한 작가의 위치는 민중을 대상화하는 태도를 노출한다고 보인다.

이른바 민중소설에서 민중 표상은 정형을 이루고, 그 정형은 반복적으로 출현한다. 정형화와 반복은 타자를 대상화하는 태도를 내장한다. 바라보고 표상하는 위치 자체가 타자에 대한 권력적 우위를 전제하며, 타자를 폭력적으로 전유할 위험을 내포한다. 표상 과정에서 발생하는 폭력의 대표적인 사례인 정형화와 반복으로 민중을 표상하는 방식은 민중의 광활한 실체를 소거하고 텍스트에서 텍스트로 유포된 선험적인 민중상을 답습한다는 점에서 민중을 대상화하는 한 방편이 된다. 이문구·김주영·방영웅은 민중을 야만스럽거나 우매한 표상, 야만스럽지만 알고 보니 인정스러운 표상, 인정과 양심을 가진 이상적인 표상, 헌신적인 표상 등으로 정형의 틀 안에 가두고, 그 정형을 반복적으로 출현시킨다. 정형화와 반복으로 민중 표상을 고착하는 행위 자체가 민중을 대상화하는 태도를 표출하지만, 각각의 경우도 문제점을 내포한다.

민중을 야만스럽게 표상하는 방식의 기저에는 타자에 대한 공포가 존재하며, 이 공포는 타자와 주체 사이의 거리가 소원함을 증빙한다. 민중을 야만스럽게 표상하는 방식은 민중을 흥미로운 구경거리로 삼는 태도 또한 내포한다. 민중을 우매한 존재로 표상하는 방식은 민중의 위에서 민중의 열등함을 웃음거리로 삼는 태도를 노출한다. 한편 그들은 종종 야만을 인정으로 봉합한다. 이 표상 방식은 민중을 이상적인 존재로 상정하는 당대의 이데올로기에 긴박된 의식을 내포한다. 민중의 이상화는 민중에 대한 무지, 민중과의 원격 거리와 무연함을 전제한 것이기에 민중을 대상화할 뿐 아니라, 지식인의 자기 확신을 위해 민중을 동원·소비한다는 점에서 더욱 민중을 대상화한다. 한편 헌신적인 존재로 표상된 민중은 작가의 나르시시즘적 판타지를 충족시키기 위해서 동원되고 소비된다는 점에서 민중을 대상화하는 작가의 태도를 보여준다. 또한 이문구 소설에는 자아도취적인 화자, 민중에게 공포를 느끼는 화자, 민중을 냉정하게 관찰하려는 화자가 등장한다. 이러한 화자의 위치 자체가 민중을 대상화하는 작가의 태도를 노출한다. 김주영의 소설에서 작가는 대체로 민중의 위에 서 있으며, 방영웅 소설에서 작가는 민중과 멀리 떨어져 있다.

이상 민중을 대상화하는 비평가들과 작가들의 태도는 당대 집단적으로 공유되었다. 서론에서 집단적 태도를 망탈리테의 일환으로 보겠다고 말했거니와, 이렇게 우월자적 자의식으로 민중을 대상화하는 지식인-문학인의 태도는 70년대의 망탈리테로 보인다. 이 글에서 구체적으로 거론하지는 않았지만 70년대에 민중문학을 주창하지 않은 작가들이나 비평가들도 이 태도를 대체로 공유한다고 보인다. 오늘날 특히 소설에서 이런 태도는 찾아보기 힘들다. 오늘날 소설가는 세계에 대한 웅변 욕구를 상실한 민중의 일부로 스스로를 인식하는 경우가 보다 많다. 민중을 계몽하려는 의지나 민중을 대상화하여 창작하는 태도도 거의 자취를 감추었다. 이는 아마도 70년대에 다수의 교육 받지 못한 대중 사이에서 문학인이 엘리트적 소수를 이루었다면, 오늘날 문학인은 이런 엘리트적 위치에서 비교적 벗어나 있기 때문일 것이다. 오늘날 다수의 교육 받은 대중 사이에서 문학인은 현격하게 우월한 지적 수준을 자랑하지 못한다. 즉 70년대 문학인과 대중 사이의 지적 격차가 컸다면, 오늘날은 그렇지 않다. 이에 민중을 대상화하는 태도를 시대성을 띤 것으로 볼 수 있고, 그 시대성으로 인해 70년대의 망탈리테로 파악할 수 있다. 또한 바로 이 태도가 망탈리테이기 때문에 그것은 반성적 고찰의 대상일지언정 윤리적 비난의 대상이 되지는 못한다. 특정 시대를 사는 사람이 당대의 망탈리테에 구속되는 것은 불가피한 일이다. 불가피한 일을 비난할 수 없다. 즉 이 글은 상기 태도를 학술적으로는 반성적으로 고찰했지만 윤리적으로는 비난하지 않는다. 한편 상기한 태도는 영웅주의, 엘리트주의와 더불어 근대적 동일성의 망탈리테를 심층에 내장한다고 보이는데, 이에 관해서는 뒤에서 상세히 논의할 것이다.

제4장

사회의 이데올로기

이데올로기는 당대 망탈리테를 형성하는 근간적인 요소이다. 2장에서 문단의 이데올로기를 고찰했다면 이 장에서는 사회의 이데올로기를 논구하고자 한다. 이를 위해 박정희 대통령의 저서·연설문과 이병주의 소설을 텍스트로 삼으려고 한다. 교과서는 70년대 사회 전반에 유포된 이데올로기를 고찰하기 위한 일차적 텍스트로서, 이에 대한 연구[1]는 종종 이루어져 왔다. 그런데 교과서를 편찬할 때 근본적으로 작동한 지배 이데올로기의 정점에는 박정희 대통령의 담론이 존재한다.[2] 박정희 대통령의 저

---

1   김현선, 「애국주의의 내용과 변화─1960~1990년대 교과서 분석을 중심으로」, 『정신문화연구』 87호, 한국학 중앙연구원, 2002; 차혜영, 「국어 교과서와 지배 이데올로기─1차~4차 교육과정기 중·고등학교 국어교과서를 대상으로」, 『상허학보』 15호, 상허학회, 2005; 강진호, 「국가주의 규율과 '국어' 교과서─1~3차 교육과정의 『국어』 교과서를 중심으로」, 『현대문학의연구』 32호, 한국문학연구학회, 2007.

2   강진호는 교과서 저자와 박정희의 이데올로그들이 상당 부분 일치한 사실을 이렇게 정리한다. 그에 따르면 2~3차 『국어』 교과서에서 국가 이데올로기를 전파하는 박종

서와 연설문의 저자는 박정희라기보다 당대 지식인 집단이었다.[3] 당대의

홍, 김기석, 최호진, 이은상 등은 박정희가 쿠데타에 성공한 이후 조직한 '국가재건최고회의'와 그 산하기관인 '재건국민운동본부'의 고문이나 자문위원으로 활동했던 정권의 핵심 이데올로그들로, 이들은 박 정권에 의해 조직적으로 진행된 '인간개조'와 '사회개조'의 작업을 일선 현장에서 주도하면서 새로운 '국민'의 창출에 일역을 맡았다. 5·16을 일으킨 군인들은 구체적인 정책 대안을 갖지 못한데다 구정치인들을 모두 권력에서 배제했기 때문에 학계인사나 전문 행정관료에 의존하지 않을 수 없었다. 그래서 박정희는 쿠데타 초기부터 각종 자문위원회, 평가단 등의 명목으로 많은 지식인을 정책의 입안과 수립 과정에 동원했는데, 교과서에 글을 올린 필자들의 상당수는 이때 동원된 지식인들로 특히 '국가재건최고회의'와 그 산하단체인 '재건국민운동본부'에 깊이 관여했던 인사들이다. 2차 『국어』 교과서에 수록된 저자들은 대체로 재건국민운동본부에 관여했던 인사들이지만, 3차에는 거기에 경제관료들이 추가되었다. 주요 저자인 박종홍, 김기석, 이은상, 유치진, 유달영 등은 모두 이들 단체에서 중앙위원이나 고문으로 활동했고, 태완선, 이한빈 등은 행정부의 고위 관료로 일선 현장에서 정책을 수행했던 인물들이다. 여기에서 박종홍, 김기석, 이은상 등은 박 정권의 이데올로기를 입안하다시피 했다. 박종홍은 국가재건최고회의 계획위원과 문교재건자문위원을 역임하면서 '국민교육헌장'의 제정에 깊이 관여했고, 70년 12월에는 대통령 교육문화담당 특별보좌관을 역임했다. 김기석은 국가재건최고회의 의장 고문과 재건국민운동본부 국민교육분과 위원장을 역임하면서 박정희 정권의 국민윤리와 도덕 교육을 주도했다. 이은상은 박종홍과 쌍벽을 이루는 박정희 정권의 핵심 이데올로그로, 박정희를 찬양하는 글들을 여럿 집필하면서 문화행정 자문위원이 되었고 민족문화협회장을 역임하였다. 또한 그는 박정희가 추진한 '이순신 영웅 만들기'에 앞장섰다(강진호, 위의 글, 225~232쪽 참조).

3   박정희 명의로 출판된 저서는 『지도자도』(1961), 『우리 민족의 나갈 길』(1962), 『국가와 혁명과 나』(1963), 『민족의 저력』(1971), 『민족중흥의 길』(1978) 등이 있다. 황병주에 따르면, 이외에 『한국 민주주의』라는 미출간 원고가 있는데 박정희 명의로 출판하고자 한 것으로 보인다. 『우리 민족의 나갈 길』은 이만갑을 비롯해 당대 엘리트 지식인들이 집필한 것으로 보이는데, 군정 초기 군부와 지식층의 결합을 보여주는 텍스트라고 할 수 있다. 이 텍스트를 통해 박정희를 비롯한 쿠데타 핵심부의 '학습'이 이루어졌을 가능성이 매우 높다. 『국가와 혁명과 나』는 청와대 대변인을 역임한 박상길의 대필이지만 박정희와의 수십 차례 면담을 통해 저술된 것이기에 비교적 박정희의 생각이 많이 반영된 텍스트로 보인다. 이는 『우리 민족의 나갈 길』과 달리 전문 지식인의 글쓰기와 확연히 다른 서술 전략을 보여 준다. 특히 대통령 선거를 앞둔 시점에서 대중정치 언설이 두드러진 게 특징이다. 『민족의 저력』과 『민족중흥의 길』은 전문 지식인의 대필로 보인다. 또한 연설문집은 박정희 체제 내내 그의 공식발언을 연속적으로 확인할 수 있는 거의 유일한 자료라고 할 수 있다. 특히 연설문은 박정희 개인뿐만 아니라 체제 이데올로그들의 집단작업의 결과라는 점에서 체제 핵심부의 담론 지형을 보여주는 중요한 텍스트가 된다(황병주, 「박정희 체제의 지배담론─근대화 담론을 중심으로」, 한양대 박사논문, 2008, 21~22쪽 참조). 황병주의 입각점과 유사한

대표적인 지식인 집단은 박정희의 언술을 대필한 이외에도, 언론에 기고하고 수필집을 내는 등 다양한 회로로 당대 이데올로기 전파에 기여했으며, 교과서 편찬에서도 중핵을 맡았다. 교과서, 언론 기고문, 수필 등에 노출된 이데올로기는 박정희의 언설, 특히 박정희 명의의 저서에 재등장할 뿐만 아니라, 보다 정련되고 체계화된 형태로 등장한다. 따라서 박정희의 저서와 연설문은 당대 사람들이 상식으로 여겼던 자명하고 지고한 가치들을 총망라한 것으로 볼 수 있다. 이 글은 박정희의 저서와 연설문을 바탕으로 애국주의, 영웅주의, 대의명분주의를 당대 사회의 중심 이데올로기로 파악한다.[4]

서론에서 작가의식의 당대 망탈리테 구속성 문제를 논한 바 있다. 이 장에서는 작가의식이 당대 사회의 이데올로기에 구속된 사례로서 이병주의 소설에 주목한다. 박정희와 그의 이데올로그들(이하 박정희로 통칭)의 이데올로기도 당대 주요한 망탈리테를 형성하지만, 이병주의 작가의식

관점에서, 이 글은 박정희의 70년대 연설문집과 또한 70년대 출판된 『민족의 저력』과 『민족중흥의 길』을 텍스트로 삼는다. 『한국 민주주의』는 미출간이어서 당대 망탈리테 형성과 감염에 기여한 바가 낮다고 파악했기 때문에 텍스트에서 제외한다.

4 이밖에도 발전주의, 민족주의, 군사주의, 반공주의 등 다양한 다른 이데올로기들이 존재하지만 이들에 대한 고찰은 후속연구를 기약한다. 김현선은 애국주의가 군사주의, 영웅주의, 반공주의, 국가주의로 구성되었다고 본다. 그는 60~90년대 교과서를 중심으로 시기별로 강조된 이데올로기를 나누어 분석한다. 그에 따르면 60년대에는 군사주의·반공주의가 보다 더 대두되었고, 70년대에는 영웅주의와 국가주의가 특히 강조되었다고 한다. 80년대의 교과서에는 군사주의, 영웅주의 관련 단원이 거의 삭제되고, 국가주의·반공주의가 위세를 떨쳤다. 90년대에는 반공·군사·영웅주의가 현저히 약화되고 오로지 국가주의만 남는다(김현선, 앞의 글, 194~202쪽 참조). 강진호는 박정희 시대의 국어 교과서를 국가주의를 중심으로 분석한다. 그는 국가주의의 하위개념으로 개발주의, 애국주의, 반공주의 등을 설정한다(강진호, 앞의 글, 222쪽 참조). 여기에서 국가주의가 애국주의의 상위인지 하위인지 따지는 작업은 무의미하다고 본다. 그리고 어떤 이데올로기가 70년대의 중핵인가 밝히는 작업 역시 무의미하다고 보인다. 이 글은 연구자의 시각에 따라 조금씩 다른 이데올로기의 목록이 작성될 수 있는 가능성을 인정한다.

역시 그 망탈리테에 구속된 양상을 보여준다. 이 장의 각 절에서 박정희의 담론과 이병주의 소설에서 나타난 이데올로기를 순차적으로 살펴보고자 한다. 작가적 스케일이 거대함에도 불구하고, 이병주는 본격적인 학술논의의 장에서 한동안 잊혀졌다가, 최근 들어 조금씩 연구의 움직임이 일고 있다.[5] 하지만 이병주에 관한 선행연구 중 당대 이데올로기와의 관련성 문제를 고찰한 연구는 찾을 수 없었다. 2장에서 박완서의 경우에 그러했듯이, 이병주의 소설을 논할 때 명백히 표출된 주제보다는 은닉된 상태로 미미하게 드러나는 것들에 주목할 것이다. 그리고 망탈리테 연구의 일반적 방법에 따라 반복되는 것들에 역시 주목한다. 한편 이 글은 작품이 시대적 배경으로 삼는 과거의 망탈리테가 아니라 창작 당시의 망탈리테를 노출한다는 관점을 취한다. 특히 대하소설『지리산(智異山)』의 경우 창작 시기와 배경 시대의 격차는 30년 이상이다. 이때 작품이 시대적 배경을 완전무결하게 복사했다기보다 창작 당시의 작가의식을 노출한다고 보아야 온당하리라고 판단된다. 따라서 이 글은『지리산』을 창작 당시인 70년대의 망탈리테를 고구하는 중요한 자료로 다루고자 한다.

---

5 이병주를 연구한 학술논문은 다음과 같다. 김영화,「이병주의 세계-「소설 알렉산드리아」를 중심으로」,『인문학연구』5호, 제주대 인문과학연구소, 1999; 정찬영,「역사적 사실과 문학적 진실-『지리산』론」,『문창어문론집』36호, 문창어문학회, 1999; 이동재,「분단시대의 휴머니즘과 문학론-이병주의『지리산』」,『현대소설연구』24호, 한국현대소설학회, 2004; 한수영,「소설 · 역사 · 인간-이병주의 초기 중 · 단편에 대하여」,『지역문학연구』12호, 경남부산지역문학회, 2005; 박중렬,「실록소설로서의 이병주의『지리산』론」,『현대문학이론연구』29호, 현대문학이론학회, 2006; 손혜숙,「이병주 대중소설의 갈등구조 연구」,『한민족문화연구』26호, 한민족문화학회, 2008; 고인환,「이병주 중 · 단편 소설에 나타난 서사적 자의식 연구」,『국제어문』48호, 국제어문학회, 2010. 이병주를 집중적으로 연구한 저서로 김윤식,『이병주와 지리산』(국학자료원, 2010)이 있다. 그 외 이병주에 관한 평론 · 소논문 모음집으로 김윤식 · 임헌영 · 김종회 편,『이병주 문학 연구-역사의 그늘, 문학의 길』(한길사, 2008)이 있다. 이는 작가의 스케일에 비해 결코 풍성하다고 할 수 없는 연구사이다.

이 장의 연구대상인 박정희의 담론이 최고지배자의 언설이기에 망탈리테의 연구대상으로서 부적합한 것은 아니다. 대통령의 담론 자체가 집단적 창작의 산물이거니와, 그것에 노출된 이데올로기들은 일반인들에게 자명한 상식으로 수용되었고, 예외적 천재의 독창적인 사상이 아니다.[6] 따라서 이들은 망탈리테의 연구대상에 부합한다고 판단된다. 또한 망탈리테 연구에서 영향관계의 선후를 밝히는 작업은 무의미하다. 박정희의 담론이 지식인들에게 영향을 미쳤는지 혹은 그 반대인지 선후를 밝힌다든지, 이병주의 담론이 박정희의 담론과 주고받은 영향관계에서 어떤 것이 원본인가를 구명한다든지, 이러한 작업은 적어도 이 글의 주안점이 아니다. 망탈리테는 누가 원조인지는 모르지만 시대의 정신적 활동에 의식적으로든 무의식적으로든 영향을 미치고, 시대인의 의식을 구속하고 감염시키는 것이기 때문이다. 박정희와 당대 지식인, 이병주 모두 당대의 거대한 망탈리테에 구속되었을 뿐이다. 박정희와 당대 정치적 지도층의 담론의 경우, 때로 집단 창작의 결과물이었다.[7] 그러므로 그 담론에서 고유

6　이 글의 관점과 비슷한 맥락에서 황병주는 이렇게 말한다. "엄밀하게 말해서 박정희 체제가 독자적으로 '발명'한 지배담론은 없다고까지 말할 수 있다. 요컨대 박정희 체제가 지배담론을 만들어냈다기보다는 지배적 담론들 속에 박정희 체제가 구성되었다고 말할 수 있을 것이다."(황병주, 앞의 글, 20쪽) 여기에서 지배담론을 '망탈리테'란 말로 교체하면 위의 진술은 이 글의 논점과 일치한다.

7　앞서 박정희의 연설문들이 집단작업의 결과라는 황병주의 진술을 인용한 바 있다(위의 글, 21~22쪽 참조). 또한 황병주는 조갑제와 박상길의 저서를 참조하여 이렇게 정리한다. 쿠데타 직후 박정희 체제는 교수 등을 위시한 전문 지식인들을 대거 동원하여 '교수정치', '문화예술인 정치'라는 비판을 받기까지 했다. 쿠데타 초기 실질적으로 지식인을 동원한 것은 김종필 라인으로 보인다. 중앙정보부장 직속으로 정책연구실이란 싱크탱크를 구성해 강성원 소령의 주도로 최규하, 김학렬, 김정렴, 윤천주, 김성희, 김운태, 이종극, 정범모, 윤태림 등 23명의 지식인을 연구실 위원으로 동원했다(같은 글, 107쪽 참조). 실제로 쿠데타 세력들은 전문 지식인들을 동원해 자신들의 언론 발표문 등을 대필하게 하기도 했다. 박정희의 저작은 물론이고 김형욱의 글 상당수는 박상길의 대필이었다고 한다(같은 글, 117쪽 참조). 이러한 분위기로 볼 때, 다수의 지식인들이 박정희 언설의 창출에 참여했으리라고 짐작할 수 있다.

성과 원본을 찾기 보다는 모든 이들에게 자명하게 수용되었던 이데올로기, 즉 망탈리테를 추출하는 일이 보다 더 적실한 작업으로 보인다.

1. 애국주의

박정희는 현충일을 맞이하여 다음과 같이 연설한다.

> 지금 우리를 둘러싼 내외 정세는 우리들에게 그 어느 때보다도 투철한 사명감을 인식하고 눈앞의 소리를 초월하여 올바른 국가관에 입각한 멸사봉공의 헌신을 요구하고 있습니다. (…중략…) 우리에게는 지금 무엇보다도 자기 자신의 자리보다 국가와 민족을 위한 애국심이 필요합니다. 우리에게는 그 애국심을 생활화하는 실천력이 필요합니다. 그리고, 우리에게는 애국심과 실천력 못지 않게 온 국민의 철통같은 단결이 필요합니다. 하늘에 계신 영령들이시여! 영령들의 그 애국심, 그 실천력, 그 단결심이 영원토록 우리의 길잡이가 되어 우리에게 용기와 총명과 슬기를 잃지 않게 하고, 모든 국민이 일치 단결하여 피땀어린 자주적 노력을 강화함으로써, 민족의 염원인 조국의 평화 통일을 기필코 성취할 수 있도록 이끌어 주시기를 기원합니다.[8]

박정희는 위에서 "자기 자신의 자리보다 국가와 민족을 위한 애국심"을 강조한다. 애국심은 멸사봉공정신, 단결심과 밀접히 연관된다. 그는 내외 정세를 언급하며 애국심을 요청하는 일이 긴박한 것임을 부각한다.

---

8 「『현충일』 추념사」, 1972.6.6, 『박정희대통령연설문집』(이하 『연설문집』) 9집, 212쪽.

박정희는 호국 영령들을 향한 기도의 형태로 애국심을 강조한다. 이렇게 애국심은 거의 종교적인 색채를 부여 받는다. 박정희의 담론에서 애국주의가 중핵을 차지한다는 사실은 재론의 여지가 없을 것이다. 다음에서 박정희의 저서와 연설문들을 통해 박정희 담론에 나타난 애국주의의 구조와 그 이데올로기화 전략을 살펴보고자 한다.

　박정희는 애국적 인간상과 애국적 생활을 이렇게 정의한다. 애국적 인간상이란, "외세에의 저항 정신과 강인한 민족애를 근간으로 하여", "시민 의식과 공공 의식을 흡수 확대하려는 인간상", "국가 의식을 본격화하여 국제적 경쟁 관계에서, 그리고 자유 진영과 공산 진영의 냉전 속에서 영예로운 민족의 생존을 쟁취함으로써, 개인의 자유가 신장되는 것임을 강조한 새로운 민족적 인간상"[9]으로 정의된다. 또한 애국적 생활이란, "투철한 사명감을 갖고 민족과 함께 영광과 고난을 같이 하는 생활", "국가의 장래에 대해 무한한 희망과 자신을 갖고, 바람직한 생활윤리를 남보다 앞서 실천하면서, 소아의 극기와 자제를 통해 대아의 자유와 행복을 추구하는 생활"[10]이다. 위의 정의에서 주목되는 것은 국가의 존립·발전과 애국의 밀접한 상관관계이다. 박정희는 외세, 국제적 경쟁관계, 냉전 등 국가의 존립을 위협하는 상황을 먼저 언급하면서, 이러한 위기의 환경을 애국이 국가 발전의 절대적 조건이라는 명제에 대한 확고부동한 근거로 삼는다. 애국은 또한 공공의식, 민족과의 동질감, 소아의 극복과 대아의 추구 등 멸사봉공정신으로 논리화된다. 애국심은 박정희가 구체적으로 설파하고 강조한 덕목을 통해 보다 본격적으로 형상을 드러낸다. 이 덕목들은 곧 박정희의 애국주의의 구조를 보여준다.

9　박정희, 『民族의 底力』, 광명출판사, 1971, 256쪽.
10　박정희, 『民族中興의 길』, 광명출판사, 1978, 66쪽.

① 우리는 個人과 國家를 대립시켜보아 온 西歐에서와는 달리 '나'(個人)와 '나라'(全體)를 언제나 하나의 조화로운 秩序로 보아 왔으며, 오랜 共同生活의 체험을 통해 國家에 대한 짙고 뜨거운 사랑을 간직해 왔다. 그 투철한 國家觀과 뜨거운 愛國心 때문에 國家가 危機에 처했을 때는 '나라'라는 大我를 위해 '나'라는 小我를 기꺼이 바친 志士와 烈士들이 많이 배출되었다. 그들은 黨派나 階層 또는 宗敎의 차이를 초월해서, 오로지 나라를 구하겠다는 一念으로 스스로를 희생한 것이며, 이들을 중심으로 온 국민이 너와 나의 구별없이 한 데 뭉쳐 共同의 活路를 타개해 왔다. 그것이 바로 오랜 歷史를 이끌어 온 우리 民族의 底力인 것이다. 여기서 우리는 國家의 存立과 安全이 위협받을 때는, 나와 나라가 둘이 아니라, 하나가 된다고 믿는 우리 겨레의 특유한 生活信條를 찾아볼 수 있다. 따라서 반드시 政黨이나 다른 社會集團의 媒介를 통하지 않고도, 나라가 바로 사랑의 대상이 되고 내가 나라의 主人이라는 믿음을 우리 겨레는 일찍부터 行動으로 실천해 왔던 것이다.[11]

② 경제적으로 여유있는 계층이나 중요한 위치에 있는 사람일수록, 個人보다는 民族을 앞세우고, 나 한 사람의 利益보다는 國民의 公益을 앞세울 줄 아는 희생과 奉公의 정신에 투철해야만, 그 사회는 보다 건전하게 發展할 수 있는 것이다. 오늘날 우리 사회에는 말로만 愛國을 떠드는 사람보다는 그것을 말없이 實踐하는 참된 애국자가 필요하고, 남의 허물을 탓하기에 앞서 자기자신을 먼저 省察하는 참되고 성실한 人材들이 필요한 것이다.[12]

①에서 애국심은 나와 나라를 하나의 조화로운 질서로 보는 정신, 대아를 위해 소아를 버리는 정신, 당파·계층·종교의 차이를 초월해서 너나없

---

11   위의 책, 74~75쪽.
12   위의 책, 116~117쪽.

이 한 데 뭉치는 정신, 나와 나라가 둘이 아니라 하나가 된다고 믿는 생활신조, 나라가 바로 사랑의 대상이 되고 내가 나라의 주인이라는 믿음으로 구체화된다. 즉 나와 나라의 일체감이 애국심의 핵심인 것이다. 나와 나라가 하나라는 언술, 즉 개인과 전체가 하나라는 사상은 양자를 모두 강조하는 듯한 외연에도 불구하고 실상은 개인을 말살하고 전체를 부각한다. 또한 이것은 하나의 위대한 전체가 존재함을 자명한 전제로 상정한 결과 파생된 언술이다. ②에서 애국심은 개인보다 민족을 앞세우고, 사익보다 공익을 앞세우는 희생과 봉공의 정신으로 구체화된다. 대아를 위해 소아를 희생해야 한다는 멸사봉공정신은 애국주의를 구체화하는 중요한 회로가 된다. 박정희의 담론에서 무수히 강조되는 멸사봉공정신은 공동체의 가치에 대한 순결한 신념을 바탕으로 한다. 공동체는 박정희의 언설에서 이데올로기적 지향을 내장한 일종의 상투어이다. 개인의 가치에 우선하는 공동체라는 개념은 다음에서 더욱 확연하게 드러난다.

> 우리 民族은 실로 오래 전부터 따뜻한 人間관계에서 生의 기쁨과 幸福을 얻을 수 있다는 믿음을 간직해 왔고, 이러한 믿음은 작은 생활共同體인 마을에서 가장 훌륭하게 실천되어 왔다. 마을 주민은 바로 나의 친근한 이웃이며, 마을은 바로 나의 삶과 일의 터전이었다. 契와 품앗이라는 우리의 協同的인 풍습도 이러한 共同生活의 表現이라고 할 수 있다. 마을 주민들은 기쁜 일이나 슬픈 일이나, 어려운 일이나 쉬운 일이나, 한데 모여 서로 돕고 서로 의지하면서 살아 온 것이다. 내 고장을 사랑하는 愛鄕心은 내 나라를 사랑하는 愛國心으로 이르는 자연스러운 過程이다. 그것은 國難을 당할 때마다 全國 各地에서 자발적으로 일어났던 農民들의 愛國的인 義兵運動에서도 엿볼 수 있다. 마을의 잘 살기운동으로 시작된 새마을운동이 國家發展의 운동으로 昇華되고 있는 까닭이 바로 여기에 있는 것이다.[13]

위에서 박정희는 따뜻한 인간관계, 생활공동체 윤리를 전통적으로 체화된 미덕으로 상정한다. 또한 내 고장을 사랑하는 애향심은 나라를 사랑하는 애국심으로 이르는 자연스러운 과정이라고 말한다. 전통적인 미덕과 개인적인 윤리를 애국심으로 확장시켜 가는 논리는 공동체라는 회로를 거쳐 정당화된다. 이처럼 애국심은 숭고한 공동체와 밀접한 연관을 맺고 있다. 공동체를 숭고한 자리에 놓는 신념은 국민들 간의 "현실적 차이를 추상적 동질성으로 해소하기 위한 담론전략의 일환이었으며 차이를 인정한 연대 대신 무차별적 균질화로 대중을 전유하기 위한"[14] 전략이다. 당대 대두되었던 빈부격차를 위시한 다양한 사회적 균열과 갈등을 무화하면서, 박정희는 공동체라는 상투어를 통해 계급적 정체성 대신 국민적 정체성을 주입한다. 박정희의 이데올로기는 균질적 국민을 구성하려는 시도이다.[15] 실질적인 균열은 공동체 안에서 무화된다. 이런 면에서 공동체에 대한 신념은 파시즘과 결탁한다. 또한 박정희는 애국주의를 정당화하기 위해 따뜻한 인간관계와 공동체를 중시하는 민족 전통의 윤리를 발견 혹은 창조한다.[16] 전파하고자 하는 이데올로기를 자명한 것으로 만들기 위해서 민족 전통의 윤리를 발견, 창조하는 것은 박정희 담론의 핵심적 전략이다.

개인과 국가의 일체감, 멸사봉공정신, 공동체에 대한 신념 이외에 박정희는 애국심의 구체적 세부로 조화와 협동의 정신을 강조한다.

---

13   위의 책, 98~99쪽.
14   황병주, 앞의 글, 172쪽.
15   위의 글, 171~173쪽 참조. 황병주는 "공동체" 대신에 "집단 살림"이라는 용어를 썼다.
16   신화를 불러들이고 전통을 창조해 내는 일은, 민족적 정수 혹은 근대 세계에서 재탄생을 기다리는 일종의 억압된 본능적 정수와 연관된다. 파시스트적 모더니티는 동시에 신화의 세계이다. 많은 파시스트의 용어와 상징이 오래된 것, 즉 재생과 부활, 회복 등과 관련되면서도 동시에 새로운 것, 즉 새로운 인간과 새로운 질서와 연관된다. 파시즘의 핵심에는 이처럼 시간의 정치학이 놓여 있다(마크 네오클레우스, 정준영 역, 『파시즘』, 이후, 2002, 163~165쪽 참조).

이처럼 市民意識이 성장함에 따라 우리의 傳統에서 우러나온 調和와 協同의 정신은 우리 생활의 모든 분야에서 그 빛을 더 발휘해 가고 있다. 政府와 國民간에, 與黨과 野黨간에, 그리고 社會의 각 집단간에 때때로 意見의 대립과 利害의 갈등이 있는 것은 자유로운 開放社會의 자연스러운 현상이다. 그러나 우리 생활의 여러 분야에서 있을 수 있는 異見과 對立은, 國家와 民族이라는 共同의 광장 위에 서서 보면 사소한 것에 지나지 않는다. 이러한 大國的인 입장에서 異論을 對話로 통일하고, 理解로 對立을 지양할 때, 서로의 이익이 증진되는 것은 물론 社會의 발전이 이루어지는 것이다. 우리는 葛藤에 앞서 融和를 이룩하고, 鬪爭에 앞서 協同하는 社會氣風을 더욱 더 키워나가야 할 것이다. 우리가 그 동안 여러 가지 不利한 여건 속에서도 모든 분야에서 급속한 發展과 成長을 이룩할 수 있었던 것도, 실로 對立과 鬪爭 대신 調和와 協同의 정신이 널리 실천되고, 생활화되어 가고 있기 때문이라고 할 수 있다.[17]

위에서 박정희는 조화와 협동의 정신을 강조한다. 정부와 국민 간에, 여당과 야당 간에 사회 각 집단 간에 발생하는 의견 대립과 이해 갈등은 자연스러우나, 국가와 민족이라는 대국적 입장에서 이런 것들은 사소하기 때문에, 지양 가능하다는 것이다. 여기에서 "국가와 민족이라는 공동의 광장 위에 서서" 또는 "대국적 입장에서"라는 문구에 주목해야 한다. 그러한 애국적 견지는 의견 대립과 이해 갈등을 사소한 것, 따라서 의미 없는 것으로 치부하기 위한 필수 전제 조건이다. 이런 면에서 애국심은 의견 대립과 이해 갈등을 무화시키는 중핵이 되는 것이다. 한편 그가 강조한 "갈등에 앞서 융화를 이룩하고 투쟁에 앞서 협동하는 사회기풍"은 갈등과 투쟁을 죄

---

17   박정희, 『民族中興의 길』, 75~76쪽.

악시하는 전제를 내포한다. 박정희는 조화와 협동이라는 미덕을 부각하면서, 반대파의 이견을 불식하는 논리적 기반을 마련하는 셈이다. 조화와 협동을 강조하고 갈등과 투쟁을 죄악시하는 논리의 대전제는 애국이다. 그러니까 애국은 조화와 협동의 정신으로 구체화되기도 하지만 조화와 협동의 정신을 부각하면서 독재체제를 정당화하는 기제가 된다.[18]

이상 애국심이 개인과 국가의 일체감, 멸사봉공정신, 공동체에 대한 신념, 조화와 협동의 정신 등으로 구체화되는 현장을 살펴보았다. 이러한 애국심은 박정희의 담론에서 만물에 편재하는 기호가 된다. 기독교 담론에서 신이 만물에 편재하고 만물은 신의 뜻을 드러내는 기호이듯이, 박정희의 담론에서 애국심은 매사에 편재한다. 모든 아름다운 것은 애국과 연관된다.

① 나는 조국에 대한 사랑, 국가에 대한 충성심이 없는 사람은, 자기 가정에서도 진정한 화목과 우애를 이룰 수 없다고 믿는 것입니다. 따라서, 이 애국심, 이 조국애가 곧 우리들이 정립해 나가야 할 국민 기강의 근본이라고 강조해 두고자 합니다. 나는 국민 한 사람 한 사람이 '나'와 '국가'를 하나로 알고, 국력 배양을 위해 총력을 기울일 때, 비로소 그 국력은 국민 각자의 안정과 번영에 직결될 수 있으며, 행복하고 명랑한, 그리고 도의가 지배하는 사회를 건설할 수 있게 된다고 믿는 것입니다.[19]

---

18 필자는 박사논문 제출 시 이 절의 "공동체에 대한 신념"을 공동체주의로 일컬었다. 그러나 이후 공동체주의라는 용어의 부정합성을 깨닫고 이번 단행본에서는 그 용어를 폐기한다. 한편 필자는 "공동체에 대한 신념"에 대한 문제의식을 확장하여 그것을 '집단주의'로 명명하고 그 의미를 본격적으로 고찰한 학술논문을 제출했다. 그 글에서 문제의식을 확장했기에 새로운 시각을 보태었으나 인용문 등은 일부 중복된다(졸고, 「1970년대 사회적·문학적 담론에 나타난 집단주의 연구─박정희 대통령의 담론과 『창작과비평』을 중심으로」, 『순천향 인문과학논총』 33권 1호, 순천향대 인문과학연구소, 2014). "공동체"는 강렬하게 필자의 시선을 끌었고, 박사논문에서의 논의는 상당히 미진했기에 후속연구에서 재구성은 불가피했다.

② 나무를 아끼고, 나무를 사랑하고, 산림을 애호하는 것은, 즉 애국하는 마음과 직결되는 것이며, 나무 한 포기 한 포기를 정성들여 심는 자체가 조국을 사랑하고 나라를 아끼고 국민을 사랑하는 일임을 깊이 깨달아야 하겠습니다.[20]

①에서 박정희는 조국에 대한 사랑과 국가에 대한 충성심이 없는 사람은 가정에서도 화목과 우애를 이룰 수 없다고 말한다. 애국심이 "국민 기강의 근본"이라고 말하면서, 그는 애국심을 일상생활의 미덕의 근본을 이루는 것으로 설정한다. 행복, 명랑, 도의와 같은 바람직한 가치의 근본도 애국심이다. 애국심은 만덕(萬德)을 주관하는 위대한 하나의 원리로 등극한다. ②에서 박정희는 나무를 심고 아끼는 마음이 애국하는 마음과 직결된다고 말한다. 역시 그는 권장할 만한 개별적인 덕목들을 모두 애국심으로 수렴한다. 이처럼 애국주의는 편재하며, 모든 바람직한 것들은 애국심으로 수렴된다.

이제 애국심을 자명한 것으로 만드는 전략을 살펴보고자 한다. 반복적으로 발언하기, 국민을 애국적 주체로 호명하기, 역사를 전유하기 등의 전략으로 박정희는 애국심을 자명한 것, 자연 그 자체인 것, 본질적인 것으로 만든다.

① 우리는 이 헌장의 한 구절 한 구절을 빠짐없이 실천해야 하겠지만, 특히 오늘의 국내외 여건에 비추어 볼 때, 민족의 공동 운명 의식과 조국애를 강조한 구절은 다른 어느 구절보다도 더 깊이 명심하여 실천 궁행해야 하겠습니다. 즉 "나라의 융성이 나의 발전의 근본임을 깨달아, 자유와 권리에 따르는 책임과 의무

---

19   「제8대 대통령 취임식 취임사」, 1972.12.27, 『연설문집』 9집, 379쪽.

20   「제25회 『식목일』 치사」, 1970.4.5, 『연설문집』 7집, 133쪽.

를 다하며, 스스로 국가 건설에 참여하고 봉사하는 국민 정신을 드높인다"라고
한 것이 바로 그것입니다. 이것은 국가의 발전과 영광 속에서 개인의 성장과 행
복의 길을 추구한다는 확고한 국가관을 일깨우고, 의무를 다하는 사람만이 권리
를 주장할 수 있고, 책임을 완수하는 자만이 자유를 누릴 수 있다는 자유 이념의
진리를 명백히 한 것입니다.[21]

② 나는 온 국민과 함께 여러분이야말로 이러한 조국의 성장 발전에 앞장선
국위 선양의 기수이며, 오늘의 약진 한국의 진취적 기상을 상징하는 믿음직스러
운 역군이라고 확신해 마지 않습니다.[22]

박정희는 전 연설과 전 저작을 통해서 애국심을 너무나 반복적으로 언
급해 왔기에, 반복의 양상을 일일이 지적할 필요는 없을 것이다. 반복은 두
말할 나위 없이 세뇌의 전략이다. 반복이 대중에게 설득력을 가질 수 있는
이유는 그것이 현실에 만연한 우연성을 제거하고 일관성을 보증하기 때문
이다.[23] ①에서 박정희는 국민교육헌장 선포 3주년 기념식 치사에서 국민
교육헌장의 덕목 중 "민족의 공동 운명 의식과 조국애"를 강조한 구절을 되
풀이 언급한다. 특히 국민교육헌장 선포 기념식 치사마다 위의 구절은 반
복적으로 강조된다. 반복은 특정 이데올로기의 본질화를 위해 중요한 전

---

21 「국민 교육 헌장 선포 제3주년 기념식 치사」, 1971.12.5, 『연설문집』 8집, 495∼496쪽.
22 「주월 국군에게 보내는 메시지」, 1970.1.1, 『연설문집』 7집, 11쪽.
23 한나 아렌트에 따르면 반복은 파시즘의 선전에서 중요한 위치를 차지한다. 대중은 눈에
   보이는 명백한 현실이나 그들 자신이 경험한 현실보다 그들의 상상을 믿는 성향을 지닌
   다. 전체주의 지도자의 반복적인 선전은 대중에게 일관성을 확신시켜 주기 때문에 영향
   력을 가진다. 대중은 현실에 만연한 우연성으로부터 도피하고 싶어 하기 때문에 우연성
   을 제거하고 일관성을 보증하는 이데올로기에 빠져들기 쉽다. 전체주의 선전은 현실로
   부터 허구로의 도피, 우연으로부터 일관성으로의 도피와 같은 도피들로 가득 차 있다
   (한나 아렌트, 이진우·박미애 역, 『전체주의의 기원』 2, 한길사, 2010, 87∼88쪽 참조).

략인 것이다. ②에서 박정희는 주월 국군에게 보내는 신년 메시지에서 그들을 "조국의 성장 발전에 앞장선 국위 선양의 기수"라고 호명한다. 국민은 애국심을 당연하게 가진 주체들로 호명됨으로써, 자신이 정말로 애국심을 가진 사람이라고 상상하고 믿게 된다. 원래부터 있었던 것이 아닌 애국심은, 이미 가지고 있는 것이라고 규정됨으로써 정말 가지고 있는 것으로, 혹은 못 가졌다면 가지도록 노력해야 하는 것으로 수용되는 것이다.

국민을 애국적 주체로 호명함으로써 애국을 자연화하는 전략은 매우 중요하다. 그런데 박정희는 현재의 국민을 애국적 주체로 호명할 뿐만 아니라, 과거의 민족을 애국적 민족이라고 호명하며 애국주의를 생래적인 것, 자연적으로 자명한 것으로 만든다. 이것은 현재의 국민을 애국적 국민으로 호명하는 것보다 더 큰 위력을 가진다. 지금 내가 애국적 국민이라고 상상하는 것보다, 우리 모두 예전부터 애국적 국민이었다고 상상해야 애국심을 더 본태적인 것으로 수용할 수 있게 된다. 과거의 민족을 애국적 국민이라고 호명하는 전략은 역사를 전유하는 전략과 연동된다.

自主精神이란 한마디로 우리가 나라의 主人이라는 意識이다. 우리는 아름다운 三千里 금수강산의 主人이며, 五千年 民族史의 主人이다. 우리 겨레는 일찍부터 單一民族을 이루어 長久한 歲月의 흐름과 함께 同苦同樂해 오면서 남달리 강한 連帶意識을 키워 왔고, 그 때문에 모든 國民의 가슴 속에는 共同體에 대한 강렬한 사랑과 責任感이 자리잡고 있다. 내가 바로 나라의 主人이기 때문에 너와 나의 區別이 있을 수 없다는 믿음을 간직해 온 것이다. 이러한 自主精神은 어려운 일이 있을 때나 슬픈 일이 있을 때는 언제나 이웃간에 서로 돕고 함께 뭉치는 協同과 團結의 風習으로 生活化되었고, 특히 國難을 당할 때는 總和와 護國의 精神으로 승화되어 우리 民族의 강인한 生命力의 源泉을 이루어 왔다.[24]

위에서 박정희는 우리 민족을 원래부터 강한 애국심을 가진 민족으로 호명한다. 일찍부터 단일민족을 형성했던 우리 겨레는 남달리 강한 연대의식, 공동체에 대한 강렬한 사랑과 책임감을 갖추고 있다는 것이다. 그에 따르면, 우리 민족은 장구한 세월 동안 "내가 바로 나라의 주인이기 때문에 너와 나의 구별이 있을 수 없다는 믿음"을 간직해 왔다. 박정희는 이러한 정신을 "자주정신"으로 명명하며, 이것이 "협동과 단결의 풍습으로 생활화"되었다고 말한다. 여기에서 연대의식, 공동체에 대한 사랑과 책임감, 협동과 단결 정신은 박정희가 유포하려고 애쓴 애국주의의 세부적 항목들이다. 박정희는 이러한 덕목들이 원래부터 있어 왔다고 단언한다. 그는 이런 식으로 과거의 민족을 애국적 미덕을 구현한 존재로 호명하며, 현재의 국민 역시 이런 전통을 이어받은 존재로 설정한다. 국민은 이런 식으로 오래 전부터 애국심을 체화한 존재로 호명됨으로써, 애국주의에 동조할 태세를 갖추게 된다.

박정희는 과거에 그 미덕들이 과연 있었는지 증명하지 않은 채로 과거를 자신의 논리의 정당화를 위해 전유한다. 여기에서 과거에 과연 그런 미덕들이 존재했는가 여부를 증명하는 일은 이 글의 관심사에서 벗어난다. 우선 다른 개념으로 과거를 포획할 수 있는 무수한 가능성 중에서 유독 애국에 주목하는 시각을 채택한 박정희의 그 선택만으로도 충분히 주목에 값한다. 그렇게 선택한 시각은 그 시각에의 편중성을 누설한다. 특정한 시각은 가치관의 산물이다. 과거를 이야기할 때 취한 시각은 그 시각에 내재한 이데올로기를 강조하고자 하는 목적성을 함유한다. 애국을 부각하는 시각으로 과거를 포획하려 했다는 사실 그 자체가 애국을 정당

---

24   박정희, 『民族中興의 길』, 13쪽.

화하기 위해 과거를 전유하고자 하는 의지를 드러낸다. 즉 '애국'이라는 개념으로 과거를 구성한 사실은 어쨌든 애국을 강조하기 위해 과거를 전유했음을, 과거를 현재의 시각으로 덮어씌웠음을 알려준다.

> 내가 국가에 沒入되는 것도 아니고 國家가 그저 個人의 總計도 아니며, 나와 국가가 사랑의 유대를 통해 둘이 아니라 하나가 되는 一體感을 우리 겨레는 일찍부터 터득해 왔다. 요즈음 우리 社會에서 널리 실천되고 있는 忠孝思想도 그 根本에 있어서는 이러한 精神과 통하고 있다고 할 수 있다.[25]

위에서 애국심은 앞서 논의한 바대로, "나와 국가가 사랑의 유대를 통해 둘이 아니라 하나가 되는 일체감"이라는 말로 구체화된다. 박정희는 우리 겨레가 일찍부터 그러한 감정을 터득해 왔다고 말한다. 그는 이것의 사실 여부를 증명하지 않는다. 그는 근대의 발명품인 애국심[26]을 과거에 투사하고 그것이 원래 존재했다고 말함으로써, 그것을 근원적인 것·본질적인 것으로 둔갑시킨다. 현재의 필요에 의해 과거가 각색되며, 이 과정에서 현재의 이데올로기는 본원적인 것, 생래적인 것, 따라서 자명한 것으로 수용된다. 그는 충효사상도 근본적으로 일체감과 동일선상에 있다고 논한다. 애국심보다 더 익숙하고 강한 파급력을 가진 충효사상이라

---

25 위의 책, 22쪽.
26 베네딕트 앤더슨에 따르면, 18세기 말경에 "민족주의라는 문화적 조형물이 서로 관련이 없는 역사적 동력들이 복잡하게 '교차해서' 나온 우발적인 증류물로 창조되었지만 일단 창조되자 그것은 아주 다른 사회적 환경에 다양하게 의식적으로 이식될 수 있는 '조립물'이 되었으며, 여러 종류의 정치적·이념적 유형들을 통합하고 유형들에 흡수될 수 있었다."(베네딕트 앤더슨, 윤형숙 역, 『상상의 공동체』, 나남출판, 2003, 23쪽) 앤더슨의 지적대로, 민족주의 혹은 국가주의는 18세기 말 경에 복잡한 맥락에서 우발적으로 창조되었다. 하지만 일단 창조된 이후 그것은 자명한 것으로 수용되면서 다양한 사고방식들을 통합하고, 또 그것에 스스로 통합되었다.

는 회로를 통해 애국심을 본질화하는 것이다.

위의 경우는 국민을 애국적 국민으로 호명하는 전략임과 동시에 과거를 전유하는 전략이기도 하다. 잘 알려져 있듯, 과거의 전유는 파시즘적 정치체제가 즐겨 차용하는 전략이다.[27]

壬辰倭亂 때만 하더라도 온 國土가 外敵에게 짓밟혔을 때, 우리 國民들은 방방곡곡에서 앞을 다투어 義兵運動을 일으켜 救國의 대열에 앞장섰고, 깊은 산 속에서 俗世를 멀리하고 佛道에만 전념하던 승려들마저 武器를 들고 護國의 抗爭에 가담했다. 실로 온 國民이 個人이나 黨派의 利害關係를 떠나 오로지 내 祖國, 내 民族을 지켜야 한다는 一念으로 굳게 뭉쳐 목숨을 바쳐 싸웠던 것이다.[28]

위에서 박정희는 임진왜란 때 국민들이 의병운동을 일으켜 구국의 대열에 앞장섰고, 승려들마저 호국의 투쟁에 가담했다고 강조한다. 온 국민이 개인이나 당파의 이해관계를 떠나서 오직 조국과 민족을 지켜야 한다는 일념으로 목숨을 바쳐 싸웠다는 것이다. 그는 임진왜란 때 의병을 일으킨 사람들을 "국민"으로 명명하고 승려들의 투쟁을 "호국"의 투쟁으로 명명한다. 과거 국민이 아니었던 사람을 국민으로 전유하고, 호국의 이데올로기가 아니었을 수 있었던 것을 호국의 이데올로기로 전유하면서, 현재의 국가주의 시각으로 과거를 재단하는 것이다. 박정희는 자신이 특별히 유포한 이데올로기인 애국주의를 정당화하기 위하여 역사를 전유한

---

27 파시즘은 현재를 혁신하여 다른 미래에 대한 전망을 실현시킬 수단을 스스로 결여하고 있었기 때문에, 단지 신화적 과거만을 되밟아 갈 수밖에 없었다. 파시즘은 모더니티의 고통에서 진정으로 인류를 해방시킬 능력이 없었기 때문에, 단지 이런 고통을 적당하게 얼버무릴 수 있는 전근대적 시간을 갈망할 수밖에 없었다. 고통은 과거로 이끈다(마크 네오클레우스, 앞의 책, 166쪽 참조).

28 박정희, 『民族中興의 길』, 14쪽.

다. 여기서 또한 "개인이나 당파의 이해관계를 떠나"라는 구절이 주목을 요한다. 이는 당시 거세었던 반대파의 저항을 의식한 발언이라고 보인다. 그는 반대 세력의 주장을 개인이나 당파의 이해관계로 치부하면서 폄하·죄악시하고 과거의 선례와의 유비관계를 설정한 후 그것을 도덕적으로 열세인 항과 동일시함으로써 반대 세력에게서 정당성을 탈취하는 셈이다. 이것은 동일성을 추구하는 파시즘의 망탈리테와 연관된다.

이념은 그 현실적 구현태가 있을 때 보다 정당화된다. 박정희는 애국주의를 새마을운동으로 구체화시킨다.

> 우리는 民主政治의 역사도 짧은 데다가, 미처 近代市民社會가 형성되기도 전에 남의 民主制度를 분별없이 모방한 탓으로, 한동안 구체적인 行動과 實踐보다는 공허한 觀念과 理論으로만 民主主義와 愛國을 말하는 경향이 많았다. 이제 우리 國民들은 살기 좋은 내 고장을 만든다는 책임의식을 간직하게 되었고, 그로 인해 참다운 愛鄕心과 愛國心을 키워나가고 있다. 나라가 잘 되어야만 내가 잘 된다는 마음이 國家意識이라면, 내가 잘 돼야 나라가 잘 된다는 믿음은 바로 自我意識이다. 우리 國民들은 새마을運動의 실천을 통해 이 두 가지를 자연스럽게 調和시킴으로써 責任있는 民主市民으로 성장해가고 있는 것이다. 이처럼 우리 農民들은 이론이나 말로써가 아니라, 새마을運動의 실천과 행동을 통해 民主主義를 생활화해 가고 있다.[29]

위에서 박정희는 애국이라는 이념을 구체화한 현실태로 새마을운동을 동원한다. 그는 과거 행동과 실천이 부재한 공허한 관념과 이론으로서의

---

[29] 위의 책, 105~106쪽.

애국을 비판하며, 새마을운동이 행동과 실천으로써 애국심을 구현한다
고 주장한다. 애국은 새마을운동을 통해 물질성을 획득한다. 이제 애국은
그 현실적 구현태까지 얻어서 더욱 공고한 것이 되었다.

이제 이병주의 소설을 통해 작가의식이 당대 주요한 이데올로기에 어
떻게 구속되었는지 살펴보고자 한다. 우선 『지리산(智異山)』에서 작가의
식이 애국주의에 감염된 양상을 고찰해 본다. 덕유산 은신골에서 거행된
보광당 발족식에 대해 태영은 다음과 같이 기록한다.

> 먼저 두령 하 준규의 서약이 있었다. 나는 내 몸과 정신을 바쳐 조국의 독립을
> 기약하는 보광당을 위해 모든 정성을 다할 것이며 어떠한 위난(危難)을 무릅쓰
> 고라도 동지들의 선두에 서서 기어이 우리의 소원을 성취하도록 노력할 것을 굳
> 게 서약한다. (…중략…) 여기 이 덕유산, 골짜기에 모인 24명의 의지가 조국과
> 민족에 영광을 마련하는 근원(根源)임을 믿어 마지않는다. 덕유산 은신골, 1944
> 년 9월 1일! 오늘 이곳이야말로 빛나는 시간, 빛나는 고장이라고 아니할 수 없다.
> 보광당은 길이 민족을 보광(普光)하는 당이 되리라.[30]

위에서 보광당의 두령 준규는 "내 몸과 정신을 바쳐 조국의 독립을 기
약하는 보광당을 위해 모든 정성을 다할 것"을 서약하고, "여기 이 덕유산,
골짜기에 모인 24명의 의지가 조국과 민족에 영광을 마련하는 근원(根源)
임을 믿어 마지않는다"고 진술한다. 몸과 정신을 바쳐 조국을 위하고, 조
국과 민족의 영광을 마련한다는 문구는 박정희의 연설문과 저서에서 누
차 반복되어온 상투어와 꼭 닮았다. 준규는 『지리산』에서 중심적인 위치

---

30   이병주, 『智異山』 3권, 세운문화사, 1979, 148~149쪽.

를 차지하는 긍정적 인물이다. 긍정적 인물을 강렬한 애국심을 가진 모습으로 형상화하는 작가의식은 애국주의에 대한 호의를 내장한다고 보아도 무리가 없을 것이다.

『지리산』의 중심 인물 태영 역시 애국주의로 철저히 무장한 인물이다.

> 그날이 오면 우리는 이 국토를 보물처럼 아끼고 사랑해야 한다. 벌거벗은 산에 나무를 심어 울창한 푸르름으로 옷을 입히고 쇠잔한 노인의 주름처럼 번거롭고 꾸불꾸불한 논밭을 정연한 형태로 정리해야 하며 쓰러질 듯한 집들을 새로 세워야 한다. 만백성이 서로 사랑하고 서로 웃음으로 대하고 화기애애하게 의논해선 나라를 세우고 같이 나라 일을 걱정한다. 누구도 이 땅에서 박해를 받는 일이 없고 누구도 이 땅에서 굶주리는 사람이 있어서도 안 된다. 올바른 계획으로써 만인이 평등하게 잘 살 수 있는 기틀을 만들고 백성 한 사람 한 사람이 요새(要塞)가 되어 다시는 외적의 침범을 받지 않는 나라로 만들어야 한다. 계획과 창의만 있으면 진실로 이 나라를 아름답고 씩씩하게 가꿀 수 있으리라. 백두산에서 한라산에 이르기까지 그야말로 무궁화가 만발하게 장식한 3천리 근역을 만들 수가 있으리라. 우리 민족이 겪은 이때까지의 설움을 기필 슬기로 만들어야 한다. 설움을 잊지 않는 것, 이것이 곧 지혜다……[31]

일본의 패망이 목전에 다다른 시기에 태영은 위와 같은 상념에 빠져든다. 위의 태영의 상념은 박정희의 담론에서 설파된 애국주의와 동일한 구조를 내장한다. 논밭을 정리하고 집들을 새로 세워야 한다는 태영의 진술은 박정희가 주도한 새마을운동을 연상시킨다. 만백성이 서로 사랑하고

---

[31] 위의 책, 232쪽.

화기애애해야 한다는 태영의 이상은 앞서 본 박정희의 공동체에 대한 신념과 통한다. 외적의 침범을 받지 않고 굶주리는 사람이 없는 나라를 만들어야 한다는 태영의 이상은 박정희가 누차 강조한 자주와 부국의 이상과 연동된다. 이병주와 박정희에게서 애국주의의 형식만 공유되는 것이 아니라, 그 구조까지 공유된다. 앞서 진술했듯, 이런 식으로 구조화된 애국주의는 시대의 망탈리테였고, 이병주와 박정희 모두 그 망탈리테에 동일하게 감염되었다고 할 수 있다. 심지어 "우리 민족이 겪은 이때까지의 설움을 기필 슬기로 만들어야 한다. 설움을 잊지 않는 것, 이것이 곧 지혜다"는 태영의 상념은 박정희의 담론에서 유사하게 재등장한다.[32] 여기에서 지극히 자연스러운 인간적 감정인 설움까지도 애국이라는 큰 뜻을 발현하기 위한 밑거름이 되어야 한다고 믿는 태영의 자동화된 의식구조에 유의해야 한다. 준규의 경우와 마찬가지로 긍정적 인물인 태영의 애국주의는 작가 자신의 애국주의를 누설한다고 보인다. 사적인 감정을 있는 그대로 용인하지 못하고 애국이라는 공적인 이상에 복속시켜야 정당하다고 믿는 모습은 애국주의의 지대한 구속력을 보여준다.

태영은 흙이 곧 조국(祖國)이란 사상을 익혀 보았다. 모든 생명이 흙에서 나고 흙으로 돌아간다. 흙은 신성하다. 이 신성한 흙이 강토(疆土)의 규모가 되면

---

32 우리 민족은 시련을 극복하는 과정에서 저력을 발휘하고 고난 속에서도 교훈을 배운다는 논리가 박정희의 언설에서 자주 출현한다. 예를 들면 다음과 같다. "우리 民族은 試鍊과 苦難이 크면 클수록 그것을 극복하는 과정에서 오히려 강인한 民族의 底力을 발휘해 왔다."(박정희, 『民族中興의 길』, 16쪽) "六・二五 동란은 우리에게 반공 민주주의(反共民主主義)의 진의(眞意)를 파악케 하고 진정한 평화와 정의를 구현할 수 있기 위해서는 우리의 주체적 역량(主體的力量)의 배양이 시급함을 깨우쳐 준 귀중한 교훈이었다. 혼란과 고난 속에서도 전진을 위해서 교훈을 배우는 민족만이 장래의 결실을 약속받을 수 있는 것이다."(박정희, 『民族의 底力』, 102쪽)

거기 조국이 생긴다. 흙이 신성한 것처럼 조국도 신성하다. 사람은 조국의 신성을 믿고 조국의 신성을 더욱 신성하게 하기 위해 아쉬움 없이 목숨을 바칠 수 있다. 목숨을 조국을 위해 바친다는 것은 조국의 생명에 스스로의 생명을 귀일(歸一)한다는 뜻으로 된다. 죽어 조국의 흙이 된다는 것은 죽어 없어진다는 뜻이 아니고 조국과 더불어 영원하다는 뜻으로 된다.[33]

태영은 덕유산 은신골에 숨어 있을 때 위와 같은 상념에 빠져든다. 태영은 흙을 곧 조국이라고 상정한다. 모든 생명이 흙에서 나고 흙으로 돌아가기에 흙은 신성하다. 조국은 이렇게 신성한 흙으로 구성되어 있기에 신성하다. 이러한 태영의 논리는 애국주의를 자명화하는 대표적인 전략과 꼭 닮았다. "땅에 대한 경의"[34]는 잘 알려진 파시즘의 전략이다. "자연을 보편적인 힘으로 신성시하는 태도는 자연이 민족적 통일체의 기초가 된다는 신념을 조장"[35]하면서 민족과 국가를 자명한 실체로 상정한다. 민족과 국가의 자연화·본질화는 파시즘의 전파에 기여한다. 사회질서는 땅에 대한 경의를 통해서 유지될 수 있다. 자연을 신성시하는 것은 동시에 민족을 신성시하는 것이다. 민족정신이란 관념과 자연적 힘이라는 영적 관념은 완전히 결합된다.[36] 이렇게 태영은 땅을 신성화함으로써 파시

33　이병주, 『智異山』 3권, 125쪽.
34　마크 네오클레우스, 앞의 책, 171쪽.
35　위의 책, 172쪽.
36　네오클레우스에 따르면, 파시즘은 '자연적인 것'에 주목했기 때문에, 땅과 거기에 발붙인 민족의 중요성을 부각할 수 있었다. 나치의 '피와 흙'이라는 교의는 사람들의 피(민족)와 대지의 흙(자연) 사이의 밀접한 연관성을 환기한다. 때문에 파시즘의 몇몇 형태들은 '피와 흙'의 가장 강력한 표현인 농민과 농업에 초점을 맞춘다. 파시즘은 민족주의와 자연주의가 종합된 형태이며, "생명이 충만한 민족주의"다. 민족정신과 자연적 힘의 결합은 '바로 이 자연, 즉 바로 이 민족의 대지'에 주목하며, '이 자연'이 민족적 특징과 정체성을 형성하는 데 미친 영향에 초점을 맞춘다. 이와 같이 지리적으로 특정하게 제한되는 자연은 파시스트적 사유구조에서 자연의 신성화와 민족주의적

즘적 애국주의의 전형적인 의식구조를 답습한다.

『지리산』에서 애국심은 만인이 공유하는 기호이다. 다양한 이념과 가치관을 가진 사람들이 제각기 애국을 이상으로 삼는다. 그들은 자신의 신념을 정당화하기 위해서 애국주의를 전유한다. 애국은 만인을 정당하게 만들어주는 원천적 이상인 셈이다. 공산주의자도, 공산주의자를 잡으러 다니는 경찰들도, 학생들도, 과거의 독립투사도 발언마다 애국이라는 상투어에 의지한다. 애국은 만인이 소유하고, 소유하기를 바라는 기호이지만, 그 내용은 불명확한 공백의 기표[37]이다.

> 밤에 최 상주씨가 찾아왔다.
>
> 면 인민위원회에 참가하든지 민주청년동맹의 위원장 자리를 맡아 주든지 해달라는 간곡한 부탁이 있었다. 주의와 주장을 초월하고 우리의 결속된 힘을 이 기회에 보여주지 않으면 천추에 한을 남길 것이라고들 했다. 어색한 공산주의 이론 따위를 내세우지 않고 나라와 민족을 걱정하는 충정이 여실히 그 얼굴과 말에 나타나 있었다.[38]

상주는 규를 찾아와 조선공산주의 청년동맹에 가입하라고 설득한 바 있었다. 그는 공산주의가 인류 최고의 진리이며 지식인이면 모두 공산주의자가 되어야 한다며 공산주의에 관해 계몽하려고 했다. 그때 규는 상주가 농업학교를 나온 군농회 기수였다는 전력을 상기하고, 그의 말을 우습게 여긴다. 그 열흘 남짓 후 상주가 다시 규를 찾아온다. 위의 인용문은 그

　　　충동을 잇는 매개 고리를 형성한다(위의 책, 170~173쪽 참조).

37　황종연이 "민중이라는 공백의 기표"라는 표현을 쓴 바 있다(황종연, 「민주화 이후의 정치와 문학」, 『문학동네』, 2004 겨울, 396~397쪽 참조).

38　이병주, 『智異山』 5권, 장학사, 1981, 14쪽.

때의 정황이다. 예전과 달리 규는 "어색한 공산주의 이론 따위를 내세우지 않고 나라와 민족을 걱정하는 충정이 여실히 그 얼굴과 말에 나타나 있"는 점을 발견하고는 이전에 상주에게 가졌던 부정적인 인상을 지워 버린다. 여기에서 상주에 대한 판단을 바꾸게 한 것은 상주의 애국심이다. 나라와 민족을 걱정하는 충정, 곧 진실한 애국심의 존재 여부가 사람의 도덕성을 판가름하는 잣대가 된 것이다. 애국심 유무로 사람을 판단하는 것은 물론 규의 내면에서 일어나는 사건이다. 그러나 이러한 인물의 심리를 창작한 작가의식이 애국심을 지고의 가치로 자명하게 상정하고 있다고 충분히 추론할 만하다.

나는 만주 군관학교를 졸업했다. 처음 그 학교에 들어갔을 때 주위에 나를 비웃는 놈들이 더러 있었다. 제비나 참새 따위가 어찌 대붕(大鵬)의 뜻을 알 수가 있었겠나. 내가 군관학교에 입학한 건 일본이나 만주국에 충성하려는 것이 아니고 언젠가 우리 나라를 위할 날이 있을 것이란 기대를 가졌기 때문이었다. 어느 나라이고 나라가 그 구실을 다할려면 군사력이 있어야 한다. 노예로서의 쇠사슬을 끊기 위해서는 무력이 있어야 한다. 그런데 예상하기보다도 빨리 그날이 왔다. 나는 목숨을 나라와 민족에게 바칠 작정으로 국군준비대에 들었다. 그런데 국군준비대 안에는 약간의 불순분자가 있다. 이 불순분자를 제거하고 국군준비대를 바로 세우든지 국군준비대를 해체하고 별도의 조직을 갖든지 할 요량으로 목하 준비하고 있는 중이다. 소련을 조국이라고 하는 불순분자도 용납할 수가 없고 그 밖에 사대주의 근성에 젖어 있는 놈도 용납할 수가 없다. 민족혼, 그렇다 민족혼만이 우리가 지켜야 할 유일한 것이다. 우리가 일본놈의 지배를 받게 된 것도 이 민족혼을 지키지 못한 탓이다. 여기 모인 우리 동기 동창은 한 사람도 빠짐없이 내 취지에 찬동해 줄 것으로 믿는다.[39]

본래 영중은 일제하 학창시절 학생보국회 회원이었다. 검도부와 유도부 학생을 중심으로 결성된 학생보국회는 일본에 협조적인 단체였다. 영중은 남보다 먼저 창씨개명을 할 정도로 친일적이었는데, 그러한 그도 해방 후 동창들과 만나는 자리에서 애국을 논한다. 만주 군관학교를 졸업한 것도 일본에 충성하기 위해서가 아니라 "언젠가 우리 나라를 위할 날이 있을 것이란 기대"에서였고, 그 후로도 "목숨을 나라와 민족에게 바칠 작정으로 국군준비대에 들었다"고 한다. 영중은 과거의 행동을 정당화하는 데에도 애국이라는 기호를 동원하며, 현재의 결단을 미화하는 데에도 애국이라는 기호를 전유한다. 애국은 만인이 자신의 결단을 정당화하고 미화하기 위해서 의탁하는 지고의 가치이다. 어떤 행동도, 심지어 그것이 외견상 비루해 보인다 하더라도, '조국과 민족을 위해서'라는 명분 안에서라면 정정당당해지는 것이다.

> "애국자의 대접이 이래도 좋다는 말씀이십니까유. 아버진 너무나 사람이 좋으셔유. 사람이 좋으면 좋은대로 대접하는 세상이라고 생각하면 등신되는 세상이란 걸 알으셔야 해유. 왜 탕탕 꾸지람을 않으셔유. 아까도 군정청에서 사람이 다녀갔는데 왜 그때 호통을 치시지 않았에유. 이게 내게 대한 대접이냐구 왜 그런 말을 못하셨에유."
> 사팔뜨기가 계속 이렇게 떠들어 젖히자 홍 진씨는 극도로 흥분했다.
> "이놈, 잠자코 있으라니까. 이놈아, 애국을 했으면 내가 했지, 어디 네놈이 했나?"
> "아버진 애국을 했지만 전 아버지가 돌보지 않은 집안을 돌봤에유. 아버지가 안심허구 애국허실 수 있게 말유."

---

39   위의 책, 224~225쪽.

"그랬다구 큰소리냐?"

"아버지를 위해서 하는 말예유."[40]

규와 상태는 망명정부 임정 의정원 의장 홍진을 만나러 한미호텔을 찾는다. 홍진은 스토우브 하나 없는 추운 방에서 아들과 함께 머무르고 있었다. 침구엔 이가 기어 다녔다. 아들은 홍진이 받는 대접에 불만을 품고 "애국자의 대접이 이래도 좋"냐고 분노를 터뜨린다. 이에 홍진은 "애국을 했으면 내가 했지, 어디 네놈이 했나"며 아들을 나무란다. 부자간의 대화에서 애국은 의견 충돌의 장 한가운데에 도사린 핵심적인 의미소이다. 여기에서 망명정부 활동은 자명하게 애국으로 인식된다. 또한 애국은 보상받아 마땅한 행위, 보상받지 않으면 억울한 행위로 인식된다. 보상을 지당하게 생각하는 의식은 애국을 지고의 가치로 상정하는 전제를 품고 있다.

엊그제처럼 호락호락한 경찰이 아닙니다. 우리도 신념을 갖게 되었으니까요. 경찰만 할 것이 아니라 애국(愛國)도 하기로 했어요. 노 동식을 만나거든 꼭 자수를 시켜 주시오.[41]

동식의 자수를 권하며 남석은 경찰도 신념을 가지게 되었기에 엊그제처럼 호락호락하지 않다고 말한다. 그는 "경찰만 할 것이 아니라 애국도 하기로 했"다고 덧붙인다. 애국은 공산주의자이건 공산주의자를 잡으러 다니는 경찰이건 동일하게 지고한 가치로 상정하는 기호인 것이다. 한편 여기에서 애국은 신념과 유의어로 쓰인다. 물론 상식적인 의미에서 신념

---

40   이병주, 『智異山』 6권, 장학사, 1981, 29쪽.
41   이병주, 『智異山』 7권, 장학사, 1981, 308쪽.

은 애국보다 포괄적인 개념이다. 그러나 남석의 말에서처럼, 신념과 애국이 거의 동의어로 쓰이는 현상은 주목을 요한다. 즉 그것은 신념이 차지하는 넓은 영토가 대부분 애국이라는 군주에 포섭될 수 있음을 의미한다. '신념=애국'이라는 공식을 자동적으로 수용하는 의식구조는 애국이 신념이라 칭할 수 있는 거의 모든 정신 작용에 부착될 수 있는 말임을 의미한다. 즉 애국은 매우 포괄적인, 제국주의적 의미망을 가지는 것이다.

> 태영이 간절하게 말했다.
> "누가 딱한 처지가 되라겠나. 결국 그들을 도우는 건 빨갱이를 도우는 것 아니가. 빨갱이를 도우면 빨갱이가 되는기라."
> 그러자 양 혜숙이 한 마디 끼었다.
> "빨갱이 빨갱이 하지 말아요. 그 사람들은 인민들을 위해서 목숨을 바칠 사람들 아녜요? 말하자면 애국자 아녜요?"[42]

위에서 태영은 좌익 활동을 하는 사람들을 은연중에 빨갱이라고 지칭한다. 이에 혜숙은 발끈하며, 그들을 "애국자"라고 부른다. 인민을 위해서 목숨을 바칠 사람들이기 때문이다. 혜숙의 내면에서 애국이란 최종 심급에서의 지고한 가치이다. 애국자란 사상 여하를 막론하고 훌륭한 인물에게 부여될 수 있는 호칭인 것이다. 앞에서 '신념=애국'이라는 의식구조가 자명하게 통용되는 정황을 언급했거니와, 여기에서는 '좋은 사람=애국자'라는 전제가 의심 없이 수용되고 있다. 여기에서 공산주의자에 동조하는 사람들도 애국이라는 기호를 최종 심급에 놓고 있다.

---

42   이병주, 『智異山』 8권, 장학사, 1981, 31쪽.

하 군이 좌익이고 내가 우익이라고 치더라도 나라를 사랑하는 마음은 한가지 아니겠습니까. 세상 사람들이 다 싸운다고 해도 우리들만은 싸우지 않고 대화로써 해결할 수 있지 않겠습니까. 지금 이 고장을 전쟁터로 하고 서로 싸우고 있는데 지금 우리가 여기서 싸운들 무슨 결론이 나오겠습니까. 만일 결론이 나와 본들 그것이 민족과 국가에 대해서 어떤 보람이 있겠습니까.[43]

준규와 중학교 동기 동창인 함양 경찰서장 T씨가 준규에게 보낸 편지의 일부이다. T씨는 좌익인 준규와 우익인 자신이 "나라를 사랑하는 마음은 한 가지"라고 말한다. 여기에서 직설적으로 누설되었듯이, 애국심은 좌익과 우익이 공히 최종 심급에 놓은 지고한 가치이다. T씨는 준규와 자신이 애국심을 공유한다는 사실을 전제하며 협상 요청의 허두를 뗀다. 이는 준규와 자신이 옳은 편에 가담하고 있다는 드높은 자의식을 고양하기 위한 수사적 전략으로 볼 수 있다. 자신과 상대가 모두 옳다고 전제하고 이야기를 꺼내는 것은 탁월한 외교적 방책이다. 이런 식으로 자신과 상대가 모두 옳다는 전제를 합리화하기 위해서 의탁할 근거는 가장 훌륭한 것, 다시 말해 양자가 가장 훌륭한 것이라고 자명하게 동의할 수 있는 것이어야 한다. 여기에서 가장 훌륭한 것으로 애국이 발탁되었다. 이는 두말할 나위 없이 애국을 지당하게 옳은 것, 가장 훌륭한 것으로 상정하는 무의식적 확신을 노출한다. 한편 T씨는 그들의 싸움과 대화의 최종 기착지로 "민족과 국가에 대"한 "어떤 보람"을 은연중에 상정한다. 기독교에서 하나님의 뜻이 최종 심급에 놓여 있듯이, 여기에서 애국은 모든 정치 활동이 도달해야 하는 최종 목표로 상정되고 있다.

---

43   위의 책, 131쪽.

Y선배가 곁에서 거든 말에 의하면 이번 동란에 심한 충격을 받은 노신호는 뭐니뭐니해도 정치의 힘으로서밖엔 이 나라를 구할 수 없다고 느끼고 우선 국회의원으로서 정치생활을 시작 해 볼 발심(發心)을 했다는 것이다.[44]

하루밤을 같이 지내곤 나는 완전히 그의 신자(信者)가 되어 버렸다. 이 사람을 국회에 보내면 국회가 빛날 것이란 자신이 섰다. 나는 노신호를 국회에 보내는 운동이 바로 애국운동과 통한다는 것을 믿고 의심하지 않았다.[45]

「패자(敗者)의 관(冠)」의 신호는 "뭐니뭐니해도 정치의 힘으로서밖엔 이 나라를 구할 수 없다고" 생각했기에 국회의원에 출마하려고 결심한다. "나" 역시 "노신호를 국회에 보내는 운동이 바로 애국운동과 통한다는 것을 믿"었기에 신호의 선거운동을 돕겠다고 결심한다. 국회의원에 출마하겠다는 결정의 동기도 애국심이고, 선거운동을 돕겠다는 판단의 근거도 애국심이다. 신호와 "나"에게서 애국은 모든 판단의 기준과 결정의 근거로 작동한다.

A검사는 드디어 검사라는 입장은 사정(私情)을 섞어선 안되는 입장, 즉 국가를 대표하는 입장에 서야한다는 원칙을 새삼스럽게 깨달았다. 어떠한 입장에서라도 사사로운 감정으로 사람을 죽여선 안되는 것이다. 민 태기는 분명히 귀중한 국민 한 사람을 죽여 없앴다. 고 광식은 이를 살려두었으면 수출증대(輸出增大)에 크게 이바지할 수 있었던 사람이 아니었던가. 남의 가정을 파괴하고 여자를 농락하는 탕아의 존재쯤은 국가이익에 그다지 큰 손실을 가져오는 것은 아니다. 이렇게 결론을 짓고 A검사는 민 태기에게 징역 一0년을 구형했다.[46]

---

44   이병주, 「敗者의 冠」, 『예낭 風物誌』, 세대문고, 1974, 311쪽.
45   위의 글, 314쪽.

「철학적(哲學的) 살인(殺人)」의 태기는 아내와 사통한 광식을 살해한다. 여러 정황상 광식은 파렴치했고, 태기는 광식을 살해할 만했다. 이에 A검사는 고민에 빠져든다. 인간적으로는 태기를 이해했기 때문이다. 그러나 그는 "국가를 대표하는 입장에 서야 한다는 원칙을 새삼스럽게 깨"닫고, 태기에게 징역 10년을 구형한다. 위의 인용문은 그 이유를 밝힌다. 검사는 죽은 광식이 "살려두었으면 수출증대에 크게 이바지 할 수 있었던 사람"이고, "남의 가정을 파괴하고 여자를 농락하는 탕아의 존재쯤은 국가이익에 그다지 큰 손실을 가져오는 것은 아니"기 때문에 태기에게 다소 가혹하게 구형한다. 즉 태기의 아내를 유혹한 광식의 죄목은 국가적 차원에서 볼 때 큰 손실이 아닌데, 그런 광식이 맡았던 수출 역군으로서의 역할을 상실케 한 것은 국가적 차원에서 큰 손실이므로, 광식을 죽인 죄가 광식의 죄보다 더 크다는 것이다. 검사는 '국가 발전에 기여하는 정도'를 죄의 경중을 따지는 데 중요한 준거로 삼는다. 애국적 차원에서 생각하는 대전제는 복잡하게 얼크러진 심경을 일거에 정리할 수 있는 명쾌한 판단기준이 된다.

그 이튿날 아침 민 중환은 이웃돕기 성금으로 백만원을 내겠다는 각서를 쓰고 파출소의 문을 나왔다. 최 맹열이 사이에 서서 맹렬하게 주선한 덕분이었다.

"당신이 그만한 돈을 번 게 누구 덕택인 줄 아시오. 나라와 이웃이 있기에 번 게 아니오. 이 점을 잘 반성하고 앞으론 보다 인간적으로 되기 바라오."

마지막으로 한 파출소 주임의 애기였는데 민 중환은 돈 백만원도 아까왔거니와 파출소 주임으로부터 훈계를 받아야 했던 그 정황에 분노했다.[47]

46   이병주, 「哲學的 殺人」, 『哲學的 殺人』, 서음출판사, 1976, 173쪽.
47   이병주, 「서울은 天國」, 『서울은 天國』, 태창문화사, 1980, 63쪽.

중편 「서울은 천국(天國)」의 중환은 살롱 마담과 순경에게 욕설을 퍼부
었다는 죄목으로 파출소로 끌려갔다. 중환은 수십억의 재산을 가진 자신
을 대접해 달라고 순경에게 말한다. 이에 순경은 이웃돕기와 방위성금을
얼마나 냈냐고 다그친다. 중환은 이웃돕기에 참여한 적도 없고 방위성금
도 낸 적이 없었다. 파출소 주임은 그러한 중환을 "사기꾼 이상으로 흉측
한 놈"이라고 여겨 유치장에 가둔다. 중환은 다음날 아침 이웃돕기 성금
으로 백만원을 내겠다는 각서를 쓰고서야 풀려난다. 헤어지면서 파출소
주임은 "나라와 이웃"이 있었기에 중환이 돈을 벌었다며, 나라와 이웃에
헌신할 것을 당부한다. 그에게 나라와 이웃을 존중하는 마음, 즉 애국심
과 공동체에 대한 이상은 의심을 불허하는 지고한 가치인 것이다. 이 소
설에서 중환은 희화화되는 악역을 맡았고, 파출소 주임은 세상의 상식을
대변하며 중환을 계도하는 역할을 수행한다. 긍정적 인물이자 교사형 인
물인 파출소 주임의 의식구조는 애국을 자명하고 지고한 가치로 상정하
는 작가의식을 노출한다.

이상 이병주 소설의 인물들이 애국을 지당한 전제로 상정하는 장면들
을 살펴보았다. 애국주의를 자명하게 체화한 인물을 형상화했다는 사실
이 작가 이병주가 애국주의에 감염되었다는 사실을 직접적으로 지시하
지는 않는다. 이병주가 자신의 가치관과 상관없이 애국주의를 체화한 인
물들을 묘사했을 뿐이며, 때로 그러한 인물의 이데올로기를 비판하기 위
해서 이런 식의 형상화를 수행했다는 가정도 가능하다. 하지만 그의 작품
을 통틀어 볼 때 이런 가정은 사실이 아닌 것으로 보인다. 그것이 아니더
라도 우선 인물을 형상화할 수 있는 여러 가지 방법 중에서 혹은 과거의
풍경을 그리는 다수의 방법 중에서 유독 "애국"이라는 점에 초점을 맞추
는 방법을 채택했다는 것은 "애국"이라는 기호가 작가의식을 상당 부분

잠식하고 있었기에 가능한 일이다. 앞서 말했듯, 작가가 소설을 쓸 때 글감을 취하는 여러 방법이 있다. 이때 작가가 선택한 시각의 향방은 작가가 감염된 이데올로기의 성격을 보여준다. 이데올로기가 믿음을 낳고 믿음이 시각을 낳는다. 뿐만 아니라 애국을 지당한 전제로 상정하는 의식은 작가의 자전소설에서 매우 흔하게 노출된다.

> 보다도 가장 보고 싶은 것은 두말 할 나위 없이 우리나라의 모습이다. 21세기의 아침을 통일된 나라의 국민으로서 맞이할 수 있을까. 오늘 우리의 지도자들이 그려 보이고 있는 복된 나라, 자유로운 나라, 민주주의에 있어서도 든든하고 경제의 터전도 든든하고 세계 모든 사람들이 "저 한국을 보라. 반만 년 간단(間斷) 없이 비극이 연출된 무대 같은 나라가 지금은 찬란한 문화와 평화를 누리는 행복한 나라가 되었다"고 찬탄을 아끼지 않는 그런 나라가 될 수 있을까. 3·1운동을 비롯해 6·25동란, 그리고 갖가지의 수난으로 억울하게 죽은 원혼들이 "이젠 우리도 안심하고 눈을 감을 수 있다. 이러한 나라를 만들기 위한 희생이었으니 우리의 원한은 이로써 풀렸다"고 말할 수 있는 나라가 되어 있을까.
>
> 20년만 더 살면, 아니, 20년 동안만 시간의 파괴력을 견딜 수 있으면 21세기를 볼 수 있다는 희망을 안고 나는 1980년 8월 15일부터 그 희망을 달성하기 위한 노력의 일환으로 단연코 술을 끊기로 한 것이다.[48]

위의 인용문은 작가 이병주의 애국주의가 얼마나 뿌리 깊은 것인지 확연하게 보여준다. 자전적 소설 「8월의 사상」의 "나"는 20년만 더 살면 21세기를 볼 수 있다는 희망을 안고 술을 끊기로 한다. 21세기를 보고 싶은

48　이병주, 「8월의 사상」, 『허망의 정열』, 문예출판사, 1982, 83쪽.

이유는 두말 할 나위 없이 우리나라의 발전된 모습을 목격하고 싶어서이다. 통일된 나라, 복된 나라, 자유로운 나라, 세계의 모든 사람들이 찬탄을 아끼지 않는 그런 나라를 보고 싶어서이다. 이러한 "나"의 소망에 애국주의가 의심을 불허하는 지당한 전제로 뿌리 깊게 각인되어 있다. ·

세르기 프라토가 뭐라고 하는 것을 그 부인이 통역했다.

"망명정부라고 하지 않습니다. 우리는 밖에 있는 정부라고 합니다. 안에 있는 에스토니아, 밖에 있는 에스토니아, 밖에 있는 정부는 10만 이상의 국민을 가지고 있지요. 나도 열심히 세금을 냅니다. 그것은 등불과도 같습니다. 언젠가는 그 등불이 안에 있는 에스토니아에 광명을 주는 불씨가 될겁니다."

세르기 프라토 부부에겐 뉴욕은 하나님이 점지한 그들의 피난처였다. 워터게이트를 알려고 하지도 않고 게이피플의 데모같은 사태를 이래저래 해석해 볼 필요도 없었다. 그들에겐 조국 에스토니아에의 향수만 있었다.

"그림을 달리 그릴수도 있죠. 현대의 화풍을 닮아볼 수도 있죠. 그러나 내겐 에스토니아의 풍경을 단 한조각이라도 더 많이 미국사람들에게 알리고 싶어요. 그러자면 나는 지금처럼 그림을 그릴 수밖에 없지 않소. 나는 에스토니아만을 그리고 에스토니아 말만을 하는 순수한 에스티 사람으로서 살고 죽으렵니다."[49]

자전적 소설 「제사막(第四幕)」의 "나"는 미국의 "제4막"이라는 술집에서 에스토니아 화가 세르기 프라토를 우연히 만난다. 세르기 프라토는 조국 에스토니아에 대한 사랑으로 넘쳐나는 인물로서 에스토니아의 풍경만을 그리며, 그렇기 때문에 무명의 처지를 벗지 못한다. 그는 영어를 배우기

---

49   이병주, 「第四幕」, 『哲學的 殺人』, 서음출판사, 1976, 346~347쪽.

도 거부하여 의사소통을 아내에게 맡기고 있다. 그는 또한 위에서처럼 에스토니아 망명 정부에 세금을 내며 애국심으로 충만해 있다. "나"는 물론 이러한 세르기 프라토의 자세에 진한 애정을 느낀다. 자전적 소설의 화자인 "내"가 그에게 표하는 진한 애정은 곧 애국을 지고의 가치로 상정하는 작가의식과 동궤에 놓인다. 자전소설의 이런 정황으로 볼 때 애국주의는 이병주에게 의심을 불허하는 숭고한 신념으로 각인된 것으로 보인다.

2. 영웅주의

박정희는 서울대학교 졸업식에서 이렇게 연설한다.

> 이제부터 졸업생 여러분은 조국 근대화와 국토 통일의 민족 중흥이 기약되는 10년, 20년 후의 조국의 밝은 미래를 내다 보면서, 자신과 희망을 가지고 굳센 의지와 용기로써 자립 경제, 자주 국방 건설을 위한 민족적 대열에 앞장서야 합니다. 스스로를 돕는 자조 정신, 스스로 일어서는 자립 정신, 스스로를 지키는 자위 정신을 발휘하여 목표를 향한 전진의 대열에 선도적 일군이 되어야 하겠다는 것입니다. 이것은 바로 발전하는 민족사의 부름이며, 또한 여러분의 전도를 축복하는 온 겨레의 소망이요 기대라고 믿습니다.[50]

박정희는 서울대학교 졸업생들에게 "민족적 대열에 앞장서"기를, "목표를 향한 전진의 대열에 선도적 일군이 되"기를 요구한다. 서울대학교

---

50   「서울 대학교 졸업식 치사」, 1970.2.26, 『연설문집』 7집, 84쪽.

졸업생들을 엘리트로, 지도자로 호명하는 것이다. 엘리트 혹은 영웅에 대한 찬미는 박정희의 담론에서 뚜렷하게 자주 노출된다.[51] 이는 엘리트 혹은 영웅을 지도자로 설정하는 의식과 당대 현실에서 지도자의 중요성을 과도하게 부각하는 의식과 연동된다. 즉 영웅·엘리트·지도자에 관한 박정희의 언설은 당대 지도자는 영웅 혹은 엘리트여야 하고, 당대 현실은 한 명의 지도자를 시급히 요청한다는 전언을 내장한다. 이는 또한 '영웅=지도자' 구도를 상식화하면서 자신을 영웅화하여 충성을 이끌어내는 전략이라 할 수 있다. 한편 박정희는 위에서 서울대학교 졸업생들을 지도자로 호명하며, 그들이 선도적 일꾼이 되는 것이 "온 겨레의 소망이요 기대"라고 말하는데, 자신의 구도를 온 겨레의 그것으로 일반화시켜 말함으로써 자신의 영웅주의를 상식적인 이데올로기로 유포한다.

위에서도 등장한 "민족적 대열", "전진의 대열"이라는 말은 박정희의 담론에서 일종의 상투어이다. 박정희의 의식은 지도자-엘리트를 정점으로 하는 단일한 대열로 구조화되어 있다. 단일한 목표를 향해 총화 단결하여 전진하는 그 대열에서 이탈은 죄악시된다. 대열이 하나인 만큼 대열은 지도자-엘리트를 필요로 한다. 대열 자체가 성립하지 않을 만큼 노선이 다양하다면 지도자에 대한 갈급이 긴요하지 않다. 지도자를 강력히 요구하는 의식 자체가 노선의 단일성을 시사한다. 박정희의 의식 안에서 대열은 '목표-과업'으로 구조화될 뿐 아니라, '영웅적 지도자-다수의 추종자'로 구조화되기도 한다. 이렇게 뚜렷한 위계질서를 자명하게 상정하는

---

51 이 글에서 논하는 이데올로기들이 70년대에만 고유했다고 볼 수는 없다. 그러나 영웅주의는 70년대에 유독 위세를 떨쳤다고도 보이는데, 이 논지에 김현선의 연구가 근거가 될 수 있을 것이다. 김현선은 영웅주의가 유독 70년대 교과서에 강하게 노출되었다고 본다. 그에 따르면 70년대 이전과 이후에 교과서는 영웅주의를 그토록 두드러지게 부각하지 않았다(김현선, 앞의 글, 195~196쪽 참조).

상상적 구도는 일제 문화 혹은 군사 문화의 잔재일 뿐 아니라, 당대 망탈리테를 보여준다. 큰 것과 작은 것, 위대한 것과 비루한 것, 높은 것과 낮은 것이 뚜렷하게 위계화·서열화된 의식구조는 70년대의 주요한 망탈리테로 볼 수 있다. 추구하는 가치가 동일할 때 그 동일한 꿈을 쫓는 동질적인 대열에서는 당연히 더 앞선 자와 뒤쳐진 자가 생기게 마련이다. 가치가 다양하다면 하나의 영웅이 존재할 수가 없다. 제각기 저만의 특유한 가치와 꿈과 성취를 가진 다수가 존재할 것이다. 이런 면에서 영웅과 엘리트, 지도자에 대한 집착은 근대적 동일성 그리고 파시즘과 밀접한 연관을 맺는다고 보이는데, 이에 관해서는 5장에서 보다 상세히 고구할 것이다.[52]

아래에서 영웅과 엘리트에 대한 동경을 강하게 드러내는 박정희의 언술을 살펴본다.[53]

둘째, 싸우면 반드시 이기는 군대가 되라는 것입니다. 일찍이 '나폴레옹'이 프랑스 육군사관학교 졸업식에서 행한 훈시 중에 이런 말을 했습니다. "제군들이 이

---

52 또한 '영웅적 지도자-다수의 추종자'의 의식구조는 앞장에서 보았듯, '지식인-민중'의 이분법적 구조와 닮았다. 둘 다 가치의 위계화·서열화를 자명하게 생각하는 의식에서 파생된 구조이기 때문이다. 두 경우 모두 가치를 위계화해서 정립하는 근대적 동일성의 망탈리테에서 파생된 것으로 보이며, 이것 역시 파시즘적 망탈리테와 연동된다. 이에 관해서는 다음 장에서 보다 상세히 고찰하고자 한다.

53 황병주 역시 박정희 체제의 주요한 특징 중의 하나로 엘리트주의를 꼽는다. 대중을 수술해야 할 환자, 계몽해야 할 대상으로 본다는 것이다. 대중 계몽은 근대화의 핵심적 과제가 된다(황병주, 앞의 글, 135쪽 참조). 황병주에 따르면 국민교육헌장 역시 전 국민을 계몽하고 지도하겠다는 엘리트주의의 발로이다. 박정희는 이미 쿠데타 초기부터 확고한 엘리트주의에 입각한 '목표 지향적 지도자 중심 사상'을 갖고 있었다. 그러한 신념은 헌장을 제정하는 시기를 전후해서도 변하지 않았고, 그러한 엘리트가 바로 자신들이라고 생각했다. 박정희의 기본적 사유체계는 대중에 대한 강한 불신에 근거한 엘리트주의였다. 그러나 엘리트, 지도자, 영웅은 무엇보다 행위의 대상을 필요로 했다. 대상은 대상이되, 주체적 대상·대상적 주체여야 했다. 국민교육헌장은 대상적 주체의 구성을 위한 기획의 일환으로 배치되었다(황병주, 「국민교육헌장과 박정희 체제의 지배담론」, 『역사문제연구』 15호, 역사문제연구소, 2005, 167~173쪽 참조).

학교에서 배운 모든 교육의 궁극적 목적은 전쟁터에서 적과 싸워서 이기기 위해서이다." 적과 싸워서 이기고 지는 것은 평소의 모든 노력의 결과로서 이루어지는 것입니다. (…중략…) 탁월한 지휘 통솔력을 가진 한 사람의 지휘관이 때로는 1개 소대나 1개 중대 병력으로서 전군의 승리를 가져오는 중대한 전승의 계기를 마련하는 결정적 역할을 한 사례를 우리는 동서고금의 전사를 통해서 수없이 많이 찾아 볼 수가 있는 것입니다. 셋째, 국군의 전통을 더욱 빛나게 하고, 그 계승자가 되라는 것입니다. 우리의 긴 역사를 더듬어 보면 얼룩진 역사도 많지만, 우리의 조상들 중에는 위대한 조상도 많았고 위대한 군인도 많았다는 것을 잊어서는 안 됩니다. 삼국 통일의 대업을 완수한 화랑 정신은 우리 국군의 전통입니다. 충무공 이순신 장군의 위대한 애국 정신도 곧 우리 국군의 빛나는 전통입니다.[54]

박정희는 육군사관학교 졸업식 유시에서 싸우면 반드시 이기는 군대가 되라고 말하면서 나폴레옹을 언급한다. 또한 그는 역사상 "위대한 조상"과 "위대한 군인"이 많았음을 언급하며, 화랑과 이순신을 그 사례로 든다. 나폴레옹과 이순신은 박정희의 언설에서 매우 자주 등장한다. 나폴레옹과 이순신은 시대의 아이콘[55]이라 해도 과언이 아니다. 박정희는 이들을 영웅으로 호명하며, 본받아야 할 인물로 상식화하면서 위대와 영광에 관한 집착을 온 국민에게 유포한다. 위대에 대한 강박, 영광에 대한 강박은 70년대의 망탈리테 중 중요한 것이다. 위대와 영광에 집착하는 망탈리테는 박정희의 언설뿐만 아니라 이병주의 소설에서도 흔하게 노출된다. 이는 '위대와 영광=지도자의 미덕'의 구도를 상식화하려는 의도를 내포

---

54   「육군 사관 학교 졸업식 유시」, 1970.3.28, 『연설문집』 7집, 115쪽.
55   차원현이 「정전과 동원」(『민족문학사연구』 34호, 민족문학사학회, 2007)에서 "이순신이라는 아이콘"이라는 어구를 쓴 바 있다.

하며, 일단은 충성과 복종을 요구하는 의미를 띤다. 한편 영웅과 영광에 대한 꿈을 장려하고 추동하는 의식은 위에서 언급한 '직선적이고 단일한 대열'이라는 상상의 구도와 무관하지 않다. 위대와 영광은 단일하고 직선적인 노선이 가 닿아야 할 궁극의 지점인 것이다. 사소함과 비루함의 가치를 인정하는 다양성의 망탈리테는 당시 힘을 발휘할 수 없었다.

영웅과 위인을 부각하는 의식은 박정희의 언설뿐 아니라, 당대 동상건립운동 등 구체적인 정책에서도 나타난다.[56] 박정희 담론에서의 영웅은 지도자상을 성격화하는 회로로 볼 수 있다. 영웅은 지도자라는 모호한 이미지에 얼굴을 부여한다. 또한 영웅은 국민들이 따라야 할 전범에 얼굴을 부여한다.[57] 한편 파시즘적 정체에서 대중은 지도자와 자신을 동일시하

---

[56] 박정희 휘하 '애국선열조상건립위원회'는 68년에 이순신·세종·사명당의 동상을, 69년에 이이·원효·김유신·을지문덕의 동상을, 70년에 유관순·신사임당·정몽주·정약용·이황의 동상을, 72년에 강감찬·김대건·윤봉길의 동상을 건립하였다. 72년도 제작된 동상을 제외하고 모든 동상은 서울 도심에 건립되었다. 동상건립운동이 전개된 후 초등학교 교정에도 일시에 동상들이 건립되었다. 그런데 초등학교 교정에 동상이 건립된 인물들은 이순신·세종·이승복으로 제한적이었다. 이들은 박정희가 호감을 갖고 국가적 기념사업을 전개했거나 반공 이데올로기로 상징화한 인물과 일치한다. 이러한 현상은 가장 존경하는 사람을 선택하는 조사에서 이순신과 세종이 선순위를 점하는 선호도에 일조했을 것으로 보인다(정호기, 「박정희시대의 '동상건립운동'과 애국주의」, 『정신문화연구』 106호, 한국학 중앙연구원, 2007, 346·354쪽 참조). 동상건립운동에서 제작의 대상이 된 위인들 중 이순신과 세종만이 국민학교 교정에 동상으로 건립되었다는 사실은 주목을 요한다. 동상건립운동 말고도 다양한 회로로 박정희는 이순신과 세종을 영웅화했기 때문이다. 특히 이순신에 대한 영웅화는 신격화에 가깝다. 박정희는 18년 집권 중 14번을 충무공 탄신일 행사에 참석했으며, 현충사 성역화 공사 현장을 여러 번 방문했다. 또한 충무공 관련 유적에 직접 자신의 글씨로 현판을 썼으며, 이은상의 『충무공 발자국 따라 태양이 비치는 길로』라는 저서에 친서를 주었다. 현충사를 대대적으로 보수·확장했으며, 동상들이 세워진 자리 중 가장 도심이라 할 수 있는 서울 세종로 한복판에 이순신의 동상을 세웠다. 또한 그는 『난중일기』, 『충무공 전기』 등의 출판을 장려했고, 대부분 초중고교 학생들은 이것을 의무적으로 읽었을 뿐만 아니라 「충무공의 노래」를 배웠고, 자주 현충사로 수학여행을 갔다(전재호, 「박정희 체제의 민족주의 연구—담론과 정책을 중심으로」, 서강대 박사논문, 1998, 184~186쪽 참조).

[57] 이상의 진술은 신형기의 다음 진술의 논리구조를 응용한 것이다. 신형기는 개화기의

는 경향이 있다.[58] 이런 가정 하에서라면 지도자가 영웅과 동일시될 때, 대중은 자신을 '지도자=영웅'과 동일시할 수 있기에 보다 더 지도자를 따르게 된다. 박정희의 영웅주의는 지도자에 대한 대중의 동일시를 통해 대중의 추종을 보다 쉽게 이끌어내는 전략이라고도 보인다. 어쨌든 박정희는 저서에 자랑스럽게 "민족 문화의 고유한 기풍을 재발견하고, 한국사(韓國史) 속의 위인들의 유덕(遺德)을 선양하기 위하여, 이들의 동상을 곳곳에 건립하고, 특히 임진왜란 때 한국의 명예를 걸고 용명을 떨쳐 국민적 영웅으로 온 겨레의 가슴 속에 약동하고 있는 이 순신 장군에 대해서는 거족적으로 흠모할 수 있도록 그의 묘소를 성역화(聖域化)하는 조치를 취하였다"[59]라고 쓸 정도로 동상건립운동에 자부심을 가지고 있었다.

특히 박정희는 시대의 아이콘 이순신을 정열적으로 신격화한다. 그것

이른바 역사 전기물의 영웅 이야기가 민족이라는 가상을 실체화하는 데 기여했다고 논한다. 영웅은 민족을 성격화하는 회로이다. 영웅은 집단적 자아의 대표자가 된다. 민족의 힘과 유구함을 상기시킨 알레고리적 형상으로서의 영웅은 민족이라는 익명의 집단에 얼굴을 부여하는 역할을 수행한다(신형기, 「민족 이야기를 넘어서」, 『민족 이야기를 넘어서』, 삼인, 2003, 19~20쪽 참조). 이 글은 신형기의 논리에서 "민족이라는 익명의 집단"이라는 말을 "지도자"와 "국민들이 따라야 할 전범"으로 교체했다.

58 빌헬름 라이히는 파시즘적 정체에서 지도자를 따르는 대중의 심리를 이렇게 정리한다. 지도자가 대중들의 민족감정에 조응하여 실제로 민족의 화신이 될 때 대중들은 지도자와 개인적 유대를 생성할 수 있다. 지도자는 대중들 개개인에게 정서적인 가족적 유대를 불러일으킬 수 있는 방법을 이해할 때, 권위주의적 아버지상을 획득할 수 있다. 그 지도자는 엄격하지만 보호를 제공하는, 아버지 상을 구현한다. 독재자에게 '모든 것을 할 수 있는 권력'을 부여하는 것은 바로 보호를 받으려는 국민 대중들의 이러한 태도와 지도자에 대한 신뢰감이다. 그러나 더 본질적인 것은 대중들 개개인이 '지도자'와 자신을 동일시한다는 것이다. 보호에 대한 아이와도 같은 욕구는 지도자와 하나가 된다는 감정의 형태로 더욱 위장된다. 이런 동일시 경향이 민족적 나르시시즘, 즉 각 개인들이 '민족의 위대함'에서 빌려온 자존심의 심리적 토대이다. 대중은 지도자와 권위주의적 국가에게서 자기 자신을 발견한다. 이런 동일시에 기반하여 그는 자신이 '민족성'과 '민족'의 방어자라고 생각한다(빌헬름 라이히, 황선길 역, 『파시즘의 대중심리』, 그린비, 2009, 107~108쪽 참조. 강조-저자).

59 박정희, 『民族의 底力』, 270쪽.

을 통해 박정희는 이순신과 자신을 동일시하여 자신이 진정한 애국자라고 주장하려고 했을 뿐 아니라, 이순신의 반일적인 이미지를 통해 체제의 친일적 이미지를 희석시키려 하였고, 이순신의 구국 영웅적인 이미지를 통해 군부 출신 대통령의 통치를 합리화했다.[60] 이순신에 대한 찬미와 미화는 이렇게 자주 발견된다.

일찍이, 일신의 안일과 생명을 돌보지 않고 불타는 조국애와 구국 일념으로 존망의 간두에 선 조국의 위난을 한 몸으로 극복한 충무공 이 순신 장군에게서 우리는 참다운 군인 정신의 정화를 찾아 볼 수 있습니다. 간신들의 모함으로 무고한 옥살이를 하고 난 비통한 순간을 백의 종군의 큰 뜻으로 초극한 장군은 다음과 같은 말씀을 남기셨습니다. "마지막 생명을 나라 위해 바칠 수 있는 시간이 아직도 남아 있음을 하늘에 감사할 뿐이다." 충무공의 조국을 향한 이러한 충성심은 바로 참다운 군인 정신의 귀감인 것이며, 앞으로 여러분들은 이러한 정신을 길이 간직해 나가야 합니다.[61]

공은 실로 인간적인 점에서 대 인격 완성자요 민족적인 점으로는 대 이상 구현자이십니다. 공의 54년 동안의 인생을 통하여 오직 정의에서만 움직이고, 털끝만한 그릇됨도 없었던 거룩한 인격에 대해서, 우리는 무슨 말로 예찬해야 할지 모릅니다. 그리고 또 그보다도 충성과 용기, 바름과 밝음, 지극한 사랑과 무서운 의리로써, 우리 민족 본유의 큰 이상을 몸소 나타낸 민족 정신의 참된 상징체요, 또 역사 행진의 도표로서의 존재인 공에 대해서는 더욱 더 칭송할 말을 찾지 못합니다. 다만 공이 아니었다면 어두운 역사가 될 뻔했던 그때에, 공이 계셔서 비로소 밝아

---

60   전재호, 앞의 글, 186~187쪽 참조.
61   「해군 사관 학교 졸업식 유시」, 1970.4.10, 『연설문집』 7집, 143쪽.

졌기 때문에, 공은 우리 민족의 태양이시며, 또 공이 계셔서 마침내 빛나셨기 때문에, 공은 우리 역사의 면류관이신 것을 외치고 자랑하고 싶을 따름입니다.[62]

박정희는 이순신을 "인간적인 점에서 대 인격 완성자요, 민족적인 점으로는 대 이상 구현자", "충성과 용기, 바름과 밝음, 지극한 사랑과 무서운 의리로써, 우리 민족 본유의 큰 이상을 몸소 나타낸 민족 정신의 참된 상징체요, 또 역사 행진의 도표로서의 존재"라고 호명하면서 영웅화한다. 이때 이순신은 개인에서 민족으로 또 역사의 도표로, 점점 확장되는 의미망 안에서 미화된다. 박정희는 특히 이순신의 불타는 조국애, 멸사봉공정신, 충성심을 칭송한다. 이렇게 조국애와 멸사봉공정신이라는 회로를 통한 이순신의 영웅화는 애국심과 멸사봉공정신을 위대함의 조건으로 상식화한다. '애국심·멸사봉공정신＝영웅의 조건'이라는 구도는 국민을 의식화하고 동원하려는 의도를 함유한 것으로 보인다. 이순신은 또한 탁월한 능력으로 영웅화되기도 한다.

임진왜란 때 이 순신 장군께서는 울도목 해전에서 불과 12척의 전선으로 무려 열배가 넘는 133척의 왜적 함대를 격파했습니다. 그것은 "살고자 하면 반드시 죽을 것이요, 죽고자 결심하면 반드시 살 것이다"라는 충무공의 살신 보국하는 정신에서 우러나온 일당백의 투지가 전군에 충만되었기 때문에 가능했던 것입니다. 따라서, 상승 해군의 전통을 빛내는 첫길은 곧 충무공 정신을 전군이 생활화하고 실천에 옮기도록 하는 것이며, 이것을 앞장서 해야 할 사람이 바로 이 자리에 있는 여러분들인 것입니다.[63]

---

62 「충무공 탄신 제425주년 기념사」, 1970.4.28, 위의 책, 164~165쪽.
63 「해군 사관 학교 졸업식 유시」, 1972.4.6, 『연설문집』 9집, 172쪽.

위에서 이순신은 12척의 배로 열 배가 넘는 133척의 왜적 함대를 격파한 탁월한 능력의 소유자, 거북선을 창조한 창의력 넘치는 천재적인 인물로 호명된다. 이는 박정희 시대의 성과주의, 능률주의, 엘리트주의를 투사한 미화 방식이다. 과거의 인물을 위대하다고 지명하고, 그 위대함에 성격을 부여할 때 방법은 많다. 이때 부여할 특정한 성격을 선택할 때 그 판단에 개입하는 것은 당대의 이데올로기이다. 이순신에게 애국심과 멸사봉공정신, 놀라운 능률을 발휘하는 능력이라는 자질을 부여한 사실은 바로 그 자질을 중요하게 여기는 의식이 당대의 이데올로기, 즉 망탈리테임을 보여준다. 가령 주변 정세에 상관없이 독자적인 가치관과 사유를 펼쳤던 독특한 개성이라든가, 느리고 천천히 사는 방식의 미학 등은 당대, 적어도 지배적인 이데올로기에서는 위력을 떨치지 못한 것으로 보인다.

영웅을 부각하는 의식은 지도자에 대한 강조로 이어진다.

이러한 국민들의 자각된 의식은 하나의 목표로 집중 연소케 하는 시동의 스위치만 눌러 준다면 놀라운 저력(底力)을 발휘할 수 있을 정도로 충분히 여물어 있었으며, 이것을 가능케 하는 시동의 구실을 하는 것이 바로 지도력인 것이다. (…중략…) 우리야말로 멀리는 유구한 민족 정기(民族精氣)를 이어 받고, 가까이는 우리 국민들의 성원 속에 오랜 시련의 역사에 종지부를 찍고, 조국 근대화의 민족적 숙원을 선도(先導)해 나아갈 기수로서, 그 성취를 보장하는 결실자로서, 가장 적합한 '엘리트 집단'이라는 신념 아래 혁명 과업(革命課業)의 완수를 위해 매진해 나아갔던 것이다.[64]

---

64   박정희, 『民族의 底力』, 121쪽.

박정희는 지도력의 중요성을 강조한다. 지도력은 "국민들의 자각된 의식"을 "하나의 목표로 집중 연소케 하는 시동의 스위치"를 누르는 역할을 수행하기에 중요하다. 여기에서도 "하나의 목표"라는 말이 나왔듯이, 지도자론은 '단일한 목표와 단일한 노선'이라는 구도와 밀접한 연관을 맺는다. 지도자는 다분히 구도의 구심적 역할을 수행할 것으로 요청되는데 구심적 역할이라는 설정 자체가 구도란 다양화를 허용하지 않는 단일한 성격을 지님을 의미한다. 한편 지도자론은 5·16군사 쿠데타를 정당화하는 명분으로도 사용된다. 박정희는 자신과 동료들을 "조국 근대화의 민족적 숙원을 선도(先導)해 나아갈 기수로서, 그 성취를 보장하는 결실자로서, 가장 적합한 '엘리트 집단'"으로 호명한다. 엘리트로서의 지도자가 절실히 필요하다는 앞의 논리는 결국 불법적인 쿠데타를 정당화하는 기제로써 활용되는 것이다.

> 그러므로 우리의 민족적 이상이 온 국민의 정열로써 전진적으로 추구되기 위해서는, 우선 지도층에 있는 사람들이 솔선 수범(率先垂範)하여 국민과 호흡을 같이 하도록 노력하고, 헌신적으로 봉사함으로써 국민들이 스스로의 판단으로 능동적으로 조국 근대화 작업(祖國近代化作業)의 대열 속에 뛰어들게 되어야 한다.[65]

박정희는 지도자와 엘리트를 거의 동격으로 사용한다. 그러므로 지도층의 계몽적 역할을 강조하는 것은 우연이 아닐 터이다. 위에서 박정희는 국민들이 능동적으로 조국 근대화 작업의 대열 속에 뛰어들도록 추동하는 역할을 지도자에게 부과한다. 그는 국민들의 "스스로의 판단"이라는

---

[65] 위의 책, 278~279쪽.

어구로 지도자의 계몽적 역할을 은폐하지만, 실상 강조하는 것은 지도자-엘리트의 계몽적 소임이다. 이는 또한 지도자와 추종자, 엘리트와 범인으로 이분화·위계화된 의식구조를 노출한다.

① 그러나 우리의 精神革命이 國民運動으로 정착되기 위해서는 社會 各界各層의 指導的인 위치에 있는 사람들이 보다 적극적으로 國民의 隊列에 앞장서야 되리라고 생각한다. 指導的인 위치에 있다는 것은 그만큼 남에게 많은 영향을 미치고 있고, 또 사람들의 관심과 기대도 그만큼 더 크다는 것을 뜻하는 것이다. 나는 지위의 高下한 활동의 분야를 막론하고, 社會의 指導的 位置에 있는 사람들이 남보다 먼저 새마을精神을 체득하고 이를 솔선해서 垂範할 것을 촉구하고 싶다.

② 우리 社會의 지도층 가운데서도 가장 큰 몫을 차지하고 있는 사람은 역시 남보다 더 많은 敎育을 받은 知性人들이라고 할 수 있다. 한 民族이 새 歷史를 創造하는 격동을 겪을 때는 언제나 知性人의 역할이 중요한 법이다. 變化의 소용돌이 속에 생길 수 있는 價値의 혼란을 막고, 복잡한 日常事件의 흐름 속에서 時代精神의 低流를 파악하는 것은 바로 知性人의 일이요, 使命이기 때문이다.

③ 어느 時代, 어느 社會를 막론하고, 國家와 民族의 現實을 直視하고 國民들에게 이를 올바로 이해시키는 것은 지성인의 일이며, 그 지혜와 能力을 活用해서 당면한 國家問題의 解決策을 제시하는 것도 知性人이 할 일이다. 한 조그만 마을에서부터 커다란 國家社會에 이르기까지 그 구성원들의 底力을 일깨워 共同體의 발전을 위한 動力을 創出하는 것도 知性人의 역할이다. 人類歷史를 보더라도 意慾과 패기와 정열에 찬 知性人을 가진 民族은 언제나 남보다 앞서 發展과 榮光을 이룩했음을 알 수 있다. 우리가 오늘의 벅찬 國內外의 試鍊을 뚫고 民族中興의 새

歷史를 創造하기 위해서는, 보다 폭넓고 적극적인 知性人의 役割과 공헌이 기대되는 것이다.

④ 우리의 知性人들은 옛부터 國家의 課業에 적극적으로 기여했던 훌륭한 傳統을 갖고 있다. 世宗大王시절의 文藝中興을 가져왔던 集賢殿의 學者들은 물론, 시골에서 學問에만 專念하던 선비들도 國家의 부름이 있을 때는 언제나 私心 없이 나라에 봉사하는 것을 큰 榮光으로 삼았다. 一世紀前 國際情勢의 변동에 처하여, 이 땅에 맨먼저 近代化와 富國强兵의 필요를 역설한 것도 知性人이었으며 外勢의 壓制 아래서 줄기찬 民族運動을 통해 우리의 民族精神을 고취한 것도 우리의 知性人들이었다.

⑤ 이제 우리의 모든 知性人들은 너나 할 것 없이 지난날의 秕政과 混亂에서 비롯된 不定과 抵抗의 누습에서 과감히 벗어나, 긍정과 참여, 그리고 創造와 開拓의 隊列에 앞장서서 國民을 이끌어나가는 길잡이가 되어야 할 것이다.[66]

①에서 박정희는 사회의 지도적 위치에 있는 사람들이 적극적으로 국민의 대열에 앞장서야 한다고 주장한다. 이러한 언술은 근저에 앞장선 사람과 뒤따르는 사람으로 위계화된 상상의 구도를 내장한다. 또한 ②에서 그는 "우리 사회의 지도층 가운데서도 가장 큰 몫을 차지하고 있는 사람은 역시 남보다 더 많은 교육을 받은 지성인들"이라며 지도자와 지성인을 동일시하는 사유구조를 보여준다. 당대 만연한 엘리트주의는 지도자론에서도 그 잔재를 남기는 것이다. 지성인에 대한 집착은 당대 유난했던

---

66   박정희, 『民族中興의 길』, 111~114쪽.

교육열의 원인 혹은 결과로도 된다. 이것은 엘리트와 민중, 지성인과 비지성인에 대한 위계화의식으로도 이어진다.

다음으로 ③에서 그는 지성인의 역할을 상세하게 논한다. 지성인의 역할에서 강조되는 것은 우선 국민 계몽과 공동체에의 헌신이다. "국가와 민족의 현실을 직시하고 국민들에게 이를 올바로 이해시키"고 "그 지혜와 능력을 활용해서 당면한 국가문제의 해결책을 제시하는 것"이 지성인의 역할이다. 국민들에게 현실을 이해시키고, 해결책을 제시하는 역할이란 곧 계몽 활동을 뜻한다. 당대 지도자에게 부과된 국민 계몽의 소임은 오늘날에 비해서 훨씬 강도 높은 것으로 보인다. 또한 지성인은 "한 조그만 마을에서부터 커다란 국가사회에 이르기까지 그 구성원들의 저력을 일깨워 공동체의 발전을 위한 동력을 창출"해야 한다는 진술에서 박정희는 조그만 마을, 국가사회 등 공동체를 직접적으로 언급한다. 지성인의 역할은 국가와 공동체 담론 안에서 가장 중요하게 논의된다. 여기에서 홀로 자족과 행복을 추구하는 은둔자형의 지성인은 죄악시된다. 이렇듯 지성인의 역할론은 지성인과 비지성인을 계몽의 담당자와 수혜자로 위계화하는 의식을 함유하며, 앞서 본 공동체에 대한 이상을 구체화하는 한 회로가 된다.

④에서 박정희는 지성인의 사명을 노골적으로 애국으로 규정한다. 과거의 지성인들이 국가의 과업에 적극적으로 기여하고 사심 없이 나라에 봉사했으며 민족정신을 고취했다는 논의는 동일한 자질, 곧 애국을 현재의 지성인에게 요구하는 것과 다름없다. ⑤에서 박정희는 지성인들이 "부정과 저항의 누습에서 과감히 벗어나, 긍정과 참여"의 대열에 앞장설 것을 촉구한다. 이는 당대 지성인의 비판적 태도를 겨냥한 것으로 보인다. 지성인의 비판 정신과 저항 정신을 부정하고 국가의 정책에 협조하라는 제언은 당대 지성인의 성격도 균질화하고야 마는 망탈리테, 즉 동일성의

논리에 포박된 망탈리테를 내장한 것으로 보인다.

이상 박정희의 언설에서 영웅과 엘리트를 강조하는 의식구조 그리고 영웅·엘리트와 불가분의 관계에 놓인 지도자론를 살펴보았다. 이러한 담론에서 형성된 영웅주의는 사회에서도 주요한 이데올로기로 작동한다. 영웅주의가 박정희 담론에 고유한 이데올로기가 아니라, 보다 폭넓은 감염구역을 가졌다는 사실을 확인하기 위해서 이병주의 소설을 참조한다.

박정희의 담론에 노골적으로 드러나는 영웅주의는 이병주의 소설에서도 눈에 띄게 노출된다.[67] 전술했듯 작가의식의 망탈리테 구속성 문제를 논할 때 명백하게 드러나는 주제보다는 주변부에 은닉된 것, 미미하게 드러나는 것에 주목하는 방법은 유효하다. 작가가 인물을 형상화하는 방식, 자주 쓰는 상투어, 무의식적으로 발언한 췌사 등은 작가의 의도와 다르게 작가의 무의식적 지형을 보여준다. 이들은 때로 작가의 무의식적 신념, 즉 그가 감염된 이데올로기의 형상을 드러낸다. 이병주 소설에서도 인물의 판타지, 인물의 구현방식, 자주 등장하는 상투어 등은 작가가 감염된

67　김인환은 이병주 소설에서 천재가 중요한 모티프임을 지적한다. 그에 따르면 이병주는 인간을 천재와 둔재로 구분하는데, 이러한 구분은 엘리트주의적인 특권의식과 관계없다. 이병주는 모든 사람에게 천재의 가능성이 잠재되었다고 믿으며, 그래서 천재의 가능성을 압살하는 자본주의와 공산주의를 거부한다. 그는 모든 사람이 자기 안의 천재의 가능성을 실현할 수 있는 세상을 희망한다(김인환, 「천재들의 합창」, 김윤식·임헌영·김종회 편, 『역사의 그늘, 문학의 길』, 한길사, 2008, 427쪽 참조). 김인환의 지적은 옳으나, 이 글은 이병주가 천재 혹은 영웅을 동경하는 의식을 가졌다고 상정하고, 이를 당대 망탈리테와 연관하여 살피고자 한다. 김인환이 이병주가 모든 사람에게 내재된 천재를 주목하였다고 본다면, 이 글은 이병주가 범인과 차별화되는 천재 혹은 영웅을 의식했다고 본다. 한편 정호웅도 이병주가 특히 『智異山』에서 인물을 영웅주의적으로 이상화한다고 지적하고, 이를 창작방법론상의 미흡한 점으로 파악한다. 영웅적인 성격은 변화하는 현실의 전체성을 역동적으로 담아내기가 어렵기 때문이다(정호웅, 「영웅적 인물의 행로」, 같은 책, 247~259쪽 참조). 정호웅은 인물을 영웅적으로 이상화하는 이병주 작가의식을 창작방법론 차원에서 문제 삼았지만, 이와 달리 이 글은 이병주의 영웅주의를 당대 망탈리테에 감염된 결과라고 파악한다.

이데올로기의 성격을 보여준다. 이들에 주목하여, 다음에서 영웅주의에 감염된 작가의식의 양상을 추적하고자 한다. 작가는 영웅을 꿈꾸는 인물의 심리를 친절하게 묘사하며, 인물을 자주 영웅적으로 형상화한다. 그리고 소설 전반에 걸쳐 영웅이라는 말이 상투어로 쓰인다.

우선 영웅을 꿈꾸는 등장인물의 심리가 드러나는 대목을 주목한다. 『지리산』의 태영은 곧잘 자기 자신을 나폴레옹에 견주어 본다. 다음은 일본에서 우유 배달을 시작한 태영과 규가 만나는 장면이다.

①그런 더위 속에 우유 배달을 하겠다고 떠나는 태영의 모습을 볼 때, 규는 형언할 수 없는 감상에 빠져 들어가는데 당사자인 태영은 늠름했다. 때문은 등산모 밑에 검은 얼굴을 싱글벙글 하면서

"어때, 인생을 새 출발하는 내 모습이. 코르시카에서 불란서로 떠나는 나폴레옹의 모습을 닮은 데가 있지?" 하고 익살을 부리기 시작했다.

"나폴레옹이 때문은 등산모를 썼을까?"

규는 이렇게 빈정댔다.

"등산모를 썼는가 어쨌는가는 몰라도 그때의 나폴레옹은 지금의 내만큼이나 초라했을 끼다."

초라하다는 말을 쓰면서도 티끌만큼도 초라한 기색이 없는 태영을 보며 규는 태영이야말로 (때와 장소를 얻기만 하면 나폴레옹 이상의 인물이 될지 모른다)는 생각을 해 보았다.[68]

②나는 결코 나폴레옹을 존경하는 사람도 아니고 그런 사람이 되고 싶어하

---

68   이병주, 『智異山』 2권, 세운문화사, 1978, 181~182쪽.

는 것도 아니다. 그러나 나폴레옹적인 인물과 라스코리니코프적인 인물로 나누어 어떤 인간이 될꺼냐고 선택을 강요하면 나는 불가불 나폴레옹이 되어야겠다고 할 수밖에 없다. 아니 나폴레옹적 인물이 되어야겠다고 고집은 못할망정 라스코리니코프적인 인물이 될 수없는 게 아닌가.[69]

③ 말하자면 자기가 나폴레옹이 되어야겠다고만 생각했지, 무엇을 하기 위해 나폴레옹이 되어야겠다는 사상도 없었고 나폴레옹이 돼갖고 어떻게 하겠다는 목표도 없는 기라. 자존(自尊)에의 망집(妄執)만 있는 기지. 이(虱)와 같은 존재밖에 안 되는 노파쯤은 죽어도 무방하다고 생각하면서 이 세상에 어떻게 해서 그런 노파가 존재할 수 있게 되었는가의 원인과 조건은 생각지도 않거든. 똑바로 생각을 하자면 노파에게 도끼를 휘둘러야 할께 아니라 그런 노파를 있게 한 사회의 불합리성에 도끼를 휘둘러야 할께 아닌가. (…중략…) 그래서 그는 우유 배달을 할 수 없었던 기라. 그러나 나는 그렇지 않다. 내게도 자존심이 있지만 동시에 내겐 우리 나라의 독립이란 이상이 있고 목표가 있다. 내겐 나폴레옹이 되어야 할 이유가 있고 목표가 있단 말이다.[70]

①에서 태영은 우유를 배달하러 떠나면서 자신의 모습을 나폴레옹에 비유한다. 그는 때 묻은 등산모를 쓴 초라한 행색이었지만, 조금도 초라한 기색을 보이지 않는다. 그를 보며 규는 태영이 때와 장소를 얻으면 나폴레옹 이상의 인물이 될지도 모른다고 생각한다. 영웅을 동경하는 태영의 심리는 규의 인정을 받아 한 개인의 과대망상으로 머무는 단계를 넘어서 공적으로 정당화된다. ②에서 태영은『죄와 벌』의 라스코리니코프보

---

69 위의 책, 184쪽.
70 위의 책, 186~187쪽.

다 나폴레옹이 되어야겠다고, 정확히 말해 라스코리니코프는 되지 않아야 한다고 말한다. 그는 ③에서 그 이유를 진술한다. 라스코리니코프는 영웅을 동경했지만 그에 대한 명분과 목표를 마련하지 못했기에 한계를 노정한다. 태영은 그와 같은 라스코리니코프의 정신을 자존(自存)에의 망집(妄執)일 뿐이라고 폄하한다. 이에 반해 자신은 개인의 부조리를 파생한 사회의 불합리성을 충분히 인식하고 조국의 독립이라는 이상을 지니고 있기에 나폴레옹을 동경해도 마땅하다고 논리를 편다. 즉 대의와 명분이 영웅주의를 정당화하는 것이다. 작가는 "자존에의 망집"이라는 표현으로 라스코리니코프의 정신을 비판했지만, 그것은 영웅주의 일반에 가해질 수 있는 타당한 비판이다. 여기에서 작가는 영웅주의의 이러한 폐단을 감지하고, 태영의 영웅주의를 그 함정에서 구해내기 위해 대의와 명분을 동원한 것으로 보인다. 즉 작가는 태영의 영웅주의에 대의와 명분을 부여하면서 태영의 영웅주의를 변론하는 것이다. 한편 여기에서 태영의 영웅주의를 구출한 대의명분이 사회의 불합리성에 대한 인식, 조국의 독립이라는 이상 등 다분히 멸사봉공적인 자질이라는 점에 유의해야 한다. 영웅은 공동체의 이익에 봉사할 때, 사회적 차원에서 활동할 때에만 진짜 영웅인 것이다. 이는 멸사봉공정신이 영웅주의와 결탁하는 지점이다.

앞의 ②에서 태영은 나폴레옹을 존경하지도 않고 그런 사람이 되고 싶지도 않다고 말하지만, 그 진술은 본심을 은폐하는 성격을 지닌 것으로 보인다. 소설 전반에 태영이 영웅을 동경하는 심리는 너무나 자주 피력된다.

(여기 식민지의 어느 항구, 추잡하기 짝이 없는 정거장의 한 구석에 장차 이 나라를 구할 영웅이 앉아 있다!)

소년의 객기(客氣)를 벗어나지 못한 유치한 마음의 수작이란 걸 태영 자신도 모르는 바는 아니다. 그러나 이러한 상념(想念)이 태영의 자세를 지탱하는 정열의 원천이며 그로 하여금 지리산으로 들어가게 하는 원동력인 것이다.

(말세이유 역마차 정거장의 한 구석에 나폴레옹도 지금의 나처럼 초라한 행색으로 웅크리고 앉아 있던 시절이 있었을 거야.)

이와 같은 의식이 뇌리에 무늬를 새기게 되면 태영은 시름을 잊는다.[71]

태영은 지리산으로 들어가기 위해 관부연락선을 기다리는 동안, 자신을 "이 나라를 구할 영웅"이라고 지칭하며, 스스로를 나폴레옹에 비유한다. 그는 객기를 벗지 못한 유치한 수작이라는 점을 스스로 인식하고 있지만, 반성은 그 수작이 자신에게 발휘하는 엄청난 영향력 앞에서는 무력할 뿐이다. 자신을 영웅에 비유하는 의식은 태영에게 정열의 원천이요 남다른 험로를 걷게 하는 원동력이며 시름을 잊게 하는 활력소가 되는 것이다. 또한 주목할 것은 이병주가 나폴레옹을 자주 참조한다는 사실이다. 이는 이병주 소설과 박정희 담론의 동일한 이데올로기적 지반을 보여주는 한 근거이다.

　①"자네도 그렇게 살아 보라몬. 자네만한 두뇌가 있으면 뭐든 원대로 할 수 있을 건데."

"내 소원은 이 나라를 인민의 나라로 만드는 데 있으니까."

"그래 갖고 영웅이 될 텐가?"

"이왕이면 영웅이 돼야 안 되겠나."

"보이스 비 앰비셔스!(청년이여, 포부를 가져라!)"

71　이병주, 『智異山』 3권, 34쪽.

그런 설익은 소리를 해도 어색하지 않은 게 김 상태다. 박 태영은 김 상태를 만난 것이 새삼스럽게 기뻤다.[72]

②태영은 오늘 하룻동안을 서울의 거리란 거릴 쏘다니며 지내기로 작정했다. 사슬에서 풀려난 사자가 거리에 튀어나온 것처럼 쏘다니고 싶었다. 그런데 그 사자를 자처하는 놈이 기껏 곤충일 수밖에 없다면 한 폭의 만화가 될 것이 아닌가. (만화라도 좋다. 만화 속의 주인공이면 더 바랄 나위 없다.)[73]

소설 후반에 태영은 공산당으로부터 소외당하고 극심한 좌절을 겪는다. 그럼에도 그의 영웅주의의 잔재는 남아있다. ①에서 태영은 극심한 우울을 겪는 와중에서도 영웅이 되겠다는 포부를 농담 반 진담 반으로 피력한다. ②에서 태영은 자신을 사자로 비유하다가 실상 곤충일 수밖에 없다고, 그래서 결국 "한 폭의 만화"가 될 수밖에 없다고 자조한다. 공산당으로부터 받은 부당한 처사에 그만큼 위축된 것이다. 그럼에도 "만화라도 좋다. 만화 속의 주인공이면 더 바랄 나위가 없다"는 태영의 결론은 어느 자리에서나 주인공, 즉 영웅이 되기를 바라는 심정이 그의 의식을 얼마나 뿌리 깊게 잠식하고 있는지 보여준다. 태영은 한없이 우울하고 위축된 상태에서도 영웅을 꿈꾸는 마음만은 잃지 않는다.

"숙자, 저 마을에서 박 태영이 탄생했다는 사실을 기억해 줄 사람이 있을까?"

"내가 있잖아요?"

"아니, 먼 훗날의 사람이 말요."

---

72   이병주, 『智異山』 7권, 68∼69쪽.
73   위의 책, 120쪽.

"그러길 원해요?"

"원하는 건 아니지만……."

"원하지도 않는데 왜 그런 말씀을 하죠?"

"저 마을도 쓸쓸하고 나도 쓸쓸하고 해서."

숙자는 태영의 그런 기분을 알 것 같기도 하고 모를 것 같기도 했다. 단순한 공명심(功名心)만을 갖고 하는 소리는 아닐 것이었다.

그러나 숙자는 말했다.

"저 마을이 태영씨의 마을이라는 사실을 길이 남기고 싶거든 톨스토이처럼 되든지 에디슨처럼 되든지 해요. 당신에겐 그렇게 될 수 있는 소질이 있어요."

"레닌처럼 되어선 안 되는가?"

"레닌? 당신은 레닌이 되길 꿈꾸세요?"

"그런 것은 아니지만…… 어쩐지 저 마을을 보고 있으니까 이상한 느낌이 들어."[74]

태영은 숙자와 함께 고향 언덕에서 마을을 바라보며 위와 같은 대화를 나눈다. 태영은 솔직하게 "저 마을에서 박 태영이 탄생했다는 사실을 기억해" 주길 원하는 심리를 드러낸다. 그는 밀란 쿤데라의 말대로 "불멸에의 욕구"[75]를 느끼고 있는 것이다. 여기에서 작가는 영웅 심리를 불멸에의 욕구와 연관 짓는다. 이병주의 소설 전반에 걸쳐서, 죽음에 대한 의식은 자주 발견되는 모티프이다. 죽음 앞에서는 모든 것이 허망하다는 것이 그 의식의 요체이다. 죽음을 이길 수 있는 것은 불멸이요, 불멸의 영예이다. 따라서 영웅이 되어서 불멸의 영예를 추구하고자 하는 소망은 죽음에 대한 저항의식에서 비롯된 것, 죽음의 한계를 초극하려는 의지에서 비롯된

---

74   위의 책, 34~35쪽.
75   밀란 쿤데라, 김병욱 역, 『불멸』, 청년사, 1998 참조.

것이라고도 볼 수 있다. 이런 맥락에서 영웅주의는 한 개인의 "자존에의 망집" 이상의 것으로 정당화된다. 한편 숙자는 불멸의 욕구를 위해 톨스토이, 에디슨처럼 되라고 권유한다. 이에 태영은 레닌을 언급한다. 여기에서 톨스토이, 에디슨, 레닌이 언급된 사실에 주목해야 한다. 톨스토이, 에디슨, 레닌은 천재이자 영웅이다. 이는 천재 혹은 영웅에의 동경이 작가의식에 얼마나 뿌리 깊게 각인되어 있는지 보여준다. 태영은 비록 레닌이 되기를 꿈꾸는 것은 아니라고 말하지만, 앞의 경우들과 비슷하게 이러한 위장막이 태영의 본심을 완전히 은폐하지는 못한다. 또한 태영이 톨스토이나 에디슨보다 레닌을 꿈꾸는 사실은 사회와 국가에 봉사하는 영웅만이 진정한 영웅이라고 상정하는 멸사봉공적 영웅주의를 드러낸다. 이역시 박정희의 망탈리테와 연동된다.

장엄한 아침이란 것이 있다.

가령 나폴레옹의 아침 같은 것이다.

이슬을 촉촉이 머금은 베르사이유의 로코코식 정원. 그 기하학적인 숲 사이를 이제 막 오른 태양이 황금빛 광채의 무늬를 놓는다. 그럴 때 하품마저 장엄한 기품을 낀다.

센트헬레나라고 해서 사정이 달라질 건 없다. 하늘과 수평선이 안개빛으로 융해된 망망한 대서양의 아침이 장엄하지 않을 까닭이 없다. 롱웃드의 동창이 밝아올 무렵이면 시복(侍僕) 마르샹이 도어 저편에서 나타나 정중한 최경례를 한다.

"폐하, 조찬을 드시겠습니까?"

그럴 때 기침마저 장중한 기품을 띤다.[76]

---

76   이병주, 「亡命의 늪」, 『亡命의 늪』, 서음출판사, 1976, 272쪽.

「망명(亡命)의 늪」의 "나"는 사업에 실패하고 가족과 동반 자살하려다 자신만 살아남은 전력을 가진 인물이다. 그는 오다가다 만난 작부 여인과 동거하면서 그녀의 모진 구박을 감내하며 비참하게 살아간다. 그렇게 비참한 인물조차도 위에서처럼 화려한 꿈을 꾼다. 여기에서도 나폴레옹은 등장한다. 나폴레옹은 박정희의 언설과 이병주의 소설에서 너무나 자주 참조되는 인물이다. 여기에서 작가가 나폴레옹을 "나"의 처지를 희화화하기 위해 동원한 것으로도 볼 수 있고, 그로써 나폴레옹에 대한 동경 심리 자체를 희화화한다고도 생각할 수 있다. 하지만 꼭 이를 희화화라고 볼 수도 없으며, 설사 희화화라 하더라도 희화화 전략은 나폴레옹에 대한 동경 심리를 은폐하기 위한 위장막으로 보인다. 비록 희화화된 형태로나마, 등장인물이 꿈속에서 누군가를 동경한다면, 그런 상황을 설정한 작가 의식은 그 누군가에 대한 작가 자신의 동경을 내장한다고 볼 수 있다. 게다가 나폴레옹은 이병주 소설 전반에 걸쳐서 너무나 빈번하게 등장한다.

지금까지 영웅을 꿈꾸는 인물들의 심리를 살펴보았다. 작가가 이런 인물의 심리를 눈에 띄게 자주 묘파한 사실은 영웅주의에 감염된 작가의식의 일단을 보여준다. 이제 영웅적인 인물을 형상화한 작가의식에 대해 고구하려고 한다. 『지리산』의 태영은 그 자신 영웅이 되고 싶어 하는 심리를 가지고 있을 뿐 아니라, 다른 사람의 입을 통해서도 영웅으로 일컬어진다. 또한 태영은 다수의 추종자를 가진 지도자로 군림한다. 가령 태영이 일본의 패망을 예측하고 학병을 피해 지리산으로 들어간 사실을 두고, 훗날 친구들은 태영의 식견과 결단에 놀라면서 태영을 지도자로 모시기로 결의한다. 태영과 준규의 영웅적 지도자로서의 면모는 너무나 두드러지게 나타나기 때문에, 일일이 거론할 필요는 없을 듯하다. 다만 다음과 같이 매우 사소한 자리에서도 영웅과 지도자에 대한 의식이 표출되는 사실은 주목해야 할 것이다.

> 신 화중은 홀린 것처럼 박 태영을 바라보았다. 그러더니 꾸벅 절을 하고
> "앞으로 많은 지도를 바랍니다."
> 고 했다.
> "무슨 그런 말을 하십니까?"
> 박 태영이 계면쩍게 웃었다.
> "아닙니다. 난 이때까지 박 형에서와 같은 그런 좋은 얘긴 처음으로 들어 보
> 았습니다."
> 아닌게아니라 신 화중은 박 태영 같은 사람을 만나 보긴 처음이었다. 그래서
> "박 형 같은 학우를 만날 수가 있으니 경성대학에 들어오길 잘했다"는 말까지
> 했던 것이다.[77]

경성대학에서 만난 화중은 태영의 정세 판단을 듣고 "홀린 것처럼" 바라보더니 꾸벅 절을 하고 "앞으로 많은 지도를 바"란다고 말한다. 화중은 "박 형 같은 학우를 만날 수가 있으니 경성대학에 들어오길 잘했다"며 극단적인 찬사를 태영에게 바치기도 한다. 태영은 주변 인물들에게 때로 이해하기 어려운 인물로도 비치지만, 대개의 경우 천재적인 식견을 가진 인물로 수용되며, 종종 극단적인 찬사와 숭앙을 받고, 탁월한 지도자로서의 위상을 부여받는다. 위에서처럼 동급의 급우관계에서 어떤 인물을 유난스런 천재성을 지닌 지도자적 인물로 형상화하는 작가의식은 적어도 오늘날에 흔한 것은 아니라고 보인다.

---

[77] 이병주, 『智異山』 7권, 211쪽.

작가는 태영뿐만 아니라 다른 인물들도 영웅으로 형상화한다. 준규는 물론이고 동식, 규, 영근, 창혁, 무나까와 모두 영웅의 계보에 드는 인물이다. 이들은 능력이나 식견이나 성품 면에서 범인을 능가하는 엘리트성을 지닌 탁월한 인물들이다.

'호랑이를 잡았다.'

는 소식이 체전방식(遞傳方式)으로 전해 온 것은 사냥단이 떠난 지 나흘 후의 일이었다.

고개 마루에서 연락을 받은 서 도령이 구르고 엎어지고 온몸을 뻘 투성, 눈투성으로 해 가지고 헐레벌떡 고함을 지르며 산막으로 들이닥친 것이 오후 한 시쯤, 사냥단이 호랑이를 묶어 통나무에 끼어 메고 산막에 도착한 것은 오후 다섯 시경……

칠선골 산막은 축제 기분에 휩싸였다.

호랑이를 땅바닥에 내려놓자 누가 선창한지 모르게 소리를 질렀다.

'두령님 만세!'

25명의 소리가 일제히 창화했다.

'두령님 만세!'

영웅이 탄생하는 순간이라고 권 창혁은 느꼈다.

이 얘기가 소문이 되어 인근에 퍼졌을 때는 보광당의 두령 하 준규가 맨손으로 호랑이를 두드려 잡았다는 얘기로 변하고 있었다.[78]

만일 정치위원 박 우종이 막후회의(幕後會議)에서 하 준규의 최근 동정(最近

---

[78] 이병주, 『智異山』 4권, 세운문화사, 1979, 69~70쪽.

動靜)을 그대로 보고했더라면, 더욱이 덕유산에서의 마지막 연설에 언급이라도 했더라면 하 준규가 대의원으로 뽑히진 못했을 것인데 박 우종은 정치위원으로서의 본분을 어기기까지 하며 하 준규의 당성을 높이 평가했다. 그 의도는 명백하다. 단 한 사람이라도 영웅을 보태고 싶은 남로당의 저의를 박 우종은 간파하고 있었던 것이다.[79]

준규는 보광당 두령 노릇을 하는 동안 그 무술의 탁월함과 인도적인 지도력으로 영웅적인 지도자상을 현현했다. 준규에 대한 보광당 단원의 충성은 거의 절대 신을 대하는 신도의 그것과 맞먹는다. 준규가 탁월한 자질과 성품으로만 영웅으로 등극한 것은 아니다. 영웅적인 성과, 그를 신화로 만든 공로가 그를 더욱 영웅으로 만든다. 그는 호랑이를 잡고 혁혁한 전공을 세우며, 이로써 "표범", "홍 길동", "제갈 량" 등의 별호를 받게 된다.[80] 이는 박정희 담론에서 탁월한 성과와 능률이 이순신을 영웅화하는 중대한 회로로 기능한 사실과 동궤에 놓인다. 준규는 북쪽까지 알려지는 영웅이 되고, 북에서 대의원으로 뽑힌다. 준규는 당시 공산당에 회의를 느껴서 부하들을 귀가시키려는 의도를 품은 연설을 한 바 있었지만, 이를 모두 지켜본 정치위원 우종은 이를 보고하지 않았다. 당시 당이 "한 사람이라도 영웅을 보태고 싶"어 함을 알고 있었기 때문이다. 준규는 영웅으로서의 명성으로 인해 반당(反黨)적 기질에도 불구하고 대의원이 된 것이다. 위에서 준규는 만인에게 영웅으로 인식된다. 또한 작가는 위에서 보듯 영웅이라는 말을 남발한다. 이 역시 영웅주의가 작가의식에 침투한 정도를 보여준다.

---

79   이병주, 『智異山』 8권, 316쪽.
80   위의 책, 284쪽.

"그런데 형님이 마음을 먹기만 하면 지령대로 사태를 전개시킬 수 있습니까?"

"결과 불구하고 한다면 안 될 것도 없지. 노동자들은 내 말이라고 하면 콩을 팥이라고 해도 그대로 믿은깨."

아닌게아니라 노동식의 그 훈훈한 인간성과 성실성, 그리고 깊은 교양을 바탕으로 한 견식(見識)으로 해서 부산의 조직 노동자 사이엔 영웅처럼 숭앙을 받고 있다는 사실을 박태영이 듣고 있었다. 그런 만큼 당 중앙에 대한 발언권도 강했다.[81]

위에서 보듯 동식은 "그 훈훈한 인간성과 성실성, 그리고 깊은 교양을 바탕으로 한 견식(見識)으로 해서 부산의 조직 노동자 사이엔 영웅처럼 숭앙을 받"는 인물로 형상화된다. 작가는 여기서도 역시 등장인물을 영웅으로 호명하고, 영웅으로 형상화한다. 영웅주의의 감염력은 『지리산』뿐만 아니라 중편·단편 소설 등에서도 확인된다. 단편 「패자의 관」에서도 마찬가지이다.

보다도 내가 그에게 혹한 것은 그의 문학과 철학에 관한 깊은 소양(素養)이었다. 나이 30 남짓한 사람이 언제 그렇게 많은 공부를 했을까 하고 놀랠만큼 사회사상, 정치사상에 도통해 있었다.[82]

합동정견발표회가 시작되자마자 노신호의 인기는 절정에 달했다. 여타입후보자들은 거개가 무식하고 하는 말이래야 공소하고 고함만 큰 웅변조였는데 노신호는 차근차근한 어조로 자기의 소신을 밝혀 나갔다. 때와 장소와 상대를 가려가며 정밀하게 꾸며지고 진지하게 토로되는 노신호의 연설은 가는 곳마다 식자들의 가슴을 사로잡았고 무식자들에게까지도 적지 않은 감동을 심었다.[83]

---

81   이병주, 『智異山』 7권, 236쪽.
82   이병주, 「敗者의 冠」, 312~313쪽.

「패자의 관」의 주인공 신호는 위에서처럼 "문학과 철학에 관한 깊은 소양"을 지녔으며 서른이라는 나이에 놀라울 만큼 "사회사상, 정치사상에 도통"한 인물로 형상화된다. 신호는 또한 무식한 다른 입후보자들에 비해서 "정밀하게 꾸며지고 진지하게 토로되는" 연설을 구사하여 가는 곳마다 식자와 무식자들에게 감동을 준다. 이병주 소설의 많은 인물과 마찬가지로 신호는 높은 교양과 탁월한 지적 능력을 가진 엘리트이다. 이는 이병주의 엘리트주의를 노출할 뿐만 아니라, 이병주의 엘리트주의가 박정희의 엘리트주의와 동일선상에 있음을 보여준다.[84] 여기에서 엘리트는 지적 영웅이나 다름없기에, 엘리트주의를 영웅주의와 동궤에 놓인, 영웅주의의 한 변종으로 볼 수 있다.

이병주는 영웅을 꿈꾸는 인물의 심리를 묘사하거나 인물의 성격을 영웅적으로 형상화할 뿐 아니라, 영웅이라는 말을 상투어로 남발한다. 영웅이라는 말이 상투어로 쓰인 사례 중 일부를 다음에서 살펴본다.

① 그렇다면 당신은 영웅이오. 전쟁터에 끌려만 가면 죽을 팔잔디. 밖에 있으면 운제 전쟁터에 끌려나갈지 모를 일 아니겠소. 참말로 잘 왔소. 전쟁만 피하면 30세에 재상(宰相)이 될 수 있는 상을 지니고 있소. 그러나 아무리 보아도 신선이 될 그릇은 아니오. 출장입상(出將入相)할 상이오.[85]

② 일본의 도꾸다쿠이치[德田球一], 시가요시오[志賀義雄], 미야모또켄지[宮本顯治]들은 십수 년의 감옥 생활을 하고 나와 영웅적인 환영을 받지 않았던가. 그

---

83   위의 글, 315쪽.
84   한편 신호는 많은 이들에게 인기도 얻는다. 여기에서 영웅주의가 인정 소망과 연동됨을 알 수 있다.
85   이병주, 『智異山』 3권, 85~86쪽.

들이야말로 진실한 영웅인 것이다. 진실한 뜻의 영웅이나 지사(志士)는 어떠한 난경도 인간으로서의 품위와 위신을 지니고 이를 극복해야 한다. 똥을 벽에 바르고 먹고 하는 것은 그 목적이 어디에 있건 인간으로서의 품위와 위신을 짓밟는 행동이다.[86]

③ "세상에 백 프로의 자신을 갖고 미래를 예견하는 사람이 어디 있겠습니까. 50, 60프로의 예견으로써 결단을 내려야죠. 그러니까 영웅이 존재하는 것 아니겠습니까?"

"나는 영웅이 되기도 싫고, 갈채를 받고 싶지도 않지만, 당의 방침이 승리하길 바랄 뿐야. 완전 승리는 어렵더라도 최악의 사태만으로 안 됐으면 좋겠어."[87]

①에서 최노인은 태영이 전쟁터에 끌려가면 죽을 팔자라고 말하고 나서 어느 도인이 지리산으로 이끌었냐고 묻는다. 이에 태영이 자신의 의사로 왔다고 대답하자, 최노인은 태영이 스스로 지리산에 들어왔다는 사실만으로 그를 영웅이라고 부른다. 여기에서 작가는 굳이 영웅이라는 말을 쓰지 않아도 좋을 자리에 영웅이라는 말을 쓰고 있다. 이는 영웅이라는 말이 이병주가 무의식적으로 남발하는 상투어임을 보여주며, 따라서 작가의식이 영웅주의에 감염되었음을 짐작케 한다. 한편 태영은 박헌영이 감옥에서 풀려나기 위해서 발광한 시늉을 하며 똥까지 먹었다는 사실을 알고 ②와 같이 생각한다. 여기에서도 역시 "영웅적인 환영", "진실한 영웅", "진실한 뜻의 영웅" 등 영웅이라는 어휘가 남발되고 있다. 작가는 이렇게 영웅이라는 어휘를 상투어로 씀으로써 영웅주의를 노출한다. 흘려

---

86 이병주, 『智異山』 7권, 46쪽.
87 위의 책, 238쪽.

쓴 말이라도, 어쩌면 흘려 쓴 말이기에 작가의 상투어는 작가의식의 근저에 무엇이 있는지 노출한다. 또한 위에서 작가는 진실한 영웅이란 어떤 경우에도 인간으로서의 품위와 위신을 지켜야 한다는 요지의 영웅론을 펴 보인다. 영웅에 관한 담론을 전개한 사실 역시 작가의 영웅주의에 대한 근거가 된다. 영웅이라는 개념이 작가의식을 잠식하지 않았더라면 작가는 영웅에 대한 담론을 전개할 수 없다. ③은 태영과 동식이 나누는 대화이다. 태영은 50~60프로로 미래를 예측할 수 있고 그에 의해 결단을 내리는 사람을 영웅으로 호명한다. 이 역시 영웅이라는 말이 동원되지 않아도 좋을 자리에 동원된 사례이다. 이에 영웅이라는 개념이 작가의식에 얼마나 깊숙이 침투했는지 알 수 있다.

> "노선생은 대부호의 아들로서 왜 하필이면 그런 길을 택했소. 예술의 길도 있고 학문의 길도 있고 데카당의 길도 있는데 말요."
>
> "모든 길은 로오마로 통한다고 생각한 거요."
>
> "로오마로 통하는 길이 감옥으로 통해 버렸군요. 대부호의 아들이면서 무산자의 선봉자의 선봉에 서서 웃슥해 보고 싶었던 거죠. 색다른 영웅이 되고 싶었던 거죠. 새로운 타입의 영웅이 말요."
>
> "영웅이 아니라 용이 되어 승천할 작정이었소."
>
> "실컷 이용만 해놓고 정작 부르죠아의 반동이란 낙인이 찍혀 숙청 당할 생각은 못했소."
>
> "용이 되어 하늘을 날을 생각을 했다니까."[88]

---

88 이병주, 「내 마음은 돌이 아니다」, 『哲學的 殺人』, 서음출판사, 1976, 215쪽.

「겨울밤」의 공산주의자 정필은 전향을 거부한 탓에 오랜 세월 감옥살이를 하고 출옥해서도 말을 잊고 살아가는 석화된 인물이다. 「내 마음은 돌이 아니다」에 다시 등장한 그는 다소 인간미를 회복하고 사상을 전향할 기미도 보여준다. 그러는 와중에 "나"와 정필은 위에서처럼 대화를 나눈다. "나"는 대부호의 아들인 정필이 어울리지 않게 극렬 공산주의자가 된 까닭을 영웅 심리로 지목하며 그를 꼬집는다. "색다른 영웅", "새로운 타입의 영웅"이 되어서 으쓱해보고 싶은 심리가 정필을 공산주의자로 이끌었다는 것이 "나"의 생각이다. 여기에서 정필의 내면에 영웅 심리가 있었는지 아닌지 그 여부가 중요하지 않다. 누군가를 비판할 때 영웅 심리라는 어휘를 사용하는 의식은 이면에 영웅에 대한 무의식적 경도를 내장한다. 누가 누군가를 비판할 때 쓰는 언사는 비판하는 자의 무의식적 지형도를 노출하게 마련이다. 종종 사람은 자기 내면의 화두를 무의식적으로 사람을 평가하는 기준으로 전화시킨다. 그러므로 정필의 영웅 심리를 비판하는 언술은 비판자의 내면에 영웅주의가 하나의 화두로 각인되었음을 암시한다. 이 역시 작가 이병주의 영웅주의를 노출한다고 보인다.

> 三0년! 대단한 시간이다. 현미경으로서밖엔 볼 수 없는 정자(精子)의 하나가 자궁(子宮)속에 자리를 잡고 앵아로서 세상에 나와선 자라 모찰트와 같은 천재(天才)로서 현란할수 있는 시간이다. 검사가 되고 판사(判事)가 되어 사형(死刑)을 구형하고 언도하고 집행할수 있는 존재로 형성될 수 있는 시간이다.[89]

자전적 단편 「여사록(如斯錄)」의 "나"는 졸업 후 삼십 년이 지나 동창들

---

89   이병주, 「如斯錄」, 위의 책, 222쪽.

을 만나러 가기 전에 위와 같은 상념에 빠져든다. 삼십 년이라는 시간의 대단함에 대해, 그는 삼십 년이란 정자 하나가 세상에 나와서 "모찰트와 같은 천재"나 검사나 판사가 될 수 있는 시간이라고 생각한다. 여기에서 시간의 대단함을 이야기하기 위해 하필 모찰트와 같은 천재 그리고 검사와 판사를 동원한 사실이 주목을 요한다. 가령 농부와 어부 등의 어휘를 쓸 수도 있는 자리에 작가는 굳이 천재와 검사와 판사라는 어사를 사용한다. 천재와, 검사·판사로 대표되는 엘리트에 대한 경사가 없이 이런 진술이 가능하지 않다. 이 역시 이병주의 엘리트주의, 나아가 영웅주의를 보여주는 대목이라 할 수 있다.

"영광"은 이병주의 상투어이다. 앞서 보았듯 "영광"은 박정희 담론에서도 상투어로 자주 출현한다. "영광"은 영웅적인 삶이 누릴 수 있는 것, 영웅적인 삶이 지상의 목표로 꿈꾸는 것, 영웅적인 삶의 궁극으로 설정된다. 그러므로 "영광"이라는 상투어 역시 작가의 영웅주의를 누설한다고 보인다. 다음에서 상투어 "영광"이 쓰인 현장을 살펴본다.

> 만일 실패하면 그뿐이야. 아까도 말했듯, 횃불 켜진 바통을 다음 주자에게 넘겨 주면 되니까. 내 개인은 뭣이 되느냐구? 수천만의 인간이 노예의 오욕 속에 살고 있는 가운데 이 박 태영이 오직 스스로의 주인으로서 행세하다가 주인으로서 죽었다, 그것만으로도 영광이 아닌가…… 먼 훗날 내 가장 존경하는 친구 이 규씨가 한 토막의 추억담이라도 남겨 줄 것이고…….[90]

『지리산』의 태영은 "수천만의 인간이 노예의 오욕 속에 살고 있는 가운

---

90   이병주, 『智異山』 2권, 174쪽.

데 이 박 태영이 오직 스스로의 주인으로서 행세하다가 주인으로서 죽었다"는 사실만으로도 "영광"이라고 말한다. 여기에서 영광이라는 말이 상투어로 등장한다. 영광은 불멸에의 동경과도 연동된다. 태영은 먼 훗날 친구 규가 자신에 관한 추억담을 남겨줄 것이라고 가볍게 말하지만, 실상 먼 훗날에도 자신이 기억되고 싶은 소망, 즉 불멸에의 소망을 누설한 것이라고 보인다. 불멸에의 소망은 앞서 보았듯 영웅주의를 정당화하는 한 기제이다. 어쨌든 영광을 꿈꾼다는 말은 영웅이 되겠다는 말과 같다. 그런 면에서 영광이라는 상투어는 작가의 영웅주의를 함의한다고 판단된다.

> "이태리가 항복을 하고 독일은 스탈린그라드에서 패배하곤 후퇴 중이라고 하니 전쟁은 거의 끝장이 가까워진 것 같다. 거게다 지난 달 카이로 선언이 있고 했으니까 항일운동은 더욱 활발해질 것이다. 그런 점 저런 점으로 해서 박 군이 가는 길은 결코 고독한 길이 아니니 마음 단단히 먹고 자중하도록 하면 영광은 그렇게 멀게 있는 것이 아닐꺼다……."
>
> (…중략…) 태영은 그 별빛을 향해 심호흡과 더불어 맹세를 했다.
>
> "영광의 그날까지 나는 결코 굴하지 않으리라."
>
> 태영은 지리산을 향해 힘찬 발걸음을 옮겨 놓기 시작했다.[91]

일본군 징집을 피해 지리산으로 떠나려는 태영에게 영근은 국제 정세를 설명하며 일본의 패망이 멀지 않았으리라고 말한다. 이때 영근이 "마음 단단히 먹고 자중하도록 하면 영광은 그렇게 멀게 있는 것이 아닐꺼다"라며, "영광"이라는 말을 동원하여 격려의 말을 마무리짓는 장면에 주

---

91   이병주, 『智異山』 3권, 70쪽.

목해야 한다. 이후 "영광"은 태영의 독백에서도 출현한다. 태영은 "영광의 그날까지 나는 결코 굴하지 않으리라"고 맹세하며 지리산을 향해 떠난다. 영근과 태영의 대사에서 "영광"은 역시 쓰이지 않아도 좋을 자리에 쓰인 일종의 상투어이다. 실상 "영광은 그렇게 멀게 있는 것이 아닐꺼다"나 "영광의 그날까지"라는 어구 자체가 70년대의 상투어라고 할 수 있다. 오늘날 영광이라는 말은 그렇게 자주 쓰이지 않는다. "영광"이 상투어로 쓰이는 현상은 당대 망탈리테를 보여주며, 이것은 당대 만연한 영웅주의와 관련 있다고 보인다.

①그처럼 험악한 죄악을 거듭하고 도대체 어디로 간단 말인가. 천당으로 간단 말인가. 지옥으로 간다는 얘긴가. 우리들의 동족, 우리들의 혈육을 죽이고, 바로 어제까지의 동지들을 도끼로 쳐죽이고 그리고 시체에 붙은 자지까지 끊는 따위의 만행을 거듭해야만 혁명이 가능하단 말인가. 그런 비참을 쌓아올려 승리를 했다고 해서 거기에 영광이 있을까. 행복이 있을 수 있을까.[92]

②그러나 이런 감상에 젖어 있을 수 없다는 벅찬 감정이 솟구치기도 했다. 위대한 새 역사의 동이 트고 있는 것이다. 위대한 새 역사가 다가오고 있다는 느낌처럼 감동적인 시간이 있을까. 태영은 그날을 위해서 준비해야 한다고 마음을 다졌다.[93]

①에서 준규는 좌우익간의 싸움이 격화된 세태를 한탄하며 "그런 비참을 쌓아올려 승리를 했다고 해서 거기에 영광이 있을까"라고 뇌인다. 인물

---

92   이병주, 『智異山』 8권, 266쪽.
93   이병주, 『智異山』 3권, 233쪽.

이 한탄하는 와중에도 "영광"이라는 회로를 거친다는 사실이 주목을 요한다. 영광은 당대의 유행어이자 상투어였던 것이다. ②에서 태영은 숙자를 그리워하는 사적인 감상에 젖은 자신을 비난하며, "위대한 새 역사의 동이 트고 있"으므로 "그날을 위해서 준비해야 한다고 마음을 다"진다. "위대한 새 역사"는 박정희의 언설에서도 너무나 자주 출현하는 상투어이다. 이병주도 박정희와 똑같이, 위대함에 경도되어 있는 것이다. "위대"나 "영광"이나 모두 영웅적인 것을 전제한다는 점에서 영웅주의와 연동된다.

이상 이병주 소설에서 영웅 혹은 천재를 동경하는 의식이 드러나는 대목을 살펴보았다. 이병주는 영웅을 간절하게 꿈꾸는 인물의 심리를 묘사하며, 실제로 영웅적인 인물을 형상화하고, 영웅이라는 말을 상투어로 남발하는 등의 회로를 통해 영웅주의를 드러낸다. 애국주의가 이병주의 초기작과 후기작을 통해 일관되게 흐르는 이데올로기라면, 영웅주의는 일관되지는 않는다. 영웅 혹은 영웅을 꿈꾸는 인물도 다수 등장하지만, 영웅이 못 되어서 자괴감에 빠진 인물이나 영웅 심리를 회의하는 인물도 드물지 않게 출현한다. 특히 체제 반항적인 면에서 영웅이 되려는 소망은 이병주의 후기 소설에서는 종종 조소된다. 여기에서 굳이 작가 이병주의 내면심리를 유추해 보면, 그는 때로 영웅을 조소하며 보통 사람 기질을 옹호하기도 하지만 보다 깊은 내면에 영웅에 대한 강렬한 동경을 품은 것으로 보인다. 여기에서 후기로 갈수록 영웅에 대한 동경은 희석되고 보통 사람 기질을 옹호하는 의식이 우세해지는 경향을 보이기도 한다.[94] 그러나 영웅주의에 반발하거나 회의하는 의식이라 하더라도 영웅주의가 작

---

94 하지만 이 글의 주안점은 이병주 깊은 내면 심리를 밝히는 데 있지 않다. 이에 관한 상세한 논의는 후속연구를 기약한다. 어쨌든 애국주의에 비해서 영웅주의는 다소 분열된 형태로 나타나고, 후기로 갈수록 희석되는 경향도 보인다. 이에 이병주의 소설에서 창작시기에 따른 영웅주의의 변모 양상을 논해야 할 터인데, 이 역시 다른 지면을 요구한다.

가의식을 침투한 사례로 보아 무리가 없다. 영웅주의에 감염되지 않은 정신은 반발이나 회의와 같은 반응을 표출할 수 없다. 찬동 일변도이든, 반발과 갈등이 혼재된 분열적 반응의 형태로든 작가가 특정 이데올로기를 소설에 자주 노출했다면, 그것은 예의 이데올로기가 작가의식을 상당부분 침식한 결과이다. 이때 그 이데올로기가 당대 작가의식을 구속한 일종의 망탈리테로 작동한다고 보아도 무리가 없을 것이다.

3. 대의명분주의

다음은 박정희의 연설문 중 일부이다.

① 여러분의 젊음과 패기와 터득한 지식과 기술은 모두 보국 애민이라는 대의를 위해 발휘되어야 하며, 또 온갖 판단과 행동의 기준도 여기에 귀일되어야 한다는 것을 여하한 경우에도 잊어서는 안 된다는 것입니다.[95]

② 민족의 자주 자립을 이룩하고, 자유와 번영이 넘치는 통일 조국의 터전 위에서, 세계 평화와 인류의 행복에 공헌하자던 3·1 선언은, 바로 전통적인 민족의 이상이었고 또 오늘에 사는 우리 세대가 완수해야 할 민족의 사명입니다.[96]

공군사관학교 졸업식 유시인 ①에서 박정희는 학생들이 보국 애민이라는 대의를 위해 지식과 기술을 사용하고 그 대의를 모든 판단과 행동의 기

---

95   「공군사관학교 졸업식 유시」, 1970.3.31, 『연설문집』 7집, 119쪽.
96   「제52회 '3·1절' 경축사」, 1971.3.1, 『연설문집』 8집, 116쪽.

준으로 삼아야 한다고 연설한다. 대의는 박정희의 언설에서 중요한 상투어 중 하나이다. 또 ②의 3·1절 경축사에서 그는 3·1선언이 민족의 자주·자립을 추구했을 뿐만 아니라, 그 이상으로 세계 평화와 인류의 행복에 공헌하자는 취지를 가졌다고 말한다. 여기에서 3·1선언이 세계 평화와 인류 행복에의 공헌이라는 확장된 명분을 내장했다는 언술은 의미심장하다.

박정희는 국민들에게 어떤 행동양식을 촉구할 때 혹은 정책기조를 발표할 때 갖은 근거로써 명분을 부착하는 언술습관을 보여준다. 이는 과거 역사적 사실을 설명할 때에도 명분을 끌어들이는 언술습관으로 이어진다. 명분에 긴박된 망탈리테는 유교적 사유구조의 잔재이기도 하지만, 행위의 원인과 결과가 논리적·인과적으로 연결되어야 한다고 상정하는 점에서 인과율을 중시하는 근대성의 소산이기도 하다. 여기에서 명분은 항상 큰 것과 연관된다. 그래서 명분은 빈번하게 대의명분인 것이다. 무엇의 명분을 말할 때 보다 큰 명분에 의탁하는 습관도 박정희의 언설에서 반복적으로 나타난다. 이는 제국주의적·팽창주의적 망탈리테의 잔재로도 보인다. 제국주의는 보다 큰 것, 가장 큰 것을 지향하므로 팽창하려는 경향을 그 본질로 가진다. 이에 명분도 가장 큰 것이라야 정당하다고 믿는 망탈리테가 제국주의와 연관되는 것이다.

드디어는 일본 자체도 서구 제국주의의 조류 속에서 한 갈래의 흐름을 형성하게 되었고, 드디어는 '조선 독립(朝鮮獨立)'이라는 정책 명분을 내세우면서 한반도에 등장한 것이다. 따라서 일본은 한반도에서 청국이 차지해 오던 오랜 전통적 관계를 절단시키기 위한 노력에서 그 명분을 세우고자 전력을 경주하였다.[97]

---

97   박정희, 『民族의 底力』, 28쪽.

위는 명분이라는 상투어를 동원해 역사적 사실을 설명한 사례이다. 박정희는 일본이 "조선 독립"이라는 정책 명분을 내세워서 한반도를 침탈했다고 말한다. 한반도와 청국의 전통적 관계를 절단시키고 조선을 독립시키자는 명분이 일본의 한반도 침략을 정당화했다는 것이다. 사소한 구절이지만, 여기에서 박정희는 명분이라는 말을 쓰지 않아도 좋을 자리에 그 말을 쓰고 있으며, 과거의 역사적 사건을 설명하면서 명분을 부착하는 자동화된 언술습관을 보여준다. 이는 그가 매사에 명분을 요구하는 이데올로기에 포섭되어 있음을 시사한다.

한국의 三 · 一 독립 선언서는 한민족이 정의를 굳게 믿고 있었기 때문에, 폭정에 대해 비폭력(非暴力)으로 대했고, 자주 정신에 투철했기 때문에, 남을 해침이 없었고, 남에게 침략을 당하지 않는 진정한 공존의 입장을 강조했고, 그 결과로 해서 궁극적으로 세계 평화(世界平和)와 인류의 행복에까지 호소하는 대의(大義)와 명분(名分)에 가득 차 있는 탁월한 내용을 담고 있다.[98]

위에 따르면, 3·1독립선언서는 정의에 대한 믿음, 비폭력, 자주 정신으로 진정한 공존을 강조하면서도 궁극적으로 세계 평화와 인류의 행복을 호소하는, 대의와 명분으로 가득 차 있는 탁월한 문서이다. 박정희는 3·1독립선언서를 미화하는 가운데 대의와 명분이라는 어휘를 동원한다. 여기에서도 역사적 사실을 설명하면서 명분을 부착하는 자동화된 언술습관을 목도할 수 있다. 대의와 명분이 여기에서 뚜렷이 다른 의미로 사용되고 있지는 않다. 주목할 점은 '대의'가 종속해야 할 보다 큰 목적을 의미한다는 사

---

98   위의 책, 62~63쪽.

실이다. 박정희는 독립선언서가 조선의 독립을 주창하였다는 진술로 그치지 않고, 세계 평화와 인류 행복을 호소하였다고 강조한다. 실제로 박정희의 저서와 연설문들에서 '세계 평화'와 '인류 행복'은 일종의 상투어이다. 세계 평화와 인류 행복을 추구하는 것은 박정희의 의식구조에 가장 큰 대의로 각인된 것으로 보인다. 명분은 항상 더 큰 명분에 복속되어야 하며, 명분 중에서 가장 위대한 명분이 있다. 사람은 궁극적으로 그 가장 위대한 명분을 추구해야 한다. 이렇게 명분은 크기별로 정렬해 있고, 작은 명분은 큰 명분에 수렴되어야 한다. 이처럼 위계화된 명분 구도, 가장 큰 명분을 향해 작은 명분들이 도열한 구도는 작은 명분의 가치를 사상하고 가장 큰 명분만 중시하는 점에서, 제국주의적·팽창주의적 망탈리테와도 상통한다.

> 統一은 또한 國際的인 차원에서 볼 때, 가장 위험한 緊張地帶의 하나를 없앰으로써 東北아시아의 平和는 물론, 世界平和에도 크게 이바지하게 되는 것이다. 우리는 비록 人口 五千萬의 작은 나라이기는 하지만, 하나의 강력한 統一國家로 再起하게 되면, 우리를 둘러 싼 强大國들의 勞力을 調和롭게 균형시키면서, 보다 적극적인 平和의 길잡이가 될 수 있을 것이다.[99]

박정희는 통일의 당위를 역설하면서 세계 평화에 이바지한다는 대의명분을 제시한다. 통일을 이룸으로써 가장 위험한 긴장지대 중 하나를 없애서 동북아시아는 물론 세계의 평화에도 이바지할 수 있고, 주변 강대국들의 조화로운 균형을 유도하면서 보다 적극적으로 세계 평화의 길잡이가 된다는 것이다. 여기에서도 박정희는 통일의 당위를 이야기하면서 세

---

99   박정희, 『民族中興의 길』, 168쪽.

계 평화에 이바지한다는 명분을 들고 나온다. 이렇게 보다 큰 명분 혹은 대의명분에의 복속을 지당하게 여기는 정신은 또한 공동체에 대한 신념에 기반하고 있다. 1절에서 논했듯 공동체에 대한 신념은 박정희 담론의 중대한 기조였다. 개인보다 전체를, 작은 공동체보다 큰 공동체를 중요시하는 논리에 의거하여, 나보다는 나라를 위해야 한다는 이데올로기가 자연스럽게 파생되었다. '나＜나라'의 구도는 '자국＜세계'로 자연스럽게 이전된다. 애국주의를 정당화했던 논리와 동일한 논리에 의해, 자국보다 큰 공동체인 세계에 공헌해야 한다는 당위가 도출된 것이다.

> 三・一운동의 참뜻을 요약하자면, (…중략…) 우리의 민족혼(民族魂)을 선양하는 길이, 궁극적으로 세계 평화에 기여하는 길이라는 우리의 이상을 선양하였다는 것이다. 그 때의 지도자들이 一九一九년 三월 一일을 기해 보여주었던 조국을 향한 사랑과 정열, 소아(小我)를 버리고 민족의 대의(大義)를 위해 뭉쳤던 단결력(團結力), 그리고 생사를 초월한 불퇴전(不退轉)의 투지는 오늘의 한국 근대화 작업 속에 연면하게 이어져 오고 있음을 나는 확신한다.[100]

앞서와 같이 박정희는 우리의 민족혼을 선양하는 길이 궁극적으로 세계 평화에 기여하는 길이라고 주장한다. 민족혼의 선양이라는 이상은 그 자체로도 바람직하건만, 보다 큰 대의에 복속되고 만다. 대의에의 복속은 가치를 위계적으로 서열 짓는 의식과 연동된다. 가치는 그 나름대로 각각의 고유하고 다양한 의미를 지니는 것이 아니라, 선조적 질서에서 위계화된 자리에 위치한다. 더 높은 가치와 낮은 가치가 있는 것이다. 그러므로

---

100 박정희, 『民族의 底力』, 66쪽.

박정희는 무엇이건 정당화하기 위해서 가장 높은 자리에 놓인 가치를 명분으로 들어야만 한다고 믿었던 듯하다. 이렇듯 가치를 위계화하는 의식은 모든 것을 위계화하는 근대적 동일성의 망탈리테의 일환이다. 근대적 동일성의 망탈리테에서 가치를 판단하는 기준은 동일하고 가치는 그 단선적인 기준 안에서 위계화된 자리를 차지한다. 이는 다양성과 차이를 인정하지 않는다. 이에 관해서는 다음 장에서 보다 상세히 고찰하고자 한다.

대의는 멸사봉공정신과 동궤에서 운행하기도 한다. 위에서 박정희는 조국에 대한 사랑과, 소아를 버리고 민족의 대의를 위해 뭉쳤던 단결력을 거론하며 대의를 애국심, 민족적 이익과 연결시킨다. 박정희의 저서와 연설문을 통해 소아를 버리고 대아를 쫓으라는 멸사봉공정신은 너무나 자주 언급된다. 다음에서도 대의는 멸사봉공의 뜻으로 쓰인다.

> 花郎들이 추구한 理想的인 人間像은 國家와 民族을 위해 비장한 각오로 敵陣에 뛰어드는 용기있는 武士이면서, 동시에 戰場에서조차 殺生을 가릴 줄 아는 慈愛로운 人間이었으며, 共同社會의 大義와 名譽를 위해 자기를 기꺼이 희생하려는 헌신적인 公人이면서, 동시에 여가를 선용하여 風流의 멋도 즐길 줄 아는 정서적인 自然人이었다.[101]

박정희는 화랑의 미덕을 열거하면서, 공동사회의 대의와 명예를 위해 자기를 기꺼이 희생하는 헌신적인 정신을 높이 산다. 여기에서 대의는 멸사봉공정신과 동궤의 뜻으로 쓰였다. 멸사봉공은 70년대에 너무나 자주 주창되어서, 거의 생체권력으로 작동하는 이데올로기라고 해도 과언이

101 　박정희, 『民族中興의 길』, 21~22쪽.

아니다. 멸사봉공정신은 애국주의를 정당화하는 근거이기도 하지만, 대의명분주의에서 대의의 구체적인 형상으로도 등장하는 것이다.

① 우리는 國際社會의 끊임없는 變化 속에서 自由世界와의 信義와 友愛라는 名分을 지키면서도 아울러 國家의 安全과 繁榮을 위해 신축성있게 행동함으로써 國家의 利益을 증진하는 슬기를 발휘해 나가야 한다.[102]

② 國家間의 관계에 있어서도 역시 法과 道德과 倫理가 살아 있어야 하며, 平等과 友愛와 信賴가 그 바탕이 되어야 한다. 힘보다는 法이 존중되고 갈등과 투쟁보다는 調和와 協同의 정신이 충일할 때 국제사회에 恒久的인 平和와 繁榮이 이루어질 수 있는 것이다. 우리는 우리의 國力을 끊임없이 배양하여 이른바 强大國政治의 현실을 슬기롭게 극복하면서 동시에 自由世界의 友邦間에 信義와 友愛를 스스로 실천함으로써, 法과 道義와 倫理의 土臺 위에 平和로운 世界秩序가 定着될 수 있도록 부단한 努力을 기울여 나가야 한다. 그것은 바로 빈곤과 戰爭이라는 二十世紀 최대의 悲劇을 극복하고 번영과 평화를 이룩해 나가는 위대한 韓國人의 使命이요, 보람이다.[103]

①에서 박정희는 변화하는 국제사회에서의 행동 방침을 논하면서, 신의와 우애라는 명분을 지키면서도 국가의 안전과 번영을 위해 국익을 증진하는 슬기를 발휘해야 한다고 주장한다. 여기에서 명분은 실리를 추구하는 정신과 대립하는 의미로 사용되며, 신의와 우애라는 도덕적 가치를 지칭한다. 명분과 도덕적 가치를 일치시키는 기제는 ②에서 더욱 뚜렷이

102　위의 책, 189쪽.
103　위의 책, 198쪽.

나타난다. ②에서 박정희는 국가 간 관계에서도 법, 도덕, 윤리, 평등, 우애, 신뢰가 중요하다고 말한다. 박정희의 대의명분주의는 도덕적 가치를 부각하는 언술과 연동된다. 그러므로 도덕적 가치를 명분으로 전유하는 언술이 자주 발견되는 것은 우연이 아니다.

가령 북한이 전쟁 도발 행위를 중지하고 폭력 혁명을 포기한다고 하면 "우리는 인도주의(人道主義)에 부합(符合)하고 평화 통일의 기반 조성에 도움이 된다고 판단되는 획기적이고도 가장 현실적인 조치를 취할 용의를 가지고 있다"[104]고 박정희는 말한다. 북한에 취할 조치는 인도주의에 부합해야 한다. 조치를 수식할 많은 말들이 있다. 슬기로운, 현명한, 실리적인 등 그 말의 목록은 무한하다. 여기서 굳이 "인도주의에 부합하고"라는 어구를 제일 먼저 동원하고 강조한 사실이 주목을 요한다. 이는 인도주의라는 명분이 가장 그럴듯하다는 의식, 명분은 도덕적이어야 한다는 의식에 긴박된 정경이라 할 수 있다. 또한 "인류의 양심에 우리의 기본 입장(基本立場)을 밝히고 의연(毅然)한 자세로 민주 평화의 통일 이념(統一理念)의 관철을 위해서 성의있게 노력하려고 한다"[105]는 언술에서 박정희는 평화통일을 위한 노력을 인류의 양심에 호소한다. 그는 평화통일을 위한 노력을 인류의 양심이라는 도덕적 명분으로 장식하는 것이다. 이 역시 도덕적 가치를 명분으로 전유하는 의식구조를 노출한다.

박정희의 언설에서 매사에 명분이 있어야 한다고 믿는 이데올로기, 명분은 대의명분이어야 한다고 믿는 이데올로기가 자명하게 수용된다. 이 글은 이러한 이데올로기를 대의명분주의로 지칭하고자 한다. 행동은 더 큰 공동체의 유익을 위한다는 명분 혹은 도덕적 가치를 구현한다는 명분

---

104 박정희, 『民族의 底力』, 221쪽.
105 위의 책, 227쪽.

을 동반할 때에 가장 정당화된다. 명분은 점점 더 큰 명분에 복속된다. 가치는 위계적으로 서열화되어 있어서 작은 가치는 큰 가치에 수렴된다. 대의명분주의는 공동체에 대한 신념 그리고 멸사봉공정신과 친연관계를 형성하며, 자주 도덕적 가치를 명분으로 전유한다. 이러한 이데올로기는 이병주의 소설에서 거의 동일하게 나타난다.

다음에서 이병주의 소설이 대의명분주의를 노출하는 양상을 고찰하고자 한다. 이병주 소설의 인물들은 매사에 명분을 동원하며, 이때 나 아닌 공동체 특히 가장 큰 공동체를 위한다는 명분과 탁월한 도덕적 가치를 구현한다는 명분을 자주 호출한다. 이러한 이데올로기들이 자명하게 수용되는 정경은 오늘날의 시각에서 이채롭다. 오늘날 가령 누군가가 어떤 일을 하는 이유를 묻는 질문을 받는다면, '그냥' 한다고 대답하거나 실리적인 이유를 들어 대답하는 경우는 흔하게 목도된다. 오늘날엔 '나' 자신을 위해 무언가를 도모하는 것은 보다 자연스럽고 세계 평화와 인류의 행복을 위해 무언가를 구상하는 것은 다소 이색적으로 보인다. 그런데 이와 반대의 상황이 이병주 소설에서 자주 출현한다. 인물들은 뚜렷한 명분이 없거나 자기 자신을 위하는 일을 죄악시하며, 대의명분을 구현하는 일만을 정당하다고 느낀다. 이러한 인물을 조형한 작가의식은 매사에 대의명분을 요구하는 당대 이데올로기에 구속되었다고 보인다.

『지리산』의 인물들은 매사에 명분을 호출한다. 그들은 국제·국내 정세를 이야기하면서 정치적 행동 하나하나를 명분과 연관 짓는다. 흥미로운 것은 그들이 일상의 사소한 일을 논하면서도 명분을 반드시 언급한다는 점이다. 모든 일에는 명분이 있어야 한다. 이런 이데올로기의 근저에는 인과율에 긴박된 근대성 혹은 유교적 사유구조가 존재하는 것으로도 보인다. 아래 이병주 소설에서 명분에 결박된 의식이 전개되는 장면들은 오늘날의 시각에서 다소 이채로워 보인다.

> 그 이튿날 아침 박 태영은 밥을 먹고 책상 앞에 앉았다. 반탁을 해야 한다는 의견을 정리하기 시작했다.
> 첫째, 일반 대중의 심리와 감정에 동떨어진 정책이 있을 수 없다.
> 둘째, 찬탁을 함으로써 우익에게 명분을 주어선 안 된다.[106]

태영은 신탁통치에 반대하는 이론을 머릿속에서 정돈한다. 위는 태영이 생각해낸 여섯 가지의 이유 중 두 가지이다. 여기에서 두 번째 이유가 주목을 요한다. 태영은 "찬탁을 함으로써 우익에게 명분을 주어선 안 된다"고 생각한다. 찬탁은 일반 대중의 감정에 반(反)하는 것이다. 그래서 찬탁은 좌익에 대한 비판의 소지를 마련하고 우익이 정당하다는 명분을 제공할 수 있다. 여기에서 명분이란 투쟁하는 양측이 서로 그것을 가지려고 각축하는 기호가 된다. 명분은 투쟁의 핵이다. 명분을 빼앗기는 것이 곧 패배이고, 명분을 쟁취하는 것이 승리이다. 명분을 그 무엇보다 소중히 여기는 이데올로기는 소설의 배경인 40년대에 고유한 것일지도 모른다. 그런데 소설이 그 소재로 삼은 시대를 완전무결하게 복사했다고 보는 것은 무리이다. 이 글은 소설이 소재의 복사품이라기보다 작가의식의 복사품이라는 관점을 취한다. 소설은 작가에 의해 각색되고 작가적 시각이 침투한 작가의식의 노출물로 보는 것이 보다 온당하다. 그렇다면 명분에 긴박된 의식은 물론 40년대의 현실일 수도 있겠지만, 보다 창작 당시인 70년대 작가의식의 노출물로 보아도 무리가 없을 것이다.

---

[106]　이병주, 『智異山』 6권, 114쪽.

세속을 떠나고 투쟁을 떠나서 조용히 학문에 정진하고 싶은 유혹처럼 강한 것이 또 있겠는가. 학문에 혹한 사람으로선 말야. 그런데다 학문을 통해서 인민에게 봉사할 수 있다는 명분마저 있거든. 사회를 보다 훌륭하게 하기 위해, 인민의 지혜를 높이기 위해 학문이 꼭 필요하기도 한 것이니, 위험한 고비를 계속 넘어야 하는 마음이 강하게 작용할 수도 있구…… 그러나 나는 이렇게 생각했어. 지금 이 단계에 보다 중요한 것이 무엇이냐. 학문이냐, 혁명이냐. 그런데 이 시기를 놓치면 혁명할 기회가 영영 없어질지 모르지만 학문할 기회는 언제이건 있을 수 있지 않나. 승리한 뒤 평화가 오면 그때 해도 무방하지 않느냐. 이 위급한 마당에선 인민의 행복을 짓밟고 있는 원수들을 물리치는 일이 가장 시급한 일이 아닌가. 학문은 내가 안해도 할 사람이 얼마라도 있지만 혁명의 필요성을 자각하고 생명을 걸 사람은 그렇게 많지 않을 터이니 나는 학자로서 일하기보다 원수를 없애는 한 알의 탄환이 되어야 하겠다…….[107]

태영은 국문학자이며 남로당 간부인 태준에게 학자로서의 인생과 혁명가로서의 인생 사이에서 갈등을 느끼지 않았느냐고 묻는다. 위의 인용은 그 질문에 대한 태준의 답이다. 태준은 학문에 정진하고 싶은 유혹을 강하게 느낀다고 인정한다. 그런데 여기에서 주목할 것은 태준이 그 유혹을 고백하면서도 명분을 동원한다는 점이다. 태준은 "학문을 통해서 인민에게 봉사할 수 있다는 명분"을 동원하면서 학문에 애착하는 이유를 설명한다. 학문에 투신하고 싶은 지극히 개인적인 소망에도 대의명분을 붙여야만 발언의 정당성을 확보한다고 생각하는 의식은 대의명분주의를 노출한다. 결국 태준은 학자보다 혁명가로서의 인생을 택했다고 진술하는

---

107 이병주, 『智異山』 8권, 235~236쪽.

데, 그 진술에도 명분이 따른다. 이 시기를 놓치면 혁명 할 기회가 없어지고, 학문 할 사람은 많은데 비해 혁명에 투신할 사람은 적다는 명분이 또 혁명에의 투신을 정당화한다.

> 파르티장 활동을 하고 있는 자기의 명분이 어디에 있을까, 하는 생각도 안해 볼 수가 없었다. 성인 인구(成人人口) 8할이 지지한 선거 무효 운동을 한다는 덴 보다 강력한 명분이 있어야 하는 것이다.[108]

48년 5월 10일 남한에서만 총선거가 실시되었다. 남로당과 민전(民戰)은 이를 반대해서 투쟁을 벌이고, 지리산 파르티장을 이끄는 준규도 방해 공작에 가담하라는 지시를 받는다. 그런데 좌익의 방해 공작에도 불구하고 총선거는 유권자의 91%의 참여로 실시되었다. 이에 준규는 위에서처럼 파르티장 활동을 하는 "자기의 명분이 어디에 있을까" 고민에 빠진다. 대다수 국민이 지지한 선거에 대해 선거무효운동을 하는 데 명분이 없다고 느낀 것이다. 문제는 여기에서 준규가 파르티장 활동에 회의를 느끼면서도 명분이라는 회로를 반드시 거친다는 점이다. '준규는 절망했다'고 쓰지 않고 '준규는 명분이 없다고 느낀다'라고 진술한 작가의식은 기저에 뿌리 깊은 대의명분주의를 내장한다고 보인다.

흥미롭게도 정세를 판단하고 정치적 행동을 결정하는 데에만 명분이 작동하는 것은 아니다. 『지리산』에 등장하는 주요 인물들은 거의 모두 일상적이고 사소한 행동을 취할 때에도 명분을 찾는다.

108　위의 책, 300~301쪽.

집중적으로 서너 시간이면 해치울 수가 있으니 책을 읽을 여유가 있을 것 같고, 아침 일찍 일어나 아침 동안에 하는 일이니 운동이 될 것도 같애. 게다가 우유라고 하는 영양물(營養物)을 배달하는 건 인류의 건강을 위하는 일이니 떳떳한 직업의식을 가질 수도 있잖나.[109]

규는 하필 우유 배달을 하려고 하느냐고 태영에게 묻는다. 위는 그에 대한 태영의 대답이다. 태영은 우유 배달을 하겠다는 일상적인 결단에도 구구한 명분을 호출한다. 책을 읽을 여유와 운동할 기회를 가질 수 있다는 명분은 자연스럽다 쳐도, "우유라고 하는 영양물을 배달하는 건 인류의 건강을 위하는 일"이라는 명분은 다소 이색적이다. 박정희의 담론에서와 동일하게 이 장면에서 인류의 행복을 위한다는 명분이 가장 아름다운 것으로 자명하게 수용된다. 이병주 소설에서 명분은 주로 행위가 나 아닌 다른 사람을 위하고, 보다 큰 공동체를 위하는 의도를 내장할 때 정당화된다. 소아를 버리고 대아를 취하는 마음과 명분은 불가분의 관계에 놓인다. 그래서 명분은 대의 그리고 멸사봉공정신과 연동되는 것이다. 자신을 위하는 의식은 이기적이고 말초적인 것으로서 죄악시된다. 이 역시 오늘날의 망탈리테와 다른 지점이다. 오늘날 '세계 평화와 인류 행복을 위하는' 대의명분은 다소 어색하게 보인다.

우리의 명급장 김 상태는 참으로 이상한 놈이다. 자기 걱정은 않고 항상 남의 걱정만 한단 말이다. 미국과 같은 민주주의 국가가 되면 그 자는 대통령이 될 작자다. 그런데 본인은 요즘 천직을 깨달은 모양이다. 변호사가 되겠단다. 곽, 정,

---

109 이병주, 『智異山』 2권, 180쪽.

그리고 나는 아무래도 문제아(問題兒)가 돼놔서 자기와 같은 변호사를 필요로 할 것이라는 게 그가 변호사직을 택하려고 하는 구실이다.[110]

태영이 규에게 보낸 편지의 일절이다. 그는 창씨개명을 하지 않았다는 이유로 병한과 무룡과 함께 퇴학당했다고 쓴다. 그러면서 급장 상태가 자기 걱정은 안 하고 항상 남의 걱정을 한다고도 쓴다. 상태는 변호사가 되겠다고 한다. 그는 병한과 무룡과 태영이 문제아여서 언젠가 변호사를 필요로 할 것이기 때문에 변호사직을 소망한다고 한다. 여기에서 상태는 일신의 안녕을 위해서가 아니라 훗날 변호사를 필요로 하게 될 급우들을 돕기 위해 변호사직을 소망한다. 여기서 상태가 본심을 은폐했느냐, 실지의 소망이 그러했느냐 재단하는 일은 무의미하다. 어쨌든 자신의 소망을 말할 때 남을 위한다는 명분을 들어야만 떳떳하게 생각하는 정신적 풍토, 그 망탈리테에 주목해야 한다.

위에서도 보았듯, 명분은 대체로 대의명분이다. 명분은 자신보다 타인을 위할 때, 작은 공동체보다 큰 공동체를 위할 때, 작은 뜻보다 큰 뜻에 봉사할 때 보다 아름답게 주어진다. 이것이 멸사봉공정신과 상통함은 박정희의 담론에서도 확인했다. 다음에서 대의를 숭고하게 여기는 정신 혹은 멸사봉공과 연동된 대의명분주의가 드러난 대목을 본다.

① 그러나 저러나 꼭 전검 시험을 치러야 할 까닭이 있는가 하고 생각해 본다. 상급 학교에 갈 의사가 없으면 그 시험을 치를 필요는 전연 없는 것이다. 어떤 방편이 될지도 모른다는 이유는 있을 수 있지만 무엇을 위한 방편이냐고 따지면

---

110 위의 책, 41쪽.

다시 시들해진다. 그런데 이 다음 어떤 기회에 후배들을 설득하는 데 있어서의 일종의 힘이 될지는 모른다. 보다도 이 규 군과의 약속을 지키는 뜻에서 꼭 이 시험을 치러야 하는 것이다.[111]

　②수령의 얘기를 들으며 태영은 김 숙자를 생각했다. 대관에 있을 때 태영은 숙자로부터 학교에서 간호 훈련을 한다는 얘기를 들은 적이 있었다. 숙자를 데려다 놓으면 응급 치료쯤은 할 수 있지 않을까도 했다. 김 숙자를 데리고 올 수 있는 명분이 생긴 것 같아 박 태영은 흥분했다. 사사로운 연정으로서가 아닌, 당을 위한 필요로서 데리고 올 수 있다면 얼마나 좋은 일인가. 태영은 곧 이 규에게 그런 뜻을 알리는 편지를 쓰기로 했다.[112]

　①에서 태영은 전검 시험을 치르려는 결심 앞에서도 명분을 찾는다. 굳이 명분을 찾으려는 그 의식도 오늘날의 관점에서 이채롭지만, 찾아낸 명분의 내용도 이채롭다. 그가 찾아낸 명분은 후배들을 설득하기 위한 힘을 갖춘다는 것이다. 이 역시 자기보다는 타인을 위해야 정당하다고 여기는 정신, 즉 멸사봉공과 연동된 대의명분주의를 노출한다. 또한 여기에서 태영이 전검 시험을 치르려고 하는 가장 중요한 이유는 규와의 약속을 지키기 위해서이다. 태영의 내면에는 개인의 영달을 위하는 이기적이고 실리적인 정신이 전혀 없다. 타인과의 약속을 지킨다는 명분이 전검 시험을 치르려는 의지를 정당화한다. 여기에서도 소아 보다는 대아를 위한 명분, 즉 대의명분이 정당한 것으로 수용되는 장면을 볼 수 있다. ②에서 태영은 보광당에 간호부가 필요하다는 준규의 얘기를 듣고 연인인 숙자를 데려오

111　위의 책, 199~200쪽.
112　이병주, 『智異山』 4권, 32쪽.

려고 생각한다. 그는 숙자를 사사로운 연정으로 데려오는 것은 수치스럽게 여기고, 당을 위한 필요로 데려오는 것은 정당하게 여긴다. 여기에서도 개인적인 소망과 필요를 죄악시하고 타인과 공동체의 요구만을 바람직하게 여기는 멸사봉공과 연동된 대의명분주의의 영향력이 감지된다.

> 상주에서 꿈을 키웠다. 무엇보다도 소중한 것, 내 스스로에 대한 자신을 얻었다. 나는 떳떳한 어른이 될 수 있으리란 그 자신 말이다. 나는 상주에서 바다를 향해 매일처럼 외쳤다. 곧고 청결하고 누구보다도 부지런하고 누구보다도 활달한 인간이 될 것이라고. 그리고 우리 민족을 지탱하는 기둥이 되진 못하더라도 민족의 가슴팍에 박히는 한 개의 못은 될 것이라고.[113]

대의는 굳이 명분으로 쓰이지 않더라도 그 자체로 숭고한 것으로 작동한다. 이병주 소설은 '대의' 자체에 긴박된 인물의 심리를 빈번하게 형상화한다. 규는 입학시험을 준비하기 위해 상주에 머무른다. 위는 상주 생활을 접는 시점에 규가 쓴 일기의 일부이다. 규는 "민족을 지탱하는 기둥이 되진 못하더라도 민족의 가슴팍에 박히는 한 개의 못은 될 것이라고" 외쳤다고 쓴다. 여기에서 미래의 포부를 이야기하는 자리에 "민족의 가슴팍에 박히는 한 개의 못"이라는 수사가 동원된 사실은 주목을 요한다. 일신 영달이나 스위트 홈에의 꿈 등은 미래의 포부가 될 수 없었다. 은밀한 내심을 토로하는 일기라는 글에서조차 미래의 꿈은 민족이라는 회로를 거친 거창한 형태로만 현현할 수 있었다. 물론 "민족을 지탱하는 기둥"이 아니라 "민족의 가슴팍에 박히는 한 개의 못"이 되겠다는 진술은 일견 덜

---

113 이병주, 『智異山』 1권, 세운문화사, 1978, 203쪽.

거창해 보이기도 한다. 그러나 "민족의 가슴팍에 박히는 한 개의 못" 역시 사사로움을 부정하고 대의라는 회로를 거친 꿈이거니와, "민족을 지탱하는 기둥이 되진 못하더라도"라는 진술은 비록 표면적으로는 "민족의 기둥"을 부정하지만, 이면에 그것에 대한 동경을 내포한다. 그것에 대한 동경이 없었더라면 그런 표현이 가능하지 않았을 터이다. 여기에서 일기와 같은 내밀한 고백의 형식에서도 꿈을 민족적 차원에서 이야기해야 그럴싸하다고 생각하는, 대의 자체에 긴박된 이데올로기를 엿볼 수 있다.

> 화원의 계절은 지났다. 나는 이 하나조노쬬[花園町]를 떠나야만 한다. 하나조노쬬는 내게 있어선 이미 화원이 아니고 망상의 지옥으로 화해 버렸다. 망상! 이 짓궂은 동물적 망상을 극복하지 않곤 내라는 존재는 불가능할 것이다. 학문도 진리도 이 흉악한 망상을 그냥 두고는 결단코 열매를 맺지 못한다.[114]

규는 세쓰꼬에게 성욕을 느낀다. 이제 갓 청년기를 맞은 규에게 그것은 자연스러운 현상이다. 하지만 규는 그것을 지옥 같은 망상으로 규정하며 죄책감을 느낀다. 규의 의식구조는 '학문과 진리 / 동물적 망상'으로 이원화되어 있다. 물론 규는 전자를 대의로, 후자를 수치스러운 것·타기해야 할 것으로 상정한다. 이러한 규의 의식 역시 대의에의 강박을 누설한다. 대의에 끈끈하게 결박된 인물의 심리를 반복적으로 그려낸 작가의식 역시 대의를 숭고한 것으로 여기는 이데올로기에 감염되었다고 보아 무리가 없을 것이다.

---

114 이병주, 『智異山』 2권, 65쪽.

①규는 평정한 마음으로 젓가락질을 하며 밥을 씹고 있었지만 하필이면 오늘이란 아침, 카와라마찌의 식당에서 불란서 항복의 소식을 들을 줄이야 하는 감회를 지워 버릴 수가 없었다. 세쓰꼬와 그 여관방의 밀실에서 불장난을 하고 있을 때 유럽에선 그런 대사건이 벌어지고 있었던 것이다.

규는 밥을 먹다 말고 젓가락을 놓았다.

"왜 그러지?"

하고 세쓰꼬가 눈짓으로 물었다.

"빨리 학교엘 가봐야겠어."[115]

②대판, 대판성, 이까이노, 고 완석, 고 완석의 얘기, 그 어머니와 이모, 붉은 등롱이 달린 여관, 호젓한 여관방, 세쓰고의 하얀 육체, 카와라마찌의 식당, 불란서의 항복…… 황망하고 숨이 가쁜 24시간이었다. 그러나 규는 "나는 지금 불란서의 항복을 생각해야 한다"며 정신을 집중시키려고 애썼다.[116]

한 허름한 여인숙에서 규와 세쓰꼬는 동침한다. 규는 동정을 잃은 셈이었고, 그로써 길고 긴 망상과 작별하게 된다. 개인적으로는 일대 사건이라 할 수 있는 이 사건이 다음 날 한없이 초라한 것이 되고 만다. ①에서 보듯 다음 날 아침 식당에서 규는 불란서의 항복 소식을 듣는다. 규는 동정을 잃은 그 시간에 불란서의 항복이라는 "대사건"이 일어났다는 사실에 밥맛을 잃을 정도로 자기비하감에 빠져든다. 그에게 첫 성경험이라는 사건은 한없이 사소한 것이고, 불란서의 항복이라는 세계정세는 더없이 대단한 것이다. 여기에서도 개인적인 사건보다 세계적 사건에 주시해야 한

---

115 위의 책, 104~105쪽.
116 위의 책, 106쪽.

다는 규의 강박관념이 노출된다. 이러한 규의 의식은 매사에 세계 평화와 인류 공영에 이바지한다는 대의명분에 기댄 박정희의 이데올로기와 동일선상에 있다. 사적인 것은 죄악시되고 공적인 것만 정당화된다. 공적인 것도 점점 더 큰 것을 지향한다. ②에서 규는 24시간 동안 겪은 일들에 대한 상념을 물리치고 불란서의 항복을 생각해야 한다고 스스로를 다그친다. 대판 여행에서 규는 완석을 만나 감화를 받고 세쓰꼬에게 동정을 잃었다. 24시간 동안 개인적으로 중대한 일이 일어났다. 오늘날이라면 이것들은 꽤 괜찮은 성장소설의 중대한 모티프가 되었을 것이다. 그러나 규는 그런 개인적으로 중요한 사건보다 불란서의 항복을 생각해야 한다는 의식에 긴박되어 있다. 그는 개인적 성장의 계기보다 세계정세에 대한 식견을 갖추는 일을 훨씬 중요하게 여긴다. 여기서도 대의에 긴박된 의식, 특히 멸사봉공적 대의에 대한 강박관념이 노출된다.

  "그럼 앞으로 뭣을 할 작정인가."
  태영은 망설였다. 솔직한 마음을 털어놓을 수도 없고 그렇다고 해서 마음에도 없는 소릴 하기도 싫었다. 그래
  "뭐든 인류의 행복에 공헌하는 그런 일을 하고 싶습니다."
하는 말로 꾸몄다.[117]

  내 생각으론 이렇게 숨어 살면서 어느 시기를 기다리고 있다. 그 때는 반드시 오고야 말 꺼다. 그 때 꽃을 만발하기 위해서 박 군도 지금부터 씨를 뿌려라. 내가 느끼기론 박 군 같으면, 아까 자네가 말했듯 인류의 행복에 공헌하는 인물로

---

[117]   위의 책, 223~224쪽.

성장할 수 있고 인류의 미래를 장식할 꽃송이가 될꺼다.[118]

앞으로의 희망을 묻는 무나까와의 질문에 태영은 "뭐든 인류의 행복에 공헌하는 그런 일을 하고 싶"다고 대답한다. 한참 동안 대화가 오고 간 후 무나까와 역시 태영이 "인류의 행복에 공헌하는 인물로 성장할 수 있고 인류의 미래를 장식할 꽃송이가 될꺼"라며 축수한다. 소망을 이야기하는 개인적인 자리에서도 인류의 행복에 기여한다는 대의가 등장한다. 세계 평화와 인류의 행복이라는 박정희의 상투어가 연상되지 않을 수 없다. 이 역시 점점 더 큰 것, 가장 큰 것에 기대야만 정당성을 확보한다고 믿는 이 데올로기의 일환이다. 이러한 대의에의 강박을 정신적 사대주의의 일환으로 볼 수 있을지 모르겠다.

> 진 말자는 온 세상의 행복을 독차지한 여인처럼 보였다.
> "두령님, 우리집 저 양반을 선생 노릇이나 하며 살게 허가해 주십시오."
> 하는 진담 반, 농담 반의 청을 하면서 술을 따르는 손끝에마저 말자의 행복감이 서려 있었다.
> "나라를 위해 큰일을 하셔야 할 주인 어른을 조그마한 학교에다 가둬 두실려는 생각입니까?"
> 하고 박 태영이 빈정댔다.[119]

대의명분주의는 공적인 일에의 봉사에 무한한 가치를 부여한다. 준규와 태영과 숙자는 부산에서 동식의 집을 방문한다. 보광당 시절 알게 된

---

118   위의 책, 227쪽.
119   이병주, 『智異山』 5권, 101쪽.

동식과 말자는 신혼살림을 꾸리고 있었다. 거기에서 동식은 모교인 부산 상업학교에서 교직을 제의했지만 두령인 준규의 재가를 얻기까지 보류 중이라고 농담반 진담반으로 말한다. 그러자 말자는 남편 동식이 "선생 노릇이나 하며 살게 허가해" 달라고 준규에게 청한다. 이때 태영의 반응이 흥미롭다. 태영은 "나라를 위해 큰일을 하셔야 할 주인 어른을 조그마한 학교에다 가둬 두실려는 생각입니까?"라고 빈정댄다. 교사직은 사내로서 못 할 일, 나라를 위한 큰일은 사내가 할 만한 일이라는 자동화된 의식이 태영의 뇌리를 잠식하고 있다. 대의에의 강박관념 혹은 멸사봉공정신과 연동된 대의명분주의가 드러난 부분이다.

> 이 규가 프랑스로 간다는 바람에 박 태영은 적잖이 충격을 받은 모양이었다.
>
> "하 영근씨가 돈을 대 주겠대서 프랑스로 가는 건데 하 영근씨는 자네도 외국으로 갔으면 하는 의향이더라."
>
> "하 영근씨가 내게도 외국 유학을 시켜 주겠다는 건가?"
>
> "그렇지. 간곡하게 말씀하시던데. 박 태영은 아까운 사람이니까 외국으로 데리고 가서 공부를 하도록 하라는 부탁이었어."
>
> 태영은 심각한 표정이 되더니 한동안 생각에 잠겼다. 그리고는 고개를 들어 천정을 보면서 말했다.
>
> "자네나 가게. 나는 갈 수가 없어. 이 나라를 떠날 수 없어. 나는 이 나라의 혁명을 해야겠어. 불쌍한 이 나라를 구해야겠어."
>
> 태영의 말이 처량하게 들렸다. 이 규는 아까부터 가슴 속에 깔렸던 불쾌감 같은 것을 말쑥이 지워 버리고 진심을 토했다.[120]

---

120 위의 책, 156~157쪽.

규는 영근의 도움을 수락하여 프랑스로 유학가기로 한다. 영근은 태영도 프랑스로 가길 원하였다. 그 의사를 규가 태영에게 전하자, 태영은 한동안 생각에 잠기더니 이렇게 말한다. "자네나 가게. 나는 갈 수가 없어. 이 나라를 떠날 수 없어. 나는 이 나라의 혁명을 해야겠어. 불쌍한 이 나라를 구해야겠어." 당시 한국 청년들에게 프랑스 유학이란 꿈같은 일이었다. 개인적 영달을 위해서 가장 달콤한 유혹인 것이다. 태영도 그 유혹을 느꼈기에 바로 대답을 못하고 한동안 생각에 잠겼을 터이며, 나라를 구하기 위해 프랑스에 가지 않겠다는 말을 할 때 어조가 처량했을 터이다. 강한 유혹을 뿌리치고 혁명과 구국에 투신하겠다는 결심은 개인적 영달보다 국가와 공동체의 유익을 우선시하겠다는 대의명분주의의 일환이다. 여기에서도 대의는 멸사봉공정신과 동궤에서 작동한다.

> 나는 나의 그 추잡한 소아(小我)를 버리고 당의 방향으로 내 방향을 일치시켜야 한다. 결단코 나는 나를 용서해선 안 된다. 그런 맹세를 하기 위해 손가락을 한 개 잘라 버릴까![121]

태영은 자신이 소미공위의 실패를 바라고 있음을 자각한다. 신탁통치를 찬성하는 공산당은 소미공위의 성공을 바라지만, 태영은 기왕 신탁통치를 반대하여 당에서 견책을 받은 적이 있고, 현재도 신탁을 지지하지 않는다. 그래서 소미공위의 실패로 자신의 견식이 옳음을 증명하고픈 내심을 스스로 인식하지만, 그 의식에 대한 반성을 위와 같이 행한다. 그는 자기의 견식과 바람을 소아적인 것으로 치부하고 당의 노선에 자기의 내

---

121   이병주, 『智異山』 7권, 56쪽.

면을 일치시켜야 대의에 따르는 것이라고 생각한다. 소아를 버리고 대아를 좇으려는 태영은 멸사봉공정신과 연동된 대의명분주의를 자명하게 수용하는 의식을 노출한다.

> "그런데 공산당에 붙어 있는 까닭은 뭣고?"
>
> "이념이지 이념, 그 이념에 나는 집착하고 있는기라."
>
> "우찌 나와 그렇게 꼭 같네."
>
> 하고 노 동식이 서글프게 웃었다.
>
> "똑바로 말해 다른 곳엔 그런 이념도 없는기라, 방향도 없는기라."
>
> "맞았어."
>
> 하고 노 동식이 일어섰다.
>
> "그 이념을 위해서 죽을 수밖에 없지. 박 헌영의 당을 위해서도 아니고 그 밖에 다른 어느 누구의 당을 위해서도 아니야. 공산당이란 그 간판이 지니고 있는 영구 불멸의 이념을 위해서 우리는 죽을 수 있는기라."[122]

동식과 창덕은 공산당에 대한 비난을 서로 교환하게 된다. 그들은 온갖 난점에도 불구하고 공산당에 남아 있는 이유가 "이념" 때문이라고 한다. 다른 곳엔 그런 이념도 없기 때문이다. 그들은 "공산당이란 그 간판이 지니고 있는 영구 불멸의 이념을 위해서 우리는 죽을 수 있"다고 한다. 이 장면 역시 이념이라는 대의를 위해 죽을 수도 있다는 인물들의 의식, 즉 대의명분주의를 노출한다. 여기서 '위해서'라는 단어는 주목을 요한다. 대의명분주의에서 행동과 결단은 항상 그것이 '위하는' 대의를 필요로 한다.

---

122 위의 책, 143~144쪽.

모든 것이 대의를 '위해서' 존재한다고 믿는 대의명분주의에서 대의는 지고한 목적이고 개별적 행위와 의도는 그를 위한 수단이다. 가치는 목적과 수단으로 일렬로 도열한다. 이는 5장에서 볼 목적 지향적 사유구조와 유사하거니와 군사문화와도 친연관계를 형성한다.

> 밀봉 교육과 그러한 참예를 통해서 박 태영은 공산당의 생리를 대강 짐작할 수가 있었다. 따라서 많은 모순점과 이성이나 양심으로선 풀 수 없는 난점들을 발견하지 않을 수 없었다. 그 가운데 으뜸가는 것이 민족과 국가를 위하는 대의(大義)엔 아랑곳없이 파벌 중심의 전략만을 고집하는 경향이었다. 가령 조모(趙某)라는 사람을 조직국에 넣으려는 제안이 있으면 그 사람의 능력, 인격, 근면성, 그리고 당원으로서의 충성도 등 이런 것을 문제로 해야 할 것인데 '그 사람은 김 모의 파다' 또는 '그 사람은 하모와 가깝다'는 사정으로서 가부를 정하는 따위의 일이다.[123]

대의명분주의는 무엇을 비판할 때 비판의 준거로도 동원된다. 태영은 공산당을 체험하면서 그것의 난점들을 발견하게 된다. 그 중 태영이 파악한 가장 큰 난점은 공산당이 "민족과 국가를 위하는 대의"에 충실하지 못하고 파벌을 중시한다는 점이다. 대의명분주의는 태영에게 모든 판단을 주관하는 절대 기준이다.

> 그렇다면 사람이 그처럼 무의미한 죽음을 할 수 있을까. 인류를 위한 희생도 아니고 조국을 위한 봉사도 아니고 어떤 사상, 어떤 신념을 위한 순교도 아니다. 변명할 여지도 없는 노예로서의 죽음일 뿐이다. 사람이라면 본의 아니게 전쟁

123　이병주, 『智異山』 5권, 151쪽.

에 끌려나가선 안 되는 것이며 누구를 위해 무엇을 하라는 명분이 뚜렷하지 못할 땐 무기 따위를 들어선 결단코 안 된다. 이것이 사람으로서의 최소한도의 각오라야 한다.[124]

단편소설 「변명(辨明)」의 "나"는 일제 때 일본 군인으로 참전하여 죽은 한국인들에 대한 상념에 젖으면서 위와 같이 생각한다. 그들의 죽음을 "무의미한 죽음", "노예로서의 죽음"이라고 매도하는 이유는 그들의 죽음이 명분을 갖추지 못했기 때문이다. 여기에서도 명분은 행동에 반드시 따라야 하는 무엇으로 상정된다. 여기서 명분은 또한 큰 것을 위한 명분이다. 이기(利己)가 아닌 이타(利他)적인 명분, 소아 아닌 대아를 위한 명분이다. 인류, 조국, 사상이나 신념을 위한 죽음만이 정당화된다. 좀 더 큰 것에의 헌신이라는 의미를 지니기 때문이다. "누구를 위해 무엇을 하라는 명분"이 전쟁터에서 반드시 요구된다고 "나"의 입을 빌어 작가는 말한다. "누구를 위해"라는 어구는 의탁할 무엇을 상정하는 의식을 누설한다. 개인은 독자적으로 존재하지 않는다. 의탁할 무엇으로 인해, 개인은 존재 정당성을 확보한다. 이는 개인이 사회적으로 촘촘하게 연결된 그물망 속에 존재한다는, 인간의 공동체적 정체성을 자명한 전제로 배치한 사유이다. 이는 개인의 독자성이 아니라 사회 내 존재성을 부각하며, 개인보다는 전체를 중요시하는 망탈리테의 소산이다.

"나는 나라에 죄를 지은 사람도 관대하게 처분해 달라고 글도 쓰고 행동도 했다. 지금 철창에 있는 L군을 위해선 검찰총장을 찾아가서 진정도 했다. 그런 내

---

124 이병주, 「辨明」, 『예낭 風物誌』, 세대문고, 1974, 9쪽.

가 내게 잘못을 범했다는 이유로 설혹 그게 내 생애에 결정적인 화근이 되는 것이라고 해서 징역을 살리라고 고발장을 내게 되면 어떻게 되겠나. 나라에 죄 지은 놈은 용서를 하라더니 제게 잘못한 놈은 징역을 살리라고 하는구나, 이 병주도 그렇고 그런 놈이군, 하지 않겠나. 그렇게 되면 내 문학은 어떻게 될까. 이것이 걱정이다."

한동안 잠잠하더니 제자 하나가 나섰다.

"선생님의 사정은 잘 알겠읍니다만 이 사건은 선생님 개인에게 국한된 의미를 가진 것이 아닙니다. 사회 정화를 위해서도 문학계의 정화를 위해서도 선생님의 주장을 다소 굽힐 필요가 있다고 생각합니다. 개인을 지키는 것이 결국 나라를 지키는 거나 다름이 없읍니다. 그놈을 고발한다고 해서 선생님의 휴머니한 문학엔 하등의 하자도 되지 않을 겁니다. 되려 악에 대한 결연한 자세를 보임으로써 선생님의 문학이 보다 더 엄격하고 결연한 문학으로 빛나지 않겠읍니까."

모두들 그 의견에 찬성이었다. 나마저 그 의견엔 솔깃했다.[125]

자전적 소설인 「추풍사」의 "나"는 억울함과 분노를 느낀다. 한 평론가가 "내"가 남로당 경력을 가졌다고 비방하였기 때문이다. "나"뿐 아니라 "나"의 제자들까지도 이에 분노한다. 제자들은 "나"에게 그 평론가를 고발하라고 하지만 "나"는 그럴 수 없다고 말한다. 그럴 수 없는 이유는 한마디로 명분이 없어서이다. 그러다가 한 제자가 이 문제는 "개인에게 국한된 의미를 가진 것이 아"니고, 그를 고발하는 것이 "사회 정화"나 "문학계의 정화"를 위한 일이며, 결국 "나라를 지키는 거"나 다름없다고 말하자, 그때서야 "나"는 솔깃해 한다. 여기에서 두 가지 사실이 주목된다. 첫

---

125 이병주, 「秋風辭」, 『서울은 天國』, 태창문화사, 1980, 183~184쪽.

째, 사사로운 원한으로 누군가를 고발하는 치사한 일에도 명분은 필요했다. 둘째, 그 명분은 개인적 의미를 사상하고 사회와 문학계와 나라 등 보다 큰 공동체의 유익을 위한다는 논리의 세례를 받을 때에야 성립하는 것이었다. 여기에서 명분을 갈급히 요청하고 그것을 대의 혹은 멸사봉공과 연관시키는 자동화된 의식이 작가의식을 얼마나 구속했는지 알 수 있다.

박정희의 담론에서 보았듯 대의명분주의는 종종 도덕적 가치를 명분으로 전유한다. 이병주는 일반인의 상식을 뛰어넘는 도덕을 구현하는 인물을 즐겨 형상화한다. 대단히 위대한 도덕은 대의명분주의와도 통하지만, 도덕적 영웅주의와도 통한다. 이 또한 박정희의 담론에 드러난 의식구조와 동일한 양상을 보인다.

> 뿐만 아니라 나의 영광은 김 숙자 양의 협조를 얻은 데 있다. 그분이야말로 나의 영광이다. 나는 그분과 더불어 이 세상 어떤 남녀도 이룩해 보지 못한 새로운 사랑의 모랄을 건축할 참이다. 결혼보다도 더 공고하고, 연애보다도 더 숭고하고, 남녀간에 있기 쉬운 일체의 더러움을 말쑥이 배제한 플라토닉 이상으로 신성하고 청결한 관계를 수립할 작정이다. 김 숙자 양은 입방 6척인 나의 성을 만드는 데 있어서 절대적인 협조를 아끼지 않았다. 앞으로 내 인생에 있어서 우리의 궁극의 목적을 위해서 그분의 헌신적인 협조를 기대할 자신도 있다.[126]

태영은 숙자와 "남녀간에 있기 쉬운 일체의 더러움을 말쑥이 배제한 플라토닉 이상으로 신성하고 청결한 관계를 수립할 작정"이라고 말한다. 그는 남녀 간의 자연스러운 육체적 결합을 죄악시하고 플라토닉한 관계

---

126 이병주, 『智異山』 2권, 251쪽.

와 동지애를 남녀관계의 이상으로 설정한다. 태영은 사랑의 윤리에서도, 점점 더 큰 이상만을 내세우는 의식에 포획되어 있다. 지극히 사적인 사랑의 윤리에서도 위계화의식이 작동하는 것이다.[127] 또한 이는 도덕적 가치가 대의로 작용하는 사례이다.

어떤 법률도 도덕도 사랑을 넘어설 순 없다. 사랑이상의 가치가 이 세상에 있다고 나는 생각하지 않는다. 남편을 가진 여자가, 아내를 가진 사내가 사랑에 겨워 남의 눈을 피해 밀회를 한다고 할 때 법률은 이를 벌할 수 있을지 모르나 인간성의 재판에선 이를 용서할 것이다. 진정한 사랑은 남의 가정을 생각할 수 없을 정도로 과격하게 발현되는 경우도 있다. 동시에 그 일이 폭로되었을 땐 용감하게 벌을 받을 뿐 아니라 그 사랑에 따른 모든 책무를 져야 한다. 그러나 진정한 사랑이 아닌, 일시적인 기분, 동물적인 성적충동으로 남의 가정을 유린하는 결과를 가져올 행동을 하는 남녀는 어떠한 명분으로서도 그들을 용서할 수가 없다. 만일 그때, 향숙씨가 넘어졌을 때 고 광식이 달려가서 향숙씨를 안아 일으키는 성의만 있었더라도 나는 그를 더욱 미워했을지는 몰라도 죽이진 않았을 것이다. 사랑한다면 책임을 지고 데리고 가라고 했을 때 고 광식이 그렇게 하겠다고 단언을 했어도 나는 그를 죽이지 않았을 것이다. 내가 그에게 향숙을 책임지라고 마지막 요구했을 때 그는 그 제의를 거절하는 이유로 내게도 아내가 있다는 말을 했다. 나는 그 말을 듣고 그를 죽일 작정을 했다. 자기의 가정을 파괴할 용의와 각오도 없이, 그만한 사랑도 없이 어떻게 남의 아내를 탐낼 수 있단 말인가.

---

[127] 이병주의 소설에서 에로스적 사랑은 간단치 않은 화두이다. 거칠게 말하면, 초기에는 에로스에 대한 자괴가, 나중에 그에 대한 찬미가 대종을 이룬다. 에로스에 대한 태영의 단호한 거부는 자괴를 느끼는 작가의식이 대타항으로 설정한 것으로 보인다. 영웅주의 항목에서 보았듯이, 작가는 영웅이 아님을 자괴하면서 영웅적인 인물을 자주 그렸다. 이와 비슷한 맥락에서 작가는 에로스의 유혹에 약함을 자괴하며 에로스의 유혹을 단호히 거부하는 인물을 형상화한 것으로 보인다.

분명히 고 광식은 장난하는 기분으로 향숙을 농락했다는 결론을 얻었다. 장난으로 사랑을 유린하는 놈은 용서할 수 없다. 나는 감정으로 그놈을 죽인 것이 아니라 나의 철학에 의해 그놈을 죽였다.[128]

「철학적 살인」의 태기는 아내의 불륜 상대인 광식을 죽인다. 그는 광식이 아내를 책임지겠다고 말하지 않기에 결정적으로 분개했다. 광식이 일시적인 기분과 동물적인 성적 충동으로 아내를 농락했다고 판단했기 때문이다. 불륜은 용서할 수 있지만 진실하지 못한 사랑은 용서할 수 없다는 것이 태기의 논리이다. 여기에서도 "어떠한 명분으로서도 그들을 용서할 수 없다"는 진술은 명분에의 강박을 누설한다. 이 소설에서 대의는 진실한 사랑이다. 진실한 사랑이라는 대의를 동반한다면 불륜도 용서할 수 있지만, 그렇지 못할 때 불륜은 응징해야 마땅하다. 이 역시 대의에 긴박된 의식을 노출한다. 대의가 높은 수준의 도덕으로 전화된 것이다. 응징은 살인도 불사한다. 이 소설은 태기의 살인을 다분히 미화한다. 도덕이라는 대의명분이 수반된다면 살인도 정당화될 수 있는 것이다. 이렇게 도덕을 전유한 대의명분주의는 이병주 소설의 근간에서 작동하는 이데올로기로 파악된다.

파시즘적 지도자는 국가와 폭력장치 같은 강제적 수단을 통해 통치하는 것에 만족하지 않고, 고유한 이데올로기와 이데올로기적 장치에 의해서 사람들을 내면에서부터 지배한다.[129] 이 장에서 논한 이데올로기들은 이렇게 박정희가 전략적으로 유포한 것으로도 볼 수 있지만, 그보다는 당

128　이병주, 「哲學的 殺人」, 172쪽.
129　한나 아렌트, 앞의 책, 46쪽 참조. 원문의 "전체주의"를 "파시즘적 지도자"로, "강제 장치"를 "이데올로기적 장치"로 교체해서 서술했다.

대 사회 전반에 걸쳐 자명하게 받아들여졌던 믿음 체계라고 할 수 있다. 박정희 담론의 저자인 당대 지식인들 역시 거대한 이데올로기에 구속되었을 뿐이다. 이데올로기는 본디 논리적·이성적 영역에서 탄생한다. 그러나 이데올로기가 활동하면서 일단 자명한 전제가 되면 현실적 논증의 영역으로부터 이탈한다.[130] 사람들은 정합성을 따지려면 따질 수도 있는 명제를 회의와 논증의 과정을 삭제한 채 자명한 진리로 수용한다. 그러면서 그들은 깊은 내면에서부터 이데올로기에 의해 지배된다. 그러나 적지 않은 경우 그 믿음은 시대가 변하면서 자명성을 상실한다. 이 장에서 논한 애국주의, 영웅주의, 대의명분주의 등은 오늘날 다소 이색적으로 보인다. 이병주의 소설에서 보았듯이, 이런 이데올로기들은 당대 작가의식에 침투하여 작가가 소재·주제·구성 방식을 선택할 때 선택의 향방을 결정할 뿐 아니라, 작가가 의도하지 않았던 장면에서 작가 자신도 의식하지 못한 가운데 은밀하게 노출된다. 이데올로기는 작가의식을 구속하는 거대한 감옥, 즉 망탈리테가 되는 것이다.

---

130   위의 책, 272~274쪽 참조.

제5장

심층적 토대와 사유구조

　서론에서 모든 정신활동의 근저에 면면하게 흐르는 거대한 저류(低流)를 심층적 망탈리테로 규정한 바 있다. 이는 이데올로기·태도·사유구조가 공유하는 심층적 토대이기도 하다. 이데올로기·태도·사유구조는 중층적 망탈리테로서, 복수로 존재한다. 심층적 토대 혹은 심층적 망탈리테는 비교적 단일하다. 그런데 여기에서 심층적 망탈리테란 다종다양한 중층적 망탈리테의 뚜렷한 동질성을 일컫는 것이 아니다. 각기 개성적인 특질을 가진 정신적 경향들을 그렇게 동일한 하나로 환원할 수는 없다. 단저마다 고유한 개성을 지닌, 어쩌면 상반되어 보이는 정신적 경향도 동일한 시대에 발아한 것이라면, 넓게 보아 그 근저에 유사한 요인을 품고 있으리라는 점만은 간과할 수 없을 것이다. 바로 이 점에 이 글은 착목한다. 동시대에 발화한 다채로운 망탈리테들은 넓게 보아 한 토양에서 자라난 서로 다른 꽃들이라고 생각할 수 있다. 서로 다른 꽃들을 개화하게 한 토양이 심층적 망탈리테이다. 토양과 꽃은 엄연히 지시 범위가 다르다. 그러니까 이 글의 목적은 다채로운 꽃들이 다 똑같은 하나의 꽃이라고 말하려는 것이 아니고, 꽃들의 다채로움을 인정하되 그들을 개화시킨 하나의 토양에 주목하려는 것이다. 다종다양한 정신활동 근저의 거대한 저류에 주목하자는 취지는 다종다양한 사유들의 차이를 무시하려는 의도를 품고 있지 않다. 동시대에 발화한 각종 사유들 간에 차이가 없다고 말할 수 없다. 단 이 글의 목적이 각종 정신활동의 본질과 성격을 밝히려는 것이 아니라 그 저변의 유사한 흐름에 주목하려는 것이기에, 차이에 관한 논의는 다른 지면을 요구할 수밖에 없을 듯하다.

이 글은 70년대의 심층적 토대 혹은 심층적 망탈리테를 근대적 동일성으로 파악하고자 한다. '근대적 동일성'이란 익히 알려진 근대성의 여러 자질 중 특히 동일성에 주목하는 관점에서 도출한 용어이다. '근대적 동일성'의 개념을 밝히기 전에 먼저 '근대성'에 관한 일반적인 논의를 소략하게나마 개괄해 본다. 김윤식은 "시간·공간의 균질화", "세계의 총체를 객관적인 인과관련의 계열로서 파악하고 또 이것을 계량(수식화)할 수 있다는 이념", "심신이원론" 이 세 가지를 근대 합리주의 세계관, 즉 근대성의 요체로 본다.[1] 근대성의 일반적인 성질은 이렇게 정리될 것이다. 데카르트에 의해 구체화된 의식−주체(자아), 수학적 이성, 이성 중심주의, 보편적 주체나 보편적 이성, 이원론, 데카르트에 의해 주창되고 뉴턴에 의해 체계화된 기계적 세계관, 자연을 지배하는 하나의 법칙의 발견, 자연은 물질과 물질이 가지는 힘의 상호관계에 의해 결정된다는 인과율과 결정론, 모든 것을 하나의 요소나 원리로 환원하려는 태도인 환원주의, 동일

---

1 김윤식, 『한국문학의 근대성비판』, 문예출판사, 1993, 24쪽 참조.

한 상태가 반복될 수 있다는 가역성, 합리성, 로크와 루소에 의해 주창된 자연법, 자연권 등.[2] 이성환은 근대성에서 "무엇보다 중요한 것"으로 "계몽에 대한 열광과 진보에 대한 믿음 그리고 하나의 이론으로 모든 것을 다 설명할 수 있다고 하는 메타-이야기(메타 이론)나 큰 이야기(거대 이론)에 대한 확신"[3]을 든다. 여기에서 모든 것을 하나의 요소나 원리로 환원하려는 환원주의, 하나의 이론으로 모든 것을 다 설명할 수 있다고 여겨지는 메타 이론이나 거대 이론에 대한 확신 등은 근대적 동일성의 개념과 연관된다. 이성환의 일반적 규정은 칼리니스쿠의 부르주아 근대성 개념과 비슷하다. 칼리니스쿠에 따르면, "진보의 원리, 과학과 기술의 유용한 활용 가능성에 대한 신뢰, 시간(측정할 수 있는 시간, 사고 팔 수 있는, 따라서 다른 상품과 마찬가지로 돈으로 계산 가능한 등가물인 시간)에 대한 관심, 이성 숭배, 그리고 추상적 인본주의의 틀 안에서 정의된, 그러나 동시에 실용주의 내지는 행동과 성공의 숭배를 지향하는 자유의 이상, 이들 모두는 다양한 정도로 근대를 위한 투쟁에 연루되어 왔으며 중산층에 의해 수립된 승승장구하는 문명의 핵심적인 가치로 보존되고 증진되어 왔다."[4]

이 글에서는 이상의 근대성에 대한 일반적 규정을 수용하면서, 특히 동일에 천착하는 근대성에 더욱 주목하려고 한다. 근대정신 특히 근대의 주체철학은 인식·실천면에서 자기와 타자와 자연을 생산 가능 혹은 제작 가능한 것으로 간주하고 세계 전체를 능동적 생산 주체의 생산물로 삼는 경향을 지닌다. 근대의 사고방식은 주체의 도식 안에서 객체로서의 세계를 포섭하고 개조한다. 근대적 주체는 객체를 주관성의 도식 내부로 끌

---

2 이성환, 「근대와 탈근대」, 김성기 편, 『모더니티란 무엇인가』, 민음사, 1999, 169~174쪽 참조.
3 위의 글, 174쪽.
4 마테이 칼리니스쿠, 이영욱 외역, 『모더니티의 다섯 얼굴』, 시각과언어, 1996, 53쪽.

어들여 동일화하면서 대상화한다. 동일화 불가능한 것은 마치 존재하지 않는 것처럼 처리된다. 동일화는 그 내부에 차별화된 분류도식을 내포한다. 주체는 자신의 도식에 부합하는 것을 수용 가능한 것으로 승인하지만, 수용 불가능한 것은 타자로서 차별한다. 수용 가능한 것 중에서도 계층이 만들어진다. 동일화의 논리는 차별의 논리이다.[5] '근대적 동일성'은 이렇듯 동일화로 대별되는 근대성의 특질을 가리킨다.

근대인은 데카르트를 통해 세계를 물질로 파악하여 객관화·대상화시키고, 수학적인 방식에 근거하여 세계를 합리화·조직화하였다. 이러한 근대정신은 세계를 완벽하게 물화·객관화·보편화시켜서 관찰하고, 이를 조작 가능하게 하였다. 이러한 수학적 이성을 존중하는 이들에게 세계는 '오직 커다란 동의어의 반복일 뿐이다.'[6] 이처럼 근대성은 그 태동기에서부터 동일성과 밀접하게 연관된 운명을 타고 났다고 보인다. 호르크하이머와 아도르노에 따르면, 계몽적 이성은 모든 것을 통일적으로 파악하려고 하며, 세부에 이르기까지 모든 것을 도출해낼 수 있는 체계를 추구한다. 그것은 언제나 동일한 것을 지향하고, 불연속성 그리고 결합될 수 없는 것에 대해 적대적이다. 숫자로 환원될 수 없는 것, 결국에는 "하나"가 될 수 없는 것은 가상으로 여긴다. "단일성"은 계몽적 이성의 주창자들에게 기본 명제가 된다.[7] 계몽적 이성은 동일성에 대한 강한 열망을 지닌다. 하나의 진리에 대한 집착은 계몽적 이성에게 본질적인 것이다. 모든 노력은 "「신비스러운 하나」를 만들어내려는"[8] 시도이다. 이렇듯 계몽적

---

5 이마무라 히토시, 이수정 역, 『근대성의 구조』, 민음사, 1999, 202쪽 참조.
6 이성환, 앞의 글, 165쪽 참조.
7 막스 호르크하이머·테오도르 아도르노, 김유동·주경식·이상훈 역, 『계몽의 변증법』, 문예출판사, 1996, 28~30쪽 참조.
8 위의 책, 72쪽.

이성은 동일성의 추구를 본질로 한다. 알려진바 계몽적 이성은 근대성의 중핵이다. 이런 맥락에서 이 글은 이러한 계몽적 이성의 특성을 근대적 동일성의 중핵으로 수용하기로 한다.

근대적 동일성의 세계에서 계몽적 이성은 자기 논리의 동일성을 강화하기 위해 세계를 전유한다. 세계는 계몽적 이성이 보고 파악하고 개념화한 그대로만 존재한다. 즉 세계는 주체의 이성이라는 렌즈를 통해서만 존재하는 것이다. 이때 세계는 제 성질을 잃고 소외된다. "계몽이 사물에 대해 취하는 행태는 독재자가 인간에 대해 취하는 행태와 같다."[9] 마치 독재자가 제 마음대로 사람들을 착취하고 이용하고 지배하듯이, 근대적 이성은 사물에 무소불위의 지배력을 행사하며 자의적으로 사물을 전유하고 자기동일성 강화에 이용한다. 근대적 동일성의 세계에서 주체는 세계를 보고 파악하고 개념화할 수 있다고 믿는다는 점에서 자명한 권력을 소유한다.[10]

근대적 동일성이 위계화의식과 빈번하게 결탁하는 것은 이 때문이기도 하다. 주체의 권력과 타자의 종속이라는 근대적 동일성의 특성 상 지배-피지배 구도, 즉 위계화구도는 자연스럽게 파생된다. 또한 근대적 동일성의 중핵을 이루는 계몽적 이성은 다른 모든 도구를 제작하는 데 소용되는 보편적인 도구로 쓰인다. 이성은 "철저히 목적 지향적"이 되고, "목표를 위한 순수한 기관"이 된다. 계몽적 이성의 배타성은 이처럼 오직 기능만을 생각하는 데서 생겨난 것으로서 궁극적으로는 자기 유지의 강압적인 성격에서 유래한다.[11] 이처럼 근대적 동일성의 세계에서 모든 것은

---

9   위의 책, 31쪽.
10 앞의 3장에서 보았듯 표상적 사유 역시 근대성의 특질로 알려져 있다. 표상적 사유는 사물과 세계를 자기동일성의 강화를 위해 전유한다는 점에서 근대적 동일성을 구현하며, 주체의 무소불위적 권력을 자명한 전제로 삼는다.
11 막스 호르크하이머·테오도르 아도르노, 앞의 책, 60쪽 참조.

목적과 수단으로 구조화되어 일렬로 도열한다. 수단은 목적을 위해 도구적으로 사용된다. 이렇게 근대적 동일성의 세계에서 모든 것은 하나의 가치를 정점으로 하는 단일한 대열로 구조화되었기 때문에, 가치의 위계화와 서열화는 불가피하다.

근대적 동일성은 드물지 않게 사유를 획일화한다. "왜냐하면 계몽은 어떤「체계」못지않게 전체주의적이기 때문이다."[12] 근대적 동일성은 "개별적인 것"을 모두 무엇인지도 모르는 "전체"에 굴복시킨다.[13] 모든 것을 전유하여 동일성을 강화하고자 했던 그 논리는 바로 하나의 진리로 등극해야만 했다. 이 진리는 다른 진리의 존재를 용납하지 않는다. 근대적 동일성의 세계에서는 "더 많은 다수의 진리, 다수의 구원 가능성이 아니라 언제나 오직 하나의 진리, 하나의 구원 가능성만이 존재"하며, "하나의 진리가 배타성을 요구하는 이외에 다른 방식으로 작용한다는 것은 가능하지 않다."[14] 벨슈는 계몽적 근대의 속성에 대해, "단수성과 보편성이 가장 깊숙이 존재하는 고유의 속성이며 다원성과 특수성은 완전히 낯선 것이다"[15]라고 말한다. 이런 면에서 근대적 동일성은 파시즘과 유관하다.[16]

---

12 위의 책, 53쪽.
13 위의 책, 74쪽 참조.
14 볼프강 벨슈, 주은우 역, 「근대, 모던, 포스트모던」, 김성기 편, 앞의 책, 415~416쪽.
15 위의 글, 416쪽.
16 네그리와 하트는 근대적 동일성을 주창한 대표 주자인 헤겔의 철학과 목적론적 사유, 제국주의적 욕망, 진보적 시간관이 동일선상에 있음을 이렇게 이야기한다. 헤겔이 복구하는 내재성은 진정으로 대중의 잠재성을 부인하고 그것을 신성한 질서의 비유 속에 포섭하는 맹목적인 내재성이다. 모든 장면에서 목적이 전부가 되며, 수단들은 장식품이 될 뿐이다. 잠재성의 내용은 궁극 목적성에 의해 봉쇄되고, 통제되고, 지배된다. 헤겔이 절대 '정신' 안에서 '타자'를 철학적으로 회수하는 것과, 유럽의 정복 및 식민주의가 지닌 매우 현실적인 폭력 그리고 하찮은 인민들로부터 유럽의 정상으로 나아가는 자신의 보편적인 역사를 연결하지 않는다는 것은 불가능하다. 요약하자면 헤겔의 역사는 혁명적인 내재성 구도에 대한 강력한 공격일 뿐만 아니라, 비유럽적 욕망에 대한 부정이기도 하다. 또 다른 힘의 활동으로서 "지적 캘리번"은 근대성의 전

다음의 각 절에서 70년대 저자들 의식의 심층에 면면하게 흐르고 있는 유사한 저류, 그들이 딛고 선 토양에 주목하고자 한다. 이때 이 글은 각종 이데올로기, 태도, 사유구조가 동일한 하나임을 밝히는 것을 목표로 삼지 않는다. 그보다는 차이를 지닌 그들이 근저에 거느리는 유사한 흐름을 조심스럽게 지적하고자 한다. 또한 이 흐름 혹은 토양을 근대적 동일성으로 파악하려고 한다. 우선 1절에서는 앞 장들에서 살펴본 이데올로기들과 태도의 심층적 토대를 고구한다.

1. 근대적 동일성 – 이데올로기와 태도의 심층적 토대

2장에서 사회의 구조적 모순을 주목하라는 이데올로기가 자명하게 수용되었다고 논하였다. 호미 바바에 따르면 "식민지 담론은 피식민자를 '타자'이면서도 완전히 인식되고 지각될 수 있는 사회적 리얼리티(reality)로 생산한다. 그것은 (…중략…) 주체들과 기호들이 생산되고 유포되는 과정을, 개종된(reformed) 인식 가능한 총체성에 묶이게 하는 서사와 닮아 있다. 식민지 담론은 실재론(realism)과 구조적으로 유사한 진리의 제도와

개 속에 새로운 시간성 개념의 경험을 주입했으며, 헤겔은 이러한 시간성을, 성취되어 결말에 이르는 변증법적 목적론이라고 보여주었다. 시간성 개념에 대한 그 전체적인 발생론적 설계는 그 과정의 결론에서 적당한 표상을 발견했다. 근대성은 완전했으며, 그것을 넘어갈 가능성은 없었다. 따라서 확정적인 폭력 행위가 그 장면을 규정한다는 것, 즉 위기의 변증법이 국가의 지배 하에서 진정되었다는 것은 우연이 아니었다. 평화와 정의는 다시 한 번 군림한다. 즉 "국가는 그 자체로 그리고 스스로 윤리적 전체이다……. 국가의 실존은 신이 세계 곳곳을 행진하는 데 본질적이다."(안토니오 네그리 · 마이클 하트, 윤수종 역, 『제국』, 이학사, 2009, 127~128쪽 참조) 네오클레우스는 단적으로 "파시즘이 모더니티의 두드러진 특징"(마크 네오클레우스, 앞의 책, 19쪽)이며, 파시즘에 관한 논의는 "필연적으로 '모더니티'의 본질과 맞닥뜨리게"(같은 책, 18쪽) 된다고 말한다.

재현의 체계를 이용한다."[17] 여기에서 식민지 담론이라는 용어를 사회의 구조적 모순에 주목하는 문학이라는 말로 교체해 보자. 사회의 구조적 모순에 주목하는 문학은 사회를 완전히 인식되고 지각될 수 있는 실체로 재생산한다. 그것은 인식 가능한 총체성에 사회를 묶는다. 사회의 총체는 인식 가능하지 않지만, 사회의 구조적 모순에 주목하는 문학의 신봉자들은 인식 가능한 것처럼 구조된 가짜 총체성이 사회를 재현한다고 믿는다. 총체성에 대한 열망은 근본적으로 불가능한 꿈이지만, 사회의 구조적 모순에 주목하는 문학은 그 한계를 인정하지 않고 무궁무진한 사회의 실체를 제한된 언어로 구조된 가짜 총체성 안에 가둔다. 총체성을 구축할 수 있다는 믿음, 총체성을 언어로 재현할 수 있다는 믿음은 근대적 동일성의 특성이라 할 수 있다. 리얼리즘, 혹은 사회의 구조적 모순을 모사할 수 있다는 믿음은 결국 사회의 무궁무진한 실체를 언어로 재현할 수 있다는 믿음이다. 3장에서 보았듯 표상 행위가 궁극은 타자의 무궁무진한 실체를 사상하고, 타자를 정형화의 틀에 가둔 것처럼, 리얼리즘 문학은 궁극적으로 그 대상인 사회의 광막한 실체를 사상하고, 사회의 구조적 모순조차도 정형화의 틀 안에서 이해하고 표상한다.

표상 행위가 결국 표상하는 자의 무한한 권력을 전제로 삼은 것처럼, 리얼리즘적 창작방법의 전제는 작가의 무한한 권력이다. 거칠게 말해서 70년대 작가는 모든 것을 '보고', '알고', '말하는' 사람이다. '보고' '알고' '말하는' 위치 자체가 작가의 권력을 암시한다. 오늘날 작가는 보다 무력한 위치에 놓여 있다. 2000년대 소설에서 작가는 보다 자주, 제한된 경험 세계 속에서 세계에 대한 웅변 욕구와 개조 의지를 상실하여, 사회라는 오

---

17   호미 바바, 나병철 역, 『문화의 위치』, 소명출판, 2002, 154쪽.

래된 소재의 감옥을 벗어버리고 환상의 세계로 날아가거나, 신변잡기적인 일상에 파묻힌다.[18] 리얼리즘 문학에서 이렇게 작가의 무소불위적 권력을 지당한 전제로 삼은 점 역시, 주체의 무소불위적 권력을 근본 전제로 하는 근대적 동일성의 망탈리테를 노출한다. 이런 점에서 사회의 구조적 모순을 인식·표상하라는 이데올로기의 근저에는 근대적 동일성의 망탈리테가 존재한다고 볼 수 있다.

다음, 3장에서 지식인 문학인이 집단적으로 취한 태도를 고찰하였다. 지식인 문학인은 민중에게 품은 호의에도 불구하고 끝내 민중을 대상화하는 태도를 벗어버리지 못한 것으로 보인다. 이는 앞서 본 리얼리즘 문학 일반의 근대적 동일성의 자장 안에서도 해명되지만, 동어반복을 피하기 위해 상세한 논의는 생략한다. 다만 민중을 대상화하는 태도를 유발한 표상적 사유 자체가 근대적 동일성의 망탈리테를 근본 속성으로 지닌다는 사실만을 적어둔다. 여기에서는 상기 태도가 내포한 지식인-민중 사이의 위계화의식에 보다 주목한다. 이것을 4장의 2절에서 본 영웅주의·엘리트주의와 동일선상에서 고찰할 수 있다. 박정희의 담론과 정반대에 위치한다고 알려진 『창비』의 담론도, 위계화·서열화 의식과 무관하지 않은데, 여기에 엘리트주의와 영웅주의의 감염력이 엿보인다. 『창비』의 담론과 민중소설이 민중을 대상화한 태도는 엘리트주의의 발로로 볼 수 있다. 한편 지식인과 민중으로 구분된 위계화구도는 영웅-범인의 위계

18 　이광호, 「혼종적 글쓰기 혹은 무중력 공간의 탄생─2000년대 문학의 다른 이름들」, 『문학과사회』, 2005 여름; 김영찬, 「2000년대 문학, 한국소설의 상상 지도」, 『문예중앙』, 2006 봄; 김형중, 「소설의 제국주의, 혹은 '미친, 새로운' 소설들에 대한 사례 보고」, 『문예중앙』, 2005 봄; 박진, 「환상, 루저(loser)들의 소심한 반란─김주희, 염승숙, 황정은의 소설」, 『자음과모음─인문편』, 2009 봄; 복도훈, 「아무것도 '안' 하는, 아무것도 안 '하는' 문학─우기(雨期)에 읽는 소설들, 무위(無爲)의 주인공들」, 『문학동네』, 2010 가을; 정은경, 「뫼비우스의 띠는 어디에서 꼬이는가」, 『오늘의 문예비평』, 2010 봄 참조.

화구도와 구조적으로 유사하다. 박정희가 엘리트들에게 국민을 계몽할 것을 주문한 것처럼, 『창비』의 엘리트들은 지식인 문학인들에게 민중을 계몽할 것을 주문했다. 지도하는 자와 지도 받는 자로 위계화·서열화된 구도는 단일하고 균질적인 성질을 띤다. 추구하는 가치가 다양하다면, 지도하는 자와 지도 받는 자가 일렬로 도열한 단일한 대열이 존재할 수 없을 것이다. 추구하는 가치가 동일하므로 지도하는 자와 지도 받는 자가 일렬로 도열할 수 있고, 동일한 목표를 향해 일로매진하는 대열에서 모든 것은 위계화·서열화된 자리를 차지할 수밖에 없다. 위계화·서열화 의식은 동일한 가치 추구와 다양성의 배제라는 차원에서 근대적 동일성을 심층에 내장한다. 『창비』와 박정희의 담론 모두 '하나의' 동일한 가치를 추구했으며, 다른 가치들은 철저히 배제해 왔음은 앞에서도 살핀 바 있지만 뒤에서 보다 상세히 고찰할 것이다.[19]

한편 영웅과 엘리트를 강조하는 의식은 그렇지 못한 사람들에 대한 차별과 배제를 수행할 수 있다. 즉 영웅과 엘리트만을 귀히 여기는 풍토는 그렇지 못한 사람의 희생을 당연히 여기는 의식으로 전화할 수 있다. 또한 이는 대기업 위주 경제성장 정책 등, 집약적 경제발전 정책 혹은 분배보다 성장을 중시하는 정책과 연동되는 것으로 보인다. 두 경우 모두 하나의 위대함을 위해서 나머지 다른 것들은 희생하고 복종해야 한다는 의식을 내포하기 때문이다. 『창비』의 담론이 많은 사람의 희생을 요구하는 정도까지는 아니었겠지만, 하나의 위대한 영웅적인 가치를 설정하고 그

---

19 영웅주의와 엘리트주의는 꿈조차 단일화한다. 영웅과 엘리트를 추구해야 한다는 강박은 결국 모든 가치를 그것에 수렴한다. 평범해지는 것은 죄악인데, 그러지 않기 위해서는 영웅적이고 위대하다고 지정된 그것만을 꿈꾸어야 한다. 비루해질 자유도 없고, 다양한 가치는 사상된다. 모든 사람은 일류대학교에 가야 하고 고시를 통해 출세해야만 한다. 물론 이런 강박은 오늘날에도 존재하지만 보다 다양한 꿈을 꿀 여지는 있다고 본다.

것에 다른 가치는 복종해야 한다는 의식구조를 가진 면에서 박정희의 담론구조와 유사하다. 위계화구조·서열화구조는 이렇듯 억압의 기제로 쉽게 사용될 수 있다. 위계화구조·서열화구조로, 박정희는 영웅과 엘리트가 아닌 사람들의 희생을 요구했으며, 『창비』는 다른 가치들을 억압했다. 이 장의 서두에서 논했듯, 근대적 동일성은 그 내부에 차별화된 분류도식을 내포하며, 비동일성을 배제하면서 동일성을 강화한다. 근대적 동일성의 논리는 차별의 논리이다.

최근의 연구에서 자주 거론되었듯이, 애국주의는 다수의 대중을 균일한 성격을 띤 국민으로 균질화하려는 시도이다. 애국주의로 호명된 국민들은 개개인의 독자성과 특이성을 상실하고 국민이라는 추상성만을 획득한다. 민족 이야기는 구성원들을 자의적인 묶음 속의 한 분자로 익명화시켰으며, 익명화는 통합과 배제를 동시에 실행하는 방법이다.[20] "공허한 추상성은 모든 개별자를 흡수하는 익명성의 실제 모습으로서, 권위적 상상의 필연적 귀결이다."[21] 근대적 의미의 국민 만들기 과정은 동일자를 구성하고 타자를 배제하는 기제와 불가분의 관계에 놓인다.[22] 국민에게 요구되는 덕목과 규율을 따르는 사람들은 국민으로 포섭되고 그렇지 못한 사람들은 배제된다. 그렇기 때문에 다양한 존재방식은 활개를 펼 수가 없었다. 네그리와 하트에 따르면 "민주주의적인, 다원적인, 또는 인민적인 정치형태들을 선언할지라도, 실제로 근대 주권은 하나의 정치적 모습, 즉 단일한 초월적 권력만을 지"[23]니며 주권은 대중을 언제나 "질서화된 총체

---

20 신형기, 『민족 이야기를 넘어서』, 삼인, 2003, 35쪽 참조. 이 글은 신형기의 "민족 이야기"를 애국주의 담론과 비슷한 의미로 파악한다.
21 위의 책, 39쪽.
22 강진호, 「국가주의 규율과 '국어' 교과서」, 『현대문학의 연구』 32호, 한국문학연구학회, 2007, 233쪽 참조.

성으로 변형"시키고, "특이성들을 총체성 안에 포섭하고, 모두의 의지를 일반 의지 속으로 포섭"[24] 한다. 특이성들을 소거하고 총체성으로 모든 것을 덮어버리는 망탈리테는 결국 근대적 동일성의 망탈리테이며, 이것은 쉽사리 파시즘과 결탁한다.

앞서 박정희와 이병주의 담론에서 대의명분주의가 자명하게 수용되는 현상을 보았다. 모든 일에는 명분이 필요하다. 여기에 개입된 것도 근대적 동일성과 무관하지 않은 근대적 합리성의 망탈리테로 보인다. 그런데 명분은 항상 큰 것을 향한다. 지금 여기에서 하는 일은 더 큰 뜻을 위해서이고, 큰 뜻은 보다 더 큰 뜻을 이루기 위해서 존재한다. 여기에서도 가치는 위계화·서열화된 채 일렬로 도열한다. 이 역시 근대적 동일성의 망탈리테와 유관하다. 추구하는 가치가 동일할 때 위계화된 가치의 직선적 구도가 파생된다. 다양한 가치가 난립하고 있을 때, 가치들은 직선 구도를 이루지 않을 뿐더러, 모든 것의 상위에 있는 '대의'라는 것의 존재가 가능하지 않다. '대의명분'이라는 말 자체가 가치의 단일성을 함의하며, 구도의 획일성을 누설한다. 대의명분주의에 침식된 정신이 항상 큰 가치에 행위의 의미를 복속시키는 의식구조는 이처럼 근대적 동일성의 망탈리테와 연관된다. 한편 대의명분주의는 큰 가치에 의탁했을 때 의의를 획득한다고 믿는 면에서 사대주의와도 상통하며, 가치의 무한 확장을 꿈꾼다는 면에서 제국주의적 망탈리테와도 상통한다. 또한 대의만을 중시 여기는 의식구조는 영웅주의와도 관련 있다. 큰 것을 위해 작은 것은 무시되어야 한다. 이런 이유로 근대적 동일성의 망탈리테는 차별 혹은 불평등과 손쉽게 결탁할 수 있다.

하우저에 따르면 모든 것의 역사성을 최초로 인식하면서 귀족적인 도

---

23   안토니오 네그리·마이클 하트, 앞의 책, 131쪽.
24   위의 책, 133쪽.

그마에 반대했던 소피스트들은 자유 경쟁과 이윤 추구를 기조로 하는 경제구조, 그리고 시민층이 성장했던 사회적 구조의 산물이었다. 이때의 상대주의는 경제·사회 구조와 밀접한 관련을 가질 뿐 아니라, 각종 예술에도 영향을 주었다. 일례로, 전(前) 시대의 조각은 본질적인 면을 부각한 이상적 남성상을 구현하여, 영웅적인 면모나 귀족다운 준엄함을 표현하였는데 반해 소피스트들의 시대에 조각상은 포착된 순간의 일회성과 역동성을 강조한다. 본질을 믿지 않기에 이들은 조각에 고정된 정면을 부각하지 않았다. 이는 소피스트들의 상대주의와 동궤에 놓인다.[25] 이상의 고찰을 역으로 생각하면, 70년대의 근대적 동일성은 국가 주도의 계획경제구도와 부자유스러운 정치체제와 관련된 것으로 보인다. 파시즘적 유신정권과 동일화·집약화된 경제구도는 다원성과 상대성을 무시하는 동일성의 망탈리테가 싹틀 수 있는 좋은 토양이 되었다. 이런 사회구조에서 파생된 근대적 동일성의 망탈리테는 지식인들의 사유와 작가들의 창작에도 영향을 주어, 앞서 논의한 각종 이데올로기와 태도의 모태가 되었다. 정치체제와 경제구조의 단일성과 정신적 풍토의 동일성이 연동되는 것이다.

여기에서 리얼리즘 문학과 억압적 사회체제와의 관련성을 고찰하고자 한다. 우선 사회 현실이 비참하기에 사회에 주목하는 리얼리즘 문학이 발흥했다고 볼 수도 있다. 그렇지만 이 글은 리얼리즘 문학과 억압적 사회체제의 동일한 내적 구조에 더욱 주목한다. 억압적 사회체제에서의 무소불

---

25 아르놀트 하우저, 백낙청 역, 『문학과 예술의 사회사』 1, 창작과비평사, 2001, 131~134쪽 참조. 이들의 조각에는 고정된 정면이라는 것이 없는데, 그것은 정면에 내세워야 하는 이른바 '본질적인 면'이 따로 없기 때문이다. 개개의 시점은 어느 것이나 불완전하고 잠정적인 것임을 강조하고 있으므로, 감상자는 끊임없이 관점을 바꿔가며 서서히 조상의 주위를 돌게 되고 결국 개개의 시점은 어느 것이나 상대적인 것에 지나지 않음을 깨닫게 된다. 이것은 시각이 바뀜에 따라 모든 진리와 규범 및 가치 자체도 변한다는 소피스트들의 이론과 맞아 떨어지는 현상이다(같은 책, 131~134쪽 참조).

위의 통치자나, 리얼리즘 문학의 무소불위의 작가나 모두 지대한 권력을 가진 점에서 유사하다. 리얼리즘의 이상인 총체성과 파시즘의 유일한 최고 권력은 다양한 가능성을 하나로 수렴한다는 점에서 닮았다. 파시즘적 정체와 리얼리즘은 그 심층적 토대로 볼 때 모두 근대적 동일성과 유관하다. 게다가 리얼리즘의 중핵인 재현이란 궁극적으로 타자를 대상화하며 동일성에 포섭하는 행위이다. 리얼리즘과 파시즘은 모두 근대적 동일성의 자식들로, 형제처럼 동일한 유전자를 소유하고 있다. 그렇기에 리얼리즘이 파시즘적 정체(政體)에서 파생되기 쉬운 예술양식이었다고도 보인다. 한편 이는 87년 이전 한국에서 막강한 위세를 떨쳤던 리얼리즘 문학이 87년 이후 민주화의 흐름과 더불어 쇠퇴하기 시작한 현상에 대한 한 참조점이 될 수 있을 것이다. 개화기부터 87년 이전까지 한국의 정체는 정도의 차이가 있을지언정 파시즘과 무관하지 않아 보이기 때문이다.[26]

서론에서 논한바 사유구조는 지식인들이 사유를 구성할 때 작동하는 근본 동력, 무의식적으로 의존하는 사유의 습관, 담론의 근저에 잠복한 근본적 구조로서 중층적 망탈리테에 속한다. 다음에서 『창비』, 박정희의 담론, 『문지』에 나타난 사유구조를 논의하고자 한다. 2절과 3절에서는 『창비』와 박정희의 담론에 드러난 사유구조를, 4절에서는 『문지』의 담론에 나타난 사유구조를 고찰하려고 한다. 이후 그들이 공유하는 유사한 토대, 즉 심층적 망탈리테를 또한 추출할 수 있을 것이다. 『창비』와 박정희, 그리고 『창비』와 『문지』 등 서로 적대적이었다고 알려진 두 집단의 담론은 각기 유사한 사유구조를 노출한다. 가령 『창비』와 박정희의 담론은 모두 전유의 기제를 통해 위대한 동일성에의 강한 염원을 보여주며,

---

26   최장집, 『민주화 이후의 민주주의』, 후마니타스, 2010, 49~100쪽 참조.

목적 지향적 사유구조와 진보적 시간관을 공유한다. 이렇듯 중층적 망탈리테의 일종인 사유구조는 적대하는 두 진영을 공히 포섭할 정도로 막강한 위력을 발휘한다. 한편 상기 세 집단 모두 심층에는 근대적 동일성의 망탈리테를 내장한다고 보인다. 각기 성격이 다른, 더구나 적대적인 집단들이 딛고 선 공통적인 토대인 그것은 당대 지식인들이 어지간해서는 벗어나기 힘든 망탈리테를 형성한다고 볼 수 있을 것이다.

2. 전유의 기제와 위대한 동일성에의 의지

서론에서 이 글은 사유구조를 논자들이 사유를 전개할 때 무의식적으로 기대는 전제, 논리를 전개하는 특유한 방식, 자동적으로 취하는 사유의 습관 등으로 규정한 바 있다. 이 절에서는 『창비』와 박정희의 담론에 내장된 사유구조에 주목한다. 즉 그들의 언술 밑바닥에 잠복하여 언술을 가능케 하는 근본 원리, 논리를 전개할 때 의지하는 핵심적이고 반복적인 기제를 고찰하고자 한다. 이러한 특정한 사유구조가 집단적·반복적으로 나타난다는 점을 확인하면 이것을 망탈리테로 볼 수 있을 것이다.

우선 『창비』의 담론에 나타난 사유구조로서 전유의 기제에 주목한다. 이는 박정희의 담론에서 동일하게 나타난다. 이러한 사유구조가 적대적이었다고 알려진 두 집단 간에 공유된 사실은 이것을 당대의 망탈리테로 볼 수 있는 가능성을 암시한다. 많은 논자들이 지적하듯이 『창비』의 문학 담론의 특징은 선명성이다. 이남호의 지적대로, 『창비』의 "선명성은 독단성과 단순성의 다른 얼굴"이며, 이들의 "선명성은 논리 자체의 특성에서 연유"한다.[27] 한편 정과리는 민중문학론의 내부 고수주의가 "그들의 특정한 인식구조의 자장 안에서 불가피하게 도출된다"[28]고 한다. 이들이 지적한 "논리 자체의 특성"과 "특정한 인식구조"는 이 글에서 사유구조라고 일컬은 바로 그것과 유사하다.

명제를 정당화하기 위해 근거를 대는 것은 이성의 당연한 활동이다. 이때 근거를 대는 특유한 방식, 즉 특유한 증명 방식이 집단적·반복적으로 나타난다면 그 방식은 그 집단의 사유구조를 형성한다고 볼 수 있다. 이 방식은 집단 구성원이 사유를 전개할 때 무의식적으로 의존하는 습관, 논리 전개 시 의지하는 핵심 기제이기 때문이다. 『창비』와 박정희의 담론에서 특유한 증명 방식이 반복적으로 발견된다. 그들은 사실과 사물의 원뜻을 자의적으로 해석·변형하여 담론에 재배치하고, 자신의 관점으로 가공되고 재배치된 그것을 자기주장에 대한 근거로 삼는다. 이 글은 이 기제를 '전유(專有, Appropriation)'[29]라고 지칭하고자 하며, 이것이 집단적·반복적으로 나타나기에 사유구조의 일환으로 파악하려고 한다.

『창비』 필진은 전유의 기제를 집단적·반복적으로 활용한다. 차마 부정할 수 없는 만고의 진리로써 명제를 자동적으로 자명한 진리로 만들어 버

---

27 이남호에 따르면 『창비』의 선명성은 독단성과 단순성의 다른 얼굴이라는 점에서 비판을 받기도 하지만, 대중 속으로의 침투와 전파에 매우 효율적이다(이남호, 「『창작과비평』이 섬기는 세 가지 우상」, 『문학의 위족』 1(시론), 민음사, 1990, 331~332쪽 참조). 이남호가 지적한 『창비』의 선명성과 독단성과 단순성은 이 절의 논의 전개에서 전제가 된다. 『창비』의 선명성과 독단성과 단순성 이면에 놓인 사유구조를 탐구하는 것이 이 글의 목적이다.

28 정과리, 「민중문학론의 인식 구조」, 『문학과사회』 1호, 1988 봄, 75쪽. 정과리는 주로 80년대의 민중문학론을 대상으로 연구했지만, 이 글은 그의 근본적 문제의식을 상당 부분 수용한다.

29 통상적 어법에서 전유는 자기 혼자만 사용하기 위해서, 흔히 허가 없이 무언가를 차지하는 일을 가리킨다. 문화연구에서 전유는 어떤 문화자본을 인수하여 그 문화자본의 원(元) 소유자에게 적대적으로 만드는 행동을 가리킨다. 그러나 전유가 전복적일 필요는 없다(한국문학평론가협회 편, 『문학비평용어사전』 하, 국학자료원, 2006, 785쪽 참조).

리거나, 정합성을 무시한 채 그들의 관점으로 세탁한 사실로써 명제를 정당화한다. 이때 종종 고전의 권위나 부정을 허하지 않는 역사적 사실 등이 『창비』식으로 전유된 채 근거로 활용된다.[30] 이는 명제에 대한 과도한 증명 욕구와도 무관하지 않은데, 이때 증명 욕구는 명제를 유일한 진리로 만들려는 의욕으로 비화한다. 이러한 사유구조가 『창비』 특유의 "선명성" 혹은 "독단성"과 "단순성"의 모태가 되었을 것이다. 자기동일성에의 강한 의지는 자기주장을 유일한 진리로 만들려는 욕망과 유관하며,[31] 그런 면에서 근대적 동일성 혹은 파시즘과 상통한다. 또한 만물을 자기 영토에 끌어들여 자기 영토의 확장을 꾀한다는 점에서 제국주의적 심성과도 상통한다.

이러한 사유구조는 박정희의 담론에서도 동일하게 나타난다. 여기에서

---

30 『창비』에 글을 종종 기고했던 임헌영은 이런 『창비』의 독특한 태도를 "『창비』적 아전인수"라고 명명하며 후세 문학사가들이 그것을 바로잡기를 기대한다. 그는 이렇게 쓴다. "근대 이후 민족문학사 서술과 평가에서도 『창비』식 가치관을 적용시킨다든가, 특히 분단시대 이후 민족문학론이나 사실주의·민중문학·농민·노동자문학 등 일련의 논의의 흐름 속에서도 『창비』적 아전인수가 일관되게 흐르고 있는 점 따위는 후세 문학사가들이 바로잡겠지만, 이런 후유증이 진정한 민족문학의 창출에 지장이 없기를 바랄 뿐이다."(임헌영, 「진보적 학술문화운동의 산실, 『창작과비평』」, 『역사비평』 39호, 역사문제연구소, 1997, 324쪽) 이 절에서 수행할 작업은 이런 "『창비』적 아전인수"에 대해 고구하는 것이기도 하다.
31 정과리는 민중문학론의 내용이 내부 고수주의의 철학적 의미인 자기동일성에의 집착으로 연결된다고 논한다(정과리, 앞의 글, 75쪽 참조). 그는 백낙청의 민족문학론을 분석하면서 "역사성의 비역사화는 자기동일성에 대한 열망을 자기동일성에 대한 집착으로 바꾼다"(같은 글, 98쪽)고 쓴다. 또한 그는 백낙청이 자기동일성에 대한 열망을 이타성에 대한 인정과 이타화로의 움직임으로 변환시키지 못 할 때, 자신의 민족문학론을 모든 것의 상위에, 즉 자의적으로 설정한 상징적 질서의 정점에 놓고 여타의 다른 이론들을 흡수하거나 배제할 것이라고 논한다(같은 글, 102쪽 참조). 이 절에서 수행한 연구는 정과리의 통찰을 근본 전제로 수용한다. 단 이 글은 70년대 『창비』 필진 전체의 글을 대상으로 삼은 점, 전유라는 경로로 동일성에의 집착을 밝힌 점, 전유의 양상을 구체적으로 고구한 점, 동일성에의 집착을 시대의 망탈리테로 상정한 점, 박정희의 담론과 비교한 점에서 정과리의 연구와 다소 다른 지평을 개척하고자 한다. 또한 정과리가 사용한 "자기동일성"의 의미와 이 글의 "근대적 동일성"의 의미는 다소 다르지만, 넓게 보아 유사한 지평에 놓인다고 할 수 있다.

누가 원조인지 원본을 가리는 일이 중요한 것이 아니다. 70년대에 동일성에의 의지가 광범위하게 사회를 풍미하였고, 그 망탈리테에『창비』의 비평담론이나 박정희의 정치담론이 공히 구속되었다고 보는 편이 보다 온당할 것이다. 또한 이 글은 이들 전유의 기제와 동일성에의 의지를 비판하려는 목적을 지니지 아니한다. 단지 이 글은 전유와 동일성에의 의지로 유별화할 수 있는 사유구조가 당대의 망탈리테를 형성한다고 볼 가능성을 제기할 뿐이다. 먼저『창비』를 살펴보려고 한다.『창비』필진은 양심, 고전적 세계문학, 역사, 대세를 전유하여 자기주장의 동일성을 강화한다.

백낙청은 양심과 순수한 마음을 전유한다. 그는 차마 부정할 수 없는 지고의 가치인 양심을 자기주장의 정당화 근거로 삼음으로써, 자기주장에 대한 반박의 여지를 원천 봉쇄한다.[32] 인간으로서 부정해서는 안 될 본유의 가치를 전유하며 자신의 논지를 본질화한다.

    ① 사람이면 누구나 타고난 양심의 차원에서 우리의 당면문제를 판단하자는 것이 본래의 의도였고 특히 문학인으로서 톨스토이와 더불어『지극히 단순한 마음, 보통 사람도 어린아이도 알 수 있는 당연한 마음, 남의 감정에 감염하는 마

---

32 이남호는『창비』가 섬기는 세 가지 우상 중의 하나로 "사랑 또는 실천의 우상"을 언급한다. 그에 따르면,『창비』의 문학론은 과학성을 강조하는데, 과학성을 강조할수록 사회과학에 종속될 수밖에 없고, 아무리 엄격한 사회과학적 인식을 추구한다고 하더라도 문학을 논함에 있어서는 사이비일 수밖에 없다. 사회과학적 인식은 하나의 이데올로기로서 문학적 인식과 근본적으로 다르며, 문학에 대한 과학적 인식은 거의 불가능하기 때문이다. 이 난처함을 감추기 위해『창비』의 문학론은 사랑 또는 실천의 우상을 섬긴다고 한다.『창비』의 문학론에서 논지의 호도와 논리의 비약이 심한데, 이호도와 비약의 공간에 상습적으로 채워넣는 것이 뜨거운 사랑과 적극적 실천이다. 문학에 관한 모든 왈가왈부는 사랑과 실천 앞에서 무력해진다(이남호, 앞의 글, 341∼342쪽 참조). 이남호의 지적대로, 논리의 미흡을 은닉하기 위해 사랑에 의지하는 것은『창비』필진의 사유습관이다. 이 글은 이런 태도를 구체적으로 고구하여 그 근저에 근대적 동일성의 망탈리테가 존재함을 밝히려고 한다.

음, 그러니까 남의 기쁨을 기뻐하고 남의 슬픔을 슬퍼하여 사람과 사람을 서로 결합시키는 마음』이 『즉 한마디로 해서 예술의 마음』(「예술이란 무엇인가」 제15장)이라고 믿는 우리로서는, 해박한 지식과 빛나는 두뇌로써만 認知할 수 있는 역사의 발전이란 우리와 직접 상관이 없는 일처럼 여겨진다. (…중략…) 우리로서는 '역사 발전'도 다른 모든 문제처럼 톨스토이가 말하는 '예술의 마음'으로 판단하고자 할 뿐이다. 그리고 그렇게 판단한다는 것은 곧, '역사 발전'이 이처럼 '예술의 마음'과 無緣하고 심지어 그것에 적대적인 것이라면 차라리 역사가 발전 안하는 것이 낫겠다는 결단을 낳지 않을 수 없는 것이다.[33]

② 진정한 '예술의 마음'이 곧 역사발전을 이룩하는 마음이며 힘이라고 할 때, 우리 문학이 추구해야 할 참으로 '문학적'인 것에 대한 논의도 새로운 각도에서 정리될 수 있을 것 같다. 예컨대 '참여'와 '순수'의 개념을 둘러싼 많은 논란이 있었지만, 순수한 마음으로 순수하게 문학을 해나가는 것이 민중과 하나가 되어 역사 발전에 기여하는 것과 떼어 생각할 수 없다는 점에서는 그러한 논쟁 자체가 불필요한 것이요 우민정책의 도구로나 이용될 '전문가 활동'의 일부에 그칠 위험이 있다.[34]

'역사 발전'은 70년대 평단과 사회의 화두였다. 그 화두에 맞서 백낙청은 역사가 발전한다는 논지를 입증하기 위해서 "예술의 마음"이라는 개념을 도입한다. ①에서 그는 톨스토이의 글을 원용해서 "지극히 단순한 마음, 보통 사람도 어린아이도 알 수 있는 당연한 마음, 남의 감정에 감염하는 마음, 그러니까 남의 기쁨을 기뻐하고 남의 슬픔을 슬퍼하여 사람과

---

33 백낙청, 「문학적인 것과 인간적인 것」, 『창비』 28호, 1973 여름, 449~450쪽.
34 위의 글, 451쪽.

사람을 서로 결합시키는 마음"을 "예술의 마음"이라고 규정한다. 그는 역사 발전이라는 명제의 정합성을 이성과 논리로써가 아니라 예술의 마음으로 입증하겠다고 선언한다. "예술의 마음" 즉 "사람이면 누구나 타고난 양심"의 차원에서 볼 때 역사가 발전 안 한다고 믿으면 견딜 수 없으므로 역사가 발전한다고 믿을 수밖에 없다는 것이 그의 논지의 핵심이다. 양심적으로 보아 작금의 현실이 너무나 개탄스럽기에, 양심을 가진 사람이라면 누구나 자동적으로 역사가 발전한다고 믿을 수밖에 없다는 뜻이다. 만약 "역사 발전"이 "양심" 혹은 "예술의 마음"과 무연하고 심지어 그것에 적대적인 것이라면 차라리 역사가 발전 안 하는 편이 낫겠다고 생각할 수밖에 없다. 그만큼 양심 혹은 예술의 마음은 역사의 발전을 정당화하는 가장 중요한 준거가 되는 것이다. 또한 백낙청은 ②에서 당대의 참여 / 순수 논쟁이라는 화두 앞에서, "순수한 마음으로 순수하게 문학을 해나가는 것이 민중과 하나가 되어 역사 발전에 기여하는 것과 떼어 생각할 수 없다"고 단언한다. 순수한 마음을 가진 사람이라면 역사 발전을 당연히 신뢰해야 하는 동시에 민중과 하나 되는 의식을 당연히 수용해야만 한다는 것이다. 백낙청은 역사 발전론과 민중문학론 모두를 정당화하기 위해 순수한 마음, 양심, 예술의 마음을 전유한다.

이상의 백낙청의 논지는 양심적인 사람이라면 역사가 발전한다고 믿을 수밖에 없고 민중과 하나 되는 의식을 지향할 수밖에 없다는 말로 번역된다. 이를 바꾸어 말하면 역사 발전과 민중의 가치를 부정하는 사람은 비양심적이고 순수하지도 않다는 말이 된다. 백낙청은 순수한 마음과 양심을 전유함으로써 자신의 이데올로기의 정당성을 입증하고 동일성을 강화한다. 무릇 자기 사유의 정당성을 입증하기 위해서 무엇인가를 전유하는 것은 지성의 당연한 활동이라 하겠다. 그러나 백낙청의 경우처럼 차마 부인하기 어려운 자명한 가치를 전유하는 태도는 자신의 논리 이외의 다른 논리는 인정하지 않겠다는 태도, 자신의 논리를 자명한 진리로 삼는 태도와도 통한다. 여기에서 전유는 단지 논리의 정당성을 입증하기 위할 뿐만이 아니라 논리의 유일한 진리성을 부각하기 위한 기제로 작동한다. 자명한 것의 전유가 동일성을 강화하는 기제로 사용되는 것이다. 논리의 정당성뿐만 아니라 유일한 진리성까지 부각하고 싶어 하는 욕망은 당대 만연한 거대한 동일성에의 의지와 무관하지 않을 것이다. 진리는 유일하다는 믿음, 내가 유일한 진리를 소유해야겠다는 욕망이 당대를 활보하고 있었다고 보인다. 물론 이러한 망탈리테가 70년대에만 고유했다거나, 지금은 전혀 존재하지 않는다고 말할 수 없다. 하지만 오늘날보다 70년대에 동일성을 열망하는 망탈리테가 보다 위세를 떨친 것만은 사실인 듯하다.

> 눈앞의 이 일을 위해 뭉치는 것이 양심의 명령이며 우리가 언제나 양심만을 따를 준비가 되어 있는 한, 다음 일은 다음 일이고 그때 가서 과연 누구 생각이 더 나은지에 대해서는 양심의 새로운 가르침이 있을 것으로 느긋한 마음으로 기다릴 수 있기 때문이다. 따라서 민주회복운동은 범국민적 양심운동의 성격을 띠는 것이고 또 그렇게 함으로써만 성공할 수 있다.[35]

앞의 인용문보다 2년 후에 발표한 위의 글에서 백낙청은 민주회복 운동의 당위성을 입증하기 위해 양심을 전유한다. 민주회복을 위해 뭉치는 것이 "양심의 명령"이다. 여기에서도 '민주회복을 위해 뭉치지 않는 사람은 양심을 가지지 않는다'는 논리구조가 발견된다. 이는 앞서 보았듯, 자

35 　백낙청, 「민족문학의 현단계」, 『창비』 35호, 1975 봄, 47~48쪽.

기 논리에 반하는 편에서 자동적으로 정당성을 탈취하는 기제이다. 또한 민주회복을 위한 구체적 절차와 방법 혹은 전략에 대해서도 "우리가 언제나 양심만을 따를 준비가 되어 있는 한, 다음 일은 다음 일이고 그때 가서 과연 누구 생각이 더 나은지에 대해서는 양심의 새로운 가르침이 있을 것으로 느긋한 마음으로 기다"리면 된다고 한다. 양심은 민주회복을 위한 절차와 방법론도 자동적으로 가르쳐줄 것이기에, 사람들은 기다리기만 하면 된다는 뜻이다. 양심은 모든 것을 정당화하는 기제이기도 하지만, 모든 것의 세부를 자동적으로 가르쳐주는 전지전능한 지혜의 샘이기도 하다. 그는 구체적이고 이성적인 논의가 필요한 사안에 맞서서도 양심이라는 지고한 가치 하나로 모든 논의를 무의미하게 만들어 버린다. 이는 양심을 모든 것의 상위에 위치하는 절대 가치, 지고의 절대 선으로 간주하는 의식을 노출한다. 그러면서 백낙청은 그렇게 절대 선인 양심을 자신의 논리를 절대화하는 무기로 사용한다. 자신이 지고의 자리에 놓은 그 가치를 자기 논리 정당화의 근거로 삼는 셈이다.[36] 여기에서 양심은 백낙청의 방식대로 전유된다.

또한 『창비』 필진은 자기주장의 동일성 강화를 위해 고전으로 통용되는 세계문학의 권위를 전유한다. 이때 종종 올바르지 않은 근거에 기대는 모습도 포착된다. 『창비』 필자들은 빈번하게 고전적 세계문학가를 그 본질과 상관없이 필자의 관점으로 우선 세탁하고, 세탁되고 변형된 상태의 그것을 전유한다. 필자는 전유된 세계문학가에게서 그 권위만을 취하고, 혹은 필자의 관점으로 세탁한 가공적인 사실만을 취하고, 세계문학가의 독자적인 현실은 소거한다. 가령 김병걸은 도스토예프스키를 다음과 같

---

36   정과리는 백낙청이 "자신을 해명하는 일을 자기주장의 단서로 삼"는다는 지적을 한 바 있다(정과리, 앞의 글, 102쪽 참조).

이 전유한다.

　　많은 사람들이 도스토예프스키 문학의 심리적인 심각성과 통찰력의 銳刀를
중시한 나머지, 그가 形象한 세계를 주관적인 것, 환각적인 것, 초현실적인 것으
로 해석하고 있다. 그러나 도스토예프스키 자신이 「作家의 日記」에서 강조한 바
와 같이 그의 어떠한 작품도 현실의 본질적인 문제를 떠나서 존재하지 않는다.
(…중략…) 라스콜리니코프의 사상과 그 사상의 내부적 갈등은 그 시대의 사회
적·이데올로기적·도덕적 투쟁과 밀접히 관련된다. 그의 불행과 고뇌는 單獨
者의 것으로 국한되지 않는 모든 업신여김받고 찌부러든 사람들의 불행과 일치
한다. 그가 추구한 행복도 그 자신을 넘어서 다수를 위한 것이다. 즉 그의 어머
니, 누이 동생, 마르메라도프 家의 사람들, 쏘냐, 거리에서 그가 만난 최초의 불
행한 소녀 포레치카, 기타 모든 소외된 사람들을 위한 것이다.[37]

　　어쨌든 도스토예프스키 소설에서 병적인 것은 부분적인 데에 지나지 않는다.
그의 작품세계는 대체로 두 가지 타입의 인물로 나누어진다. 즉 잔인한 자와 유
순한 자, 약탈자와 그 희생자의 세계로 분할되어 있다. (…중략…) 도스토예프스
키는 언제나 유순한 자, 약한 자, 학대받는 자의 편에 선다. 그는 당대의 사회문
제, 특히 사회구조의 弛緩과 제계급 사이에 놓인 隔絶의 심각성을 깊이 통찰하고
문제의 해결은 인텔리겐챠층과 소박한 신앙심을 굳게 지닌 민중과의 결합에서
찾을 수 있다고 확신했다. 도스예프스키 소설의 중심은 사회적 제모순, 災厄, 경
제와 이념, 종교와 무신교, 국가와 교회, 사멸해가는 전통과 새롭게 눈을 뜨는 진
취적 사상 등의 交織으로 구성되어 있다.[38]

37　김병걸, 「20년대의 리얼리즘문학 비판」, 『창비』 32호, 1974 여름, 330쪽.
38　위의 글, 336~337쪽.

김병걸에 따르면, 많은 사람들은 도스토예프스키의 심리적인 통찰력에 주목하여 그의 문학을 "주관적인 것, 환각적인 것, 초현실적인 것으로 해석"한다. 김병걸은 이 다수의 의견에 반대한다. 그에 따르면 도스토예프스키는 그 어느 누구보다도 약한 자, 학대받는 자의 편에 섰으며, "당대의 사회문제, 특히 사회구조의 이완과 제계급 사이에 놓인 격절(隔絶)의 심각성을 깊이 통찰"했고, 문제의 해결을 인텔리겐챠층과 "민중과의 결합"에서 찾을 수 있다고 확신했다. 위에서 도스토예프스키를 해석하기 위해 동원한 기준, 즉 '민중의 편에 서기'·'사회구조적 모순의 통찰'·'문제의 해결에서 민중의 중추적 역할' 등의 논지는 그대로 『창비』의 문학관의 요체이다. 김병걸은 『창비』의 이데올로기를 입증하기 위해 도스토예프스키를 그 이데올로기의 구현체로 해석한다. 자신의 이데올로기에 따라 도스토예프스키를 세탁하는 것이다. 또한 "도스예프스키 소설의 중심은 사회적 제모순, 재액(災厄), 경제와 이념, 종교와 무신교, 국가와 교회, 사멸해가는 전통과 새롭게 눈을 뜨는 진취적 사상 등의 교직(交織)으로 구성되어 있다"는 진술 역시 헤겔의 세례를 받아 변증법적 동일성과 통합을 추구하는 김병걸 자신의 문학관으로 도스토예프스키를 세탁하는 사유습관을 누출한다.

한편 "도스토예프스키의 소설 속에는 이념이 없는 주인공이 없고 또한 행동이 없는 이념이란 존재하지 않"으며 "그의 全창작은 사상적 과제의 예술적 해결이며 이념의 비극적인 운동이"라는 그의 진술과 또 "도스토예프스키 문학의 참된 면모와 그의 리얼리즘의 위대성이 그의 소설 인물들의 구체적인 생활 속에, 이념의 구현을 위한 그들의 행동 속에 그리고 그들의 처절한 고뇌 속에 있다"[39]는 진술에서 "이념", "이념의 비극적 운동", "이념의 구현" 등의 문구가 주목을 요한다. 이는 명백히 헤겔의 어투를 연상시킨다. 이 역시 평론가 본인의 문학관으로 고전적인 작가를 덮어씌워 자의적으로 해석하는 사유습관으로 보인다. 즉 김병걸은 자신의 이데올로기를 입증하기 위해 도스토예프스키를 전유하는 것이다. 다시 말해 자기 논리의 동일성 강화를 위해 세계문학의 고전적 대가라는 명성을 전유하는 것이다. 이때 전유되는 도스토예프스키는 도스토예프스키 그 자체가 아니라 김병걸의 관점으로 세탁되고 변형되고 가공된 김병걸 산(産) 도스토예프스키이다. 결국 김병걸은 도스토예프스키보다는 자기 자신을 근거로 삼는다고 보는 편이 더 온당할지도 모르겠다.[40] 이러한 사유습관 역시『창비』필진에게 집단적·반복적으로 나타나기에 망탈리테의 일환인 사유구조로 볼 수 있을 것이다.

홍미로운 점은 김병걸이 이렇게 도스토예프스키를 전유하는 근거이다.

① 완전한 리얼리즘에 있어서는 인간의 가운데서 인간을 발견하는 것. 그리고 이것은 전적으로 러시아적인 특성이다. 그리고 이런 뜻에서 나는 처음부터 국민적이다. (…중략…) 내가 심리의 통찰자라고 모두 말한다. 그것은 정당하지 않다. 나는 그저 최고의 의미에서의 리얼리스트에 지나지 않는다. 무엇보다도 인간의 영혼의 모든 깊이를 그려내는 것이다.

② 이 진술에서 도스토예프스키는 분명히 심리주의가 아니라 리얼리즘을 강조하고 있다. (…중략…) 요컨대 도스토예프스키에게 있어서 심리적인 것은 우

---

39   위의 글, 337쪽.
40   실상 많은『창비』필진들의 논법이 자기 자신의 관점에 의해 세탁·가공한 사실을 근거로 삼는 구조를 노출한다. 사실 그 자체가 아니라 필자의 이데올로기에 의해 가공하여 상상해낸 것을 근거로 사용하는 셈이니, 이는 자기주장을 자기주장의 근거로 삼는 것과 같다.

연적인 것이라 말할 수는 없으되, 결코 본질적인 문제가 되지 않는다.[41]

　①은 김병걸이 인용한 도스토예프스키의 노트이고, ②는 그에 대한 김병걸의 주석이다. 김병걸은 도스토예프스키가 노트에서 자신을 "심리의 통찰자"가 아닌 "리얼리스트"라고 명명한 사실을 들어 그가 심리주의가 아닌 리얼리즘에 더 경사했다고 주장한다. 그런데 여기에서 김병걸은 도스토예프스키가 리얼리즘을 사용한 맥락을 잘못 이해하고 있다. 도스토예프스키는 "무엇보다도 인간의 영혼의 모든 깊이를 그려내는 것"을 "리얼리즘"이라고 해석한다. 그의 리얼리즘은 김병걸이 파악했듯 민중에 주목하고 민중을 역사의 주체로 보며 사회의 구조적 모순을 인식하는 당대 민중문학의 이데올로기로서의 리얼리즘도 아니고, 동일성과 통합을 외치며 이념의 구현을 미학의 본질로 보는 헤겔식의 리얼리즘도 아니다. 김병걸은 이렇게 자신의 이데올로기를 정당화하기 위해서 도스토예프스키를 전유한다. 그 전유의 과정에서 도스토예프스키의 본질은 왜곡된다. 김병걸은 자신의 이데올로기와 다른 문학관을 가진 작가를 자기식으로 해석하고, 자기 영토에 끌어들임으로써 자신의 동일성을 강화한다. 전유의 타당성을 결여한 작가까지 전유해서 자기 영토 확장의 도구로 삼는 것이다. 이렇게 전유의 사유구조가 빈번하게 나타나는 현상은 『창비』 필진의 동일성에 대한 강렬한 열망을 보여준다.

　한편 『창비』 필진은 주장의 동일성 강화를 위해 역사적 사실을 전유한다. 필자들은 역사적 사실의 진위를 가리기 전에, 현재 그들의 관점대로 과거를 덮어씌워 세탁하고, 그런 식으로 세탁되고 변형되고 가공된 역사적

41　김병걸, 「20년대의 리얼리즘문학 비판」, 329쪽.

사실을 그들 주장의 논거로 사용하는 것이다. 또한 필자들은 역사적 사실을 전유하면서 자신들에게 정통성의 아우라를 입힌다. 즉 그들은 바람직한 역사적 사실을 이야기하는 가운데 그 역사적 맥을 자신들이 잇는다고 말하며 자신을 적자로 세운다. 이런 식으로 필자들은 정통성을 확보하는 것이다. 이때 참조점이 되는 역사가 가공된 것인지 여부는 중요하지 않다.

① 1919년의 3·1운동에 있어서 한해 동안 검거된 총 1만 9천5백여 명 가운데 직업별로 보아 농민이 1만 8백여 명(59%)이나 된다는 사실은 일제 식민지통치의 질곡을 누가 가장 혹독하게 겪었으며 이에 대한 저항의 주력부대가 누구였는지를 말해 주는 증거라 하겠다. 앞페이지의 표에 보이는 小作爭議의 추이는 이러한 반봉건적 식민지적 착취에 대한 농민의식의 각성이 놀랄 만큼 성장하고 있음을 보여준다.[42]

② 삼일운동의 실패와 그 후의 齊藤實의 소위 문화주의 통치 및 宇垣一成의 농촌진흥운동 등 회유정책은 민족주의 세력으로부터 請願主義·投降主義 등 불순한 세력을 축출하거나 스스로 탈락하게 하는 결과를 가져 왔고, 그것은 민족 투쟁의 주체가 봉건귀족으로부터 농민 노동자로 옮겨졌음을 의미했다. 1920년 이후 연년 추가증세에 있던 소작쟁의가 그 슬로건을 자신의 이해관계에 국한하지 않고 민족적 차원으로까지 확대했던 사실이나, 한 석유회사의 日人 감독의 한국인 노동자 구타사건에서 발단한 1928년에서 29년에 걸친 元山대파업·釜山 및 鎭南浦 등의 일련의 노동쟁의가 구극적으로는 민족적 문제가 구호가 되었던 것 등은 곧 이를 말해주는 것이다. 한 마디로 이 시대는 민중적 차원에서 이해되지

---

42   염무웅, 「8·15 직후의 한국문학」, 『창비』 37호, 1975 가을, 138쪽.

않으면 안 된다. 그것은『민중은 식민지적 지배계층과 대립되는 식민지 민족운동의 주체인』(安秉直, 「3·1 운동 이해를 위한 전제조건」) 까닭이었다.[43]

①에서 염무웅은 3·1운동 당시 검거된 사람들 중 농민이 59%를 차지했다는 역사적 사실을 들어 일제 식민지 통치에 대한 저항의 주력부대가 농민이라고 논한다. 또한 그는 소작쟁의가 늘어났던 역사적 사실이 반봉건적·식민지적 착취에 대한 농민의식의 각성을 입증하는 증거라고 말한다. ②에서 신경림은 3·1운동의 실패와 그 후 일제의 문화주의 통치정책으로 인해 투쟁 주체가 봉건귀족으로부터 농민·노동자로 이전했다고 논한다. 이는 물론 과거에 민중이 역사의 주체였음을 강조하기 위한 역사적 사실의 전유이다. 또한 그는 1920년대 이후 소작쟁의나 노동쟁의가 궁극적으로 민족적 문제를 구호로 삼았다는 사실을 민중이 역사적 주체라는 논지를 입증하기 위해 전유한다.

이러한 관점은『창비』필자들에게 공유되는 것으로 보인다. 염무웅은 "강화도 조약으로부터 오늘에 이르기까지를 관통하는 하나의 경향"을 바로 "민중세력의 지속적인 성장"이라고 단언한다. "민중이 민족의 실체요 역사의 주인이라는 이론이 한갓 관념적인 주장이 아니고 역사의 필연적인 추세"이며 "오늘의 올바른 민족문학관은 이러한 민중사관에 기초하지 않아서는 안될 것이며, 그밖의 다른 어떤 문학관도 객관적인 역사적 사실과 배치"된다는 것이다.[44] 염무웅이 보기에 강화도조약부터 1910년까지 제국주의 외세 침탈 과정에서 봉건적 양반세력은 외세의 한반도 침략을 위한

---

43 신경림, 「김광섭론」,『창비』37호, 1975 가을, 156~157쪽.
44 염무웅, 「식민지 문학관의 극복문제―민족문학관의 시론적 모색」,『창비』50호, 1978 겨울, 37쪽.

명분을 제공하는 역할만 했을 뿐 별달리 한 일이 없었다. 위정척사 운동과 의병 활동을 벌인 일부 양반들을 제외하고는 봉건적 양반세력은 중심적인 역사적 역할을 수행할 수 없었다. "따라서 3·1운동 이후에는 민중이 민족운동의 유일한 주체로 되며, 봉건세력은 양반계급으로서의 권위와 특권을 포기하고 민중과 합류하는 한에서 민족적 이해와 일치될 수 있었다."[45]

이상에서『창비』필진은 민중이 역사의 주체라는 논지를 입증하기 위해서 역사를 전유한다. 3·1운동 당시 검거된 사람들 중 농민이 수적으로 가장 많았다는 사실이 곧 농민이 저항의 주력부대라는 논지를 입증하지는 않는다. 외견상 다수인 사람들이 곧 저항의 주축이라 할 수는 없다. 실상 소수가 주도하고 다수가 동원되는 상황이 보다 흔할 터이다. 그때 동원된 다수를 저항의 주축이라 말하는 것은 온당하지 않아 보인다. 또한 소작쟁의나 노동쟁의의 빈도수가 많아졌다는 점과 쟁의의 주체들이 민족 문제를 구호로 내걸었다는 점이 민중이 의식 각성을 이루었다는 논지를 바로 입증하지 않는다. 쟁의를 일으키는 사람들이 모두 의식 각성의 필연적 결과로 쟁의를 결심하는 것은 아니다. 주도적인 누군가에게 순간적으로 동조했는지, 일시적인 감정에서 그랬는지 알 수가 없다.[46] 3·1운동 이후 민중이 민족운동의 유일한 주체가 되고 봉건세력은 민중의 보조적 역할에 불과했다는 논지도 사태를 지나치게 단순화한다. 실제로 민중의 운동을 이끌었던 지도

---

45   위의 글, 42쪽.

46   천정환에 따르면 삼일운동에서 '무식자'들은 '유식자'의 선동에 의해 참가했다고 진술했으며 이 선동은 때로 '협박'이었다고 한다. '무식'하여 비가시성·정치적 무책임의 세계에 살던 민중은 공식역사에서 운동의 주도세력에게는 아직 '민족'으로도 '민중'으로도 형성되어 있지 않았다. 이 비주체는 아직 호명되지 않았다. 협박은 연대·접속이 아니라 동원 또는 탈-접속이다. 천정환은 삼일운동을 통해서 무식한 '비주체'는 '민족' 혹은 '민중'으로 발견되었다고 논한다(천정환,「소문(所聞)·방문(訪問)·신문(新聞)·격문(檄文)」,『한국문학연구』36호, 동국대 한국문학연구소, 2009, 147~151쪽 참조).

자 가운데 양반가 출신이 다수였다. 이런 식으로 『창비』 필진은 민중이 역사의 주체라는 논지를 입증하기 위해서 역사를 전유한다. 그들은 자신들의 이데올로기의 동일성을 강화하기 위해 역사를 자의적으로 전유한다. 이렇게 명제를 정당화할 때 전유의 기제에 의탁하는 습관은 『창비』의 사유 구조로 보이며, 이는 당대 근대적 동일성의 망탈리테와 무관하지 않다.

한편 『창비』 필진은 민중을 전유한다고도 볼 수 있다. 민중을 있는 그대로의 실체로서가 아니라 그들이 기획한 이상을 구성하는 한 요소로서 호명하고 그 성질을 자의적으로 부여한다는 점에서 그렇다. 『창비』 필진에게서 민중은 자신들의 이데올로기를 구성하는 한 요소로서, 상상된 민중이라 해도 과언이 아니다. 이때 민중은 독자적인 존재감을 잃고 이데올로기의 구성 요소로서 복무한다. 민중은 구체적인 실존 대신 추상적인 위치 감각만을 소유하는 것이다.[47] 이는 애국주의에 의해 다수의 대중이 균질한 국민으로서 추상적 정체성만을 소유하게 된 사실과 동궤에 놓인다. 『창비』 필진이 이데올로기의 정당성 확보를 위해 민중을 동원하는 것이나, 박정희가 정권의 정당성 확보를 위해 국민을 동원하는 것이나 동일한 구조로 보인다. 도처에 추상적인 정체성들만이 운집해 있다. 이것은 근대적 동일성의 세계이자 파시즘적 정경이라 아니할 수 없다.

『창비』 필진은 역사적 사실뿐만 아니라 현재의 대세를 전유한다. 그들

---

47   신형기는 이렇게 쓴다. "상상된 민중이 그 추상성을 극복할 수 없는 한 그것은 다시 민족 이야기 안으로 흡수될 수 있었다. 민중은 종종 비장하고 매혹적으로 그려졌는데, 정서적 격양을 가능케 한 심미화는 또한 민중을 익명화하지 않았던가 싶다. 공허한 추상성은 모든 개별자를 흡수하는 익명성의 실제 모습으로서, 권위적 상상의 필연적 귀결이다. 공허한 주체가 도덕의 힘을 구현할 수는 없다. (…중략…) 민중의 소비는 민중의 구체적 얼굴들을 지우는 것이었다. 통합과 배제를 통해 얼굴 없는 소비 집단을 만드는 것은 애당초 자본의 기획이 아니었던가? 이렇게 볼 때 1990년대 이후 현저히 진행되고 있는 '의식 없는' 소비적 대중의 확산은 민중 이야기가 오히려 민중의 구체적 얼굴을 지워버린 데서 시작된 현상이 아닐까 하는 생각도 든다."(신형기, 앞의 책, 39~40쪽)

은 만인이 자신들의 주장에 동조한다고 (사실 여부를 떠나) 강조함으로써, 자기주장의 유일한 진리성을 부각한다. 이러한 사유구조는 또한 자신들의 이데올로기에 동참하기를 적극적으로 권장하는 정치적·전략적 의미를 내포한다. 대세를 전유함으로써 포퓰리즘에 기대는 것이다. 그들은 대세를 이룬 자신들의 "대열"에 모두들 참가하기를 권장한다. "대열"은 박정희의 담론에서도 상투어로 쓰인다. 이런 면에서 대세를 전유하는 의식은 파시즘적 망탈리테를 배면에 내장한다고 보인다. 대세를 강조하는 의식은 대세에서 이탈하면 곤란하리라는 전언을 내포하며, 따라서 이탈을 배제하는 파시즘적 망탈리테와 통하는 것이다.[48]

① 문학에 있어서 社會意識의 침투를 매우 못마땅하게 생각하는 일부 문인들의 논란에도 불구하고, 현대 한국소설의 주류는 대사회적 비판 의식의 奔流로 형성되어 있다.[49]

---

48 아렌트에 따르면 전체주의의 교화에 개의치 않는 모든 사람들에 대한 은근한 간접 위협이 전체주의 선전의 특징이다. 역사의 기차를 놓쳐서 시대에 뒤처질 수밖에 없는 사람들은 삶을 허비하는 것이라고 공산주의 선전은 협박했다. 전체주의 선전은 마찬가지로 대중을 대상으로 하는 광고 기술과 비교되어 왔다. 제조업자는 자사 제품이 "세계에서 제일 좋은 비누"라는 사실을 증명한다. 광고인의 상상적인 과장 속에는 폭력적 요소가 들어 있다. 이 특정 상품의 비누를 사용하지 않는 소녀들은 평생 동안 여드름을 지닌 채 살 것이며 남편을 만나지 못할 것이라는 주장 뒤에는 난폭한 독점의 꿈이 도사리고 있다. 그것은 "여드름을 예방하는 유일한 비누"의 제작자가 언젠가는 자사의 비누를 사용하지 않는 모든 여자들에게서 남편을 빼앗을 권력을 가지게 될 것이라는 꿈이다(한나 아렌트, 이진우·박미애 역,『전체주의의 기원』2, 한길사, 2010, 77~78쪽 참조). 한나 아렌트의 통찰대로 파시즘의 선전은 파시즘 노선에서 이탈하는 자는 시대의 낙오자가 되어서 불이익을 감수해야 할 것이라는 전언을 내포하며, 따라서 모든 이들에게 대열에 참여하도록 간접적으로 위협한다.『창비』와 박정희에게서 공히 강조되는 '대세는 우리 편이다'라는 선전과 '대열'이라는 상투어는 대열에서 이탈한 자가 시대에 뒤처지고 불이익을 감수하게 될 것이라는 간접적인 위협을 함의한다는 점에서 파시즘적이다.
49 김병걸,「한국소설과 사회의식」,『창비』26호, 1972 겨울, 754쪽.

②이것이 오늘날 범세계적인 현상이요 일종의 대세라는 느낌마저 준다고 해서, 지금 이 땅에서 이루어지고 있는 창조의 역사를 외면한 불명예와 불행이 덜어질 리는 없다. 다만 그 위압적인 현상의 바닥을 꿰뚫어봄으로써 우리는 주변의 매판성은 물론 우리 내부의 매판성을 하나하나 적발하고 시정해나가는 고달픈 작업을 좀더 차분하고 냉정하게, 그런 가운데서도 이미 이기고 있다는 은근한 기쁨을 맛보면서 수행할 수 있는 것이다. 우리의 민족문학 논의도 이러한 과업의 한몫을 맡고자 하는 것이다.[50]

③또 한가지는 사실의 문제인데, 오늘날의 젊은이들 중에는 민족주의를 편협하게 생각하는 사람들도 없지야 않겠지만 요즘의 뜻있는 젊은이들이 민족을 말하고 민족주의를 논할 때 현재 우리 사회의 일각에서 추진되는 그런 국가주의 또는 복고주의를 주장하고 있다는 것은 사실과 다른 이야기예요. 그러니까 함 선생님의 그런 말씀에 부당하다는 생각이 드는 젊은이들이 꽤 있으리라고 믿고 저 자신도 한 후배로서 승복하기가 어렵더군요.[51]

①에서 김병걸은 대사회적 비판의식을 표출하는 것이 한국소설의 주류라고 단언한다. 그는 자신의 이데올로기가 대세라고 주장함으로써, 자신의 이데올로기를 자명화한다. ②에서 백낙청은 자신의 이데올로기에 따르는 것이 "오늘날 범세계적인 현상이요 일종의 대세"라고 진술한다. 이후 그는 자신이 주창한 과업을 "이미 이기고 있다는 은근한 기쁨"을 가지고 수행할 수 있다고 말한다. "이미 이기고 있다는 은근한 기쁨" 역시

50   백낙청, 「역사적 인간과 시적 인간─민족문학론의 창조적 지평」, 『창비』 44호, 1977
      여름, 607쪽.
51   고은·구중서·백낙청·유종호·이부영, 「좌담─내가 생각하는 민족문학」, 『창비』
      49호, 1978 가을, 13쪽.

'대세는 우리 편이다'는 의식을 전제한 발언이다. ③은 민족문학에 대한 좌담에서 백낙청이 발언한 내용 중 일부이다. 좌담 전에 함석헌은 국내의 민족주의 흐름이 편협한 국가주의로 흐를 위험을 경고한 바 있었다. 이에 대한 논의가 『창비』 좌담에서 많은 시간을 차지했는데, 대체로 함석헌의 논의를 수용하기 어렵다는 의견이 주류를 이루었다. 이때 백낙청은 함석헌의 논지에 승복하기 어렵다고 말하기 전에 먼저 "요즘의 뜻있는 젊은이"들이 민족주의를 논할 때 "그런 국가주의나 복고주의" 색채를 띤 의미로 사용하지 않는다고 말한다. 그래서 함석헌의 논지를 부당하다고 생각하는 젊은이들이 꽤 많으리라고 덧붙인다. 여기에서도 백낙청은 은연중에 자신의 논리가 대세를 이룬다고 전제한다.

자신의 논리를 정당화하기 위해 대세를 전유하는 사유구조는 『창비』의 평문에서 무수히 등장한다. 다른 글에서 백낙청은 "민족운동이 민중운동이어야 한다는 말은 민중이 역사의 주체로 인식된 현대의 상식에 비춰서도 당연한 이야기"[52]라고 말한다. 그는 민중이 역사의 주체라는 논지를 "현대의 상식"이라고 지명하며, "민족운동이 민중운동이어야 한다"는 논지를 상식에 비춰보아 "당연한 이야기"라고 규정하면서, 자신의 논지를 현대인의 상식 즉 많은 사람들에게 자명한 것으로 수용된 것으로 본질화한다. 대세의 전유가 이데올로기를 자연화하는 전략이 되는 것이다. 염무웅 역시 "오늘 우리 문학의 목표는 한 마디로 건강하고 풍성한 근대적 민족문학의 수립"이며, "입장이 상반된 사람들 사이에서도 대체로 이 점은 의견의 일치를 보고 있지 않은가 생각한다"고 말한다.[53] 염무웅 역시 자신의 논지를 다른 사람들도 다 그렇게 생각하는 것, 자명하게 수용되는 것으로 자리

---

52   백낙청, 「인간해방과 민족문화운동」, 『창비』 50호, 1978 겨울, 16쪽.
53   염무웅, 「식민지 문학관의 극복문제」, 30쪽.

매김함으로써, 즉 대세를 전유하면서 자신의 이데올로기를 본질화한다.

이 글은 이러한 『창비』의 사유구조를 비판할 목적을 지니지 아니한다. 단 그것을 70년대의 망탈리테로 파악하고자 할 뿐이다. 이러한 『창비』의 사유구조는 그들이 대타항으로 설정한 박정희 정권의 성격상 불가피했을 수 있다. 대타항이 워낙 강력한 동일성을 가지고 있었기에 저항하기 위해서는 그만큼 무거운 동일성이 필요했을 것이다. 아니면 저항하면서 닮는다는 논리[54]에 의해 『창비』는 대타항을 무의식적으로 모방했을 수도 있다. 이 사실은 『창비』의 사유구조를 70년대의 망탈리테로 볼 가능성을 제고해준다. 『창비』의 사유구조는 '위대한 동일성으로 무장한 정권'이라는 시대적 조건 아래였기에, 발생 가능했고 방대한 영향력을 미칠 수 있었다.

아래의 평문에서는 동일성에 대한 의지가 보다 노골적으로 표출된다. 이는 분열을 거부하는 의식과 동궤에 놓인다.

> 金廷漢씨에게 있어서 그의 작품세계와 그가 두루 살펴보는 地平, 그를 에워싼 현실적 세계와 그의 내부의 심적 세계는 一體性을 이루고 있다.[55]

> 그의 작가정신 속에서 내적 외적 현실은 표리가 밀착하고 있다. 그는 증인으로서의 작가에게 주어진 책임을 鮮烈히 의식한다. 인생의 의미를 밝혀 내며, 진실을 이야기하고 진실이 되려고 하는 사명감에 그는 불탄다. 진실된 공동체의 삶 속에 投錨하려는 의사가 바로 그의 것이다.[56]

54　호미 바바, 앞의 책, 177~191쪽 참조.
55　김병걸, 「김정한문학과 리얼리즘」, 『창비』 23호, 1972 봄, 96쪽.
56　위의 글, 97쪽.

김병걸은 김정한의 작품세계와 현실적 세계, 그리고 그의 내부의 심적 세계가 "일체성"을 이루고 있다고 논한다. "그의 작가정신 속에서 내적 외적 현실은 표리가 밀착"하고 있다는 것이다. 여기에서 "일체성", "표리"의 "밀착"이라는 어사가 작가를 상찬하는 준거로 동원되는 사실은 주목을 요한다. 이들은 동일성에의 노골적인 천착을 보여준다. 동일성에의 천착은 분열의 거부로도 이어진다.

① 씨의 문학은 정치의 냉혹성과 비열한 추잡성에 대하여 단호한 항의를 제시하는 경우와, 정치현실은 으레 그러한 것이니 어쩔 수 없지 않느냐 하는 諦念의 사고방식이 그의 작가적 신념을 순응주의 내지 친체제적인 것으로 反轉시키는 때―이렇게 대조적인 兩項을 수용하고 있다. (…중략…) 鮮于煇씨의 이와같은 작가정신의 상반된 발로는, 그리고 씨의 작품이 품고 있는 비판적인 요소와 非비판적인 요소의 兩立 현상은, 우리의 입장에서 보면 분명히 모순이요 당착이다.[57]

② 요컨대 '형운' 씨는 정치에 대한 혐오와 정치와의 영합을 동시적으로 나타내는 이중적 심리에 포박된 인물이다. 그의 이와 같은 인격구조는 가장 선명한 듯하면서도 어딘가 애매한 느낌을 주는 鮮于煇문학의 한 대표적 단면도가 아닐까 하는 생각이 든다.[58]

김병걸은 선우휘 소설의 분열성을 비판한다. ①에서 그는 선우휘가 정치의 냉혹성과 추잡성에 대해 단호히 항의를 제시하다가도 정치현실을 체념적으로 수긍하는 "대조적인 양항을 수용"하는 모습을 비판한다. 또

---

57 김병걸, 「한국소설과 사회의식」, 763쪽.
58 위의 글, 765~766쪽.

한 선우휘가 젊은 세대를 좋아한다고 말하다가 다른 글에서 질책하는 등 "비판적인 요소와 비(非)비판적인 요소의 양립 현상"을 보이는 점을 비판한다. 김병걸은 "모순"이며 "당착"인 것을 용납하지 못하는 것이다. ②의 구체적 작품론에서도 김병걸은 선우휘의 「아버지」에서 "정치에 대한 혐오와 정치와의 영합을 동시적으로 나타내는 이중적 심리에 포박된 인물"인 형운을 부정적으로 바라본다. 이와 같은 분열에 대한 극렬한 거부는 동일성에 결박된 사유구조의 일환으로 보인다.

① 인간은 사회의 소재인 동시에 주체이며, 이 同一性은 社會形象에 관한 모든 인식에 있어서 타당하다. (…중략…) 사회적 제형식은 인간으로부터 유리된 그 자체로서 존립하는 절대적 형식은 결코 아니다. 그것은 부단한 生成을 일삼는 삶의 총체적 형식인 것이다. 사회란 인간존재의 잡다한 다양성을 내포한 통일성의 발현이다. 전체로서의 單一性과 數多性의 융합적 결합이 바로 사회의 본질이다.[59]

② 金洙暎을 포함한 현대시인의 경우에는 시인 자신이 독자들의 몫까지 맡아야 하게 되어 있다. 오늘날 시의 제작은 창조행위와 그것에 대한 견제행위의 통일로서 이루어질 수밖에 없다. 여기서 근본적으로 중요한 문제는 이러한 통일이 의식의 분열을 동반하지 않아야 한다는 것이다. 즉, 시인 자신으로서는 자기의 절실한 감정과 생활을 노래하는 것으로 그치되, 그것이 그대로 독자들에게 동질적인 울림으로 재창조되어야 한다. 현대시인들은 그것이 불가능하다고 말한다. 시가 어려워서 독자들이 가까이하려 하지 않는 데서 오히려 영광을 느껴야 한다고 주장하는 시인마저 있다. 그러나 이것은 시인과 독자의 분열, 즉 시의

---

59   위의 글, 754~755쪽.

소외가 유구한 시의 역사에서 지극히 예외적인 현상이요 대단히 불행한 현상이라는 데 대한 인식의 결여를 증명하는 것 이외의 아무것도 아니다.[60]

③주목할 것은, '역사적 인간'과 '시적 인간'의 근원적 동질성에 대한 신념이 그러한 일견 반문학적 행동의 가능성 자체를 배제하지는 않는다는 점이다. 오히려 예술지상주의와는 달리, 예컨대 인간의 정치적 행위도 그것이 본질적인 역사를 열어주는 것일 때는 예술에 못지않은 진리의 자기구현임을 인정한다. 그리고 시인이 시쓰기를 잠시 유보할 시기가 있을 수도 있다는 당연한 상식이 결코 인간의 '시적' 본질에 대한 부정으로까지 비약하지 않는다. '정치와 예술이 하나'라는 명제도 이와같은 차원에서 파악되는 한, 흔히 말하는 '예술의 정치도구화'라는 현상과 구별되어야 마땅한 것이다.[61]

『창비』의 평문에서 "통일" 혹은 "동질성"이라는 말은 중요하게 사용된다. 그것들은 거의 상투어에 가깝다. 상투어는 당대의 망탈리테를 누설한다. ①에서 김병걸은 인간이 "사회의 소재인 동시에 주체"라고 말하며, 이 "동일성"이 "사회형상에 관한 모든 인식에 있어서 타당하다"고 논한다. 또 사회란 인간존재의 다양성을 내포한 "통일성의 발현"이며, "전체로서의 단일성과 다수성의 융합적 결합이 바로 사회의 본질이"라고 말한다. 사회의 소재인 동시에 주체로서의 인간의 "동일성", 사회의 본질로서의 "통일성"과 "융합적 결합"은 모두 동일성에 대한 지향을 내포한다. 이렇게 동일성이나 통일성과 같은 말이 노골적으로 자주 쓰이는 점도 특기할 만하지만, 그 내용은 더욱 오늘날의 관점에서 이질적이다. 여기에서 동일

---

60   염무웅, 「김수영론」, 『창비』 42호, 1976 겨울, 433쪽.
61   백낙청, 「역사적 인간과 시적 인간」, 603쪽.

성에서 이탈한 것, 통일을 거부하는 것에 대한 배려를 찾을 수 없다. 다양과 일탈은 이들에게 죄악시되는 가치일 뿐이다. ②에서 염무웅은 "오늘날 시의 제작은 창조행위와 그것에 대한 견제행위의 통일로서 이루어질 수밖에 없"고 "여기서 근본적으로 중요한 문제는 이러한 통일이 의식의 분열을 동반하지 않아야 한다"고 논한다. 이는 시인이 노래한 절실한 감정과 생활이 그대로 독자들에게 동질적인 울림으로 재창조되어야 한다는 뜻인데, 창작 당시 시인의 감정이 독자들의 수용 양상과 일치해야 하고 여기에서 분열은 용납되지 않는다는 염무웅의 논지는 지금으로서는 기이해 보이기도 한다. 창작자의 창작 당시의 감정이나 창작 의도가 어떠하든 독자는 독자의 수대로 의미를 만들어 낸다는, 오늘날 꽤 상식화된 시각[62]을 염무웅은 전적으로 부정한다. 이는 분열 없는 통일, 균열 없는 동질성을 염원하는 『창비』 필진의 사유구조가 얼마나 공고한지 보여주는 대목이라 하겠다. ③에서 백낙청은 "역사적 인간"과 "시적 인간"이 "근원적 동질성"을 가진다고 말한다. 그는 "정치와 예술이 하나"라고도 말한다. 시적 인간이 역사적 인간의 성격을 가질 수도 있고 예술이 정치적 성격을 띨 수도 있다고 말하지 않고 양자가 동일한 것이라고 단언하는 의식은 동일성을 강하게 염원하는 사유구조를 노출한다.

동일성에 긴박된 사유구조는 자연스럽게 이질적인 것을 손쉽게 배제하는 사고방식과 동궤에 놓인다.

출세보다 양심이 더 소중한 사람들, 소수의 화려한 특권보다 민족의 존립과 다수의 평등한 복지를 앞세우는 사람들, 인간과 인간이 제도적으로 서로 경쟁하

---

[62] 우찬제, 「21세기 저자와 열린 텍스트」, 김기택 외, 『21세기 문학이란 무엇인가』, 민음사, 1999 참조.

고 서로 이용하며 매사를 사고 파는 세계와는 다른 세계를 원하지 않으려야 않을 수 없는 사람들—이런 사람들끼리 우선 '부분적 배타적'으로 뭉쳐 적과 동지를 식별하고 전열을 가다듬지 않는다면 어떻게 만인이 동포적 결합을 지향하는 역사의 움직임에 참여할 수 있겠는가?[63]

위에서 백낙청은 만인이 동포적 결합을 지향하는 역사의 움직임에 참여하되, 출세보다 양심이 더 소중한 사람들·소수의 특권보다 민족의 존립과 다수의 복지를 앞세우는 사람들·인간과 인간이 서로 이용하며 매사를 사고 파는 세계와는 다른 세계를 원하는 사람들끼리 우선 "부분적 배타적"으로 뭉쳐 "적과 동지를 식별하고 전열을 가다듬"어야 한다고 논한다. 이는 양심보다 출세가 소중한 사람들, 소수의 특권을 앞세우는 사람들, 인간끼리 서로 이용하며 매사를 사고 파는 세계를 원하는 사람들을 철저히 배제하겠다는 말로 번역된다. 이는 도덕적으로 그르지 않은 진술이지만, 이질적인 것을 철저히 배제하겠다는 동일성 지향의 사유구조를 누설한다. 아(我)와 적(敵)이 그렇게 균질한 선과 악을 대변할 수 있는지 실상 불분명하다. 또한 적을 악의 구현체로 설정하고 배제하는 사유구조는 쉽사리, 이질적인 것이라면 무엇이나 손쉽게 악으로 치부하는 사유구조와 결탁하는 점에서 문제적이다. 한편 인간을 이렇게 이분법적으로 나누고 이분법의 각항이 분열을 허용하지 않는 동질한 선 아니면 악으로 이뤄졌다고 보는 사고방식 역시 동일성에 모든 것을 의탁하는 사유구조의 소산으로 파악할 수 있다. 동일성에 집착하고 분열을 거부하며 이질적인 것을 배제하는 사유구조는 자기주장에 대한 성화 혹은 신격화로도 이어진다.

---

63 백낙청, 「문학적인 것과 인간적인 것」, 440쪽.

작중인물의 形象化에 있어서 金廷漢씨는 사회적 정신적 공동운명체 속에 자기의 역사의식의 뿌리를 박고, 한편 예술창조를 위해 철두철미한 자기 희생을 걸면서 聖淨化된 삶을 추구한다.[64]

위에서 김병걸은 김정한이 성정화(聖淨化)된 삶을 추구한다고 논한다. 김병걸이 김정한에게 성스러움의 표지를 부착한 이유는 그가 『창비』의 비평 이데올로기를 온전히 구현했다고 상정했기 때문이다. 비평가의 비평 이데올로기를 온전하게 구현하는 작가를 성화하는 태도도 곧 비평가 자신을 성화하는 의식을 이면에 내장한다고 보인다. 이는 동일성을 염원하는 사유구조가 얼마나 뿌리 깊게 비평가의 정신에 내재했는지 보여주는 대목이라 할 것이다.

이상 살펴보았듯 『창비』 필진들 의식의 저변에는 동일성을 지향하는 사유구조가 존재했다. 동일성에 과도하게 의지하는 사유구조는 박정희의 정치담론에서 유사하게 나타난다. 특히 전유의 기제는 거의 동일하게 나타난다고 해도 과언이 아니다. 이때 박정희 담론의 저자는 4장에서 보았듯 당대 지식인'들'이므로, 박정희 담론은 최고 지도자의 사유구조가 아닌 당대 지식인의 사유구조를 보여준다고 할 수 있다. 아래 박정희의 정치담론에서 전유의 기제와 동일성 지향의 사유구조가 어떻게 나타나는지 논하고자 한다.

우선 박정희는 자신의 이데올로기와 정권의 정당성을 확보하기 위해 진보의 흐름을 전유한다.

---

64   김병걸, 「김정한문학과 리얼리즘」, 97쪽.

①특히 언론인들은 일제하의 애국 지사적(愛國志士的) 사명감을 발휘하여, 온갖 부정과 불의를 들추어 내고 정권의 부패상을 규탄하면서 국민의 마음 속 깊이 정권에의 증오감과 반항 의식(反抗意識)을 고취시켰다. 자유의 고귀함과 민주주의가 우리의 궁극적 목표임을 알고 있었던 젊은 학생들은 그들의 피끓는 정열을 민족 대의(民族大義)를 위하여 바칠 수 있는 각오가 단단히 되어 있었다. 우리들의 선조들이 목숨 바쳐 거사한 三·一운동과 六·一0 만세 운동, 광주 학생 사건(光州學生事件) 등을 계기로 한 전국적인 학생 항일 시위 운동에서 교훈을 얻고 있는 학생들로서는 무엇이 정의이며 불의에 대해선 어떻게 해야 하는가를 똑똑히 알고 있었다.[65]

② 우리 나라에서는 늘 민권 의식(民權意識)과 민족 의식(民族意識)은 불가분의 관계에 있어서 민권 옹호의 불길은 언제든지 민족 수호의 불길과 같이 일어나고 있음에 주목할 필요가 있을 것이다. 갑신정변(甲申政變) 때도 그러했고, 동학 혁명(東學革命) 때도 그러했고, 三·一운동 때도 그러했는데, 이렇게 보면 우리의 근대적 혁명이 모두가 민족적인 민주 혁명이었음을 알 수 있을 것이다.[66]

①에서 박정희는 4·19의거를 정의로운 것, 숭고한 것으로 규정한다. 언론인들이 정권의 부패상을 규탄했던 근저에는 '애국지사적 사명감'이 존재했다. 학생들의 항거는 '민족대의'를 위하여 정열을 바치는 행위, 3·1운동과 6·10만세운동·광주학생사건 등의 맥을 잇는 정의로운 거사로 지명된다. 박정희는 4·19를 3·1운동과 6·10만세운동, 광주학생사건 등 진보적 흐름 속에 놓으며, 애국주의와 대의명분주의를 그 진보적 거사를

---

65 박정희, 『民族의 底力』, 광명출판사, 1971, 112~113쪽.
66 위의 책, 114~115쪽.

추동하는 핵으로 설정한다. 자신의 이데올로기인 애국주의와 대의명분주의를 정당화하기 위해 진보적 흐름을 전유하는 것이다. 무엇을 숭고한 것으로 규정하고 그 숭고한 것이 '어떤 정신'에서 비롯되었다는 논리구조는 그 '어떤 정신'을 자명하게 고귀한 것으로 만든다. ②에서 박정희는 민족의식과 민권 옹호의식을 동일시한다. 갑신정변, 동학혁명, 3·1운동 등 근대적인 혁명의 본질은 민권 옹호의식과 민족의식이라는 것이다. 그는 민권 옹호의식이라는 진보적 정신을 전유함으로써 민족주의를 강화한다. 민족주의는 손쉽게 애국주의와 결탁할 수 있다. 여기에서 박정희는 민권 옹호의식이라는 진보적 관념을 전유하여 자신의 이데올로기인 애국주의의 동일성을 강화한다. 또한 그는 자신의 이데올로기뿐 아니라 정권의 정당성을 강화하기 위해서도 진보적 흐름을 전유했다고도 보인다. 그는 5·16을 진보적 흐름의 맥락 속에 놓았던 것이다. 다음에서 이를 확연하게 확인할 수 있다.

① 갑신정변, 갑오 동학 혁명, 갑오경장, 독립 협회, 三·一운동, 四·一九 의거 등의 면면한 전통을 통하여 내려온 염원, 즉 조국을 근대화하고 자주적이요 자립적인 근대 국가(近代國家)를 건설하겠다는 국민의 강렬한 의지가, 당시와 같은 사회적 혼란과 공산화적 위기(共産化的危機) 속에서 도저히 침묵할 수는 없다는 것을 다른 모든 국민들과 같이 나 자신도 절실하게 생각하게 되었다.[67]

② 거사 직후 우리는 『군부가 궐기한 것은 부패, 무능한 현 정권과 기성 정치인들에게 이 이상 더 국가와 민족의 운명을 맡겨 둘 수 없다고 단정하고 백척간

---

67   위의 책, 116쪽.

두(百尺竿頭)에서 방황하는 조국의 위기를 극복하기 위한 것임」을 천명했다.[68]

①에서 박정희에 따르면 5·16은 갑신정변, 동학혁명, 갑오경장, 3·1운동, 4·19의거 등 면면한 진보적 운동의 흐름의 맥을 잇는 것이다. 그는 정통성을 결여한 자신의 정치적 행위의 정당성을 확보하기 위해 진보적 운동을 자신과 동궤에 놓인 것으로 전유한다. 또한 그는 상기 진보적 운동들이 "조국을 근대화하고 자주적이요 자립적인 근대 국가(近代國家)를 건설하겠다는 국민의 강렬한 의지"를 담은 것이었다고 규정한다. 여기에서 조국 근대화, 자주 국가 건설은 박정희의 이데올로기이다. 즉 그는 진보적 운동의 중축에 자신의 이데올로기를 투사한다. 이때 진보적 운동은 본질과 상관없이 박정희의 이데올로기를 내적 자질로 함유한 것으로 전유된다. 박정희는 이렇게 진보적 운동을 전유함으로써, 그 후광으로 자신의 이데올로기를 자명화하고, 더불어 정권의 정당성도 확보한다. 여기에서 진보적 운동을 전유하여 정권의 정당성을 확보하는 기제는 ②에서 두드러진다. 박정희는 5·16쿠데타가 진보적 흐름의 맥을 잇는 것이라고 주장하기 위해서 진보 흐름을 전유한다. 또한 이는 『창비』의 담론에서와 마찬가지로 역사적 사실을 전유한 사례로 볼 수도 있다.

박정희는 자신의 정책의 동일성을 강화하기 위해 국민의 의지와 민중의 소망을 전유한다. 그 실체를 알 수 없는 국민의 의지와 민중의 소망을 자신의 뜻대로 세탁·표백·착색하고, 그렇게 가공된 국민의 소망을 자기 정책 정당화의 근거로 삼는 것이다. 이는 자기 논리가 자기 논리의 근거가 되는 순환논법의 일종이다. 이런 식의 전유의 기제와 동일성 지향의

---

68   위의 책, 119쪽.

사유구조는『창비』필진의 사유구조와 매우 유사하다.

①지난 한 세기에 걸친 모진 시련과 고난을 겪는 과정에서 우리 겨레의 가슴 속에 서서히 자라오른 근대화에의 의지는 四·一九 의거를 계기로 하여 급격히 우리 국민의 각 계층으로 번져 나아갔다.[69]

②이제 경제 성장이 이루어져 가면서, 주권 국가로서 정치적 자주성을 명실상부하게 지켜야 한다는 의식이 사회 내부로부터 분출하고 있는 것은 다행스러운 일이며, 또한 이러한 기운이 갈수록 고조(高潮)되리라는 점은 우리의 전통에서 볼 때 명백한 일이다. 우리는 이러한 민족의 의식을 정성스럽게 관찰하고 저류에서 흐르고 있는 민중의 소망을 표면으로 끌어 올려, 무언가 국가 발전에 창조적으로 기여하도록 하지 않으면 안 된다고 생각하고 있다.[70]

①에서 박정희는 4·19의거를 계기로 근대화에의 의지가 국민 각 계층으로 번져나갔다고 말한다. 자신이 주창한 근대화 정책을 자명하게 옳은 것으로 만들기 위해서 그것이 '온 국민이 염원해 왔고 바라는 것'이라고 단언하는 것이다. 그는 자신의 이데올로기의 정당화와 그 동일성 강화를 위해 국민의 의지를 전유하는 셈이다. 그는 국민이 근대화를 바랐는지 아닌지 증명하지 않는다. 또한 박정희는 "소박한 국가 의식"이 민족 감정 속에 비장되어 있었으며, "창조·협동·애국" 정신이 "홍익인간의 이상", "화랑도의 정신", "서민 사회의 이상"으로 우리 민족 본래의 것이라고 논한 뒤, ②에서 경제 성장과 더불어 "주권 국가로서 정치적 자주성을 명실상부하

---

69   위의 책, 120쪽.
70   위의 책, 257쪽.

게 지켜야 한다는 의식"이 사회 내부로부터 분출하고 있음을 지적한다. 그는 이것을 "저류에서 흐르고 있는 민중의 소망"이라 지적한다. 주권 국가로서의 정치적 자주성을 지키고 싶은 소망이 민중의 소망인지 아닌지 알수 없다. 물론 박정희는 이에 대해 근거를 들어 증명하지 않는다. 그는 실상자신의 이데올로기인 것을, 민중의 소망이라고 지명할 뿐이다. 그는 이렇게 국가 발전 이데올로기를 정당화하기 위해서 민중의 소망을 전유한다.

한편 박정희는 전통적으로 중시되어 온 가치를 전유함으로써 자신의 이데올로기를 정당화한다. 이는 백낙청이 차마 부인하기 어려운 가치인양심과 순수한 마음을 전유함으로써 자기 이데올로기의 동일성을 강화한 것과 같은 맥락의 전략이다.

①내가 국가에 沒入되는 것도 아니고 國家가 그저 個人의 總計도 아니며, 나와 국가가 사랑의 유대를 통해 둘이 아니라 하나가 되는 一體感을 우리 겨레는 일찍부터 터득해 왔다. 요즈음 우리 社會에서 널리 실천되고 있는 忠孝思想도 그 根本에 있어서는 이러한 精神과 통하고 있다고 할 수 있다.[71]

②한마디로 忠孝의 本質은 人間 本然의 모습을 되찾아 共同社會 속에서 調和롭고 따뜻한 人間關係를 유지하는 데 있다. 父母를 공경하는 마음으로 웃사람을 尊敬하고, 子女를 아끼는 마음으로 아랫사람에게 사랑과 寬容을 베풀며, 家庭의 和睦과 秩序를 尊重하듯 社會의 秩序와 紀綱을 尊重하는 것이다. 이러한 우리의 전통은 그대로 짙은 祖國愛와 民族愛로 승화되어, 국난에 처할 때마다 우리 겨레가 보여준 투철한 護國精神을 뒷받침해 왔다. 忠孝思想은 이처럼 自己가 속한 共

---

71   박정희, 『民族中興의 길』, 광명출판사, 1978, 22쪽.

同體에 대한 짙고 뜨거운 사랑에 바탕을 두고 있다. 나의 家庭이 하나의 조그마한 生活共同體라면, 國家나 民族은 하나의 커다란 生活共同體이며, 이 두 共同體에 대한 愛情은 그 본질에 있어서 조금도 다를 것이 없다.[72]

①에서 박정희는 애국주의를 설파하기 위해 일단 "나와 국가가 사랑의 유대를 통해 둘이 아니라 하나가 되는 일체감"이라는 회로를 거친다. 그는 예의 일체감이 예전부터 우리 겨레에게 있었던 것이라고 말함으로써, 애국주의를 본질화·자연화한다. 또한 그는 애국주의를 정당화하기 위해 충효사상을 전유한다. 낯선 애국주의를 정당화하기 위해서 오래되고 보다 익숙한 것에 기댈 필요가 있었던 것이다. 이처럼 그는 부인하기 어려운 미덕을 전유함으로써 애국주의의 정당성을 강화한다. ②에서 오래되고 익숙한 충효사상은 보다 구체적으로 전유된다. 위에 따르면, 공동사회 속에서 조화로운 인간관계를 유지하는 것이 충효의 본질이다. 윗사람을 공경하고 아랫사람을 사랑하여 가정의 화목을 존중하는 정신이 곧 사회의 기강을 존중하는 정신으로 이어진다는 것이다. 충효사상의 궁극은 조국애와 민족애이다. 충효사상이 애국주의 강화를 위해 전유되는 회로는 이렇게 정리된다. '충효정신-위아래 알아보기-사회의 기강 존중-애국' 그리고 '충효정신-공동체에 대한 사랑-국가와 민족에 대한 애정'. 이런 식으로 박정희는 충효사상을 사회의 기강 확립을 위해, 애국주의의 정당화를 위해 전유한다.

박정희는 충효사상에 이어 인간 본성의 아름다움과 인정을 전유한다. 이는 백낙청의 전유 방식과 거의 동일하다. 이러한 인간 본성의 아름다움

---

72   위의 책, 23~24쪽.

과 인정은 멸사봉공정신의 정당성을 확보하는 데 기여할 뿐 아니라, 유신을 합리화하는 데에도 동원되므로 주목을 요한다.

① 이러한 忠孝의 精神은 文明이 發達한 現代社會에서 오히려 더 큰 意味를 갖게 된다. 工業化와 都市化가 進展됨에 따라 父母와 子女간의 관계가 소원해지기 쉽고 人間關係에 人情이 메말라가는 것은 先進産業社會에서 흔히 보는 일이다. 그러나 우리가 저마다 人間生活의 根本을 잊지 않고, 따뜻한 情으로 自己 이웃과 남을 사랑할 때, 個人과 社會의 發展이 이루어짐은 물론, 調和롭고 훈훈한 人間關係 위에서 누구나 幸福한 삶을 누릴 수 있는 것이다.[73]

② 이러한 정신과 자세가 家族이나 이웃만이 아닌 온갖 社會組織 속에 폭넓게 스며들 때, 그것은 조직화되고 전문화되는 産業社會에서도 따뜻한 인간관계를 유지, 발전시킬 수 있는 土壤이 될 수 있는 것이다. 스승과 제자간에, 윗사람과 아랫사람간에, 그리고 企業主와 勤勞者간에는 언제나 사랑과 信賴에서 우러나는 인간적인 유대가 필요한 법이며, 이를 바탕으로 우리는 巨大한 社會組織 안에 즐거운 일터와 和氣에 찬 삶의 터전을 만들 수 있는 것이다.[74]

①에서 박정희는 저마다 인간 본성을 잊지 않고 따뜻한 정으로 이웃과 남을 사랑하여 개인과 사회의 발전을 이룩하고, 조화롭고 훈훈한 인간관계 위에서 누구나 행복한 삶을 누릴 것을 당부한다. 이는 인간 본성을 수호하는 사람이라면 누구나 공동체 속의 삶의 원칙을 수락하여야 한다는 뜻으로 번역된다. 박정희는 자신이 강조한 멸사봉공정신을 부각하기 위

---

73   위의 책, 24~25쪽.
74   위의 책, 153쪽.

해 인간의 아름다운 본성을 전유하는 것이다. ②에서 박정희는 따뜻한 인간관계 즉, 스승과 제자, 윗사람과 아랫사람, 기업주와 노동자 간에 언제나 사랑과 신뢰에서 우러나는 인간적인 유대를 중시한다. 도덕적으로 하자 없는 말이지만, 이것이 분열을 억압하고 공동체의 획일화를 정당화하기 위한 전략이라고 볼 때 이야기는 달라진다. 그는 인정과 사랑과 신뢰, 인간적 유대 등 거부하기 힘든 자명한 인간적 가치를 전유하면서 멸사봉공정신을 정당화하고 분열을 죄악시하는 것이다. 알려진바, 분열을 죄악시하는 정신은 국가 발전의 효율성을 제고할 수 있었지만 많은 억압의 정황들을 낳았다.[75]

박정희는 유신을 정당화하기 위해 조화와 협동이라는 민족 고유의 미덕을 전유한다. 그의 논리에 따르면, 유신은 서구적 사유방식에서는 이해하기 힘든 것이지만, 동양적 사유방식에서는 정당한 것일 뿐 아니라 동양적이기에 우수한 정책이다. 박정희는『민족중흥(民族中興)의 길』의 제2장에서 10월 유신을 정당화하는 논의를 전개한다. 유신을 정당화하는 논지는 크게 두 가지이다. 첫째, 그는 자주와 창조 정신을 강조하며 서구의 무분별한 모방을 경계한다. 그는 이를 서구식 민주제가 아니라 우리식의 민주제를 도입해야 한다는 당위로 연결하고, 이로써 유신을 정당화한다. 유신은 우리식의 민주제라는 것이다. 둘째로, 그는 민족 고유의 조화와 협

---

[75] 박정희의 새마을운동은 숭고한 공동체에 대한 신념을 근간으로 삼는다. "이러한 뜻에서 지금 전국에서 전개되고 있는 우리의 새마을運動은 이 땅에 人情 있는 社會를 건설해 나가는 하나의 좋은 본보기라고 할 수 있다. 새마을은 단순히 자연부락이나 행정 단위의 洞 같은 마을이 아니라, 우리 民族의 傳統과 現代文明이 조화를 이루고 있는 生活共同體이다. 그래서 옛마을이 아니라 새마을인 것이며, 농촌과 도시는 물론 공장과 회사, 그리고 學校 등 사람이 함께 모여 사는 곳이면 어디서나 구현될 수 있는 하나의 人間的인 社會라고 할 수 있는 것이다."(위의 책, 153쪽) 여기에서 새마을운동은 인정 있는 사회, 인간적인 사회를 구현하는 운동으로 지목된다. 박정희는 인정과 인간다움 등의 미덕을 전유하며 새마을운동으로 표상되는 멸사봉공정신의 정당성을 강화하는 것이다.

동의 아름다운 정신을 전유하며 멸사봉공정신을 정당화하면서, 유신이 이 미덕에 어울리는 정치체제, 서구적 법치주의의 허점을 보강하는 우리 현실에 맞는 민주체제라고 주장한다. 유신을 정당화하는 논리는 다음에서 명징하게 드러난다.

> 우리는 西歐社會로부터 合理主義精神을 받아들이되 그 個人主義的 병폐는 경계해야 하며, 그들의 遵法精神을 배우되 그 形式主義的 폐해를 지양해 나가야 한다. 한 마디로 우리는 調和와 協同의 정신을 되살려 개인적 合理主義의 盲點을 보완하고, 道義와 德治를 숭상해온 精神 文化의 힘으로 法治主義의 虛點을 보강해 나가야 한다.[76]

이처럼 조화와 협동의 정신은 유신을 정당화하는 기제의 주축을 이룬다. 유신을 정당화하는 논리의 일환으로 조화와 협동을 강조하는 언술은 다음과 같이 반복적으로 출현한다. "이처럼 시민의식(市民意識)이 성장함에 따라 우리의 전통(傳統)에서 우러나온 조화(調和)와 협동(協同)의 정신은 우리 생활의 모든 분야에서 그 빛을 더욱 발휘해 가고 있다."[77] "우리가 그동안 여러 가지 불리(不利)한 여건 속에서도 모든 분야에서 급속한 발전(發展)과 성장(成長)을 이룩할 수 있었던 것도, 실로 대립(對立)과 투쟁(鬪爭) 대신 조화(調和)와 협동(協同)의 정신이 널리 실천되고, 생활화되어 가고 있기 때문이라고 할 수 있다."[78] 여기에서 박정희는 조화와 협동을 전유하면서 유신을 정당화한다. 누구나 그 가치를 인정할 수밖에 없는 미덕을 전유하

---

76   위의 책, 79쪽.
77   위의 책, 75쪽.
78   위의 책, 76쪽.

면서 유신의 정당성을 강화하는 것이다. 그는 조화와 협동이라는 미덕을 전유하는 데에서 그치지 않고, 이것을 동양사상의 맥락에 위치시키고 동시에 동양사상의 우수성을 강조함으로써, 동양사상의 권위를 전유한다.

　　이것을 보면서 우리는 우리의 傳統的인 調和와 協同의 정신과 자세가 앞으로 구현될 高度産業社會에서 오히려 더 큰 빛을 발하게 될 수 있다는 확신을 갖게 된다. 실제로 많은 西洋의 지식인들이 東洋의 지혜를 찾고자 그 연구에 열중하고 있는가하면, 東洋의 宗敎와 思想에 심취하고 있는 사람도 적지 않다고 한다.[79]

　　박정희는 서양의 지식인들이 동양사상의 가치를 인정하고 그것에 심취해서 연구하고 있다고 논하면서 동양사상의 우월성을 강조한다. 그는 유신을 정당화하기 위해 조화와 협동의 정신을 전유했는데, 그것을 우월한 동양사상의 전통을 잇는 것으로 설정함으로써 우월한 동양의 전통까지 전유하는 셈이다. 이는 자신을 정당화하고 동일성을 강화하기 위해 동양의 권위를 창출하고 스스로 창출한 권위에 기대는 사유구조이다.

　　『창비』 필진이 동일성 강화를 위해 대세를 전유했듯, 박정희 역시 대세를 전유한다. 그는 정책의 정당성을 강화하기 위해 대세가 '우리 편'임을 강조한다.

　　① 최근 월남전의 국면은 소강 상태를 보이는 듯하면서도 하루하루 자유 월남에게 유리한 방향으로 전개되고 있습니다.[80]

79　　위의 책, 150쪽.
80　　「파월 국군 장병에게 보내는 메시지」, 1971.1.1, 『연설문집』 8집, 23쪽.

② 우리가 一致團結하여 우리의 發展을 거듭해 나갈 때, 역사의 대세는 우리에게 보다 有利하게 전개되어 나갈 것이다.[81]

①에서 박정희는 월남전이 자유 월남에게 유리한 방향으로 전개되고 있다고 말한다. 박정희는 대세를 전유하며, 자신은 이기는 편에 속한다고 선전하면서 국민들의 동원을 촉구하는 것이다. 또한 ②의 "역사의 대세는 우리에게 보다 유리하게 전개되어 나갈 것"이라는 발언에서 대세에의 집착을 읽을 수 있다. 이는 『창비』필진의 사유구조와 유사하다. 『창비』의 전유 기제에 관한 고찰에서 보았듯, 대세를 전유하는 사유구조는 자신의 주장에 동참하기를 적극적으로 권장하는 정치적 · 전략적 의미를 내포한다. 대세를 강조하는 의식은 대세에서 이탈하면 곤란하리라는 전언을 내장하며, 따라서 열외(列外)를 배제하는 파시즘적 망탈리테와 통한다.

이상 살펴보았듯, 『창비』필진과 박정희는 불가능한 것들까지 전유하며 자신의 논지를 정당화하려는 경향을 집단적 · 반복적으로 노출한다. 이는 논자들이 사유를 전개할 때 근저에서 작동하는 근본 동력이자 그들이 무의식적으로 취하는 사유의 습관이기도 하다. 따라서 이것을 사유구조로 볼 수 있을 것이다. 이러한 사유구조는 자기 논리에 적대적인 것까지 자기 영토로 끌어들여 자기 논리 강화를 위해 복무시키면서 끝없이 자기 영토를 확장하려는 제국주의적 소망을 내적 본질로 가진다. 따라서 이는 위대한 동일성을 지향하는 사유구조와 연동된다.

이 글의 목적은 이것의 부당함을 비판하려는 것이 아니다. 단지 이토록 반복적 · 집단적으로 나타나는 사유구조를 시대의 망탈리테로 볼 가능성

---

81   박정희, 『民族中興의 길』, 176쪽.

을 타진하려는 것이다. 한 시대를 풍미했던 지식인 집단이 반복적으로 노출하는 사유구조에 대해, 그 사유구조의 내용뿐만 아니라 집단성과 반복성 역시 특별한 주목을 요구한다고 생각하기 때문이다. 특히 박정희 담론의 저자는 당대를 대표하는 지식인'들'이었다. 따라서 박정희 담론에 나타난 사유구조는 당대 지식인들이 자동적으로 취하던 습관, 당대 지식인들이 자명하게 옳게 여기던 논리전개방식으로 볼 수 있기에 또한 그것이 『창비』에 나타난 양상과 유사하기에, 이를 당대의 망탈리테로 파악할 여지가 있다고 생각된다.

더구나 이런 사유구조는 시대성을 띠기에 70년대의 망탈리테로 파악 가능하다. 『창비』의 경우, 동일성을 지향하는 사유구조는 그들이 대타항으로 설정한 박정희 정권과 무관하지 않다. 『창비』는 동일성으로 무장한 강력한 정권과 대결하기 위해 그만큼 강력한 동일성을 집약적으로 필요로 했을지 모른다. 또는 저항하면서 모방한다는 논리대로 무의식적으로 대타항을 모방했을 수도 있다. 이렇게 보면 『창비』의 위대한 동일성에의 의지는 불가피했다. 그러나 바로 이 불가피성이 『창비』의 사유구조를 그 시대였기 때문에 발생한 것으로 볼 가능성을 제공한다. 즉 위대한 동일성을 지향하는 정권 아래에서 동일성의 망탈리테가 은연중에 사회 곳곳을 풍미하는 시대였기 때문에, 『창비』의 사유구조는 발생했을 뿐만 아니라 강력한 영향력을 발휘할 수 있었던 것이다. 따라서 『창비』의 사유구조를 역사성을 띤 것으로 볼 수 있으며, 즉 70년대의 망탈리테로 파악할 수 있다.

『창비』와 박정희의 담론에 나타나는 전유의 기제는 저자의 무소불위성을 암시한다. 또한 그들의 동일성에의 과도한 의지는 권력의 비대화에 대한 의지로도 번역된다. 예의 담론에 나타나는 저자의 이미지는 만물을 자기 정당화의 근거로 삼는, 자기 지배 아래 복속시키는 독재자의 이미지이다. 이것을 당대 독재 권력의 무소불위성과 비대함을 모방한 것이라고 볼 수도 있을 것이다. 독재 권력은 당대 지식인의 정신에도 침투하여 독재적인 동일성의 망탈리테를 이식한 것으로 보인다. 『창비』 필진의 비평담론에서, 박정희의 정치담론에서 저자들은 자신들의 주장의 유일한 진리성을 목청 높여 주장하며, 이를 증빙하기 위해 모든 사물을 전유한다. 가히 "「신비스러운 하나」를 만들어내려는"[82] 시도라 할 만하다. 유일한 진리를 주장하고 다양한 다른 것을 배제하는 정신은 파시즘적 망탈리테이다. 이역시 당대 파시즘적 정치 풍토와 밀접한 연관을 갖는 것으로 보인다.

동일성을 강화하고자 사물을 전유하는 것은 이성의 당연한 활동이기는 하지만, 70년대 저작들에서 보다 두드러지는 것으로 보인다. 영향력의 측면에서 볼 때 동일성의 종교를 신봉하는 저자들이 오늘날보다 더한 강도로 위세를 떨쳤던 듯하다. 오늘날 이런 정도로 동일성을 추구하는 집단적 저자들이 결정적인 영향력을 발휘하지는 않는다. 90년대 이후 한국 지성계를 장악한 포스트모더니즘의 영향으로, 오늘날에는 다양성과 불확실성의 사유구조가 주류를 이룬다. 오늘날 더 이상 위대한 동일성을 지향하는 사유구조는 두드러진 영향력을 발휘하지 않는다. 또한 서론에서 논했듯, 오늘날 소설에서도 총체성과 주체성과 동일성은 해체되고 있다.[83] 70년대 전유와 동일성에의 의지로 대별되는 사유구조는 오늘날의 주도적 흐름과 다르기 때문에 시대적 특성, 즉 70년대의 망탈리테로 볼 수 있을 것이다. 이는 또한 당대 사회 전체적 풍토로서 근대적 동일성의 주술을 보다 용이하게 수용하는 망탈리테가 형성되었음을 암시한다.

---

82 막스 호르크하이머·테오도르 아도르노, 앞의 책, 72쪽.
83 김형중, 앞의 글; 강유정, 「콜로노스 숲에서의 글쓰기, 눈먼 오이디푸스들의 소설」, 『세계의문학』, 2006 겨울; 함돈균, 「인간이 지워지는 자리에서 솟아나는 소설들」, 『자음과모음』, 2009 봄 참조.

3. 목적 지향적 사유구조와 진보적 시간관

『창비』의 평문과 박정희의 담론은 공히 특정한 상투어를 두드러지게 애용한다. '목표', '사명', '과업', '기여', '이바지' 등이 그 상투어들이다. 이러한 상투어들은 '지고한 목표와 그 성취에 기여하는 과업'으로 구성된 사유구조를 암시한다. 하나의 목표가 뚜렷하기에 그것은 곧 시대의 사명이 된다. 그리고 그 목표를 성취하기 위해 단계별로 과업이 설정된다. 이러한 과업들은 연쇄적으로 연결되어 있기에, 낮은 단계의 과업은 높은 단계의 과업의 성취에 기여해야 한다. 이 글은 이러한 사유구조, 즉 '뚜렷하고 때로 유일한, 지고한 목표와 그를 향한 일로매진'으로 구조화된 사유, '연쇄적 과업들이 하나의 목표를 위해서 크기별로 일렬로 도열한' 사유구조를 목적 지향적 사유구조로 일컫고자 한다. 목적 지향적 사유구조에서 과업은 목표를 위해 도구적으로 설정된다.[84] 목표에 기여하지 않는 과업은 의미를 상실한다. 이러한 목적 지향적 사유구조의 성질은 근대적 동일성과 유관하다. 또한 목적 지향적 사유구조는 크고 작은 목표들이 일렬로 도열한다는 점에서 진보적 시간관과도 연동된다.

이 글에서 진보적 시간관이란 역사가 진보한다고 믿고, 시간을 목표를 향해 발전 내지 진보하는 직선적인 과정으로 파악하는 사유구조를 뜻한다.[85] 진보적 시간관은 어떤 변화나 성과가 누적되어 이전보다 나은 상태

---

[84] 정과리는 민중문학론에서 모든 미학적 형식들은 어떤 유일한 형식에 봉사해야 한다고 쓴다. 하나 이외의 다른 것들은 그 하나를 위한 기능에 불과하며, 이 극단적인 경우가 전체주의라고 논한다(정과리, 앞의 글, 73쪽 참조). 이 절에서 논할 목적 지향적 사유구조는 이러한 통찰과 유사한 맥락에서 논의된다. 이 글은 이런 인식의 틀을 수용하면서 논의를 보다 확장하고자 한다.

[85] 이진경에 따르면 "진보 개념은 그 자체가 시간적인 개념이다. 진보 개념은 시간적인 변화를 발전 내지 진화로 파악하는 사유 모델을 암묵적으로 포함한다."(이진경, 『근

로 나아간다는 생각과 결부된다. 목적지를 향해 역사가 상승운동을 하리라는 역사철학적 가정 역시 이런 생각의 다른 표현이다. 이런 면에서 진보적 시간관은 직선적·누적적인 시간 개념과 연관된다. 진보 관념, 즉 기술이든 지식이든 축적될 수 있다는 관념은 그 변화의 요소들을 양적인 것으로 동질화할 수 있다는 것, 그들을 양으로 환원된 다른 모든 것들처럼 덧셈할 수 있다는 것, 그 중에 더 많은 것과 더 적은 것을 비교할 수 있다는 생각을 내포한다. 이런 면에서 진보적 시간관은 근대적 동일성과 연관된다. 또한 진보는 다른 부분으로 확산되어서 동일성을 드높이려는 본성을 지닌다. 이는 이질적인 요소를 제거하고 새로운 진보적 힘에 동일화하려는 의지를 포함한다. 이 역시 하나의 단일한 척도로 모든 부분을 동일화하는 근대적 동일성과 진보 개념의 내적 상사성(相似性)을 보여준다. 한편 진보적 시간관에 따르면 역사의 발전이란 처음부터 존재하는 목적의 자기-전개이다. 진보는 그러한 목적의 자기-발전 법칙에 의해 역사 안에서 위치를 부여받으며, 그 목적 개념에 의해 측정되고 평가된다. 발전의 목적인 '종착점'은 어떤 대상이 진보적인가 여부를 평가하는 척도다. 이런 점에서 진보적 시간관은 목적 지향적 사유구조와 연관된다.[86] 이처럼 진보적 시간관은 목적 지향적 사유구조 그리고 근대적 동일성과 밀접한 연관을 가진다.

진보의 교의는 오늘의 삶이 어제보다 낮고 내일의 그것이 오늘보다 앞

대적 시·공간의 탄생』, 그린비, 2010, 284쪽)

[86] 위의 책, 294~307쪽 참조. 이진경의 용어 중 "사유 모델"을 "사유구조"로, "목적론적 시간 개념"을 "목적 지향적 사유구조"로 바꾸었다. 그의 논의에서 시간 개념이 곧 시간에 관한 사유 모델이고, 사유 모델은 곧 이 글에서 지칭한 사유구조와 동궤에 놓인다고 파악했기 때문이다. 또한 "동질적 시간 개념"을 "근대적 동일성"으로 교체했다. 그는 "동질적 시간 개념"을 "부분을 통합하고 동질화하면서 확장되는 전체론적 관점"으로 보았는데, 이것이 바로 근대적 동일성을 의미하기 때문이다.

서 있으리라는 믿음이다. 그것은 이성의 역능에 대한 믿음을 전제하며, 자연을 인간을 위해 이용 가능한 대상으로 보는 사유와 관련된다.[87] 따라서 이는 도구적 이성과 밀접한 연관을 가진다.[88] 또한 정치적 의사를 피력하면서 그것이 역사적 필연이라고 주장하는 것은 진보의 사고의 특색이다.[89] 진보의 사유는 단순히 이성의 진보뿐만 아니라 미래의 경제적 성공과 집단적 행위의 성공도 강하게 의식한다. 즉 진보의 사유는 "근대화에 대해 믿음을 갖는 모든 관점들의 중심에 위치"한다.[90] 진보적 시간관의 세계에서는 "현대성이 유포하고 강요한 풍요와 자유와 행복이 함께 하는 전진이라는 용사 같은 이미지"[91]가 횡행한다. 이처럼 근대적 동일성과 밀접히 연관되는 진보적 시간관은 미래주의·전진이라는 이미지와 연동되며, 이상은 『창비』와 박정희의 담론에서 뚜렷하게 자주 노출된다.

---

[87] 과학기술의 진보가 진보의 교의를 확산하는 데 크게 기여했다. 왜냐하면 코페르니쿠스로부터 뉴턴에 이르는 과학적 작업이 그들의 선행자의 성과보다 훨씬 뛰어나다는 사실이 의심의 여지 없이 분명해졌기 때문이다. 다윈의 진화론도 사실 진보에 대한 믿음의 사상적 표현이라 볼 수 있다. 이 같은 지식의 성장과, 자연환경을 이용해서 물질적 부를 생산해내는 능력의 천문학적 증대가 진보의 교의를 근대성의 특징으로 확립시키는 데 크게 기여했다. 진보의 교의는, 사람이 문화와 기술의 발전에 의해 더욱 행복해지고 품성도 향상된다는 도덕론 역시 포함한다(윤평중, 『푸코와 하버마스를 넘어서』, 교보문고, 1992, 25~26쪽 참조).

[88] 호르크하이머와 아도르노에 따르면, 계몽적 이성은 다른 모든 도구를 제작하는 데 소용되는 보편적인 도구로 쓰인다. 이성은 "철저히 목적지향적"이 되고, "목표를 위한 순수한 기관"이 된다. 계몽적 이성의 배타성은 이처럼 오직 기능만을 생각하는 데서 생겨난 것으로서 궁극적으로는 자기 유지의 강압적인 성격에서 유래한다(막스 호르크하이머·테오도르 아도르노, 앞의 책, 60쪽 참조).

[89] 진보의 사고는 정치적 의지를 역사적 필연성과 동일시하며, 발전의 정치와 이성의 승리 사이의 동일성을 주장한다. 진보를 믿는다는 것은 필연적이고 눈부신 미래에 대한 사랑을 의미한다(알랭 투렌, 정수복·이기현 역, 『현대성 비판』, 문예출판사, 1996, 93쪽 참조).

[90] 위의 책, 93쪽 참조. 투렌에 따르면 사회적 갈등은 무엇보다도 과거에 대한 미래의 갈등이다.

[91] 위의 책, 100쪽.

우선 『창비』의 평문에 노출된 목적 지향적 사유구조를 살펴본다.

요는 작가의 충실한 리얼리즘이 낡은 상황을 부수면서 새로운 현실을 형성해 나아가는 獨自的 기능이 가능하다는 사실이 무엇보다도 중요한 것이다. 비록 발자크가 「인간극」 서문에서 밝힌 바와 같이 문학예술의 공리성을 인정했다고 하더라도, 발자크가 취한 길은 '객관적 충실'이라는 태도를 거쳐 목표에 이르는 리얼리즘의 방법이었다.[92]

구중서는 위에서 "'객관적 충실'이라는 태도를 거쳐 목표에 이르는 리얼리즘의 방법"을 언급한다. 그는 리얼리즘을 어떤 목표에 이르는 과정이라고 파악한다. 이는 목표와 과정으로 구획된 목적 지향적 사유구조에서 파생된 언술이다. 모든 것은 목표의 달성을 위해 기여해야 정당성을 확보하고, 목표를 달성하기 위한 특정한 과업 또는 사명이 단계별로 배치된다. 따라서 『창비』 필진의 글에서 "목표", "목적", "기여", "이바지", "과업", "사명"이라는 말을 자주 발견하는 것은 우연이 아니다. 이는 가치의 위계화구조[93]이기도 하다. 모든 것은 그보다 상위에 있는 큰 것에 복속되고, 큰 것은 더 큰 것에 복속된다. 피라미드의 정점에는 모든 것의 최종 목적인 유일한 이상이 자리 잡는다. 이것이 근대적 동일성과 유관함은 물론이려니와, 유일한 일자를 상정한다는 점에서 파시즘과도 연관된다. 또한 이것은 진보적 시간관과도 관련된다. '목표-과업-이바지'로 구성된 사유구조는 시간관과 연결될 때 뚜렷한 의미를 발산한다. 역사의 진행 과정에서

---

92   구중서, 「한국 리얼리즘 문학의 형성」, 『창비』 17호, 1970 여름, 342~343쪽.
93   정과리는 민중문학론의 여러 개의 입장들 사이에 엄격한 위계질서가 있다고 논한다 (정과리, 앞의 글, 72~73쪽 참조). 그의 "위계질서"는 이 글에서 언급한 '가치의 위계화구조'의 의미와 다소 다르다.

역사가 도달해야 할 하나의 목표가 있고, 그에 도달하기 위해 각 단계에 배치된 과업이 수행되어야 하며, 모든 행위는 더 큰 목표를 위해 이바지할 때 의의를 가진다. 이런 식으로 역사는 발전한다는 것이다. 이때 역사발전의 방향과 목표 역시 동일한 것으로 설정되기 마련이다.

이른바 목적 지향적 사유구조에서 낮은 단계의 과업은 높은 단계 과업의 성취에 이바지해야 한다. 그리하여 『창비』와 박정희의 담론에서 "기여"와 "이바지"라는 말이 상투어로 쓰인다. 이때 각 단계의 과업은 높은 단계의 과업의 성취를 위해 도구적으로 설정된다. 이 역시 근대적 동일성과 유관하다. 우선 『창비』 필진의 글에서 "기여" 혹은 "이바지"라는 어사가 쓰인 대목을 보겠다.

① 한국 현대문학 속에 리얼리즘이 주류를 형성함으로써 비로소 민족문화의 전통과 개성이 건강하여지고, 그 결과로써는 불순한 체제적 作爲의 폭력을 이 영토에서 소멸하는 데에 **기여**하게도 될 것이다.[94]

② 그리고 현재와 미래에 있어서도 어떤 특수한 역사적 상황이 한국문학사의 전통적 특성을 분기시켜, 새로운 단계로서 噴出的이며 탁월하게 개성적인 민족문학의 시대를 가져오게 될 것을 예측할 수도 있을 것이다. 민족문학사의 전통계승에 **이바지**한 고려속요의 의미는 이와같은 창조적 역사의식에 관련하여 더욱 성실히 고구되어야 할 것이다.[95]

---

[94] 구중서, 「한국 리얼리즘 문학의 형성」, 352쪽(강조―인용자). 아래에 굵은 글씨로 강조한 부분은 모두 인용자의 것임을 밝혀둔다.

[95] 구중서, 「한국문학사 저변 연구―고려속요와 전통의 계승」, 『창비』 39호, 1976 봄, 270쪽.

③ 가령 『자랏골의 비가』에서 묏등을 깨부수듯이 봉건적·식민주의적 잔재를 깨부수고 『쌈짓골』의 당나무처럼 농촌공동체의 정신적 기둥이 될 수 있는 것은 옳게 간직하면서 새로운 문화를 창조해야 될 줄 압니다. 이러한 작업들 자체가 분단시대의 극복을 준비하는 농민의식을 키우는 데 **커다란 도움**이 되리라 생각합니다.[96]

①에서 구중서는 리얼리즘이 한국문학에서 주류를 형성하면, 민족문화의 전통과 개성이 건강해지고, 그 결과 "불순한 체제적 작위의 폭력"을 "소멸하는 데에 기여"할 것이라고 말한다. 구중서의 의식구조에서 최상위의 목표는 불순한 체제 폭력의 소멸이다. 이 지고한 목표를 성취하기 위한 과업은 우선적으로 민족문화의 전통과 개성을 건강하게 만드는 것이고, 그 아래 단계의 과업은 리얼리즘이 한국문학의 주류를 형성하는 것이다. 구중서의 사유는 이렇게 '목표와 그 성취에 기여하는 과업'으로 구조화되어 있으며, 이때 목표와 과업은 일렬로 도열해 있다. ②에서 구중서는 고려속요의 의미를 "민족문학사의 전통 계승에 이바지"한 점에서 찾는다. 역시 그는 면면하고 단일하고 직선적인 민족문학사의 전통이 존재하고, 좋은 문학은 그 흐름에 긍정적으로 이바지한다는 전제를 노출한다. 무엇이든 선조적이고 직선적인 흐름이 그 목표에 도달하도록 "이바지"해야 좋은 것이다. 이는 목적 지향적 사유구조에서 파생된 언술일 뿐만 아니라 멸사봉공정신과도 통한다. 개체의 고유한 가치보다 큰 것의 융성을 위한 이바지가 중요하다는 사유는 멸사봉공정신과 쉽사리 결탁하며, 파시즘적 망탈리테의 일부를 이룬다고 볼 수 있다. ③은 농촌소설을

---

96 김춘복·송기숙·신경림·염무웅·홍영표, 「좌담—농촌소설과 농민생활」, 『창비』 46호, 1977 겨울, 39쪽.

화두로 한 좌담에서 신경림이 한 말이다. 그는 『자랏골의 비가』나 『쌈짓골』에서 나타난 봉건적·식민주의적 잔재를 깨부수는 일이나 새로운 문화를 창조하는 일들이 "분단시대의 극복을 준비하는 농민의식을 키우는 데 커다란 도움이 되리라"고 말한다. 이런 발언 역시 '봉건 잔재 깨부수기', '새로운 문화 창조하기'라는 가치의 상위에 '분단시대 극복을 준비하는 농민의식의 성장'이라는 지고한 가치를 배치하는 목적 지향적 사유구조의 소산이다. 여기서도 하위 가치는 상위 가치의 실현을 위해 기여해야 한다. 이처럼 목적 지향적 사유구조는 가치의 위계화구도와 밀접히 연관되는바, 이는 당대 다수 언설의 저변에 잠복한 인식상의 기본 틀이 된다. 이를 다음에서 다시 확인할 수 있다.

① 당연한 이야기지만, 인간해방을 위한 움직임이 진정코 그 이름에 값하자면 적어도 두 가지 요건이 우선 갖춰져야 한다. 첫째 그것이 한 사람의 인생을 걸 만큼 나 개인에게 절실한 것이어야 하겠고, 둘째로 그것이 어느 한 개인의 이상주의적 결단이나 자기도취가 안되기 위해서 내가 소속해 있는 크고작은 집단, 나아가서는 전인류의 구체적인 당면문제를 해결하는 데 **이바지**할 수 있어야 한다.[97]

② 우리 이야기가 오늘의 탁상공론에 그치지 말고 내일의 역사에 구체적인 **기여**를 하게 되기 바라는 마음 간절합니다.[98]

③ 덮어놓고 국가를 없애고 보자는 무정부주의는 엄격히 배격하면서 국가주의 역시 철저히 부정하는 비전을 가져야 우리가 이룩할 통일된 민족국가도 세계

---

97 백낙청, 「인간해방과 민족문화운동」, 3쪽.
98 김춘복·송기숙·신경림·염무웅·홍영표, 앞의 글, 40쪽.

사에 올바로 **기여**할 수 있을 것입니다. 아니, 그러한 비전이 없이는 자주적이고 평화적인 통일은 불가능하리라고까지 말할 수 있지 않을까 합니다.[99]

①에서 백낙청은 인간해방운동이 개인적 문제보다는 "내가 소속해 있는 크고 작은 집단, 나아가서는 전인류의 구체적인 당면문제를 해결하는 데 이바지할 수 있어야 한다"고 말한다. 그는 개인적 가치를 논급하지 않은 것은 아니나, 그보다는 집단적 가치에 방점을 찍는다. 인간해방운동은 집단의 당면 문제를 해결하는 데 이바지해야 한다. 이 발언은 개인보다는 공동체를 중시하는 멸사봉공정신도 누설하거니와, 그 저변에 가치를 자동적으로 더 큰 가치에 복속시키는 위계화구조를 내장한다. 집단적 가치도 위계화되었는데, 이 위계질서의 최상위에 "전인류의 구체적인 당면 문제를 해결하"는 가치가 놓여 있다. 박정희가 '세계사와 인류 공영에 이바지'한다는 상투어를 누차 상용했듯이, 인류·세계사·역사는 『창비』필진의 사유구조에서 정점을 차지하는 상투어들이다. 가령 ②에서 염무웅은 좌담에서 나눈 이야기가 "내일의 역사에 구체적인 기여를 하"기를 간절히 기원한다고 말한다. 이 역시 역사 발전을 최상위의 가치로 설정하는 위계화구도를 보여준다. ③에서 백낙청은 "우리가 이룩할 통일된 민족국가도 세계사에 올바로 기여할 수 있을 것"이라고 발언한다. 여기서도 '세계사에의 기여'가 자명한 당위로 상정될 뿐만 아니라, 위계화구도의 정점에 군림한다. 이처럼 목적 지향적 사유구조는 멸사봉공정신뿐만 아니라 가치의 위계화구도와도 밀접히 연관된다. 이는 상명하복정신과도 구조적으로 동형이다. 그렇다면 가치의 위계화구도는 군사주의의 잔재라고도 볼 수 있다.

99 　고은·구중서·백낙청·유종호·이부영, 앞의 글, 17쪽.

앞서 언급했듯 목적 지향적 사유구조는 목표와 과업들로 구성되어 있다. 따라서 『창비』와 박정희의 담론에서 "과업"과 "사명"은 "기여"와 "이바지" 못지않은 상투어이다. 우선 『창비』 필진의 글에서 "사명"과 "과업"이 상투어로 쓰인 대목을 보겠다.

① 여하튼 이제까지 살펴본 현역작가들의 성과만 보더라도, 우리의 민족문학이 자신에게 주어진 엄청난 역사적 **사명**을 감당하기에 어떨지는 걱정스러울지언정 주체적인 민족문학의 이념을 버리고 이른바 선진국의 문학을 추종하는 운명을 감수해야 할 만큼 빈약하지 않다는 것이 분명하다. (…중략…) 민주회복이야말로 민족문학 본연의 **사명**에 밀착된 목표이며 **현단계의 가장 시급한 과제**임을 다시금 절감하는 것이다.[100]

② 이제까지의 검토에서 드러나듯이, 오늘날 서구의 온갖 경직되고 편협화된 생각들이 몰려들어 맹렬히 위세를 떨치고 있는 우리 역사의 현장은, 오히려 저들의 경직성을 풀어주고 절망을 덜어줄 무궁무진한 잠재력의 현장이다. 잠재력의 현장이란 곧 그것을 실현할 **사명**의 현장이라는 말도 된다. 아니, 한용운과 김수영에 대한 언급에서 이미 분명해지듯이, 그러한 **사명**의 이행은 우리의 문학에서도 이미 시작되어 있는 것이다. 두말할 것 없이 그 **과업**을 다시 한걸음 전진시켜야 하는 것이 오늘날 우리의 과제이다.[101]

①에서 백낙청은 엄청난 역사적 사명이 민족문학에게 주어졌고, 민주회복이 민족문학 본연의 사명에 밀착된 목표라고 말한다. 민족문학의 역

---

100 백낙청, 「민족문학의 현단계」, 66~67쪽.
101 백낙청, 「역사적 인간과 시적 인간」, 601쪽.

사적 사명을 운운하는 언술은 역사적으로 각 단계마다 성취해야 할 사명을 자명하게 배치하는 목적 지향적 사유구조의 소산이다. 또한 백낙청은 ②에서 다시 한 번 사명을 거론한다. 우리 역사의 현장은 서구적 사유의 경직성과 절망을 경감시키는 사명의 현장이라고 그는 말한다. 그는 그냥 서구의 부정적인 사고들과 맞서 싸우자고 말해도 될 것을 그것에 사명이라는 거창한 어휘를 부착한다. 이는 습관화된 것이며, 당대 『창비』 필진 뿐만 아니라 박정희 담론의 저자들도 이 습관을 공유했다. 해야 할 일을 "역사적 사명"이나 "시대적 사명"으로 거창하게 의미화하는 것이 당대의 사유습관, 언술습관이었다. 이러한 습관은 목적 지향적 사유구조를 내장하며, 이는 또한 역사는 발전하며 각 단계마다 실현해야 할 사명을 가진다고 여기는 면에서 진보적 시간관과도 연결된다.

① 즉 그 스스로가 **현단계 민족문학의 중요한 성과**이자 **현단계 민족문학의 남은 과제**를 해결하는 데 직접적인 기여를 한다. 보다 구체적으로 말해, 민주회복이라는 **현단계 특유의 과제**에 언급하지 않는 경우에도 이 움직임을 밑받침해 주고 올바로 이끌어 주기까지 할 수 있다는 것이다.[102]

② 따라서 피압박민족의 민족주의는 단순히 강대국들의 명백한 침탈을 막아내는 것만 아니고 그들의 은밀한 이념적 동화작용으로부터도 자기를 지켜냄으로써 자기 민족의 진정한 자유와 존엄을 달성할 수 있다는 인식에 기초해야 한다. 즉 앞질러 민족국가를 수립한 나라들이 **역사의 다음 단계**에서 의당 했어야 할 인간해방의 **과업**을, 뒤늦은 민족국가 형성의 **과업**과 동시에 수행해야 하는 것이다.[103]

---

102 백낙청, 「민족문학의 현단계」, 52~53쪽.
103 백낙청, 「인간해방과 민족문화운동」, 3쪽.

역사의 각 시기마다 그 시기에 특유한 과업이 있다. ①에서 백낙청은 민주 회복을 "현단계 특유의 과제"라고 규정한다. 또한 "현단계 민족문학의 중요한 성과", "현단계 민족문학의 남은 과제"라는 어구에서 "현단계"라는 말 자체가 민족문학을 일직선으로 발전하는 무엇, 단계별로 구획된 무엇이라고 상정하는 사유구조를 노출한다. 또한 '현단계의 성과', '현단계의 과제'란 말은 민족문학을 단계별로 성취할 과업을 가지는 무엇, 이전에 남긴 과제를 이후에 풀어야 하는 무엇으로 상정하는 사유구조를 내장한다. 이는 시간이 일직선으로 흐르고 단계별로 역사가 발전한다고 믿는 진보적 시간관에서 비롯된 언술이다. ②에서 백낙청은 민족국가 형성을 역사의 비교적 이전 단계에서 수행해야 할 과업으로, 인간해방을 역사의 다음 단계에서 수행할 과업으로 상정한다. 백낙청에게 역사는 먼저 성취할 과업과 나중에 성취할 과업이 일렬로 도열한 질서정연한 단일체였던 것이다.

전반적인 역사뿐 아니라 문학사를 논할 때에도 진보적·직선적 시간관은 위력을 발휘한다.

아울러 『쌈짓골』과 『자랏골의 비가』 같은 훌륭한 작품이 나오게 된 우리 문학사의 축적된 역량을 생각해 보지 않을 수 없군요. 앞에서 이광수의 『흙』 같은 작품들에 대해서 모두들 비판을 하셨는데, 그런 작품도 따지고 보면 우리 문학의 발전과정에서 그 나름으로 한 가지 역할을 해냈다는 적극적인 측면이 없지는 않을 겁니다. 왜냐하면 『흙』 같은 작품의 결함과 한계를 비판적으로 극복하는 작업을 통해서 우리 농민문학은 식민지시대의 민중문학으로서 자기 위치를 찾게 되었으니까요. 어떻든 해방 후 서구문학의 홍수 속에서도 고향의 언어를 지키고 시골의 생활을 끈질기게 묘사해온 오영수(吳永壽)·오유권(吳有權)·하근찬(河瑾燦) 같은 작가들, 그리고 60년대 이후 새로운 자각과 높은 의식 속에 농민현실의 깊이있는 해부를 보여준 김정한(金廷漢)·천승세(千勝世)·이문구(李文求)·방영웅(方榮雄), 이런 작가들의 꾸준한 활동이 있었기에 그 토대 위에서 지금 송선생이나 김선생들의 업적이 가능하게 되었으리라고 봅니다.[104]

위에서 염무웅은 많은 비판을 받는 이광수의 『흙』 같은 작품도 "우리 문학의 발전과정에서 그 나름으로 한 가지 역할을 해냈다"고 한다. 그런 작품의 한계를 비판적으로 극복하는 작업을 통해서 우리 농민문학이 민중문학으로 정립될 수 있었다는 것이 그 이유이다. 또한 그는 해방 후 오영수, 오유권, 하근찬 등과 60년대 이후 김정한, 천승세, 이문구, 방영웅 등의 업적이 있었기에 송기숙이나 김춘복이 업적을 남길 수 있었다고 말한다. 염무웅은 문학사를 단선적으로 진보하는 것으로 보고 있다. 문학사를 고찰할 때에도 진보적 시간관이 개입하는 것이다. 부정적인 작품도 그 특유의 역할로 문학사의 발전에 기여하며, 현재의 훌륭한 작품은 과거에 축적된 역량을 수혜 받은 결과물이다. 여기서 문학사는 진보하는 것이기도 하지만, '단선적'인 것이기도 하다. 진보하는 문학사의 대열에서 이탈하는 어떤 작품도 수용될 수 없다. 진보는 일직선상의 진보이기에, 모든 문학적 역량은 하나의 목표의 성취에 집중해야 하기에, 그 하나의 목표의 성취에 이바지하지 않는 작품은 탈락되어야 하는 것이다. 이에 진보적 시간관이 개입된 문학사관은 근대적 동일성 그리고 파시즘과 결탁한다.

역사적 사명론 혹은 과업론은 '맡은바 자기 역할 수행론'으로 연결된다.

① 아무튼 올바른 농촌소설 내지 농민문학은 우리 민족문학 내에서 **맡은 자기**

104 　김춘복·송기숙·신경림·염무웅·홍영표, 앞의 글, 39~40쪽.

역할을 보다 강화해야 할 입장에 있다고 보겠습니다. (…중략…) 이것은 (…중략…) 다른 한편 소비문화·퇴폐문화·감각문화들의 더욱 막강해지는 공세 앞에서 보다 강인한 자세로 맞서서 민족문학으로서의 긍지를 튼튼히 지켜나가야 한다는 말도 될 것입니다.[105]

② 그리고 우리가 꿈꾸는 인간해방이란, **여러 군데 여러 종류의 다른 사람들이 각기 그 경계에 따라 자신의 역사적 과제를 풀어나감**으로써만 완수될 수 있는 거대한 과업임을 다시금 생각하게 해준다.[106]

①에서 염무웅은 농민문학이 민족문학 내에서 "맡은 자기 역할"을 보다 강화해야 한다고 말한다. 민족문학이라는 커다란 집단 안에서 개개의 문학은 자기 역할을 부여 받으며 그 역할에 충실해야 한다는 것이다. 이 발언은 문학을 독자적인 것으로 보지 않고, 절대적인 전체와 그 전체에 복속된 부분들로 보는 사유구조를 노출한다. 이것은 개인보다 공동체를 중시하는 박정희의 멸사봉공정신과 유사하다. ②에서 백낙청은 여러 사람들이 각기 자신의 역사적 과제를 풀어나감으로써 인간해방을 완수할 수 있다고 말한다. 역시 거대한 과업을 성취함에 있어, 개개인의 맡은바 역할을 잘 수행하라는 발언은 인간을 전체와 그에 복속된 부분으로 보는 사유구조를 내장한다. 독자적인 인간보다 전체 속의 인간을 부각하는 이 사유구조는 근대적 동일성 그리고 파시즘과 유관하다.

이러한 기여론, 과업론, 맡은바 역할 수행론 등은 크게 보아 진보적 시간관의 파생물들이다. 그러므로 "전진"의 구호가 자주 발견되는 것은 당

---

105 위의 글, 33쪽.
106 백낙청, 「인간해방과 민족문화운동」, 5쪽.

연한 일이다. 일직선으로 발전하는 역사의 각 단계에서는 앞으로 나아갈 수밖에 없다. 퇴행은 죄악이다.

① 이 한국적 리얼리즘의 형성이 원만히 성취되는 데에 따라서 오늘의 한국 문학이 비로소 근대적인 체질과 능력을 갖추게 될 것이며, 이 리얼리즘의 문학은 한국 현대문학의 창작적 실제와 文學史의 **전진**에 토대가 되는 원리를 제공하게 될 것이다.[107]

② 오늘의 우리 문학은 바로 이 전통을 민족분단이라는 새로운 역사적 조건 속에서 더욱 적극적으로 계승할 과제를 지니고 있는바, 이에 대한 어떠한 위해적 작용도 결국 민족사의 거대한 **전진**에 의해 극복될 수밖에 없을 것이다.[108]

①에서 구중서는 한국적 리얼리즘이 잘 형성되면, 문학사의 전진에 토대가 되는 원리를 제공할 것이라고 말한다. 그는 문학사를 '자명하게 전진하는 것'으로 보며, 문학사의 전진을 지고의 가치로 상정한다. ②에서 염무웅은 민족사의 거대한 전진을 자명한 실체로 상정한다. 우리의 문학적 과제 수행을 방해하는 어떤 작용도 민족사의 거대한 전진에 의해 극복될 수밖에 없다. 민족사는 필연적으로 전진하며, 어떤 것도 그 전진을 막을 수 없고, 필연적 전진이 그를 방해하는 모든 것을 물리칠 수 있다는 사유구조가 염무웅의 논의에서 선험적 전제로 작동한다. 이러한 사유구조는 물론 진보적 시간관을 가리킨다.

---

107 구중서, 「한국 리얼리즘 문학의 형성」, 352쪽.
108 염무웅, 「식민지 문학관의 극복문제」, 45쪽.

① 이러한 문학적 표현과 종교적 신앙 가운데에서 萬海는 제국주의와 식민주의 및 그 수단으로서의 군국주의가 하나의 역사적 유물임을 깊이 통찰하고 누구보다 열렬하고 전투적인 평화의 시인이 되었다. 그렇게 함으로써 그는 암담한 식민지적 현실에 있어서 그 현실이 허용하는 한계를 뛰어넘어, 그 현실의 질곡을 갈파하고 앞으로 도래할 참된 현실의 질서를 노래하는 최초의 시인이 되었으며,[109]

② 참된 문학은 언제나 지금 있음의 허구성을 깨뜨리고 장차 있어야 할 참된 존재에로 우리를 부단히 이끌어 간다. 자기의 시대를 님이 침묵한 시대로 깨달은 데에 萬海의 정확성이 있다면 그 님이 돌아올 것을 확실히 믿고 굳게 기다릴 줄 알았던 데에 그의 위대성이 있다. 萬海의 시는 무엇보다도 다할 줄 모르는 벅찬 희망의 노래인 것이다.[110]

①에서 염무웅은 만해가 제국주의·식민주의·군국주의가 역사적 유물임을 알았다고 쓴다. 역사가 필연적으로 진보하며 부정적인 것은 과거의 유물이 된다는 논리는 진보적 시간관의 일반적 명제이다. 만해가 실제로 그렇게 생각했든 아니든 그 사실 여부를 떠나서 염무웅이 만해의 특성을 설명할 때 진보적 시간관을 유독 강조하는 사실을 눈여겨봐야 한다. 누군가의 사상을 소개할 때 소개자가 특히 주목하는 부분은 소개자의 가치관을 반영하기 마련이다. 그러므로 위의 서술방식은 염무웅 자신의 진보적 시간관을 누설한다고 볼 수 있다. 위에서처럼 진보적 시간관에 입각한 서술은 불가피하게 "앞으로 도래할 참된 현실의 질서"를 거론하게 된다. 부정적 현실이 지양되고 참된 현실이 도래하고야 말 것이라는 믿음이

109 염무웅, 「만해 한용운론」, 『창비』 26호, 1972 겨울, 733쪽.
110 위의 글, 731쪽.

진보적 시간관의 중핵인 것이다. ②에서 염무웅은 "참된 문학은 언제나 지금 있음의 허구성을 깨뜨리고 장차 있어야 할 참된 존재에로 우리를 부단히 이끌어 간다"고 논한다. "지금 있음의 허구성", "장차 있어야 할 참된 존재"라는 문구는 진보적 시간관의 구조를 충실히 따른다. 염무웅은 역사적 사건뿐만 아니라 개개의 인간도 진보하는 존재라는 사유를 노출한다. 개인의 진보를 이끄는 것이 참된 문학이라는 논리 역시 진보적 시간관의 파생물이다. 그리하여 "벅찬 희망의 노래"가 중요한 의미를 획득한다. 희망이란 문학이 줄 수 있는 지고의 가치로 상정된다. 진보해야 하고 전진해야 하는 역사, 문학사, 인생에서 희망이란 그 어떤 것보다도 전진의 원동력이 되기 때문이다. 이렇게 희망을 강조하는 의식 역시 진보적 시간관을 사유구조로 내장한다.

①그러나 그는 초조해하지도 서두르지도 않는다. 절박하고 비참한 현실을 오히려 유모러스하고 유들유들하게 다루어 살아간다는 그 자체가 인간에 대한 본질적인 신뢰요 역사에 대한 무한한 낙관이라는 것을 다짐함으로써, 자칫 주저앉기 쉬운 우리에게 **새로운 용기와 자신**을 불어넣는다.[111]

②그렇게 될 때, 그 작품은 사회관계의 조직에 대한 충실한 표현이 될 뿐 아니라, 동시에 **未來豫示的인 의미**를 띠게 되는 것이다.[112]

①에서 신경림은 이문구의 창작태도가 인간에 대한 본질적인 신뢰, 역사에 대한 낙관과 동궤에 놓이며, 곧 우리에게 "새로운 용기와 자신을 불

---

111 신경림, 「문학과 민중」, 『창비』 27호, 1973 봄, 24쪽.
112 김병걸, 「한국소설과 사회의식」, 767쪽.

어넣는다"고 말한다. 여기에서 신경림은 용기와 자신을 불어넣는 것을 문학의 중요한 미덕으로 상정한다. 용기와 자신은 곧 희망과도 통하며, 앞의 염무웅의 경우에서도 보았듯이, 용기·자신·희망을 강조하는 언술습관은 진보적 시간관을 내포한다. 진보하는 역사의 한 단계에서 전진하려면 다른 어떤 가치보다도 특히 희망이 필요한 것이다. ②에서 김병걸은 작가가 외부적 리얼리티에 대한 의식의 반작용을 보편적 이념에 잘 부합하도록 조절하면서 작품을 구성한다면 그 작품은 "미래 예시적인 의미"를 띤다고 논한다. 염무웅의 한용운론에서와 같이 "미래 예시"라는 어구의 사용은 진보적 시간관을 전제로 한다.

진보에 대한 믿음이 확고하기에 시대역행은 용서할 수 없는 죄악이 된다.

> 그러나 궁극적으로 人間救濟를 지표로 삼는 문학의 건전성은 어차피 사회문제와 맞부딪치게 되는 관계로 해서 '傾向文學'이 되지 않을 수가 없다. 경향문학을 적대시하는 행위는 문학의 넓은 曠野에로의 진로를 **시대역행**적으로 가로막는 매너리즘에 지나지 않는다. 그것은 또한 因襲主義의 낡은 탈을 벗지 못한 사람들이 가지게 되는 自己延命策의 한 방도일 따름이다.[113]

위에서 김병걸은 경향문학을 적대시하는 행위를 "넓은 광야에로의 진로를 시대역행적으로 가로막는 매너리즘"으로 규정하며 비판한다. 진로를 가로막는 것, 시대역행적인 것은 용납될 수 없다. 이런 규정은 근저에 역사 진보에 대한 확고한 신념을 전제한다.

백낙청은 다음과 같이 진보적 시간관을 구체적으로 천명한다.

---

113 김병걸, 「김정한문학과 리얼리즘」, 104쪽.

①'역사 발전'이 이기주의·출세주의·공리주의의 보편화를 뜻한다면 차라리 안하느니만 못하다는 마음은, 오늘날 인간이 겪고 있는 온갖 고통과 압제와 불안을 볼 때 이런 현실에서 역사의 발전마저 없다면 이는 정녕 참을 수 없겠다는 마음으로 바로 통하는 것이다. 그것은 또, 자기 개인의 당면한 처지가 모자랄 것 없고 억울할 것 없는 혜택받은 것이기 때문에 역사의 진보가 없어도 나 하나는 안타까울 것 없다는 얌체족속들과 결별하고 인간의 連帶性을 긍정하는 마음이기도 하다. '역사의 발전'이 이론적으로 어떻게 규명되건, 이러한 마음을 떠나 참으로 '발전'이라는 이름에 값하는 역사 발전이 있을 수 없으리라는 것은 너무나 명백한 일이다.[114]

②설혹 그 시 한 편이 가을철의 나뭇잎과도 같아서 단 하나의 낙엽이 져도 가을은 온 들판에 다가옴을 말해준다 할지라도, 역사의 흐름이란 지구의 공전(公轉)보다도 훨씬 완만할 수 있는 것이다. '민주회복'이 민족 전원의 목마름으로 번지기 시작했다고 해서 결정적인 변혁이 금명간 이루어지리라는 보장은 없다. 그러나 우리 문학사에서 '민족문학의 시대'만도 벌써 1세기 전에 시작하여 앞으로 얼마나 더 지속될지 예상을 불허한다고 보는 우리로서는 그 당면한 현단계가 몇 달 또는 몇 해쯤 더 길어지거나 짧아진다고 해서 우리에게 주어진 역사의 사명을 달리 어찌해볼 도리가 없는 것이 아닌가.[115]

①에서 백낙청은 인간의 순수한 마음을 전유하면서 역사 발전론을 정당화한다. 그는 "오늘날 인간이 겪고 있는 온갖 고통과 압제와 불안을 볼 때 이런 현실에서 역사의 발전마저 없다면 이는 정녕 참을 수 없겠다는

---

114   백낙청, 「문학적인 것과 인간적인 것」, 450쪽.
115   백낙청, 「민족문학의 현단계」, 68쪽.

마음"에서 역사의 발전을 믿을 수밖에 없다고 논한다. 역사가 발전하지 않는다면 "너무나 억울하겠다는 마음"을 누구나 느끼기 마련이기에 역사의 발전을 신뢰할 수밖에 없다는 것이다. ②에서 백낙청은 역사 발전론을 자연의 섭리에 비유한다. 낙엽 한 잎이 가을을 예고하듯이, 시 한 편이 역사의 발전을 예시할 수 있는 것이다. 그는 역사적 사명의 완수가 비록 늦어질 수 있지만, 그래도 완수는 되리라는 믿음을 피력한다. 그는 이 믿음을, 가을날의 낙엽·지구의 공전 등 자연의 섭리를 전유하는 가운데 이견을 불허하는 것으로 만든다. 그러면서 사명 완수의 완급을 떠나서 역사적 사명에 매진해야 한다고 거룩하게 설파한다. 이로써 역사적 사명의 완수라는 과업은 종교적인 색채까지 띠게 된다. 이렇게 백낙청은 역사 발전론을 본질화하면서 진보적 시간관을 노출한다.

①그러니까 통일을 하나의 '원대한 이상'으로 보는 거나 분단을 어떤 직접적인 심정적인 경험으로 보는 거나 똑같이 우리가 그걸 넘어서야 된다고 봐요. 말하자면 아까 고선생 얘기하셨듯이 우리가 지금 통일을 향한 의지를 가지고 있다는 것 자체가 몇 백 년의 역사를 통해서 수많은 사람들이 피흘리고 싸우고 죽고 해서 얻어진 어떤 자생적 역량의 결과인데, 그런 역량을 키워서 우리가 통일로 이끌지 못하고 있다는 사실은 단순히 좋은 것이 안 오고 있다는 정도의 상태가 아니고 그것이 이루어지지 않은 채 지나가는 하루하루가 그렇게 어렵게 얻어낸 역량을 덧없이 소모하고 있는 겁니다. 말하자면 분단상태에서 보내는 하루하루의 범죄성이랄까 비인간성─그러니까 이 자생적 민족역량이라는 게 생기는 데도 여러 세기가 걸렸지만 한번 생기면 없어지는 데도 상당한 시간이 걸리기 때문에 그게 자기 대(代)에 와서 많이 없어지고 있다고 해도 그걸 모르고 지낼 수도 있는 거지만, 사실은 우리가 분단상태에서도 잘산답시고 이것저것 하고 있는 동안에 정작

그처럼 고귀한 희생으로 얻어진 민족역량을 하루면 하루치만큼, 한 달이면 한 달 치만큼 갉아먹어 들어가는 죄를 저지르고 있다는 걸 의식해야 되겠지요.[116]

②그러나 따지고 보면 이 모든 것은 오늘날의 인간해방운동이 억눌리고 소 외된 다수민중의 각성과 주체적 노력을 요구한다는 역사적 논리를 구현한 것에 지나지 않는다. 기독교에서는 이런 것을 하나님의 섭리라고도 하겠거니와, 여 하튼 제삼세계 억눌린 민족들의 자기주장이 범세계적 인간해방운동의 핵심적 역할을 맡고 있듯이, 이들 민족 내부에서도 그러한 사명의 실천은 소외된 민중 의 주체성 쟁취 과정에 의존하고 있는 것이다.[117]

①에서 백낙청은 통일의 당위성을 특이한 방식으로 증명한다. 몇백 년 의 역사를 통해서 수많은 사람들이 피 흘려서 얻어진 자생적 역량의 결과 로 우리는 지금 통일을 향한 의지를 가지고 있다. 우리가 통일을 못하는 것 은 단순히 좋은 것이 안 온다는 정도의 문제가 아니고 죄의식을 느껴야 하 는 사안이다. 그렇게 어렵게 얻어낸 역량을 덧없이 하루하루 소모하는 것 이기 때문이다. 이를 백낙청은 "분단상태에서 보내는 하루하루의 범죄성 이랄까 비인간성"이라고 지칭한다. "그처럼 고귀한 희생으로 얻어진 민족 역량을 하루면 하루치만큼, 한 달이면 한 달치만큼 갉아먹어 들어가는 죄 를 저지르고 있다는" 것이다. 즉 당대 주어진 과업을 성취하지 못한다면 전 시대의 유산까지도 무화시켜 버리는 중대한 죄악을 저지르는 셈이라는 뜻 이다. 이 발언은 당연히 각 시대 투쟁의 산물은 다음 시대의 밑거름이 되는 동시에 또 다른 과제를 남기며, 새로운 시대의 사람은 당대 과업을 성취해

---

116   고은·구중서·백낙청·유종호·이부영, 앞의 글, 46~47쪽.
117   백낙청, 「인간해방과 민족문화운동」, 16쪽.

야만 하는 사명을 가진다는 사유구조를 배면에 깔고 있다. 이것은 말할 나위 없이 진보적 시간관의 골자이다. ②에서 백낙청은 오늘날의 인간해방 운동이 다수 민중의 각성과 주체적 노력을 요구한다는 주장을 "역사적 논리"라고 지칭하며, 나아가 "하나님의 섭리"라고 확장한다. '역사적 논리=하나님의 섭리'라는 등식이 그의 내면에 자명한 것으로 수용된다. 즉 진보에 대한 믿음은 하나님에 대한 신앙과 동일한 수준으로 자명한 것이 된다.

진보적 시간관은 구체적으로 작품을 분석하는 현장에서도 중요한 준거틀이 된다.

① 결국 **시대의 발전**에 뒤처진 김사백은 자기가 역사의 도도한 흐름에 역류하는 한 개 티끌 같은 존재임을 깨닫고 스스로 목숨을 끊는다. 한때 사회문제에도 관심을 가졌었고 20여 년간 굳굳하게 아동교육에 몰두해 오던 이 성실한 小地主의 자살은 '大成은 在天이요 小成은 在勤이라'던 낡은 관념의 시대가 이제 끝났음을 상징하는 것이라 하겠다.[118]

② 그들은 지주가 있고 소작인이 있어 뺏고 뜯기는 사회적 관계 자체가 근본적으로 청산되는 과정 속에서만 자기들의 사는 길이 있다고 믿는 농민들이다. 그러므로 그들은 허생원과 똑같이 국가의 혜택을 입지 못했으면서도 허생원과 같은 國家虛無主義에 빠지지 않으며 **역사의 전진** 편에 서서 싸울 수 있는 것이다.[119]

③ 작가 黃順元은 준호가 거의 실성하다시피 되어 죽는 과정을 묘사함으로써 舊時代的 모순의 전면적 극복을 통해서만 **역사가 전진**하며 사회적 正義의 구조적 확립

---

118   염무웅, 「8·15 직후의 한국문학」, 139쪽.
119   위의 글, 140쪽.

에 의해서만 민족적 정의의 확립이 실질적으로 이루어질 수 있음을 보여준다.[120]

①에서 염무웅에 따르면, 이선희의 「창」의 김사백은 "역사의 도도한 흐름에 역류하는 한 개 티끌 같은 존재"임을 깨달았기 때문에 자살한다. 여기에서 염무웅은 역사의 흐름에 역류하는 것이 자살해도 마땅할 만큼 중대한 죄악이라고 무의식적으로 전제한다. 또한 "낡은 관념의 시대가 이제 끝났"다는 진술은 시대별로 특유한 관념이 있고 그것은 역사의 흐름에 따라 교체된다는 믿음을 전제로 한 것이기에, 역시 진보적 시간관을 배면에 내장한다. ②에서 염무웅은 이선희 「창」의 김사연이나 황순원의 단편 「황소들」의 바우 아버지가 "역사의 전진 편에 서서 싸"웠다고 논한다. 이 진술 역시 역사의 전진을 자명하게 상정하는 사유구조, 즉 진보적 시간관을 노출한다. ③의 염무웅의 논의에 따르면, 황순원은 「술 이야기」에서 준호를 통해 구시대적 모순의 전면적 극복을 통해서만 "역사가 전진"한다는 사실을 보여준다. 여기에서도 염무웅은 역사의 전진을 자명한 실체로 상정하며 작품을 분석한다.

『창비』의 담론에서와 동일하게 박정희의 담론에서도 목적 지향적 사유구조는 빈번하게 발견된다. 목적 지향적 사유구조는 박정희의 사유와 언술에서 인식상의 기본 틀이 된다.

①그러나 오늘의 우리에게 있어서, 政治는 단순히 사회경제적 현상을 유지시키거나 그 變化를 뒤따라가는 것이 아니라, 民族의 生存과 安全, 그리고 祖國의 繁榮과 統一이라는 뚜렷한 목표를 설정하고 국민의 理解와 協調를 바탕으로 이

---

120 위의 글, 146쪽.

를 효율적으로 달성해 나가는 과정으로 생각되고 있으며, 이에 따라 우리는 이 땅에서 政治의 眞面目을 되찾아가고 있다.[121]

②나는 뜻깊은 이 자리를 빌어, 조국이 처한 오늘의 내외 여건을 살펴보면서 조국의 번영과 평화 통일이라는 국가 목표를 달성하는 데 있어 우리 지성인들 모두가 간직해야 할 사명감을 다시 한 번 강조함으로써 모든 졸업생들의 전도를 축복하는 인사에 대하고자 합니다.[122]

①에서 박정희는 정치를 "민족의 생존과 안전, 그리고 조국의 번영과 통일이라는 뚜렷한 목표를 설정하고" "이를 효율적으로 달성해 나가는 과정"으로 규정한다. 이 규정에서 정치는 뚜렷한 목표와 그를 달성해 나가는 과정으로 구성된다. 이렇게 목표와 과정으로 이루어진 목적 지향적 사유구조는 진보적 시간관의 반영이기도 하지만, 도구적 이성의 세례를 전제로 한다. '목표를 위한 과업'의 구조에서 과업은 목표를 위해 도구적으로 사용되는 것이다. ②에서 박정희는 조국의 번영과 평화 통일을 국가 목표로 설정하고, 국가 목표를 달성하기 위해 지성인은 사명감을 가져야 한다고 말한다. 목표를 달성하기 위해 사명감을 가져야 한다는 언술의 밑바닥에는 '무엇을 하기 위한 무엇'으로 구조화된 목적 지향적 사유구조가 존재한다. 이 역시 도구적 이성과 유관하다.

① 우리의 이상은 경제 사회의 개혁에서부터 기동(起動)하여 자주성을 회복하여 국민 각자의 자아(自我)의 재발견(再發見)을 통한 정신적, 문화적 혁명으로

---

121 박정희, 『民族中興의 길』, 77쪽.
122 「1972년도 서울 대학교 졸업식 치사」, 1972. 2. 26, 『연설문집』 9집, 86쪽.

완결되어야 하는 것이다. 그러한 의미에서 근대화의 최종 목적은 바로 인간의 근대화에 있다고도 하겠다.[123]

　②우리의 민족적 이상(民族的理想)이 예속이나 의존에 있을 수 없고 단호하게 독립과 자립을 실현하는 데 있으며, 또한 경제 건설이 그 자체로서 궁극적 목적이 아니라, 보다 높은 차원의 민족적 과제(民族的課題)를 해결하기 위한 필요하고도 요긴한 조건이라고 확신하는 한, 우리는 경제적 자립의 토대 위에서 국민의 의지와 의욕을 성공적으로 통합해 감으로써 정치 주권과 자주성을 선양하도록 힘쓸 것이다.[124]

　①에서 박정희는 이상(理想)을 단계별로 구분한다. 그의 사유구조에서, 이상은 '경제 사회의 개혁-자주성 회복-국민 각자의 재발견을 통한 정신적·문화적 혁명' 순으로 높낮이에 따라 일렬로 도열한다. 박정희는 근대화의 최종 목적을 인간의 근대화로 규정한다. ②에서 박정희는 경제 건설이 그 자체로 궁극적 목적이 아니라, "보다 높은 차원의 민족적 과제를 해결하기 위한 필요하고도 요긴한 조건"이라고 규정한다. 여기에서 보다 높은 민족적 과제란 정치 주권과 자주성의 선양이다. 이처럼 가치는 피라미드처럼 위계화된바, 이는 두 가지 시사점을 던져준다. 첫째, 시기에 따라 단계적으로 완수해야 할 과업이 있다. 이것은 시간이 일정한 단계를 거쳐 발전한다는 진보적 시간관의 반영이다. 둘째, 가치가 질서정연하게 위계화되어 있다. 여기에서 당대 만연한 가치의 위계화구도를 볼 수 있다. 위계화는 하나의 직선적 가치구도에서만 가능하다. 다양한 가치구도는 위

123　박정희, 『民族의 底力』, 253쪽.
124　위의 책, 257~258쪽.

계화를 허용하지 않는다. 따라서 위계화구도는 근대적 동일성 내지는 파시즘과 유관하다.

목적 지향적 사유구조는 "기여"와 "이바지"라는 상투어를 거느린다. 『창비』의 담론에서와 마찬가지로, 박정희의 담론에서도 "기여" · "이바지"는 상투어로 등장한다.

①三 · 一운동의 참뜻을 요약하자면, (…중략…) 우리의 민족혼(民族魂)을 선양하는 길이, 궁극적으로 세계 평화에 **기여**하는 길이라는 우리의 이상을 선양하였다는 것이다.[125]

②여기서 우리는 주로 창의성(創意性)과 협동 의식(協同意識)을 갖고 민족으로서의 자각과 발전에 **이바지**하는 인간을 형성하려는 민족의 이상을 재천명(再闡明)한 것이다.[126]

③이제, 우리 대학은 다가온 이 70년대를 긍정적 역할과 기능을 회복하여 조국 건설의 선도적 사명을 다하는 '**공헌**의 시기'로 만드는 데 힘써야 할 것이며, 오늘 사회에 첫발을 내디디는 졸업생 여러분들은, 지성인의 사명을 올바로 인식하고, 주어진 기회와 막중한 책임 앞에 새로운 결의를 스스로 다짐하는 바가 있어야 하겠습니다.[127]

①에서 박정희는 민족혼의 선양이 궁극적으로 세계 평화에 기여하는 길

---

125 위의 책, 66쪽.
126 위의 책, 172쪽.
127 「서울 대학교 졸업식 치사」, 1970.2.26, 『연설문집』7집, 82쪽.

이라는 뜻을 피력한다. ②에서 박정희는 민족으로서의 자각과 발전에 이바지하는 인간을 형성하는 것이 민족의 이상이라고 말한다. ③에서 박정희는 70년대를 조국 건설의 선도적 사명을 다하는 공헌의 시기로 만들어야 한다고 말한다. 이상에서 "기여", "이바지", "공헌"이라는 상투어들을 볼 수 있다. 이런 상투어는 '목적과 그것을 이루기 위한 수단'으로 구성된 목적 지향적 사유구조에서 파생된 말들이다. 수단은 위대한 목적을 위해 기여·이바지·공헌해야 하기 때문이다. 이 역시 이성을 도구적으로 사용하는 정신의 반영이며, 가치를 높낮이에 따라 위계화하는 의식의 소산이다. 낮은 가치는 높은 가치에 복속되고 봉사해야 하는 것이다. 이는 또한 크고 높은 유일한 목적만 소중히 여긴다는 점에서 사대주의적 혹은 제국주의적 망탈리테와도 연관되는 것으로 보인다. 또한 이것은 시간을 점점 큰 이상을 실현해 가는 과정으로 상정함으로써 진보적 시간관을 노출한다.

『창비』의 평문에서와 마찬가지로 '과업'과 '사명'은 박정희의 글에서도 상투어로 등장한다. 이 상투어들은 목적 지향적 사유구조와 동시에 진보적 시간관을 내장한다.

①지난 八, 九년 우리 민족은 다시는 과거의 쓰라린 전철(前轍)을 되풀이 말자는 자각으로 자주와 자립, 번영과 통일을 이룩하기 위해 조국 근대화(祖國近代化)와 민족 중흥(民族中興)의 역사적 **과업**을 추진해 왔다. 이제 우리는 六0년대에 착수한 이 **과업**을 다가온 七0년대에 기필코 완성할 것을 다짐하고 있다. 이 거창한 민족적 **과업**(民族的課業)을 성취함에 있어 우리의 찬란했던 민족사(民族史)의 기록이 자신과 긍지의 원천이 될 수 있는 것이라면, 불행했던 근세 1백 년의 민족의 발자취는 분발과 노력의 촉진제가 될 수 있을 것이다.[128]

②정치적 자주성을 획득하고 경제적 자립(經濟的自立)과 국민 복지(國民福祉)를 실현하며 민족 문화의 창달을 꾀하고 민족 통일을 완수하는 우리의 **역사적 대과업**(歷史的大課業)은 국민의 자발적인 각성과 정부의 효율적인 지도력에 의해 이미 전진의 궤도 위에 올라 섰다. 이제 남아 있는 문제는 이러한 우리의 민족적 이상(民族的理想)을 어떻게 하면 우리 스스로의 힘으로 빨리, 그리고 완벽하게 현실 속에 구상시킬 수 있는가 하는 것뿐이다.[129]

①에서 박정희는 자주와 자립, 번영과 통일을 이룩하기 위해 "조국 근대화"와 "민족 중흥"을 역사적 과업으로 설정한다. "60년대에 착수한 이 과업을" "70년대에 기필코 완성할 것"이라는 진술에서 과업이 완성이라는 극단을 가지고 있음을 알 수 있다. 이 진술은 시작과 끝을 자명하게 상정하는 진보적 시간관을 그 내적 구조로 가진다. 여기서 진보적 시간은 단일하고 직선적인 시간이기도 하다. ②에서 박정희는 정치적 자주성의 획득, 경제적 자립, 국민 복지의 실현, 민족문화의 창달, 민족 통일의 완수를 역사적 대과업으로 설정한다. 이를 당대 상투어인 "전진"이라는 말로 곧바로 연결시킨다. '과업'과 '전진'은 시작과 끝을 자명하게 전제하는 진보적·직선적·단선적 시간관에서 출현 가능한 상투어들이다. 과업은 그것을 반드시 실현해야 한다는 필연적 당위성을 거느리고, 완수를 목적으로 하는 능률 위주, 기능 위주 가치관과도 연동된다.[130]

---

128 박정희, 『民族의 底力』, 20쪽.
129 위의 책, 235쪽.
130 다음에서도 "과업"과 "사명"이 상투어로 쓰이고 있음을 볼 수 있다. 여기에서 과업과 사명을 부각하는 언술은 국민의 능률·근면·성실·단합을 이끌어내는 전략적 함의를 가진다. 특히 단합은 유신을 정당화하는 논리적 기반이 되기도 했으므로 결국 과업주의는 파시즘을 정당화하는 한 거점으로 기능한다고도 볼 수 있다. "우리는 조국의 근대화와 민족 자립(民族自立)이라는 구원(久遠)의 이상을 달성하기 위하여, 우리

『창비』 필진의 글에서와 마찬가지로 박정희의 저서에서도 "전진"이라는 말은 매우 자주 등장한다.

①六·二五 동란은 우리에게 반공 민주주의(反共民主主義)의 진의(眞意)를 파악케 하고 진정한 평화와 정의를 구현할 수 있기 위해서는 우리의 주체적 역량(主體的力量)의 배양이 시급함을 깨우쳐 준 귀중한 교훈이었다. 혼란과 고난 속에서도 **전진**을 위해서 교훈을 배우는 민족만이 장래의 결실을 약속받을 수 있는 것이다.[131]

②국민의 의식 속에 가라앉아 있던 우리 민족의 이상이 새로운 자각으로 응결(凝結)되어 드디어 현실의 표면으로 떠올랐고, 이것은 또한 七0년대를 향해 **전진**을 계속하고 있는 것이다.[132]

가 지금 당장 할 수 있는 일을 또 내일로 미룰 수는 없다는 극히 평범하면서도 무한한 철리(哲理)를 지닌 결의를 가지고 이 사업에 착수한 것이다."(위의 책, 139쪽) 여기에서 과업을 강조하는 언술은 능률주의와 결탁한다. "우리는 五千萬 겨레의 念願과, 五千年 民族史의 요청에 따라, 國土分斷의 悲劇을 넘어, 統一祖國의 새 시대를 개막시킬 엄숙한 使命을 갖고 있다. 그러나 分斷에서 統一로 이르는 길은, 어느 民族에게나 어렵고 벅찬 歷史創造의 과정이다. 統一은 언제나 거저 주어지는 선물이 아니라, 오로지 꾸준히 준비하고 노력하는 民族만이 이룩할 수 있는 大事요 偉業이다."(박정희, 『民族中興의 길』, 161쪽) 여기에서 박정희는 통일을 시대의 사명으로 규정한다. 그리고 그를 위해 꾸준히 준비하고 노력할 것을 촉구한다. 이상은 과업을 부각하는 언술이 국민의 근면과 성실을 끌어내기 위한 정치 전략으로 작동한 사례이다. "한국의 민족주의가 안으로 당면한 70년대 전반기의 과제는 구체적으로 『힘』을 배양하는 데 요청되는 『국민적 단합』입니다. (…중략…) 문제는, 이 목표의 달성을 위해서 우리가 국민적 단합을 어떻게 이룩하느냐 하는 데 있습니다."(「1971년도 서울 대학교 졸업식 치사」, 1971.2.26, 『연설문집』 8집, 111쪽) 여기에서 박정희는 70년대의 과제를 완수하기 위해 국민적 단합을 요구한다. 특히 국민적 단합의 요구는 반발을 죄악시하면서 유신을 정당화하는 명분이 되기도 했는데, 이런 차원에서 과업주의는 파시즘을 정당화하기 위한 한 거점이 되기도 했다.

131 박정희, 『民族의 底力』, 102쪽.
132 위의 책, 235쪽.

③ 우리는 북괴의 도전에 대항할 수 있는 힘과 기동력을 항상 비축하고 **전진적 자세**(前進的姿勢)를 계속 간직할 것이다.[133]

④ 六0년대를 가로질러 줄곧 오늘날까지 뻗어 오고 있는 건설에의 열망과 노력은 메말랐던 이 땅 위에 비약적인 경제 발전의 성과를 가져 왔고 이것은 앞으로의 **전진**을 위해 움직일 수 없는 초석(礎石)이 되어 있다. (…중략…) 한국인은 다시 미래에 대한 신념을 가지게 되었고 마음 속으로는 스스로 개발해 가려는 **전진적 의욕**을 가다듬었다.[134]

①에서 박정희는 6·25동란에서 반공 민주주의의 진의와 주체적 역량 배양의 시급성을 배울 수 있다고 논한다. 그러면서 고난 속에서도 "전진"을 위한 교훈을 배우는 민족만이 "장래의 결실"을 기약할 수 있다고 한다. 여기에서 박정희가 논의를 전개할 때 자명한 전제로 삼은 것들은 역사는 전진한다는 전제, 장래의 결실을 위해 현재 교훈을 배워야 한다는 전제이다. 이 전제를 사유구조로 볼 수 있는바, 이들은 모두 진보적 시간관을 가리킨다. ②에서 박정희는 민족의 이상이 70년대를 향해 "전진"을 계속하고 있다고 논한다. 특별한 이유 없이도 다른 어휘를 사용할 수 있는 자리에 굳이 "전진"이라는 말을 쓴 사실은 "전진"이 당대를 활보하던 상투어임을 보여준다. ③에서 박정희는 북한의 도전에 대항할 힘을 비축하며 "전진"적 자세를 간직할 것이라고 말한다. 역시 "전진"이라는 말이 쓰이지 않아도 좋을 곳에 쓰인 사례, 즉 상투어로 사용된 사례이다. ④에서 박정희는 경제 발전을 뜻할 때에도 "전진"이라는 말을 쓰고, 자아 개발을 의

---

133   위의 책, 244~245쪽.
134   위의 책, 248쪽.

미할 때에도 "전진"이라는 말을 사용한다. "전진"은 발전과 개발의 의미를 가진 맥락이라면 모든 곳에 쓰일 수 있는 말이었던 것이다. '애국'이 그러했던 것처럼, '전진'도 만물에 편재하는 기호였다.

①국민과 함께 **역사적 대전진**(歷史的大前進)을 수행하고 있다는 부푼 환희를 가지고, 보이지 않는 우리의 이 혁명이 보이는 어떠한 혁명보다 더 큰 위력을 가지고 있다는 것을 증명할 것이다.[135]

②時間的으로는 民族의 歷史를 꿰뚫어 보며, 空間的으로는 世界史의 潮流를 한 눈에 굽어보는 直觀力으로 民族의 座標를 올바로 설정하고, 그곳에 도달할 수 있는 구체적인 設計圖를 마련하는 지혜와 力量이 있어야 한다. 이러한 設計를 꾸준하고 박력있게 추진해 나가는 노력 없이 **歷史의 前進이나 發展**은 기대할 수 없다.[136]

①에서는 시대 전체가 "역사적 대전진"을 한다고 설정된다. ②에서는 "역사의 전진이나 발전"이 자명하게 추구해야 할 지고의 가치로 상정된다. 박정희는 전진과 발전을 위해서 민족의 역사와 세계사를 통찰해야 한다고 진술한다. 이는 현재를 과거 역사의 연장선상에서 파악하는 점, 미래의 발전이 현재의 지혜에 의해 이룩된다고 상정하는 점에서 진보적 시간관을 내장한다. 또한 '좌표 설정', '목표 도달' 등의 어구도 앞서 『창비』 평문들의 경우에서와 같이, '목표와 그를 달성하기 위한 과업'의 구조로 이루어진 목적 지향적 사유구조, 나아가 진보적 시간관을 노출한다.

박정희는 연초 기자회견에서 60년대를 어떻게 회고하느냐고 묻는 기

---

135   위의 책, 280~281쪽.
136   박정희, 『民族中興의 길』, 66~67쪽.

자단 질문에 이렇게 대답한다. 여기에서 박정희의 진보적 시간관을 단적
으로 알 수 있다.

> 그러나, 나는 60년대를 이 연대에 어떠한 일들이 있었다, 어떠한 사건들이 일
> 어났다, 어떠한 성과가 있었다, 이러한 문제보다도 우리 역사상 긴 흐름 속에서
> 이 60년대가 어떠한 위치를 점하느냐, 이 연대가 역사상에 있어서 어떤 역할을
> 했느냐, 또한 60년대에 있었던 일들이 앞으로 다음 세대에 어떠한 영향을 미치
> 겠느냐 하는 관점에서 보고자 합니다. (…중략…) 우리 민족사의 흐름 속에 있어
> 서 이 10년이라고 하는 한 토막의 세월을 하나의 정신적인 측면에서 볼 때, 지난
> 60년대는 잠자던 우리 민족이 비로소 일대 각성을 하고 새로이 분발을 하기 시
> 작한『민족 자각의 연대였다』나는 이렇게 보고 싶습니다. 이제부터 우리도 좀
> 정신 차려서 잘 살아 봐야 되겠다, 과거의 역사를 씻어버리고 새로운 역사를 창
> 조해서 남 못지않게 잘 사는 민족이 되어야 하겠다, 또 우리가 노력하면 충분히
> 잘 살 수 있다, 이러한 우리의 자각과 자신을 되찾은 연대였다고 생각합니다.[137]

위에서 박정희는 60년대에 일어난 사건들과 성과들을 개별적, 구체적
으로 이야기하기보다 "우리 역사상 긴 흐름 속에서 이 60년대가 어떠한
위치를 점하느냐, 이 연대가 역사상에 있어서 어떤 역할을 했느냐, 또한
60년대에 있었던 일들이 앞으로 다음 세대에 어떠한 영향을 미치겠느냐
하는 관점에서 보고자" 한다고 말한다. 역사의 긴 흐름 속에서 특정 시대
의 위치, 특정 시대가 수행한 역할, 그 시대가 미래에 줄 영향력에 주목하
겠다는 진술은 역사를 인과성과 필연성으로 촘촘히 조직된 단일한 선으

---

137 「연초 기자 회견」, 1970.1.9, 『연설문집』 7집, 14쪽.

로 인식하는 전제를 내포한다. 역사는 방만한 사건들이 산발적으로 흩어진 다양체가 아니라, 현재가 과거·미래와 필연적 인과관계로 맺어진 논리적인 의미의 집합인 것이다. 그리하여 박정희는 60년대의 의미를 "민족 자각의 연대"라는 점에서 찾는다. 여기에서도 박정희의 진보적 시간관을 확인할 수 있으며, 그 구조는 『창비』 필진들의 그것과 상당히 유사함을 알 수 있다.

> 이러한 과거의 어두운 역사적 배경 속에서 우리 민족이 비로소 각성을 하고 과거의 역사를 깨끗이 청산을 하고 새로운 역사를 창조하기 위한 민족의 자각이 일어나기 시작했고, 또 민족 중흥이라는 기치를 높이 들고 온 민족이 일대 전진을 개시해서 역사적인 새로운 전환점을 마련했습니다.[138]

위에서 박정희는 60년대에 과거의 역사를 깨끗이 청산하고 새로운 역사를 창조하기 위한 기운이 일어났고 온 민족이 일대 전진을 개시해서 역사적인 새로운 전환점을 마련했다고 진술한다. 과거 청산과 새로운 역사의 창조라는 언술은 시간을 진보적인 것으로 보는 사유구조에서 파생된 것이다. "역사적인 새로운 전환점"이라는 말 역시 특정 시기를 산발적이거나 독자적으로 파악하지 않고, 연속적인 전체 역사의 흐름 속 위상을 고려하여 파악하려는 사유구조에서 가능한 발언이다.[139] 이때 역사는 균질한 것으로 상정된다. 위 발언의 근저에 놓인 사유구조 역시 진보적 시간관이다.

진보적 시간관은 단일한 역사의 법칙을 상정한다. 다음 글들에서 박정

---

138 위의 글, 15쪽.
139 콩도르세는 역사를 몇 개의 단계로 나누어 구분하고 현재를 그 중 어딘가에 위치 짓는 서술방식을 처음 제시했다. 그는 역사를 열 개의 단계로 나누고 각 단계를 전 단계에 마련된 여러 조건의 결과라고 보았다(이진경, 앞의 책, 288~289쪽 참조).

희는 역사의 법칙 혹은 역사의 진운을 자명한 실체로 상정하고 상투어로 상용한다.

> 한 핏줄을 이어받은 단일 민족인 우리들에게 과해진 강요된 분단이 결코 항구화될 수는 없는 것이며, 민족의 재결합은 반드시 이루어진다는 **역사적 필연성**을 굳게 믿고, 우리들의 노력 여하에 따라서 그 시기는 더욱 단축될 수 있다는 신념 밑에, 70년대를 빛나는 통일의 연대로 장식할 수 있도록 과감한 전진을 개시합시다.[140]

위에서 박정희는 통일이 반드시 이루어진다는 "역사적 필연성"을 믿어야 한다고 말한다. 역사 발전의 단계에서 각각 무엇인가가 이루어질 수밖에 없는 필연성을 가진다는 명제는 진보적 시간관의 핵심적 전제이다. 『창비』 필진이나 박정희나 모두 진보적 시간관을 뿌리 깊은 사유구조로 체화했음을 알 수 있다. 이밖에도 "민족적 위기에 임할 때에 전통적인 민족 정신이 발로되는 **역사 법칙**(歷史法則)",[141] "우리의 운명이 오직 우리들 자신의 자주 역량 여하에 따라 판가름될 것이라는 엄연한 **역사의 법칙**"[142] 등에서 보듯 박정희는 역사의 법칙이라는 말을 상투어로 사용한다. 『창비』 필진과 마찬가지로 박정희는 '역사의 법칙'을 자명한 실체로 상정한다. 그들은 자신의 소망을 투사한 미래의 이상(理想)을 역사의 법칙이라고 지정하는데, 이로써 다른 미래의 가능성을 소거한다. 자신의 미래 이상을 역사의 법칙으로 거창하게 의미화하는 언술 자체가 그 이상의 동일성을 강화하려는 의도를 내포한다. 게다가 역사의 법칙이라는 거대한 가치 아

---

140 「북한 동포에게 보내는 메시지」, 1970.1.1, 『연설문집』 7집, 9쪽.
141 박정희, 『民族의 底力』, 116쪽.
142 「제7대 대통령 취임사」, 1971.7.1, 『연설문집』 8집, 372~373쪽.

래에서 작고 다양한 가치들은 쉽사리 사소한 것으로 치부되고, 무화(無化)될 수 있었다. 따라서 역사의 법칙이라는 상투어는 근대적 동일성과 밀접히 관련된 것으로 보인다. 또한 아렌트가 지적하듯이, 역사 법칙이란 일반적으로 파시즘 지도자들이 애용하는 상투어이기도 하다.[143]

이 절의 서두에서 논했듯 진보적 시간관은 일종의 미래주의와 연동된다.

① 우리 민족은 어려움을 당할수록 조국의 명운(命運)을 다음 세대에 거는 『**미래의 열쇠**』로서의 교육이라는 이미지를 잠재 의식으로 간직하고 있었는지도 모른다.[144]

② 그리하여, 조상의 얼을 되살리며, 영광된 조국의 앞날을 가늠하고 슬기를 모아 인류 공영에 이바지할 영재를 길러내게 하고자 합니다. 한 세대의 생존은 유한하나 조국과 민족의 생명은 영원한 것, 오늘 우리 세대가 땀흘려 이룩하는 모든 것이 결코 오늘을 잘 살고자 함이 아니요, 이를 **내일의 세대** 앞에 물려주어 길이 겨레의 영원한 생명을 생동케 하고자 함입니다.[145]

③ 우리 모두가 밝아오는 민족의 새 아침을 위하여 전진합시다. 그 위대한 전진에 참여한 보람으로 **미래**를 개척합시다.[146]

---

143 아렌트에 따르면 전체주의 지배자는 종종 한 사람의 뜻이 아니라 역사의 법칙을 집행한다고 주장한다. 또한 그는 스스로 정의롭다거나 현명하다고 내세우지 않고, 단지 역사 법칙을 구현한다고 주장할 뿐이다. 그는 법을 적용하는 것이 아니라 운동의 고유한 법칙에 따라 운동을 수행하고 있는 것이다. 전체주의는 역사 법칙이나 자연 법칙을 집행하면서 사적인 윤리 원칙을 사소한 것으로 치부한다. 전체주의는 역사 법칙을 전유하면서 개인보다는 전체의 적법성만을 중시한다(한나 아렌트, 앞의 책, 257~262쪽 참조).
144 박정희, 『民族의 底力』, 106쪽.
145 「서울 대학교 총장에게 보내는 친서」, 1970.3.16, 『연설문집』 7집, 113쪽.
146 「1971년도 서울 대학교 졸업식 치사」, 1971.2.26, 『연설문집』 8집, 112쪽.

①에서 박정희는 우리 민족이 옛부터 "교육"에, 조국의 명운을 다음 세대에 거는 "미래의 열쇠"로서의 의미를 부여해 왔다고 말한다. 이는 박정희 당대의 가치관을 과거에 투사한 것으로 보이나, 과거를 호출하는 방식은 당대의 가치관을 보여준다. 과거를 교육열이 가득한 시기로 호출한 사실은 교육열을 중시하는 당대의 가치관을 시사한다. 당대의 교육열 역시 미래주의의 소산이며, 근저에 진보적 시간관을 내장한다. ②는 서울대학교 총장에게 보내는 박정희의 친서 중 일부이다. 관악산으로 서울대학교 캠퍼스를 이전한다는 결정을 전달하는 즈음에 보낸 친서이다. 그는 "영광된 조국의 앞날"을 가늠할 영재들을 기르고, 오늘 우리 세대가 이룩한 모든 것을 "내일의 세대 앞에 물려주어" "길이 겨레의 영원한 생명을 생동케 하고자" 한다고 쓴다. 앞날을 위해 인재를 육성하고 오늘의 성과를 내일에 물려준다는 발상은 미래주의를 표출할 뿐만 아니라, 현재-미래의 인과적·필연적 연결을 신봉하는 시간관의 소산이다. 당대 이러한 진보적 시간관과 미래주의는 자명한 상식으로 수용되었다. 그래서 ③에서처럼, "새 아침을 위하여 전진"하고, "미래를 개척"하자는 구호가 힘을 발휘할 수 있었다. 이러한 미래주의는 미래의 전망을 제시함으로써 현재의 분열을 봉합하는 기능 역시 수행한다. 또한 미래를 강조하는 언술은 정권을 선전하는 좋은 방편이 되기도 한다. 가령 정권이나 정책의 정당성이 미래에 증명될 것이라고 주장하면 현재의 정당성 증명 과정을 면제받을 수 있다.[147]

목적 지향적 사유구조는 목적을 위한 수단의 도구적 사용을 자명하게

---

[147] 아렌트에 따르면, 미래를 강조하는 언술은 전체주의 선전의 주요한 방법 중 하나이다. "전체주의 선전은 이데올로기적 과학성과 예언 형태의 진술 테크닉을 방법적 효율성과 내용적 부조리의 극치로 끌어올린다. 선동적으로 말하자면, 미래만이 그 이점을 드러낼 것이라고 말하면서 어떤 논증을 현재의 통제로부터 면제시키는 것보다 토론을 피할 수 있는 더 좋은 방법은 거의 없었기 때문이다."(한나 아렌트, 앞의 책, 79쪽)

상정한다. 이는 이성을 목표를 위한 순수한 기관으로서의 이성, 즉 도구적 이성[148]으로 여기는 망탈리테와 연동된다. 또한 목적 지향적 사유구조는 가치의 위계화구도와 연관된다. 작은 가치는 큰 가치에 복속되어야 한다고 상정하는 점에서 그렇다. 여기에서 큰 가치는 종종 공동체 혹은 전체의 가치를 의미한다. 따라서 목적 지향적 사유구조는 멸사봉공정신과도 관련된다. 또한 목적 지향적 사유구조와 밀접히 연관된 가치의 위계화구도는 단 하나의 위대한 가치를 전제한다. 가치가 다양하다면 가치의 위계화구도가 파생될 수 없다. 이런 면에서 목적 지향적 사유구조는 근대적 동일성을 심층적 토대로 지닌다. 진보적 시간관은 과거·현재·미래가 엄격한 인과율로 촘촘히 연결된 직선적인 구도를 상정한다. 이것은 유일하고 지고한 이상을 정점에 두고, 모든 것을 그 이상의 성취를 위해 기여해야 하는 것으로 상정하는 점에서 근대적 동일성을 심층에 내장한다. 또한 이는 단일한 역사 법칙 혹은 역사 법칙을 실현하는 단일한 대열에서 누락된 것을 배려하지 않는다. 게다가 저자들은 자신이 소망하는 미래의 이상을 역사의 법칙이라고 명명하면서, 다른 미래의 가능성을 소거하고 자기 소망의 동일성을 강화한다. 이런 면에서 진보적 시간관은 근대적 동일성을 심층에 함의한다. 목적 지향적 사유구조와 진보적 시간관은 오늘날의 사유구조와 대체로 다르기에 시대성을 띤 것으로 볼 수 있으며, 따라서 그것을 70년대의 망탈리테로 파악할 수 있을 것이다. 오늘날 더 이상 역사가 진보한다는 믿음이나 목적 지향적 사유구조는 자명하게 받아들여지지 않고 있다. 소설을 예로 들자면, 현재와 미래를 재앙으로 보는 경향, 성장을 거부하는 경향, 무목적적이고 어떤 종류의 도구적 이용에도 무심한 인물들이 주류를

---

148 막스 호르크하이머·테오도르 아도르노, 앞의 책, 60쪽 참조.

이루는 경향[149] 등을 빈번하게 볼 수 있다. 이는 목적 지향적 사유구조와 진보적 시간관에 대립하는 오늘날의 망탈리테를 보여주는 사례이다.

4. 이분법적 대립 개념과 변증법적 사유구조

앞서 『창비』 필진과 박정희가 사유를 전개하면서 무의식적으로 기대는 전제, 사유를 추동하는 동력, 사유의 습관을 살펴보았다. 이 글은 이들을 망탈리테의 일환인 사유구조로 규정했다. 전유의 기제, 목적 지향적 사유구조, 진보적 시간관이 그 사유구조였고, 이들은 근저에 근대적 동일성의 망탈리테를 내장한다. 이제 『문지』의 사유구조를 살피고자 한다. 특히 『문지』는 『창비』와 대립되는 사유구조를 보인다고 알려져 있다. 그렇지만 이 글은 두 매체의 사유구조가 차이에도 불구하고 유사한 토대 위에 있다고 볼 가능성을 제기한다. 여기에서 이 글은 『창비』, 『문지』와 박정희의 담론의 명백한 동일성을 부각하려고 의도하지 않는다. 이 글의 의도는 각기 고유한 개성과 차이를 지닌 그 저작들의 뚜렷한 동일성이 아니라, 그들의 근저를 관통하는 유사한 흐름에 주목하려는 것이다. 동시대에 발아한 집단적 저작들이 저마다 특색 있는 서로 다른 목소리를 내었더라도, 그 근저에 유사한 흐름을 공유하리라는 추론이 불가능한 것만은 아니라고 생각된다.[150]

---

149 강계숙·김형중·이수형, 「좌담―한국소설의 현재와 미래」, 『문학과사회』, 2009 봄; 복도훈, 앞의 글 참조.

150 이 절은 졸고, 「1970년대 계간지 『文學과 知性』 연구―비평의식의 심층구조를 중심으로」, 『우리어문연구』 33호, 우리어문학회, 2009, 259~271쪽의 논의를 수정·보완한 것이다.

1) 사유의 초석으로서의 이분법적 대립 개념

『문지』 동인들은 그들의 평문에서 빈번하게 이분법적 대립 개념을 제시한다. 가령 내용 / 형식, 객관성 / 주관성, 상상력 / 현실, 감정 / 논리, 전통 / 새로움, 이념 / 표현, 역사 / 문학, 개인 / 사회 등이 동인들의 평문에 자주 등장하는 대립 개념들이다. 이들 표현은 동인들의 글 중 어떤 것을 들춰 보아도 어렵지 않게 발견할 수 있다.

그 이데알리스트를 통해, '內容-形式, 客觀性-主觀性, 意味-不條理, 건축-파괴, 기억-현재, 상상력-현실 등등의' 모순된 대립어들이 그 모순을 지양할 계기를 얻는다.[151]

그 동안 많은 지식인들은 '나'와 社會와의 관계에서, 전통적인 것과 새로운 문화와의 사이에서, 感情과 논리 사이에서 방황을 해 왔고, 여기에 한국적 고민의 樣相이 드러나고 있으며, 李浩哲씨의 문학은 그것을 體現하고 있는 것이다.[152]

이 글의 목적은 五十年代의 문학을 개괄함으로써 한국문학의 고질적 병폐가 되어온 理念과 表現의 괴리현상을 뚜렷하게 제시하려는 데에 있다.[153]

역사와 문학과의 관계만큼 인간의 정신 활동, 요컨대 '문화'에서 우리를 긴장시키는 것은 드물다.[154]

---

151 김현, 「한국소설의 가능성-리얼리즘론 별견」, 『문지』 1호, 1970 가을, 40쪽.
152 김치수, 「관조자의 세계-이호철론」, 『문지』 2호, 1970 겨울, 363쪽.
153 김현, 「테로리즘의 문학-오십년대 문학소고」, 『문지』 4호, 1971 여름, 337쪽.
154 김주연, 「역사와 문학-이병주의 「변명」이 뜻하는 것」, 『문지』 11호, 1973 봄, 162쪽.

동인들의 평문에서 발췌한 위 글에서 그들은 자신의 논리를 전개하기 위한 매개항으로서 자주 "모순된 대립어"를 설정한다. "모순된 대립어" 혹은 이분법적 대립 개념은 그들에게 사고를 전개하기 위한 초석이 되는 것이다. 많은 경우 동인들은 실제로 작품을 분석하면서도 이분법적 대립 개념에 발단하여 논의를 전개한다.

'난장이' 연작들이 문학적 평가를 얻고 있고 또 얻어야 한다는 것은 이 울림과 일치의 효과에 의해서일 것이며 이 효과의 고찰이 이 작가의 세계관과 방법론에 밀접한 관련을 맺고 있는 것이다. 아마 이 고찰은 따라서 많은 대립적 개념들의 문제점들을 안고 있을 것이다. 가령 개인과 사회, 내용과 형식, 주제와 기법 또는 주관적 감수성과 집단적 의식, 내면성과 객관성, 개인성과 역사성, 초월과 참여 같은 것이 그렇다. 사회적 실감과 내적 감수성에는 이런 많은 문제들이 궁극적으로 관련된다. 趙世熙의 연작 소설들 자체가 결론적으로 지적하자면 이런 많은 개념들의 대립적인 관계를 드러내고 있다.[155]

조세희의 『난장이가 쏘아 올린 작은 공』을 분석한 김병익의 글의 일부이다. 개인 / 사회, 내용 / 형식, 주제 / 기법, 주관적 감수성 / 집단적 의식, 내면성 / 객관성, 개인성 / 역사성, 초월 / 참여 등 다종다양한 대립 개념이 위 평문에 등장한다. 실제로 김병익은 조세희의 소설이 이 대립적 가치들을 지양하고 종합하면서 독특한 미학을 성취했다고 고평한다.

편집동인들의 글에 자주 나타나는 이분법적 대립 개념은 그들의 독특한 문학관 혹은 문학 분석 방법론을 전개하기 위한 초석이다. 이분법적

---

155 김병익, 「대위적 세계관과 미학 ─ 조세희의 『난장이』」, 『문지』 34호, 1978 겨울, 1232쪽.

대립 개념은 곧이어 대립항의 지양과 종합을 꾀하는 변증법적 사고로 발전한다. 즉 이분법적 대립 개념의 설정은 그 후 변증법적 사고를 전개하기 위한 시금석으로 기능한다. 이분법적 대립 개념이 그토록 빈번하게 출현하는 만큼 변증법적 사고 역시 『문지』 동인들의 평문 어디에서나 노출된다. 변증법적 사고는 동인들의 문학관의 표현임과 동시에 논리 전개의 방법론이 된다. 동인들은 변증법적 사고방식에 기대어 자신만의 문학이론을 정립할 뿐만 아니라, 작품을 분석하고 평가한다. 정희모가 『문지』 동인들을, 『창비』 필진과 더불어 "헤겔적 지성의 후예"[156]이라고 일컬은 바 있거니와, 변증법적 사고방식은 『문지』 동인들의 세계 인식 혹은 문학 인식에서 중요한 방법론이 되고 있다. 『문지』 동인들은 세계에서 다양한 대립적 가치를 발견하며, 그 두 가치 간의 극심한 대립을 인지하고, 궁극적으로 그 가치들을 지양 혹은 종합하기를 추구한다. 하지만 그들은 종합된 가치의 경직성을 불신하며, 지양 과정을 더욱 소중하게 여긴다. 그들은 두 가치들이 충돌하는 과정에서의 고민과 갈등을 거의 문학의 본질이라고까지 고평한다.

2) 모순과 갈등의 힘, 자유와 개방성

대립적 가치 간의 모순과 충돌을 그 자체로 중시하는 『문지』 동인들의 사유구조는 서문격인 「이번 호를 내면서」에서부터 구체적인 소설 평론과 서평에 이르기까지 매우 자주 노출된다. 그들은 대립적 가치가 충돌하

---

156 정희모, 「문학의 자율성과 정신의 자유로움」, 민족문학사연구소 현대문학분과, 『1970년대 문학연구』, 소명출판, 2000, 85쪽.

면서 형성하는 긴장관계 자체에 가치를 두며, 손쉬운 해결 방안을 도식적이라고 폄하하고, 가짜 화해보다는 불화 상태를 지향한다. 이들의 관점에 따르면 고문하지 않는 문학은 좋은 문학일 수 없다. "소설은 현실과 상상력의 긴장관계에 지나지 않는다"[157]는 언명이나 "진정한 예술은 삶과 현실의 모순을 제기하고, 그러한 모순을 개인의 의식 속에 존재시킴으로써 그 개인을 고문한다. 한국소설의 가능성은 고문하는 기술형식(記述形式)을 발견하는데서 찾아질 수밖에 없다. 그 기술형식(記述形式)은 도식적인 해답을 요구하지 않을 것이다. 구조주의자들 식으로 표현한다면, 그 기술형식(記述形式)이야말로 현실의 모순에 대해 '질문하는 대답이며 대답하는 질문'이기 때문이다"[158]라는 언명에서, 김현은 긴장관계 자체를 중시하고 도식적인 해답을 거부하며 모순을 전면화하고 대답을 찾아가는 과정의 고통을 고평하는 문학관을 드러낸다.

① 진정한 문학자란 30年代의 廉想涉이나 蔡萬植이 그러했듯이 자신의 해답을 제시하지 아니한 채 사회의 혼란과 모순을 제시한다. 그것들을 언어가 자기 체제 속에 완벽하게 소화할 수 있게 될 때는, 그것 자체가 이미 해답을, 대답하지 않는 질문의 형식으로 제공하게 된다. 모순을 모순으로 제시하는 문학은 '질문하는 대답이며 대답하는 질문(롤랑 바르트)'이다.[159]

② 그러나 감히 말하거니와 긍정적인 가짜 和解로 끝나는 고통의 제스처보다는 끝내 부정적인 행복스러운 고통을 우리는 보여주지 않으면 안된다. 고통의

---

157   김현, 「한국소설의 가능성」, 38쪽.
158   위의 글, 53~54쪽.
159   김현, 「테로리즘의 문학」, 348쪽.

제스처는 추하다. 그것은 결국에 가서는 不和를 가짜로 해소시키기 때문이다. 金廷漢이나 尹正奎의 소설에 나타나는 저 가짜 小英雄들을 상기하기 바란다.[160]

①에서 김현은 염상섭과 채만식이 자신의 해답을 제출하지 않은 채 모순을 모순으로 제시했기에 훌륭하다고 고평한다. 그는 또한 ②에서 김정한이나 윤정규의 소설에 드러나는 가짜 화해의 안일함을 비판하고 불화와 고통을 있는 그대로 제시하는 문학에 대한 애정을 노출한다. 이러한 사고는 결론보다는 과정을 중시하는 사유구조와도 상통한다. 그리하여 김현은 70년대 비평을 개관하는 자리에서 다음과 같이 말한다.

> 70년대 비평이 바란 것은 선험적으로 존재하는 객관성·절대성·보편성이란 없고, 그것을 추구하는 과정이 바로 객관성·절대성·보편성이라는 것을 인식시키는 것이다. 객관적인 것, 절대적인 것, 보편적인 것은 없고 있는 것은 객관 지향적인 것, 절대 지향적인 것, 보편 지향적인 것뿐이다.[161]

김현에 의하면, 비평이 추구하는 가치 자체는 선험적으로 존재하지 않고, 그것을 추구하는 과정 혹은 그것 "지향적인 것"만이 존재할 뿐이다. 이는 전술한 손쉬운 해답 보다는 곤혹스러운 질문 자체를 중시하는 사유, 답을 찾아가는 과정에서의 고통을 중시하는 사유, 대립 가치 간의 모순과 긴장을 중시하는 사유와 맥이 통한다.『문지』평론 전체에 걸쳐서 그토록 빈번하게 등장하는 구호주의 비판, 도식적 사유 체계 비판, 이데올로기 비판도 이런 맥락에서 이해 가능하다. 구호주의와 도식과 이데올로기는

---

160 김현,「한국문학의 전개와 좌표(1)」,『문지』22호, 1975 겨울, 1093~1094쪽.
161 김현,「비평의 방법─70년대 비평에서 배운 것들」,『문지』39호, 1980 봄, 168쪽.

모두 명백한 결론을 전제한 것으로, 고민과 망설임의 과정을 허하지 않기 때문이다. "상상력은 도식화되어 형태화되는 것을 가장 싫어"하며 "계속 유동"[162]한다는 언명, "예술이 싸워야 하는 것은 바로 그 개념화된 진실, 의혹이 허락되지 않는 이데올로기"[163]라는 언명, "나는 어떤 것만이 올바르게 사는 것이라는 것을 확고하게 주장하는 사람의 허위성을 드러내는 데 힘을 쓴 것이"[164]라는 언명, 문학은 유용하지 않기 때문에 "인간을 억압하지 않는다"[165]는 언명 모두 획일성과 도식성을 거부하고 이데올로기에 항거하며 개방성과 자유를 추구하는 문학관을 드러내는데, 이 역시 모순 자체를 중시하는 사유의 변형태라고 할 수 있다.

이러한 문학관은 구체적인 작품 분석과 평가에 있어서, 주된 준거틀이자 방법론이 된다. 이처럼 변증법적 사고방식은 다양한 정신활동의 저변을 이룬다는 점에서 사유구조로 파악할 수 있다. 『문지』 동인들은 문학 평론에서 화해보다 불화를, 명백함보다 불투명성을, 신념보다 의혹을, 손쉬운 해답보다 고통스러운 질문을 중시한다. 김치수가 그의 평문 제목으로 쓴 "흔들림과 망설임의 세계"[166]가 곧 이런 문학관을 단적으로 말해 준다. 동인들은 이 가치들을 잘 구현한 작품에 찬사를 보내고, 그렇지 않은 경우 이런 가치들을 구현할 것을 요청한다. 가령 김현은 송영의 소설이 자신을 소외시킨 세계와 자신이 만든 세계 간의 불화를 주제로 하며, 그 불화로 인해 예술성을 띤다고 말한다. 이에 덧붙여 그는 화해를 전제로 하는 주관적인 체험이 사소설이나 세태소설로 떨어진다면서, 화해의 가

---

162 김현, 「한국소설의 가능성」, 47쪽.
163 김현, 「한국문학의 전개와 좌표(2)」, 『문지』 23호, 1976 봄, 182쪽.
164 위의 글, 183쪽.
165 김현, 「한국문학의 전개와 좌표(1)」, 1088쪽.
166 김치수, 「흔들림과 망설임의 세계」, 『문지』 40호, 1980 여름.

치를 폄하하는 사유를 노출한다.[167] 오생근은 윤흥길 소설이 자아와 사회의 갈등이 극복되지 않은 상태를 보여준다면서, 극복되지 않은 갈등으로 인한 불투명성 즉 갈등의 극복이 아니라 갈등 자체를 제시하는 점이 윤흥길의 장점이라고 말한다.[168] 또한 오생근은 황석영에 관한 평문에서 이웃과 시대의 진실에 투철하려는 황석영의 의식이 거의 신념에 가깝다고 논하면서, 이의 문제성을 지적한다. 작가의 신념은 변화하는 개인과 변화하는 현실의 관계가 파생하는 끊임없는 긴장을 수반해야 하기 때문이다. 오생근은 자칫 황석영의 신념이 긴장과 갈등을 제거한 상태에서 기왕의 견해를 고집하는 공허한 것으로 흐를 것을 우려한다.[169] 한편 김치수는 김원우와 이인성의 소설이 현실의 불안한 정체를 보여주고, 우리를 안심시키는 것이 아니라 의혹과 질문 속에서 고민하게 한다면서, 주인공들의 흔들림과 망설임이 소설의 주제뿐만 아니라 형식에도 영향을 미친다고 분석한다. 여기에서도 안일한 인식보다는 의심을, 명백한 해답보다는 고통스러운 질문을 중시하는 사유가 노출된다.[170]

이상에서 모순과 긴장과 과정과 갈등을 중시하는 『문지』 동인들의 문학관이 구체적인 작품을 분석하고 평가하는 데 기본적인 준거틀, 곧 방법론으로 기능함을 확인할 수 있다. 동인들은 즐겨 작품에 모순과 긴장이 어떤 양상으로 나타나는지 밝히며, 모순을 모순 자체로 제시할 경우 바로 그 점을 이유로 작품을 고평하고, 이 자질을 결여했을 때 이를 비판한다. 이처럼 문학관이 곧 방법론으로 기능하는 사정은 모순된 가치의 지양과 종합을 추구하는 문학관의 경우에도 마찬가지로 발견된다.

---

167 김현, 「좌절과 인간적 삶」, 『문지』 15호, 1974 봄, 119~120쪽 참조.
168 오생근, 「정직한 삶의 불투명성 – 윤흥길의 작품론」, 『문지』 26호, 1976 겨울, 966쪽 참조.
169 오생근, 「황석영, 혹은 존재의 삶」, 『문지』 33호, 1978 가을, 957~958쪽 참조.
170 김치수, 「흔들림과 망설임의 세계」, 488쪽 참조.

3) 이분법적 대립 개념의 지양과 종합

전술했듯 『문지』 동인들은 빈번하게 이분법적 대립 개념을 제시하는데, 그 어느 한 편의 가치를 옹호하기 보다는 두 대립 개념 간의 지양 혹은 종합을 지향한다. 의식 / 양식, 무엇을 쓰느냐 / 어떻게 쓰느냐, 예술의 자율성 / 사회성, 정신 / 형식 등의 이분법적 개념이 편집동인들의 평문에 매우 자주 등장하는데, 예외 없이 편집동인들은 이들 가치를 고루 구현하는 문학을 고평한다. 『문지』 동인들이 자주 강조하는바, 순수 / 참여 논쟁을 지양하겠다는 의지 역시 이러한 절충적 비평의식의 한 갈래라고 할 수 있다.

① 문학에 대해서는 앞에서도 잠깐 언급하였지만, 어떻게 쓰느냐를 중요시하는 문학을 위한 문학을 주장하는 부류와 무엇을 쓰느냐를 중요시하는 인간을 위한 문학을 주장하는 부류로 크게 나뉜다. 문학을 위한 문학은 문학의 자율성에 지나치게 중요성을 부여하여 문학 자체의 것만을 지키려고 애를 쓰며 인간을 위한 문학은 문학의 효율성을 지나치게 중시하여, 문학적 형식보다는 내용에 힘을 기울인다. 그러나 그 두 이론은 다 같이 문학의 어느 한 면에 대한 과도의 경사에 의해 문학을 불구자로 만든다. 문학 내적인 것이 그것을 선택한 인간의 의사와 관계없이 존재할 수 있다는 것이나 인간의 의사가 형태를 얻지 않아도 제대로 표현될 수 있다고 생각하는 것은 하나의 환상에 지나지 않는다.[171]

② 예술이 고통스러운 것은 그것 때문이다. 예술은 그 자신의 自律性을 획득해야 하며 동시에 사회적 사실이 되어야 하기 때문이다. 자신의 자율성에만 갇혀 있

---

171   김현, 「한국문학의 전개와 좌표(1)」, 1089쪽.

거나, 사회적 사실만이 되려고 노력하는 예술 작품이란, 예술 작품이 자신에 충실하면서 동시에 사회적 사실이 되어야 한다는 그 예술의 애매모호성을 이해하지 못하고 그것을 해체시켜 쉽게 해답을 찾아낸, 다시 말해 고통하지 않은 작품이라 하지 않을 수 없다. 고통하지 않는 작품이란 감히 말하거니와 성실하지 못하다.[172]

①에서 김현은 문학을 과감하게 "어떻게 쓰느냐를 중요시하는 문학을 위한 문학"과 "무엇을 쓰느냐를 중요시하는 인간을 위한 문학"으로 이분법적으로 나눈다. 전자는 문학의 자율성에만, 후자는 문학의 효율성에만 주목한 나머지 문학을 불구로 만든다는 것이다. 그는 내용과 형식 그 어느 하나만을 옹호하는 사유는 "환상"에 지나지 않는다고 비판하면서, 양자를 공히 추구해야 함을 주장한다. ②에서 그는 예술이 그 자신의 자율성을 지니면서도 사회적 사실이 되어야 한다고 단언한다. 둘 중 하나만을 고집하는 예술은 고통하지 않는 예술, 즉 성실하지 못한 예술이라는 것이다.

한편 김치수는 "문학이 그것의 존재이유와 효용성을 제대로 살리기 위해서는 올바른 역사의식을 어떠한 문학 양식(樣式) 속에 수용할 수 있느냐에 달려 있다"[173]고 말하면서, 올바른 역사의식과 문학 양식이 모두 중요함을 역설한다. 이러한 논점은 반복된다. 그는 "정신의 모험이 없이는 새로운 형식의 추구가 있을 수 없고, 또 형식의 개혁 없이는 정신의 바탕이 바뀔 수 없"[174]다며 정신의 모험과 형식의 개혁을 동시에 추구해야 한다고 주장한다.[175]

---

172 김현, 「한국문학의 전개와 좌표(2)」, 186쪽.
173 김치수, 「한국소설은 어디에 와 있는가─최인호와 황석영을 중심으로」, 『문지』 9호, 1972 가을, 543쪽.
174 김치수, 「흔들림과 망설임의 세계」, 477쪽.
175 『문지』 동인들은 내용─형식 이외에도 다양한 대립 개념 사이에서 종합, 지양하려는

'대립적 가치 간의 지양과 종합'을 추구하는 문학관은 실제 작품을 분석하고 평가할 때 매우 유용한 준거틀이자 방법론이 된다. 『문지』 동인들에 의해 각광을 받은 작가들은 최인호, 송영, 황석영, 조해일, 조선작, 조세희 등이다. 김병익은 그들이 "개인과 사회, 역사와 현실, 자유와 평등, 당대성과 영원성, 문학의 언어성과 실제성, 순수성과 참여성의 복잡한 갈등을 종합 혹은 지양"하는 면에서 긍정적이며, 60년대 작가들과 차별적인 이들의 정공법적 소설작법 역시 대립적 요소들을 지양·종합하려는 태도의 자연스러운 귀결이라고 논한다.[176] 특히 조세희의 소설은 그 "주제와 방법, 정신과 태도의 대립"이 "창작품이 지닌 현실성과 문학성, 시대성과 영원성의 대립을 드러냄으로써 그것을 지양시켜 주는 효과"를 창출하고, "순수와 참여의 대립된 견해를 극복시키는 하나의 범례"로까지 인식된다고 논의되면서 특별한 관심의 대상이 된다.[177] 또한 김병익은 최일남의 소설이

　　의지를 보여준다. 가령 김치수는 한편 "논리의 뒷받침을 받지 못한 感性이란 센티멘탈리즘으로 떨어져버리고, 感性이 없는 理性이란 문학의 범주를 떠나버린다"(김치수, 「관조자의 세계」, 353쪽)라고 말하면서, 논리와 감성의 지양과 종합을 추구한다.

176　김병익, 「삶의 치열성과 언어의 완벽성 – 조선작의 경우」, 『문지』 16호, 1974 여름, 372~373쪽.

177　김병익, 「대위적 세계관과 미학」, 1240쪽. 이러한 논의는 여러 번 반복된다. 가령 김병익의 다음 글 역시 조세희뿐만 아니라 70년대 작가들이 대립적 가치들을 지양, 종합하는 점에서 훌륭함을 역설한다. "우리가 趙世熙의 근작들에 특별한 주목을 가하는 것은 다음 두 가지 이유 때문이다. 첫째는 그가 난장이 일가의 무허가 주택이 철거당하는 일련의 이야기들을 통해 이른바 疎外階層의 삶답지 못한 삶의 양상을, 통절한 아픔을 절제하는 가운데 드러내는 능력이며, 둘째는 그 드러내는 방법에 있어 '난장이'란 키 심벌과 그의 특유한 單文의 문체에 의존하고 있다는 점이다. 이 두 가지 이유는 환언하면 현실과 언어 혹은 내용과 형식 – 그리고 오랜 논쟁을 일궈온 클리셰를 사용한다면, 참여와 순수의, 일견 딜레마적인 두 요소를 그가 통합하고 있음을 확인시켜 주는 것이다. 물론 우리는 이 딜레마의 극복이 趙世熙에 의해 비로소, 유독 이루어졌음을 지적하는 것은 아니다. 그것은 가령 60년대 중반 이후 끈질기게 토의된 일련의 논쟁들로부터 벗어난, 흔히 묶어서 부르는 70년대 작가들의 새로운 작품들에서 그 성공의 예를 볼 수 있다. 尹興吉·崔昌學·黃晳暎·趙海一·趙善作 등 일군의 작가들은 참여와 순수·현실과 언어·내용과 형식이 상극적이며 따라서 택일적인 것이 아니

농촌과 도시의 대립 구도 대신에 전근대적인 것과 근대적인 것의 "비동시적인 것의 혼재"라는 구도를 제시한다고 분석한다.[178] 한편 김주연은 이병주의 소설 「변명」을 논하는 자리에서 문학과 역사라는 대립적 개념을 종합, 절충하고 있다.[179] 이상은 대립적 가치 간의 지양과 종합을 지향하는 문학관이 소설 분석과 평가의 방법론으로 기능하는 사례들이다. 『문지』 동인들은 빈번하게 어떤 대립적 가치들이 작품 안에서 지양·종합되었는지 분석하고, 지양과 종합의 태도가 드러나는 작품을 고평한다.

대립적 가치들의 모순 자체에 주목하고, 그들의 지양과 종합을 추구하는 사유는 변증법적 사유구조이다. 이 변증법적 사유구조는 그들이 문학이론을 확립하는 과정에도 작동한다. 가령 7회에 걸쳐 연재된 김현의 야심작 「한국문학의 전개와 좌표」에서도 변증법적 사유구조는 주요 이론을 전개하는 밑거름이 된다.

> ① 문학의 경우를 예로 들자면, 신라 鄕歌의 남성적인 힘은 고려의 가요들에 의해 여성화되며, 이조의 남성적 힘은 20세기 초의 탄식의 소리로 뒤바뀐다. 긍정적인 여성 문학은 동시에 반드시 새로운 남성 문학의 씨를 그 속에 내포하고 있다. 韓龍雲·金素月의 女性詩 없이 徐廷柱·柳致環의 男性詩가 어떻게 가능할 수 있었겠는가. 그런 예술 자체의 변증법적 운동을 이해하지 못할 때, 예술은 예술 자체에 갇혀 그 창조적 힘을 잃어버린다.[180]

라 오히려 화해·공존적이며 상보적인 관계에 있다는 것을 구체적인 창작의 실적을 통해 실증해 준 것이다. 趙世熙는 이제 이처럼 무의미해진 논쟁의 비탈길을 벗어난 70년대 문학의 성과들 위에서 시작한 것이다."(김병익, 「난장이, 혹은 소외집단의 언어―조세희의 근작들」, 『문지』 27호, 1977 봄, 175쪽)

178   김병익, 「사회변화와 풍속적 고찰―최일남의 작품들」, 『문지』 21호, 1975 가을, 646쪽 참조.

179   김주연, 앞의 글, 163쪽 참조.

②傳統 1과 傳統 2 사이에는 단절이 있다. 그러나 傳統 1은 傳統 2에 흡수되어 傳統 2-1을 이루며, 그것은 傳統 3과 단절되어, 傳統 3의 한 내용을 이루게 된다. 그 변증법적 과정을 전통의 단절과 감싸기라는 말로 표현하고 싶다. 전통의 단절은 그러나 흔히 생각하듯 그렇게 갑작스러운 현상이 아니다. 앞의 도표를 계속 이용하자면, 傳統 1은 그 자체 내의 구조적 모순에 의해서, 다시 말하자면, 그 자체 내의 규칙을 벗어나는 요소에 대한 오랫동안의 억압에 의해서, 傳統 2의 씨앗을 그 속에서 키우는 것이며, 그 씨앗이 예외적인 개인이나 집단에 의해 표면화되었을 때, 전통의 단절이라고 부를 수 있는 현상이(이제 나는 행복하게도 단절이라는 현실 앞에 비극적이라는 관형사를 붙일 의무감을 느끼지 않고 있다) 생겨난다. 전통 2는 전통 1의 어떤 요소의 부인이며, 어떤 요소의 긍정이다. 전통 2는 전통 1 속에 내재해 있던 어떤 것이 표면화되면서 전통 1의 어떤 요소를 의식적으로 배척하는 것이다.[181]

①, ②에서 김현은 "예술 자체의 변증법적 운동", "그 변증법적 과정" 등 "변증법"이라는 어사를 직설적으로 언급한다. ①에서 그는 남성적인 힘 / 여성적인 힘이라는 대립 구도를 설정한 이후, 각각은 그 안에 그 반대 가치를 내포하며 그 대립적인 힘의 길항 관계가 예술사를 형성한다고 말한다. 이는 의심할 바 없는 헤겔적 사유이다. ②는 김현의 유명한 전통의 '단절과 감싸기' 이론이다. 전통1이 그 자체의 구조적 모순에 의해서 전통2의 씨앗을 키우며, 그렇게 탄생한 전통2는 전통1의 어떤 요소의 부인이며 어떤 요소의 긍정이라는 논리 전개 방식 역시 헤겔의 변증법을 연상시킨다. 지금까지 확인했듯 이분법적 대립항을 설정하고 모순의 가치를 중시

---

180 김현, 「한국문학의 전개와 좌표(2)」, 189쪽.
181 김현, 「한국문학의 전개와 좌표(4)」, 『문지』 25호, 1976 가을, 705쪽.

하며 대립항 사이의 지양과 종합을 추구하는 변증법적 사고방식은 『문지』동인들의 평문에 반복적으로 드러난다. 비평가 집단이 특정 논점을 반복적으로 노출한다면, 그 논점은 그 집단의 비평의식 저변의 사유구조를 이룬다고 볼 수 있을 것이다. 실제로 변증법적 사고방식은 동인들의 문학관의 표현일 뿐만 아니라, 이론 수립과 작품 분석의 방법론으로 기능한다. 서론에서 다양한 정신활동의 근저에 놓인 비교적 단일한 원리를 사유구조로 규정하였거니와, 이렇게 변증법적 사고방식이 작품 분석과 이론 수립이라는 다양한 정신활동의 근저에서 작동하고 있으므로 그것을 사유구조로 볼 수 있다.

작품을 분석하는 여러 가지 방법이 있다. 그 중 『문지』동인들이 유독 변증법적 사유구조로 작품을 분석한 사실은 주목을 요한다. 그것은 비평이라면 언제 어디서나 마땅히 그래야 하는 것으로 기대되는 일반적인 태도는 아니다. 그것은 70년대 『문지』동인들에게 특유한 자질이다. 가령 오늘날 문학비평가는 종종 포스트모더니즘적 사고방식의 세례를 받아 의미와 내용을 부정하는 방법론을 차용한다.[182] 또한 90년대 평론가들은 빈번하게 거대 담론의 붕괴와 내면의 발견이라는 상투어를 방법론으로 삼았다. 이들과 비교해 볼 때 대립적 가치들 사이의 모순-긴장, 지양-종합이라는 방법론을 그토록 반복적으로 차용하는 70년대 『문지』의 사유구조를 역사적인 것으로, 즉 그 시대 그 집단에 고유한 것으로 파악할 수 있을 것이다. 이런 면에서 그것은 70년대 망탈리테의 일부를 구성한다고 볼 수 있다.

앞서 『창비』와 박정희 담론의 심층에 근대적 동일성이라는 유사한 흐름이 존재한다고 논했다. 『문지』의 사유구조는 모순과 갈등을 중시하는

---

182 가령 김형중, 앞의 글; 함돈균, 앞의 글; 강유정, 앞의 글 참조.

면에서 일견『창비』와 박정희의 담론에 내재한 근대적 동일성을 부정하는 것으로 보인다. 그러나 사물을 이분법으로 나누는 사유의 심층에는 근대적 동일성을 자명한 전제로 삼는 의식이 깔려 있다. 이분법이 가능한 이유는 이분법의 각 항이 동일한 자질을 구현한다고 상정하기 때문이다. 이런 점에서 근대적 동일성의 망탈리테는 이분법적 사유를 추동하는 근본 동력이 된다. 또한『문지』동인들은 모순과 갈등의 힘을 중시하였으나, 그보다 더 종합을 추구했다고 보인다. 이분법의 각 항을 지양하는 목적은 하나의 지점에 도달하기 위해서, 즉 종합에 이르기 위해서이다. 결론적으로 종합의 결과 도달해야 할 하나의 지점을 자명하게 상정한다는 점에서『문지』의 사유구조도 근대적 동일성의 자장 안에 있었다고 보인다. 독단을 경계하고 동일성을 지양하고자 한 집단 역시 동일성의 망탈리테의 구속을 벗지 못한 사실에서 망탈리테의 지대한 구속력을 다시 한 번 확인할 수 있다.

제6장

청년의 감정구조

감정구조란 반복적으로 출현하고 집단적으로 공유되는 감정을 뜻한다. 이는 망탈리테의 요소 중 문학작품의 주제와 가장 근거리에 놓인 것이지만, 반복성과 시대성으로 인해 주제와는 변별된다. 이 장에서는 특히 청년의 감정구조에 대해서 고구하려고 한다. 70년대 청년의 감정구조를 논할 때 많은 작가와 자료를 참조해야 하겠으나, 이 글에서는 시론(試論)격으로 최인호의 소설만을 텍스트로 삼는다. 최인호의 소설에 나타난 주된 감정구조는 저항이다. 이는 앞 장에서 논의한 망탈리테들과 무관하지 않다. 특히 각종 이데올로기들과 근대적 동일성의 망탈리테에 대한 저항이 청년의 감정구조의 주축을 이룬다고 보인다. 이러한 저항은 파괴욕, 권태, 무기력, 심심함, 우울 등의 감정의 외피를 둘러쓰고 나타난다.

최인호는 오랫동안 대중소설 작가로 호명되어 본격적인 문학 연구의 장에서 소외되어 왔다. 이러한 문제에 대한 인식에 기반하여, 근래에 최인호에 대한 본격적인 연구가 아직 풍성하지는 않으나 속속 제출되고 있다. 우선 최인호의 대중소설의 성격에 주목한 논의[1]를 위시하여, 주로 단편소설을 통해 현대인의 고독·소외·허무,[2] 인간 존재의 부조리,[3] 사회비판의식,[4] 자본주의적 동일성의 논리에 대한 저항,[5] 기성의 윤리체계에 대한 반발,[6] 아동의 성격,[7] 환상성[8]을 논구한 논의 등이 보인다. 최인호의 현실 인식에 대해서는 상반된 평가가 존재한다. 창작 당시부터 오랫동안 현실 인식이 미비하다는 지적[9]이 주류를 이뤘지만, 근래 들어 그의 현실 저항적 성격[10]을 부각하는 연구가 등장했다. 이 글은 최인호 소설의 저항적 성격에 주목하는 입장을 취하며, 아래에서 이 글과 관련 있는 연구물을 개괄하고자 한다.

나병철은 최인호의 소설이 자본주의적 동일성 논리에 저항한다고 논

---

1   최미진·김정자, 「한국 대중소설의 상호텍스트성 연구─김말봉과 최인호의『별들의 故鄕』을 중심으로」,『어문학』89호, 한국어문학회, 2005; 송은영, 「대중문화 현상으로서의 최인호 소설」,『상허학보』15호, 상허학회, 2005; 이선미, 「'청년' 연애학 개론의 정치성과 최인호 소설」,『대중서사연구』24호, 대중서사학회, 2010.
2   안남연, 「최인호 작품과 현 사회 인식의 상관적 관계」,『한국문예비평연구』10호, 한국현대문예비평학회, 2002; 오창은, 「도시 속 개인의 허무의식과 새로운 감수성」,『어문론집』32호, 중앙어문학회, 2004.
3   김택중, 「최인호의 「술꾼」에 나타난 부조리한 세계」,『비평문학』17호, 한국비평문학회, 2003.
4   김인경, 「최인호 소설에 나타난 모더니즘과 저항의 서사」,『국제어문』39호, 국제어문학회, 2007.
5   나병철, 「최인호론─비동일성의 시선과 낯설게 하기」,『현대문학의연구』11호, 한국문학연구학회, 1998.
6   김진기, 「최인호 초기소설의 의미구조」,『인문과학논총』35호, 건국대 인문과학연구소, 2000.
7   문재원, 「최인호 소설의 '아동' 연구」,『현대소설연구』28호, 한국현대소설학회, 2005.
8   김병로, 「최인호의 「유령의 집」에 나타나는 해체적 환상 담론 분석」,『한국문학이론과비평』16호, 한국문학이론과비평학회, 2002.
9   김진기, 앞의 글.
10   김인경, 앞의 글; 송은영, 앞의 글; 나병철, 앞의 글; 문재원, 앞의 글.

한다.[11] 그에 따르면 최인호는 동일성 논리에 의해 배제되고 억압된 비동일성의 존재를 부각함으로써 역으로 동일성 논리의 비정하고 추악한 얼굴을 드러낸다. 이 글은 최인호가 동일성의 논리에 저항한다는 나병철의 고찰에 동의한다. 하지만 이 글은 동일성의 의미를 나병철과 다른 각도에서 파악하고자 한다. 나병철은 동일성을 도구적 합리성과 교환가치로 대별되는 것, 자본주의적 일상을 지배하는 것으로 보았다.[12] 그는 70년대를 지배한 자본주의적 권력을 동일성으로 파악한다. 그러나 이 글은 앞 장들에서 보았듯 동일성을 70년대 사유의 심층적 토대, 즉 심층적 망탈리테로 파악한다. 이 글에서 동일성은 자본주의적 권력을 의미하는 것이 아니라, 각종 이데올로기들·태도·사유구조를 형성하는 구성적 원리를 뜻한다. 즉 근대적 동일성은 자본주의적 권력보다 정신적이고 근본적이며 포괄적인 차원의 개념이라 할 수 있다. 나병철이 최인호 소설에서 자본주의적 일상의 논리에 대한 거부를 읽었다면 이 글은 당대 이데올로기와 근대적 동일성에 대한 저항에 보다 더 주목하고자 한다. 당대 이데올로기와 근대적 동일성의 상세한 내용은 앞 장들에서 논의한 바 있다.[13]

　최인호 소설에 나타난 당대 지배 이데올로기에 대한 저항을 언급한 연구로 송은영의 것[14]이 있다. 송은영은 청년문화의 풍속과 스타일이 사회

11　나병철, 위의 글.
12　그에 따르면, 화폐체계라는 교환원리에 지배되는 사회에서는 개별적인 고유한 가치들이 화폐로 계산될 수 있는 획일적인(동일한) 가치로 전락한다. 개인들은 주체적인 가치를 상실한 채 화폐의 동일성 체계에 예속된다. 도구적 합리성과 교환가치는 다양한 물질적 삶을 단일한 체제와 가치에 얽매이게 동일화시킨다(위의 글, 167~170쪽 참조).
13　한편 한수영은 최인호가 "'배타적 자기 동일성'의 위험을 경계했고, 그것을 억압의 주체와 억압의 대상 양쪽에 고루 들이대면서 자신의 의심을 드러냈"다고 논한다(한수영, 「억압과 에로스」(최인호, 『황진이』 해설), 최인호, 『황진이』, 문학동네, 2002, 313쪽). 한수영의 입각점은 이 글과 상통한다. 단 한수영이 배타적 자기동일성을 인간 존재의 고유한 성향으로 봤다면 이 글은 당대 사회의 시대적 특성을 함유한 개념으로 본다.
14　송은영, 앞의 글.

의 지배담론과 이데올로기에서 이탈하고 싶었던 젊은이들의 자기표현 방식이었다고 논한다. "정치적으로나 일상적으로나 사람들에게 생활의 지침처럼 울려 퍼진" "엄숙주의의 목소리", "조국의 근대화를 절대 지상 과제처럼 부르짖는 관제 구호와 민족문화의 부흥을 진보와 개혁의 다른 이름으로 간주하는 민족적 민중주의" 등 "주류 이데올로기들로부터 해방되고 싶었던 무의식적 욕망의 표현 수단"[15]이 바로 청년문화의 스타일과 풍속이라는 것이다. 이를 입증하기 위해 송은영은 최인호의 『바보들의 행진』을 참조한다. 송은영의 입각점에 이 글은 동의한다. 하지만 송은영은 당대 이데올로기의 면모를 상세히 고찰하지 않고, 단지 그런 이데올로기의 존재를 지명하는 선에 머무른다. 이 글은 앞 장들에서 당대 이데올로기의 형성 과정과 발현 양상, 그리고 그 심층적 토대까지 밝힌 바 있다. 한편 청년문화의 스타일과 풍속에 주목하려는 연구의 취지 때문에 어쩔 수 없었겠지만, 송은영은 『바보들의 행진』에서 등장인물의 스타일과 풍속에만 주목할 뿐, 당대 지배 이데올로기에 대한 청년들의 저항이 구체적으로 어떻게 드러나는지 밝히지 않았다. 즉 청년들이 어떤 지배 이데올로기에 대해 무엇을 어떻게 느꼈는지 상세하게 논하지 않은 것이다. 스타일과 풍속은 물론 지배 이데올로기에 대한 저항의 기호가 될 수 있다. 하지만 최인호의 소설은 지배 이데올로기에 대한 저항이라는 문제에 관해, 청년의 스타일과 풍속 이상으로 많은 이야기를 품고 있다. 이에 이 글은 최인호 소설의 청년들이 당대 이데올로기에 어떤 생각을 품고 있으며, 그래서 어떤 감정을 느끼는지 본격적으로 고구하고자 한다.

최인호 소설에 나타난 저항의 구체적인 양상을 고찰하기 전에 우선 청

---

15   위의 글, 440쪽.

년들의 감정을 살펴본다. 최인호 소설은 당대 청년들의 감정을 정직하고 솔직하게 묘파한다. "진짜 우리들의 이야기는 눈 비비고 봐야 드럽게도 없"[16]다는 최인호 소설의 한 주인공의 푸념처럼, 당대 청년의 감정을 솔직 담백하게 대변하는 언설은 흔치 않았다. 많은 논자들이 지적하듯이, 최인호가 각광받을 수 있었던 이유는 바로 이 틈새에서 청년의 감정을 대변했기 때문이다. 당대 무거운 구름처럼 대기를 짓누르던 각종 이데올로기와 근대적 동일성의 망탈리테와 무관하게, 최인호는 청년들의 개별적인 감정에 주목한다. 개별적인 감정이지만, 그것은 반복적으로 등장함으로써 일종의 감정구조를 형성한다. 최인호 소설에는 파괴욕과 권태를 느끼는 청년, 무기력과 심심함을 느끼는 청년들이 반복적으로 등장한다.

선행연구에서 지적했듯이, 최인호의 초기 단편에는 어른의 세계를 조소하는 아이들이 빈번하게 등장한다.[17] 이 아이들은 거짓말을 일삼으며, 거짓말하는 어른들의 허위를 꿰뚫고 조소하며, 어른들 뺨치게 영악하다.[18] 『내 마음의 풍차(風車)』의 주인공 "나"는 이런 아이들이 성장해서 청년이 된 모습으로 볼 수 있다. "나"는 겉으로 모범적인 청년으로 위장하지만, 사람들의 눈을 속인 채 도둑질을 일삼으며, 가장 가까운 사람들에게 상처주는 행동을 자행한다.

---

16 최인호, 『바보들의 行進』, 예문관, 1977, 124쪽.
17 최인호 소설의 '아동'에 전면적으로 주목한 연구로 문재원, 앞의 글을 들 수 있다. 부분적으로 '아동'을 고찰한 연구로 나병철, 앞의 글과 김인경, 앞의 글 등이 있다.
18 남진우는 "폭력과 허위로 가득 찬 세상에서" 무력한 최인호 소설의 인물이 "간지와 위장을 통해 체제 제도 관습에 대한 도전을 감행"한다고 논한다. 그에 따르면, 최인호의 "소설에 자주 등장하는 성숙을 거부하는 트릭스터 형의 인물은 단순히 심리적 퇴행의 산물이 아니라 그 나름으로 당대 현실에 대응하고 개입하기 위한 유효한 방식의 하나로 창안된 것이며 그것은 지난 연대의 문화적 우세종이었던 리얼리즘 소설이 내세우는 교사형 인물과는 다른 차원에서 현실성을 획득하고 있다."(남진우, 「현대의 신화」(최인호, 『타인의 방』 해설), 최인호, 『타인의 방』, 문학동네, 2002, 359~360쪽)

풍차는 돌아가서 곡식을 가루로 만드는데 내가 만든 풍차는 불어가는 바람, 그리고 내가 스스로 일으키는 바람, 아, 아, 공연히도 부숴뜨리고 아, 아, 공연히도 파괴하는 나의 슬픔, 나의 공허, 나의 더러움, 나의 뻔뻔함, 나로서도 어쩌지 못하는 이 참담함. 그리고 이러한 모든 것으로 내 가슴 속의 풍차는 힘차게 돌아간다. 돌아간다. 그리하여 무엇을 만드는가.

아, 아, 젊음이 있으면서 내가 만드는 것은 무엇이 있는가.[19]

소설 전반에 걸쳐 "내"가 작정하고 시도하며 스스로 가장 큰 의미를 부여하는 행동은 한 마디로 "파괴"이다. "나"는 동생의 순수를 파괴하며, 자신의 사랑을 파괴하고, 나아가서는 자기 자신까지도 파괴한다. "공연히도 부숴뜨리고" "공연히도 파괴하는" 마음의 근저에는 "슬픔"과 "공허"가 있다. "나"는 젊음을 가졌으면서 "내가 만드는 것은 무엇이 있"냐며 자탄한다.

공연히 파괴를 즐기는 청년들은 「침묵(沈默)의 소리」에도 등장한다. "나"는 정상적인 직장 생활을 거부하고 일확천금을 꿈꾼다. 그는 기껏 일확천금을 보장하는 일을 구상하고서도 귀찮다는 이유로 하기 싫어한다. 일확천금을 위한 기발한 아이디어는 부잣집 무남독녀를 겁탈하는 것이다. 그 꿈을 이루기 위해서 "나"와 동생은 시계를 판 돈 오천 원을 들고 거리로 나선다. 그들은 빠찡꼬에서 사천 오백 원을 잃고 거리를 헤매다가 결국 두 명의 여자들을 유혹한다. 그들은 부잣집 무남독녀는 못 되어도 부잣집 식모쯤은 되어 보이는 그녀들을 맥주집으로 끌고 간다. 거기에서 동생은 노래를 부르고, "나"는 동생을 유명한 가수라고 속인다. 그들은 여자들에게 맥주값을 바가지 씌우고 여자들을 여관으로 데리고 간다. 여관방에서 "내"가

---

19   최인호, 『내 마음의 風車』, 예문관, 1974, 269쪽.

만난 여자는 자기를 버리지 말라며 운다. 그러나 동생과 "나"는 여자들을 버려두고 몰래 나오면서 그녀들의 돈을 훔친다. 훔친 돈은 이틀 동안의 빠찡꼬 비용을 족히 충당할 만큼 큰 돈이었다. 돈을 세고 나서 동생과 "나"는 구역질을 한다. 그들은 "텅빈 뱃속과 같은 공허와 비애를 동시에 느"[20]낀 것이다. 갑자기 동생은 한강을 보고 싶다며 우유배달 자전거를 훔쳐 타고 달리다가 차에 치어 죽는다. 동생의 죽음은 거의 충동적인 자살이나 다름 없었다. 이 소설의 방황하는 청년들은 한 마디로 불량하다. 그들은 건전하게 살라는 기존 도덕을 파괴하며, 자본주의적 노동의 윤리를 파괴하고, 인간이라면 마땅히 지녀야 할 따스한 온정을 파괴한다. 『내 마음의 풍차』에서와 마찬가지로 파괴욕은 공허와 비애와 연동된다.

위에서 파괴적 행동의 궁극으로 동생은 자기 자신을 죽인다. 파괴 욕구는 결국 자기 자신으로 향한다. 『내 마음의 풍차』에서도 파괴를 지상의 행동강령으로 삼던 "나" 역시 결국 자신을 혐오하며 자기에 대한 파괴욕에 시달린다.

그러나 바쁘게 걸으면서도 내 마음 속에 괴는 끈적이는 비애를 어쩔 수는 없어서 나는 차라리 달려오는 차속에 뛰어들어 부딪고 싶은 심정이었어.

더러운 쌔끼. 너는 더러운 쌔끼다.

나는 자신을 향해 침을 뱉었다.

애써 부정하려는 자신에 대한 혐오감, 뻔뻔스런 자신을 향해 이를 갈도록 엄습해 오는 적개심으로 나는 벽에 머리를 부딪고 머리통이 부서져라 박치기를 해대고 싶은 심정이었어.

나는 정말 달려오는 차에 치일 뻔하였다. 이를 갈면서 길을 건너다 말고 급정거를 하는 차 속에서 운전사의 머리가 삐져 나오더니 이 쌍놈의 쌔끼야 눈알이 거꾸로 박혔니 하는 소리가 터져 나왔어.[21]

파괴욕뿐만 아니라 최인호 소설의 청년의 감정을 규정하는 것은 권태이다. 청년들은 너무나 지루해하고 지겨워한다.

우리는 대낮부터 거리를 어슬렁거리면서 무슨 갑작스런 괴변이 일어나지 않나하고 기대를 하면서 걸었지. 정말 산다는 것은 지루하고 지겹고 권태로운 일 방통행이더군. 비록 내가 스물 두 살을 살아왔지만서두 말이야. 도대체 무슨 변화가 있어야지. 갑자기 우리가 딛는 땅이 푹석 주저앉는다든지, 삼일빌딩이 곡절 없이 와르르르르르르 무너져 버린다든지, 느닷없이 어디에서 불이나 났으면 하는 심정 같은 것 말이야.[22]

「침묵의 소리」의 "나"와 동생은 사는 것을 "지루하고 지겹고 권태로운 일방통행"으로 느낀다. 사는 게 지루하고 권태롭다 보니 "무슨 갑작스런 괴변"이나 일어나기를 기대하게 된다. 갑자기 땅이 주저앉거나 빌딩이 이유 없이 무너지거나 느닷없이 불이 나거나 하는 일을 꿈꾸는 것이다. 그들은 권태로운 일상에 균열을 낼 갑작스런 충격을 꿈꾼다. 물론 이 충격 역시 파괴적인 것들이다.

『내 마음의 풍차』의 "나" 역시 권태에 시달린다. 그는 대학생활이 시시해서 견딜 수가 없다. 그는 "교문 안에서 술래잡기하듯 고추 먹고 맴맴, 담

---

21   최인호, 『내 마음의 風車』, 298쪽.
22   최인호, 「沈默의 소리」, 190쪽.

배 먹고 맴맴 하는 데모라는 것은 동리 골목을 뛰노는 조무래기들의 딱총놀이보다 시시하기 짝이 없"고, "다방의 코피 맛도, 담배 맛도, 술 맛도, 머리칼도, 신사복도, 구두도, 강의시간도, 별 볼일이 없다"고 느낀다. 대학 생활도 "별게 아니"다. "개뿔도 아니"다. 그렇게 느끼는 이유는 데모하면서 최루탄 앞에서 흐르는 눈물이 "결의고, 나발이고, 민족이고, 자유고 그저 흐르는 눈물에 불과하"기 때문이다. 즉 그것은 민족이나 자유라는 대의명분으로 무장한 채 엄숙한 비애를 느껴서 흘리는 눈물이 아니라, "눈이 아려서 쓰라려서 강제적으로 울어대는 쌍놈의 눈물"이기 때문이다.[23] 이때의 눈물은 자기 주체적인 것도 위대한 의미를 품고 있는 것도 아니고, 억압적인 타율에 굴복한 결과이다. "나"는 데모에서 대의명분과 주체적인 의미를 발견하지 못하고, 기존 체제의 강제에 의해 훼손당하는 실존을 자각할 뿐이다. "나"는 데모를 하면서 체제에 짓눌린 자신을 확인할 뿐이다. 그러므로 최인호 소설의 청년은 권태롭다.

파괴욕과 권태라는 병을 앓는 청년 이외에도 최인호 소설의 청년은 무기력하고 지쳐 **빠졌거나**, 심심해서 우울하다.

요즈음의 대학생들은 말만 큰대(大)자 대학생들뿐 따지고 보면 작을소(小)자 소학생만도 시세가 없어서 교정을 오가는 학생들은 모두 털 뽑힌 닭처럼 기운이 없어 보였다. 다들 전생에 몹쓸 죄를 진 사람들 같아 보였다. 주머니에 손을 찌르고 땅을 묵묵히 내려다보면서 모두 땅 어딘가에 떨어진 동전이 없나 주우려 돌아다니는 꼬락서니로 오가고 있었다.

크게 웃는 일도 없었고 항상 땅이 꺼질세라 조심조심 오가고 있었다.

---

23   최인호, 『내 마음의 風車』, 92쪽.

강의 시간에 들어가도 질문하는 사람도 없었다.

다들 묵묵히 교수님의 강의나 듣고 노트하고 그리고는 시간이 끝나면 제멋대로 나와서 잔디밭에 누워 한숨이나 푸욱푸욱 쉬고 있었다.

한숨도 보통 한숨이 아니라 가슴이 푸욱푸욱 꺼져 내리는 한숨들이었다. 다들 가슴 앓이 속병을 앓고 있는 사내들 같아 보였다.[24]

『바보들의 행진』에 나타난 청년은 위에서처럼 무기력하고 지쳐 빠졌다. 대학생들은 "모두 털 뽑힌 닭처럼 기운이 없어 보"이며, "크게 웃는 일도 없"고, "한숨도 보통 한숨이 아니라 가슴이 푸욱푸욱 꺼져 내리는 한숨들"만 쉬고 있다. 아니면 영자처럼 "심심하다. 심심해서 죽겠다. 새우깡 사서 먹어봐도 심심하고 오징어 한 마리 사다가 오물오물 씹어봐도 심심하고 음악 틀어놓고 고고춤 추어봐도 심심하고 덴부라 먹어봐도 심심하고 영화 봐도 심심하고 눈에 보이는 것 모두가 심심해 죽겠다. 강의 시간에 들어가도 심심하고 들어가지 않아도 심심하고 그러니 영자는 우울하다. 우울해서 미치겠다." 영자는 기껏 "뭐 재미있는 사건이 안 생길까" 하고 궁리할 뿐이다.[25] 이러한 심심함과 심심함의 귀결로서 우울은 시시하기 짝이 없다. 하지만 이런 식의 무기력함이나 기운 없음, 심심함과 우울은 당대 청년의 정직한 감정이었을 것이다. 이러한 청년들은 대의명분에 목숨을 걸고 영웅을 꿈꾸는 이병주 소설의 인물과 확연히 대척점에 놓인다.

청년들은 공연히 학교의 설립이념인 "진리와 자유"를 "개똥같은 소리"

---

24 최인호, 『바보들의 行進』, 225쪽.
25 "일테면 낙엽 지는 덕수궁 돌담길을 혼자 걷고 있노라면 키 크고 잘 생긴 남자가 소리도 없이 나타나서 저어, 시간 있으십니까. 허락되신다면 제 오토바이로 인천까지 갔다 오실까요. 하는 일이라도 안 생길까. 걷기 싫은 덕수궁 뒷담길을 거닐어 봐도 말 걸어오는 사람은 쥐뿔도 없어 영자는 우울하다. 우울해서 미치겠다. 아, 아. 무엇을 할까. 무엇을 하면 심심하지 않을까."(위의 책, 30쪽)

라고 비웃으며 편도선이 붓는다.[26] 또한 자신들이 청춘답지 못하다고, 애늙은이 같다고 생각하여 이렇게 기도한다. "우리의 젊음을, 청춘을, 젊음답게, 청춘답게 하여 주시옵소서. 그리하여 우리들을 애늙은이로 만들게 하지 마시옵소서. 우리의 젊음이 젊음으로 통하는 사회가 되어 주도록 하옵소서."[27] 또한 "진짜 우리들의 이야기는 눈 비비고 봐야 드렵게도 없"[28]다고 느낀다. 이는 다양한 담론과 무성한 말들의 존재에도 불구하고 청년들이 현실적으로 느꼈던 소외감을 보여준다.

최인호는 청년의 감정을 누출할 뿐 아니라 분석도 한다. 최인호가 보기에 데모에 열중하는 청년의 심리는 대의명분과는 무관한 것이다. 다음에서 최인호는 데모하는 청년의 심리를 분석한다.

우리가 배워온 모든 것은 쓰레기에 불과한 것이었다. 그것은 정말이었다. 우리는 우리가 노력한 만큼의 대가도 받지 못하고 있었다. 우리들의 가슴은 아무리 비싼 등록금을 내고 대학교를 졸업해도 취직할 자리가 없다는 현실적인 슬픔으로 이미 멍들고 있었다. 신문마다 기업체는 불경기로 올해는 예년의 절반밖에 사원을 뽑을 수 없다고 엄살을 부리고 있었으며 그 말은 정말 실현되었다. 우리는 우리가 쓸데없는 휴지 조각에 불과한 것처럼 냉대를 받았다. 그런데도 거리는 흥청거리고 있는 것이었다.

거리에 나서보면 무언가 좋은 세상임에 틀림이 없다는 느낌이 들어오고 우리는 날로 치솟아가는 빌딩과 빌딩 사이에서 기막힌 열등의식을 느끼고 있을 뿐이었다. 우리들의 눈은 점점 이상하게 독기에 번득이게 되었다. 우리들은 황황이

---

26 위의 책, 63~64쪽.
27 위의 책, 103쪽.
28 위의 책, 124쪽.

며 눈 부라리고 무에 우리에게 시비를 거는 자식들이 없나 하는 똘마니 깡패처럼 눈 부릅뜨고 이를 악물고 거리를 오가고 있었다. (…중략…)

데모는 우리의 유일한 구원이요 합창이었다. 데모를 하려고 서로의 굳은 어깨에 어깨를 대면 상대편의 핏속으로 튀어들어와 수혈(輸血)이 되고 평소에는 퇴색되어 그 빛을 찾을 수 없던 젊음이 새삼스레 번쩍이며 빛을 발하기 시작하는 것이었다. 그리고 그때에 우리 가슴속에는 평소 때의 분노 이를테면 미래에 대한 불안이라든가, (…중략…) 이러한 모든 것들이 한데 어우러져 저수지의 물이 좁은 구멍으로 한꺼번에 빠져나가려고 아우성치는 것처럼 우리는 곤두박질치며 부서지며 치솟으며 짓밟으며 또 짓밟히며 새벽의 분수처럼 온갖 분노들이 한꺼번에 터져흐르는 것이었다. 데모를 해야만 직성이 풀리는 마약과도 같은 습관이 우리에게 박혀 있어, 이 초가을에 벌어지는 데모는 굉장한 규모로 진행되고 있었다.[29]

철저한 반공교육을 받고 북진통일의 당위성을 배워 온 청년들은 미국과 중공의 화해 무드 앞에서 당황한다. 일본에 적대감만을 키우도록 교육받은 청년들은 일본과의 수교가 정상화되는 현실 앞에서 당혹을 느낀다. 이때 청년들은 "배워온 모든 것은 쓰레기에 불과한 것"임을 깨닫게 된다. 이는 단순히 반공교육과 반일교육의 허구성에 대한 깨달음이 아니다. 이는 어른들이 언제 어디서든 거짓말을 참말처럼 유포할 수 있다는 깨달음, 즉 언제 어디서든 이데올로기가 자신들을 기만할 수 있다는 깨달음이다. 그리하여 청년들은 지금 믿고 싶은 진리도 이데올로기 혹은 허상 혹은 거짓말이 아닌지 묻게 된다. 믿을 수 있는 것이 없어지는 것이다.

---

29   최인호, 「무서운 複數」, 『잠자는 神話』, 예문관, 1974, 272~274쪽.

게다가 눈부시게 발전하는 당대 사회에서 청년들은 "기막힌 열등의식"을 느낄 뿐이다. 청년들은 대개 "노력한 만큼의 대가도 받지 못"하고, "쓸데없는 휴지 조각에 불과한 것처럼 냉대를 받"기 때문이다. 그들은 항상 미래에 대한 불안에 허덕인다. 이러한 슬픔 혹은 분노가 데모에 참여하는 원인이라고, 최인호는 분석한다. 데모를 하면서 청년들은 슬픔을 잊고 분노를 표출하며 젊음을 느끼기 때문이다. 최인호가 보기에, 청년들은 거창한 대의명분에서 데모에 끼어들지 않는다. 청년들은 위와 같이 지극히 개인적인, 대의명분의 차원에서 보면 시시하기 짝이 없는 실존적인 불안과 슬픔으로 인해 데모대에 끼어든다. 그러니까 대다수의 청년들에게 데모는 우렁찬 목소리의 웅변이 아니라 우렁찬 목소리에 짓눌린 감정의 누수(漏水)인 것이다.

이렇게 최인호 소설의 청년들은 파괴욕과 권태에 시달리거나 무기력하고 지쳐빠졌거나 단지 심심할 뿐이다. 물론 이러한 청년의 감정을 청년이라면 어느 시대에나 보편적으로 느끼는 것이라고 말할 수도 있다. 하지만 위에서 보았듯 데모와 데모 때문에 휴강이 잦은 시대의 현실, 그리고 당대 학생들이 받았던 교육과 국제정세 등이 청년의 감정과 밀접한 연관을 맺고 있다. 이런 사실은 당대에 특유한 망탈리테와의 연관선상에서 청년의 감정구조를 해부할 여지를 제공한다. 이러한 청년의 감정은 당대 이데올로기와 근대적 동일성의 망탈리테에 대한 저항과 밀접한 관련을 맺는다. 상기한 파괴욕, 권태, 무기력, 우울 등의 감정 근저에는 이러한 저항이 놓여 있다고 보인다. 아래에서 당대 이데올로기와 근대적 동일성의 망탈리테에 대한 저항이 어떻게 나타나는지 그 구체적인 양상을 고구하고자 한다. 선행연구에서 표피적 지적에 그쳤던 한계를 보완하고자, 항목별로 조목조목 논하려고 한다.

하지만 본의 아니게 끌려들어가 당했던 그 지루하게 길었던 하루의 일은 이상하게도 내가 무슨 일을 하든지 나를 가로막는 것이었다. 즉 내가 의식하지 못하는 경우에도 무슨 일이 벌어질 수 있다는 느낌 같은 것이었다. 일테면 이런 식이었다. 내가 하는 일이 남들에게 말려들어가 이용당하고 있는 건 아닌가 하는 느낌이 언제 어디서나 나를 사로잡고 있었다. 그래서 나는 늘 자신을 삼인칭으로 생각하고 있었다.[30]

「무서운 복수」에서 학생운동가 오만준은 최준호에게 교련 반대 성명서를 써 달라고 부탁한다. 최준호는 끝내 성명서를 쓰지 못하겠다고 거절한다. 성명서를 쓸까 하다가도 군대 시절 체험이 회상되는 바람에 결국은 쓰지 못한다. 군대 체험은 최준호가 성명서에 거부감을 갖게 된 중대한 이유였던 것이다. 군대 시절 최준호는 우연히 동료를 도왔을 뿐인데, 위문품으로 들어 온 담배 오백 갑을 부정 유출하여 일반인에게 파는 부정행위에 가담했다고 누명을 쓴 바 있다. 그 이후로 그는 위에서처럼 "내가 하는 일이 남들에게 말려들어가 이용당하고 있는 건 아닌가하는 느낌"에서 벗어날 수 없다. 이러한 의식 때문에 그는 무슨 일을 하건 주저하고 망설이는 버릇을 또한 가지게 된다. 그리하여 그는 성명서를 쓰는 데 강한 저항을 느꼈던 것이다. 이것을 최준호의 보신주의만으로 볼 수는 없다. 최준호는 자기가 원하지 않는 일에 본의 아니게 동원되는 것을 거부한다. 타인의 목적을 달성하기 위한 행위에 타율적으로 가담하는 일에 강한 저항을 느끼는 것이다. 그는 타인으로부터 주입된 가치가 아닌, 자신만의 격률에 따라 행동하고 싶어 한다.

---

30   위의 글, 222쪽.

한편 학생운동가 오만준 역시 자신이 동원된 처지라는 사실을 인식한다. 학생운동의 지도자 격인 그는 솔직히 "회의를 느낄 때가 있"[31]다고 최준호에게 고백한다. 자신이 하는 일이 과연 자신만의 고유하고 투철한 신념에서 기획되었는지, 주위의 요구에 대한 비주체적 순응에서 비롯되었는지 회의한다는 뜻이다. 그는 "가끔 주위에서 소외되었다는 느낌을 받곤"[32]한다고 고백한다. 그러면서 그는 자신을 유년기의 장난인 여우놀이의 술래로 비유한다.

> 그들이 내게 술래이기를 바라고 있거든요. 그들은 내게 데모를 하라고 쉴새 없이 요구하고 있어요. 이것은 어릴 때의 그 놀이처럼 놀이에 불과하지는 않아요. 이것은 어디까지나 싸움이에요. 난 술래 노릇을 해야 할 것 같아요. 이것은 나의 비열한 용기예요.[33]

오만준은 "그들"이 자신에게 계속 술래 노릇을 하기를, 데모에 앞장서기를 쉴 새 없이 요구한다고 느낀다. 그 역시 자신에게 고유하며 자발적인 격률이 아닌 복수(複數)의 군상들의 뜻에 따라 움직인다고 인식하는 것이다. 이렇게 보면 오만준 역시 동원을 거부하는 감정을 지녔다고 볼 수 있다. 끝내 동원을 거부한 최준호와는 달리 오만준은 계속 술래 노릇을 할 것이라고, 계속 그들의 요구에 따르리라고 말한다. 여기에서 오만준이 자신의 결단을 "비열한 용기"라고 지칭한 사실은 주목을 요한다. 영웅적인 결단이 아니라 비열한 용기이다. 왜 비열한가. 스스로의 자각과 자괴와 자

---

31 위의 글, 255쪽.
32 위의 글, 255쪽.
33 위의 글, 270~271쪽.

신의 고유한 격률을 따르고 싶은 소망을 은닉하고 다수의 요구에 따르려고 하기 때문에 비열한 것이다. 내면의 진실을 무시하고 본심과 다르게 다수의 요구에 승복하기 때문에 비열한 것이다. 어쨌든 오만준은 동원된 처지를 인식하고 있다는 점에서 최준호와 공감대를 형성한다고 보인다.

① 언젠가부터인가 우리들은 사람을 사람으로 보지 않는 풍조가 팽배하고 있단다. 도대체 눈 뜨고 봐도 사람 얘기가 없어. 신문에 보면 인질극만 늘어가고 있지 않니. 애매한 사람을 인질로 방패 삼아 공연히 죽이기도 하고 버티는 미끼로 삼는 인질극 말야. 그건 종래엔 우리 나라에 없던 범죄였어. 서부영화에서나 볼 수 있는 서구식 범죄 방법이었다. 그러나 요즈음엔 걸핏하면 인질, 인질, 인질이라니.[34]

② "왜 장난감은 많을까. 쓸데 없이 장난감은 너무 많아." (…중략…)
"왜냐하면 장난감은 귀여우니까. 순하니까. 다정하니까. 태엽만 주면 걸어가고 말이 없거든. 어때. 너나 나나 넋이 없는 인형과 다르게 없어."[35]

①에서 『바보들의 행진』의 병태는 당대 인질극이 늘어나는 풍토를 개탄한다. 그러면서 그는 그것을 "사람을 사람으로 보지 않는 풍조"로 해석한다. 또한 그는 ②에서 자신과 영자가 "넋이 없는 인형과 다를 게 없"다고 말한다. 인질극이란 사람을 도구적으로 이용하는 기제를 근간으로 한다. 인질이 된 사람은 고유한 개인성을 발휘하지 못하고 타인의 의지에 따라 조종당한다. 인질극을 벌이는 사람은 타인의 고유성을 말살하고 자신의

---

34   최인호, 『바보들의 行進』, 214쪽.
35   위의 책, 216쪽.

의지에 따라 타인을 전유하는 점에서, 동원의 망탈리테와 통하는 정신을 소유한다. 인질이 된 사람은 사람으로서의 가치를 잃게 되고, 누군가에게 이용당하고 전유당하며 동원의 대상이 된다. 그렇기에 병태는 자신과 영자가 넋이 없는 인형과 같다고 말한다. 그는 고유성을 잃어버린, 동원에 의해 창백하게 탈색된 자신들의 처지를 인식한 것으로 보인다.

70년대는 동원이 일상화된 시절이었다. 박정희는 애국주의를 외치며 국민을 동원했고, 민중문학론자들은 민중을 미화하며 민중을 동원했다. 최인호는 이러한 동원의 망탈리테를 의식했으며, 그에 대한 강한 저항을 피력했던 것으로 보인다. 동원은 동원의 대상에게서 고유성과 자율성을 박탈하며, 그렇게 단독적인 가치를 박탈당한 창백한 개인을 전체에 복속시키는 점에서 파시즘적이다. 이러한 파시즘적 풍토에서 최인호는 동원되기에 저항함으로써, 개체의 고유성과 자율성의 가치를 환기한다.

최인호 소설의 인물들은 정치와 데모 모두에 저항한다. 이를 확대하면, 그들은 박정희식의 이데올로기나 체제 반대의 이데올로기 모두에 저항한다고 할 수 있다. 「무서운 복수」에서 교수님과 최준호는 데모하는 학생들과 그를 막는 경찰대를 보고 이러한 대화를 나눈다. 교수님은 "하는 측이나 막는 측이나 둘 다 맹목적인 것 같다"[36]고 말한다. 최준호 역시 "저들은 바다예요. 맹목의 바다예요"[37]라고 말한다. 두 인물 모두 데모하는 학생이나 그를 막는 집권층이나 맹목적이라는 점에 동의한다. 이는 최인호의 작가의식을 반영한다. 최인호는 당대 집권층의 이데올로기나 그에 반발하는 세력의 이데올로기 모두에 저항하는 것으로 보인다.

---

36 최인호, 「무서운 複數」, 248쪽.
37 위의 글, 250쪽.

① 병태는 문득 이학기 동안 내가 학교에서 배운 것이 과연 무엇이 있는가 하는 생각이 들었다. 그래서 병태는 노트를 펼쳐 보았다. 원래 게으르기 때문에 강의 시간에 꼬박꼬박 들어가지 않는 병태이긴 하지만 노트라곤 통틀어 한권밖에 가지지 않고 이 강의도 이 노트에, 저 강의도 이 노트에 필기하고 있는 병태의 노트는 불과 필기한 부분이 첫장에 그쳐 있었다.[38]

② "야, 야, 사회 나와 봐. 넥타이 매봐라. 조국과 민족을 사랑하려면 죽은 듯 공부나 해. 학생은 모름지기 공부부터 하는거야. 난 요새 대학생들을 이해할 수 없어."

병태는 멍하니 서 있었다.

"담에 보자. 난 교수 연구실에 들렀다 갈게."

선배는 투툭 버릇없이 병태의 어깨를 치더니 사라져 버렸다.

병태는 문득 쓸쓸함을 느꼈다. 이 세상에 나 혼자로구나 하는 느낌을 받았다.

병태는 되돌아서서 학교를 나왔다. 휘적휘적 긴 교정을 걷기 시작하였다. 느닷없이 구역질이 치받아 올랐다. 웩웩 병태는 구역을 하였다. 웩웩.[39]

③ 사람이 없다. 사람은 눈 두 개에 귀가 두 개, 코 하나 가졌다고 사람인 줄 아니? 사람 얘기가 없다. 도대체 없다. 사람보다도 트로피가 판치고 있다. 대명사가 판을 치고 있다. 부자는 사람이기 이전에 나쁜 사람, 농민은 사람이기 이전에 좋은 사람, 교수는 사람이기 이전에 좋은 사람, 사장은 사람이기 이전에 나쁜 사람, 사원은 사람이기 이전에 좋은 사람, 바걸은 사람이기 이전에 나쁜 여자, 아내는 사람이기 이전에 좋은 여자, 짱구 아버지 짱구, 짱구 아들 짱구, 짱구 할아버지 짱구, 짱구 손자 짱구라는 소리인 것이다.[40]

---

38   최인호, 『바보들의 行進』, 64~65쪽.
39   위의 책, 66~67쪽.

병태는 데모 때문에 휴강이 잦은 학교 현실에 씁쓸함을 느낀다. ①에서 보듯 한 학기 내내 모든 과목에서 필기한 내용은 노트 한 장에 불과하다. 데모에 동조할 수 없는 병태는 그렇다고 사회인의 의식에도 거부감을 느낀다. ②에서 보듯 병태는 "조국과 민족을 사랑하려면 죽은 듯 공부나 해. 학생은 모름지기 공부부터 하는거야. 난 요새 대학생들을 이해할 수 없어"라고 말하는 졸업한 선배의 말에도 씁쓸함을 느낀다. 병태는 애국을 부르짖으며 체제에 투항하여 학생의 본분을 지키라는 체제 순응적인 사회인의 의식에도 저항하는 것이다.

그렇다고 병태가 체제 저항적인 『창비』식의 이데올로기에 동조하는 것도 아니다. ③에서 병태는 당대 소설에 도대체 사람 이야기가 없고 사람보다 "대명사"가 판치는 모습을 개탄한다. 그는 농민은 무조건 좋은 사람, 사장은 무조건 나쁜 사람, 사원은 무조건 좋은 사람으로 형상화된다는 사실을 지적한다. 그는 사람 개개인의 다양한 자질을 주목하기보다, 그 신분으로 개인의 고유성과 독자성을 표백해 버리는 문학 풍토를 개탄하는 것이다. 이것은 당대 근대적 동일성에 대한 거부감의 일환으로, 개개인의 가치가 동일한 신분적 표지로 수렴되어 버리는 현상 즉 개개인의 가치가 전체에 의해 소거된 현상에 대한 개탄으로 해석할 수도 있다. 그러나 그보다 먼저 직접적으로 이는 당대 『창비』의 이데올로기를 겨냥한 것으로 보인다. 당대 소설의 노동자와 농민에 대한 무조건적 미화와 사장에 대한 무조건적인 폄하는 『창비』의 민중문학론을 암시한다. 병태는 ②에서 보듯 애국과 체제 순응을 요구하는 박정희 혹은 기성 체제의 이데올로기에도, ③에서 보듯 반체제 이데올로기의 대표격이라 할 수 있는 『창비』의

---

40   위의 책, 198쪽.

이데올로기에도 모두 저항을 느끼는 것이다. 당대를 주름잡던 대표적인 이데올로기에 모두 반발하며 어느 전체에도 속하기를 거부하는 병태가 할 수 있는 일은 ②에서 보듯 "구역질"밖에 없다.[41] 이는 물론 작가의식을 반영한 것이라 보인다.

체제의 이데올로기에도, 반체제의 이데올로기에도 모두 순응할 수 없는 작가의식은 모든 것을 "거짓말"로 치부한다. 그리하여 최인호의 소설에는 "거짓말", "사기"라는 말이 빈번하게 등장한다.

> ① "삼일운동은 1919년에 일어났는데……."
>
> "삼일운동은 1919년에 일어났는데…… 공갈이다."
>
> "소위 문화 정책을 쓰기 시작했는데……."
>
> "소위 문화 정책을 쓰기 시작했는데…… 공갈이다."
>
> "우리 선조들은 피땀으로 조국의 광복을 위해……."
>
> "우리 선조들은 피땀으로 조국의 광복을 위해…… 공갈이다."[42]
>
>
> ② 그러자 선병질적인 아이는 쿡쿡 나지막하게 촛농 떨어지는 소리로 웃었다.
>
> "속지 마라."
>
> "뭐라구."
>
> "저건 사기다."

---

41 구토증은 최인호 소설에서 반복적으로 등장하는 모티프이다. 「沈默의 소리」의 두 인물들도 한껏 신나게 논 이후에 구토한다. "갑자기 녀석은 웬 빌딩건물에 몸을 기대더니 토하기 시작했어. 그건 정말 사실무근하고 투정 같은 억지 구역이었어. 먹은 게 있어야 토할 수 있지. 녀석은 눈물을 질질 흘리면서 손가락을 입에 꾸욱 집어넣고 토하려고 애를 쓰기 시작했어. 그러자 나도 구토증이 일어나기 시작했어."(최인호, 「沈默의 소리」, 201쪽)

42 최인호, 「模範童話」, 『他人의 房』, 예문관, 1977, 57쪽.

"사기라니 저 사람이 저렇게…… 죽고…… 있는데두."

"저건 우리를 속이려는 악질 행위다. 속아서는 안 된다. 절대 속아서는 안 된다. 난 안 속는다. 한 사람은 다리를 내놓고 또 한 사람은 머리를 내놓고 있는 거다. 즉 두 사람이 들어가 있는 거다. 봐라, 키가 저렇게 클 수는 없잖니."[43]

③ 거리 밖에서의 행동은 전부 거짓말이다. 벽 하나 안에서는 이처럼 편안한데 말야. 벽 하나 차이야. 벽 하나 밖에서는 거짓말들을 하고, 새침을 떼고, 쓸데없는 소리만을 하고, 그러나 벽 하나 안에서는 편해. 안심이 되거든.[44]

①과 ②에서 「모범동화(模範童話)」의 "선병질적인 아이"는 어른들의 말과 행동을 모두 거짓말과 사기로 치부한다. 특히 그는 삼일운동, 일제의 문화정책, 조국 광복을 위한 선조의 노력 등을 모두 "공갈"이라고 말한다. 이는 물론 어른들의 세계 전반에 대한 불신을 의미하는 것으로 볼 수 있다. 하지만 앞의 4장에서 보았듯, 삼일운동과 독립운동은 박정희가 애국주의를 정당화하기 위해 즐겨 전유했던 역사적 사실이었다. 이를 감안하면, 특히 아이가 삼일운동과 독립운동을 공갈로 본 사실은 박정희식의 이데올로기에 대한 작가의 저항을 드러낸다고 볼 수 있다. ③에서 『내 마음의 풍차』의 "나"는 벽 밖에서의 행동은 모두 거짓말이라고 말한다. 이는 벽 바깥, 즉 세상의 모든 말들을 거짓말로 치부하는 의식과 연동된다. 이는 물론 당대 이데올로기에 대한 저항을 내포한다.

① 우리는 밤이 새도록 춤을 추었다. 밤이 새도록 말을 나눈 적도 없었어. 끊

---

43   위의 글, 59~60쪽.
44   최인호, 『내 마음의 風車』, 262~263쪽.

임 없이 반복되는 음악 소리에 맞추어 쉬지도 않고 우리는 춤을 추었다. 거의 한 스테이지조차도 우리는 쉬지 않았다.[45]

②그녀는 자기 자신에 대해서 잘 얘기하지 않는 편으로 가끔 내가 얘 니 연애건 이야기나 해 봐라 하고 은근히 물어보면 그저 피익피익 웃기만 하는 것이 보통이었다. 나는 아니꼽게도 그런 태도에 점점 빠져 들어가고 있었다. 그리고 무언가 명숙의 몸을 탐하고 싶은 욕망으로 늘 봄닭처럼 안절부절 못하고 있었다.[46]

③나는 마치 진디물의 꽁무니를 노리는 개미처럼 명숙이가 보여주는 조금은 달콤하고 조금은 썩어 있는 이상야릇한 분위기에 매어달려서 전전긍긍하고 있었다.

(…중략…) 갑자기 명숙은 내게 어디론가 이 도시를 떠나고 싶다고 말을 했었어. 좋은 데 알고 있니.

내가 묻자 그 애는 무조건 아무 곳으로나 떠나자는 거였어. 고속버스 터미널에 가서 되는 대로 버스를 타자는 얘기였다.

그것 괜찮지. 그래, 떠나자.[47]

이상은 『내 마음의 풍차』의 부분들이다. ①에서 "나"와 명숙은 한 마디 말도 나누지 않고 밤새도록 춤을 춘다. ②에서 명숙은 자기 자신에 대한 이야기를 잘 하지 않는 사람으로 묘사된다. 두 사람의 간극을 좁힐 수 있는 이야기를 나누자는 제안에도, 명숙은 "그저 피익피익 웃기만" 한다.

---

45 위의 책, 221쪽.
46 위의 책, 227쪽.
47 위의 책, 228쪽.

"나"는 그런 명숙의 태도에 더욱 끌린다. 이상에서 "나"는 말에 거부감을 느낀다. 이 소설에서 "나"와 명숙이 가까워진 것은 말을 통해서가 아니라, 춤 즉 육체적 몸짓을 통해서이다. 또한 "내"가 명숙에게 호감을 느끼는 이유는 그녀가 말이 없어서이다. 말에 대한 반감은 근대적 동일성의 중핵인 이성에 대한 저항과 연동된다.

4장에서 보았듯 박정희의 담론과 이병주의 소설에서 대의명분주의는 자명한 이데올로기로 수용되었다. 그러나 위에 보이는 "나"의 의식은 대의명분주의의 정반대 쪽에 위치한다. "나"는 명숙이 이러이러해서 좋다고 할 때의 이러이러함을 가지고 있지 않다. 명분을 자명하게 여기는 시각에서는, 누가 누구를 좋아하려면 수많은 말을 교환한 연후에 좋아하는 이유를 명백히 들 수 있어야 한다. 하지만 위의 "나"는 명숙과 이야기도 별로 나누지 않으면서, 이유도 명분도 없이 그녀에게 끌린다. 이러한 "나"의 심리는 대의명분주의에 대한 작가의 저항을 노출한다고 보인다.

④에서 명숙은 "갑자기", "무조건 아무 곳으로나 떠나자"고 말한다. "되는 대로 버스를 타자는 얘기"이다. 사전에 계획하지 않고 갑자기, 목표를 정하지 않고 발길 닿는 대로 떠나는 여행은 최인호 소설에 자주 등장하는 모티프이다. 뿐만 아니라 이는 70년대 청년들의 감정을 매혹했던 하나의 꿈으로도 볼 수 있다. 명숙은 뚜렷한 목표도 그것에 도달하기 위한 치밀한 계획도 거부한다. 이는 5장에서 논한 '목표를 향한 과업으로 질서정연하게 구조화된 대열'에서 이탈하고픈 소망을 함축한다. 즉 이는 목적 지향적 사유구조에 대한 저항의 발현이다. 한편 이는 당대 청년의 감정구조를 반영한 것으로 보인다. 목표와 계획을 거부한 여행이 당대 청년들의 집단적인 환호를 얻었다는 사실은 목적 지향적 사유구조에 대한 저항의 감정이 집단적으로 공유되었다는 점을 시사한다.

①“꼰대는 우리 보고 검사가 되라지요.”

“꼰녀는 우리 보고 의사가 되라지요.”

“실력은 없지요.”

“교수들은 학점만 내리깎지요.”

“머리는 깎지요.”

“군대는 가라지요.”

“애인은 없지요.”

“신사복은 빵꾸가 났지요.”

“주머니는 비었지요.”

“너무하다. 너무해. 딸꾹.”[48]

②갑자기 합죽이가 조금 눈물을 흘리기 시작하였다.

“너 왜 우니, 이 병신아.”

쫄쫄이가 구박을 주었다.

“우린 참 시시한 대학생이야. 정말 시시해. 휴지조각보다도 나을 게 없어. 정말 너무들 해.”

“그래.”

병태는 귀 뒤에 꽂아 두었던 꽁초에 불을 붙였다.

“허지만 염려마. 곧 우리들 시대가 오니까.”[49]

③저는 하느님도 아시다시피 아버지에게도 희망을 줄 수 없는 녀석이고 어머니에게도 희망을 줄 수 없는 녀석이고 더구나 제 동생에게도 존경을 받고 있

---

48   최인호, 『바보들의 行進』, 48쪽.
49   위의 책, 52쪽.

지 못하옵나이다.

저는 바보에 멍텅구리 올습니다.

하느님.

1973년에 저는 우울하였사옵니다.

저는 대학생이었지만 조금도 대학생 대우를 받지 못하였사옵나이다. 버스 차장들은 우리가 20원을 내면 인상을 썼고 순경나으리들은 우리들을 보면 죽일 놈으로 취급하였사옵나이다. 극장에서 대학생 입장권을 살 때에도 눈총을 받았 사오며 우리는 다들 바보에다 멍텅구리였습니다. 저는 그들을 믿지 못하옵나이 다. 하느님. 바보 멍텅구리인 저는 그들을 모두 믿지 못하옵나이다.[50]

『바보들의 행진』에서 병태와 친구들은 정관이의 입대 기념 환송연을 연다. ①은 그때 나눈 이야기 중 일부이다. 병태와 친구들을 괴롭히는 것들은 출세하라는 부모님, 학점 깎는 교수님, 장발을 금지하고 군대로 모는 시국, 풍족하지 못한 용돈 등이다. 그들은 이병주 소설의 청년들처럼 나라와 민족을 걱정하고, 대의와 명분을 논하지 않는다. 그들은 영웅적인 고민도 영웅적인 행동도 하지 않는다. 그야말로 영웅과는 정반대의 위치에 놓인 "시시한" 청춘들인 것이다. ②에서 병태의 친구 합죽이는 직설적으로 "우린 참 시시한 대학생이야. 정말 시시해. 휴지조각보다도 나을 게 없어"라고 토로하며 눈물을 흘린다. 시대의 이데올로기는 대의와 명분과 영웅을 요구하며 위대와 영광을 부르짖지만, 실제 청년들은 그런 이데올로기와 상관없이 정직하게 말해서 시시하게 살았을 것이며, 가끔 스스로의 시시함을 자조했을 것이다. ③에서 병태는 스스로 "바보에 멍텅구리"

---

[50]   위의 책, 102쪽.

라고 지칭한다. 병태뿐만 아니라 여주인공 영자도 바보스럽기 짝이 없다.

여기에서 바보 같은 청년들을 소설의 주인공으로 내세운 최인호의 작가의식에 주목해야 한다. 이병주 소설에서 논했듯이 작가의 인물 형상화 방식은 작가의식의 지향을 일러주는 지표이다. 위대와 영광을 부르짖는 이데올로기의 정반대편에 서 있는 청년들을 형상화한 최인호는 영웅주의와 대의명분주의에 대한 저항을 그런 식으로 노출한 것으로 보인다. 또한 아무리 바보라지만 그들은 엄연히 대학생, 즉 지식인이다. 이러한 시시한 지식인상은 『창비』에 나타난 선각자적·지도자적 지식인상과 상반될 뿐더러, 이런 시시한 청춘을 대변한 작가의 태도는 민중소설의 우월자적 태도와도 다르다. 최인호 소설의 "바보"는 『창비』와 박정희의 이데올로기에 대한 저항을 구현하는 중핵인 것이다.

잠바차림의 사내가 옹기종기 누워 있는 병태네 옆으로 다가와서 말을 걸었다.

"A·B·C 방송국에서 나왔습니다. 본 방송국에서는 4월 개편 프로로 젊은이의 합창이라는 프로를 마련하였습니다. 이 프로는 바로 대학생인 여러분들의 장래의 희망, 진취적인 사고방식, 기성세대에의 불만, 이런 것들을 종합해서 보내드리는 신선한 프로인 것입니다. 협조를 부탁합니다."

사내는 옆구리에 걸친 녹음기를 꺼내어서 발동을 걸었다. 그러더니 마이크를 누워 있던 한 학생의 입에 들이대었다.

"이 좋은 봄을 어떻게 보내십니까."

"……"

"이 좋은 봄을 어떻게 보내십니까. 대학생으로서."

"……"

"부탁합니다. 한마디만 부탁합니다."

"……."

"대답하기 싫으신 모양이로군요. 그럼 다른 학생에게 바통을 넘기겠습니다. 요즈음에 무슨 책을 읽고 있습니까?"

"……."

"요즈음에 즐겁게 본 영화는 무엇입니까?"

"……."

"장래 무엇이 되고 싶습니까?"

"……."

방송국 기자의 이마에서 땀이 흘러내리기 시작하였다.[51]

위에서 청년들은 할 말을 찾지 못한다. 방송국 기자가 병태와 친구들에게 이런저런 것들을 묻는다. 기자가 맡은 프로그램은 대학생의 "장래의 희망, 진취적인 사고방식, 기성세대에의 불만"에 주목하자는 취지를 가진다. 그 취지를 설명하고 나서 던진 기자의 질문에 병태와 친구들은 아무 대답도 못한다. 심지어 병태는 몇 학년인지, 무슨 과인지 묻는 기자의 질문에도 모른다는 대답으로만 일관한다. 청년문화에 대한 의견을 묻는 기자의 질문에도 병태는 모른다고만 답한다. 이러한 병태와 친구들의 침묵은 자신이 희망이나 진취적인 사고방식과 무관하다는 자의식에서 비롯된 것으로 보인다.

이상에서 나타난 청년들은 무기력하고 지치고 할 말도 없다. 이는 청년의 정직한 표상이다. 강경하고 독선적인 목소리들의 홍수 속에서 실제로 대다수의 대학생들은 이처럼 무기력했고 뚜렷한 주견을 말하기를 꺼려

---

51 위의 책, 226~227쪽.

했을 것이다. 이는 위대하거나 영광스러운 모습과는 한참 동떨어져 있다. 뿐만 아니라 무언가를 소리 높여 주장하지 않는다는 점에서 이데올로그들과는 아예 반대편에 서 있다. 모두들 이데올로그가 되어서 소리 높여 자신의 주장을 관철하려고 애쓰던 시대, 그러기 위해서 불가능한 것들까지 전유하면서 자기주장의 유일한 진리성을 증명하려고 범상치 않은 노력을 경주했던 시대에 침묵은 그 무성한 말들과 자기 진리 증명 욕구에 대한 저항이라고 볼 수 있다.

호르크하이머와 아도르노에 따르면, 인류는 자아 즉 동질적이고 목적 지향적인 남성적 성격이 형성될 때까지 자신에게 무서운 것을 가해야 했다. 그런데 동질적·목적 지향적 자아를 잃어버리고 싶은 충동은 그 자신을 유지하려는 맹목적인 결의와 짝을 이룬다. 호머의 『오디세이』에서 사이렌의 유혹은 자아를 잃어버리고 싶은 충동과 연관된다. 살아남고 싶은 자는 되돌릴 수 없는 유혹, 자기 포기의 유혹에 귀를 기울여서는 안 된다. 그는 들을 수 없을 때만 살아남을 수 있는 것이다. 사회는 항상 이를 위해 배려한다. 노동하는 사람은 건강한 몸과 집중된 마음으로 앞만을 보아야 하며 옆에 있는 것은 내버려 두어야 한다. 그리하여 오디세우스는 선원들의 귀를 밀랍으로 봉하고 온 힘을 다해 노를 저어가라고 명령한다.[52]

이들의 통찰대로 근대적 동일성은 자기동일성을 유지하기 위해서 균열의 유혹, 자기 파괴의 유혹에 필사적으로 저항한다. 이데올로기와 동원·전유의 기제와 목적 지향적 사유구조는 자기 파괴의 유혹에 저항하려는 근대적 동일성의 전략이다. 그러나 근대적 동일성은 필연적으로 자기 파괴 욕구를 거느린다. 동일성을 파쇄하려는 불온한 에너지는 동일성의

---

52 막스 호르크하이머·테오도르 아도르노, 김유동·주경식·이상훈 역, 『계몽의 변증법』, 문예출판사, 1996, 61~66쪽 참조.

영토를 제국주의적으로 확장하려는 에너지가 바로 자기 안에 품은 것이라 할 수 있다. 그들은 실상 쌍두아나 다름없다. 70년대 근대적 동일성의 망탈리테가 위세를 떨칠 때에, 그것에 균열을 일으키고 흠집을 내는 망탈리테도 동시에 존재했으니, 최인호의 소설들은 바로 그것을 보여준다.

제7장

결론

이 자리에서는 먼저 지금까지 논의한 결과를 요약하고자 한다. 서론에서 이 글은 문학작품의 주제를 파생한 사회적 동력, 동시대 저자들의 언표 근저에서 공유되는 정신적 분모, 그것을 배태한 당대의 집단적·정신적 분위기에 주목하자는 취지로 망탈리테라는 문학 연구방법을 제안했다. 망탈리테는 한 시대의 집단적인 정신 현상 그 근저에 잠복한 거대한 심성적 구조이다. 동시대인은 망탈리테의 구속을 어지간해서는 벗어날 수 없으며, 망탈리테는 그들의 사고와 행동을 의식적·무의식적으로 지배한다. 망탈리테는 시대에 특유하고, 집단적으로 공유된다. 이러한 성질을 근본성, 구속성, 역사성, 집단성으로 지칭할 수 있다. 이 글은 망탈리테를 "지속적인 일정 시기 동안 집단적으로 공유되는 정신적 풍토, 사람들의 사유와 감정의 저변에 존재하며 의식을 구속하는 심성적 구조"로 규정했다. 망탈리테는 지성과 감정, 의식과 무의식을 포괄하지만, 이 글은 보다 무의식에 가까운 것들에 주목했다. 지식인과 민중 모두를 망탈리테를 구성하는 주체로 볼 수 있다.

이 글은 망탈리테를 이데올로기·태도·사유구조·감정구조·심층적 토대로 구체화했다. 이데올로기는 사람들에게 자명하게 받아들여지면서 그들의 생각과 행동을 유도하는 믿음 체계, 그러나 사람들이 당시에는 그 자명성을 의심하기 어려웠던 믿음 체계이다. 태도는 타인과 세계를 바라보고 인식하고 표상하는 방식이다. 이데올로기와 태도는 문학작품의 주제와 뚜렷한 차별성을 띠며, 주제보다 무의식적인 것에 가깝고 은닉된 상태로 미미하게 표출된다. 사유구조는 다양한 사유의 근저에 놓인 유사한 근본 원리, 담론을 전개하도록 추동하는 힘, 지식인들이 사유를 구성할 때 작동하는 근본 동력, 무의식적으로 의존하는 사유의 습관이다. 한 시대의 사상은 다수일 수 있으나 사유구조는 극히 소수에 불과하다. 감정구조란 반복적으로 출현하면서 집단적으로 공유되는 감정이다. 한편 이 글은 시대의 모든 정신활동의 근저에 면면하게 흐르는 거대한 저류(低流)를 심층적 토대로 지칭했다. 이는 각종 이데올로기·태도·사유구조·감정구조가 공유하는 근본적 토대이다. 심층적 토대는 비교적 단일하다.

심도(深度)에 따라 망탈리테는 표층적 망탈리테, 중층적 망탈리테, 심층적 망탈리테로 나누어 볼 수 있다. 뚜렷하게 전면화된 소설과 평론의 주제들, 특히 특정 시기 동안 집단적으로 제출된 주제는 표층적 망탈리테로 파악된다. 지금까지 문학 연구의 주관심사는 바로 이것이었다. 중층적·심층적 망탈리테는 앞으로 주목을 요하는 분야이다. 이데올로기·태도·사유구조·감정구조는 중층적 망탈리테, 심층적 토대는 심층적 망탈리테에 속한다. 이 글은 70년대의 중층적 망탈리테로서 사회의 구조적 모순에 주목하라는 이데올로기와 민중문학의 이데올로기 등 문단의 이데올로기,

애국주의·영웅주의·대의명분주의 등 사회의 이데올로기, 지식인의 선각자적 자의식과 민중을 대상화하는 태도, 전유의 기제·목적 지향적 사유구조·진보적 시간관·변증법적 사유구조 등 사유구조, 청년의 감정구조를 추출했다. 심층적 망탈리테는 곧 심층적 토대로서, 서양의 기독교적 세계관이나 한국의 유교적 세계관 등 아주 오랜 세월 면면히 지속된 정신의 저류 구조이다. 따라서 이는 근본성을 띠는 반면 상식적인 것으로 보일 수도 있다. 이 글은 70년대 저자들에게 위력을 떨친 심층적 망탈리테를 근대적 동일성으로 파악했다. 망탈리테를 연구하기 위한 방법으로 반복적인 것, 집단적으로 공유되는 것, 미미하게 잠복하거나 은닉된 것, 오늘날과 다른 것, 상투어, 벗어나려고 했으나 끝내 그 구속을 벗지 못한 것 등에 특히 주목했다. 또한 창작 과정 전반을 주재하는 작가의식이 당대 망탈리테에 구속된다는 가설을 설정하고 이의 타당성을 검증하고자 하였다.

2장에서는 '사회의 구조적 모순에 주목하라'는 이데올로기와 민중문학의 이데올로기를 고구하였다. 『창비』의 '사회의 구조적 모순에 주목하라'는 이데올로기는 잘 알려져 있으므로, 이 글은 예의 이데올로기의 형성 주체로서 간과되었던 『문지』를 집중적으로 고찰했다. 『문지』 동인들은 별다른 논증 과정 없이 문학작품이 사회의 구조적 모순에 주목해야 한다는 전제를 자명한 것으로 수용한다. 그들은 언어·인식·개인 등 '사회'와 대척점에 놓인 가치들을 부각했으나 결국 '사회'라는 거대한 이데올로기의 자장 안에 포섭된다. '사회의 구조적 모순에 주목하라'는 이데올로기는 『문지』 동인들이 독자적인 문학론, 특히 『창비』와 변별되는 문학론을 전개할 때에도 그 의식을 포획하는 망탈리테였다. 다음으로 2장의 2절에서 『창비』의 평문을 대상으로 민중문학 이데올로기의 형성 과정을 고찰하였는데, 이를 위한 경로로 민중 개념의 형성 과정을 추적하였다. 살펴본 결과 민중 개념은 다음과 같이 정리된다. 민중은 자생적으로 위력적인 역량을 가진 존재이고, 역사를 변혁하는 주체이며, 문학의 가장 훌륭한 주제이다. 또한 민중은 양심과 인간다운 것을 구현하는 주체, 모든 종류의 참다운 인식으로 인도하는 시금석이다. 『창비』 필진은 민중을 역사와 문학과 윤리와 의식과 양심의 주체로 호명한 것이다. 민중을 이런 식으로 규정하는 의식이 곧 민중문학의 이데올로기이다. 이 이데올로기는 다분히 민중을 이상화한다는 혐의를 가진다.

서론에서 작가의식의 망탈리테 구속성이라는 가설을 설정한바, 이를 2장의 3절에서 박완서의 소설을 중심으로 고구했다. 2장의 1절과 2절에서 고찰한 70년대 비평 이데올로기가 박완서의 작가의식을 구속한 양상을 3절에서 살펴보았다. 박완서의 장편소설 『도시의 흉년』과 『살아있는 날의 시작』은 외도 상대 여인의 형상화 방식, 외도의 원인과 결과, 외도의 의미 측면에서 차이를 보인다. 즉 전자가 외도를 개인적 차원에서 형상화했다면 후자는 그것을 사회적 차원에서 고려한다. 이런 변화를 생성한 작가의식은 70년대 문단의 '사회의 구조적 모순에 주목하라'는 비평 이데올로기에 구속된 것으로 보인다. 한편 두 소설은 민중을 이상화하고 민중에 대한 책임을 강조하는 관념에 대한 대항적 사유를 드러낸다. 이는 당대 『창비』의 민중문학 이데올로기에 대항적으로 구속된 사례이다.

3장에서는 민중문학론을 주창했던 평론가와 소설가들이 집단적으로 취한 태도를 고찰하였다. 우선 3장의 1절에서 평론가들의 태도를 고찰한바, 『창비』 필진은 지식인 주체의 민중문학이 민중을 인정의 구현체로 인식하며 심적 위안처로 전유할 위험을 인식했으나 결국 그 태도에 갇혀버린다. 그들은 지식인의 계몽적 태도를 누차 경계했으나 결국 그 태도에 구속되고 만다. 이렇게 그들의 민중관은 다분히 분열적이다. 민중을 이상적이면서도 동시에 계몽을 필요로 하는 존재로 설정한 민중문학론의 논지 자체가 숙명적으로 분열을 내장한다고 보인다. 한계를 극복하기 위해서 고군분투를 벌였지만, 70년대의 민중문학론자들은 결국 민중을 대상화하는 태도, 지식인의 선지자적 자의식과 계몽적 태도, 즉 망탈리테의 구속에서 벗어나지 못했다.

3장의 2절에서는 소설가들의 태도를 고찰하였다. 태도는 곧 타자와 세계를 인식하고 표상하는 방식이기에, 민중소설가들이 민중을 표상하는 방식은 곧 그들의 태도를 보여준다. 이 글은 이문구, 김주영, 방영웅의 소설을 중심으로 민중 표상 방식을 논구했다. 이 작가들은 민중상을 정형 속에 가두고, 정형을 반복적으로 상용한다. 정형화와 반복은 타자를 대상화하는 태도와 밀접히 관련된다. 이는 거머쥐기 어려운 민중의 실체를 외면하고 선험적인 민중상을 답습하면서 민중을 대상으로 소외시킨다. 세 작가의 소설에서 야만스럽고 우매한 민중, 야만스럽다는 선입관을 전복하며 인정을 현현하는 민중, 인정과 양심이 넘치는 이상적인 민중, 헌신적인 민중 등 정형화된 민중 표상이 반복적으로 출현한다. 정형화된 민중 표상은 일종의 서사관습을 이룰 정도로 반복적으로 등장하는바, 이러한 민중 표상은 텍스트에서 텍스트로 유포된 것으로서, 작가들은 있는 그대로의 민중을 형상화한다기 보다 다른 작가의 소설이나 평론에서 이미 규정한 민중상을 접하고, 그런 선험적인 민중상의 선례를 추종한 것이라는 혐의가 짙다.

이데올로기는 망탈리테의 중요한 요소이다. 4장에서는 사회의 이데올로기를 박정희의 연설문·저서와 이병주의 소설을 통해 고찰하였다. 이 글은 애국주의, 영웅주의, 대의명분주의를 당대 사회의 이데올로기로 파악하였다. 박정희의 담론에서 애국심은 개인과 국가의 일체감, 멸사봉공정신, 공동체에 대한 신념, 조화와 협동의 정신으로 구체화된다. 애국심은 박정희의 담론에서 만물에 편재하는 기호로 등극한다. 박정희는 반복적으로 발언하기, 국민을 애국적 주체로 호명하기, 역사를 전유하기 등의 전략으로 애국심을 자명한 것, 자연 그 자체인 것, 본질적인 것으로 만든다. 새마을운동은 박정희의 애국주의를 구체화하는 현실태이다. 이러한 애국주의는 이병주의 소설에서도 자명한 지고의 가치로 수용된다. 『지리산』에서 긍정적인 인물들은 모두 애국주의를 철저히 내면화하고 있다. 박정희의 담론과 이병주의 소설은 애국주의의 형식뿐 아니라 그 구조까지도 공유한다. 또한 이병주의 소설에서도 애국은 만인에게 편재하는 기호가 된다. '애국=신념', '좋은 사람=애국자'라는 공식이 자명하게 통용되는 장면도 보인다. 이렇게 애국을 자명한 것으로 수용하는 인물들을 두드러지게 빈번하게, 반복적으로 형상화하는 작가의식은 애국주의에 구속되었다고 상정할 만하다. 특히 이병주는 자전소설에서 애국주의를 거룩하고 숭고하고 자명한 것으로 수용하는 모습을 여실히 보여준다.

　한편 박정희는 영웅을 눈에 띄게 찬미한다. 영웅은 지도자상을 성격화하는 회로이다. 이는 '영웅=지도자'라는 공식을 은연중에 유포시켜 지도자에 대한 충성을 이끌어내는 전략, 혹은 지도자와 자신을 동일시하는 대중의 심리에 호소하여 대중의 지지를 얻어내는 전략으로도 볼 수 있다. 박정희는 이순신을 정열적으로 영웅화하는데, 영웅화의 과정에 애국주의·엘리트주의·능률주의 등 당대 이데올로기들이 투사된다. 박정희는 엘리트로서의 지도자의 존재를 강조하는데, 이는 쿠데타를 정당화하려는 의도도 함유한다. 박정희는 지도자론에서 엘리트의 계몽적 역할을 강조하며, 이는 '지도자 / 추종자'·'엘리트 / 범인'으로 이분화·위계화된 의식구조를 노출한다. 박정희의 영웅주의는 '직선적이고 단일한 상상의 대열' 구도와 무관하지 않다. 대열이 단일한 노선을 이루기에, 대열의 끝에는 영웅이 존재할 수 있다. 박정희의 담론에서 위대와 영광에 대한 집착도 자주 노출되는데, 이 역시 '직선적이고 단일한 대열' 구도와 연관된다. 이병주 소설에서 영웅주의는 등장인물의 판타지, 인물의 구현방식, 상투어에서 나타난다. 작가는 영웅을 꿈꾸는 인물의 강렬한 심리를 묘사하며, 인물을 빈번하게 영웅적으로 형상화하고, 영웅이라는 말을 상투어로 남발한다. 박정희의 담론에서와 마찬가지로 이병주의 소설에 나폴레옹이 자주 등장한다. 이병주 소설에서 영웅은 대체로 멸사봉공적인 영웅이며, 위대와 영광이 상투어로 등장한다. 이 역시 박정희의 경우와 동일하다.

박정희의 언설은 거의 강박적으로 매사에 명분을 필요로 한다. 매사에 명분을 요구하는 이데올로기는 인과율을 중시하는 근대성, 혹은 전통적인 유교정신과 연관된다. 명분은 항상 큰 것을 지향하는바, 명분은 거의 모두 대의명분이다. 무엇의 명분을 말할 때 보다 큰 명분에 의탁하는 습관도 박정희의 언술에서 반복적으로 나타난다. 세계 평화와 인류 행복을 위한다는 상투어가 바로 그 사례이다. 명분은 크기별로 정렬하고, 작은 명분은 큰 명분에 수렴되어야 한다. 이처럼 위계화된 명분 구도, 가장 큰 명분을 향해 작은 명분들이 도열한 구도는 제국주의적·팽창주의적 망탈리테와도 상통한다. 보다 큰 명분에의 복속을 지당하게 여기는 이데올로기는 확장된 멸사봉공정신과 연동된다. 또한 박정희는 자주 도덕적 가치를 명분으로 전유한다. 이병주의 소설 역시 대의명분주의를 자명하게 수용한다. 이병주 소설의 인물들은 매사에 명분을 동원하며, 이때 나 아닌 공동체·가장 큰 공동체를 위한다는 명분과 탁월한 도덕적 가치를 구현한다는 명분에 자주 의지한다. 인물들은 정세와 정치적 행동에 대한 논의에서 뿐만 아니라 일상의 사소한 결단에도 명분을 요구한다. 그들은 멸사봉공과 연동된 대의명분주의를 지당한 강령으로 삼으며, 세계와 인류적 차원에서 사유하고 행동해야 한다는 강박관념도 드러낸다. 이병주의 소설 역시 탁월한 도덕적 가치를 명분으로 전유하는 구조를 드러낸다.

이 책의 5장에서는 심층적 토대와 사유구조를 고찰하였다. 심층적 토대는 모든 정신활동의 근저에 면면하게 흐르는 거대한 저류(低流)로서, 심층적 망탈리테이다. 이는 중층적 망탈리테인 각종 이데올로기·태도·사유구조가 공유하는 근본 토대이기도 하다. 이 글에서는 70년대의 심층적 망탈리테를 근대적 동일성으로 파악한다. 1절에서 우선 앞서 본 이데올로기들과 태도의 근저에 근대적 동일성이 심층적 토대로서 존재함을 논했다. 사회의 구조적 모순을 인식·묘사하라는 이데올로기는 온전한 포획을 허하지 않는 사회를 인식·지각 가능한 실체로 상정하고, 가짜 총체성에 사회를 묶는다. 총체성을 구축하여 그것을 언어로 재현할 수 있다는 믿음은 근대적 동일성을 근간으로 한다. 표상 행위의 전제가 주체의 무소불위적 권력이듯, 또한 근대적 동일성의 세계에서 주체의 무한한 권력이 자명하게 상정되듯, 사회의 구조적 모순에 주목하는 작가는 모든 것을 보고, 알고, 말하는 사람이다. 이는 오늘날 작가들의 상대적인 무력함과 대조적이다. 시선과 언어를 소유하는 위치 자체가 작가의 권력을 암시한다. 이 역시 사회의 구조적 모순을 주목하라는 이데올로기를 배태한 모태가 근대적 동일성임을 입증한다. 민중문학의 이데올로기 또한 민중의 광활한 실체를 소거하고 정형의 틀 안에 가둠으로써 민중을 대상화하는바, 이런 식의 표상 행위 자체가 근대적 동일성을 중핵적 원리로 내장한다.

한편 민중을 대상화하는 태도 이면에는 위계화의식과 엘리트주의가 존재한다. 3장에서 본 민중을 대상화하는 태도와 4장의 2절에서 본 영웅주의의 심층적 토대는 유사한 원리에 근거해서 도출된다. 지식인-민중으로 구획된 위계화구도는 영웅-범인의 위계화구도와 구조적으로 유사하다. 박정희가 국민 계몽을 엘리트-지도자에게 주문했듯이, 『창비』의 평론가들은 지식인 문학인에게 민중 계몽을 요구했다. 지도하는 자와 지도 받는 자로 서열화된 위계화구도는 단일성과 균질성을 지닌다. 가치의 다양화가 전제된다면, 지도하는 자와 지도 받는 자가 일렬로 도열한 단일한 대열의 존재 자체가 가능하지 않다. 동일한 목표를 향해 일로매진하는 대열은 내부의 모든 것을 위계화하고 서열화한다. 『창비』와 박정희의 담론 모두 '하나의' 동일한 가치에 대한 염원을 강하게 피력했으며, 이때 다른 가치들은 의심 없이 배제되었다. 이처럼 위계화의식은 동일한 가치를 지향하고 다양성을 배제하는 면에서 근대적 동일성을 심층적 토대로 삼는다. 한편 영웅주의는 영웅이 아닌 사람들에 대한 차별과 배제의 기제로 전화할 수 있다. 『창비』와 박정희의 의식구조는 하나의 위대한 영웅적인 가치를 설정하고 그것에 다른 가치는 복속되어야 한다고 상정하는 점에서 동궤에 놓인다. 위계화의식은 이렇듯 용이하게 억압의 기제와 연동된다. 이는 대기업 위주의 경제성장 정책 등 집약적 경제 정책과 무관하지 않다. 박정희는 영웅과 엘리트가 아닌 사람들의 희생에 대범했고 『창비』는 위대한 하나의 가치 이외의 다른 가치들을 억압했는데, 이는 가치의 위계화구도에서 파생되었다고 볼 수 있다.

한편 애국주의는 다수의 대중을 균질한 국민으로 균일화하려는 시도이다. 애국주의로 호명된 국민들은 개별적인 단독성을 잃어버리고 국민이라는 추상성만을 얻는다. 국민의 조건으로 알려진 덕목과 규율에 순응하는 사람들은 국민으로 포섭되고 그렇지 못한 사람들은 배제된다. 이런 면에서 애국주의는 근대적 동일성의 자장 안에 있다. 또한 대의명분주의에서도 가치는 위계화·서열화된 채 일렬로 도열한다. 위계화된 가치의 직선적 구도는 지향하는 가치의 동일성을 전제로 한다. 가치의 다양성이 보장된다면, 가치들은 직선적으로 도열할 수 없고 모든 것의 상위에 군림하는 '대의'의 존재 자체가 불가능하다. '대의명분'이라는 말 자체가 가치의 동일성과 구도의 획일성을 지시한다. 대의명분주의의 심층적 토대 역시 근대적 동일성인 것이다.

이상의 근대적 동일성의 망탈리테는 유신정권 그리고 집중화된 단일성으로 표지화되는 경제구조와 밀접한 연관을 갖는다. 정치체제·경제구조의 단일성과 정신적 풍토의 동일성이 동궤에서 운행하는 것이다. 이는 리얼리즘 문학과 억압적 사회체제와의 함수관계에 대한 논의를 가능하게 한다. 리얼리즘 문학과 억압적 사회체제는 내적으로 상사(相似)한 구조를 공유한다고 보인다. 리얼리즘 문학의 작가와 억압적 사회체제의 통치자는 모두 무소불위의 지대한 권력을 소유하는 면에서 닮았다. 리얼리즘의 이상인 총체성과 파시즘의 유일한 최고 권력은 다양성을 동일성으로 포획하는 점에서 동궤에 놓인다. 리얼리즘과 파시즘적 정체(政體)는 모두 근대적 동일성과 유관한 심층적 토대를 내장한다. 뿐만 아니라 리얼리즘의 중핵적 원리인 재현은 타자를 대상화하며 동일성에 포섭하는 행위이다. 리얼리즘과 파시즘은 모두 근대적 동일성을 모태로 하는 이형동질(異形同質)의 파생물이다. 양자의 내부 구조적 친연성은 리얼리즘이 파시즘적 정체에서 발흥하기 쉬운 예술양식이라는 점을 암시한다. 개화기부터 87년까지 한국의 정체는 정도의 차이를 노정할 뿐 파시즘과 무관하지 않았고, 87년 이전 한국에서 주류를 형성했던 리얼리즘 문학은 87년 이른바 민주화 이후 위력을 상실해 갔다. 이러한 문학사적 사실 역시 파시즘적 정체가 리얼리즘의 개화에 좋은 조건을 마련한다는 논지에 근거를 제공한다.

5장의 2·3·4절에서는 『창비』·박정희 담론·『문지』에 나타난 사유구조를 고찰하고, 그 사유구조의 심층적 토대 역시 근대적 동일성임을 밝혔다. 사유구조는 지식인들이 사유를 구성할 때 작동하는 근본 동력, 무의식적으로 의존하는 사유의 습관, 담론의 근저에 잠복한 근본적 구조로서 중층적 망탈리테에 속한다. 『창비』 필진은 양심, 고전적 세계문학, 역사, 대세를 전유하여 자기주장의 동일성을 강화한다. 『창비』의 담론은 노골적·직접적으로 동일성을 찬양하고 분열을 죄악시하기도 한다. 박정희는 진보의 흐름, 국민의 소망, 인간 본연의 미덕, 대세를 전유하며 자신의 이데올로기와 정책의 동일성을 강화한다. 『창비』 필진과 박정희는 불가능한 것들까지 전유하며 자기주장을 정당화하려는 경향을 집단적·반복적으로 노출한다. 이는 논자들이 사유를 전개할 때 근저에서 작동하는 근본 동력이자 그들이 무의식적으로 취하는 사유의 습관이므로 사유구조로 볼 수 있다. 이는 위대한 동일성을 지향하는 사유구조와 연동된다. 이 글은 이것의 부당함을 비판하려는 목적을 지니지 아니하고, 단지 이토록 반복적·집단적으로 나타나는 사유구조를 시대의 망탈리테로 파악하고자 했다. 『창비』의 경우, 동일성에 긴박된 사유구조는 70년대적 정황 즉 박정희 정권과 밀접히 관련된다. 유례없는 동일성을 구현하는 막강한 대타항인 정권과 대결하기 위해서는 그만큼 거대하고 조밀한 동일성이 요구되었을 것이다. 또는 『창비』가 대타항을 반대하면서 모방했을 수 있다. 이렇게 보면 『창비』의 위대한 동일성에의 의지는 불가피했고, 바로 이 불가피성 때문에 『창비』의 사유구조가 역사성을 띠었다고 파악할 여지가 있다. 위대한 동일성에의 의지가 넘쳐나는 정권 아래에서 동일성의 망탈리테는 의식적·무의식적으로 사회 전반을 잠식했다. 『창비』의 사유구조의 발생과 막대한 영향력은 이러한 시대적 분위기에 뿌리를 두기에, 예의 사유구조는 망탈리테로 파악된다.

5장의 3절에서 본바, 『창비』와 박정희 담론은 근저에 목적 지향적 사유구조와 진보적 시간관을 내장했다. '목표'·'목적'·'과업'·'사명'·'기여'·'이바지' 등 상투어들이 두 담론 모두에서 빈번하게 등장한다. 이는 '지고한 목표와 그 성취에 기여하는 과업'으로 구성된 사유구조, '연쇄적 과업들이 하나의 목표를 위해서 크기별로 일렬로 도열한' 사유구조를 암시한다. 이 글은 이를 목적 지향적 사유구조로 지칭했다. 목적 지향적 사유구조는 역사가 진보한다고 믿고, 시간을 목표를 향해 발전·진보하는 직선적인 과정으로 파악하는 진보적 시간관과 밀접히 연관된다. 진보적 시간관 역시 『창비』와 박정희에게서 중요한 사유구조이기에, '역사의 법칙'·'전진'·'미래' 등의 상투어들이 활보한다. 목적 지향적 사유구조는 도구적 이성, 가치의 위계화구도, 멸사봉공정신과 연관되는 면에서 근대적 동일성을 심층적 토대로 내장한다. 진보적 시간관은 과거·현재·미래가 엄격한 인과율로 촘촘히 연결된 직선적인 구도를 상정한다. 이것은 유일하고 지고한 이상을 정점에 두고, 모든 것을 그 이상의 성취를 위해 기여해야 하는 것으로 상정하는 점에서 근대적 동일성을 근저에 함유한다. 또한 이는 단일한 역사 법칙 혹은 역사의 법칙을 실현하는 단일한 대열에서 누락된 것을 배려하지 않는다. 게다가 저자들은 자신이 소망하는 미래의 이상을 역사의 법칙이라고 명명하면서, 다른 미래의 가능성을 소거하고 자기 소망의 동일성을 강화한다. 이런 면에서도 진보적 시간관이 의지하는 심층적 토대는 근대적 동일성이라고 할 수 있다.

5장의 4절에서는 『문지』의 사유구조를 고찰하였다. 이분법적 대립 개념을 설정하고 모순의 가치를 중시하며 대립항 사이의 지양과 종합을 추구하는 변증법적 사유구조는 『문지』 동인들의 평문에 반복적으로 드러난다. 이러한 『문지』의 사유구조는 일견 근대적 동일성을 부정하는 것으로 보이나, 이분법에 친숙한 사유는 근대적 동일성을 자명한 전제로 삼는 의식에서 발아한다. 각 항의 동일성이 자명한 것으로 전제되어야 이분법이 가능하기 때문이다. 또한 변증법은 하나의 지점 즉 종합에 이르기를 소망한다. 이렇게 종합의 결과 도달해야 할 하나의 목표를 신봉하는 점에서도 『문지』의 사유구조는 근대적 동일성을 심층에 내장한다.

6장에서는 청년의 감정구조를 최인호 소설을 통해 고찰하였다. 최인호의 소설에 반복적으로 나타나는 청년의 감정은 파괴욕과 권태, 무기력과 심심함 등이다. 파괴욕은 공허와 비애와 연동된다. 최인호는 청년들의 시시함을 애써 부각한다. 이러한 시시한 청년들은 대의명분을 숭고한 가치로 여기고 영웅을 소망하는 이병주의 인물과 확연히 대조적이다. 최인호 소설에서 청년의 감정구조는 당대 이데올로기와 근대적 동일성의 망탈리테에 저항하는 가운데 형성된 것으로 보인다. 동원이 일상화된 풍토에서 최인호는 동원에 강하게 저항함으로써, 개체의 고유성과 자율성의 가치를 환기한다. 청년은 체제의 이데올로기에도 반체제의 이데올로기에도 모두 순응하지 못하여, 모든 것을 "거짓말"로 치부한다. 작가는 대의명분주의와 목적 지향적 사유구조에 대한 저항도 표출한다. 또한 작가는 위대와 영광을 부각하는 이데올로기의 대척점에 위치한 청년들을 형상화함으로써, 영웅주의와 대의명분주의에 저항한다. "바보"로 호명되는 시시한 지식인상은 『창비』와 박정희 담론의 지도자적 지식인상을 배반하고, 시시한 청춘을 대변한 작가의 태도는 민중소설의 우월자적 작가의 태도에서 이탈한다. 청년들은 빈번하게 아예 침묵하는데, 이는 전유의 기제가 보여주는, 당대 미만했던 이데올로그들의 무성한 말들과 자기 진리 증명 욕구에 대한 저항을 노출한다. 근대적 동일성은 필연적으로 자기파괴욕을 거느린다. 70년대 무한히 추구된 근대적 동일성은 동시에 그것을 파쇄하려는 불온한 에너지를 한 몸에 내장했다. 최인호 소설에 나타난 청년의 감정구조는 그 사례를 제공한다.

논의를 마무리하면서 몇 마디 덧붙이고자 한다. 70년대 근대적 동일성이 부정적 측면만을 가지는 것은 아니다. 실상 70년대의 한국소설은 그 질적 수준과 감응도 그리고 스케일 면에서 그 어느 시기보다 화려한 광경을 보여준다. 비평의식도 그 어느 때보다 치열했으며 주지하는바 경제도 급성장하였다. 이런 화려함과 치열함을 간과할 수는 없으며 이에 근대적 동일성이 기여한 바가 없지 않을 것이다. 일례로 근대적 동일성은 다발적인 힘을 한 곳으로 집중시키며, 그로써 범상치 않은 열정을 촉발하고 능률을 제고할 수 있다. 이밖에 근대적 동일성의 긍정적 측면에 관한 상세한 논의는 아쉽지만 후속 작업을 기약한다.

지금까지 수행한 망탈리테 연구는 텍스트의 가치 평가와 무관하다. 이글의 목적은 70년대 소설과 담론의 본질과 성격을 밝혀 내적 가치를 고구하는 것이 아니기 때문이다. 소설과 담론이 어떤 망탈리테를 내장한다고 말할 때, 사실 이 진술에는 예의 소설과 담론에 대한 가치 평가가 개입할 여지가 없다. 망탈리테란 시대인이 어쩔 수 없이 구속된 무엇이다. 망탈리테에 구속되는 것은 당연한 일이기에 그를 두고 시비와 오호를 가릴 수 없다. 연구자는 시대인의 의식이 어떤 망탈리테에 어떻게 구속되었는지 구명하는 작업만을 할 수 있을 뿐이다. 또한 이 글은 70년대 망탈리테인 각종 이데올로기와 근대적 동일성을 비판하려는 의도를 가지지 않았다. 그럼에도 불구하고 논의를 전개하면서 다소 비판적 어조를 띤 바도 없지 않았으나, 비판적 어조는 작품의 내적 가치와 저자의 윤리성을 향한 것이 아니었다. 오늘날의 시각에서 과거의 망탈리테가 기이하게 보이고 정합성을 띠지 않을 수 있다. 그러나 그것은 시대적 격차를 전제한 판단이며,

당대 저자들의 오류가 아니다. 일례로 옛 사람들이 믿은 천동설을 오늘날의 시각에서 비판할 수는 있지만, 천동설을 믿은 사람들의 윤리성을 비난할 수는 없다. 같은 맥락에서 70년대 저자들이 당대 망탈리테에 구속되고만 사실을 비난하지 못한다.

이 글 역시 이 시대의 망탈리테에 구속된 사례일 뿐이므로 더욱 그렇다. 이 글은 오늘날 학계에 만연한 탈근대적 사유, 탈식민지 연구, 파시즘 연구, 탈국가주의적 사유 이외에도 미처 기억해내지 못한 담론들에 내장된 사유구조, 그리고 미처 인지하지 못한 각종 이데올로기의 영향력 아래에서 기획되었다. 망탈리테에 구속된 여러 저자들처럼, 이 글 역시 한계를 극복하려는 노력에도 불구하고 일정한 한계에 갇히고 말았을 것이다. 망탈리테의 시대적 구속력을 벗지 못하는 개인은 그럼에도 그 안에서 고군분투한다. 70년대 저자들의 노고와 분투, 그리고 정열에 경의를 표한다.

참고문헌

1. 기본자료

『文學과知性』, 1호∼40호.

『創作과批評』, 16호∼54호.

대통령비서실 편, 『박정희 대통령 연설문집』, 7집∼16집.

박정희, 『民族의 底力』, 광명출판사, 1971.

_____, 『民族中興의 길』, 광명출판사, 1978.

김주영, 『女子를 찾습니다』, 한진출판사, 1975.

_____, 『여름사냥』, 영풍문화사, 1976.

_____, 『칼과 뿌리』, 열화당, 1977.

_____, 『즐거운 우리집』, 수상사 출판부, 1978.

_____, 『도둑견습』, 문이당, 2001.

박완서, 『都市의 흉년』 1부∼3부, 문학사상 출판부, 1979.

_____, 『살아있는 날의 시작』, 전예원, 1980.

방영웅, 『살아가는 이야기』, 창작과비평사, 1974.

이문구, 『海壁』, 창작과비평사, 1974.

_____, 『冠村隨筆』, 문학과지성사, 1977.

_____, 『으악새 우는 사연』, 한진출판사, 1978.

_____, 『長恨夢』, 경미문화사, 1979.

이병주,『예낭 風物誌』, 세대문고, 1974.

_____,『亡命의 늪』, 서음출판사, 1976.

_____,『哲學的 殺人』, 서음출판사, 1976.

_____,『삐에로와 菊花』, 일신서적공사, 1977.

_____,『智異山』1~2, 세운문화사, 1978.

_____,『智異山』3~4, 세운문화사, 1979.

_____,『서울은 天國』, 태창문화사, 1980.

_____,『智異山』5~8, 장학사, 1981.

_____,『허망의 정열』, 문예출판사, 1982.

최인호,『내 마음의 風車』, 예문관, 1974.

_____,『잠자는 神話』, 예문관, 1974.

_____,『바보들의 行進』, 예문관, 1977.

_____,『他人의 房』, 예문관, 1977.

2. 논문 및 평론

강계숙·김형중·이수형,「좌담―한국소설의 현재와 미래」,『문학과사회』, 2009 봄.

강유정,「콜로노스 숲에서의 글쓰기, 눈먼 오이디푸스들의 소설」,『세계의문학』, 2006 겨울.

강정구,「1970~90년대 민족문학론의 근대성 비판」,『국제어문』38호, 국제어문학회, 2006.

_____,「진보적 민족문학론에서 민중 개념의 형성 과정 연구」,『비교문화연구』11호, 경희대 비교문화연구소, 2007.

_____,「진보적 민족문학론의 민중시관(民衆詩觀) 재고」,『국제어문』40호, 국제어문학회, 2007.

_____,「1970년대 민중―민족문학의 저항성 재고(再考)」,『국제어문』46호, 국제어문학회, 2009.

_____,「진보적 민족문학론의 민중 개념 형성론 보론」,『세계문학비교연구』27호, 한국세계문학비교학회, 2009.

강진호,「국가주의 규율과 '국어' 교과서―1~3차 교육과정의『국어』교과서를 중심으로」,『현대문학의연구』32호, 한국문학연구학회, 2007.

강찬모, 「김지하와 이문구 문학의 인문정신 연구」, 『새국어교육』 74호, 한국국어교육학회, 2006.

_____, 「이문구와 이문열 소설의 유교의 휴머니즘 연구」, 『비평문학』 30호, 한국비평문학회, 2008.

고　원, 「아날과 마르크스주의」, 『프랑스사연구』 15호, 한국프랑스사학회, 2006.

고인환, 「이문구 소설에 나타난 근대성과 탈식민성 연구」, 경희대 박사논문, 2003.

_____, 「이병주 중·단편 소설에 나타난 서사적 자의식 연구」, 『국제어문』 48호, 국제어문학회, 2010.

고형진, 「화려하고 풍성한 '비평의 시대'」, 김윤식 외, 『한국현대문학사』, 현대문학, 1994.

구자황, 「이문구 소설 연구-구술적 서사전통과 변용을 중심으로」, 성균관대 박사논문, 2001.

_____, 「이문구 소설의 구술적 서사전통 연구」, 『상허학보』 8호, 상허학회, 2002.

권보드래, 「"풍속사"와 문학의 질서」, 『현대소설연구』 27호, 한국현대소설학회, 2005.

김경연, 「박완서문학을 보는 시각」, 『작가세계』, 1991 봄.

김도연, 「쟝르 확산을 위하여」, 성민엽 편, 『민중문학론』, 문학과지성사, 1984.

김명인, 「지식인 문학의 위기와 새로운 민족문학의 구상」, 정한용 편, 『민족문학 주체논쟁』, 청하, 1989.

김병로, 「최인호의 「유령의 집」에 나타나는 해체적 환상 담론 분석」, 『한국문학이론과 비평』 16호, 한국문학이론과비평학회, 2002.

김병익, 「김현과 '문지'」, 『열림과 일굼』, 문학과지성사, 1991.

김복순, 「'말걸기'와 어머니-딸의 플롯」, 『현대문학의 연구』 20호, 한국문학연구학회, 2003.

김사과·정다혜·한윤형·정소영, 「20대 얘기, 들어는 봤어?」, 『창작과비평』, 2010 봄.

김상태, 「이문구 소설의 문체」, 『작가세계』, 1992 겨울.

김석봉, 「신소설의 망탈리테 연구를 위한 시론」, 『한국학보』 29권 2호, 일지사, 2003.

김영무, 「박완서의 소설세계」, 『세계의문학』, 1977 겨울.

김영범, 「망탈리테사-심층사의 한 지평」, 『사회와역사』 31호, 한국사회사학회, 1991.

김영찬, 「2000년대 문학, 한국소설의 상상 지도」, 『문예중앙』, 2006 봄.

김영택·신현순, 「박완서 소설의 정신분석학적 고찰」, 『어문연구』 63호, 어문연구학회, 2010.

김영화, 「이병주의 세계-「소설 알렉산드리아」를 중심으로」, 『인문학연구』 5호, 제주대 인문과학연구소, 1999.

김우종, 「한국인의 유산과 그 미망」, 『세계의문학』, 1978 봄.

김은경, 「박완서 소설에 나타난 가부장제 이데올로기 비판 양상」, 『국어국문학』 155호, 국어국문학회, 2010.

김은하, 「애증 속의 공생, 우울증적 모녀관계―박완서의 『나목』론」, 『여성과사회』 15호, 한국여성연구소, 2004.

김인경, 「최인호 소설에 나타난 모더니즘과 저항의 서사」, 『국제어문』 39호, 국제어문학회, 2007.

_____, 「1970년대 연작소설에 나타난 서사 전략의 '양가성' 연구」, 『인문연구』 59호, 영남대 인문과학연구소, 2010.

김인환, 「소설의 변증법」, 『문학과지성』, 1979 봄.

_____, 「글쓰기의 지형학―김현론」, 『문학과사회』, 1988 가을.

_____, 「한국문학의 사회사 문제」, 『기억의 계단』, 민음사, 2001.

_____, 「천재들의 합창」, 김윤식·임헌영·김종회 편, 『역사의 그늘, 문학의 길』, 한길사, 2008.

김재영, 「연작소설의 장르적 특성 연구」, 『현대문학의 연구』 26호, 한국문학연구학회, 2005.

김정아, 「이문구 소설의 토포필리아」, 『한국문학이론과 비평』 20호, 한국문학이론과비평학회, 2003.

김정자, 「'망탈리테'(mentalité)史의 可能性과 限界點」, 『서양사론』 31권 1호, 한국서양사학회, 1988.

김종철, 「작가의 진실성과 문학적 감동」, 김윤수·백낙청·염무웅 편, 『한국문학의 현단계』 1, 창작과비평사, 1982.

김주연, 「새 시대 문학의 성립」, 『상황과 인간』, 박우사, 1969.

김지영, 「근대문학 형성기 '연애' 표상 연구」, 고려대 박사논문, 2004.

김진기, 「최인호 초기소설의 의미구조」, 『인문과학논총』 35호, 건국대 인문과학연구소, 2000.

김 철, 「민족-민중문학과 파시즘」, 『'국민'이라는 노예』, 삼인, 2005.

김치수, 「농촌소설 별견」, 김현 외, 『현대한국문학의 이론』, 민음사, 1978.

김택중, 「최인호의 「술꾼」에 나타난 부조리한 세계」, 『비평문학』 17호, 한국비평문학회, 2003.

김 현, 「시와 톨스토이주의」, 『상상력과 인간』, 일지사, 1973.

김현선, 「애국주의의 내용과 변화－1960～1990년대 교과서 분석을 중심으로」, 『정신문화연구』 87호, 한국학 중앙연구원, 2002.

김형중, 「소설의 제국주의, 혹은 '미친, 새로운' 소설들에 대한 사례 보고」, 『문예중앙』, 2005 봄.

나병철, 「최인호론－비동일성의 시선과 낯설게 하기」, 『현대문학의 연구』 11호, 한국문학연구학회, 1998.

_____, 「박완서 소설에 나타난 여성적 사랑의 의미」, 『현대문학이론연구』 43호, 현대문학이론학회, 2010.

남원진, 「반공(反共)의 국민화, 반반공(反反共)의 회로」, 『국제어문』 40호, 국제어문학회, 2007.

남진우, 「현대의 신화」(최인호, 『타인의 방』 해설), 최인호, 『타인의 방』, 문학동네, 2002.

문재원, 「최인호 소설의 '아동' 연구」, 『현대소설연구』 28호, 한국현대소설학회, 2005.

박수현, 「리얼리즘 소설은 사회적 현실만을 모사하는가」, 『문학·선』 15호, 2008 봄.

_____, 「1970년대 계간지 『文學과 知性』 연구－비평의식의 심층구조를 중심으로」, 『우리어문연구』 33호, 우리어문학회, 2009.

_____, 「문학 연구방법으로서 '망탈리테'에 관한 시론적 고찰」, 『현대문학이론연구』 44호, 현대문학이론학회, 2011.

_____, 「박완서의 장편소설과 비평 이데올로기」, 『한국문학이론과 비평』 50호, 한국문학이론과비평학회, 2011.

_____, 「이문구 소설의 민중 표상 연구」, 『어문학』 111호, 한국어문학회, 2011.

_____, 「1970년대 사회적·문학적 담론에 나타난 집단주의 연구－박정희 대통령의 담론과 『창작과비평』을 중심으로」, 『순천향 인문과학논총』 33권 1호, 순천향대 인문과학연구소, 2014.

박재범, 「1970년대 농민문학론과 농민소설의 소통 양상 연구」, 『현대소설연구』 31호, 한국현대소설학회, 2006.

박중렬, 「실록소설로서의 이병주의 『지리산』론」, 『현대문학이론연구』 29호, 현대문학이론학회, 2006.

박 진, 「환상, 루저(loser)들의 소심한 반란－김주희, 염승숙, 황정은의 소설」, 『자음과모음－인문편』, 2009 봄.

박혜란, 「'여자다움'의 껍질벗기」, 『작가세계』, 1991 봄.

배경열, 「여성의 정체성 찾기」, 『한국학논집』 34호, 계명대 한국학연구소, 2007.

백낙청, 「『創作과 批評』 2년 반」, 『창작과비평』 10호, 1968 여름.

백원담, 「인간 해방의 정서와 의지의 형상화」, 김병걸·채광석 편, 『민족, 민중 그리고 문학』, 지양사, 1985.

복도훈, 「아무것도 '안' 하는, 아무것도 안 '하는' 문학―우기(雨期)에 읽는 소설들, 무위(無爲)의 주인공들」, 『문학동네』, 2010 가을.

서영채, 「루저의 윤리―한창훈 서사의 원천과 의미에 대하여」, 『문학동네』, 2009 여름.

서이자, 「문명, 가족, 사랑, 행복에 관한 망탈리테―디즈니와 미야자키 하야오 애니메이션의 서로 다른 두 세계」, 『미국학논집』 38권 2호, 한국아메리카학회, 2006.

서혜지, 「이문구의 『내 몸은 너무 오래 서 있거나 걸어왔다』의 생태학적 담론」, 『문예시학』 15호, 문예시학회, 2004.

성민엽, 「민중문학의 논리」, 성민엽 편, 『민중문학론』, 문학과지성사, 1984.

손혜숙, 「이병주 대중소설의 갈등구조 연구」, 『한민족문화연구』 26호, 한민족문화학회, 2008.

송명희, 「이문구의 「해벽(海壁)」에 나타난 근대화 프로젝트와 탈식민주의」, 『한국문학이론과 비평』 12호, 한국문학이론과비평학회, 2008.

송명희·박영혜, 「박완서의 자전적 근대 체험과 토포필리아」, 『한국문학이론과 비평』 20호, 한국문학이론과비평학회, 2003.

송은영, 「대중문화 현상으로서의 최인호 소설」, 『상허학보』 15호, 상허학회, 2005.

송희복, 「남의 하늘에 붙어 산 삶의 뜻」, 『작가세계』, 1992 겨울.

_____, 「청감(聽感)의 시학, 생동하는 토착어의 힘」, 『새국어교육』 77호, 한국국어교육학회, 2007.

신재은, 「'토포필리아'로서의 글쓰기」, 『한국문학이론과 비평』 20호, 한국문학이론과비평학회, 2003.

신철하, 「한국 현대문학의 생태학적 고찰」, 『상허학보』 16호, 상허학회, 2006.

신형기, 「이효석과 식민지 근대」, 『국사의 신화를 넘어서』, 휴머니스트, 2004.

심지현, 「1970년대 소설의 현실 인식 연구」, 『현대소설연구』 28호, 한국현대소설학회, 2005.

안남연, 「최인호 작품과 현 사회 인식의 상관적 관계」, 『한국문예비평연구』 10호, 한국현대문예비평학회, 2002.

염무웅, 「사회적 허위에 대한 인생론적 고발」, 『세계의문학』, 1977 여름.

오창은, 「1960년대 도시 하위주체의 저항적 성격에 관한 연구」, 『상허학보』 12호, 상허학회, 2004.

_____, 「도시 속 개인의 허무의식과 새로운 감수성」, 『어문론집』 32호, 중앙어문학

회, 2004.

_____, 「1960년대 도시문화와 폐허 이미지」, 『한민족문화연구』 29호, 한민족문화학
회, 2009.

오태영, 「'향토'의 창안과 조선 문학의 탈지방성」, 『한국근대문학연구』 14호, 한국근
대문학회, 2006.

우찬제, 「21세기 저자와 열린 텍스트」, 김기택 외, 『21세기 문학이란 무엇인가』, 민음
사, 1999.

_____, 「내가 누구인지 말할 수 있는 자는 누구인가」, 『문학과사회』, 2008 여름.

_____, 「서사도단(敍事道斷)의 서사―조하형·최제훈 소설의 경우」, 『문학과사회』,
2009 봄.

우한용, 「여성소설에서 에코 페미니즘의 한 가능성」, 『한국어와문화』 1호, 숙명여대
한국어문화연구소, 2007.

유승현, 「이문구 소설의 서술 특성 연구」, 『우리어문연구』 27호, 우리어문학회, 2006.

이경수, 「'국가'를 통해 본 김수영과 신동엽의 시」, 『한국근대문학연구』 6권 1호, 한국
근대문학회, 2005.

이광호, 「맥락과 징후」, 『위반의 시학』, 문학과지성사, 1994.

_____, 「비평의 이타성과 초월적 전망―김병익」, 『환멸의 신화』, 민음사, 1995.

_____, 「혼종적 글쓰기 혹은 무중력 공간의 탄생―2000년대 문학의 다른 이름들」,
『문학과사회』, 2005 여름.

이광훈, 「소시민적 삶과 일상의 덫」, 『현대문학』, 1980.2.

이남호, 「달라지는 농촌의 속모습」, 『한심한 영혼아』, 민음사, 1986.

_____, 「리얼리즘의 정신과 새로운 소설적 징후들」, 『문학의 위족』 2(소설론), 민음
사, 1990.

_____, 「『창작과비평』이 섬기는 세 가지 우상」, 『문학의 위족』 1(시론), 민음사,
1990.

이동재, 「분단시대의 휴머니즘과 문학론―이병주의 『지리산』」, 『현대소설연구』 24
호, 한국현대소설학회, 2004.

이동하, 「집 없는 시대의 문학」, 『세계의문학』, 1982 겨울.

_____, 「근대화의 문제와 소설적 진실」, 『작가세계』, 1991 봄.

이상우, 「표상으로서의 망국사 이야기」, 『한국극예술연구』 25호, 한국극예술학회, 2007.

이선미, 「'청년' 연애학 개론의 정치성과 최인호 소설」, 『대중서사연구』 24호, 대중서
사학회, 2010.

이성환, 「근대와 탈근대」, 김성기 편, 『모더니티란 무엇인가』, 민음사, 1999.

이승준, 「한국 현대소설에 나타나는 '나무' 연구」, 『문학과 환경』 4호, 문학과환경학회, 2005.

이은하, 「박완서 소설에 나타난 전쟁체험과 글쓰기에 대한 고찰」, 『한국문예비평연구』 18호, 한국현대문예비평학회, 2005.

이인숙, 「박완서 단편에 나타난 여성의 '성'」, 『국제어문』 22호, 국제어문학회, 2000.

이재현, 「문학의 노동화와 노동의 문학화」, 『실천문학』 4호, 1983 겨울.

_____, 「민중문학운동의 과제」, 김병걸·채광석 편, 『민족, 민중 그리고 문학』, 지양사, 1985.

이정희, 「생활세계의 식민화와 나르시시즘적 '신여성'」, 『한국의 민속과 문화』 4호, 경희대 민속학연구소, 2001.

이 청, 「이문구 소설의 전통 양식 수용 양상」, 『판소리연구』 28호, 판소리학회, 2009.

이화진, 「여성의 '타자'적 인식 극복과 영토확장—『문학과 지성』에 게재된 여성작가 소설을 중심으로」, 『어문학』 92호, 한국어문학회, 2006.

_____, 「박완서 소설의 대중성과 서사전략」, 『반교어문연구』 22호, 반교어문학회, 2007.

임헌영, 「노동문학의 새 방향」, 김병걸·채광석 편, 『민족, 민중 그리고 문학』, 지양사, 1985.

_____, 「진보적 학술문화운동의 산실, 『창작과비평』」, 『역사비평』 39호, 역사문제연구소, 1997.

장영우, 「전(傳)과 소설의 관련 양상」, 『한국문학연구』 38호, 동국대 한국문학연구소, 2010.

전상기, 「1960·70년대 한국문학비평 연구—『문학과 지성』·『창작과 비평』의 분화를 중심으로」, 성균관대 박사논문, 2003.

전영태, 「민중문학론에 대한 몇 가지 의문」, 『한국문학』, 1985.2.

전재호, 「박정희 체제의 민족주의 연구—담론과 정책을 중심으로」, 서강대 박사논문, 1998.

전정구, 「이문구 소설의 문체 연구」, 『현대문학이론연구』 9호, 현대문학이론학회, 1998.

전흥남, 「박완서 노년소설의 시학과 문학적 함의(2)」, 『국어문학』 49호, 국어문학회, 2010.

정과리, 「소집단 운동의 양상과 의미—70년대와 지금」, 『문학, 존재의 변증법』, 문학과지성사, 1985.

_____, 「자기 정립의 노력과 그 전망─50년대 이후 한국문학의 맥」, 『문학, 존재의 변증법』, 문학과지성사, 1985.

_____, 「민중문학론의 인식 구조」, 『문학과사회』 1호, 1988 봄.

정문권, 「불안의 극복을 통한 자아 인식 연구」, 『한국문예비평연구』 31호, 한국현대 문예비평학회, 2010.

정문권·이내관, 「이문구 소설의 공간 연구」, 『한국언어문학』 74호, 한국언어문학회, 2010.

정미숙, 「탈주의 서사」, 『국어국문학』 35호, 국어국문학회, 1998.

_____, 「박완서의 『그해 겨울은 따뜻했네』의 가족과 젠더 연구」, 『현대문학이론연 구』 29호, 현대문학이론학회, 2006.

정미숙·유제분, 「박완서 노년소설의 젠더시학」, 『한국문학논총』 54호, 한국문학회, 2010.

정은경, 「뫼비우스의 띠는 어디에서 꼬이는가」, 『오늘의 문예비평』, 2010 봄.

정은희, 「박완서의 『그해 겨울은 따뜻했네』에 나타난 가족 안의 타자성에 대하여」, 『전농어문연구』 18호, 서울시립대 국문과, 2006.

정찬영, 「역사적 사실과 문학적 진실─『지리산』론」, 『문창어문론집』 36호, 문창어 문학회, 1999.

정호기, 「박정희시대의 '동상건립운동'과 애국주의」, 『정신문화연구』 106호, 한국학 중앙연구원, 2007.

정호웅, 「상처의 두 가지 치유방식」, 『작가세계』, 1991 봄.

_____, 「영웅적 인물의 행로」, 김윤식·임헌영·김종회 편, 『역사의 그늘, 문학의 길』, 한길사, 2008.

정홍섭, 「1970년대 초 농촌 근대화 담론과 그 소설적 굴절」, 『민족문학사연구』 42호, 민족문학사학회 민족문학사연구소, 2010.

정희모, 「문학의 자율성과 정신의 자유로움─1970년대 『문학과 지성』의 이론 전개 와 그 의미」, 민족문학사연구소 현대문학분과 편, 『1970년대 문학연구』, 소명 출판, 2000.

조남현, 「한국문학의 主題史 문제」, 『한국현대문학사상논구』, 서울대 출판부, 1999.

조미숙, 「박완서 소설의 전쟁 진술 방식 차이점 연구」, 『한국문예비평연구』 24호, 한 국현대문예비평학회, 2007.

조선희, 「민족문학 주체 논쟁」, 정한용 편, 『민족문학 주체 논쟁』, 청하, 1989.

_____, 「바스러지는 것들에 대한 연민」, 『작가세계』, 1991 봄.

조혜정, 「박완서 문학에 있어 비평은 무엇인가」, 『작가세계』, 1991 봄.

조회경, 「박완서의 자전적 소설에 나타난 '존재론적 모험'의 양상」, 『우리문학연구』 31호, 우리문학회, 2010.

진영복, 「인정(人情)의 세계에서 인정(認定)의 세계로」, 『현대문학의 연구』 9호, 한국문학연구학회, 1997.

차원현, 「정전과 동원」, 『민족문학사연구』 34호, 민족문학사학회, 2007.

차혜영, 「국어 교과서와 지배 이데올로기—1차~4차 교육과정기 중·고등학교 국어 교과서를 대상으로」, 『상허학보』 15호, 상허학회, 2005.

채광석, 「설 자리, 갈 길」, 성민엽 편, 『민중문학론』, 문학과지성사, 1984.

_____, 「제3세계 속의 리얼리즘」, 성민엽 편, 『민중문학론』, 문학과지성사, 1984.

_____, 「민족문학과 민중문학」, 김병걸·채광석 편, 『민족, 민중, 그리고 문학』, 지양사, 1985.

천정환, 「새로운 문학연구와 글쓰기를 위한 시론」, 『민족문학사연구』 26호, 민족문학사학회, 2004.

_____, 「'문화론적 연구'의 현실인식과 전망」, 『상허학보』 19호, 상허학회, 2007.

_____, 「소문(所聞)·방문(訪問)·신문(新聞)·격문(檄文)」, 『한국문학연구』 36호, 동국대 한국문학연구소, 2009.

최미진·김정자, 「한국 대중소설의 상호텍스트성 연구—김말봉과 최인호의 『별들의 故鄕』을 중심으로」, 『어문학』 89호, 한국어문학회, 2005.

최성실, 「전쟁소설에 나타난 식민주체의 이중성」, 『여성문학연구』 10호, 한국여성문학학회, 2003.

_____, 「한·일 대중문화(영화)에 나타난 국가주의 비판의 이중성」, 『아세아문화연구』 9호, 경원대 아시아문화연구소, 2005.

최용석, 「이문구 소설 문체의 형성 요인 및 그 특징 고찰」, 『현대소설연구』 21호, 한국현대소설학회, 2004.

하상일, 「전후비평의 타자화와 폐쇄적 권력지향성—1960~70년대 '문학과지성' 에콜을 중심으로」, 『한국문학논총』 36호, 한국문학회, 2004.

한수영, 「억압과 에로스」(최인호, 『황진이』 해설), 최인호, 『황진이』, 문학동네, 2002.

_____, 「소설·역사·인간—이병주의 초기 중·단편에 대하여」, 『지역문학연구』 12호, 경남부산지역문학회, 2005.

한영목, 「이문구 소설어와 충남 방언」, 『우리말글』 35호, 우리말글학회, 2005.

한혜선, 「박완서의 두 겹의 글쓰기」, 『한국문학이론과 비평』 20호, 한국문학이론과 비평학회, 2003.

함돈균, 「인간이 지워지는 자리에서 솟아나는 소설들」, 『자음과모음』, 2009 봄.

허윤진, 「출구 앞」, 『오늘의 문예비평』, 2010 봄.

홍경표, 「이문구의 『우리 동네』 연작품 연구」, 『현대소설연구』 20호, 한국현대소설학회, 2003.

홍정선, 「70년대 비평의 정신과 80년대 비평의 전개 양상─『창작과비평』과 『문학과지성』을 중심으로」, 『역사적 삶과 비평』, 문학과지성사, 1986.

황광수, 「노동문제의 소설적 표현」, 백낙청·염무웅 편, 『한국문학의 현단계』 4, 창작과비평사, 1985.

황동하, 「소비에트 정치포스터에 나타난 스탈린 개인숭배의 '정치문화사'」, 『이화사학연구』 32호, 이화사학연구소, 2005.

황병주, 「국민교육헌장과 박정희 체제의 지배담론」, 『역사문제연구』 15호, 역사문제연구소, 2005.

_____, 「박정희 체제의 지배담론─근대화 담론을 중심으로」, 한양대 박사논문, 2008.

황종연, 「도시화·산업화 시대의 방외인」, 『작가세계』, 1992 겨울.

_____, 「민주화 이후의 정치와 문학」, 『문학동네』, 2004 겨울.

벨슈, 볼프강, 주은우 역, 「근대, 모던, 포스트모던」, 김성기 편, 『모더니티란 무엇인가』, 민음사, 1999.

푸코, 미셸, 장은수 역, 「계몽이란 무엇인가」, 김성기 편, 『모더니티란 무엇인가』, 민음사, 1999.

3. 단행본

강진호 외, 『국어 교과서와 국가 이데올로기』, 글누림, 2007.

고명철, 『1970년대의 유신체제를 넘는 민족문학론』, 보고사, 2002.

_____, 『논쟁, 비평의 응전』, 보고사, 2006.

권보드래, 『연애의 시대』, 현실문화연구, 2004.

권영민, 『한국현대문학사』, 민음사, 1997.

_____, 『한국현대문학사』 2, 민음사, 2002.

권오룡 외, 『문학과지성사 30년 1975~2005』, 문학과지성사, 2005.

김성기 편, 『모더니티란 무엇인가』, 민음사, 1999.

김영민, 『한국현대문학비평사』, 소명출판, 2000.

김윤식, 『한국문학의 근대성과 이데올로기 비판』, 서울대 출판부, 1990.

_____, 『한국문학의 근대성 비판』, 문예출판사, 1993.

_____, 『이병주와 지리산』, 국학자료원, 2010.

김윤식·임헌영·김종회 편, 『이병주 문학 연구─역사의 그늘, 문학의 길』, 한길사, 2008.

김윤식·정호웅, 『한국소설사』, 문학동네, 2000.

김응종, 『아날학파』, 민음사, 1991.

_____, 『아날학파의 역사세계』, 아르케, 2001.

_____, 『페르낭 브로델─지중해·물질문명과 자본주의』, 살림, 2006.

김인환, 『기억의 계단』, 민음사, 2001.

김 철, 『'국민'이라는 노예』, 삼인, 2005.

_____·신형기 외, 『문학 속의 파시즘』, 삼인, 2001.

김한식, 『현대문학사와 민족이라는 이념』, 소명출판, 2009.

문학사와 비평 연구회 편, 『1970년대 문학연구』, 예하, 1994.

민병욱·황국명 외, 『『문학과지성』 비판』, 도서출판 지평, 1987.

박완서 외, 『박완서 문학 앨범』, 웅진출판, 1992.

_____ 외, 『우리 시대의 소설가 박완서를 찾아서』, 웅진닷컴, 2002.

서동욱, 『차이와 타자』, 문학과지성사, 2008.

신형기, 『민족 이야기를 넘어서』, 삼인, 2003.

_____, 『이야기된 역사』, 삼인, 2005.

윤평중, 『푸코와 하버마스를 넘어서』, 교보문고, 1992.

이경호·권명아 편, 『박완서 문학 길 찾기』, 세계사, 2000.

이남호, 『한심한 영혼아』, 민음사, 1986.

_____, 『문학의 위족』 1(시론), 민음사, 1990.

_____, 『문학의 위족』 2(소설론), 민음사, 1990.

이명원, 『타는 혀』, 도서출판 새움, 2000.

이선미, 『박완서 소설 연구』, 깊은샘, 2004.

이정희, 『오정희·박완서 소설의 두 가지 풍경』, 청동거울, 2003.

이진경, 『근대적 시·공간의 탄생』, 그린비, 2010.

이태동, 『박완서』, 서강대 출판부, 1998.

임영봉, 『한국 현대문학 비평사론』, 역락, 2000.

임지현, 『민족주의는 반역이다』, 소나무, 2008.

_____ 외, 『우리 안의 파시즘』, 삼인, 2009.

임　화·김외곤 편, 『임화전집』 2(문학사), 박이정, 2001.

작가와비평 편, 『김현 신화 다시 읽기』, 이룸, 2008.

정범준, 『작가의 탄생－나림 이병주, 거인의 산하를 찾아서』, 실크캐슬, 2009.

천정환, 『근대의 책읽기』, 푸른역사, 2004.

최장집, 『민주화 이후의 민주주의』, 후마니타스, 2010.

하상일, 『1960년대 현실주의 문학비평과 매체의 비평전략』, 소명출판, 2008.

한국문학평론가협회 편, 『문학비평용어사전』 하, 국학자료원, 2006.

골드만, 뤼시앙, 박영신 외역, 『문학사회학 방법론』, 현상과인식, 1984.

네그리, 안토니오·하트, 마이클, 윤수종 역, 『제국』, 이학사, 2009.

네오클레우스, 마크, 정준영 역, 『파시즘』, 이후, 2002.

도스, 프랑수아, 김복래 역, 『조각난 역사』, 푸른역사, 1998.

라이히, 빌헬름, 황선길 역, 『파시즘의 대중심리』, 그린비, 2009.

르 고프, 자크, 유희수 역, 『서양 중세 문명』, 문학과지성사, 2008.

르페브르, 조르주, 최갑수 역, 『1789년의 대공포』, 까치, 2004.

만하임, 칼, 임석진 역, 『이데올로기와 유토피아』, 청아출판사, 2000.

바바, 호미, 나병철 역, 『문화의 위치』, 소명출판, 2002.

버만, 마샬, 윤호병·이만식 역, 『현대성의 경험』, 현대미학사, 2004.

브로델, 페르낭, 주경철 역, 『물질문명과 자본주의 1-1－일상생활의 구조』 상, 까치,
　　　　2002.

블로크, 마르크, 한정숙 역, 『봉건 사회』 1, 한길사, 2006.

사이드, 에드워드, 박홍규 역, 『오리엔탈리즘』, 교보문고, 1999.

알튀세르, 루이, 김동수 역, 『아미엥에서의 주장』, 솔, 1998.

아렌트, 한나, 이진우·박미애 역, 『전체주의의 기원』 1, 한길사, 2009.

_____, 이진우·박미애 역, 『전체주의의 기원』 2, 한길사, 2010.

아리에스, 필리프, 이종민 역, 『죽음의 역사』, 동문선, 2002.

앤더슨, 베네딕트, 윤형숙 역, 『상상의 공동체』, 나남출판, 2003.

칼리니스쿠, 마테이, 이영욱·백한울·오무석·백지숙 역, 『모더니티의 다섯 얼굴』,

시각과언어, 1996.

쿤데라, 밀란, 김병욱 역, 『불멸』, 청년사, 1998.

투렌, 알랭, 정수복·이기현 역, 『현대성 비판』, 문예출판사, 1996.

파농, 프란츠, 이석호 역, 『검은 피부, 하얀 가면』, 인간사랑, 1998.

페브르, 뤼시엥, 김응종 역, 『16세기의 무신앙 문제』, 문학과지성사, 1996.

펠스키, 리타, 김영찬·심진경 역, 『근대성과 페미니즘』, 거름, 1998.

하버마스, 위르겐, 이진우 역, 『현대성의 철학적 담론』, 문예출판사, 1998.

하우저, 아르놀트, 백낙청 역, 『문학과 예술의 사회사』 1, 창작과비평사, 2001.

호르크하이머, 막스·아도르노, 테오도르, 김유동·주경식·이상훈 역, 『계몽의 변증
　　법』, 문예출판사, 1996.

히토시, 이마무라, 이수정 역, 『근대성의 구조』, 민음사, 1999.